日檢 N1

全方位攻略

解析

文字 語彙 **本**

JLPT 最短時間合格秘訣！
不管是升學、工作需求，
短期間衝刺 **N1** 達陣！

作者　金男注
譯者　洪玉樹／黃曼殊／彭尊聖

WINNER

日檢 N1

全方位攻略解析

文字 語彙 本

解析

雙·書·裝

MP3

WINNER

序言

　　日本語能力試驗（JLPT）是由日本國際交流基金會主辦、日本外務省協辦，以外國人為對象的日語考試。日文檢定廣泛應用於各處，包含大學入學申請和日本留學申請，也還用於應徵國內外企業的工作。

　　JLPT 自 2010 年起改為五個級數，每年各級數的題目和難易度會有小幅度變動。本書網羅了改制前後的歷屆考題，依照日檢的基本宗旨徹底分析，掌握呈現最新出題趨勢，和往後的出題方向。

　　雖然我很想向所有利用本書學習的讀者保證，你們百分之百可以通過考試。可是俗話說的好「人不學，不知義。」就算擁有絕佳的教材，仍要依靠學習者自身的努力，才能取得合格的分數。很可惜我無法代替各位努力，但是我衷心期盼各位藉由本書的輔助都能順利通過考試。以下提供幾點建議事項，希望能對各位有所幫助。

1. **每天撥出固定的時間學習，持續學習不中斷。**雖然兔子跑得快，但是堅持到底的烏龜必定能超越懶惰的兔子。
2. **使用累積複習法學習。**請採用累積複習的方式，假設今天讀了 1 到 10 頁，明天就讀 1 到 20 頁，隔天再讀 1 到 30 頁。
3. **請務必熟記本書列出的所有文字、語彙和文法。**此處的「所有」指的是除了答案，還要背下所有的例句、題目、讀解、和聽解文章。
4. **多看日劇或日本新聞，製作專屬於你的單字本和文法筆記。**JLPT 的測驗目的不光只是測試你的日文相關知識，更是要確認你是否能在日語環境中自在無礙地生活。
5. **考前一天，保持沉著冷靜的心，不疾不徐地完成最後準備。**請事先備妥准考證、考試文具和身分證，睡眠充足。
6. **請在考場上盡情發揮你一路以來累積的實力。**碰到不懂的題目時，請善用本書傳授的猜題技巧，大膽選出答案。由於其命中率極高，千萬不要輕易更改答案。
7. **你付出的努力絕對不會背叛你，請大聲向周邊朋友宣告你已經通過考試。**

　　最後，希望以本書準備 JLPT 的各位，都能順利通過檢定！

作者　金男注

JLPT 指南

何謂 JLPT ？

Japanese-Language Proficiency 的縮寫，以日語非母語的日文學習者為對象，針對其運用日語溝通的能力進行檢測和認定的官方考試。1984 年，由日本國際交流基金會與日本國際教育支援協會共同舉辦。

為了因應來自四面八方的考生以及各式各樣的報考動機，自 2010 年起開始實施新制 JLPT，一年舉辦二次（7 月和 12 月第一個星期日）。

級數

分成 N1, N2, N2, N4, N5 五個級數，N 代表 Nihongo(日本語) 和 New 的意思。

	級數	認證基準
難	N1	能理解在廣泛情境之下所使用之日語。
	N2	除日常生活所使用之日語外，亦能大致理解較廣泛情境下之日語。
	N2	能大致理解日常生活所使用之日語。
	N4	能理解基礎日語。
易	N5	能大致理解基礎日語。

測驗科目與測驗時間

舊制 JLPT 主要用來檢測考生具備的日本語知識，而新制 JLPT 則檢測考生是否具備活用日語文字、語彙、文法等言語知識的能力，並由聽解、讀解測驗，判斷考生是否懂得實際運用該語言進行溝通。

級數	第一節		休息時間	第二節
N1	言語知識（文字‧語彙‧文法）‧讀解 110 分鐘			聽解 65 分鐘
N2	言語知識（文字‧語彙‧文法）‧讀解 105 分鐘			聽解 55 分鐘
N3	言語知識（文字‧語彙） 30 分鐘	言語知識（文法）‧讀解 70 分鐘	20 分鐘	聽解 45 分鐘
N4	言語知識（文字‧語彙） 30 分鐘	言語知識（文法）‧讀解 60 分鐘		聽解 40 分鐘
N5	言語知識（文字‧語彙） 25 分鐘	言語知識（文法）‧讀解 50 分鐘		聽解 35 分鐘

合格標準

JLPT 成績須符合①總分達合格分數以上；②各分項成績達各分項合格分數以上才能判定為合格。如有一科分項成績未達門檻，無論總分多高，也會判定為不合格。以「分數等化」計算分數，即採用相對計分的方式。

等級	合格分數／總分	分項		
		言語知識（文字・語彙・文法）	讀解	聽解
N1	100 分／180 分	19 分／60 分	19 分／60 分	19 分／60 分
N2	90 分／180 分	19 分／60 分	19 分／60 分	19 分／60 分
N3	95 分／180 分	19 分／60 分	19 分／60 分	19 分／60 分
N4	90 分／180 分	38 分／120 分		19 分／60 分
N5	80 分／180 分	38 分／120 分		19 分／60 分

＊ N3 總分的合格門檻高於 N2。

N1 測驗題型

依照不同的等級，JLPT 的測驗內容會有些許差異，請務必仔細確認。

測驗科目			題型分類		
			出題重點	題數	考題內容
言語知識	文字・語彙	1	漢字讀法	6	選出漢字平假名讀法
		2	文章脈絡	7	根據前後文選出符合句意的詞彙
		3	近義替換	6	找出和提示字彙近似的詞彙
		4	用法	6	找出句子用法中正確詞彙
	文法	5	語法形式判斷	10	找出最適填入句子空格中的用語
		6	句子的組成	5	將字彙按句意依序排列
		7	文章的語法	5	找出最適合句型填入文章空格中
言語知識・讀解	讀解	8	內容理解（短篇）	4	文章長度約 200 字：日常生活、公司業務、說明文、解說文等
		9	內容理解（中篇）	9	文章長度 350 字：解說、隨筆等
		10	內容理解（長篇）	4	文章長度約 550 字：解說、隨筆、信件等
		11	綜合理解	2	文章長度約 600 字：閱讀兩篇文章，並作比較及綜合
		12	觀念理解（長篇）	4	文章長度約 1000 字：抽象的理論性的假說、評論等
		13	信息檢索	2	文章長度約 600 字：廣告、手冊等
聽解		1	主題理解	6	詢問對話後採取什麼行動最合適
		2	要點理解	7	先閱讀選項，再聽音檔，詢問是否理解音檔內容
		3	概要理解	6	詢問是否理解說話者的意圖或主張
		4	即時應答	14	聽短的問句，選出最合適的答句
		5	綜合理解	4	比較及綜合兩篇訊息，詢問是否理解內容

目次

1 言語知識（文字・語彙・文法）・讀解

2 聽解

本書使用方法

本書專為想在短時間內通過日檢 N1 的考生所設計——徹底分析近幾年出題趨勢，列出各大重點題型，並提供內容豐富的實戰擬真題目。只要讀完本書，就能達成合格目標。本書按照實際測驗分成二大項，這二大項再細分成五大重點篇章，各篇章分別列出其**重點題型**和**解題策略**。並在最後附上一回完整的實戰模擬試題，試題亦按照學習重點的順序編寫而成。

1 言語知識（文字・語彙・文法）・讀解

文字篇

將 N1 中的日語漢字詞彙分成：頻出單字、近年常考單字和必考單字。考生可以按照單字的出題頻率依序學習。除了列出必考漢字之外，還額外整理出發音相似、易混淆的漢字，以供考生一併熟悉相關詞彙。請由「**再次複習**」單元複習重點單字，最後完成「迎戰日檢」，由各個句子測試自己的實力。

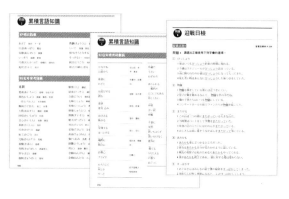

語彙篇

按照各字彙試題類型，以出題要點為基準，將字彙整理排列出來，方便考生學習。
問題 2：文章脈絡，將整個日檢 N1 都會出的字彙，先按詞類分類，再按字母順序排列出來。
問題 3：近義替換，以學習同義字為主。
問題 4：詢問用法的題型，只嚴選了常考的字彙。

文法篇

將類似的必考文法型態和連接型態，整理排列出來，讀者要連同例句一起熟記。透過穿插在中間的試題練習，來確認自己學習理解的程度。另外透過含有常考用語的句子，不但能熟悉文法，還能自然學會含在句子裡的句型。

讀解篇

日檢改制後，讀解題型內容變得相當多元。本書對此進行分析，並提供迅速有效迎戰各大題型的解題策略。請藉由「迎戰日檢」中的試題，熟悉解題的感覺。

2 聽解

聽解篇

說明不同聽解題型的重點，並提供各題型的解題技巧。「迎戰日檢」中收錄了符合最新出題趨勢的實戰試題，請藉由試題練習剛學會的解題技巧。另外，試題旁特別留下空白處，方便考生在解題時可以隨手記下重點。

完整一回模擬試題

提供完整實戰模擬試題，讓考生可以練習 JLPT N1 中各題型。作答時，請搭配本書最後一頁的答案卡一起使用。建議真實摸擬實際考試，在規定的時間內作答完畢。完成整份模擬試題後，請參考答案和解析，自我檢討答錯的題目。

本書的特色

1 **獨家解題技巧，一天一個單元助你短時間內通過 N1**
作者將 JLPT 的文字、語彙、文法、讀解、聽解各大題的內容，綜合濃縮成一本，以**一天一個單元**的設計，讓學習者能迅速有效地準備考試。

書中獨家公開 N1 各大題的解題技巧，讓學習者能輕鬆掌握並運用在實戰考試當中。只要跟著本書精心設計的進度一步步學習，保證可以在 45 天內通過 N1 ！

2 **最新趨勢擬真試題，完美迎戰實際測驗**
2010 年改制後的日本語能力試驗（JLPT），以非母語的日語學習者為對象，測試其日本語知識和活用能力。目前日檢出題範圍並不明確，考生必須掌握最新出題趨勢和各大題型的變化，才有可能合格，甚至是高分通過檢定。

本書**分析改制後的所有考題，精選頻出單字和重點題型編寫出擬真試題**。只要完成本書的重點題目和擬真試題，就能完美迎戰日檢。

3 **縝密學習計畫表，確實執行進度學習，累積深厚功力**
本書精心安排了學習計畫表，帶領學習者從基礎開始累積實力，循序漸進邁向實戰測驗。由「**重點題型攻略→累積言語知識→迎戰日檢**」三階段逐步學習，累積深厚的日文功力。

重點題型攻略：分析 JLPT N1 中出現過的 18 大重點題型，並列出各題型的解題策略和學習技巧。

累積言語知識：提供基本概念，幫助學習者累積解題的基礎實力。完成基礎學習部分後，請由「再次複習」單元培養解題的能力，練習如何將先前學過的重點，運用至題目中。

迎戰日檢：提供豐富多元的擬真試題，並依照各大題分類，方便學習者集中學習各大題的重點題型。

實戰模擬試題：在應考前，必做「實戰模擬試題」以作為考前衝刺複習，測試自己一路以來累積的實力。

學習計畫表

45 天衝刺計畫

本書精心準備了短期學習計畫表，請依照下方計畫表的進度，落實專屬於你的學習計畫。

Day 01	Day 02	Day 03	Day 04	Day 05	Day 06	Day 07
文字篇 問題 1 頻出／近年常考單字	文字篇 問題 1 必考單字	文字篇 問題 1 頻出／必考單字	文字篇 問題 1 易混淆漢字	文字篇 問題 1 擬真試題 1～18	文字篇 問題 1 擬真試題 19～35	文字篇 問題 1 擬真試題 36～50

Day 08	Day 09	Day 10	Day 11	Day 12	Day 13	Day 14
文字篇 問題 1 總複習	語彙篇 問題 2 頻出語彙／近年常考單字	語彙篇 問題 2 必考語彙	語彙篇 問題 2 擬真試題 1～15	語彙篇 問題 3 近年常考同義詞	語彙篇 問題 3 必考同義詞	語彙篇 問題 3 擬真試題 1～7

Day 15	Day 16	Day 17	Day 18	Day 19	Day 20	Day 21
語彙篇 問題 4 近年常考單字	語彙篇 問題 4 必考字彙	語彙篇 問題 4 擬真試題 1～10	語彙篇 總複習	文法篇 問題 5/6/7 頻出文法 1	文法篇 問題 5/6/7 頻出文法 2	文法篇 問題 5/6/7 頻出文法 3

Day 22	Day 23	Day 24	Day 25	Day 26	Day 27	Day 28
文法篇 問題 5/6/7 頻出文法 4、5	文法篇 問題 5/6/7 意思相似的文法 1	文法篇 問題 5/6/7 意思相似的文法 2	文法篇 問題 5/6/7 型態相似的文法 1	文法篇 問題 5/6/7 型態相似的文法 2	文法篇 問題 5/6/7 型態相似的文法 3	文法篇 問題 5/6/7 熟記完整句子

Day 29	Day 30	Day 31	Day 32	Day 33	Day 34	Day 35
文法篇 擬真試題 1～15	文法篇 總複習	讀解篇 問題 8	讀解篇 問題 9	讀解篇 問題 10	讀解篇 問題 11	讀解篇 問題 12

Day 36	Day 37	Day 38	Day 39	Day 40	Day 41	Day 42
讀解篇 問題 13	讀解篇 總複習	聽解篇 問題 1	聽解篇 問題 2	聽解篇 問題 3	聽解篇 問題 4	聽解篇 問題 5

Day 43	Day 44	Day 45				
聽解篇 總複習	實戰模擬試題	實戰模擬試題 總複習				

JLPT
N1

1

言語知識（文字・字彙・文法）
讀解

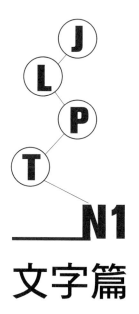

文字篇

問題 1　漢字讀法

第一節考試時間為 110 分鐘，在 110 分鐘內要解文字及語彙、文法、讀解等試題，所以在這節考試中，時間的分配是重要的關鍵。文字及語彙、文法，最多在 30 分鐘內完成，並劃記好答案卡，之後將剩下的 80 分鐘留給讀解試題。

重點題型攻略

問題1 漢字讀法（題數為6題）

題型說明　1 句中有一個畫底線的漢字詞彙，從選項中找出該漢字的讀法。

2 漢字的讀法可能會是音讀、訓讀或特殊發音。

3 也會測試有無長音，以及清音或濁音等。

〔例題〕

カナダの首都はオタワである。

1 しゅうと　　　2 しゅとう　　　3 しゅうとう　　　4 しゅと

解題技巧　**1 不需要讀完整個句子。**

2 只看畫底線的漢字，從四個選項中選出答案。

3 如果無法選出答案，再閱讀整個句子，推測漢字的意思並選出答案。

4 不會的題目再怎麼想破頭也想不出答案，所以碰到不會的漢字，就利用上述的第3項技巧，盡快選出答案，以確保其他試題的作答時間。

5 碰到不會的題目，**千萬不要先空著不答**，否則後方題目劃錯格的機率極高。

6 完成該題型的所有題目，確認答案卡劃記完畢後，才能繼續作答下一個題型。

學習策略　1 N1 測試的字彙，以多元狀況下使用的字彙，以及範圍廣泛的字彙為主。

2 熟記**基礎教材中出現的所有基礎文字及字彙**。

3 熟記**改制前的歷屆字彙和改制後公布的歷屆試題**。

4 擴大學習和歷屆字彙有關的音讀、訓讀及字彙。

5 熟背本書列出的 N1 必考單字及語彙。

累積言語知識

N1頻出單字

あ 挑(いど)む　挑戰；對抗

　　襲(おそ)う　侵襲；承襲

　　穏(おだ)やかだ　平穩的；溫和的

か 緩和(かんわ)　緩和；放寬

　　棄権(きけん)　棄權

　　脚本(きゃくほん)　脚本

　　均衡(きんこう)　均衡

　　契約(けいやく)　契約

　　欠陥(けっかん)　缺陷；瑕疵

　　賢明(けんめい)だ　明智的

　　行為(こうい)　行為

　　考慮(こうりょ)　考慮

さ 細菌(さいきん)　細菌

　　削減(さくげん)　削減

　　姿勢(しせい)　姿勢；態勢

　　慕(した)う　仰慕；思慕

　　質素(しっそ)　質樸

　　指摘(してき)　指正

　　従事(じゅうじ)　從事

　　趣旨(しゅし)　旨趣

　　迫(せま)る　迫近；迫使

　　捜索(そうさく)　搜索

　　訴訟(そしょう)　訴訟

措置(そち)　措施；處理

た 待遇(たいぐう)　待遇；工資

　　漂(ただよ)う　漂浮；飄盪

　　陳列(ちんれつ)　陳列

　　尽(つ)くす　竭盡；盡力

　　動揺(どうよう)　動搖

な 眺(なが)める　眺望；凝視

　　練(ね)る　鑄錬；鍛錬

　　臨(のぞ)む　面臨；瀕臨

は 把握(はあく)　把握

　　華々(はなばな)しい　華麗的；輝煌的

　　華(はな)やかだ　華美的

　　人柄(ひとがら)　人格

　　奉仕(ほうし)　義務奉獻

ら 酪農(らくのう)　酪農

N1近年常考單字

あ　値(あたい)する　值得

　　跡地(あとち)　廢墟；舊址

　　淡(あわ)い　淺的；淡的

　　憤(いきどお)る　憤慨；憤怒

　　憩(いこ)い・憩(いこい)　休憩；歇息

　　否(いな)めない　不能否認

　　潤(うるお)う　濕潤；寬裕

　　閲覧(えつらん)　閲覽

　　愚(おろ)かだ　愚蠢的

か　改革(かいかく)　改革

　　概要(がいよう)　概要

　　概略(がいりゃく)　概略

　　画一的(かくいつてき)だ　劃一的；統一的

　　賢(かしこ)い　聰明的；伶俐的

　　偏(かたよ)る　偏袒；傾斜

　　合併(がっぺい)　合併

　　肝心(かんじん)だ　重要的；關鍵的

　　鑑定(かんてい)　鑑定

　　兆(きざ)し　前兆；徵兆

　　凝縮(ぎょうしゅく)　濃縮；凝縮

　　極(きわ)めて　極其；非常

　　極(きわ)める　窮盡；達到極點

　　覆(くつがえ)す　顛覆；推翻

　　群衆(ぐんしゅう)　群眾

　　厳正(げんせい)だ　嚴正的；嚴格的

　　顕著(けんちょ)だ　顯著的

　　興奮(こうふん)　興奮

　　巧妙(こうみょう)だ　巧妙的

心地(ここち)　感覺；情緒

拒(こば)む　拒絕；阻擋

壊(こわ)す　破壞；毀壞

根拠(こんきょ)　根據

さ　遮(さえぎ)る　遮擋；阻斷；障礙

　　絞(し)める　招；勒

　　釈明(しゃくめい)　解釋

　　樹木(じゅもく)　樹木

　　需要(じゅよう)　需要；需求

　　承諾(しょうだく)　承諾

　　人脈(じんみゃく)　人脈

　　遂行(すいこう)　執行；完成

　　随時(ずいじ)　隨時

　　推理(すいり)　推理

　　健(すこ)やかだ　健康的；健全的

　　廃(すた)れる　廢棄；廢除

　　相場(そうば)　股市；行情

た　多岐(たき)だ　多方面的

　　蓄(たくわ)える　儲備；積累

　　中枢(ちゅうすう)　中樞；核心

　　費(つい)やす　花費；耗費

　　貫(つらぬ)く　貫徹；貫穿

　　手薄(てうす)だ　人手不足的；不充分的

　　手際(てぎわ)　本領；手腕

　　添付(てんぷ)　附加

　　踏襲(とうしゅう)　沿襲；繼承

　　督促(とくそく)　督促

唱(とな)える　提倡；鼓吹；倡導

な　日夜(にちや)　日夜；晝夜；經常不斷地
　　鈍(にぶ)る　遲鈍；衰弱
　　逃(のが)れる　逃脫；逃避

は　漠然(ばくぜん)と　模糊地
　　励(はげ)む　勤勉；刻苦
　　破損(はそん)　破損；毀損
　　繁盛(はんじょう)　繁盛；興隆
　　伴奏(ばんそう)　伴奏
　　貧富(ひんぷ)　貧富
　　変遷(へんせん)　變遷
　　本筋(ほんすじ)　本題；中心

ま　名誉(めいよ)　名譽
　　網羅(もうら)　網羅

や　躍進(やくしん)　躍進
　　由緒(ゆいしょ)　來由；來歷

ら　利益(りえき)　利益

わ　枠(わく)　框架；界線；範圍

答案及解析 P. 142

請選出畫底線字彙的正確讀法。

① 田村さんは与えられた任務を誠実に<u>遂行</u>して見せた。

　　1 とうこう　　　　2 つうぎょう　　　　3 すうきょう　　　　4 すいこう

② 新井さんは些細な失敗で、苦労して手に入れた<u>名誉</u>を一瞬にして失った。

　　1 めいよう　　　　2 めいよ　　　　3 なえい　　　　4 なよう

③ 京都には大きくて<u>由緒</u>のある神社がたくさんあります。

　　1 ゆうしょ　　　　2 ゆしょう　　　　3 ゆいしょう　　　　4 ゆいしょ

④ 政府は国民の<u>貧富</u>の差を埋める解決策を講じるべきでしょう。

　　1 びんぶ　　　　2 ひんぶ　　　　3 びんぷ　　　　4 ひんぷ

⑤ 僕はリーダーとして、感情的になって判断が<u>鈍る</u>ことのないように努めている。

　　1 はかどる　　　　2 にぶる　　　　3 さとる　　　　4 はかる

⑥ 彼はよく余計なことを言ってその場の雰囲気を<u>壊す</u>人だ。

　　1 かわす　　　　2 あらわす　　　　3 こわす　　　　4 まわす

答案及解析 P. 142

請選出畫底線字彙的正確讀法。

① 会社の組織力の強化や向上のために組織改革が行われた。

1 かいけい　　　　2 かいかく　　　　　3 かくけい　　　　　4 かくがく

② この企業は年功序列でトップダウンや前例の踏襲という傾向があるらしい。

1 とうしゅう　　　2 とうそう　　　　　3 こうしょう　　　　4 こうすう

③ 広場に集まった群衆の怒りは頂点に達していた。

1 くんしゅう　　　2 ぐんしゅう　　　　3 くんしょう　　　　4 くんじょう

④ 少子化によって閉校になった建物が村人の憩いの場に変身した。

1 さかい　　　　　2 かこい　　　　　　3 いこい　　　　　　4 はらい

⑤ 彼女は男性にわざと手薄なところを見せて「守ってあげたい」という気持ちにさせている。

1 すうがく　　　　2 すはく　　　　　　3 てびろ　　　　　　4 てうす

⑥ 不正に手に入れたお金で潤った生活を送っている彼が許せない。

1 うるおった　　　2 におった　　　　　3 かよった　　　　　4 さまよった

答案及解析 P. 143

請選出畫底線字彙的正確讀法。

① 中国語を使う仕事は韓国において<u>需要</u>が高いです。

1 しゅうよう　　　2 しゅよう　　　　3 じゅよ　　　　4 じゅよう

② 芸能人はたびたび<u>根拠</u>のないうわさに悩まされているらしい。

1 きんこう　　　　2 こんこう　　　　3 きんきょう　　　4 こんきょ

③ 赤い月は地震発生の<u>兆し</u>だそうだ。

1 さし　　　　　　2 しめし　　　　　3 きざし　　　　　4 あらわし

④ キングス銀行とスター銀行が<u>合併</u>してキングスター銀行になった。

1 ごうひょう　　　2 がっぺい　　　　3 ごうへい　　　　4 かっそう

⑤ 被害者は首を<u>絞められて</u>死んでいた。

1 しめられて　　　2 さめられて　　　3 かがめられて　　　4 うめられて

⑥ 女性が活躍しやすい社会作りは、わが国の経済にとって<u>極めて</u>重大な課題である。

1 あやめて　　　　2 あらためて　　　3 きわめて　　　　4 こらしめて

答案及解析 P. 143

請選出畫底線字彙的正確讀法。

1 かつてはこの街_{まち}もかなり<u>繁盛</u>していたのに。

    1 ばんせい   2 はんせい   3 ばんしょう   4 はんじょう

2 大学_{だいがく}でピアノを専攻_{せんこう}したばかりにすべての友達_{ともだち}の結婚式_{けっこんしき}の<u>伴奏</u>を任_{まか}せられている。

    1 はんそう   2 ばんそう   3 へんしょう   4 ばんしょう

3 初_{はじ}めての水入_{みずい}らずの旅行_{りょこう}ゆえに、妻_{つま}はうれしさのあまり<u>興奮</u>している。

    1 こうふん   2 きょうふん   3 けいぶん   4 こうぶん

4 たとえ能力_{のうりょく}が劣_{おと}っていたとしても魅力的_{みりょくてき}な<u>人柄</u>だと、周囲_{しゅうい}には有能_{ゆうのう}な人_{ひと}が集_{あつ}まってくるものだ。

    1 じんかく   2 じんぺい   3 ひとがら   4 ひとなみ

5 萩原教授_{はぎわらきょうじゅ}の研究_{けんきゅう}チームは昼夜_{ちゅうや}を問_とわず研究_{けんきゅう}に<u>励んで</u>いる。

    1 もんで   2 はげんで   3 かんで   4 つかんで

6 我々_{われわれ}の友情_{ゆうじょう}は一千万円_{いっせんまんえん}以上_{いじょう}に<u>値する</u>と思_{おも}うよ。

    1 くっする   2 はんする   3 せっする   4 あたいする

答案及解析 P. 144

請選出畫底線字彙的正確讀法。

1　うちは先祖代々牧畜業に<u>従事</u>している。
<small>せん ぞ だいだいぼくちくぎょう</small>

　　1 じゅうじ　　　　2 じゅうし　　　　3 じょうじ　　　　4 じょうし

2　社長がとった最初の<u>措置</u>は適切ではなかったという声がある。
<small>しゃちょう　　さいしょ　　　　てきせつ　　　　　　　こえ</small>

　　1 しょち　　　　　2 しょうち　　　　3 そち　　　　　　4 そうち

3　専門家は不景気であってこそ謙虚に過去に学ぶ<u>姿勢</u>が大事だと言っている。
<small>せんもんか　ふけいき　　　　　けんきょ　かこ　まな　　だいじ　　　い</small>

　　1 しせい　　　　　2 せいじょう　　　3 じじょう　　　　4 せいぜい

4　中国からの輸入品の規制が<u>緩和</u>された。
<small>ちゅうごく　　ゆにゅうひん　きせい</small>

　　1 わんわ　　　　　2 わんか　　　　　3 かんわ　　　　　4 がんか

5　あの候補者が<u>唱えて</u>いる政策はどうも納得がいかない。
<small>こうほしゃ　　　　　　　せいさく　　　なっとく</small>

　　1 かなえて　　　　2 さかえて　　　　3 となえて　　　　4 くわえて

6　危険が身に<u>迫って</u>いるのを感じ取った時は、すでに処置の取りようがなかった。
<small>きけん み　　　　　　　かん と　とき　　　　　しょち と</small>

　　1 せまって　　　　2 はばまって　　　3 かばって　　　4 ふるまって

答案及解析 P. 145

請選出畫底線字彙的正確讀法。

① オリンピック大会^{たいかい}でアフリカ諸国^{しょこく}の選手^{せんしゅ}たちは素晴^{すば}らしい<u>躍進</u>を見^みせている。

　　1 ようしん　　　　2 やくしん　　　　3 せんしん　　　　4 ぜんしん

② 与^{あた}えられた予算^{よさん}の<u>枠内</u>でどうにかしてやっていかなきゃ。

　　1 わくうち　　　　2 わくない　　　　3 すいうち　　　　4 ついない

③ 探偵^{たんてい}が主人公^{しゅじんこう}であるこの漫画^{まんが}を読^よみながら、事件^{じけん}のなぞを<u>推理</u>するととても楽^{たの}しい。

　　1 しゅり　　　　2 しゅいり　　　　3 ついり　　　　4 すいり

④ 部長^{ぶちょう}の主張^{しゅちょう}の矛盾^{むじゅん}を<u>指摘</u>した私^{わたし}は<u>左遷</u>された。

　　1 してき　　　　2 じてき　　　　3 しせき　　　　4 じせき

⑤ 彼^{かれ}のあまりにもきざな話^{はな}し方^{かた}に<u>穏やか</u>な村本^{むらもと}さんも怒^{おこ}ってしまった。

　　1 さわやか　　　　2 きらびやか　　　　3 なごやか　　　　4 おだやか

⑥ 女優^{じょゆう}のさなえさんはタイ人^{じん}の富豪^{ふごう}と結婚^{けっこん}して<u>華やか</u>な生活^{せいかつ}を過^すごしている。

　　1 すこやか　　　　2 はなやか　　　　3 かろやか　　　　4 こまやか

答案及解析 P. 145

請選出畫底線字彙的正確讀法。

① 娘には利口な人より賢明な人に育ってほしい。

   1 せんめい   2 かんめい   3 けんめい   4 げんめい

② 地震で安否不明になっている人の捜索が再開された。

   1 そうさ   2 そうさく   3 しょうせき   4 しょうさ

③ 新製品の欠陥や不良に関する苦情が絶えない。

   1 けつげん   2 けっかん   3 けつわん   4 げつかん

④ 魅力的に見えてよく売れるように並べるのが陳列の原則だそうだ。

   1 じんれつ   2 しんれつ   3 とうれつ   4 ちんれつ

⑤ 広々とした海原を眺めていると、悩み事など全部吹き飛んでしまう。

   1 ながめて   2 あやめて   3 つめて   4 ひそめて

⑥ 町全体がわけのわからない恐ろしい伝染病に襲われている。

   1 うかがわれて   2 みまわれて   3 おおわれて   4 おそわれて

答案及解析 P. 145

請選出畫底線字彙的正確讀法。

① 島根さんは損害賠償の<u>訴訟</u>に巻き込まれて困っているらしい。

   1 そそう   2 そうしょう   3 しょうそ   4 そしょう

② 彼は億万長者であることを隠して一生を<u>質素</u>に暮らしていた。

   1 しつそ   2 しつそう   3 しっそ   4 しっそう

③ この集いは<u>趣旨</u>がはっきりしていなくてちょっと怪しい。

   1 しゅうじ   2 しゅし   3 ついじ   4 ちゅうし

④ 家具を選ぶ時は部屋のサイズや配色を<u>考慮</u>して購入しましょう。

   1 こりょう   2 こりょ   3 こうりょう   4 こうりょ

⑤ オリンピックに出場している選手たちは全力を<u>尽くして</u>試合に臨んでいる。

   1 かくして   2 つくして   3 そくして   4 なくして

⑥ 祖母は 90 歳なのに、次々と新しいことに<u>挑んで</u>いる。

   1 はずんで   2 いどんで   3 はぐくんで   4 たしなんで

答案及解析 P. 146

請選出畫底線字彙的正確讀法。

① A社に土壇場（しゃ　ど　たん　ば）で契約（じょうけん）条件を変（か）えられて困（こま）ってしまった。

1 けいやく　　　　2 けやく　　　　　3 かいやく　　　　4 かいえき

② 彼（かれ）は議論（ぎ　ろん）のポイントをよく把握していないようで、とんちんかんなことを言（い）っている。

1 ぱあく　　　　　2 ははく　　　　　3 はあく　　　　　4 ぱはく

③ 都市（と　し）の真（ま）ん中（なか）に位置（い　ち）しているこの公園（こうえん）は樹木が多（おお）い庭園（ていえん）として有名（ゆうめい）だ。

1 すうもく　　　　2 しゅうぼく　　　3 じゅもく　　　　4 しゅぼく

④ （航空会社（こうくうがいしゃ）のお知（し）らせ）
お客様（きゃくさま）のお手荷物（て　に　もつ）の破損や紛失（ふんしつ）することのないように、細心（さいしん）の注意（ちゅうい）を払（はら）っております。

1 はそん　　　　　2 ぱそん　　　　　3 はいぞん　　　　4 へいそん

⑤ この通（とお）りの並木（なみ　き）は桜（さくら）なので、4月（がつ）になるとその香（かお）りが漂ってくる。

1 かよって　　　　2 きたって　　　　3 さまよって　　　4 ただよって

⑥ この湾（わん）に臨むすべての別荘（べっそう）はハリウッド俳優（はいゆう）が所有者（しょゆうしゃ）になっている。

1 はずむ　　　　　2 のぞむ　　　　　3 あせばむ　　　　4 いたむ

答案及解析 P. 147

請選出畫底線字彙的正確讀法。

① 最近の若者は<u>画一化</u>が進んでいる。

    1 かくいちか   2 かくいつか   3 がくいっか   4 がくいちか

② 両親の<u>承諾</u>を得ずに彼と結婚式をあげようと思っている。

    1 しょうだく   2 しょうらく   3 そうじゃく   4 そうわく

③ スキャンした画像データをEメールに<u>添付</u>して送信しますので、ご確認ください。

    1 せんぶ   2 ぜんぶ   3 てんぶ   4 てんぷ

④ こんなに苦労したことを<u>凝縮</u>して一言で表すことなんてできません。

    1 ようしょく   2 おうしゅく   3 こうしょく   4 ぎょうしゅく

⑤ 今日は粘土をよく<u>練って</u>壺を作ってみましょう。

    1 ねって   2 ぬって   3 もぐって   4 はって

⑥ たくさんの学生に<u>慕われて</u>きた山下教授が事故で亡くなった。

    1 したがわれて   2 ともなわれて   3 したわれて   4 みまわれて

答案及解析 P. 148

請選出畫底線字彙的正確讀法。

1. 何の訳^{なんわけ}もなく突然^{とつぜん}、将来^{しょうらい}に対^{たい}する<u>漠然</u>とした不安^{ふあん}に襲^{おそ}われることがある。

   1 まくぜん　　　　2 まくねん　　　　3 ばくぜん　　　　4 ばくねん

2. 有権者^{ゆうけんしゃ}の多^{おお}くが<u>棄権</u>した結果^{けっか}、30％という低投票率^{ていとうひょうりつ}であった。

   1 きけん　　　　2 きかん　　　　3 けいこん　　　　4 けきん

3. 少子化対策^{しょうしかたいさく}の事業^{じぎょう}の<u>概要</u>を橋本君^{はしもとくん}に述^のべてもらいましょう。

   1 がいりょう　　　　2 がいりゃく　　　　3 がいよう　　　　4 がいえい

4. この研究室^{けんきゅうしつ}では<u>細菌</u>の培養^{ばいよう}が行^{おこな}われている。

   1 せいくん　　　　2 さいけん　　　　3 せいきゅん　　　　4 さいきん

5. そんな<u>偏った</u>考^{かんが}え方^{かた}では何事^{なにごと}もできまい。

   1 そなわった　　　　2 へりくだった　　　　3 かたよった　　　　4 いろどった

6. 冬眠^{とうみん}する動物^{どうぶつ}は冬季用^{とうきよう}のえさを<u>蓄えて</u>おく。

   1 くわえて　　　　2 たくわえて　　　　3 つけくわえて　　　　4 さしくわえて

答案及解析 P. 148

請選出畫底線字彙的正確讀法。

1 主人は<u>些細</u>なことにすぐ<u>動揺</u>してしまう<u>人</u>だ。
    1 どうよう   2 どうよ   3 どうげい   4 どうがく

2 この会社への入社の志願書は<u>随時</u>受け付けている。
    1 すうじ   2 しゅうじ   3 ずいじ   4 じゅじ

3 職員の<u>待遇</u>改善案を箇条書きにして社長に提出した。
    1 たいぐ   2 たいぐう   3 だいぐう   4 だいぎょう

4 <u>脚本</u>を書くのに必要なのは才能ではなく、いかにして自分なりの書き方を見つけるかということです。
    1 かくほん   2 ぎゃくほん   3 きゃくほん   4 がくほん

5 空にはかすみのように<u>淡い</u>雲が浮いていた。
    1 あわい   2 きよい   3 くわらしい   4 こころよい

6 判事には感情に流されずに事件を<u>厳正</u>に裁いてほしい。
    1 けんしょう   2 けんせい   3 げんしょう   4 げんせい

答案及解析 P. 149

請選出畫底線字彙的正確讀法。

① 全ての部署における経費が大幅に<u>削減</u>された。

1 せきげん　　　2 さくげん　　　3 しきかん　　　4 せきにん

② 私の上司は<u>肝心</u>なところになるとあやふやな態度をとるので困る。

1 かんしん　　　2 がんしん　　　3 かんじん　　　4 がんじん

③ 緊張したせいか、話が<u>本筋</u>からそれてしまった。

1 ほんすじ　　　2 ほんきん　　　3 ほんすう　　　4 ほんぽん

④ DNA<u>鑑定</u>を通して親子関係であるかどうかがわかる。

1 かんてい　　　2 けんてい　　　3 かんしょう　　　4 けんせい

⑤ いくらお世話になった人からの頼みであろうが、無理なことだったら、<u>拒んだ</u>方がいい。

1 はばんだ　　　2 はさんだ　　　3 こばんだ　　　4 あんだ

⑥ 彼が私より頭脳明晰だということは<u>否めない</u>。

1 そめない　　　2 かがめない　　　3 いなめない　　　4 ゆがめない

答案及解析 P. 150

請選出畫底線字彙的正確讀法。

① 代表チームの金メダルは日夜をわかず努力した結果だ。

1 ひや　　　　　2 にちよ　　　　　3 ひよ　　　　　4 にちや

② 夜になるとこの跡地に暴走族が集まってくる。

1 せきち　　　　2 あきじ　　　　　3 あとち　　　　4 しゃくじ

③ 例年より利益がわずかに減少している。

1 りえき　　　　2 りいき　　　　　3 いえき　　　　4 いいき

④ ライバル選手にたいして失言した森田選手は記者会見で釈明した。

1 せきみょう　　2 さくめい　　　　3 しゃくめい　　4 たくめい

⑤ 子供にはただ健やかに育ってほしい。

1 なごやか　　　2 きらびやか　　　3 はなびやか　　4 すこやか

⑥ こんな何の使い道もないものを発明するのに 5 年という歳月を費やしたのか？

1 もやした　　　2 ついやした　　　3 いやした　　　4 ひやした

答案及解析 P. 150

請選出畫底線字彙的正確讀法。

1　時代の変遷に伴って電子製品に対する人々のニーズも変わっていく。

   1 へんか　　　　　2 へんかん　　　　　3 へんせん　　　　4 へんこう

2　赤羽君は学生にあるまじき行為をしたとして退学させられた。

   1 こうい　　　　　2 ぎょうい　　　　　3 こうぎ　　　　　4 ぎょうえい

3　休日ごとに介護施設に行って家族で奉仕活動をしている。

   1 ぼうし　　　　　2 ほうし　　　　　　3 ほうじ　　　　　4 ほうしゃ

4　試合終了 10 秒前に彼が入れたゴールでゲームの均衡が破れた。

   1 きんきょう　　　2 ぎんそう　　　　　3 ぎんしょう　　　　4 きんこう

5　どんな犠牲を払っても自分の意志は曲げずに貫く覚悟です。

   1 はぶく　　　　　2 いだく　　　　　　3 うなずく　　　　4 つらぬく

6　国民たちは政界と財界の癒着に憤っている。

   1 あなどって　　　2 いきどおって　　　3 すどおって　　　4 きどって

答案及解析 P. 151

請選出畫底線字彙的正確讀法。

① 図書館から借りた本の返却を<u>督促</u>する電話がかかってきた。
　　1 とくそく　　　　2 どくそく　　　　3 とくじょく　　　　4 とくしょく

② シニア産業はこれからの経済の<u>中枢</u>をなす市場だそうだ。
　　1 じゅうく　　　　2 じゅうすう　　　　3 ちゅうく　　　　4 ちゅうすう

③ 彼は資産を<u>網羅</u>することができないほど大富豪だそうだ。
　　1 めいら　　　　2 られつ　　　　3 もうら　　　　4 もうれつ

④ <u>心地</u>よく寝ている姪の隣で添い寝している姉もぐっすり眠っていた。
　　1 しんじ　　　　2 じんじ　　　　3 こころや　　　　4 ここち

⑤ 今までの常識を<u>覆す</u>さっぱりした味わいのビールが発売された。
　　1 うらがえす　　　　2 くつがえす　　　　3 ごったがえす　　　　4 しかえす

⑥ 僕は当時上司に<u>巧妙</u>に操られていることに気づかなかった。
　　1 きょうみょう　　2 こうみょう　　　　3 きょうめい　　　　4 こうめい

答案及解析 P. 152

請選出畫底線字彙的正確讀法。

1 料理を習ってもう２年目になるのになかなか手際がよくなりません。

1 しゅさい　　　　2 しゅぎわ　　　　3 てさい　　　　4 てぎわ

2 最近、閲覧室にて盗難事件が相次いでいるので、ご注意ください。

1 かんらん　　　　2 えつらん　　　　3 もんらん　　　　4 げんらん

3 酪農学部の僕は休みごとに農場や牧場でアルバイトしながら経験を積んでいる。

1 なくふう　　　　2 らくふ　　　　3 なくろう　　　　4 らくのう

4 うそなんかついて罪から逃れないで正直に白状しなさい。

1 あばれ　　　　2 くずれ　　　　3 のがれ　　　　4 にげれ

5 飲みすぎ食べすぎが健康に悪いというのは、言うも愚かなことだ。

1 おろか　　　　2 おろそか　　　　3 おごそか　　　　4 おだやか

6 敵軍の退路を遮ったのが勝利の要因だった。

1 さえぎった　　　2 くぎった　　　　3 ちぎった　　　　4 よこぎった

名詞 1（重要漢字詞）

あ 幹旋(あっせん)　　斡旋

　 意義(いぎ)　　意義

　 移行(いこう)　　推移；過渡

　 意地(いじ)　　決心；毅力

　 維持(いじ)　　維持

　 遺跡(いせき)　　遺跡

　 委託(いたく)　　委託

　 一切(いっさい)　　完全；全然

　 威力(いりょく)　　威力

　 印鑑(いんかん)　　印鑑

　 隠居(いんきょ)　　隱居

　 得手(えて)　　擅長；拿手

　 獲物(えもの)　　獵物；戰利品

　 演劇(えんげき)　　戲劇

　 演奏(えんそう)　　演奏

　 大幅(おおはば)　　大幅度

　 汚染(おせん)　　汙染

か 海峡(かいきょう)　　海峽

　 介護(かいご)　　看護；護理

　 怪獣(かいじゅう)　　怪獸

　 開拓(かいたく)　　開拓

　 街頭(がいとう)　　街頭

　 該当(がいとう)　　符合

　 介抱(かいほう)　　照顧；護理；服侍

　 快方(かいほう)　　好轉；逐漸恢復

　 解放(かいほう)　　解放

　 垣根(かきね)　　籬笆；圍牆

架空(かくう)　　虛構；空想

各種(かくしゅ)　　各種

火災(かさい)　　火災

箇条書(かじょうが)き　　條列式書寫

河川(かせん)　　河川

花壇(かだん)　　花壇

活躍(かつやく)　　活躍

間隔(かんかく)　　間隔

干渉(かんしょう)　　干涉

歓声(かんせい)　　歡呼聲

感染(かんせん)　　感染

監督(かんとく)　　監督

幹部(かんぶ)　　幹部

寛容(かんよう)　　寬容

還暦(かんれき)　　六十歲

企業(きぎょう)　　企業

戯曲(ぎきょく)　　戲曲

既婚(きこん)　　已婚

記載(きさい)　　紀載

希少(きしょう)　　稀少

偽造(ぎぞう)　　偽造

軌道(きどう)　　軌道

寄付(きふ)　　捐贈

救援(きゅうえん)　　救援

救済(きゅうさい)　　救濟

宮殿(きゅうでん)　　宮殿

享受(きょうじゅ)　　享受

郷愁(きょうしゅう)　　郷愁

恐縮(きょうしゅく)　　畏縮；退縮；抱歉

郷里(きょうり) 　郷里

拒否(きょひ) 　拒絕；謝絕

金塊(きんかい) 　金塊

吟味(ぎんみ) 　玩味；品味

工夫(くふう) 　設法

経緯(けいい) 　經過；原委

継続(けいぞく) 　繼續

結束(けっそく) 　捆束；團結

懸念(けねん) 　罣礙；擔心

謙虚(けんきょ) 　謙虛

貢献(こうけん) 　貢獻

交渉(こうしょう) 　交涉

香辛料(こうしんりょう) 　辛香料

拘束(こうそく) 　拘束；限制

交代(こうたい) 　交替

降伏(こうふく) 　降伏；投降

告白(こくはく) 　告白

誤差(ごさ) 　誤差

小銭(こぜに) 　零錢

献立(こんだて) 　菜單

昆虫(こんちゅう) 　昆蟲

さ 採算(さいさん) 　核算

栽培(さいばい) 　栽培

左遷(させん) 　降職

冊子(さっし) 　冊子

山岳(さんがく) 　山岳

飼育(しいく) 　飼育

磁気(じき) 　磁力

色彩(しきさい) 　色彩

試行(しこう) 　試行；嘗試；試驗

嗜好品(しこうひん) 　嗜好品

施設(しせつ) 　設施；育幼院；養老院

実体(じったい) 　實體；本質

実費(じっぴ) 　實際費用；成本

執筆(しっぴつ) 　執筆；寫作

芝居(しばい) 　戲劇

脂肪(しぼう) 　脂肪

自慢(じまん) 　自豪；自誇

使命(しめい) 　使命

車掌(しゃしょう) 　列車員；乘務員

斜面(しゃめん) 　斜面

収穫(しゅうかく) 　收穫

終始(しゅうし) 　始終；自始至終

修飾(しゅうしょく) 　修飾

渋滞(じゅうたい) 　交通堵塞

柔軟(じゅうなん) 　柔軟；靈活

祝賀(しゅくが) 　祝賀

取材(しゅざい) 　採訪

受賞(じゅしょう) 　得獎

朱肉(しゅにく) 　印泥

生涯(しょうがい) 　生涯

消去(しょうきょ) 　消去；消除

衝撃(しょうげき) 　衝擊

正体(しょうたい) 　真面目

焦点(しょうてん) 　焦點

奨励(しょうれい) 　獎勵

庶民(しょみん) 　庶民；平民

署名(しょめい) 　署名

真珠(しんじゅ) 　珍珠

真相(しんそう) 　真相

申請(しんせい) 　申請

迅速(じんそく)　迅速

侵入(しんにゅう)　侵入；入侵

衰退(すいたい)　衰退

随筆(ずいひつ)　隨筆

崇拝(すうはい)　崇拜

隙間(すきま)　縫隙；間隙

誠意(せいい)　誠意

正規(せいき)　正規

政策(せいさく)　政策

摂取(せっしゅ)　攝取

折衷(せっちゅう)　折衷

繊維(せんい)　纖維

宣伝(せんでん)　宣傳

全滅(ぜんめつ)　全毀；完全消滅

騒音(そうおん)　噪音

装飾(そうしょく)　裝飾

素材(そざい)　素材

阻止(そし)　阻止

率先(そっせん)　率先

通常(つうじょう)　一般；通常

手当(てあ)て　處理；津貼；工資

邸宅(ていたく)　宅邸

低迷(ていめい)　低迷

撤回(てっかい)　撤回

徹夜(てつや)　徹夜

転換(てんかん)　轉換

典型(てんけい)　典型

転覆(てんぷく)　顛覆；推翻

陶器(とうき)　陶器

特殊(とくしゅ)　特殊

匿名(とくめい)　匿名

問屋(とんや)　批發商

な　内臓(ないぞう)　內臟

人形(にんぎょう)　人偶

認識(にんしき)　認識

燃焼(ねんしょう)　燃燒

濃縮(のうしゅく)　濃縮

た　態勢(たいせい)　陣勢；態勢

妥協(だきょう)　妥協

探検(たんけん)　探險

探索(たんさく)　探索

蓄積(ちくせき)　蓄積；積累

秩序(ちつじょ)　秩序

中旬(ちゅうじゅん)　中旬

抽象(ちゅうしょう)　抽象

彫刻(ちょうこく)　雕刻

徴収(ちょうしゅう)　徵收

沈黙(ちんもく)　沉默

は　背景(はいけい)　背景

廃止(はいし)　廢止

俳優(はいゆう)　演員

発揮(はっき)　發揮

発掘(はっくつ)　發掘

浜辺(はまべ)　海濱

反射(はんしゃ)　反射

被災地(ひさいち)　受災地

一息(ひといき)　氣息；呼吸；歇會兒

避難(ひなん)　避難

肥料(ひりょう)　肥料

敏感(びんかん)　敏感

不得手(ふえて)　不拿手；不擅長

福祉(ふくし)　福祉

不潔(ふけつ)　不乾淨；骯髒

富豪(ふごう)　富豪

夫妻(ふさい)　夫妻

負債(ふさい)　負債

侮辱(ぶじょく)　侮辱

沸騰(ふっとう)　沸騰

赴任(ふにん)　赴任；上任

腐敗(ふはい)　腐敗

憤慨(ふんがい)　憤慨

紛争(ふんそう)　紛爭

閉鎖(へいさ)　封鎖；封閉

別荘(べっそう)　別墅

返済(へんさい)　償還；付款

飽和(ほうわ)　飽和

邦人(ほうじん)　日本人；日僑

撲滅(ぼくめつ)　撲滅

保守(ほしゅ)　保守

保障(ほしょう)　保障

墓地(ぼち)　墓地

没収(ぼっしゅう)　沒收

勃発(ぼっぱつ)　爆發；突然發生

本場(ほんば)　正宗；道地

ま 摩擦(まさつ)　摩擦

魅力(みりょく)　魅力

無言(むごん)　沉默；緘默

矛盾(むじゅん)　矛盾

名簿(めいぼ)　名簿

模倣(もほう)　模仿

模様(もよう)　狀況；情況；花樣

や 優雅(ゆうが)　優雅

勇敢(ゆうかん)　勇敢

悠久(ゆうきゅう)　悠久

融通(ゆうずう)　通融；隨機應變

夕闇(ゆうやみ)　薄暮；黃昏

幽霊(ゆうれい)　幽靈

擁護(ようご)　擁護

要請(ようせい)　請求；申請

幼稚(ようち)　幼稚

抑制(よくせい)　抑制

ら 乱用(らんよう)　濫用

隆盛(りゅうせい)　昌隆

類似(るいじ)　類似

連日(れんじつ)　連日

連覇(れんぱ)　連霸

廊下(ろうか)　走廊

老衰(ろうすい)　衰老

わ 枠内(わくない)　範圍內；限度內

名詞 2（單一個漢字訓讀名詞）

あ 網(あみ)　網子

泡(あわ)　泡沫

礎(いしずえ)　根本；基礎

市(いち)　城市；市場

渦(うず)　渦流；漩渦

宴(うたげ)　宴會；酒宴

器(うつわ)　容器

裏(うら)　背後；裡面；內部

襟(えり)　衣領

尾(お)　尾巴

緒(お)　開端

公(おおやけ)　公眾；公開

丘(おか)　丘陵；山丘

沖(おき)　海上；洋面

雄(おす)　雄性

表(おもて)　表面；外觀；前面

趣(おもむき)　風韻；情趣

か 塊(かたまり)　團；塊

角(かど・つの)　轉角；動物頭上的角

株(かぶ)　股票

壁(かべ)　牆

瓦(かわら)　瓦

絆(きずな)　羈絆；牽絆

肝(きも)　肝臟；膽識

茎(くき)　莖

癖(くせ)　癖好

倉(くら)　倉庫

紅(くれない)　鮮紅；大紅

獣(けもの)　野獸

志(こころざし)　志向；目標

暦(こよみ)　日曆

さ 杯(さかずき)　酒杯；杯子

里(さと)　故鄉；村莊

侍(さむらい)　武士

潮(しお)　海潮；潮汐；好時機

芝(しば)　草皮；短草

霜(しも)　霜

巣(す)　巢

袖(そで)　衣袖

た 丈(たけ)　長短；尺寸

種(たね)　種子；起因

魂(たましい)　魂魄；靈魂；精神

民(たみ)　國民；人民

筒(つつ)　筒；罐

翼(つばさ)　翅膀；羽翼

坪(つぼ)　坪

富(とみ)　財產；資源

な 苗(なえ)　苗木；幼苗

沼(ぬま)　沼澤

は 端(はし)　末端；邊緣

裸(はだか)　赤裸；坦率

鉢(はち)　花盆

浜(はま)　海濱；湖濱

ま 枕(まくら)　枕頭

的(まと)　目標；目的

幻(まぼろし)　幻想；幻影

実(み)　果實

幹(みき)　主幹；中樞

岬(みさき)　岬角

溝(みぞ)　溝渠；水溝；代溝

源(みなもと)　源頭；起源

峰(みね)　山峰；山巔

婿(むこ)　女婿

旨(むね)　主旨；意旨

紫(むらさき)　紫色

雌(めす)　雌性

ら　欄(らん)　欄目

わ　技(わざ)　本領；技能

名詞 3 （單一個漢字音讀名詞）

液(えき)　液體

核(かく)　核心

菌(きん)　菌

芸(げい)　技藝；技術

甲(こう)　甲；殻

酸(さん)　酸

軸(じく)　軸

塾(じゅく)　補習班

腸(ちょう)　腸

尿(にょう)　尿

脳(のう)　腦

肺(はい)　肺

脈(みゃく)　脈搏

名詞 4 （例外音）

暗算(あんざん)　心算

乳母(うば)　奶媽

為替(かわせ)　匯兌

形見(かたみ)　遺物；紀念物

句読点(くとうてん)　標點符號

仮病(けびょう)　裝病

疾病(しっぺい)　疾病

洪水(こうずい)　洪水

小豆(あずき)　紅豆

大豆(だいず)　黃豆

小児(しょうに)　兒童

大臣(だいじん)　大臣

雑木林(ぞうきばやし)　雑木林

雑魚(ざこ)　蝦兵蟹將；無足輕重之人

漁師(りょうし)　漁夫

披露(ひろう)　公布；發表

封建(ほうけん)　封建

下半期(しもはんき)　下半期

上半期(かみはんき)　上半期

人数(にんずう)　人數

相殺(そうさい)　相抵；抵銷

喪服(もふく)　喪服

成就(じょうじゅ)　成就；實現

惣菜(そうざい)　家常菜餚

断食(だんじき)　斷食

境内(けいだい)　神社、寺廟院內；界線內

建立(こんりゅう)　建立

柔和(にゅうわ)　柔和

川原(かわら)　河灘

方角(ほうがく)　方角

夏至(げし)　夏至

冬至(とうじ)　冬至

五月(さつき)　農曆5月

七夕(たなばた)　七夕

師走(しわす)　臘月；農曆12月

日和(ひより)　好天氣

時雨(しぐれ)　陣雨

雪崩(なだれ)　雪崩

吹雪(ふぶき)　暴風雪

寿命(じゅみょう)　壽命

動詞 1 （重要漢字詞）

あ　相次(あいつ)ぐ　接連不斷；相繼發生

仰(あお)ぐ　仰仗；請求

商(あきな)う　經商；做買賣

諦(あきら)める　斷念；死心

憧(あこが)れる　嚮往；憧憬

欺(あざむ)く　欺瞞；哄騙

味(あじ)わう　品嘗；品味

焦(あせ)る　著急；焦躁

侮(あなど)る　欺侮；侮辱；輕視

暴(あば)れる　胡亂；胡鬧

編(あ)む　編織

操(あやつ)る　操縱；控制

歩(あゆ)む　步行；前進

争(あらそ)う　競爭；爭奪

慌(あわ)てる　慌張；驚慌

至(いた)る　達到

偽(いつわ)る　假冒；假托

営(いとな)む　經營；營生

否(いな)む　否定

祈(いの)る　祈禱；祝願

威張(いば)る　擺架子；耍威風

彩(いろど)る　裝飾；點綴；上色

祝(いわ)う　祝賀；慶祝

疑(うたが)う　懷疑；猜疑

訴(うった)える　陳訴；控訴；申訴

促(うなが)す　催促；促使

奪(うば)う　剝奪；奪取

敬(うやま)う　敬重；欽慕

補(おぎな)う　填補；補充

抑(おさ)える　抑制；控制；壓；按

惜(お)しむ　惋惜；懊悔；可惜

劣(おと)る　遜色；比不上

衰(おとろ)える　衰敗；衰弱

帯(お)びる　帶有；攜帶；配戴

赴(おもむ)く　奔赴；前往

及(およ)ぼす　波及；帶來；達到

か　輝(かがや)く　閃爍；輝耀

飾(かざ)る　裝飾；妝點

傾(かたむ)ける　傾斜；傾注；傾聽

奏(かな)でる　演奏

絡(から)む　密切相關；纏繞；捲上

枯(か)れる　枯萎；凋謝

刻(きざ)む　銘刻；牢記

築(きず)く　建立；建築

競(きそ)う　競爭；比賽

鍛(きた)える　鍛鍊；錘鍊

牛耳(ぎゅうじ)る　操縱；主導

際立(きわだ)つ　突出；顯眼；顯著

砕(くだ)ける　粉粹；破碎

暮(く)れる　日暮；不知如何是好

志(こころざ)す　立志；追求

異(こと)なる　不同；不尋常

凝(こ)る　凝固；凍結；熱衷；下功夫

さ　栄(さか)える　繁榮；興旺

遡(さかのぼ)る　追溯；回溯

裂(さ)く　切開；劈開；撕開

避(さ)ける　躲避；迴避

捧(ささ)げる　奉獻；獻上；舉起

悟(さと)る　領悟；覺悟

妨(さまた)げる　阻撓；妨礙

騒(さわ)ぐ　吵鬧；騷動

滴(したた)る　滴落

縛(しば)る　綑綁；束縛

渋(しぶ)る　不情願；不流暢

湿(しめ)る　受潮；返潮

退(しりぞ)く　退去；退出；退後

救(すく)う　拯救；解救

澄(す)む　澄清；清澈

切羽詰(せっぱつ)まる　迫不得已；走投無路

沿(そ)う　沿著；按照

添(そ)える　附加；伴隨；陪同

損(そこ)なう　損壞；毀壞

背(そむ)く　背叛；違抗；違反

た　耐(た)える　忍受；忍耐

耕(たがや)す　犁田；耕田

携(たずさ)わる　從事；參加；參與

戦(たたか)う　作戰；戰鬥

畳(たた)む　摺疊；停業；殺掉

束(たば)ねる　扎成一綑；統帥

保(たも)つ　保持；維持

誓(ちか)う　宣誓；發誓

縮(ちぢ)む　收縮；縮小；畏縮

尽(つ)きる　窮盡；到盡頭

償(つぐな)う　償還；賠償

告(つ)げる　宣告；告訴

培(つちか)う　培養；栽培

慎(つつし)む　慎重；謹慎；節制

募(つの)る　激化；越發嚴重；募集

摘(つ)む　摘要；摘取

釣(つ)る　引誘；懸掛；釣魚

照(て)らす　照耀；對照

尖(とが)る　尖銳；神經緊張；尖銳苛刻

説(と)く　說明；闡明

遂(と)げる　完成；實現；達到

滞(とどこお)る　停滯；遲滯

な　嘆(なげ)く　悲嘆；嘆息

倣(なら)う　仿效；模仿

憎(にく)む　憎恨；厭惡

煮(に)る　燉煮；熬煮

縫(ぬ)う　縫製；縫補

塗(ぬ)る　塗抹；轉嫁

狙(ねら)う　伺機；瞄準

除(のぞ)く　去掉；除外

は　放(はな)つ　釋放；發射；放出；派遣

阻(はば)む　阻礙；阻止；阻擋

控(ひか)える　抑制；控制；待命；面臨；不外漏

率(ひき)いる　帶領；率領

響(ひび)く　響徹；回響；揚名

秘(ひ)める　埋藏；隱藏

翻(ひるがえ)す　翻轉；推翻

膨(ふく)らます　使膨脹；使脹大

防(ふせ)ぐ　預防

踏(ふ)む　踩踏；經歷；造訪；履行；估價

隔(へだ)てる　　阻隔；隔開

経(へ)る　　經過；通過

葬(ほうむ)る　　埋葬；葬送

誇(ほこ)る　　自豪；誇耀

施(ほどこ)す　　施行；施予；實施

ま　賄(まかな)う　　供給；籌措；提供膳食

紛(まぎ)れる　　混入；混雜；迷路

瞬(またた)く　　眨眼；閃爍

免(まぬが)れる　　避免；擺脫；逃避

乱(みだ)れる　　混亂；動搖；煩亂

導(みちび)く　　引導；導向

蒸(む)す　　蒸；悶熱

群(むら)がる　　聚集；群聚

目指(めざ)す　　以…為目標；朝著…前進

設(もう)ける　　設置；設立

潜(もぐ)る　　潛入；潛水

求(もと)める　　尋求；渴望；要求

催(もよお)す　　舉行；主辦

や　養(やしな)う　　養育；扶養；休養

歪(ゆが)む　　歪斜；扭曲；不正

譲(ゆず)る　　讓步；轉讓

委(ゆだ)ねる　　委託；委身；託付

装(よそお)う　　裝扮；偽裝

蘇(よみがえ)る　　復甦；甦醒

～じる（～ずる）

甘(あま)んじる　　甘於；滿足

案(あん)じる　　思量；牽掛

応(おう)じる　　回應；對應

重(おも)んじる　　重視；尊重

興(きょう)じる　　感到有趣

準(じゅん)じる　　遵照；按照

転(てん)じる　　轉變；轉換

動(どう)じる　　動搖；驚慌；挪動

封(ふう)じる　　禁止；封鎖

～する

介(かい)する　　仲介；居中調停

害(がい)する　　侵害；戕害；妨害

記(き)する　　寫下；記下

喫(きっ)する　　蒙受；吃；喝

休(きゅう)する　　休息；結束；完了

屈(くっ)する　　屈服；挫折；氣餒

際(さい)する　　正值；遇到

察(さっ)する　　體諒；體察

称(しょう)する　　伴稱；自稱；稱讚

接(せっ)する　　接待；相接；碰上

属(ぞく)する　　所屬；隸屬

達(たっ)する　　達到；通知

脱(だっ)する　　脫落；逃脫；脫離；超脫

得(とく)する　　獲利

面(めん)する　　面向

動詞 2（自動詞和他動詞）

浮かぶ　　漂浮；浮現；露出；想到

浮かべる　　使漂浮；使浮現；露出；想出

埋まる　　埋著；填滿；擠滿

埋める　　掩埋；填上；補足

陥る　　陷入；落入；淪陷；惡化

陥れる　　陷害；坑害；攻陷

折れる　　折斷；辛苦；操勞

折る　　使折斷；使彎曲；費心

隠れる　　隱藏；埋没；隱蔽

隠す　　隱藏；藏匿；隱瞞；掩飾

叶う　　實現；達到

叶える　　達到~目的；滿足~願望

崩れる　　崩潰；瓦解；走樣

崩す　　打亂；使崩潰；換成零錢；草寫

砕ける　　粉碎；打碎；減弱；受挫折

砕く　　將打碎；弄碎；削弱

加わる　　增加；加入

加える　　加上；加以；附加；包含

凝る　　凝固；凍結；下功夫；熱衷；痠痛

凝らす　　使凝固；使凝結；費心思；凝神

転ぶ　　滾倒；跌倒；滾動；事態變化

転がす　　滾動；轉動；絆倒；翻倒

壊れる　　毀壞；倒塌

壊す　　弄壞；破壞；傷害

沈む　　沉没；淪落；沉入；消沉

沈める　　使沉没；使陷入；使沉淪

揃う　　俱全；齊全；一致；整齊

揃える　　備齊；使聚齊；使整齊；使一致

縮む　　收縮；縮小；縮短；退縮

縮める　　使收縮；使縮小；蜷縮

散らばる　　散亂；凌亂；分散；散布

散らかす　　弄得亂七八糟；到處亂扔

詰まる　　塞滿；堵塞

詰める　　塞滿~；裝滿~

積もる　　積滿；堆積；累積

積む　　堆積；裝載；累積

整う　　準備好；完備；整齊

整える　　使完備；整頓；使整齊

濁る　　不清；混濁

濁す　　弄濁；弄渾；弄髒；含糊

抜ける　　(毛髮等)脫落；去除；遺漏

抜く　　使脫落；省掉；抽走；超越

濡れる　濡濕；淋濕

濡らす　弄濕；沾濕

励む　勤勉；刻苦

励ます　鼓勵；勉勵；激勵

挟まる　夾住；夾到

挟む　夾；插嘴

浸る　浸泡；沉浸；陶醉

浸す　使沉浸；將~浸泡於水中

膨らむ　鼓起；脹大；凸起；膨脹

膨らます　使鼓起；使膨脹

塞がる　堵塞；占滿

塞ぐ　使塞住；使堵住

振れる　晃動；擺動；偏離；能揮動

振る　扔；灑；丟；擲；投

滅びる　毀滅；滅亡

滅ぼす　毀滅~；使消滅

混ざる　摻雜；混雜

混ぜる　攪拌；混合

満ちる　充滿；滿溢；漲潮

満たす　滿足；填滿；符合

燃える　燃燒；著火；激動

燃やす　燃燒~；燃起~；激起~

漏れる　漏出；洩漏；吐露；遺漏

漏らす　洩漏~；表露；使遺漏

焼ける　著火；燃燒；日曬；操心；烤好

焼く　燒(成灰)；火烤；日曬；照顧；費心

揺らぐ　搖曳；晃動；搖搖欲墜

揺さぶる　使晃動；使動搖

沸く　沸騰；興奮；激動

沸かす　燒開；燒熱；使~興奮

動詞 3（複合動詞）

言い〜

言い切る　斷言；說完

言い張る　咬定；堅決主張

受け〜

受け継ぐ　繼承；承接

受け持つ　擔任；承擔

打ち〜

打ち明ける　吐露；開誠佈公地說

打ち上げる　發射；揚言

打ち切る　結束；截止；切斷

打ち消す　否認；打消；撲滅

追い〜

追いかける　追趕；緊接著

追い越す　追過；超前

追いつく　追上；趕上；跟上

追い払う　攆走；驅逐；趕走

押し〜

押しかける　湧進；闖入

押し切る　(排除困難)堅持到底

押し付ける　強迫使人做；強迫使人接受

落ち〜

落ち込む　陷入；凹陷；消沉；失落

落ち着く　平靜；鎮靜

思い〜

思い切る　放棄；斷念；死心；下決心

思いつく　想到；想出

思いやる　體貼；體恤

切り〜

切り上げる　(貨幣)升值；告一段落；(計算)進位

切り替える　切換；更換；調換

切り出す　開始談；開始砍；採伐後運出

食い〜

食い違う　分歧；不一致；矛盾

食い止める　抑制；阻止；擋住

組み〜

組み合わせる　組合；合併

組み立てる　安裝；組裝

差し〜

差し掛かる　恰巧路過；臨近

差し込む　插入；嵌入；光線照入

差し支える　妨礙；影響；妨害

立ち〜

立ち入る　進入；干涉；介入

立ち止まる　站住；停步

立ち向かう　反抗；抵抗

取り〜

取り上げる　採取；舉起；沒收；吊銷

取り扱う　經手；處理；對待；操作

取り組む　致力於；埋首；著手

取り消す　取消；廢除

取り締まる　取締；監督；管理

取り付ける　取得；安裝；經常購買

取り巻く　包圍；奉承；逢迎

取り戻す　挽回；收回；光復

取り寄せる　索取；郵購；拿來

乗り～

乗り切る　克服；度過

乗り越える　克服；戰勝；突破

乗り越す　坐過站；越過

乗り出す　挺出；探出；著手

乗り継ぐ　接著乘坐；轉乘

引き～

引き起こす　引起；招致

引き返す　折回；掉頭

引き出す　取出；提取

引き立てる　提拔；資助；凸顯

引き分ける　拉開；不分勝負

振り～

振り返る　回憶過去；回顧

振り向く　掉頭；回首

待ち～

待ちかねる　久候；等得不耐煩

見～

見合わせる　暫緩；暫停；對照

見送る　送行；擱置；放過

見落とす　輕視；看漏

見張る　監視；看守

見舞う　探望；慰問

見守る　守護；關注

持ち～

持ち合わせる　現有；湊巧帶著

持ち帰る　帶回；外帶

持ち込む　挾帶；攜入；帶入

呼び～

呼びかける　呼喚使對方注意；呼籲

呼び出す　傳喚；叫來

割り～

割り当てる　分配；分派；分攤

割り込む　插嘴；插隊；擠入

割り引く　打折；減價

～かかる

突っかかる　頂嘴；撞上；猛撞

寄りかかる　依靠；倚靠

～切る/～切る

裏切る　背叛；辜負

貸し切る　包場；全部借出

締め切る　截止；屆滿

張り切る　幹勁十足；來勁

踏み切る　下定決心；毅然決然

横切る　横越；横切；經過

～込む

打ち込む _{う こ}　釘入；打進；攻入

駆け込む _{か こ}　跑進(相關單位尋求協助)；奔入；硬闖

張り込む _{は こ}　埋伏；暗中監視；豁出去買東西

其他

当てはまる _あ　適合；適用；恰當

貸し出す _{か だ}　出借；出租

繰り返す _{く かえ}　反覆；重複

立て替える _{た か}　代付；墊付

成り立つ _{な た}　成立；形成

盛り上がる _{も あ}　(氣氛)熱烈；高漲起來

い形容詞

浅(あさ)い 淺的；淡的；短暫的

浅(あさ)ましい 卑鄙的；下流的；悲慘的

厚(あつ)かましい 厚顏無恥的

怪(あや)しい 可疑的；奇怪的

粗(あら)い 粗糙的

慌(あわ)ただしい 慌張的；匆忙的

潔(いさぎよ)い 清高的；乾脆的；毫不怯懦的

勇(いさ)ましい 英勇的；勇猛的

薄(うす)い 淡薄的；稀少的

偉(えら)い 卓越的；偉大的；顯赫的

幼(おさな)い 稚氣的；幼小的

恐(おそ)ろしい 恐怖的；可怕的；驚人的

芳(かんば)しい 名聲好的；芬芳的

厳(きび)しい 嚴格的；嚴厲的；厲害的

清(きよ)い 清麗的；清純的

悔(くや)しい 懊悔的；遺憾的

詳(くわ)しい 詳密的；詳細的

汚(けが)らわしい 骯髒的；卑劣的

濃(こ)い 濃郁的；濃厚的

快(こころよ)い 舒適的；愜意的；愉快的

寂(さび)しい 孤單的；寂寞的；冷清的

騒(さわ)がしい 喧鬧的；嘈雜的

親(した)しい 親密的；親近的

渋(しぶ)い 素雅的；吝嗇的；苦澀的；陰沉的

鋭(するど)い 敏銳的；尖銳的；鋒利的

尊(とうと)い 尊貴的；高貴的

乏(とぼ)しい 缺乏的；不足的

懐(なつ)かしい 思慕的；懷念的；想念的

恥(は)ずかしい 害羞的；可恥的；慚愧的

久(ひさ)しい 許久的；睽違已久的

等(ひと)しい 相等的；等同的

相応(ふさわ)しい 相襯的；適合的

紛(まぎ)らわしい 不易分辨的；容易混淆的

貧(まず)しい 清寒的；貧窮的

煩(わずら)わしい 煩瑣的；費事的

な形容詞

明(あき)らかだ 清楚的；明確的

鮮(あざ)やかだ 鮮豔的；鮮明的

粹(いき)だ 通曉人情世故的；時髦的

円滑(えんかつ)だ 圓融的；順暢的

大(おお)げさだ 誇張的；小題大作的

格別(かくべつ)だ 格外的；特別的

頑丈(がんじょう)だ 堅固的

貴重(きちょう)だ 貴重的

窮屈(きゅうくつ)だ 拮据的；拘束的；狹窄的

清(きよ)らかだ　清澈的；純潔的

厳重(げんじゅう)だ　嚴格的；嚴重的；嚴厲的

賢明(けんめい)だ　明智的；賢明的

懸命(けんめい)だ　奮力的；拼命的

強引(ごういん)だ　強行的；蠻幹的

高尚(こうしょう)だ　高尚的

困窮(こんきゅう)だ　困苦的；窮困的

地味(じみ)だ　樸素的；樸實的

純粋(じゅんすい)だ　純粹的；單純的

上品(じょうひん)だ　高尚的；文雅的

慎重(しんちょう)だ　謹慎的

素敵(すてき)だ　出色的；絶妙的

盛大(せいだい)だ　隆重的；盛大的

退屈(たいくつ)だ　無聊的；厭倦的

大胆(だいたん)だ　大膽的；勇敢的；無畏的

淡白(たんぱく)だ　淡泊的；恬淡的

適宜(てきぎ)だ　恰當的；適當的

抜群(ばつぐん)だ　出眾的；卓越的

派手(はで)だ　華麗的；浮華的

密(ひそ)かだ　祕密的；暗中的

頻繁(ひんぱん)だ　頻繁的；屢次的

物騒(ぶっそう)だ　不安寧的；危險的

不慣(ふな)れだ　生疏的；不熟練的

不平等(ふびょうどう)だ　不平等的；不公平的

膨大(ぼうだい)だ　龐大的；巨大的

豊富(ほうふ)だ　豐富的

朗(ほが)らかだ　明朗的；開朗的；活潑的

誇(ほこ)らかだ　自鳴得意的；得意洋洋的

円(まろ)やかだ　圓潤的；醇厚的

惨(みじ)めだ　悽慘的；悲慘的

無邪気(むじゃき)だ　天真無邪的；天真爛漫的

明朗(めいろう)だ　明朗的；開朗的

迷惑(めいわく)だ　為難的；麻煩的

猛烈(もうれつ)だ　猛烈的；強烈的

柔(やわ)らかだ　柔和的；柔軟的

余計(よけい)だ　多餘的；無用的

利口(りこう)だ　機伶的；聰明的

理不尽(りふじん)だ　不合道理的；無理的

露骨(ろこつ)だ　露骨的；直率的

厄介(やっかい)だ　難對付的；麻煩的

副詞

若干(じゃっかん)　少許；若干

再(ふたた)び　再次

目(め)の当(あ)たりに　眼前；面前

多種發音漢字：名詞

強	音 **きょう**	強行 _{きょうこう} 強行　強制 _{きょうせい} 強制　強力 _{きょうりょく} 強而有力
	音 **ごう**	強引 _{ごういん} 強行；蠻幹　強情 _{ごうじょう} 固執；倔強　強奪 _{ごうだつ} 搶奪；強奪　強盗 _{ごうとう} 強盗
工	音 **く**	工夫 _{くふう} 設法　細工 _{さいく} 手工藝　大工 _{だいく} 木匠
	音 **こう**	工学 _{こうがく} 工程　工芸 _{こうげい} 工藝
口	訓 **くち**	口八丁手八丁 _{くちはっちょうてはっちょう} 既有口才又有行動力的人　甘口 _{あまくち} 甜味　無口 _{むくち} 沉默；寡言
	訓 **ぐち**	糸口 _{いとぐち} 線頭；端倪＝手がかり _て 手掛り　川口 _{かわぐち} 河口　悪口 _{わるぐち} 壞話
	音 **く**	口調 _{くちょう} 腔調；口吻　口伝 _{くでん} 口授；口傳
	音 **こう**	口頭 _{こうとう} 口頭　人口 _{じんこう} 人口
極	音 **きょく**	極端 _{きょくたん} 極端　極度 _{きょくど} 極度
	音 **ごく**	極上 _{ごくじょう} 極好；上好　極秘 _{ごくひ} 最高機密　極貧 _{ごくひん} 赤貧　極楽 _{ごくらく} 天堂；極樂世界
金	訓 **かな**	金具 _{かなぐ} 金屬零件　金棒 _{かなぼう} 鐵棍；鐵棒　金物 _{かなもの} 五金
	訓 **かね**	お金持ち _{かねも} 富翁　金儲け _{かねもう} 賺錢
	音 **きん**	金庫 _{きんこ} 金庫　金属 _{きんぞく} 金屬　基金 _{ききん} 基金
	音 **ぎん**	賃金 _{ちんぎん} 工資；薪水
	音 **ごん**	黄金 _{おうごん} 黃金

気	音 き	気質 氣質；性格	空気 空氣；氣氛	平気 冷靜；無動於衷	
	音 け	気配 跡象；動靜；氣息	寒気 寒氣	湿気 濕氣	眠気 睡意
		吐き気 噁心；作嘔			
	音 げ	湯気 熱氣			
納	音 とう	出納 出納			
	音 な	納屋 儲藏室；倉庫			
	音 なっ	納豆 納豆	納得 領會；信服；同意		
	音 のう	納税 納稅	納入 繳納		
端	訓 は	端数 尾數			
	訓 ぱ	中途半端 半途而廢；模稜兩可			
	訓 はし	両端 兩端			
	訓 はた・ばた	井戸端 水井周圍	道端 路邊		
	音 たん	端末 末端；終端			
命	音 みょう	寿命 壽命			
	音 めい	命令 命令	生命 生命		
木	訓 き	木木 各種樹木			
	訓 こ	木陰 樹蔭	木枯らし 寒風；秋風	木立 樹叢	木の葉 樹葉
	音 ぼく	大木 巨樹；大樹	土木 土木；土木工程		
	音 もく	木材 木材	木造 木造		
	音 も	木綿 棉布；棉織品			

文	訓 ふみ・ぶみ	文殻 ぶんがら 看完後不要的信　恋文 こいぶみ 情書	
	音 ぶん	文章 ぶんしょう 文章　文通 ぶんつう 書信往來	
	音 もん	文句 もんく 不滿;抱怨　文部科学省 もんぶかがくしょう 教育部　古文書 こもんじょ 古代文獻 注文 ちゅうもん 訂購;點餐	
	音 も	文字 もじ 文字	
物	訓 もの	物置 ものおき 倉庫;小屋	
	音 ぶつ	物価 ぶっか 物價　物質 ぶっしつ 物質　植物 しょくぶつ 植物　名物 めいぶつ 名產;特產	
	音 もつ	貨物 かもつ 貨物　禁物 きんもつ 禁忌;忌諱　穀物 こくもつ 穀物　作物 さくもつ 作物 食物 しょくもつ 食物　書物 しょもつ 書籍　荷物 にもつ 行李;貨物;累贅	
発	音 はつ	発達 はったつ 發達　発電 はつでん 發電　発展 はってん 發展　挑発 ちょうはつ 挑釁;挑撥	
	音 ほっ	発作 ほっさ 發作　発足 ほっそく 動身;(新成立團體等)開始活動　発端 ほったん 開端	
砂	訓 すな	砂浜 すなはま 海濱沙灘	
	音 さ	砂金 さきん 沙金;金粉　砂糖 さとう 砂糖　砂漠 さばく 沙漠　黄砂 こうさ 黃沙;黃塵	
	音 しゃ	土砂降り どしゃぶり 傾盆大雨	
	音 じゃ	砂利 じゃり 砂礫;砂石	
相	訓 あい	相性 あいしょう 緣分;性格相合　相手 あいて 對手;對方　相乗り あいのり 共乘	
	音 しょう	外相 がいしょう 外交部長;表象　首相 しゅしょう 首相	
	音 そう	相応 そうおう 適合　相互 そうご 相互	
	音 ぞう	寝相 ねぞう 睡相	

生	訓 き	生糸 <ruby>生<rt>き</rt></ruby><ruby>糸<rt>いと</rt></ruby> 生絲；蠶絲　生一本 <ruby>生<rt>き</rt></ruby><ruby>一本<rt>いっぽん</rt></ruby> 直率；純粹　生地 <ruby>生<rt>き</rt></ruby><ruby>地<rt>じ</rt></ruby> 質地；面料；素坯	
	訓 なま	生放送 <ruby>生<rt>なま</rt></ruby><ruby>放送<rt>ほうそう</rt></ruby> 現場直播　生意気 <ruby>生<rt>なま</rt></ruby><ruby>意気<rt>いき</rt></ruby> 狂妄自大　生肉 <ruby>生<rt>なま</rt></ruby><ruby>肉<rt>にく</rt></ruby> 生肉	
	音 しょう	生涯 <ruby>生涯<rt>しょうがい</rt></ruby> 生涯　一生 <ruby>一生<rt>いっしょう</rt></ruby> 一生　殺生 <ruby>殺生<rt>せっしょう</rt></ruby> 殺生	
	音 じょう	立ち往生 <ruby>立<rt>た</rt></ruby>ち<ruby>往生<rt>おうじょう</rt></ruby> 進退兩難　誕生日 <ruby>誕生<rt>たんじょう</rt></ruby><ruby>日<rt>び</rt></ruby> 生日	
	音 せい	生存 <ruby>生存<rt>せいぞん</rt></ruby> 生存　生年月日 <ruby>生年月日<rt>せいねんがっぴ</rt></ruby> 出生年月日	
		生け花 <ruby>生<rt>い</rt></ruby>け<ruby>花<rt>ばな</rt></ruby> 插花　生い立ち <ruby>生<rt>お</rt></ruby>い<ruby>立<rt>た</rt></ruby>ち 成長史；成長經歷　芝生 <ruby>芝<rt>しば</rt></ruby><ruby>生<rt>ふ</rt></ruby> 草坪；草地	
説	音 せつ	仮説 <ruby>仮<rt>か</rt></ruby><ruby>説<rt>せつ</rt></ruby> 假設；假說　小説 <ruby>小<rt>しょう</rt></ruby><ruby>説<rt>せつ</rt></ruby> 小說	
	音 ぜつ	演説 <ruby>演説<rt>えんぜつ</rt></ruby> 演說	
	音 ぜい	遊説 <ruby>遊説<rt>ゆうぜい</rt></ruby> 遊說	
省	音 しょう	省略 <ruby>省略<rt>しょうりゃく</rt></ruby> 省略　文部科学省 <ruby>文部科学省<rt>もんぶかがくしょう</rt></ruby> 教育部	
	音 せい	帰省 <ruby>帰<rt>き</rt></ruby><ruby>省<rt>せい</rt></ruby> 回家郷　反省 <ruby>反<rt>はん</rt></ruby><ruby>省<rt>せい</rt></ruby> 反省	
施	音 し	施工 <ruby>施<rt>し</rt></ruby><ruby>工<rt>こう</rt></ruby> 施工　施行 <ruby>施<rt>し</rt></ruby><ruby>行<rt>こう</rt></ruby> 施行　実施 <ruby>実<rt>じっ</rt></ruby><ruby>施<rt>し</rt></ruby> 實施	
	音 せ	施工 <ruby>施<rt>せ</rt></ruby><ruby>工<rt>こう</rt></ruby> 施工　施行 <ruby>施<rt>せ</rt></ruby><ruby>行<rt>こう</rt></ruby> 施行　施錠 <ruby>施<rt>せ</rt></ruby><ruby>錠<rt>じょう</rt></ruby> 上鎖	
心	訓 こころ	下心 <ruby>下<rt>した</rt></ruby><ruby>心<rt>ごころ</rt></ruby> 內心；別有用心	
	音 しん	心中 <ruby>心中<rt>しんじゅう</rt></ruby> 殉情；一同自殺	
	音 じん	用心 <ruby>用心<rt>ようじん</rt></ruby> 提防；注意；小心　肝心 <ruby>肝心<rt>かんじん</rt></ruby> 緊要；重要；關鍵	

悪	訓 わる	わる ぎ 悪気 惡意		
	音 あく	あく い 悪意 惡意　　あく しつ 悪質 劣質；惡劣　　あく ま 悪魔 惡魔		
	音 お	お かん 悪寒 因發燒而發冷　　けん お 嫌悪 嫌惡　　ぞう お 憎悪 憎惡		
	音 あし	よ　あ 善し悪し 是非；善惡；好壞		
言	訓 こと	こと 言づて 傳話；口信＝伝言、メッセージ　　こと ば 言葉 語言；聲音 かたこと 片言 結結巴巴的話語＝たどたどしい言葉　　ひとこと 一言 一句話		
	訓 ごと	こ ごと 小言 怨言；訓誡　　ね ごと 寝言 夢話　　ひと ごと 独り言 自言自語		
	音 げん	げん ご 言語 言語　　しつげん 失言 失言　　じょげん 助言 勸告；建議　　せんげん 宣言 宣言；宣告 だんげん 断言 斷言　　はつげん 発言 發言		
	音 ごん	ごん ご どうだん 言語道断 豈有此理＝もってのほか　　か ごん 過言 言過其實；言重 でんごん 伝言 傳話　　む ごん 無言 無言；沉默　　ゆいごん 遺言 遺言		
役	音 えき	げんえき 現役 現役　　し えき 使役 差使　　ちょうえき 懲役 徒刑		
	音 やく	やくしゃ 役者 演員＝俳優　　やく め 役目 任務；執掌　　やくわり 役割 職務；職責 しゅやく 主役 主角		
然	音 ぜん	し ぜん 自然 自然		
	音 ねん	てんねん 天然 天然		
雨	訓 あま	あま ぐ 雨具 雨具　　あまぞら 雨空 正在下雨的天空；即將下雨的天空 あま ど 雨戸 遮雨窗；護窗板　　あまみず 雨水 雨水　　あま も 雨漏り 漏雨　　あまやど 雨宿り 躲雨		
	訓 あめ	あめおとこ 雨男 有他在就會下雨的男生　　あめおんな 雨女 有她在就會下雨的女生		
	訓 さめ	きりさめ 霧雨 毛毛雨；細雨　　こさめ 小雨 小雨；細雨　　はるさめ 春雨 春雨；冬粉		
	例外	さ み だれ 五月雨 五月雨；梅雨　　つ ゆ ばい う 梅雨・音 梅雨 梅雨		

由	音 ゆ	由来 由來；來歷	経由 通過；經由
	音 ゆい	由緒 由來；來歷	
	音 ゆう	自由 自由	理由 理由
有	音 う	有頂天 得意忘形；洋洋得意	有無 有無
	音 ゆう	有数 屈指可數；為數不多	有料 收費
元	訓 もと	元手 資本；本錢	元値 成本；原價
	音 がん	元日 元旦　元旦 元旦　元年 元年　元来 原來；最初	
	音 げん	元素 元素	
偽	訓 にせ	偽札 偽鈔	偽物 贗品；仿冒品
	音 ぎ	偽造 偽造	真偽 真偽
音	訓 ね	音色 音色　本音 真心話　弱音 洩氣話；訴苦	
	音 いん	子音 子音	母音 母音
	音 おん	音響 音響　子音 子音　母音 母音	
応	音 おう	応接 應接；接待	応答 應答；答問
	音 のう	順応 順應	反応 反應
易	音 い	安易 簡單；容易	容易 容易
	音 えき	交易 交易	貿易 貿易

人	訓 **ひと**	^{ひとがら}人柄 人格；人品　^{ひとじち}人質 人質　^{ひとな}人並み 一般；普通；尋常 ^{ひとみしり}人見知り 怕生	
	訓 **びと**	^{ひとびと}人々 人們　^{こいびと}恋人 戀人　^{たびびと}旅人 旅人	
	音 **じん**	^{じんざい}人材 人才　^{しじん}詩人 詩人　^{しゃかいじん}社会人 社會人　^{ちじん}知人 熟人	
	音 **にん**	^{にんぎょ}人魚 人魚　^{にんげん}人間 人類　^{しょうにん}商人 商人　^{ほしょうにん}保証人 保證人	
	例外	^{しろうと}素人 外行人　^{くろうと}玄人 內行人；專家　^{なこうど}仲人 媒人　^{わこうど}若人 年輕人 ^{あきんど}商人 商人；生意人	
一	訓 **ひと**	^{ひといき}一息 喘口氣；一把勁　^{ひとえ}一重 一重　^{ひとかたまり}一塊 一塊 ^{ひときわ}一際 格外；尤其　^{ひとくち}一口 一口　^{ひとこと}一言 一句話 ^{ひととき}一時 一時；臨時；某時	
	音 **いち**	^{いちりつ}一律 一律　^{いちりゅう}一流 一流	
	音 **いつ**	^{いっかつ}一括 總括起來　^{いっき}一気 一口氣　^{かくいつ}画一 劃一　^{きんいつ}均一 均一 ^{たんいつ}単一 單一　^{とういつ}統一 統一　^{どういつ}同一 同一　^{ゆいいつ}唯一 唯一	
子	訓 **こ**	^{こも}子持ち 有孩子　^{すえこ}末っ子 老么　^{むすこ}息子 兒子	
	訓 **ご**	^{おしご}教え子 學生　^{はしご}梯子 梯子　^{ふたご}双子 雙胞胎　^{まいご}迷子 走失兒童	
	音 **し**	^{かし}お菓子 點心；零食　^{ちょうし}調子 狀況；情況　^{でし}弟子 弟子 ^{ぼうし}帽子 帽子　^{りし}利子 利息	
	音 **じ**	^{おうじ}王子 王子　^{しょうじ}障子 屏風；拉門	
	音 **す**	^{いす}椅子 椅子　^{せんす}扇子 扇子　^{ようす}様子 動靜；狀態；情形	
自	音 **し**	^{しぜん}自然 自然	
	音 **じ**	^{じしん}自信 自信　^{じそんしん}自尊心 自尊心　^{じぶん}自分 自己	

銭	訓 **ぜに**	小銭 零錢	
	音 **せん**	銭湯 澡堂　釣り銭 找零	
正	訓 **まさ**	正木 姓氏；大葉黃楊　正宗 姓氏；清酒商標；正宗刀	
	音 **しょう**	正月 正月　正気 正氣　正午 正午　正直 正直　正面 正面 正体 真面目＝得体　正味 淨重；實際數量；實質內容	
	音 **せい**	正解 正解　正規 正規　改正 改正　是正 改正；修正	
定	音 **じょう**	定規 規尺；標準；規矩　勘定 結帳＝愛想、会計 案の定 果不其然	
	音 **てい**	定価 定價　定休日 固定休息日　定年 退休年齡	
重	訓 **え**	幾重 層層；重重　一重 一重　二重 兩重	
	音 **じゅう**	重大 重大　重箱 重箱(日式便當盒)　重量 重量　比重 比重	
	音 **ちょう**	貴重 貴重　慎重 慎重　尊重 尊重　丁重 鄭重	
質	音 **しち**	質屋 當鋪	
	音 **じち**	人質 人質	
	音 **しつ**	質素 質樸　品質 品質	
執	音 **しつ**	執筆 執筆　執務 辦公；工作　執拗 固執；頑固	
	音 **しゅう**	執着 執著　執念 執念；執著　我執 自我執著	
体	音 **たい**	得体 真面目＝正体　固体 固體　団体 團體　胴体 胴體 立体 立體	
	音 **てい**	体裁 體統；體面　世間体 面子	

治	音 じ	<ruby>主治医<rt>しゅじ い</rt></ruby> 主治醫生　<ruby>政治<rt>せいじ</rt></ruby> 政治　<ruby>退治<rt>たいじ</rt></ruby> 降魔；打退；治病；撲滅 <ruby>明治<rt>めいじ</rt></ruby> 明治(天皇年號)
	音 ち	<ruby>治安<rt>ち あん</rt></ruby> 治安　<ruby>治療<rt>ち りょう</rt></ruby> 治療
土	訓 つち	<ruby>土一揆<rt>つちいっき</rt></ruby> 室町時代的農民起義
	音 と	<ruby>土地<rt>と ち</rt></ruby> 土地
	音 ど	<ruby>土砂<rt>ど しゃ</rt></ruby> 泥沙　<ruby>土台<rt>ど だい</rt></ruby> 地基；基礎　<ruby>土手<rt>ど て</rt></ruby> 堤防；土堰　<ruby>土木<rt>ど ぼく</rt></ruby> 土木 <ruby>黄土<rt>おうど</rt></ruby> 黃土　<ruby>出土<rt>しゅつど</rt></ruby> 出土　<ruby>粘土<rt>ねんど</rt></ruby> 黏土　<ruby>風土<rt>ふうど</rt></ruby> 風土人情 <ruby>本土<rt>ほんど</rt></ruby> 本土　<ruby>領土<rt>りょうど</rt></ruby> 領土
判	音 はん	<ruby>判決<rt>はんけつ</rt></ruby> 判決　<ruby>判断<rt>はんだん</rt></ruby> 判斷　<ruby>批判<rt>ひ はん</rt></ruby> 批判
	音 ばん	<ruby>小判<rt>こ ばん</rt></ruby> 小張紙或小本書；江戶時代的一兩錢幣　<ruby>裁判<rt>さいばん</rt></ruby> 裁判；審理 <ruby>評判<rt>ひょうばん</rt></ruby> 評價
	音 ぱん	<ruby>審判<rt>しんぱん</rt></ruby> 審判
平	訓 ひら	<ruby>平仮名<rt>ひらがな</rt></ruby> 平假名　<ruby>平社員<rt>ひらしゃいん</rt></ruby> 一般職員　<ruby>平手<rt>ひら て</rt></ruby> 攤開手掌
	音 びょう	<ruby>平等<rt>びょうどう</rt></ruby> 平等
	音 へい	<ruby>平均<rt>へいきん</rt></ruby> 平均　<ruby>平常<rt>へいじょう</rt></ruby> 平常　<ruby>平和<rt>へい わ</rt></ruby> 平靜；和睦
河	訓 かわ	<ruby>河底<rt>かわぞこ</rt></ruby> 河床
	音 か	<ruby>河川<rt>か せん</rt></ruby> 河川
	音 が	<ruby>運河<rt>うん が</rt></ruby> 運河　<ruby>銀河<rt>ぎん が</rt></ruby> 銀河　<ruby>氷河<rt>ひょう が</rt></ruby> 冰河
合	音 かっ	<ruby>合戦<rt>かっせん</rt></ruby> 交戰　<ruby>歌合戦<rt>うたがっせん</rt></ruby> 歌唱比賽　<ruby>雪合戦<rt>ゆきがっせん</rt></ruby> 打雪仗
	音 がっ	<ruby>合宿<rt>がっしゅく</rt></ruby> 合宿　<ruby>合唱<rt>がっしょう</rt></ruby> 合唱　<ruby>合体<rt>がったい</rt></ruby> 合體　<ruby>合致<rt>がっ ち</rt></ruby> 一致　<ruby>合併<rt>がっぺい</rt></ruby> 合併
	音 ごう	<ruby>合格<rt>ごうかく</rt></ruby> 合格　<ruby>合理<rt>ごう り</rt></ruby> 合理　<ruby>会合<rt>かいごう</rt></ruby> 集會　<ruby>集合<rt>しゅうごう</rt></ruby> 集合　<ruby>統合<rt>とうごう</rt></ruby> 統合 <ruby>配合<rt>はいごう</rt></ruby> 配合

行	音 ぎょう	行儀 (ぎょうぎ) 禮貌；禮儀　行事 (ぎょうじ) 儀式；活動　行政 (ぎょうせい) 行政　行列 (ぎょうれつ) 行列 一行 (いちぎょう) 一行　興行 (こうぎょう) 演出　修行 (しゅぎょう) 修行
	音 こう	行為 (こうい) 行為　行動 (こうどう) 行動＝振る舞い (ふるまい)　行楽 (こうらく) 遠足；郊遊
		行方 (ゆくえ) 去向；行蹤　行脚 (あんぎゃ) 行脚；徒步旅行
戸	訓 と	戸 (と) 門　戸締り (とじまり) 關門；鎖門　瀬戸 (せと) 窄的海峽；緊要關頭
	訓 ど	雨戸 (あまど) 風雨窗；護窗板　井戸 (いど) 水井　江戸 (えど) 江戸(東京舊稱)
	音 こ	戸主 (こしゅ) 戸長　戸籍 (こせき) 戸籍　下戸 (げこ) 不會喝酒的人
	音 ご	笑い上戸 (わらいじょうご) 喝醉就笑的人；老是愛笑的人
会	音 え	会釈 (えしゃく) 頷首；點頭　会得 (えとく) 領會；理解 一期一会 (いちごいちえ) 一輩子只有一次的相會；一生只有一次的機會
	音 かい	会計 (かいけい) 會計　会場 (かいじょう) 會場　会談 (かいだん) 會談　会費 (かいひ) 會費
興	音 きょう	興味 (きょうみ) 興趣
	音 こう	興行 (こうぎょう) 演出　興奮 (こうふん) 興奮　興亡 (こうぼう) 興亡　振興 (しんこう) 振興　新興 (しんこう) 新興 復興 (ふっこう) 復興

漢字訓讀和音讀的動詞、形容詞

覚	訓	覚える (おぼえる) 感受；記住；學會　覚める (さめる) 覺醒；醒悟；醒來
強	訓	強いる (しいる) 強迫；強逼　強い (つよい) 強壯的；堅強的；擅長的；激烈的
結	訓	結ぶ (むすぶ) 締結；打結　結う (ゆう) 綑；紮；繫結
経	訓	経つ (たつ) 經過；時間流逝　経る (へる) 經過；經由；通過

苦	訓	苦しい 難受的；痛苦的　苦い 味苦的
空	訓	空く 空缺；空出；空閒　空く 稀疏；稀少；變少
絞	訓	絞る 絞盡；縮小；榨取　絞める 勒死；掐
断	訓	断る 拒絕；通知　断つ 斷絕；結束
担	訓	担ぐ 扛；推舉；耍弄　担う 擔任；背負；承擔
逃	訓	逃がす 錯過；失掉；放跑　逃す 錯過；漏掉；放跑
鈍	訓	鈍い 不清晰的；滯澀的；遲鈍的　鈍い 愚鈍的；遲鈍的
冷	訓	冷たい 冷的；涼的；無情的　冷える 發冷；變冷　冷やす 冷卻；冰鎮
頼	訓	頼む 請求；懇求　頼る 憑靠；仰仗；依靠
訪	訓	訪れる 尋訪；(自然現象、災難等)降臨；到來　訪ねる 訪問；拜訪
報	訓	報いる 報答；回報；報酬
	音	報じる 通知；報告；報導
覆	訓	覆う 被覆；覆蓋　覆す 推翻；顛覆
負	訓	負う 背負；擔負；適合；受傷　負ける 失敗；輸；示弱；經不起
省	訓	省みる 反省　省く 省略；精簡
盛	訓	盛んだ 發達的；旺盛的；熱烈的　盛る 堆高；堆積；調配；刻刻度
細	訓	細やかだ 細膩的；纖細的　細かい 仔細的；詳細的；細心的 細い 狹窄的；細的
速	訓	速やかだ 迅速的；敏捷的　速い 快的；急的；敏捷的

勝	訓	勝つ 克服；戰勝；贏　勝る 優於；勝過
試	訓	試みる 試圖；嘗試；試驗　試す 嘗試；品嘗；考驗
辛	訓	辛い 辣的　辛い 艱辛的；辛苦的；難受的
厳	訓	厳しい 嚴厲的；嚴格的；苛刻的　厳かだ 嚴肅的；莊嚴的；威嚴的
染	訓	染みる 滲入；刺痛；痛感　染める 染色；染上；受影響
汚	訓	汚い 骯髒的；齷齪的　汚れる 受玷汙；不道德　汚れる 汙染；弄髒
緩	訓	緩い 寬鬆的；寬大的；不嚴謹的　緩める 鬆弛；鬆懈；放寬；緩和 緩やかだ 遲鈍的；平緩的；寬鬆的
優	訓	優れる 出色；優秀；凌駕　優しい 溫柔的；體貼的
育	訓	育てる 培養；撫育　育む 孵；哺育；培養
危	訓	危ない 驚險的；危險的　危ぶむ 擔心；認為危險
潜	訓	潜む 蘊藏；潛伏；潛藏　潜る 潛入；潛水　潜る 穿過；鑽過
裁	訓	裁く 評理；裁判　裁つ 裁減
著	訓	著す 撰寫；著書　著しい 顯著的；顯眼的
占	訓	占める 佔據；佔有　占う 占卜
足	訓	足す 添加；加　足りる 足夠
注	訓	注ぐ 澆注；注入　注ぐ 斟；注入
重	訓	重たい 沉甸甸的；遲鈍的；緩慢的　重んじる・重んずる 重視；注重；尊重 重なる 重複；重疊
集	訓	集まる 聚集；集結　集う 聚集；聚攏

焦	訓	焦る<ruby>焦<rt>あせ</rt></ruby>る 著急；焦躁　焦げる<ruby>焦<rt>こ</rt></ruby>げる 燒焦；烤焦
触	訓	触る<ruby>触<rt>さわ</rt></ruby>る 碰觸；觸摸　触れる<ruby>触<rt>ふ</rt></ruby>れる 碰觸；觸及
弾	訓	弾む<ruby>弾<rt>はず</rt></ruby>む 反彈；慷慨；情緒高漲　弾く<ruby>弾<rt>ひ</rt></ruby>く 拉；彈
怠	訓	怠る<ruby>怠<rt>おこた</rt></ruby>る 疏忽；怠慢　怠ける<ruby>怠<rt>なま</rt></ruby>ける 偷懶；怠工
通	訓	通う<ruby>通<rt>かよ</rt></ruby>う 去往；通向　通る<ruby>通<rt>とお</rt></ruby>る 通過；貫穿；透過
	音	通じる<ruby>通<rt>つう</rt></ruby>じる 通達；領會；理解；溝通
平	訓	平らだ<ruby>平<rt>たい</rt></ruby>らだ 扁平的；平坦的　平らげる<ruby>平<rt>たい</rt></ruby>らげる 削平；彌平；平定 平たい<ruby>平<rt>ひら</rt></ruby>たい 平坦的；扁平的
抱	訓	抱く<ruby>抱<rt>だ</rt></ruby>く 心懷；抱有；摟抱；孵蛋　抱える<ruby>抱<rt>かか</rt></ruby>える 擔負；承擔；雇用　抱く<ruby>抱<rt>いだ</rt></ruby>く 心懷；抱有
被	訓	被る<ruby>被<rt>こうむ</rt></ruby>る 遭遇；蒙受；蒙恩　被る<ruby>被<rt>かぶ</rt></ruby>る 遮蓋；遮蔽；覆蓋
幸	訓	幸いだ<ruby>幸<rt>さいわ</rt></ruby>いだ 幸福的；幸運的　幸せだ<ruby>幸<rt>しあわ</rt></ruby>せだ 幸福的
嫌	訓	嫌だ<ruby>嫌<rt>いや</rt></ruby>だ 反感；討厭；嫌惡　嫌う<ruby>嫌<rt>きら</rt></ruby>う 討厭；厭惡
脅	訓	脅かす<ruby>脅<rt>おど</rt></ruby>かす 恫嚇；嚇唬；脅迫　脅す<ruby>脅<rt>おど</rt></ruby>す 威脅；脅迫　脅かす<ruby>脅<rt>おびや</rt></ruby>かす 恫嚇；嚇唬；脅迫
和	訓	和む<ruby>和<rt>なご</rt></ruby>む 緩和；平靜　和やかだ<ruby>和<rt>なご</rt></ruby>やかだ 和睦的；溫和的；柔和的 和らぐ<ruby>和<rt>やわ</rt></ruby>らぐ 放鬆；緩和；變柔軟
滑	訓	滑る<ruby>滑<rt>すべ</rt></ruby>る 打滑；滑動；滑行　滑らかだ<ruby>滑<rt>なめ</rt></ruby>らかだ 光滑的；平滑的
荒	訓	荒い<ruby>荒<rt>あら</rt></ruby>い 粗野的；粗暴的　荒れる<ruby>荒<rt>あ</rt></ruby>れる 混亂；粗暴；粗糙

同音異字的易混淆漢字

偉	音	偉人 偉人　偉大だ 壯麗的；輝煌的；魁梧的
緯	音	緯度 緯度　経緯 經過；原委
違	訓	食い違い 不一致；分歧；矛盾
	音	違反 違反　違法 違法
❗ 衛	音	衛生 衛生　衛星 衛星　護衛 護衛　自衛 自衛　守衛 守衛　防衛 防衛

沿	訓	道沿い 沿路；沿途
	音	沿岸 沿岸　沿道 沿路；沿途
鉛	音	鉛筆 鉛筆　黒鉛 石磨

億	音	億劫 永久；永遠　一億 一億
憶	音	憶測 臆測　記憶 記憶
臆	音	臆病 膽小；膽怯

懐	訓	懐 懷裡；手頭＝ポケット
	音	懐中 懷中；衣袋裡
壊	音	壊血病 壞血病　破壊 破壞　崩壊 崩壞

各	音	各自 _{かくじ} 各自　各国 _{かっこく} 各國
格	音	格調 _{かくちょう} 格調　格闘技 _{かくとうぎ} 格鬥技；武術　格別だ _{かくべつ} 特別的；格外的 格好 _{かっこう} 外觀；打扮　昇格 _{しょうかく} 升格；晉升　人格 _{じんかく} 人格　品格 _{ひんかく} 品格
閣	音	閣僚 _{かくりょう} 閣員　閣下 _{かっか} 閣下　内閣 _{ないかく} 內閣

穫	音	収穫 _{しゅうかく} 收穫
獲	訓	獲物 _{えもの} 獵物；戰利品
	音	獲得 _{かくとく} 獲得　漁獲 _{ぎょかく} 漁獲　捕獲 _{ほかく} 捕獲

活	音	活火山 _{かっかざん} 活火山　活気 _{かっき} 生氣；朝氣　活躍 _{かつやく} 活躍
括	音	括弧 _{かっこ} 括弧　一括 _{いっかつ} 總括起來　総括 _{そうかつ} 總結；匯總　包括 _{ほうかつ} 包括

渇	音	渇望 _{かつぼう} 渴望　枯渇 _{こかつ} 枯竭；耗盡
喝	音	喝采 _{かっさい} 喝采
褐	音	褐色 _{かっしょく} 褐色

官	音	官邸 _{かんてい} 官邸　官僚 _{かんりょう} 官僚　長官 _{ちょうかん} 長官
管	音	管轄 _{かんかつ} 管轄　管理 _{かんり} 管理　保管 _{ほかん} 保管

喚	音	喚起 _{かんき} 喚起
換	音	換算 _{かんさん} 換算　気分転換 _{きぶんてんかん} 轉換心情　互換 _{ごかん} 互換　変換 _{へんかん} 變換

環	音	環境 環境　一環 一環　循環 循環
還	音	還元 還原　還暦 耳順；花甲　返還 返還

監	音	監禁 監禁　監獄 監獄　監視 監視　監督 監督；導演；領隊；總教練
鑑	音	鑑賞 鑑賞　鑑定 鑑定　印鑑 印鑑　年鑑 年鑑

勧	音	勧告 勸告　勧誘 勸說；勸誘
歓	音	歓喜 歡喜　歓迎 歡迎　歓送 歡送
観	音	観客 觀眾　観念 觀念　観覧 參觀；觀看　傍観 旁觀　楽観的だ 樂觀的
❶ 権	音	権利 權利　権限 權限　執権 掌權　著作権 著作權

奇	音	奇異 奇異　奇数 奇數　奇跡 奇蹟　奇妙だ 奇妙的；奇異的 好奇心 好奇心
寄	訓	最寄り 距離最近；附近
	音	寄生虫 寄生蟲　寄贈 捐贈　寄付 捐款　寄与 貢獻

義	音	義理 情理；情分　意義 意義　講義 演講；講課　主義 主義
儀	音	儀式 儀式　行儀 品行；行為舉止　祝儀 禮金；賀禮　礼儀 禮貌；禮節
議	音	議事堂 議事堂　議論 議論　不思議だ 不可思議的
犠	音	犠牲 犧牲

境	音	境界線；交界
	音	境界 邊界；疆界　境遇 境遇；遭遇　環境 環境　苦境 困境；窘境
鏡	音	鏡台 梳妝台　顕微鏡 顯微鏡　望遠鏡 望遠鏡

挟	音	挟撃 夾擊
狭	音	狭義 狹義　狭小 狹小　偏狭 狹窄；狹小；心胸狹隘
峡	音	峡谷 峽谷　海峡 海峽

偶	音	偶数 偶數　偶然 偶然　配偶者 配偶
隅	音	一隅 一角；一部分
遇	音	境遇 境遇；遭遇　待遇 待遇；工資
❶ 愚	音	愚痴 牢騷；抱怨

| 屈 | 音 | 屈辱 恥辱；屈辱　退屈だ 無聊的；發悶的＝つまらない
卑屈だ 卑躬屈膝的　理屈 道理；謬論；歪理 |
| 掘 | 音 | 採掘 開採　発掘 發掘；挖掘 |

069

径	音	直径 <ruby>ちょっけい</ruby> 直徑　半径 <ruby>はんけい</ruby> 半徑
経	音	経緯 <ruby>けいい</ruby> 原委；經過　経営 <ruby>けいえい</ruby> 經營　経過 <ruby>けいか</ruby> 過程　経由 <ruby>けいゆ</ruby> 經由　経歴 <ruby>けいれき</ruby> 經歷　経路 <ruby>けいろ</ruby> 途徑　神経 <ruby>しんけい</ruby> 神經
軽	音	軽傷 <ruby>けいしょう</ruby> 輕傷　軽率だ <ruby>けいそつ</ruby> 輕率的；草率的　軽薄だ <ruby>けいはく</ruby> 膚淺的；輕浮的；又輕又薄
❶ 茎	訓	茎 <ruby>くき</ruby> 莖　歯茎 <ruby>はぐき</ruby> 牙齦

剣	音	剣道 <ruby>けんどう</ruby> 劍道　真剣だ <ruby>しんけん</ruby> 認真的
倹	音	倹約 <ruby>けんやく</ruby> 節儉
検	音	検査 <ruby>けんさ</ruby> 檢查　検事 <ruby>けんじ</ruby> 檢察官　検討 <ruby>けんとう</ruby> 檢討　探検 <ruby>たんけん</ruby> 探險
険	音	険悪 <ruby>けんあく</ruby> 險惡　険相 <ruby>けんそう</ruby> 陰險兇惡的面貌　険難 <ruby>けんなん</ruby> 艱險；崎嶇；苦悶　冒険 <ruby>ぼうけん</ruby> 冒險　保険 <ruby>ほけん</ruby> 保險

兼	訓	気兼ね <ruby>きが</ruby> 拘泥；客氣
	音	兼備 <ruby>けんび</ruby> 兼備　兼用 <ruby>けんよう</ruby> 兩用；共用
謙	音	謙虚 <ruby>けんきょ</ruby> 謙虛　謙譲 <ruby>けんじょう</ruby> 謙讓；謙遜
嫌	音	嫌悪 <ruby>けんお</ruby> 嫌惡　機嫌 <ruby>きげん</ruby> 心情；情緒

原	訓1	野原 <ruby>のはら</ruby> 原野　海原 <ruby>うなばら</ruby> 遼闊的海洋
	訓2	河原 <ruby>かわら</ruby> 河灘
	音	原因 <ruby>げんいん</ruby> 原因　原稿 <ruby>げんこう</ruby> 原稿　原産 <ruby>げんさん</ruby> 原產　原始 <ruby>げんし</ruby> 原始　原子 <ruby>げんし</ruby> 原子　原則 <ruby>げんそく</ruby> 原則
源	音	源泉 <ruby>げんせん</ruby> 泉源；來源　起源 <ruby>きげん</ruby> 起源　語源 <ruby>ごげん</ruby> 語言來源　資源 <ruby>しげん</ruby> 資源　電源 <ruby>でんげん</ruby> 電源

呉	音	呉服 _{ごふく} 和服衣料；布匹
誤	音	誤解 _{ごかい} 誤解　誤差 _{ごさ} 誤差　誤字 _{ごじ} 錯別字　錯誤 _{さくご} 錯誤
娯	音	娯楽 _{ごらく} 娯樂

構	音	構成 _{こうせい} 構成　構造 _{こうぞう} 構造　機構 _{きこう} 機構
溝	訓	溝 _{みぞ} 水溝；溝渠；代溝
	音	海溝 _{かいこう} 海溝
講	音	講義 _{こうぎ} 授課；演講　講師 _{こうし} 講師　出講 _{しゅっこう} 到外授課
購	音	購読 _{こうどく} 訂閱　購入 _{こうにゅう} 購入　購買 _{こうばい} 購買

菜	訓	菜の花 _{なのはな} 油菜花
	音	菜食 _{さいしょく} 蔬食　前菜 _{ぜんさい} 前菜　惣菜 _{そうざい} 菜餚 ＝ おかず
採	音	採決 _{さいけつ} 表決　採算 _{さいさん} 核算　採択 _{さいたく} 採定；選定　採集 _{さいしゅう} 採集　採否 _{さいひ} 採納與否　採用 _{さいよう} 採用
彩	音	色彩 _{しきさい} 色彩

栽	音	栽培 _{さいばい} 栽培　盆栽 _{ぼんさい} 盆栽
裁	音	裁判 _{さいばん} 評理；裁判　裁縫 _{さいほう} 裁縫　体裁 _{ていさい} 體面；面子　洋裁 _{ようさい} 西式剪裁
載	音	記載 _{きさい} 記載　掲載 _{けいさい} 登載；刊載　積載 _{せきさい} 裝載　搭載 _{とうさい} 搭載

滋	音	滋養 <ruby>滋養<rt>じよう</rt></ruby>
磁	音	<ruby>磁気<rt>じき</rt></ruby> 磁力　<ruby>磁石<rt>じしゃく</rt></ruby> 磁石　<ruby>陶磁器<rt>とうじき</rt></ruby> 陶瓷器
慈	音	<ruby>慈愛<rt>じあい</rt></ruby> 慈愛　<ruby>慈善<rt>じぜん</rt></ruby> 慈善

塾	音	<ruby>塾<rt>じゅく</rt></ruby> 補習班
熟	音	<ruby>熟睡<rt>じゅくすい</rt></ruby> 熟睡　<ruby>熟成<rt>じゅくせい</rt></ruby> 熟成；成熟　<ruby>熟考<rt>じゅっこう</rt></ruby> 深思熟慮　<ruby>完熟<rt>かんじゅく</rt></ruby> 熟成；成熟 <ruby>未熟<rt>みじゅく</rt></ruby> 未熟；不成熟　<ruby>四字熟語<rt>よじじゅくご</rt></ruby> 成語

暑	音	<ruby>暑中見舞い<rt>しょちゅうみま</rt></ruby> 暑期問候　<ruby>猛暑<rt>もうしょ</rt></ruby> 酷暑　<ruby>残暑<rt>ざんしょ</rt></ruby> 秋老虎
署	音	<ruby>署名<rt>しょめい</rt></ruby> 署名　<ruby>警察署<rt>けいさつしょ</rt></ruby> 警察局
緒	訓	<ruby>緒<rt>お</rt></ruby> 細繩；細帯；琴弦
	音	<ruby>情緒・情緒<rt>じょうしょ・じょうちょ</rt></ruby> 情趣；風趣　<ruby>内緒<rt>ないしょ</rt></ruby> 保密　<ruby>由緒<rt>ゆいしょ</rt></ruby> 來由；來歷
諸	音	<ruby>諸君<rt>しょくん</rt></ruby> 諸位　<ruby>諸国<rt>しょこく</rt></ruby> 諸國　<ruby>諸島<rt>しょとう</rt></ruby> 諸島

徐	音	<ruby>徐々に<rt>じょじょ</rt></ruby> 徐徐地；緩緩地；漸漸地　<ruby>徐行<rt>じょこう</rt></ruby> 徐行
除	音	<ruby>除去<rt>じょきょ</rt></ruby> 除去　<ruby>除雪<rt>じょせつ</rt></ruby> 除雪　<ruby>解除<rt>かいじょ</rt></ruby> 解除　<ruby>控除<rt>こうじょ</rt></ruby> 扣除　<ruby>削除<rt>さくじょ</rt></ruby> 削除　<ruby>免除<rt>めんじょ</rt></ruby> 免除
叙	音	<ruby>叙述<rt>じょじゅつ</rt></ruby> 敘述　<ruby>叙情詩<rt>じょじょうし</rt></ruby> 抒情詩

詳	音	<ruby>詳細<rt>しょうさい</rt></ruby> 仔細；詳細
祥	音	<ruby>不祥事<rt>ふしょうじ</rt></ruby> 醜聞

章	音	<ruby>勲章<rt>くんしょう</rt></ruby> 勳章　<ruby>文章<rt>ぶんしょう</rt></ruby> 文章
障	音	<ruby>障害<rt>しょうがい</rt></ruby> 障礙；妨礙　<ruby>障子<rt>しょうじ</rt></ruby> 屏風；拉門　<ruby>支障<rt>ししょう</rt></ruby> 障礙；故障　<ruby>保障<rt>ほしょう</rt></ruby> 保障
彰	音	<ruby>表彰<rt>ひょうしょう</rt></ruby> 表揚

召	音	<ruby>召還<rt>しょうかん</rt></ruby> 召回　<ruby>召集<rt>しょうしゅう</rt></ruby> 召集
沼	訓	<ruby>沼<rt>ぬま</rt></ruby> 沼澤　<ruby>泥沼<rt>どろぬま</rt></ruby> 泥沼
	音	<ruby>湖沼<rt>こしょう</rt></ruby> 湖沼
招	音	<ruby>招待<rt>しょうたい</rt></ruby> 招待
昭	音	<ruby>昭和<rt>しょうわ</rt></ruby> 昭和（年號）
紹	音	<ruby>紹介<rt>しょうかい</rt></ruby> 介紹
照	音	<ruby>参照<rt>さんしょう</rt></ruby> 參照　<ruby>対照<rt>たいしょう</rt></ruby> 對照

嬢	音	<ruby>お嬢様<rt>じょうさま</rt></ruby> 令嬡；千金；大小姐　<ruby>令嬢<rt>れいじょう</rt></ruby> 令嬡；千金
壌	音	<ruby>土壌<rt>どじょう</rt></ruby> 土壤
譲	音	<ruby>譲渡<rt>じょうと</rt></ruby> 讓渡；轉讓　<ruby>譲歩<rt>じょうほ</rt></ruby> 讓步　<ruby>謙譲<rt>けんじょう</rt></ruby> 謙讓；謙遜
醸	音	<ruby>醸造<rt>じょうぞう</rt></ruby> 釀造

侵	音	侵害 侵害;損害　侵攻 入侵　侵犯 侵犯　侵略 侵略
浸	音	浸水 浸水;泡水　浸透 浸透;滲透
寝	訓	寝言 夢話　寝相 睡相
	音	寝具 寝具　就寝 就寝

制	音	制御 控制　制限 限制　制度 制度　制服 制服　規制 規制 統制 統治　抑制 抑制
製	音	製造 製造　製薬 製藥　特製 特製　木製 木製

組	訓	組み合わせ 組合
	音	組織 組織
粗	訓	粗筋 梗概;大意
	音	粗悪 粗劣;低劣　粗大ゴミ 大型垃圾
祖	音	祖先 祖先　祖父 祖父　先祖 先人;始祖
租	音	租税 租税
阻	音	阻止 阻止
狙	音	狙撃 狙撃

槽	音	水槽 水槽　浴槽 浴缸;浴池
遭	音	遭遇 遭遇　遭難 遇難;遇險

蔵	訓	<ruby>蔵<rt>くら</rt></ruby> 倉庫　<ruby>大蔵省<rt>おおくらしょう</rt></ruby> 財政部
	音	<ruby>貯蔵<rt>ちょぞう</rt></ruby> 儲藏　<ruby>冷蔵庫<rt>れいぞうこ</rt></ruby> 冰箱　<ruby>埋蔵<rt>まいぞう</rt></ruby> 埋藏
臓	音	<ruby>臓器<rt>ぞうき</rt></ruby> 臟器　<ruby>内臓<rt>ないぞう</rt></ruby> 內臟　<ruby>肝臓<rt>かんぞう</rt></ruby> 肝臟　<ruby>心臓<rt>しんぞう</rt></ruby> 心臟

| 畜 | 音 | <ruby>家畜<rt>かちく</rt></ruby> 家畜　<ruby>牧畜<rt>ぼくちく</rt></ruby> 畜牧 |
| 蓄 | 音 | <ruby>蓄積<rt>ちくせき</rt></ruby> 蓄積　<ruby>貯蓄<rt>ちょちく</rt></ruby> 儲蓄　<ruby>備蓄<rt>びちく</rt></ruby> 儲備 |

兆	訓	<ruby>兆<rt>きざ</rt></ruby>し 徵兆；預兆
	音	<ruby>兆候<rt>ちょうこう</rt></ruby> 徵候；跡象　<ruby>1兆<rt>いっちょう</rt></ruby> 一兆　<ruby>前兆<rt>ぜんちょう</rt></ruby> 前兆
眺	音	<ruby>眺望<rt>ちょうぼう</rt></ruby> 眺望
挑	音	<ruby>挑戦<rt>ちょうせん</rt></ruby> 挑戰　<ruby>挑発<rt>ちょうはつ</rt></ruby> 挑釁；挑撥
跳	音	<ruby>跳躍<rt>ちょうやく</rt></ruby> 跳躍
❶ 逃	音	<ruby>逃走<rt>とうそう</rt></ruby> 逃走　<ruby>逃避<rt>とうひ</rt></ruby> 逃避　<ruby>逃亡<rt>とうぼう</rt></ruby> 逃亡

| 調 | 音 | <ruby>調節<rt>ちょうせつ</rt></ruby> 調節　<ruby>調味<rt>ちょうみ</rt></ruby> 調味 |
| 彫 | 音 | <ruby>彫刻<rt>ちょうこく</rt></ruby> 雕刻 |

摘	音	摘出 取出；摘出；剔出　摘発 揭露；揭發　指摘 指正；指出
滴	音	水滴 水滴　点滴 點滴
敵	音	天敵 天敵　匹敵 匹敵
適	音	適確だ 確切的；準確的　適宜だ 適宜的；恰當的　適度だ 適度的 快適だ 舒適的；愜意的

倍	音	倍加 倍加；加倍　倍増 倍增
培	音	培養 培養　栽培 栽培
陪	音	陪審 陪審；陪審團
賠	音	賠償 賠償

拍	音1	拍車 加速；促進　拍手 拍手　脈拍 脈搏
	音2	拍子 節拍
泊	音	宿泊 住宿　船舶 船舶　淡泊 淡泊　停泊 停泊
迫	音	迫力 魄力　迫害 迫害　圧迫 壓迫　脅迫 脅迫　緊迫 緊迫；緊急 切迫 逼近；臨近

| 比 | 音 | 比較 比較　比例 比例　反比例 反比 |
| 批 | 音 | 批評 批評　批判 批判 |

泌	音	<ruby>泌尿器<rt>ひにょうき</rt></ruby> 泌尿系統　<ruby>分泌<rt>ぶんぴつ</rt></ruby> 分泌
秘	音	<ruby>秘密<rt>ひみつ</rt></ruby> 秘密；保密 = <ruby>内緒<rt>ないしょ</rt></ruby>　<ruby>秘書<rt>ひしょ</rt></ruby> 秘書　<ruby>極秘<rt>ごくひ</rt></ruby> 最高機密　<ruby>神秘<rt>しんぴ</rt></ruby> 神秘 <ruby>便秘<rt>べんぴ</rt></ruby> 便祕

票	音	<ruby>投票<rt>とうひょう</rt></ruby> 投票　<ruby>伝票<rt>でんぴょう</rt></ruby> 傳票
漂	音	<ruby>漂白剤<rt>ひょうはくざい</rt></ruby> 漂白劑　<ruby>漂流<rt>ひょうりゅう</rt></ruby> 漂流
標	音	<ruby>標語<rt>ひょうご</rt></ruby> 標語　<ruby>標識<rt>ひょうしき</rt></ruby> 標誌；標記　<ruby>標準<rt>ひょうじゅん</rt></ruby> 標準　<ruby>標本<rt>ひょうほん</rt></ruby> 標本　<ruby>指標<rt>しひょう</rt></ruby> 指標 <ruby>浮標<rt>ふひょう</rt></ruby> 浮標

服	音	<ruby>服従<rt>ふくじゅう</rt></ruby> 服從　<ruby>服装<rt>ふくそう</rt></ruby> 服裝　<ruby>服用<rt>ふくよう</rt></ruby> 服用　<ruby>一服<rt>いっぷく</rt></ruby> 喝杯茶；抽根菸；歇會兒 <ruby>克服<rt>こくふく</rt></ruby> 克服　<ruby>征服<rt>せいふく</rt></ruby> 征服　<ruby>喪服<rt>もふく</rt></ruby> 喪服
復	音	<ruby>復元<rt>ふくげん</rt></ruby> 復原　<ruby>復活<rt>ふっかつ</rt></ruby> 復活　<ruby>復旧<rt>ふっきゅう</rt></ruby> 修復　<ruby>復興<rt>ふっこう</rt></ruby> 復興　<ruby>往復<rt>おうふく</rt></ruby> 來回　<ruby>回復<rt>かいふく</rt></ruby> 恢復 <ruby>反復<rt>はんぷく</rt></ruby> 反覆
腹	訓	<ruby>裏腹<rt>うらはら</rt></ruby> 表裡；相反　<ruby>自腹<rt>じばら</rt></ruby> 自掏腰包
	音	<ruby>腹痛<rt>ふくつう</rt></ruby> 腹痛　<ruby>腹筋<rt>ふっきん</rt></ruby> 腹肌　<ruby>満腹<rt>まんぷく</rt></ruby> 吃飽
複	音	<ruby>複合<rt>ふくごう</rt></ruby> 複合　<ruby>複雑<rt>ふくざつ</rt></ruby> 複雜　<ruby>複写<rt>ふくしゃ</rt></ruby> 複寫　<ruby>複数<rt>ふくすう</rt></ruby> 複數　<ruby>重複<rt>じゅうふく</rt></ruby> 重複　<ruby>複製<rt>ふくせい</rt></ruby> 複製

粉	訓1	<ruby>小麦粉<rt>こむぎこ</rt></ruby> 麵粉
	訓2	<ruby>粉<rt>こな</rt></ruby> 粉末　<ruby>粉々<rt>こなごな</rt></ruby> 粉碎；碎得極細小的樣子
	音	<ruby>粉砕<rt>ふんさい</rt></ruby> 粉碎；摧毀　<ruby>粉末<rt>ふんまつ</rt></ruby> 粉末　<ruby>花粉症<rt>かふんしょう</rt></ruby> 花粉症
紛	訓	<ruby>気紛れ<rt>きまぐれ</rt></ruby> 反覆無常
	音	<ruby>紛糾<rt>ふんきゅう</rt></ruby> 糾紛　<ruby>紛失<rt>ふんしつ</rt></ruby> 遺失　<ruby>紛争<rt>ふんそう</rt></ruby> 紛爭

噴	音	ふんすい 噴水 噴水　ふん か 噴火 噴火　ふんしゅつ 噴出 噴出
墳	音	こ ふん 古墳 古墓；古塚
憤	音	ふんがい 憤慨 憤慨　ふん ど 憤怒 憤怒

幣	音	か へい 貨幣 貨幣　し へい 紙幣 紙幣
弊	音	へいがい 弊害 弊病　へいしゃ 弊社 敝公司 ↔ おんしゃ 御社 貴公司

捕	音	たい ほ 逮捕 逮捕　ほ かく 捕獲 捕獲
補	音	ほ こう 補講 補課　ほ さ 補佐 輔佐　ほじゅう 補充 補充　ほしょう 補償 補償　ほ そく 補足 補足 りっこう ほ 立候補 候選人
舗	音	ほ そう 舗装 鋪裝　てん ぽ 店舗 店鋪
❶ 浦	訓	うら 浦 海濱；海灣

募	音	ぼ きん 募金 募款　おう ぼ 応募 應徵；報名　こう ぼ 公募 公開招募
慕	音	し ぼ 思慕 思慕　つい ぼ 追慕 追思
墓	訓	はか 墓 墳　はかまいり 墓参り 掃墓
	音	ぼ ち 墓地 墓地　ふん ぼ 墳墓 墳墓
暮	訓	とし く 年の暮れ 歳暮；年終　と ほう く 途方に暮れる 無法可想；束手無策
	音	せい ぼ 歳暮 歳末；年終
❶ 幕	音	かいまく 開幕 開幕　じ まく 字幕 字幕　へいまく 閉幕 閉幕　た まく 垂れ幕 垂幕

包	音	包装 包裝　包帯 繃帶　包丁 菜刀　包容 包容
抱	音	抱負 抱負　介抱 照顧；護理　辛抱がまん 忍耐；忍受
泡	訓	泡 泡沫
	音	気泡 氣泡　水泡 水泡　発泡酒 氣泡酒
砲	音	砲丸投げ 推鉛球　鉄砲 槍
飽	音	飽食 飽餐　飽和 飽和
❶ 胞	音	細胞 細胞

麻	音	麻酔 麻醉　麻痺 麻痺　麻薬 麻藥
摩	音	摩擦 摩擦
磨	音	練磨 磨練
魔	音	魔法 魔法　邪魔 妨礙；礙事

慢	音	我慢 忍耐；承受　自慢 自豪；自誇　怠慢 怠慢
漫	音	漫画 漫畫　漫才 相聲　散漫 散漫；渙散　浪漫 浪漫

揺	音	動揺 動搖
謡	音	歌謡 歌謠　童謡 童謠　民謡 民謠
遥	訓	遥かだ 遙遠的
	音	遥遠 遙遠

浪	音	浪人 失業者；落榜生；無業遊民　浪漫 浪漫　一浪 重考一年　二浪 重考兩年　風浪 風浪
朗	音	朗読 朗讀　朗報 喜訊　明朗だ 明朗的；開朗的
郎	音	新郎 新郎
廊	音	廊下 走廊　画廊 畫廊

異音相似的易混淆漢字

契	音	契機 契機　契約 契約
喫	音	喫煙 抽菸　喫茶 喝茶　満喫 飽嘗；充分享受

投	音	投稿 投稿　投資 投資　投書 投書
	訓	投げる 投；拋；扔
没	音	没収 沒收　沈没 沉沒
段	音	手段 手段　特段 與眾不同　値段 價格
設	音	設計 設計　設備 設備　仮設 假設；臨時設立　施設 設施
	訓	設ける 預備；設立
殺	音1	相殺 相抵；抵銷
	音2	殺害 殺害　殺菌 殺菌　暗殺 暗殺　黙殺 不理睬；置之不理
	音3	殺生 殺生
	訓	殺す 殺害

穀	音	<ruby>穀類<rt>こくるい</rt></ruby> 穀類　<ruby>穀物<rt>こくもつ</rt></ruby> 穀物
殻	訓	<ruby>殻<rt>から</rt></ruby> 殻　<ruby>貝殻<rt>かいがら</rt></ruby> 貝殻
	音	<ruby>外殻<rt>がいかく</rt></ruby> 外殼　<ruby>地殻<rt>ちかく</rt></ruby> 地殻　<ruby>卵殻<rt>らんかく</rt></ruby> 蛋殼
殿	音	<ruby>宮殿<rt>きゅうでん</rt></ruby> 宮殿　<ruby>神殿<rt>しんでん</rt></ruby> 神殿
	訓	<ruby>殿<rt>との</rt></ruby> 大人；先生

青	訓1	<ruby>青息吐息<rt>あおいきといき</rt></ruby> 長吁短嘆 ＝ ためいき <ruby>青田刈り<rt>あおたが</rt></ruby> 收割未熟的稻穀；在學生畢業前與之簽訂雇用合約 ＝ <ruby>青田買い<rt>あおたが</rt></ruby>
	音1	<ruby>青年<rt>せいねん</rt></ruby> 青年
	音2	<ruby>緑青<rt>ろくしょう</rt></ruby> 銅鏽
		<ruby>真<rt>ま</rt></ruby>っ<ruby>青<rt>さお</rt></ruby>だ 蔚藍的；臉色鐵青的
情	訓	<ruby>情<rt>なさ</rt></ruby>け 愛情；同情；情趣
	音1	<ruby>情<rt>じょう</rt></ruby> 情感　<ruby>情緒<rt>じょうしょ</rt></ruby>・<ruby>情緒<rt>じょうちょ</rt></ruby> 情緒　<ruby>情勢<rt>じょうせい</rt></ruby> 情勢　<ruby>情熱<rt>じょうねつ</rt></ruby> 熱情　<ruby>強情<rt>ごうじょう</rt></ruby> 頑固；剛愎 <ruby>事情<rt>じじょう</rt></ruby> 原因；理由　<ruby>人情<rt>にんじょう</rt></ruby> 人情　<ruby>表情<rt>ひょうじょう</rt></ruby> 表情
	音1	<ruby>風情<rt>ふぜい</rt></ruby> 風趣；情趣；樣子
清	訓	<ruby>清<rt>きよ</rt></ruby>らかだ 清澈的；純潔的
	音	<ruby>清潔<rt>せいけつ</rt></ruby> 清潔　<ruby>清書<rt>せいしょ</rt></ruby> 謄寫　<ruby>清掃<rt>せいそう</rt></ruby> 清掃
	例外	<ruby>清水<rt>しみず</rt></ruby> 清水

晴	訓	晴れ着 <ruby>は<rt>は</rt></ruby>れ<ruby>ぎ<rt>ぎ</rt></ruby> 盛裝　秋晴れ <ruby>あきば<rt>あきば</rt></ruby>れ 晴空萬里　気晴らし <ruby>きば<rt>きば</rt></ruby>らし 解悶；散心 素晴らしい <ruby>すば<rt>すば</rt></ruby>らしい 絕佳的；精彩的
	音	晴雨 せいう 晴天雨天　晴天 せいてん 晴天　快晴 かいせい 萬里無雲
精	音1	不精 ぶしょう 懶惰；懶散　出不精 でぶしょう 懶得出門；懶得出門的人 筆不精 ふでぶしょう 不好動筆；不好動筆的人
	音2	精一杯 せいいっぱい 竭盡全力　精巧 せいこう 精巧　精算 せいさん 核算；精算　精神 せいしん 精神　精通 せいつう 精通 精密 せいみつ 精密　精力 せいりょく 精力
請	訓	請負 うけおい 承包；接受
	音1	請求 せいきゅう 請求　申請 しんせい 申請　要請 ようせい 請求；要求
	音2	普請 ふしん 建築；修繕；營造　安普請 やすぶしん 簡易建築；廉價建築
静	訓	静かだ しずかだ 安靜的
	音1	安静 あんせい 安靜　静電気 せいでんき 靜電　平静 へいせい 平靜　冷静 れいせい 冷靜
	音2	静脈 じょうみゃく 靜脈
令	音	指令 しれい 指令　法令 ほうれい 法令　命令 めいれい 命令
冷	訓1	冷汗 ひやあせ 冷汗
	訓2	冷たい つめたい 冰冷的；冷酷的
	訓3	冷える ひえる 變冷
	音	冷静 れいせい 冷靜　冷蔵 れいぞう 冷藏　冷淡 れいたん 冷淡　冷房 れいぼう 冷氣

鈴	訓	<ruby>鈴<rt>すず</rt></ruby> 鈴鐺
	音	<ruby>風鈴<rt>ふうりん</rt></ruby> 風鈴
齢	音	<ruby>年齢<rt>ねんれい</rt></ruby> 年齢　<ruby>高齢<rt>こうれい</rt></ruby> 高齢
領	音	<ruby>領海<rt>りょうかい</rt></ruby> 領海　<ruby>領土<rt>りょうど</rt></ruby> 領土
零	音	<ruby>零下<rt>れいか</rt></ruby> 零下　<ruby>零細<rt>れいさい</rt></ruby> 零碎　<ruby>零度<rt>れいど</rt></ruby> 零度

陽	訓	<ruby>陽炎<rt>かげろう</rt></ruby> 熱氣升騰
	音	<ruby>太陽<rt>たいよう</rt></ruby> 太陽　<ruby>陽気<rt>ようき</rt></ruby>だ 開朗的；爽朗的
揚	訓	<ruby>揚<rt>あ</rt></ruby>げる 炸
	音	<ruby>掲揚<rt>けいよう</rt></ruby> 懸起；掛起　<ruby>抑揚<rt>よくよう</rt></ruby> 聲調的抑揚頓挫；貶褒
湯	訓	お<ruby>湯<rt>ゆ</rt></ruby> 熱開水；溫泉
	音1	<ruby>銭湯<rt>せんとう</rt></ruby> 澡堂　<ruby>熱湯<rt>ねっとう</rt></ruby> 沸水；滾水　<ruby>湯治<rt>とうじ</rt></ruby> 溫泉療養
	音2	<ruby>湯婆<rt>たんぽ</rt></ruby> 熱水
場	訓	<ruby>場合<rt>ばあい</rt></ruby> 場合；時候　<ruby>場面<rt>ばめん</rt></ruby> 場景；場面　<ruby>現場<rt>げんば</rt></ruby> 現場
	音	<ruby>会場<rt>かいじょう</rt></ruby> 會場　<ruby>退場<rt>たいじょう</rt></ruby> 退場　<ruby>登場<rt>とうじょう</rt></ruby> 登場
腸	音	<ruby>胃腸<rt>いちょう</rt></ruby> 胃腸　<ruby>盲腸<rt>もうちょう</rt></ruby> 盲腸

縁	訓	<ruby>縁<rt>ふち</rt></ruby> 邊緣；側邊
	音	<ruby>縁側<rt>えんがわ</rt></ruby> 迴廊　<ruby>縁起<rt>えんぎ</rt></ruby> 緣起；吉凶之兆　<ruby>縁談<rt>えんだん</rt></ruby> 提親；親事
		<ruby>因縁<rt>いんねん</rt></ruby> 因緣；關係；由來

緑	訓	緑 緑色
	音1	緑黄色 黄緑色　緑茶 緑茶　新緑 新緑；新葉
	音2	緑青 銅鏽
録	音	録音 録音　録画 録影　記録 紀録　収録 收録　登録 登録　付録 附録　目録 目録
禄	音	貫禄 威嚴；派頭
莫	音	莫大だ 莫大的；極大的
漠	音	漠然だ 模糊的；籠統的　砂漠 沙漠
模	音1	模型 模型　模範 模範　模倣 模仿　模様 様子；情況
	音2	大規模 大規模
膜	音	粘膜 黏膜
哀	訓	哀れ 哀憐；凄惨；悲傷
	音	哀歓 悲喜；悲歡　哀悼 哀悼　悲哀 悲哀
衰	訓	衰える 衰弱
	音	衰弱 衰弱　衰退 衰退　老衰 衰老
喪	訓	喪服 喪服
	音	喪失 喪失
衷	音	折衷 折衷

装	訓	装う 穿戴；化装；偽装
	音1	装飾 裝飾　装置 裝置　服装 服裝
	音2	衣装 衣裝
袋	訓	袋 袋；口袋；果囊；腰包　手袋 手套
	音	薬袋 藥袋
		足袋 足袋；分指鞋襪
裂	訓	裂ける 裂開
	音	決裂 決裂　破裂 破裂　分裂 分裂
襲	訓	襲う 襲擊；繼承
	音	襲撃 襲擊　逆襲 反攻；反擊；反撲　世襲 世襲
援	音	援助 援助　救援 救援　支援 支援
暖	訓	暖かい 暖和的
	音	暖帯 副熱帶；亞熱帶　暖房 暖氣　温暖 溫暖
緩	訓	緩い 鬆；不嚴
	音	緩衝 緩衝　緩和 緩和
濯	訓	濯ぐ 洗滌
	音	洗濯 洗滌
躍	音	躍進 躍進　躍動 躍動　活躍 活躍

曜	音	曜日 星期~

帰	訓	帰る 回家
	音	帰還 歸還　帰省 返鄉　帰宅 返家

掃	音	掃除 打掃　清掃 清掃

婦	音	主婦 家庭主婦　妊婦 孕婦　夫婦 夫婦

鋭	訓	鋭い 尖銳的
	音	鋭利 銳利　先鋭 思想激進；尖銳

税	音	税関 海關　税金 稅金　税込み 含稅　課税 課稅　納税 納稅 免税 免稅

脱	訓	脱ぐ 脫掉
	音	脱出 逃出；脫出　脱線 離題；脫軌　脱毛 掉毛；除毛　脱落 脫落

降	訓1	降る 下雨；降雪
	訓2	降りる 下車
	音	降参 投降　降水率 降雨機率　降伏 降伏　下降 下降

隆	音	隆昌 繁榮；昌盛　隆盛 昌榮；昌盛

陵	音	王陵 王陵　丘陵 丘陵

職	音	職員 職員　職業 職業　職場 職場　就職 就職；就業

織	訓	お 織る 織；編				
	音1	しょっき 織機 織布機	ぼうしょく 紡織 紡織			
	音2	そしき 組織 組織				
識	音	しきべつ 識別 識別	いしき 意識 意識	がくしき 学識 學識	じょうしき 常識 常識	ちしき 知識 知識	にんしき 認識 認識
		りょうしき 良識 良知				

疑	訓	うたが 疑う 懷疑		
	音	ぎわく 疑惑 疑惑	しつぎ 質疑 質疑	ようぎ 容疑 嫌疑
擬	訓	なぞら 擬える 比擬		
	音	ぎせい 擬声 擬聲	ぎせい 擬勢 虛張聲勢	ぎたい 擬態 擬態	もぎ 模擬 模擬
凝	訓	かたこ 肩凝り 肩頸痠痛		
	音	ぎょうこ 凝固 凝固	ぎょうし 凝視 凝視	

輪	音	ゆけつ 輸血 輸血	ゆしゅつ 輸出 出口	ゆそう 輸送 輸送	ゆにゅう 輸入 進口	うんゆ 運輸 運輸
愉	音	ゆかい 愉快 愉快				
輪	訓	わ 輪 環；圏	ゆびわ 指輪 戒指			
	音	りんかく 輪郭 輪廓	けいりん 競輪 賭博性自行車賽	しゃりん 車輪 輪胎		
		ちゅうりんじょう 駐輪場 自行車或機車停車場				

既	音	きこん 既婚 已婚	きせい 既成 既成	きそん 既存 既存
慨	音	がいたん 慨嘆 慨歎	ふんがい 憤慨 憤慨	

| 概 | 音 | 概説 <ruby>がいせつ</ruby> 概述　概念 <ruby>がいねん</ruby> 概念　概要 <ruby>がいよう</ruby> 概要　大概 <ruby>たいがい</ruby> 大概 |

概 | 音 | 概説 概述　概念 概念　概要 概要　大概 大概

徴 | 音 | 徴候 ちょうこう 徴兆；跡象　徴収 ちょうしゅう 徴收　徴税 ちょうぜい 徴税　特徴 とくちょう 特徴

懲 | 訓 | 懲りる こ 吸取教訓；學乖
懲 | 音 | 懲役 ちょうえき 徒刑　懲戒 ちょうかい 懲戒　懲罰 ちょうばつ 懲罰

微 | 音 | 微笑 びしょう 微笑　微生物 びせいぶつ 微生物　微動 びどう 微動；輕搖　微量 びりょう 微量　微力 びりょく 棉薄之力　顕微鏡 けんびきょう 顯微鏡
微 | | 微笑む ほほえ 微笑；莞爾

是 | 音 | 是正 ぜせい 改正；更正　是非 ぜひ 一定；務必

提 | 音 | 提供 ていきょう 提供　提携 ていけい 合作；攜手　提示 ていじ 提示　提唱 ていしょう 提倡　前提 ぜんてい 前提

堤 | 訓 | 堤 つつみ 堤岸；堤防
堤 | 音 | 堤防 ていぼう 堤防

酸 | 音 | 酸化 さんか 酸化　酸性 さんせい 酸性　酸素 さんそ 氧氣

唆 | 訓 | 唆す そそのか 勸誘；唆使
唆 | 音 | 示唆 しさ 暗示

隠 | 音 | 隠居 いんきょ 隱居　隠滅 いんめつ 消滅；湮滅

穏 | 訓 | 穏やかだ おだ 平穩的
穏 | 音 | 穏和 おんわ 溫和的

088

| 遺 | 音1 | 遺憾 遺憾　遺産 遺産　遺書 遺書　遺跡 遺跡　遺伝子 基因；DNA |
| | 音2 | 遺言 遺言 |

| 遣 | 訓 | 小遣い 零用錢　無駄遣い 浪費 |
| | 音 | 派遣 派遣 |

| 融 | 音 | 融解 溶解；熔化　融資 融資　融通 隨機應變；資金融通　融和 融洽；和睦　金融 金融 |

| 隔 | 訓 | 隔てる 隔開；挑撥 |
| | 音 | 間隔 間隔　隔週 隔週　隔世 隔代　隔離 隔離 |

暴	訓	暴く 拆穿；揭發 ＝ばらす、すっぱ抜く
	音1	暴行 暴行　暴力 暴力　暴走 失控；狂奔；冒進　乱暴 粗暴；蠻橫
	音2	暴露 暴露；曝曬；揭露

| 爆 | 音 | 爆撃 轟炸　爆笑 哄堂大笑　爆弾 炸彈　原爆 原子彈　被爆 遭受轟炸；輻射暴露 |

| 然 | 音1 | 自然 自然　断然 斷然；堅決　当然 當然　必然 必然 |
| | 音2 | 天然 天然 |

| 燃 | 訓 | 燃える 燃燒；發亮；洋溢 |
| | 音 | 燃焼 燃燒　燃費 燃料消耗率；油耗率　燃料 燃料 |

過	訓	過ぎる 經過；過去；過分；超過
	音	過去 過去　過酷 過於殘酷；過於苛刻　過剰 過剰　過疎 過少；過度稀疏　過敏 過敏

禍	訓	禍事 兇事；災禍
	音	禍根 禍根　禍福 禍福

渦	訓	渦巻き 漩渦；渦流

鍋	訓	社会鍋 慈善募款　鍋物 火鍋

同音異義的動詞

あおぐ	仰ぐ 仰望；仰賴；請求　扇ぐ 搧風
あやまる	誤る 犯錯；弄錯　謝る 致歉
あらわす	現す 表現出；顯露　表す 表示；表達　著す 撰寫；著述
うえる	植える 種植；栽植　飢える 飢餓；挨餓
おかす	犯す 違犯；冒犯；污辱　冒す 冒充；侵襲；患病　侵す 侵犯；侵占；侵害
おさめる	収める 容納；收納　納める 繳納；交納　修める 修養；學習　治める 統治；治理
かえりみる	省みる 反省；自問　顧みる 回顧；回想；顧慮
かわく	乾く 乾燥　渇く 口渴
さく	裂く 切開；劈開；撕開　割く 切割；割開　咲 開花
さめる	覚める 醒來；醒悟；覺醒　冷める 變冷；變涼
さわる	触る 觸摸；接觸　障る 阻礙；妨礙

しめる	湿る 潮濕；返潮　閉める 關閉　占める 佔據；佔有　絞める 掐；勒 締める 拴緊；繫緊；勒緊
すすめる	勧める 勸告；建議　進める 前進；進行　薦める 推薦
つく	着く 抵達；到達　付く 附加；附著　就く 從事；即位；跟隨 突く 扎；刺；撞
つぐ	注ぐ 傾注；注入　継ぐ 繼續；持續　次ぐ 次於；接著
とかす	溶かす 融化；溶化　解かす 溶解；熔解　梳かす 梳頭
のぞむ	臨む 瀕臨；面臨　望む 希望；期待；指望
はかる	計る 計算；計量 測る 測量；測定 量る 丈量；測量 図る 圖謀；策劃 諮る 諮詢；磋商 謀る 暗算；密謀
はなす	離す 放掉；分離；隔開　放す 放開；釋放；丟掉　話す 說話
はる	貼る 黏貼；張貼　張る 拉開；張開；鼓起；膨脹
ふける	老ける 上年紀；老　更ける 夜深；季節開始後已過相當長的時間
ほる	掘る 挖掘；挖；鑿　彫る 雕刻；刺青

 迎戰日檢

擬真試題1   答案及解析 P. 152

問題 1　請選出畫底線字彙的正確讀法。

① 博多行きの新幹線ひかりは 40 分間隔で品川駅を出ています。

　　1 かんけく　　　　2 かんかく　　　　　3 げんげき　　　　4 かんげき

② 家庭でのノロウイルス感染を防ぐための正しい予防方法を紹介します。

　　1 かんえん　　　　2 かんおん　　　　　3 かんしん　　　　4 かんせん

③ 老人のための福祉施設の建設費用は募金運動でまかなっている。

　　1 たせつ　　　　　2 せいせち　　　　　3 しせつ　　　　　4 やせち

④ 病気ではなく健康に生きていて老衰で死んでいくのが理想の死だろう。

　　1 のうすう　　　　2 ろうすい　　　　　3 のうせい　　　　4 ろうせい

⑤ 恐ろしいことにツタンカーメンの墓の発掘に携わっていた人々が一人ずつ死んで
　 いった。

　　1 たずさわって　　2 そなわって　　　　3 みまわって　　　4 まじわって

⑥ その風景画がこの部屋により一層風情を添えている。

　　1 そびえて　　　　2 そろえて　　　　　3 そなえて　　　　4 そえて

問題 1　　請選出畫底線字彙的正確讀法。

1　もう少し柔軟に対処すべきだったのではないか。

　　1 ゆうえん　　　　2 ゆうなん　　　　3 じゅうえん　　　　4 じゅうなん

2　僕はある大手企業の代表の一代記の執筆を頼まれた。

　　1 しつひつ　　　　2 しっぴつ　　　　3 しゅうひつ　　　　4 しゅっぴつ

3　分割で返済するということで親友から 50 万円を融通してもらった。

　　1 ゆうつう　　　　2 ゆうずう　　　　3 ゆつう　　　　　4 ゆずう

4　僕はレストランのシェフで常に最も新鮮な材料を吟味している。

　　1 こんみ　　　　　2 きんみ　　　　　3 ごんび　　　　　4 ぎんみ

5　流行は廃れるのも早いね。

　　1 すれる　　　　　2 われる　　　　　3 すたれる　　　　4 もたれる

6　今回の事態の責任を取って、社長の職を退くことにした。

　　1 のぞく　　　　　2 しりぞく　　　　3 あざむく　　　　4 あばく

問題 1　請選出畫底線字彙的正確讀法。

① 大阪支店に赴任することになって、家族みんなで引っ越すことにした。

1 こうにん　　　　　2 えつにん　　　　　3 ふにん　　　　　4 こしにん

② 優秀な成績を収めた代表チームの功績を称える祝賀会が盛大に行われた。

1 しゅうか　　　　　2 しゅうが　　　　　3 しゅっか　　　　　4 しゅくが

③ 地震で大きな被害を受けた工場が閉鎖された。

1 へいさ　　　　　2 へいさい　　　　　3 はいさ　　　　　4 はいさい

④ 小銭の持ち合わせがなかったので、キムラさんに払ってもらった。

1 こせん　　　　　2 こぜに　　　　　3 おせん　　　　　4 おぜに

⑤ 消化管や呼吸器などの内壁の、常に粘液で湿っている組織を粘膜という。

1 しめって　　　　　2 うめって　　　　　3 はめって　　　　　4 こめって

⑥ 先方はこちらの提案に渋っている様子だった。

1 かぶって　　　　　2 うらなって　　　　　3 しぶって　　　　　4 こうむって

問題 1　　請選出畫底線字彙的正確讀法。

1 営業活動_{えいぎょうかつどう}にかかった実費は会社_{かいしゃ}から払_{はら}ってもらっている。

　　1 じつひ　　　　　2 しつび　　　　　3 しっび　　　　　4 じっぴ

2 どんなに熱_{あつ}く議論_{ぎろん}が交_かわされても委員長_{いいんちょう}は無言でうなずいているだけだった。

　　1 むげん　　　　　2 むごん　　　　　3 ふごん　　　　　4 ふけん

3 国民_{こくみん}であればだれだって国_{くに}の安保_{あんぽ}を懸念しているでしょう。

　　1 けんねん　　　　2 けねん　　　　　3 げんえん　　　　4 げんねん

4 一般家庭_{いっぱんかてい}では和洋_{わよう}折衷の献立_{こんだて}が多_{おお}い。

　　1 せつちょう　　　2 せっちゅう　　　3 せつじゅう　　　4 せっじゅう

5 列車運行_{れっしゃうんこう}の安全_{あんぜん}を妨げる行為_{こうい}は厳重_{げんじゅう}に処罰_{しょばつ}します。

　　1 なげる　　　　　2 ころげる　　　　3 もたげる　　　　4 さまたげる

6 あの二人_{ふたり}は人目_{ひとめ}を避けて密_{ひそ}かに付_つき合_あっている。

　　1 さけて　　　　　2 ぬけて　　　　　3 なずけて　　　　4 とどけて

問題 1　請選出畫底線字彙的正確讀法。

① この二つの商品はまるっきり類似点はない。

　　1 りゅいし　　　　2 りゅうに　　　　　3 るいじ　　　　　4 るいに

② 国内の消費の減少につれて、海外の市場を開拓せざるを得ない。

　　1 かいさく　　　　2 かいせき　　　　　3 かいだく　　　　4 かいたく

③ オルゴールが演奏するほっこりと懐かしい音色に人たちは癒された。

　　1 えんそう　　　　2 うんしょう　　　　3 いんそう　　　　4 おんしょう

④ 商店街にコーヒー豆を売っている問屋があって、その辺りはすごくいい匂いが漂っている。

　　1 もんや　　　　　2 とんや　　　　　　3 とうや　　　　　4 ぶんや

⑤ 父は倒れそうになっていた会社の再建に身を砕いていた。

　　1 くだいて　　　　2 いだいて　　　　　3 はだいて　　　　4 すだいて

⑥ 私は子供の時から格好いい男性と結婚し、家庭を築き、豊かな生活を送るという夢を育んできた。

　　1 きずき　　　　　2 うなずき　　　　　3 ひきずき　　　　4 しずき

問題 1　　請選出畫底線字彙的正確讀法。

① 彼はまるで<u>彫刻</u>のような顔立ちをしている。

　1 ちょうかく　　　2 ちょうこく　　　　3 じょうかく　　　　4 じょうこく

② その<u>邸宅</u>の中の壁には華やかな色彩の装飾が施されていた。

　1 ていだく　　　2 ていたく　　　　3 せいだく　　　　4 ぜいたく

③ 社長は給料値上げの件については<u>沈黙</u>をまもっている。

　1 ちんもく　　　2 じんもく　　　　3 ちんむく　　　　4 じんむく

④ 指導教授の<u>斡旋</u>のおかげでこの会社で働くことができた。

　1 かんし　　　2 かんぜい　　　　3 あんせん　　　　4 あっせん

⑤ 運命に身を<u>委ね</u>てばかりいては何も始まらないよ。

　1 つらねて　　　2 すえかねて　　　　3 ゆだねて　　　　4 くねて

⑥ この辺りの川は川底が見えるほど<u>清く</u>澄んでいる。

　1 かよく　　　2 いさぎよく　　　　3 きよく　　　　4 ねづよく

問題 1　請選出畫底線字彙的正確讀法。

① 気づかぬうちに蓄積していく疲労は恐ろしい症状として現れる。

　　1 ちくせく　　　　2 ちきせく　　　　3 ちくせき　　　　4 ちきせき

② わが社で起こっている不祥事を匿名で新聞社に投稿した。

　　1 よくめい　　　　2 いくめい　　　　3 やくめい　　　　4 とくめい

③ 日本では小学生の時から災害に備えて、秩序正しく避難できるように訓練を行っている。

　　1 ちつじょう　　　2 ちつじょ　　　　3 じつじょう　　　4 じつじょ

④ 彼の部屋の装飾はまったく調和と統一がとれていなかった。

　　1 しょうしょく　　2 しょうしき　　　3 そうしょく　　　4 そうそく

⑤ 湖はまばゆい光を浴びてきらきら輝いている。

　　1 かがやいて　　　2 まばたいて　　　3 そむいて　　　　4 やいて

⑥ 携帯電話に磁気を帯びたものを近づけたら故障しかねない。

　　1 おびた　　　　　2 さびた　　　　　3 ほろびた　　　　4 あびた

問題1　　請選出畫底線字彙的正確讀法。

1 熊本地震は 95 年に起きた阪神大震災より 1.3 倍の<u>威力</u>だったそうだ。

　　1 いりょく　　　　2 えいれき　　　　3 ぎりょく　　　　4 きれき

2 私は食欲を<u>抑制</u>する薬を飲みながらダイエットしています。

　　1 おくせい　　　　2 おうせい　　　　3 よくせい　　　　4 あくせい

3 上司にしかられて、雨にふられて、電車で足を踏まれて、本当に<u>惨め</u>なことこの
うえない一日だった。

　　1 みじめな　　　　2 でたらめな　　　　3 はやめな　　　　4 ななめな

4 ボディペインティングや<u>特殊</u>メイクを勉強するために専門学校に入った。

　　1 とくしゅう　　　　2 とくしゅ　　　　3 どくじゅう　　　　4 どくじゅ

5 50 代を過ぎたら、著しく体力も<u>衰えて</u>きた。

　　1 そろえて　　　　2 こころえて　　　　3 おとろえて　　　　4 さかえて

6 スター社の新発売のパソコンは前のモデルより性能が<u>劣って</u>いるという評判だ。

　　1 ぶつかって　　　　2 まさって　　　　3 さとって　　　　4 おとって

答案及解析 P. 157

問題 1　請選出畫底線字彙的正確讀法。

① まだ初夏^{しょか}なのに、浜辺は大勢^{おおぜい}の人^{ひと}でいっぱいだった。

1 うみべ　　　　　2 はまべ　　　　　3 ひょうへん　　　4 はいへん

② 健康^{けんこう}や若^{わか}さを維持^{いじ}するために運動^{うんどう}を継続してほしい。

1 けいそく　　　　2 けいしょく　　　3 けいぞく　　　　4 けいじょく

③ 印鑑は出生届^{しゅっせいとどけ}をはじめ、婚姻^{こんいん}や死亡届^{しぼうとどけ}に至^{いた}るまでその用途^{ようと}は多^{おお}い。

1 いんかん　　　　2 にんげん　　　　3 えんだん　　　　4 じんとく

④ 契約^{けいやく}の詳細^{しょうさい}はこちらの書類^{しょるい}に記載されています。

1 きさい　　　　　2 きざい　　　　　3 きせい　　　　　4 きぜい

⑤ 今月^{こんげつ}はボーナスをもらって懐が潤^{うるお}っている。

1 うずまき　　　　2 おき　　　　　　3 みぞ　　　　　　4 ふところ

⑥ 僕^{ぼく}は過去^{かこ}、人^{ひと}を騙^{だま}して金^{かね}を奪い取^とったことで逮捕^{たいほ}されたことがある。

1 ばいばい　　　　2 しばい　　　　　3 うばい　　　　　4 かばい

問題1　請選出畫底線字彙的正確讀法。

1 行方_{ゆくえ}不明_{ふめい}になった旅客機_{りょかくき}の搭乗者名簿_{とうじょうしゃめいぼ}から<u>邦人</u>がいることが判明_{はんめい}した。

　　1 ほうじん　　　2 ほうにん　　　3 ほじん　　　4 ほにん

2 現代人_{げんだいじん}は絶_たえ間_まなくいろんな<u>騒音</u>にさらされている。

　　1 しょうおん　　2 そうおん　　　3 きょういん　　4 こういん

3 言動_{げんどう}に<u>矛盾</u>が多_{おお}い人_{ひと}にはリーダーとしての資格_{しかく}はない。

　　1 もしゅん　　　2 むじゅん　　　3 もうせん　　　4 むすん

4 便秘気味_{べんぴぎみ}なので、<u>食物繊維</u>_{しょくもつ}をたくさん摂_とるようにしている。

　　1 さんゆう　　　2 しんい　　　　3 せんい　　　　4 せんゆ

5 写真_{しゃしん}は言葉_{ことば}や文章_{ぶんしょう}より人_{ひと}の心_{こころ}に強_{つよ}く<u>訴える</u>ことができると思_{おも}う。

　　1 さかえる　　　2 くわえる　　　3 きたえる　　　4 うったえる

6 村本課長_{むらもとかちょう}は会社内部_{かいしゃないぶ}の機密_{きみつ}を漏洩_{ろうえい}した<u>疑い</u>で停職_{ていしょく}になった。

　　1 ねがい　　　　2 うかがい　　　3 うたがい　　　4 したがい

問題 1　　請選出畫底線字彙的正確讀法。

1 宗教の影響でタイ人は寛容的で、異文化圏の人に対しても極めて寛大だと言う。

　　1 かんよう　　　　2 じつよう　　　　　3 がんよく　　　　4 かいぞく

2 労使間の摩擦が絶えない社内の雰囲気は騒々しい。

　　1 ばさつ　　　　　2 まさつ　　　　　　3 みさつ　　　　　4 めいさつ

3 大掃除をしていて、学生時代の思い出の品を見つけ、郷愁に浸っていた。

　　1 こうすい　　　　2 きょうすい　　　　3 こうしゅ　　　　4 きょうしゅう

4 この化粧品は肌が敏感な人には合わないだろう。

　　1 みんかん　　　　2 めんかん　　　　　3 びんかん　　　　4 べんかん

5 あまりにも悲惨な光景を目の当たりにしている。

　　1 めのあたり　　　2 まのあたり　　　　3 けんのわたり　　4 もくのいたり

6 潜在能力を自由自在に操ることができる人は果たしているだろうか。

　　1 うつる　　　　　2 たてまつる　　　　3 あやつる　　　　4 はるつる

問題 1　請選出畫底線字彙的正確讀法。

① 特定の疾病のある人はなるべく海外旅行は避けるべきだ。

　　1 しつびょう　　　2 しっぴょう　　　3 しっびょう　　　4 しっぺい

② 若さを維持するために危ない手術まで受ける女性もいる。

　　1 いじ　　　　　2 いし　　　　　　3 ゆじ　　　　　　4 ゆうし

③ 語学の学習を飽きずに続けさせるためには成就感を味わわせるのが重要だ。

　　1 せいしゅう　　　2 しょうしゅ　　　3 じょじゅう　　　4 じょうじゅ

④ 地球の砂漠化を阻止する方法は植林しかない。

　　1 しょし　　　　2 しょうし　　　　3 そうし　　　　　4 そし

⑤ 彼氏にセーターを編んで贈るのが一時はやっていた。

　　1 あんで　　　　2 くんで　　　　　3 かんで　　　　　4 ふんで

⑥ 彼女は雪も欺く白い肌に黒い髪を持っている。

　　1 おもむく　　　2 あざむく　　　　3 かたむく　　　　4 そむく

問題 1　請選出畫底線字彙的正確讀法。

1　政府は老後の生活費のための貯蓄や資産運用を<u>奨励</u>している。

　　1 じょうりょう　　2 しょうれい　　　　3 しょうらい　　　　4 しょりょう

2　梅雨シーズンには<u>湿気</u>によるカビが繁殖しやすくなるので、対策が必要だ。

　　1 しつき　　　　　2 しっぎ　　　　　　3 しつけ　　　　　　4 しっけ

3　現代は国際法によって、他国の<u>領土</u>を武力で占有することを禁じている。

　　1 れいと　　　　　2 えいど　　　　　　3 りょうど　　　　　4 れいど

4　習ったこともないのに、彼女の料理の腕前は<u>玄人</u>さえ驚くレベルだ。

　　1 けんじん　　　　2 けんにん　　　　　3 くろうと　　　　　4 しろうと

5　旅行に行ってゆったりとした一人だけの時間を<u>満喫</u>したい。

　　1 まんきつ　　　　2 ばんきつ　　　　　3 まんけい　　　　　4 ばんけい

6　車に故意にぶつけて事故を<u>装って</u>保険金をもらった疑いで逮捕された。

　　1 おおって　　　　2 よそおって　　　　3 せおって　　　　　4 におって

問題 1 　請選出畫底線字彙的正確讀法。

① 黄金宮殿のドムス・アウレアは、ローマのネロ皇帝によって建てられた。

    1 おうきん   2 おうがね   3 おうぎん   4 おうごん

② 偉大な投資家になる夢は幻に終わった。

    1 みずうみ   2 まぼろし   3 たましい   4 いしずえ

③ タバコは確かに嗜好品だが、公共の場での喫煙は厳しく法律で禁止してほしいものだ。

    1 きこうひん   2 ぎこうひん   3 しこうひん   4 けいこうひん

④ 本棚には専門書が隙間なく並んでいる。

    1 あいま   2 つかのま   3 またたくま   4 すきま

⑤ 寝る時歯ぎしりをする習慣は、顔の歪みを招くそうだ。

    1 ゆがみ   2 さげすみ   3 かさみ   4 ゆるみ

⑥ 私はうそをついた時や緊張した時、瞬きをする癖がある。

    1 はばたき   2 まばたき   3 たたき   4 ひっぱたき

答案及解析 P. 160

問題1　請選出畫底線字彙的正確讀法。

[1]　砂糖が乾燥して塊になってしまうと、湿気を含んだ際に崩れやすくなる。

　　1 かたまり　　　　2 はだか　　　　　　3 きずな　　　　　　4 みなもと

[2]　最近模倣犯罪が増えつつあるという。

　　1 もほう　　　　　2 きぼ　　　　　　　3 もはん　　　　　　4 もぎ

[3]　下記の条件に該当する人は、括弧に○をつけてください。

　　1 かいとう　　　　2 がいとう　　　　　3 かくとう　　　　　4 がくとう

[4]　我が国の優雅な伝統音楽を世界に広めたい。

　　1 ゆうが　　　　　2 ゆうき　　　　　　3 ゆげい　　　　　　4 ゆさい

[5]　会社の金を使い込もうものなら厳重な処罰は免れるまい。

　　1 のがれる　　　　2 あばれる　　　　　3 ばれる　　　　　　4 まぬがれる

[6]　毎日、社内食堂では社員 2000 人の食事を賄っているそうだ。

　　1 やしなって　　　2 あきなって　　　　3 まかなって　　　　4 そこなって

問題 1　請選出畫底線字彙的正確讀法。

1 来年度の<ruby>幹<rt>き かく</rt></ruby>となる<ruby>企画<rt>き かく</rt></ruby>をたてている<ruby>最中<rt>さいちゅう</rt></ruby>だ。

　　1 くき　　　　　　2 みね　　　　　　3 あみ　　　　　　4 みき

2 <ruby>抹茶<rt>まっちゃ</rt></ruby>を<ruby>最<rt>もっと</rt></ruby>もおいしく<ruby>点<rt>た</rt></ruby>てる<ruby>温度<rt>おんど</rt></ruby>は<ruby>約<rt>やく</rt></ruby> 70 <ruby>度<rt>ど</rt></ruby>から 80 <ruby>度<rt>ど</rt></ruby>で、沸騰してぐらぐら<ruby>煮<rt>に</rt></ruby>え
たった<ruby>お湯<rt>ゆ</rt></ruby>を<ruby>使<rt>つか</rt></ruby>ってはいけない。

　　1 ふっとう　　　　2 ひとう　　　　　3 びどう　　　　　4 ひっとう

3 トラックが<ruby>転覆<rt>じ こ</rt></ruby>した<ruby>事故<rt>じ こ</rt></ruby>で、<ruby>高速道路<rt>こうそくどう ろ</rt></ruby>はすごい<ruby>渋滞<rt>じゅうたい</rt></ruby>になっている。

　　1 せんぶく　　　　2 でんぶく　　　　3 てんぷく　　　　4 せんぽく

4 ライオンは<ruby>獲物<rt>ねら</rt></ruby>を<ruby>狙<rt>ねら</rt></ruby>って<ruby>草陰<rt>くさかげ</rt></ruby>に<ruby>身<rt>み</rt></ruby>を<ruby>隠<rt>かく</rt></ruby>している。

　　1 かくぶつ　　　　2 かくもつ　　　　3 えもの　　　　　4 えぶつ

5 あの<ruby>予備校<rt>よ び こう</rt></ruby>はスパルタ<ruby>教育<rt>きょういく</rt></ruby>を<ruby>施<rt>ほどこ</rt></ruby>すことで<ruby>有名<rt>ゆうめい</rt></ruby>だ。

　　1 のこす　　　　　2 とびこす　　　　3 ほどこす　　　　4 ひきおこす

6 <ruby>両国<rt>りょうこく</rt></ruby>の<ruby>首相<rt>しゅしょう</rt></ruby>は<ruby>長<rt>なが</rt></ruby>いテーブルを<ruby>隔<rt>へだ</rt></ruby>てて<ruby>向<rt>む</rt></ruby>かい<ruby>合<rt>あ</rt></ruby>って<ruby>座<rt>すわ</rt></ruby>った。

　　1 あわだてて　　　2 あわてて　　　　3 おだてて　　　　4 へだてて

問題 1　請選出畫底線字彙的正確讀法。

① 農作物を収穫する時期ともなると農村は人手不足で困っている。

　　1 すうかく　　　　2 しゅうかく　　　　3 しゅかく　　　　4 にゅうかく

② 御社の迅速丁寧な対応に深く感謝申し上げます。

　　1 しんそく　　　　2 ちんそく　　　　3 じんそく　　　　4 みんそく

③ 相手を侮辱するような言い方は訴訟を起こされかねません。

　　1 もよく　　　　2 もじょく　　　　3 ぶじょく　　　　4 ぶしょく

④ 商い中の札がかかっていたので入ったのに、店はまだ支度中だった。

　　1 あきない　　　　2 あきれない　　　　3 さえない　　　　4 いなめない

⑤ あんなに強く言い張ったのにすぐ翻すなんて信頼できない。

　　1 くつがえす　　　　2 うらがえす　　　　3 ごったがえす　　　　4 ひるがえす

⑥ 長く続いている悪天候は農作物の収穫にも響いている。

　　1 ひびいて　　　　2 かたむいて　　　　3 かがやいて　　　　4 さいて

擬真試題18

問題1　請選出畫底線字彙的正確讀法。

① トマトの<u>苗</u>を植えてから収穫までの栽培管理はとても大切です。

1 えり　　　　　2 むね　　　　　　3 たけ　　　　　　4 なえ

② 彼は作家として認めることがなくとも、悔いのない<u>生涯</u>を送った。

1 せいあい　　　2 しょうあい　　　3 せいかい　　　　4 しょうがい

③ <u>妥協性</u>がないと、厳しいこの世の中、生き抜けない。

1 たけいせい　　2 だけいせい　　　3 たきょうせい　　4 だきょうせい

④ 年賀状を<u>元日</u>までに届けたいなら、12月の中旬までに出した方がいい。

1 げんにち　　　2 かんにち　　　　3 がんじつ　　　　4 がんにち

⑤ うちのチームはツバサチームに5連勝を<u>阻まれた</u>。

1 はばまれた　　2 はげまれた　　　3 いとなまれた　　4 からまれた

⑥ 市立公園に不快で強烈な悪臭を<u>放つ</u>花があるという。

1 たもつ　　　　2 わかつ　　　　　3 はなつ　　　　　4 きわだつ

問題1　請選出畫底線字彙的正確讀法。

① わが国の今日の繁栄の礎は今の親世代が築いた。

　　1 まくら　　　　　　2 こころざし　　　　　3 いしずえ　　　　　4 いこい

② サッカー選手のアンさんは、現役を引退して芸能人として活躍している。

　　1 けんやく　　　　　2 げんやく　　　　　　3 けんえき　　　　　4 げんえき

③ 中国は穀物の大手輸出国だったが、突如として輸入国になっている。

　　1 ごくぶつ　　　　　2 ごくもつ　　　　　　3 こくぶつ　　　　　4 こくもつ

④ この家は新築なのに雨漏りを繰り返している。

　　1 あめぬり　　　　　2 あまぬり　　　　　　3 さめもり　　　　　4 あまもり

⑤ 犯人は留守を狙って敷地に勝手に入り、玄関にゴミみたいなものを置いたそうだ。

　　1 あしらって　　　　2 さらって　　　　　　3 えらぶって　　　　4 ねらって

⑥ 妹は子供の時から布を裂いたり縫ったりしながら遊ぶのが好きで、今はデザイナーになっている。

　　1 ぬったり　　　　　2 ことなったり　　　　3 いのったり　　　　4 あせったり

問題 1　　請選出畫底線字彙的正確讀法。

1　結婚して引退した女優エミさんは 25 年ぶりに<u>公</u>の場に姿を現した。

　　1 くれない　　　　2 みさき　　　　　　3 おおやけ　　　　　4 こよみ

2　<u>世間体</u>を気にするのは物事の判断の基準を他人においているからです。

　　1 せかんたい　　　2 せけんてい　　　　3 よかんたい　　　　4 よげんてい

3　立候補者の<u>演説</u>を聞きに群衆が群がっている。

　　1 えんせつ　　　　2 えんぜい　　　　　3 えんさつ　　　　　4 えんぜつ

4　かなこさんはあこがれの先輩からプロポーズされて<u>有頂天</u>になっている。

　　1 ゆうちょうてん　2 うちょうてん　　　3 ゆうていてん　　　4 うていてん

5　うちは日本の大手企業の経営の方式に<u>倣って</u>いる。

　　1 ならって　　　　2 かたどって　　　　3 たどって　　　　　4 ためらって

6　彼女は戸籍制度の<u>廃止</u>を唱えている。

　　1 はいし　　　　　2 へいし　　　　　　3 へいじ　　　　　　4 はいじ

問題 1　請選出畫底線字彙的正確讀法。

1　<ruby>偽造<rt>ぎぞう</rt></ruby>された<ruby>紙幣<rt>しへい</rt></ruby>が<ruby>出回<rt>でまわ</rt></ruby>っているらしい。

　　1 いそう　　　　　2 いぞう　　　　　3 きそう　　　　　4 ぎぞう

2　<ruby>父<rt>ちち</rt></ruby>の<ruby>会社<rt>かいしゃ</rt></ruby>がつぶれて<ruby>極貧<rt>おちい</rt></ruby>に陥ってしまった。

　　1 こくひん　　　　2 きょくひん　　　3 ごくひん　　　　4 ぎょくひん

3　<ruby>近所<rt>きんじょ</rt></ruby>のおじいさんに<ruby>会<rt>あ</rt></ruby>って<ruby>会釈<rt></rt></ruby>したら、ちゃんとした<ruby>挨拶<rt>あいさつ</rt></ruby>ができないのかと<ruby>怒鳴<rt>どな</rt></ruby>られた。

　　1 かいたく　　　　2 かいしゃく　　　3 えたく　　　　　4 えしゃく

4　<ruby>彼<rt>かれ</rt></ruby>は<ruby>何<rt>なに</rt></ruby>をやってもすぐ<ruby>弱音<rt></rt></ruby>を<ruby>吐<rt>は</rt></ruby>いてしまう<ruby>意気地<rt>いくじ</rt></ruby>なしだ。

　　1 じゃくおん　　　2 よわね　　　　　3 にゃくいん　　　4 よわいおと

5　<ruby>震災<rt>しんさい</rt></ruby>で<ruby>流失<rt>りゅうしつ</rt></ruby>した<ruby>道路<rt>どうろ</rt></ruby>が<ruby>多<rt>おお</rt></ruby>くて、<ruby>物資<rt>ぶっし</rt></ruby>の<ruby>流通<rt>りゅうつう</rt></ruby>が<ruby>滞<rt></rt></ruby>っている。

　　1 ととのって　　　2 とどのって　　　3 どとこおって　　4 とどこおって

6　<ruby>部長<rt>ぶちょう</rt></ruby>は<ruby>機嫌<rt>きげん</rt></ruby>でも<ruby>悪<rt>わる</rt></ruby>いのか<ruby>声<rt>こえ</rt></ruby>が<ruby>尖<rt></rt></ruby>っている。

　　1 とがって　　　　2 かたどって　　　3 さかのぼって　　4 さからって

問題 1　請選出畫底線字彙的正確讀法。

1 私が産まれた町は歴史的な趣が漂う町である。

　　1 さかずき　　　2 おもむき　　　3 むらさき　　　4 ささやき

2 知的財産権をめぐった紛争は裁判にかかることになった。

　　1 さいばん　　　2 さいはん　　　3 ざいぱん　　　4 ざいはん

3 正社員と非正社員の不合理な待遇の格差を是正する。

　　1 しせい　　　　2 せぜい　　　　3 ぜせい　　　　4 じせい

4 半端に英語をかじった人ほど、無駄に使いたがると思う。

　　1 はんだん　　　2 はんぱ　　　　3 ばんたん　　　4 はんば

5 結婚したばかりで、あまりにも幸せすぎて、不安が募るほどです。

　　1 つのる　　　　2 みのる　　　　3 さぼる　　　　4 とがる

6 常に言動を慎むようにしましょう。

　　1 かこむ　　　　2 へこむ　　　　3 つつしむ　　　　4 たしなむ

答案及解析 P. 165

問題1　請選出畫底線字彙的正確讀法。

1 うちの畑には<u>得体</u>の知れない生き物がいる。

1 とくたい　　　　2 とくてい　　　　3 えたい　　　　4 えてい

2 この国は治安がよくなくて、裏道では平然と<u>強奪</u>が行われている。

1 きょうたつ　　　2 ぎょうだつ　　　3 こうたつ　　　　4 ごうだつ

3 この事態の<u>発端</u>にまでさかのぼって再調査をする必要がある。

1 はつだん　　　　2 はったん　　　　3 ほつだん　　　　4 ほったん

4 父は親友の死を<u>嘆き</u>悲しんでいる。

1 なげき　　　　　2 さき　　　　　　3 おもむき　　　　4 そむき

5 どんなにわびても<u>償え</u>ない過ちを犯してしまった。

1 かなえ　　　　　2 つぐなえ　　　　3 うしなえ　　　　4 おぎなえ

6 右手の薬指の指輪は二人の永遠の愛を神に<u>誓った</u>証なんです。

1 ちかった　　　　2 じかった　　　　3 ちがった　　　　4 じがった

問題 1　　請選出畫底線字彙的正確讀法。

① うっかり<u>戸締</u>りを<ruby>忘<rt>わす</rt></ruby>れると<ruby>大変<rt>たいへん</rt></ruby>なことになりうる。

1 こしまり　　　　2 ごじめり　　　　　3 とじまり　　　　4 どしまり

② <ruby>大<rt>だい</rt></ruby><ruby>富豪<rt>ふ ごう</rt></ruby>の<ruby>佐々木<rt>さ さ き</rt></ruby>さんは<ruby>全財産<rt>ぜんざいさん</rt></ruby>を<ruby>社会<rt>しゃかい</rt></ruby>に<ruby>還元<rt>かんげん</rt></ruby>すると<u>遺言</u>した。

1 いこん　　　　　2 ゆげん　　　　　　3 いげん　　　　　4 ゆいごん

③ <ruby>中村<rt>なかむら</rt></ruby>さんは<ruby>相当興奮<rt>そうとうこうふん</rt></ruby>した<u>口調</u>で<ruby>語<rt>かた</rt></ruby>っていた。

1 こうちょう　　　2 くじょう　　　　　3 くちょう　　　　4 こうじょう

④ <ruby>親<rt>おや</rt></ruby>は<ruby>条件<rt>じょうけん</rt></ruby>なしの<u>唯一</u>の<ruby>味方<rt>み かた</rt></ruby>でしょう。

1 ゆいつ　　　　　2 ゆいいち　　　　　3 ゆいいつ　　　　4 ゆいち

⑤ <ruby>欲望<rt>よくぼう</rt></ruby>の<u>赴</u>くままにやってしまったら、<ruby>一度<rt>いち ど</rt></ruby>きりの<ruby>人生<rt>じんせい</rt></ruby>を<ruby>台無<rt>だい な</rt></ruby>しにしかねません。

1 うつむく　　　　2 おもむく　　　　　3 しがみつく　　　4 ふりむく

⑥ <ruby>不毛<rt>ふ もう</rt></ruby>の<ruby>地<rt>ち</rt></ruby>を<u>耕</u>すように<ruby>努力<rt>ど りょく</rt></ruby>すればできないことはないだろう。

1 たがやす　　　　2 ほどこす　　　　　3 ついやす　　　　4 およぼす

問題1　請選出畫底線字彙的正確讀法。

1　この料亭では夏には海の幸、秋には山の幸が楽しめます。
　　1 こう　　　　　　　2 さいわい　　　　　　3 さち　　　　　　　4 つら

2　親世代は昔のしきたりにすごく執着している。
　　1 しつちゃく　　　2 しゅつちゃく　　　3 しっちゃく　　　4 しゅうちゃく

3　連続女性殺人事件の犯人は女性に対する異常な嫌悪感を持っているらしい。
　　1 けんあく　　　　2 けんお　　　　　　3 げんおく　　　　4 けんわく

4　今日も全国的に猛暑となり、36度以上の猛烈な暑さが続きそうです。
　　1 もうしょう　　　2 もうしょ　　　　　3 もしょう　　　　4 もしょ

5　先方との交渉は思った以上に円滑に進められた。
　　1 えんかつ　　　　2 えんまん　　　　　3 えんがい　　　　4 えんこう

6　この着物、買ったばかりの時は色鮮やかできれいだったのに、20年も経ったら色あせてしまった。
　　1 いろなごやか　　2 しょくばなやか　　3 いろあざやか　　4 しきほがやか

問題 1　　請選出畫底線字彙的正確讀法。

① 人のことに干渉しすぎるとひどい目にあいかねません。

　　1 かんせつ　　　　2 かんせい　　　　　3 かんしょう　　　　4 かんしゅつ

② うちでは大豆を栽培して味噌を作って販売している。

　　1 さいばい　　　　2 さいはい　　　　　3 ざいはい　　　　　4 ざいばい

③ アーチェリーの韓国代表チームが全種目を席巻したという朗報が報じられた。

　　1 のうほう　　　　2 ろうほう　　　　　3 りょうほう　　　　4 れいぼう

④ 雨の上がった後、葉っぱにかかっている滴がきらきらときれいだった。

　　1 うたげ　　　　　2 ぬま　　　　　　　3 みぞ　　　　　　　4 しずく

⑤ 「そういうしこうも悪くはありませんね」と言われると、ここの「しこう」とは「志向」と「嗜好」と「思考」の内、どれのことを言っているのか、紛らわしい。

　　1 けがらわしい　　2 よぎらわしい　　　3 わずらわしい　　　4 まぎらわしい

⑥ 30 年前に家を出ていった父は僕にとって死んだに等しい人間です。

　　1 よそよそしい　　2 はなばなしい　　　3 ひとしい　　　　　4 おそろしい

問題 1　請選出畫底線字彙的正確讀法。

1 この通りには老舗の和服問屋が立ち並んでいる。

　　1 ろほう　　　　2 ろうほう　　　　3 とんや　　　　4 しにせ

2 1970年代末まで、オーストラリアは鯨油目当てにクジラの捕獲を大々的に行っていたそうだ。

　　1 ほうかく　　　2 ほかく　　　　　3 ふかく　　　　4 ふうかく

3 どんな犠牲を払っても自分の意志を貫こうと思っている。

　　1 けいせい　　　2 きせい　　　　　3 げせい　　　　4 ぎせい

4 セミナーで鋭い質問に困っていたところを部長がフォローしてくれた。

　　1 たくましい　　2 するどい　　　　3 いやしい　　　4 あくどい

5 何に誘っても彼は快く「いいよ」と返事してくれる。

　　1 ここちよく　　2 こころよく　　　3 ねづよく　　　4 ほどよく

6 大人になって私たちは子供のような純粋さを忘れかけている。

　　1 しゅんすい　　2 ずんすう　　　　3 しゅんずう　　　4 じゅんすい

問題 1　請選出畫底線字彙的正確讀法。

① たった一回の失言で五輪組織委員会会長の辞任を余儀なくされた。

　　1 そしき　　　　　2 そうしき　　　　　3 じょうしき　　　　4 じょしき

② これは細胞分裂が起きることまで見られる電子顕微鏡である。

　　1 さいほう　　　　2 さいぼう　　　　　3 せいほう　　　　　4 せいぼう

③ 詳細は手元の資料を参照してください。

　　1 ざんそう　　　　2 じゃんしょう　　　3 さんちょう　　　　4 さんしょう

④ 医療の発達によって人間の寿命も延びた。

　　1 すうめい　　　　2 しゅめい　　　　　3 しゅうめい　　　　4 じゅみょう

⑤ 結婚指輪に互いのイニシャルを刻んだ。

　　1 かんだ　　　　　2 きざんだ　　　　　3 はさんだ　　　　　4 もんだ

⑥ 玄関を造花と油絵で飾った。

　　1 おとった　　　　2 まさった　　　　　3 かざった　　　　　4 まざった

問題 1　請選出畫底線字彙的正確讀法。

1 親友へのご<ruby>祝儀<rt>しんゆう</rt></ruby>はいくら<ruby>渡<rt>わた</rt></ruby>しますか。

　　1 しゅうぎ　　　2 しゅくぎ　　　　3 しゅうい　　　　4 しゅくい

2 <ruby>無意識<rt>むいしき</rt></ruby>の<ruby>体勢<rt>たいせい</rt></ruby>は<ruby>体<rt>からだ</rt></ruby>の<ruby>不調<rt>ふちょう</rt></ruby>を<ruby>訴<rt>うった</rt></ruby>える<ruby>重要<rt>じゅうよう</rt></ruby>なサインなので、寝相で体調がわかるはず
だ。

　　1 ねしょう　　　2 ねそう　　　　3 ねじょう　　　　4 ねぞう

3 <ruby>当<rt>とう</rt></ruby>レストランのコース<ruby>料理<rt>りょうり</rt></ruby>は<ruby>厳選<rt>げんせん</rt></ruby>された<ruby>食材<rt>しょくざい</rt></ruby>を<ruby>用<rt>もち</rt></ruby>いて、<ruby>華<rt>はな</rt></ruby>やかな細工を<ruby>施<rt>ほどこ</rt></ruby>してお
ります。

　　1 さいこう　　　2 さいく　　　　3 せいこう　　　　4 せいく

4 <ruby>男<rt>おとこ</rt></ruby>なら、<ruby>過<rt>あやま</rt></ruby>ちを<ruby>犯<rt>おか</rt></ruby>したときは潔く<ruby>謝<rt>あやま</rt></ruby>りなさい。

　　1 なかよく　　　2 こころよく　　　3 いさぎよく　　　4 いろよく

5 <ruby>山下先輩<rt>やましたせんぱい</rt></ruby>は<ruby>言葉<rt>ことば</rt></ruby>づかいも<ruby>態度<rt>たいど</rt></ruby>も荒い<ruby>人<rt>ひと</rt></ruby>で、<ruby>近<rt>ちか</rt></ruby>づけない。

　　1 あらい　　　2 おそろしい　　　3 かたい　　　　4 いさましい

6 <ruby>教育庁<rt>きょういくちょう</rt></ruby>では<ruby>経済的<rt>けいざいてき</rt></ruby>な困窮から<ruby>進学<rt>しんがく</rt></ruby>を<ruby>断念<rt>だんねん</rt></ruby>する<ruby>学生<rt>がくせい</rt></ruby>を<ruby>救済<rt>きゅうさい</rt></ruby>するための<ruby>対策<rt>たいさく</rt></ruby>を<ruby>講<rt>こう</rt></ruby>じて
いる。

　　1 こんらん　　　2 こんきゅう　　　3 こんりゅう　　　4 こんこう

問題 1　　請選出畫底線字彙的正確讀法。

1 日本に飛んでくる<ruby>黄砂<rt>おうさ</rt></ruby>は中国の砂漠拡大によるものだそうだ。

1 こうさ　　　　　2 こうしゃ　　　　　3 おうさ　　　　　4 おうじゃ

2 親に彼との結婚を告げたら、案の<u>定</u>、父は反対した。

1 てい　　　　　2 せい　　　　　3 じょう　　　　　4 ぞう

3 1970 年代にネズミ<u>退治</u>運動が展開されていた。

1 たいち　　　　　2 たいじ　　　　　3 だいち　　　　　4 だいじ

4 爆弾を持った男が外交官や事務員を<u>人質</u>にとった事件が発生した。

1 ひとしつ　　　　　2 にんしち　　　　　3 ひとじち　　　　　4 にんじつ

5 夜遅くになるにつれてパーティーの雰囲気は<u>盛</u>り上がっていった。

1 さり　　　　　2 いかり　　　　　3 もぐり　　　　　4 もり

6 論文の<u>締</u>め切りに切羽詰ってもがいている。

1 つめ　　　　　2 かめ　　　　　3 はめ　　　　　4 しめ

問題 1　請選出畫底線字彙的正確讀法。

① 日本海側には氷河が見られるスポットがあるそうだ。

　1 へいか　　　　　2 へいが　　　　　　3 ひょうか　　　　　4 ひょうが

② 日差しが強いが、木陰に入ると 10 度近く気温が低く感じられた。

　1 もくいん　　　　2 きいん　　　　　　3 きかげ　　　　　　4 こかげ

③ 17 世紀の沈没船から大量の宝物が発見された。

　1 ちんもつせん　　2 ちんぼつせん　　　3 じんぶつせん　　　4 じんほつせん

④ 彼女が舞台に現れたら、場内の観客が沸いた。

　1 わいた　　　　　2 もがいた　　　　　3 さいた　　　　　　4 たいた

⑤ 生徒に数学の面白さを知ってもらうために、いろいろと工夫を凝らしている。

　1 くらして　　　　2 そらして　　　　　3 ゆらして　　　　　4 こらして

⑥ やればできるという肯定的な思考が成功へ導く鍵です。

　1 かたむく　　　　2 ささやく　　　　　3 みちびく　　　　　4 おもむく

問題 1　請選出畫底線字彙的正確讀法。

1 私たちの人生は試行錯誤の繰り返しではないでしょうか。

   1 さっかく　　　　2 さつがく　　　　　3 さっこ　　　　　4 さくご

2 氷室とは、夏でも氷が使用できるように、冬に池の氷を採取して貯蔵しておく穴のことだ。

   1 じょちょう　　　2 じょうちょう　　　3 ちょぞう　　　　4 ちょうぞ

3 海外でパスポートを紛失してしまうと、犯罪に使われかねないから充分注意してください。

   1 ぶんしつ　　　　2 ぶんじつ　　　　　3 ふんじつ　　　　4 ふんしつ

4 今回のテロで空港での出入国の手続きはさらに煩わしくなった。

   1 むなわしく　　　2 けがらわしく　　　3 わずらわしく　　4 みすぼわしく

5 こんな暴力に満ちた世界で子供をどう育てていけばいいのか。

   1 みちた　　　　　2 もうちた　　　　　3 まんちた　　　　4 きちた

6 彼は何か言われるとすぐ頬を膨らますのだ。

   1 からます　　　　2 くらます　　　　　3 ふくらます　　　4 あらます

問題 1 請選出畫底線字彙的正確讀法。

1 この間の案件の詳細は係りの者にお聞きください。

    1 じょうさい   2 しょうせい   3 しょうさい   4 じょうせい

2 父は穀物の栽培や牛などの家畜を飼育する農場を経営している。

    1 かちく   2 かじく   3 やしく   4 やちく

3 ベルツ博士は日本の医学発達に貢献したドイツ人である。

    1 くうけん   2 こうけん   3 ごうけん   4 くげん

4 金メダルを獲得した選手は得意げな笑みを隠せなかった。

    1 かくとく   2 えとく   3 かくえ   4 しゅうとく

5 エレベーターの戸に頭を挟まれて恥ずかしいったらなかった。

    1 きさまれて   2 かさまれて   3 あさまれて   4 はさまれて

6 人工知能ロボットが人類を滅ぼすとまで言う人がいる。

    1 およぼす   2 こぼす   3 ほろぼす   4 さぼす

問題 1　請選出畫底線字彙的正確讀法。

1　一時、世界の各種の貨幣を収集するのが趣味だった。

  1 かはい　　　　2 かへい　　　　　3 かべい　　　　4 かぱい

2　この顕微鏡では微生物の観察ができます。

  1 けんびけい　　2 げんびけい　　　3 けんびきょう　　4 けんみけい

3　健康のためには質の高い睡眠をとることが大切で、たとえ短い時間でも熟睡した
ほうが良いでしょう。

  1 すくすい　　　2 しゅくすい　　　3 じゅくすい　　　4 じゅっすい

4　取締役会から出た意見を総括して結論を出した。

  1 しょうかつ　　2 しょうがつ　　　3 そうかつ　　　　4 そうがつ

5　給料の値上げの要求に対して、社長はお茶を濁してばかりいたので、職員たちは
ストを始めた。

  1 はがして　　　2 ほごして　　　　3 まがして　　　　4 にごして

6　バックパック旅行の出発の手はずはもう整っている。

  1 ととのって　　2 とどのって　　　3 たたかって　　　4 ただかって

問題 1　請選出畫底線字彙的正確讀法。

1 ソウル国際マラソン大会を見に来ている観衆が沿道に溢れていた。

   1 いんとう   2 わんとう   3 やんどう   4 えんどう

2 エアバッグは車の事故時、衝撃を緩和させて生存率を高める役割をしている。

   1 ちゅうけき   2 しょうげき   3 ついとつ   4 しょうとつ

3 教師にたいして暴言や暴力を振るうなど、教権が崩壊しかけている。

   1 ぼうがい   2 ほうがい   3 ほうかい   4 ふうかい

4 血液の循環が円滑でないと、心臓病などの危険な病気を招く。

   1 しゅんわん   2 じゅんかん   3 すんわん   4 すんかん

5 重箱にはおいしそうなおせち料理がぎっしりと詰めてあった。

   1 つめて   2 たしかめて   3 おさめて   4 あやめて

6 人間関係において金銭が絡むとどうしても複雑になってしまう。

   1 よわむ   2 ちぢむ   3 あてはむ   4 からむ

答案及解析 P. 173

問題 1　　請選出畫底線字彙的正確讀法。

① 人生とは予期せぬ困難に遭遇したりもするものだ。

　　1 そぐ　　　　　　2 そぐう　　　　　　3 そうぐ　　　　　　4 そうぐう

② 学生たちは先生に倣って磁石と硬貨を使った簡単なモーターを作った。

　　1 じせき　　　　　2 じしゃく　　　　　3 ざせき　　　　　　4 ざしゃく

③ 日本語をあまり知らなかったころは、バイト先でオーダーの伝票をよく書き間違っていた。

　　1 てんびょう　　　2 てんぴょう　　　　3 でんひょう　　　　4 でんぴょう

④ 海外への転勤を控えて慌しい日々を過ごしている。

　　1 おびただしい　　2 あわただしい　　　3 きそくただしい　　4 さわがしい

⑤ 悪習慣がいったん身についてしまうと、取り返しのつかないジレンマに陥ってしまいます。

　　1 もちいって　　　2 たちいって　　　　3 おちいって　　　　4 かいいって

⑥ 無駄遣いによる赤字を親が埋め合わせてくれた。

　　1 そめ　　　　　　2 ひめ　　　　　　　3 かめ　　　　　　　4 うめ

問題 1　請選出畫底線字彙的正確讀法。

① スペインからフェリーに乗ってジブラルタル海峡を渡ってモロッコへ移動した。

　　1 かいきょう　　　2 かいけい　　　　　3 がいかい　　　　　4 がいこう

② 面接後、採否に関わらず、三日後にご連絡いたします。

　　1 さいひ　　　　　2 さいふ　　　　　　3 せいふ　　　　　　4 せいぶ

③ ある刑事の入念な追跡のおかげで、事件の輪郭が明らかになった。

　　1 ゆんかく　　　　2 うんかく　　　　　3 えんかく　　　　　4 りんかく

④ 検察は大手企業の会長を脱税疑惑で捜査している。

　　1 きおく　　　　　2 ぎおく　　　　　　3 きわく　　　　　　4 ぎわく

⑤ 僕は死んだ父の会社を継いで、今まで幾多の困難を切り抜けてきました。

　　1 かいで　　　　　2 ついで　　　　　　3 はいで　　　　　　4 むいで

⑥ 新人の秋田君は、何かあるとすぐ指示を仰いでくるし、指示しないと動かない人だ。

　　1 みついで　　　　2 かついで　　　　　3 あおいで　　　　　4 おやいで

問題 1　請選出畫底線字彙的正確讀法。

① ネットショッピングの拡大で、宅配の荷物が増加するに伴い、輸送業界の好況が続いている。

  1 しゅうしょう　　2 しゅそう　　　　3 ゆしょう　　　　4 ゆそう

② 模擬試験の結果をみて、やる気がうせてしまった。

  1 もうい　　　　2 もうぎ　　　　3 もい　　　　4 もぎ

③ この薬は脂肪を燃焼させますので、ダイエットに役立ちます。

  1 えんしょう　　2 ねんしょう　　　3 ぜんそう　　　　4 わんそう

④ 観光に来た外国人でパスポートを提示すれば、日本の市内でも免税をうけることができる。

  1 めんぜい　　　2 めんせい　　　　3 いつせい　　　　4 いつぜい

⑤ このジュースはオレンジのしぼり汁を濃縮し、貯蔵、運送した後、再び水分を加えた物だ。

  1 のうじゅく　　2 こうしゅく　　　3 のうしゅく　　　4 こうじゅく

⑥ 地盤が緩い土地に、新しく住宅や建物を建てる場合、別途基礎工事などが必要になる可能性がある。

  1 はなはだしい　　2 しつこい　　　　3 はかない　　　　4 ゆるい

問題 1　請選出畫底線字彙的正確讀法。

1 両国の領土をめぐった対立はだんだん先鋭化してきた。

　　1 せんだん　　　　2 せんえい　　　　　3 せんり　　　　　4 せんえつ

2 ビルの外壁の清掃をする仕事は日給が相当高いそうだ。

　　1 じょうせい　　　2 しょうそう　　　　3 せいそう　　　　4 そうじ

3 新入生歓迎会での暴飲による事件や事故が年々増えていく。

　　1 がんえい　　　　2 かんえい　　　　　3 がんおう　　　　4 かんげい

4 隣国からの襲撃に備えて軍隊を召集した。

　　1 しゅうげき　　　2 しょうけき　　　　3 しゅうごく　　　　4 しゅうえき

5 猛烈な豪雨で川の水位は著しく上がっていった。

　　1 いちじるしく　　2 めずらしく　　　　3 はかばかしく　　　4 むなしく

6 擦り傷に薬を塗ったらかえって染みてきた。

　　1 こころみて　　　2 かいまみて　　　　3 うしろみて　　　　4 しみて

問題 1　　請選出畫底線字彙的正確讀法。

1 課長は本当にいい人なんだけど、自分の宗教をしつこく勧誘するきらいがある。

　　1 けんにゅう　　　2 かんゆう　　　　　3 けんしゅう　　　　　4 かんにゅう

2 日本の伝統衣装には鮮やかな色をたくさん使っていてとても華麗な物もある。

　　1 ぎそう　　　　　2 いそう　　　　　　3 ぎしょう　　　　　　4 いしょう

3 自分の力量を充分に発揮してみせるぞ。

　　1 はつぎ　　　　　2 はっき　　　　　　3 はつい　　　　　　　4 はっし

4 何回かの失敗を繰り返したすえ、意欲を完全に喪失してしまった。

　　1 そうしつ　　　　2 そしつ　　　　　　3 しょうしち　　　　　4 そうしち

5 こんな暗いところで脅かさないでよ、ぼく、心臓弱いんだから。

　　1 ひびやかさない　2 おどかさない　　　3 あまやかさない　　　4 おかさない

6 国籍が違うにもかかわらず、あの二人は大事に愛を育んでいった。

　　1 はぐくんで　　　2 くぼんで　　　　　3 たくらんで　　　　　4 ふくんで

問題 1 　請選出畫底線字彙的正確讀法。

① 飲食店の管理者は衛生管理を徹底しなければいけない。

　　1 いせい　　　　　2 えいせい　　　　　3 りせい　　　　　4 いしょう

② 子供を誘拐した犯人に国民は憤慨を禁じえなかった。

　　1 ぶんかい　　　　2 ほんがい　　　　　3 ふんがい　　　　4 へんかい

③ あの女優、年をとるにつれて貫禄がついてきていますね。

　　1 かんろく　　　　2 かんりょく　　　　3 けんろく　　　　4 けんりょく

④ 私たちがこんなところに集まっているのは何かの因縁でしょう。

　　1 いんえん　　　　2 いんねん　　　　　3 えんえん　　　　4 えんにん

⑤ 社員の過失によって会社が損害を被った場合、社員に損害賠償を請求する。

　　1 おった　　　　　2 になった　　　　　3 かぶった　　　　4 こうむった

⑥ この集いは宗教的な色彩が濃くて、すぐ脱退した。

　　1 つどい　　　　　2 げい　　　　　　　3 くれない　　　　4 たましい

問題 1　　請選出畫底線字彙的正確讀法。

1　先方から契約をわけなく、一方的に撤回された。

　　1 てつかい　　　　2 てっかい　　　　　3 たったい　　　　　4 たっかい

2　てっきり受け入れてくれると思っていたところで、断られて途方に暮れている。

　　1 どほう　　　　　2 とほう　　　　　　3 どかた　　　　　　4 とかた

3　年をとると新しいことに挑戦するのが怖くなるらしい。

　　1 とうせん　　　　2 そうせん　　　　　3 ちょうせん　　　　4 ぞうせん

4　風情のある温泉街をぶらぶら歩いた。

　　1 ふうしょう　　　2 ふじょう　　　　　3 ふうせい　　　　　4 ふぜい

5　一言の失言で苦労して築いてきた名声が汚れた。

　　1 けがれた　　　　2 うなだれた　　　　3 はなれた　　　　　4 わるびれた

6　旦那が会社を首になって生活が窮屈になったので私がパートをやっている。

　　1 りくつ　　　　　2 たいくつ　　　　　3 ひくつ　　　　　　4 きゅうくつ

問題 1　請選出畫底線字彙的正確讀法。

1　ゴミや産業廃棄物などの回収と再利用をはかる産業を静脈産業と言う。

　　1 せいみゃく　　　　2 しょうみゃく　　　　3 じょうみゃく　　　　4 さいみゃく

2　調理方法によってはエビを殻ごと食べる人がいるようだ。

　　1 から　　　　　　2 まと　　　　　　　　3 うず　　　　　　　4 さと

3　有名な自動車メーカーであるマキシムが燃費データの不正操作で騒がれている。

　　1 ねんび　　　　　2 ねんぴ　　　　　　　3 えんひ　　　　　　4 えんび

4　最近、世界の隅々で爆弾テロが頻繁に起こっている。

　　1 ばくたん　　　　2 ばくだん　　　　　　3 ぼくたん　　　　　4 ぼくだん

5　妹は少しでも気にさわることを言われようものなら、露骨にいやな顔をする。

　　1 のうこつ　　　　2 のかつ　　　　　　　3 ろうかつ　　　　　4 ろこつ

6　焼きたてのパンは香ばしくて柔らかくてとてもおいしいです。

　　1 よごらかくて　　2 しなやらかくて　　　3 やわらかくて　　　4 おおらかくて

問題1　請選出畫底線字彙的正確讀法。

1 俳優の私生活ばかりを暴露する記者もいるのだ。

1 ぼくろ　　　　　2 ばくろ　　　　　3 ぼうろう　　　　　4 ぼうろ

2 3年も派遣社員として働いていて貧困な生活が続いている。

1 はけん　　　　　2 はきん　　　　　3 はいけん　　　　　4 ほうきん

3 教授は古代遺跡の発掘に取りかかっている。

1 ゆいせき　　　　2 いせき　　　　　3 けんせき　　　　　4 かんせき

4 この島は気候も穏和で食べ物も豊かなので、一年を通じて観光客でにぎわっている。

1 おんわ　　　　　2 おんか　　　　　3 いんわ　　　　　　4 いんか

5 この日本酒は円やかで飲みやすそうだ。

1 すこやか　　　　2 しとやか　　　　3 あざやか　　　　　4 まろやか

6 受賞者たちはみんな誇らかな顔をしている。

1 なめらか　　　　2 やすらか　　　　3 うすらか　　　　　4 ほこらか

問題1　請選出畫底線字彙的正確讀法。

① この記事、いったい何を示唆しているのかさっぱりわからない。

1 しし　　　　　　2 しじ　　　　　　3 しせ　　　　　　4 しさ

② 他社との提携の是非を問う投票を役員全員を対象にして行った。

1 ぜひ　　　　　　2 せいひ　　　　　3 しひ　　　　　　4 しび

③ 軍隊という組織においては命令に絶対服従しなければならないそうだ。

1 ふくしょう　　　2 ふっしゅう　　　3 ふくじゅう　　　4 ふっそう

④ ご親切にしていただき、まことに恐縮でございます。

1 きょうじく　　　2 きょうじゅく　　3 きょうちく　　　4 きょうしゅく

⑤ 昔、強国は天然資源の豊富な国を侵略してそれを奪ったものだ。

1 ほうふう　　　　2 ほふう　　　　　3 ほうふ　　　　　4 ほふ

⑥ 最近のニュースを聞くたびに、世の中はずいぶん物騒になったものだと思う。

1 ふつしょう　　　2 ぶっそう　　　　3 ふつぎょう　　　4 ぶっきょう

問題 1　請選出畫底線字彙的正確讀法。

① その暴動が勃発した契機は人種差別だそうだ。

1 はつばつ　　　2 ほっばつ　　　3 はつぱつ　　　4 ぼっぱつ

② この工場では超精密機械が生産されている。

1 ぜいみつ　　　2 しょうみつ　　　3 せいみつ　　　4 そうみつ

③ 弟は月一回シャワーをあびるくらいで不潔すぎて近寄りたくない。

1 ふけつ　　　2 ひけつ　　　3 ぶしつ　　　4 むきつ

④ 夕焼けは晴れ、朝焼けは雨の兆しだそうだ。

1 やけ　　　2 ふけ　　　3 さけ　　　4 もうけ

⑤ このごろ近所で引ったくり事件が頻繁に起こっているから、注意したほうがいい。

1 ひんはん　　　2 びんへん　　　3 ひんぱん　　　4 びんばん

⑥ 彼らは自国の独立を密かにはかっていた。

1 おろそか　　　2 おごそか　　　3 あわそか　　　4 ひそか

問題1　請選出畫底線字彙的正確讀法。

1　現実を<u>逃避</u>したいときは、ゲームに熱中するに限る。

   1 どうひ　　　　　2 とうひ　　　　　　3 ちょうび　　　　4 ちょうひ

2　お<u>墓</u>参りにはお花と線香を持っていく。

   1 けむり　　　　　2 つつ　　　　　　　3 みね　　　　　　4 はか

3　涼しげな<u>風鈴</u>の音色が真夏の暑さを忘れさせてくれる。

   1 ふうれい　　　　2 ふうけい　　　　　3 ふうりょう　　　4 ふうりん

4　この雑誌の内容がよくて買っているんじゃなくて、いつも豪華な<u>付録</u>がついているからなんだ。

   1 ふろく　　　　　2 ふうろく　　　　　3 ぶりょく　　　　4 ぶうりょく

5　首相は<u>大胆</u>ながら繊細な革新を遂げてみせた。

   1 たいたん　　　　2 たいだん　　　　　3 だいたん　　　　4 だいだん

6　ラッシュアワーの交通<u>渋滞</u>に巻き込まれて、もう３０分も立ち往生している。

   1 じゅだい　　　　2 じゅうたい　　　　3 しぶおび　　　　4 しぶたい

問題 1　請選出畫底線字彙的正確讀法。

1 海岸地域で訳の分からない大規模な爆発事件が起きた。

1 たいきぼう　　　　2 だいきぼ　　　　　3 たいぎぼう　　　　4 だいぎぼ

2 マスコミが両国間のトラブルを助長している。

1 じょうちょう　　2 ちょじょう　　　　3 じょちょう　　　　4 ちょうぞう

3 娘はストレスのせいか、ろくにご飯も食べずにだんだん衰弱していった。

1 しゅうさく　　　　2 ずいじゃく　　　　3 すいじゃく　　　　4 しゅしゃく

4 あざは毛細血管の破裂が原因だそうだ。

1 はねつ　　　　　　2 へいねつ　　　　　3 はいなつ　　　　　4 はれつ

5 よしこさんの振る舞いは高尚でしとやかだとみんな言っているけど、実は猫をか

ぶっているだけだ。

1 こうせい　　　　　2 こうじょう　　　　3 こせい　　　　　　4 こうしょう

6 幼なじみがそのまま今の主人になった。

1 おさなじみ　　　　2 おさななじみ　　　3 まぼろなじみ　　　4 まぼろしなじ

み

答案及解析 P. 181

問題1　請選出畫底線字彙的正確讀法。

① 困難な<ruby>境遇<rt>こんなん</rt></ruby>に<ruby>置<rt>お</rt></ruby>かれても<ruby>客観的<rt>きゃっかんてき</rt></ruby>な<ruby>立場<rt>たちば</rt></ruby>を<ruby>保<rt>たも</rt></ruby>つのは<ruby>相当難<rt>そうとうむずか</rt></ruby>しいことだ。

　　1 けいう　　　　　2 きょうう　　　　　3 けいげい　　　　　4 きょうぐう

② うちの<ruby>学校<rt>がっこう</rt></ruby>のサッカーチームは<ruby>全国大会<rt>ぜんこくたいかい</rt></ruby>で5連覇した。

　　1 れんばい　　　2 れんば　　　　　3 れんぱい　　　　　4 れんぱ

③ <ruby>立候補者<rt>りっこうほしゃ</rt></ruby>は<ruby>家賃補助制度<rt>やちんほじょせいど</rt></ruby>の<ruby>創設<rt>そうせつ</rt></ruby>などの<ruby>賃貸向<rt>ちんたいむ</rt></ruby>け支援<ruby>策<rt>さく</rt></ruby>を<ruby>掲<rt>かか</rt></ruby>げている。

　　1 じうん　　　　2 じえん　　　　　3 しえん　　　　　4 しうん

④ リハビリを<ruby>終<rt>お</rt></ruby>えて<ruby>復帰<rt>ふっき</rt></ruby>した<ruby>大谷選手<rt>おおたにせんしゅ</rt></ruby>は<ruby>縦横<rt>じゅうおう</rt></ruby><ruby>無尽<rt>むじん</rt></ruby>に活躍している。

　　1 かつえき　　　2 かつやく　　　　　3 かっぱつ　　　　　4 かつらつ

⑤ <ruby>会社<rt>かいしゃ</rt></ruby>に莫大な<ruby>損害<rt>そんがい</rt></ruby>を<ruby>与<rt>あた</rt></ruby>えたので、その<ruby>責任<rt>せきにん</rt></ruby>をとって<ruby>辞任<rt>じにん</rt></ruby>した。

　　1 まくだい　　　2 ばくだい　　　　　3 もうだい　　　　　4 もたい

⑥ そのケーキのクリームは<ruby>常温<rt>じょうおん</rt></ruby>では溶けてしまうので、<ruby>冷蔵庫<rt>れいぞうこ</rt></ruby>に<ruby>入<rt>い</rt></ruby>れて<ruby>保管<rt>ほかん</rt></ruby>してください。

　　1 とけて　　　　2 やけて　　　　　3 まけて　　　　　4 すけて

問題1　　請選出畫底線字彙的正確讀法。

① カナダでのホームステイ先<small>さき</small>の家族<small>かぞく</small>はみんな明<small>あか</small>るくて、内気<small>うちき</small>な僕<small>ぼく</small>は毎日<small>まいにち</small>を愉快に過<small>す</small>ごせた。

　　1 ゆかい　　　　　　2 ゆうかい　　　　　　3 りゅかい　　　　　　4 りゅうかい

② 似顔絵<small>にがおえ</small>を描<small>か</small>く時<small>とき</small>は、モデルの特徴をよく捉<small>とら</small>えるのが大事<small>だいじ</small>だ。

　　1 とくじょう　　　2 どくじょう　　　　3 とくちょう　　　　4 どくしょう

③ 何<small>なに</small>かを失敗<small>しっぱい</small>しても悩<small>なや</small>まず、これは自分<small>じぶん</small>の人生<small>じんせい</small>の軌道を修正<small>しゅうせい</small>するいいチャンスだと思<small>おも</small>いましょう。

　　1 きと　　　　　　2 きとう　　　　　　3 きど　　　　　　　4 きどう

④ 兄<small>あに</small>は周<small>まわ</small>りに自分<small>じぶん</small>のプライドを傷<small>きず</small>つけられたら、過剰に反応<small>はんのう</small>し、怒<small>おこ</small>ったり感情的<small>かんじょうてき</small>になる人<small>ひと</small>だ。

　　1 かよう　　　　　2 かいん　　　　　　3 かじょう　　　　　4 かちょう

⑤ 地面<small>じめん</small>に深<small>ふか</small>い穴<small>あな</small>を掘ってそこに入<small>はい</small>ると酷寒<small>こっかん</small>をしのぐことができる。

　　1 ほって　　　　　2 はばかって　　　　3 あさって　　　　　4 からかって

⑥ ゲームに夢中<small>むちゅう</small>になってオーブンの魚<small>さかな</small>が焦げてしまうのに気<small>き</small>づけなかった。

　　1 つげて　　　　　2 にげて　　　　　　3 しょげて　　　　　4 こげて

文字篇｜再次複習　答案及解析

問題 1

再次複習 1　P. 21

1	4	2	2	3	4	4	4	5	2
6	3								

1 田村如實地完成了被賦予的任務。

Tip

遂　遂 (と)げる 完成；實現；達到

2 新井為了一點失誤而讓自己苦心獲得的名譽瞬間掃地。

Tip

訓　名残惜 (なごりお)しい
　　依戀的；留戀的
　　名 (な)づける 命名；取名
　　名札 (なふだ) 名牌
音1　名字 (みょうじ) 姓氏
　　本名 (ほんみょう) 本名
音2　名人 (めいじん) 名人
　　有名 (ゆうめい)だ 有名的

3 京都有許多宏偉且歷史悠久的神社。

Tip

ゆ　由来 (ゆらい) 由來
　　経由 (けいゆ) 經由
ゆう　自由 (じゆう) 自由
　　理由 (りゆう) 理由
ゆい　由緒 (ゆいしょ) 由來；來歷

4 政府應設法提出填補貧富差距的解決辦法。

Tip

貧　貧 (まず)しい 貧窮的
富　富 (とみ) 財產；資源

5 我做為領導人，盡量不感情用事而導致判斷慢半拍。

Tip

訓　鈍 (にぶ)い 遲鈍的；笨拙的
音　鈍化 (どんか) 鈍化；變遲鈍

鈍感 (どんかん)だ
麻木的；感覺遲鈍的

6 他是個經常說些多餘的話而破壞現場氣氛的人。

Tip

訓　壊 (こわ)す 破壞；毀壞
　　壊 (こわ)れる 損壞；失靈；故障
音　破壊 (はかい) 破壞；摧毀
　　崩壊 (ほうかい) 崩潰；倒塌；覆滅

再次複習 2　P. 22

1	2	2	1	3	2	4	3	5	4
6	1								

1 為了提升及強化公司的組織工作的能力，進行組織改革。

Tip

改　改修 (かいしゅう) 更改；修改
　　改良 (かいりょう) 改良
　　改正 (かいせい) 改正；修正
　　改定 (かいてい) 重新制定
　　改訂 (かいてい) 修訂；校正

2 據說這間企業是按年資升遷，有上意下達或遵循既往做法的傾向。

Tip

踏　踏 (ふ)む 踩踏；經歷；實踐
襲　襲 (おそ)う 侵襲；攻擊；承襲
　　襲撃 (しゅうげき) 襲擊
　　逆襲 (ぎゃくしゅう) 反擊；反攻
　　世襲 (せしゅう) 世襲

3 群聚在廣場上的群眾其怒氣到達頂點。

Tip

群　群 (む)れ 成群；夥伴
　　群 (むら)がる 群集；群聚
　　抜群 (ばつぐん) 出眾的
衆　公衆 (こうしゅう) 公眾
　　大衆 (たいしゅう) 大眾

4 因少子化問題而關校的建築物，變身成了村民的休憩場所。

Tip

憩 (いこ)い 休憩；歇息
休息 (きゅうそく) 休息
憩 (きゅうけい) 休憩

⑤ 她故意表現出嬌弱的樣子，讓男生產生「我想守護妳」的心情。

Tip

手　手柄 (てがら) 功績；勳績
　　手軽 (てがる)だ 簡單的；輕易的
　　手際 (てぎわ) 本領；手腕；技巧
　　手頃 (てごろ)だ 合適的；正合手的
　　手品 (てじな) 戲法；魔術
　　手順 (てじゅん) 順序；流程
　　手配 (てはい) 安排；布置
薄　薄着 (うすぎ) 穿著輕薄
　　薄 (うす)い 薄的；清淡的；稀少的
　　軽薄 (けいはく) 輕薄

⑥ 我不能原諒他用不正當的手段獲得的金錢過著富裕的生活。

潤　潤滑 (じゅんかつ) 潤滑
　　潤沢 (じゅんたく) 潤澤

再次複習 3　P. 23

1	4	2	4	3	3	4	2	5	1
6	3								

① 使用中文的工作在韓國需求很高。

Tip

訓　要 (い)る 需要；必要
音　需要 (じゅよう) 需要
　　供給 (きょうきゅう) 供給

② 藝人似乎經常受到沒有根據的謠言所困擾。

Tip

訓　根 (ね) 根源；根本；本質
音　根本 (こんぽん) 根本
　　大根 (だいこん) 白蘿蔔

③ 據說血月是地震發生的前兆。

Tip

訓　兆 (きざ)し 徵兆；兆頭；跡象
音　兆候 (ちょうこう) 徵兆
　　一兆 (いっちょう) 一兆
　　前兆 (ぜんちょう) 前兆

④ Kings 銀行和 Star 銀行合併，成為 Kingstar 銀行。

Tip

かっ　合戦 (かっせん) 交戰；對戰
　　　歌合戦 (うたがっせん) 歌唱大賽
　　　雪合戦 (ゆきがっせん) 打雪仗
がっ　合宿 (がっしゅく) 集訓合宿
　　　合唱 (がっしょう) 合唱
　　　合体 (がったい) 合體
　　　合致 (がっち) 一致；符合
ごう　合格 (ごうかく) 合格
　　　合理 (ごうり) 合理
　　　会合 (かいごう) 集會；聚會
　　　集合 (しゅうごう) 集合
　　　統合 (とうごう) 統合
　　　配合 (はいごう) 配合

⑤ 被害人被勒住頸部而死亡。

Tip

絞　絞 (しぼ)る 搾；擰；絞

⑥ 對我國的經濟而言，營造適合女性工作的環境是極為重要的課題。

Tip

きょく　極端 (きょくたん) 極端
ごく　極上 (ごくじょう) 極好；極上等
　　　極秘 (ごくひ) 極機密
　　　極貧 (ごくひん) 赤貧
　　　極楽 (ごくらく) 極樂；天堂
　　　月極 (つきぎ)め 按月計費

再次複習 4　P. 24

1	4	2	2	3	1	4	3	5	2
6	4								

① 過去這條街也曾繁華一時啊！

繁　繁栄 (はんえい) 繁榮
　　繁華街 (はんかがい) 鬧區；繁華街道
　　繁殖 (はんしょく) 繁殖
　　頻繁 (ひんぱん) に 頻繁地
　　＝盛 (さか) んに

② 就因為大學時主修鋼琴，所有朋友結婚典禮上的伴奏都要拜託我。

伴　伴 (ともな) う 伴隨；隨同
奏　奏 (かな) でる 演奏

③ 因為是第一次只有自家人的旅行，妻子非常期待，興奮不已。

こう　興行 (こうぎょう) 公演；演出
　　　興亡 (こうぼう) 興亡
　　　振興 (しんこう) 振興
　　　新興 (しんこう) 新興
　　　復興 (ふっこう) 復興
きょう　興 (きょう) じる 感到有趣
　　　　興味 (きょうみ) 興趣

④ 就算自己的能力不足，但有人格魅力的話，有能力的人自然會靠攏過來。

訓1　取 (と) り柄 (え) 優點；可取之處
訓2　柄 (がら) 花紋；品格；身材；身分
　　　間柄 (あいだがら) 關係；交情
　　　家柄 (いえがら) 家世；門第
　　　大柄 (おおがら) 身材高大；大花紋
　　　小柄 (こがら) 身材短小；碎花紋
　　　仕事柄 (しごとがら) 工作性質
　　　人柄 (ひとがら) 人品；品格
音　　横柄 (おうへい) だ 傲慢無禮的；狂妄自大的

⑤ 萩原教授的研究團隊不分晝夜致力研究。

訓　励 (はげ) ます 鼓勵；激勵
　　励 (はげ) む 勤勉；刻苦；辛勤
音　奨励 (しょうれい) 獎勵

⑥ 我認為我們之間的友情值一千萬以上。

訓　値上 (ねあ) がり 漲價
　　値引 (ねび) き 折扣；減價
　　安値 (やすね) 賤價；廉價
音　価値 (かち) 價值
　　数値 (すうち) 數值

再次複習 5　P. 25

①	1	②	3	③	1	④	3	⑤	3
⑥	1								

① 我們家世世代代都從事畜牧業。

訓　従 (したが) う 遵從；按照
音　従業員 (じゅうぎょういん)
　　從業人員；員工
　　追従 (ついじゅう) 追隨
　　服従 (ふくじゅう) 服從

② 有意見反應：社長最初採取的措施不恰當。

③ 專家主張：正因為不景氣，謙虛地向過去學習的態度更顯重要。

姿　姿 (すがた) 身影；面貌；舉止
　　姿態 (したい) 姿態；儀態
　　容姿 (ようし) 容貌
勢　勢 (いきお) い 勢頭；勁頭
　　勢力 (せいりょく) 勢力
　　形勢 (けいせい) 形勢
　　権勢 (けんせい) 權勢
　　態勢 (たいせい) 態勢；陣勢
　　優勢 (ゆうせい) 優勢
　　大勢 (おおぜい) 眾多；很多

④ 從中國進口貨物的限制放寬了。

緩　緩 (ゆる) める 放寬；鬆弛；緩和
　　緩 (ゆる) い 鬆的；寬大的；不嚴的
　　緩 (ゆる) やかだ 寬鬆的；平緩的

⑤ 我實在無法認同那位候選人提倡的政策。

Tip

唱　合唱 (がっしょう) 合唱
　　提唱 (ていしょう) 提倡；倡導

⑥ 察覺到危險迫近的時候，已無力回天。

Tip

迫　迫害 (はくがい) 迫害
　　迫力 (はくりょく) 魄力；氣勢
　　圧迫 (あっぱく) 壓迫
　　脅迫 (きょうはく) 脅迫
　　緊迫 (きんぱく) する 緊迫；吃緊
　　切迫 (せっぱく) する 逼近；迫近

再次複習 6　P. 26

1	2	2	2	3	4	4	1	5	4
6	2								

① 在奧運會中，非洲諸國的選手們展現了他
　們卓越的進步。

Tip

躍　躍動 (やくどう) 躍動
　　活躍 (かつやく) 活躍
　　跳躍 (ちょうやく) 跳躍

② 在有限的預算內，必須想點甚麼辦法。

③ 邊讀著這本以偵探為主角的漫畫，一面推
　理事件的謎團，非常有趣。

Tip

推　推進 (すいしん) 推動；推行
　　推薦 (すいせん) 推薦
　　推選 (すいせん) 推選

④ 我指正部長主張的不合理之處而遭到降
　職。

Tip

指　指 (ゆび) 指頭
　　指輪 (ゆびわ) 戒指
　　指 (ゆび) さす 用手指示；指點
　　指揮 (しき) 指揮
　　指標 (しひょう) 指標
　　指示 (しじ) 指示；命令
　　＝命令 (めいれい), 指図 (さしず)

摘　摘 (つ)む 摘取；摘除
　　摘出 (てきしゅつ) 指出；剔出
　　摘発 (てきはつ) 揭露；揭發

⑤ 對於他那過於裝腔作勢的說話方式，連沉
　穩的村本都動怒了。

Tip

穩　穏和 (おんわ) 溫和；溫暖

⑥ 女演員早苗和泰國富豪結婚，過著奢華的
　生活。

Tip

　　健 (すこ)やかだ 健康的；健壯的
　　軽 (かろ)やかだ 輕巧的；輕快的
　　細 (こま)やかだ 細小的；細膩的

再次複習 7　P. 27

1	3	2	2	3	2	4	4	5	1
6	4								

① 比起成為聰明伶俐的人，我更希望把女兒
　培育成有智慧的人。

Tip

賢　賢 (かしこ)い 聰明的；明智的
明　明 (あき)らかだ 清楚的；明顯的
　　＝明白 (めいはく)だ
　　確実 (かくじつ)だ 確實的

② 再次搜索因地震而生死未卜的人。

Tip

索　索引 (さくいん) 索引
　　検索 (けんさく) 檢索
　　思索 (しさく) 思索
　　探索 (たんさく) 探索
　　模索 (もさく) 摸索

③ 關於新產品缺陷或不良的客訴不斷。

Tip

欠　欠 (か)ける 欠缺；缺乏
　　欠如 (けつじょ) 缺乏；缺少
　　欠乏 (けつぼう) 缺乏；不足
陷　陥 (おちい)る 陷入；淪陷；落入
　　陥 (おとしい)れる 坑害；陷害

145

陥没 (かんぼつ) 塌陷；陷落

4 據說讓商品擺放得看來有吸引力、賣得好是上架的原則。

Tip

陳　陳謝 (ちんしゃ) 道歉；賠禮
　　陳述 (ちんじゅつ) 陳述
例　例 (たと)える 比喩；舉例
　　例文 (れいぶん) 例句
　　実例 (じつれい) 實例
　　範例 (はんれい) 範例
　　比例 (ひれい) 比例
　　↔ 反比例 (はんぴれい) 反比例

5 每當眺望遼闊的海面，煩惱總會一掃而空。

Tip

眺　眺望 (ちょうぼう) 眺望

6 整座城鎮受到原因不明的恐怖傳染病侵襲。

Tip

襲　襲撃 (しゅうげき) 襲擊；攻擊
　　世襲 (せしゅう) 世襲
　　踏襲 (とうしゅう) 沿襲；繼承

再次複習 8　P. 28

1	4	2	3	3	2	4	4	5	2
6	2								

1 島根先生似乎因為被捲入損害賠償的訴訟中而苦惱。

Tip

訴　訴 (うった)える 控訴；訴苦；打動

2 他隱瞞自己是億萬富翁的事實，一生過得儉樸。

Tip

しつ　質素 (しっそ)だ 質樸的
　　　品質 (ひんしつ) 品質
しち　質屋 (しちや) 當鋪
じち　人質 (ひとじち) 人質

3 這場集會的宗旨不清不楚，感覺有點奇怪。

Tip

趣　趣 (おもむき) 要點；概要；風趣；雅緻
　　趣味 (しゅみ) 興趣
旨　旨 (むね) 宗旨；主旨
　　要旨 (ようし) 要旨

4 選擇家具時要考慮房間的大小及配色後再購買。

Tip

慮　遠慮 (えんりょ) 拒絕；客氣
　　思慮 (しりょ) 思慮；思考
　　配慮 (はいりょ) 照顧；關照

5 奧運出賽選手們皆卯足全力面對比賽。

Tip

　　全力 (ぜんりょく)を尽くす 竭盡全力 ＝ 尽力 (じんりょく)する
尽　尽 (つ)きる 竭盡；耗盡
　　理不尽 (りふじん)だ 不合理的；不講理的
　　縦横無尽 (じゅうおうむじん) 隨心所欲

6 祖母已九十歲，卻仍不斷地挑戰新事物。

Tip

　　弾 (はず)む 彈起；慷慨；起勁；情緒高漲
　　育 (はぐく)む 培養；養育；維護
　　たしなむ 愛好；嗜好
挑　挑戦 (ちょうせん) 挑戰
　　挑発 (ちょうはつ) 挑撥；挑釁

再次複習 9　P. 29

1	1	2	3	3	3	4	1	5	4
6	2								

1 在最後關頭，A 公司變更契約條件讓我們很為難。

Tip

契　契機 (けいき) 契機；開端＝きっかけ

② 他似乎沒有充分把握住討論的重點，說著自相矛盾的話。

Tip

訓　握 (にぎ)る 掌握；緊握
　　一握 (ひとにぎ)り 少量；一撮

音　握手 (あくしゅ) 握手
　　掌握 (しょうあく) 掌握

③ 這座位在都市的正中心的公園，以綠蔭盎然的庭園聞名。

Tip

訓　木陰 (こかげ) 樹蔭
　　木枯 (こが)らし 寒風；秋風
　　木立 (こだち) 樹叢
　　木 (こ)の葉 (は) 樹葉

音1　大木 (たいぼく) 巨樹；大樹
　　土木 (どぼく) 土木

音2　木材 (もくざい) 木材
　　木造 (もくぞう) 木造
　　木綿 (もめん) 棉織品；棉布

④ (航空公司公告) 為避免旅客行李的損壞或遺失，我們會細心加以注意。

Tip

破　破 (やぶ)れる 破損；破裂；破滅
　　破壊 (はかい) 破壞
　　破格 (はかく) 破格；破例
　　破棄 (はき) 作廢；撕毀；廢除
　　破産 (はさん) 破產
　　破片 (はへん) 碎片＝かけら
　　破裂 (はれつ) 破裂

損　損 (そん)する 損失；虧損
　　損 (そこ)なう 損壞；破壞
　　損害 (そんがい) 損害
　　損失 (そんしつ) 損失
　　損得 (そんとく) 損益

⑤ 因為這條路上的行道樹是櫻花，每到四月總是飄散著櫻花花香。

Tip

漂　漂白剤 (ひょうはくざい) 漂白劑
　　漂流 (ひょうりゅう) 漂流

⑥ 面向這個海灣的所有別墅，全都是好萊塢演員所有。

Tip

　　臨 (のぞ)む ①面對　②蒞臨

再次複習 10　P. 30

①	2	②	1	③	4	④	4	⑤	1
⑥	3								

① 最近的年輕人的一致性越來越高。

Tip

訓　一息 (ひといき) 氣息；呼吸；一口氣
　　一重 (ひとえ) 一重；一層
　　一塊 (ひとかたまり) 一塊
　　一際 (ひときわ) 尤其；格外
　　一口 (ひとくち) 一口
　　一言 (ひとこと) 一句話
　　一時 (ひととき) 暫時；一時

音1　一律 (いちりつ) 一律；一樣
　　一流 (いちりゅう) 一流

音2　一括 (いっかつ) 總括
　　一気 (いっき) 一口氣
　　画一 (かくいつ) 劃一
　　均一 (きんいつ) 均一
　　単一 (たんいつ) 單一
　　統一 (とういつ) 統一
　　同一 (どういつ) 一樣；相同
　　唯一 (ゆいいつ) 唯一

② 我想在沒取得父母同意下就和他舉行婚禮。

Tip

承　承 (うけたまわ)る 聽從；接受 (受ける 謙讓語)

③ 掃描的圖檔以 Email 附加檔案發送，請您確認。

添　添 (そ)える 附加；陪同
　　添加 (てんか) 添加
　　添削 (てんさく) 增刪；修改

④ 如此的辛勞，無法濃縮成一句話來描述。

凝　凝 (こ)る 熱衷；講究；肌肉痠痛
　　肩凝 (かたこ)り 肩膀痠痛
　　凝結 (ぎょうけつ) 凝結
　　凝視 (ぎょうし) 凝視

縮　縮 (ちぢ)む 縮小；縮短；收縮
　　縮小 (しゅくしょう) 縮小
　　圧縮 (あっしゅく) 壓縮

⑤ 今天來好好地捏土，做個陶壺吧！

　　練 (ね)る 煉；熬製；鍛鍊

⑥ 受到眾多學生愛戴的山下教授因意外死亡。

　　從 (したが)う 遵從；按照
　　伴 (ともな)う 伴隨；隨著
　　見舞 (みま)う 探望；慰問

再次複習 11　P. 31

①	3	②	1	③	3	④	4	⑤	3
⑥	2								

① 有時會突然沒來由地，襲來一陣對未來莫名的不安感。

漠　砂漠 (さばく) 沙漠

② 多數選舉權人棄權，結果顯示了 30% 的低投票率。

棄　棄却 (ききゃく) 駁回；不採納
　　破棄 (はき) 廢棄；作廢
　　放棄 (ほうき) 放棄
權　権利 (けんり) 權利
　　権力 (けんりょく) 權力

　　人権 (じんけん) 人權
　　選挙権 (せんきょけん) 選舉權

③ 讓橋本來說明少子化對策事業的概要吧！

概　概説 (がいせつ) 概說
　　概念 (がいねん) 概念
　　概略 (がいりゃく) 概略
　　大概 (たいがい) 大概
要　簡略 (かんりゃく) 簡略
　　省略 (しょうりゃく) 省略
　　侵略 (しんりゃく) 侵略

④ 這間研究室正進行細菌的培養。

菌　殺菌 (さっきん) 殺菌
　　乳酸菌 (にゅうさんきん) 乳酸菌
　　滅菌 (めっきん) 滅菌

⑤ 以那樣偏頗的想法什麼也做不成。

偏　偏狭 (へんきょう)だ 度量狹小的；思想偏頗的；狹小的
　　偏重 (へんちょう)する 偏重

⑥ 要冬眠的動物會事先儲備冬季的糧食。

蓄　蓄積 (ちくせき) 蓄積；累積
　　貯蓄 (ちょちく) 儲蓄

再次複習 12　P. 32

①	1	②	3	③	2	④	3	⑤	1
⑥	4								

① 我的先生是個動輒對小事情搖擺不定的人。

　　揺 (ゆ)るぐ 動搖；搖晃
　　揺 (ゆ)るがす 使震動；使撼動
　　揺 (ゆ)らぐ 搖動；晃蕩；岌岌可危
　　揺 (ゆ)らす 使搖晃；使晃動
　　揺 (ゆ)れる 搖盪；擺盪
　　揺 (ゆ)さぶる 使動搖；使混亂

② 隨時受理投給本公司的入社申請書。

Tip

隨 　随筆 (ずいひつ) 隨筆

③ 職員待遇改善案以條列方式向社長提出。

Tip

遇 　境遇 (きょうぐう) 處境；遭遇
　　遭遇 (そうぐう) 遭遇

④ 寫腳本需要的不是才能，而是如何找到適合自己的寫作方式。

Tip

脚 　脚色 (きゃくしょく) 腳色
　　脚光 (きゃっこう) 舞台腳燈
　　立脚 (りっきゃく) 立足
　　二人三脚 (ににんさんきゃく) 兩人三腳；同心協力
　　行脚 (あんぎゃ) 行腳；徒步旅行

⑤ 天空中飄浮著彩霞般的淡淡的雲。

Tip

淡 　淡水 (たんすい) 淡水
　　淡泊 (たんぱく)だ 淡泊
　　冷淡 (れいたん)だ 冷淡的；冷漠的

⑥ 希望法官勿感情用事，對事件做出嚴正的裁決。

Tip

厳 　厳 (きび)しい 嚴格的；嚴厲的
　　厳 (おごそ)かだ 莊嚴的；嚴肅的

再次複習 13　P. 33

①	2	②	3	③	1	④	1	⑤	3
⑥	3								

① 所有部門的經費都被大幅刪減。

Tip

削 　削 (けず)る 除掉；刪去
　　削除 (さくじょ) 刪除
　　添削 (てんさく) 增刪；修改

減 　減 (へ)る 減少
　　減 (へ)らす 縮減；減少
　　加減 (かげん) 加減；程度；狀態

激減 (げきげん) 驟減
増減 (ぞうげん) 增減

② 我的上司每到重要時刻總是採取模糊的態度，因此讓我很困擾。

Tip

訓 　心地 (ここち) 感覺；情緒
　　居心地 (いごこち) 待著的感覺
　　座 (すわ)り心地 (ごこち)
　　坐起來的感覺
　　乗 (の)り心地 (ごこち)
　　乘坐起來的感覺

音1 心中 (しんじゅう) 殉情；一同自殺
音2 肝心 (かんじん)だ 重要的；關鍵的
　　用心 (ようじん) 警戒；小心；注意

③ 不知是否因為緊張的關係，說話偏離了本題。

Tip

訓 　筋道 (すじみち)が通る 合理；有道理
　　筋合 (すじあ)い 理由；依據
　　筋合いが立 (た)つ 符合邏輯；有條理
　　大筋 (おおすじ) 概略；概要

音 　筋肉 (きんにく) 肌肉
　　鉄筋 (てっきん) 鋼筋

④ 透過DNA鑑定能夠判定是否為親子關係。

Tip

鑑 　鑑賞 (かんしょう) 鑑賞
　　印鑑 (いんかん) 印鑑；印章
　　年鑑 (ねんかん) 年鑑

⑤ 即使是人情請託，若是做不到的事，還是拒絕較為妥當。

Tip

阻 (はば)む 阻擋；阻止
挟 (はさ)む 夾；插入
編 (あ)む 編織
拒 　拒絶 (きょぜつ) 拒絕
　　拒否 (きょひ) 拒絕

⑥ 無法否認他的頭腦比我清晰。

Tip

否 　否 (いな)む 否定；拒絕

149

拒否 (きょひ)する 拒絕；謝絕
＝断 (ことわ)る

1	4	2	3	3	1	4	3	5	4
6	2								

① 代表隊的金牌是日夜不懈努力的結果。

Tip

訓　日当 (ひあ)たり 日照；向陽處
　　日帰 (ひがえ)り 一日來回
　　日傘 (ひがさ) 陽傘
　　日頃 (ひごろ) 最近；平常
　　日差 (ひざ)し 日光；陽光
　　日向 (ひなた) 日照；向陽處
　　日和 (ひより) 適合…的天氣；好天氣
　　朝日 (あさひ) 朝陽
　　夕日 (ゆうひ) 夕陽
　　誕生日 (たんじょうび) 生日
　　生年月日 (せいねんがっぴ)
　　　出生年月日
音1　休日 (きゅうじつ) 假日
　　先日 (せんじつ) 前些日子
　　当日 (とうじつ) 當日
　　本日 (ほんじつ) 本日
音2　日常 (にちじょう) 日常
　　日課 (にっか) 日課；每天都要做的事
　　日記 (にっき) 日記
　　日程 (にってい) 日程

② 一到夜晚，暴走族就會聚集到這個建築空
　地。

Tip

訓　足跡 (あしあと) 足跡
音　遺跡 (いせき) 遺跡
　　奇跡 (きせき) 奇蹟
　　筆跡 (ひっせき) 筆跡

③ 比起往年，收益略微減少。

Tip

利　利口 (りこう)だ 聰明的；伶俐的
　　利子 (りし) 利息

鋭利 (えいり)だ 敏銳的；鋒利的
権利 (けんり) 權利

④ 對競爭對手失言的森田選手，在記者會上
　進行說明。

Tip

釈　会釈 (えしゃく) 點頭；頷首
　　解釈 (かいしゃく) 解釋

⑤ 希望孩子能夠健康成長就好。

Tip

　　和 (なご)やかだ 和睦的；溫和的
　　きらびやかだ 燦爛奪目的
健　健康 (けんこう) 健康
　　健全 (けんぜん)だ 健全的

⑥ 竟然花費了五年的時間發明這種毫無用途
　的東西？

Tip

　　燃 (も)やす 燃燒；激發
　　癒 (いや)す 治癒；療癒
　　冷 (ひ)やす 冷卻；冰鎮
費　費用 (ひよう) 費用
　　経費 (けいひ) 經費
　　実費 (じっぴ) 實際費用
　　浪費 (ろうひ) 浪費

1	3	2	1	3	2	4	4	5	4
6	2								

① 隨著時代變遷，人們對於電子產品的需求
　也跟著改變。

Tip

遷　左遷 (させん) 降職

② 赤羽同學因犯下學生不該有的行為而被退
　學。

Tip

ぎょう　行儀 (ぎょうぎ) 舉止；行為
　　　行事 (ぎょうじ) 儀式；活動
　　　行政 (ぎょうせい) 行政
　　　行列 (ぎょうれつ) 行列

興行 (こうぎょう) 演出
修行 (しゅぎょう) 修行

こう　行為 (こうい) 行為
行楽 (こうらく) 遠足；郊遊
行動 (こうどう) 行動
行方 (ゆくえ) 去向；行蹤
行脚 (あんぎゃ) 行腳；徒步旅行

③ 每到假日便全家一起到安養設施做義工。

Tip
奉　奉 (たてまつ)る 奉上；捧；恭維

④ 比賽終了前 10 秒鐘，他的得分打破了比賽的僵局。

Tip
均　均一 (きんいつ) 均一
均等 (きんとう) 均等
平均 (へいきん) 平均

⑤ 我有覺悟，不論付出什麼樣的犧牲，也要不屈不撓貫徹自己意志。

Tip
省 (はぶ)く 省略
抱 (いだ)く 摟抱；懷有
頷 (うなず)く 頷首；點頭
貫　貫通 (かんつう)する 貫通
貫徹 (かんてつ)する 貫徹
貫禄 (かんろく) 威嚴；威信
一貫 (いっかん) 一貫

⑥ 國民對於官商勾結感到憤慨。

Tip
侮 (あなど)る 侮辱
気取 (きど)る 裝模作樣
憤　憤慨 (ふんがい) 憤慨
憤怒 (ふんど) 憤怒

再次複習 16　P. 36

| 1 | 1 | 2 | 4 | 3 | 3 | 4 | 4 | 5 | 2 |
| 6 | 2 |

① 館方打電話來催促我歸還在圖書館借的書。

Tip
促　促 (うなが)す 促進；催促

② 據稱銀髮產業接下來會成為經濟的中樞。

③ 聽說他是個大富豪，有錢到無法網羅他所有資產的程度。

Tip
網　網 (あみ) 網
交通網 (こうつうもう) 交通網
通信網 (つうしんもう) 通訊網
連絡網 (れんらくもう) 聯絡網
羅　羅列 (られつ) 羅列

④ 外甥女睡得香甜，在旁的姊姊也挨著她睡得深沉。

Tip
訓　心地 (ここち) 感覺；情緒
居心地 (いごこち) 待著的感覺
座 (すわ)り心地 (ごこち) 坐起來的感覺
乗 (の)り心地 (ごこち) 乘坐起來的感覺
音1　心中 (しんじゅう) 殉情；一起自殺
音2　肝心 (かんじん)だ 重要的；關鍵的
用心 (ようじん) 警戒；小心；注意

⑤ 顛覆以往常識的清爽口味啤酒開賣了。

Tip
裏返 (うらがえ)す 翻過來；反過來
ごった返 (がえ)す 亂七八糟；雜亂無章
仕返 (しかえ)す 報復；重做
覆　覆 (おお)う 遮蓋；蒙蔽
覆面 (ふくめん) 蒙面；匿名
転覆 (てんぷく) 顛覆；推翻

⑥ 我當時沒有發現被上司巧妙的操弄了。

Tip
巧　巧 (たく)み 工匠；技巧；陰謀
技巧 (ぎこう) 技巧
精巧 (せいこう)だ 精巧的

再次複習 17　P. 37

| 1 | 4 | 2 | 2 | 3 | 4 | 4 | 3 | 5 | 1 |
| 6 | 1 |

1 學習料理已經第二年了，手藝卻還是沒有變好。

Tip

手　手柄 (てがら) 功勳；功勞
　　手軽 (てがる)だ 容易的；簡單的
　　＝簡単 (かんたん)だ
　　手頃 (てごろ)だ 正合手的；適合的
　　手品 (てじな) 戲法；魔術
　　手順 (てじゅん) 順序；流程
　　手配 (てはい) 布置；安排

2 近來閱覽室竊盜事件頻傳，請多加留意。

Tip

閲　検閲 (けんえつ) 審查；審閱

3 隸屬酪農學院的我每到假日就到農場及牧場打工，一邊累積經驗。

Tip

農　農業 (のうぎょう) 農業
　　農産物 (のうさんぶつ) 農產品
　　農場 (のうじょう) 農場
　　農村 (のうそん) 農村
　　農夫 (のうふ) 農夫
　　帰農 (きのう) 回鄉務農

4 不要說謊逃避罪責，老實地交代！

Tip

　　暴 (あば)れる 胡亂；胡鬧
　　崩 (くず)れる 崩潰；走樣；變天；
　　換零錢

5 不必說也知道暴飲暴食會對健康產生危害。

Tip

　　疎 (おろそ)かだ 疏忽的；馬虎的
　　厳 (おごそ)かだ 莊嚴的；嚴肅的
　　穏 (おだ)やかだ 平穩的；溫和的

6 截斷敵軍的退路是勝利的主要原因。

Tip

区切 (くぎ)る 分段；劃分
ちぎる 撕碎；誓約
横切 (よこぎ)る 橫斷；橫越
遮　遮断 (しゃだん) 阻斷；截斷

文字篇｜迎戰日檢　答案及解析

問題 1

擬真試題 1　P. 92

| 1 | 2 | 2 | 4 | 3 | 3 | 4 | 2 | 5 | 1 |
| 6 | 4 |

1 開往博多的新幹線 HIKARI 號，每隔四十分鐘從品川車站發車。

Tip

訓　隔 (へだ)てる 隔開；間隔
音　隔週 (かくしゅう) 隔週
　　隔世 (かくせい) 隔世；隔代
　　隔離 (かくり) 隔離

2 防止諾羅病毒家庭群聚感染，將介紹正確的預防方法。

Tip

訓　染 (そ)める 染色；染上
　　染 (し)みる 滲透；感染；沾上
音　汚染 (おせん) 汙染
　　伝染 (でんせん) 傳染

3 老人福祉設施的建設費用是由募款活動來籌措。

Tip

訓　施 (ほどこ)す 施加；施行；施捨
音　施工 (しこう・せこう) 施工
　　施行 (しこう・せこう) 施行
　　実施 (じっし) 實施
音　施錠 (せじょう) 上鎖

4 非疾病，健康地活到老死才是理想的死亡。

Tip

訓	衰 (おとろ)える 衰弱；衰敗
音	衰弱 (すいじゃく) 衰弱
	衰退 (すいたい) 衰退

⑤ 令人感到不寒而慄的是，參與挖掘圖坦卡門陵墓的人一個接著一個死亡。

Tip

携	携帯 (けいたい) 手機
	提携 (ていけい) 合作；攜手
	連携 (れんけい) 聯合；合作

⑥ 那幅風景畫為這房間更添一番情調。

Tip

	そびえる 聳立；峙立
	揃 (そろ)える 使一致；使成雙；使湊齊
	備 (そな)える 具備；具有
添	添加 (てんか) 添加
	添削 (てんさく) 增刪；修改

擬真試題 2　P. 93

| ① | 4 | ② | 2 | ③ | 2 | ④ | 4 | ⑤ | 3 |
| ⑥ | 2 |

① 是否應該更靈活柔軟地處理啊？

Tip

| 柔 | 柔 (やわ)らかい 柔軟的；溫和的 |
| 軟 | 軟骨 (なんこつ) 軟骨 |

② 我被委託替某大企業代表寫傳記。

Tip

しつ	執筆 (しっぴつ) 執筆
	執務 (しつむ) 工作；辦公
	執拗 (しつよう) 頑固；執拗
しゅう	執着 (しゅうちゃく) 執著
	執念 (しゅうねん) 執著的念頭
	我執 (がしゅう) 我執

③ 以分期還款的方式，向好朋友周轉了五十萬。

Tip

融	融解 (ゆうかい) 融解
	融資 (ゆうし) 融資
	融和 (ゆうわ) 和解；融洽
	金融 (きんゆう) 金融
隔	隔週 (かくしゅう) 隔週
	隔世 (かくせい) 隔世；隔代
	隔離 (かくり) 隔離
	間隔 (かんかく) 間隔

④ 我身為餐廳的主廚，因此經常品嘗最新鮮的食材。

Tip

| 味 | 味 (あじ)わう 品嘗；品味 |

⑤ 流行來的快去得也快。

Tip

| | もたれる 依靠；消化不良 |

⑥ 我將為此次的事件負責，辭去社長一職。

Tip

	除 (のぞ)く 除去；摒除
	欺 (あざむ)く 欺騙
	暴 (あば)く 揭露；揭穿
退	退屈 (たいくつ)だ 無聊的；發悶的
	引退 (いんたい) 引退
	後退 (こうたい) 後退
	辞退 (じたい) 辭退
	衰退 (すいたい) 衰退
	脱退 (だったい) 退出
	撤退 (てったい) 撤退

擬真試題 3　P. 94

| ① | 3 | ② | 4 | ③ | 1 | ④ | 2 | ⑤ | 1 |
| ⑥ | 3 |

① 我將調任到大阪分店，因此決定舉家搬遷。

Tip

| 赴 | 赴 (おもむ)く 奔赴；前往 |
| | 単身赴任 (たんしんふにん) 隻身赴任 |

② 為表揚獲取優秀成績的代表隊，而舉辦了盛大的慶功宴。

Tip

| 祝 | 祝 (いわ)う 祝賀；慶祝 |

| | 祝儀 (しゅうぎ) 禮金；賀禮 |
| 賀 | 年賀状 (ねんがじょう) 賀年卡 |

③ 在地震中受到重大損害的工廠關閉了。

Tip

| 鎖 | 鎖 (くさり) 鎖；鏈 |
| | 連鎖 (れんさ) 連鎖 |

④ 我剛好沒帶零錢，所以讓木村付帳了。

Tip

訓	小銭 (こぜに) 零錢
音	銭湯 (せんとう) 澡堂
	釣 (つ)り銭 (せん) 找零

⑤ 消化道及呼吸系統等內壁，總是附著黏液
的濕潤組織稱作黏膜。

Tip

| 湿 | 湿気 (しっけ／しっき) 濕氣 |
| | 湿度 (しつど) 濕度 |

⑥ 對於我們的提案，對方還在斟酌的樣子。

Tip

| 渋 | 渋 (しぶ)い 古樸的；素雅的；味澀的；
快快不樂的 |
| | 渋 (しぶ)る 鬱積；不順暢；猶豫 |
| | 渋滞 (じゅうたい) 交通堵塞 |

擬真試題 4　P. 95

| ① | 4 | ② | 2 | ③ | 2 | ④ | 2 | ⑤ | 4 |
| ⑥ | 1 |

① 營業活動的花費由公司支付。

Tip

実	実 (み) 果實
	実 (みの)る 有結果；有成效
費	費 (つい)やす 花費；耗費

② 不論大家再怎麼樣熱烈地討論，委員長仍
只是一言不發地點著頭。

Tip

| 訓1 | 言 (こと)づて 留言；口信
＝伝言 (でんごん)，メッセージ |
| | 言葉 (ことば) 語言 |

| | 片言 (かたこと) 結結巴巴的話語
＝たどたどしい言葉 |
	一言 (ひとこと) 一句話
訓2	小言 (こごと) 怨言；訓誡；責備
	寝言 (ねごと) 夢話
	独 (ひと)り言 (ごと) 自言自語
音1	言語 (げんご) 言語
	失言 (しつげん) 失言
	助言 (じょげん) 勸告；建議
	宣言 (せんげん) 宣言
	断言 (だんげん) 斷言
	発言 (はつげん) 發言
音2	言語道断 (ごんごどうだん) 豈有此
理；莫名其妙 ＝もってのほか
	過言 (かごん) 言過其實；誇大其詞
	伝言 (でんごん) 留言；口信
	無言 (むごん) 無言；沉默
	遺言 (ゆいごん) 遺言

③ 是國民的話，不論是誰都會擔憂國家的安
全與保障吧！

Tip

| | 懸念 (けねん)する 擔心；掛心；擔憂
＝心配 (しんぱい)する，案 (あん)じる |

④ 一般家庭中常見和洋混合的菜色。

⑤ 妨礙列車運行安全的行為將予以重罰。

Tip

	投 (な)げる 投擲；拋扔
	転 (ころ)がる 滾轉；躺下
	もたげる 抬起；舉起；得勢
妨	妨害 (ぼうがい) 妨害；妨礙

⑥ 那兩人避開眾人的耳目偷偷摸摸地交往。

Tip

	抜 (ぬ)ける 穿過；貫穿；溜走
	届 (とど)ける 送達；遞送
避	避難 (ひなん) 避難
	逃避 (とうひ) 逃避

擬真試題 5　P. 96

1	3	2	4	3	1	4	2	5	1
6	1

1 這兩項商品完全沒有半點類似的地方。

Tip

類　類 (たぐい) 種類；同類
　　類語 (るいご) 類義詞；近義詞
　　穀類 (こくるい) 穀類
人類 (じんるい) 人類

2 隨著國內消費的減少，不得不開發海外市場。

Tip

拓　干拓事業 (かんたくじぎょう)
　　填海造陸工程

3 音樂盒演奏出溫暖且令人懷念的音色療癒了人們。

Tip

演　演 (えん)じる 扮演；飾演
奏　奏 (かな)でる 演奏

4 商店街有一間販賣咖啡豆的批發商店，那附近總飄散著好聞的香氣。

Tip

問　問 (と)う 詢問；追究
屋　屋台 (やたい) 攤販
　　屋根 (やね) 屋頂；屋脊
　　屋外 (おくがい) 屋外
　　家屋 (かおく) 住宅

5 為了重整幾乎要倒閉的公司，父親鞠躬盡瘁。

Tip

砕　破砕 (はさい) 破碎；粉碎
　　粉砕 (ふんさい) 粉碎

6 我從小就一直懷著夢想，要嫁個帥氣的男人，組織家庭，過著富足的生活。

Tip

築　建築 (けんちく) 建築
　　構築 (こうちく) 構築

新築 (しんちく) 新建
増築 (ぞうちく) 增建

擬真試題 6　P. 97

1	2	2	2	3	1	4	4	5	3
6	3

1 他有著宛如雕刻般的容貌。

Tip

彫　彫 (ほ)る 雕刻；紋身
刻　刻 (きざ)む 雕刻；銘記；切細段

2 那座宅邸裡的牆壁上被施賦予華麗色彩的裝飾。

Tip

邸　官邸 (かんてい) 官邸

3 社長對加薪的事一直保持沉默。

Tip

沈　沈 (しず)む 沉沒；沉入
黙　黙 (だま)る 緘默不語；閉嘴

4 多虧指導教授的介紹，我才能在這間公司工作。

5 老是把什麼都交給命運的話，什麼也不會發生喔！

Tip

訓　委 (ゆだ)ねる 交付；委託
　　＝任 (まか)せる
音　委託 (いたく) 委託
　　委任 (いにん) 委任

6 這附近的河川清澈可見河底。

Tip

潔 (いさぎよ)い 清高的；乾脆的；
毫不退怯的
根強 (ねづよ)い 堅忍不拔；頑強的
清　清水 (しみず) 清水
　　清潔 (せいけつ)だ 清潔

1	3	2	4	3	2	4	3	5	1
6	1								

1 不知覺中持續累積的疲勞，會以驚人的症狀出現。

Tip

蓄　蓄 (たくわ)える 儲備；積累
　　貯蓄 (ちょちく) 儲蓄
　　備蓄 (びちく) 儲備
積　積 (つも)る 積累；堆積

2 匿名向報社告發發生在我們公司的醜聞。

Tip

訓　名残惜 (なごりお)しい 戀戀不捨的
　　名 (な)づける 命名；取名
　　名札 (なふだ) 名牌
音1　名字 (みょうじ) 姓氏
　　本名 (ほんみょう) 本名
音2　名簿 (めいぼ) 名冊
　　名誉 (めいよ) 名譽
　　署名 (しょめい) 署名

3 在日本，從小學生就開始做防災訓練，好在遇災難時能夠有秩序地避難。

Tip

序　序曲 (じょきょく) 序曲
　　序論 (じょろん) 序論

4 他房間的裝飾完全不協調且無一致性。

Tip

装　装 (よそお)う 打扮；假裝
　　衣装 (いしょう) 衣裝
　　服装 (ふくそう) 服裝
　　衣 (ころも) 衣服；麵衣；動物毛皮
飾　飾 (かざ)る 裝飾；妝點
　　修飾 (しゅうしょく) 修飾

5 湖水在耀眼的陽光映照下，波光粼粼。

Tip

瞬 (まばた)く 眨眼；閃爍
背 (そむ)く 背對；背叛；違反
焼 (や)く 焚燒；忌妒；燒烤

6 手機靠近帶有磁性的物品的話可能會故障。

Tip

さびる 聲音沙啞；生鏽
滅 (ほろ)びる 滅亡；毀滅
浴 (あ)びる 蒙受；沐浴

1	1	2	3	3	1	4	2	5	3
6	4								

1 據說熊本地震的威力是 95 年阪神大地震的 1.3 倍。

Tip

威　威張 (いば)る 擺架子；耍威風
　　権威 (けんい) 權威

2 我吃抑制食慾的藥物減肥。

Tip

抑　抑 (おさ)える 控制；抑制

3 被上司罵，又被雨淋，在電車上腳又被踩，真的是沒有比這更慘的一天了。

Tip

でたらめだ 胡扯；瞎說
早 (はや)めだ 提前的；早些的
斜 (なな)めだ 傾斜的
さん　悲惨 (ひさん) 悲慘
ざん　惨酷 (ざんこく)だ 殘酷的
　　＝ 残酷 (ざんこく)だ
　　惨敗 (ざんぱい) 慘敗

4 我為了學習人體彩繪和特殊彩妝進入專門學校。

Tip

訓　殊 (こと)に 尤其；特別地；此外
　　＝ 特に，とりわけ
音　殊勲 (しゅくん) 特殊功績；卓越功勳

5 過了五十歲之後，體力也顯著地衰退。

Tip

衰　衰弱 (すいじゃく) 衰弱
　　衰退 (すいたい) 衰退

老衰 (ろうすい) 衰老

6 STAR 公司新發售的電腦，得到了性能比舊機種更差的評價。

Tip

ぶつかる 碰撞；衝突；撞期
勝 (まさ)る 優於；凌駕
悟 (さと)る 醒悟；覺悟
劣　劣等 (れっとう) 劣等

擬真試題 9　P. 100

1	2	2	3	3	1	4	1	5	4
6	3								

1 明明夏天才剛到，海邊就擠滿人潮。

Tip

海辺 (うみべ) 海邊
浜　浜 (はま) 海邊；湖濱
辺　辺 (へん) 邊；一帶；附近

2 為了保持健康及年輕，我希望你持續運動。

Tip

継　継 (つ)ぐ 繼續；持續

3 從出生申報開始，直到結婚、死亡申報書，印鑑的用途很多。

Tip

訓　印 (しるし) 標記；記號；象徵
　　目印 (めじるし) 目標；標記；記號
音　消印 (けしいん) 郵戳

4 契約的細節記載在這邊的資料裡。

Tip

載　掲載 (けいさい) 刊載；登載
　　積載 (せきさい) 裝載
　　搭載 (とうさい) 裝載；搭載

5 這個月有拿到獎金所以手頭寬裕。

Tip

渦巻 (うずまき) 漩渦
沖 (おき) 海上；洋面
溝 (みぞ) 溝渠；代溝；水溝

6 我過去曾因欺騙他人奪取錢財而遭逮捕。

Tip

売買 (ばいばい) 買賣
芝居 (しばい) 戲劇；演戲
かばう 袒護；包庇
奪　奪取 (だっしゅ) 奪取
　　強奪 (ごうだつ) 搶奪

擬真試題 10　P. 101

1	1	2	2	3	2	4	3	5	4
6	3								

1 從失蹤客機的旅客名單中證實有國人。

Tip

邦　邦画 (ほうが) 日本電影；日本畫

2 現代人沒有一刻不暴露在各種噪音之下。

Tip

騒　騒 (さわ)ぐ 騷動；喧鬧；鬧事
　　騒 (さわ)がしい 嘈雜的；吵鬧的
　　騒 (そうぞう)しい 嘈雜的；動盪不安的
　　物騒 (ぶっそう)だ 不安寧的；危險的

3 經常言行不一的人沒有當領導人的資格。

4 因為有點便秘，所以盡量多攝取食物纖維。

Tip

繊　繊細 (せんさい)だ 纖細的；細膩的
維　維持 (いじ) 維持

5 我認為照片比說話和文字，更能強烈地打動人心。

Tip

栄 (さか)える 繁榮；興旺
加 (くわ)える 添加；加以
鍛 (きた)える 鍛鍊；磨練
訴　訴訟 (そしょう) 訴訟
　　告訴 (こくそ) 控告；告訴

6 村本課長因洩漏公司內部機密的嫌疑而遭停職。

Tip

疑　疑問 (ぎもん) 疑問
　　疑惑 (ぎわく) 疑惑

擬真試題 11　P. 102

1	1	2	2	3	4	4	3	5	2
6	3								

1 據說泰國人因宗教影響而個性寬大，就連對異文化圈的人也極其包容。

Tip

容　容易 (ようい)だ 容易的
　　容器 (ようき) 容器
　　容疑 (ようぎ) 嫌疑
　　許容 (きょよう) 容許
　　収容 (しゅうよう) 收容

2 勞資間的對立不斷，公司內部氣氛不得安寧。

Tip

擦　擦 (す)る 摩擦
　　＊刷 (す)る 印刷
魔　魔法 (まほう) 魔法
　　邪魔 (じゃま) 妨礙；累贅；打擾
摩　摩擦 (まさつ) 摩擦
麻　麻酔 (ますい) 麻醉
　　麻痺 (まひ) 麻痺
　　麻薬 (まやく) 麻藥
磨　練磨 (れんま) 磨練

3 大掃除時找到充滿學生時代回憶的物品，沉浸在懷念裡。

Tip

郷　郷里 (きょうり)，故郷 (こきょう)
　　故里；故郷 ＝ ふるさと

4 這個化妝品不適合肌膚敏感的人。

Tip

敏　鋭敏 (えいびん)だ 敏銳的；靈敏的
　　機敏 (きびん)だ 機靈的；敏捷的

5 未免太過於悲慘的景象就在眼前。

6 能夠隨心所欲的操縱潛能的人，果真存在嗎？

Tip

移 (うつ)る 轉移；移動；傳染
奉 (たてまつ)る 奉上；捧；恭維

擬真試題 12　P. 103

1	4	2	1	3	4	4	4	5	1
6	2								

1 有特定疾病的人應盡量避免海外旅遊。

Tip

病　仮病 (けびょう) 裝病
　　持病 (じびょう) 宿疾

2 為了保持年輕，有些女性願意接受危險的手術。

Tip

維持 (いじ)する 維持；保持
＝保 (たも)つ

3 為了讓語言學習持續而不感到疲乏，體會到成就感是很重要的。

Tip

成　成 (な)す 成為；構成；完成

4 阻止地球沙漠化只有植樹一途。

Tip

組　組 (く)み合 (あ)わせ 組合
　　組織 (そしき) 組織
粗　粗 (あら)い 粗糙的
　　粗筋 (あらすじ) 概略；梗概
　　粗悪 (そあく) 粗劣；低劣
　　粗大 (そだい)ゴミ 大型垃圾
祖　祖先 (そせん) 祖先
　　祖父 (そふ) 祖父
　　先祖 (せんぞ) 先人；祖先
租　租税 (そぜい) 租税
阻　阻 (はば)む 阻擋；阻止；阻截
　　阻止 (そし) 阻止
狙　狙 (ねら)う 瞄準；伺機
　　狙撃 (そげき) 狙撃

⑤ 送男友親手編織的毛衣曾經流行一時。

Tip

組 (く)む 組織；安裝；組合
嚙 (か)む 咀嚼；沖打；咬碎；咬合
踏 (ふ)む 踏上；踩踏

⑥ 她擁有雪白的肌膚，加上烏黑的秀髮。

Tip

赴 (おもむ)く 奔赴；前往
傾 (かたむ)く 傾斜
背 (そむ)く 背對；違反；背離

擬真試題 13　P. 104

①	2	②	4	③	3	④	3	⑤	1
⑥	2								

① 政府獎勵大家為老後生活費儲蓄或是進行資產運用。

Tip

励　励 (はげ)む 勤勉；刻苦；辛勤
　　励 (はげ)ます 鼓勵；勉勵

② 梅雨季時因潮濕黴菌繁殖迅速，有必要採取防治措施。

Tip

き　気質 (きしつ) 氣質
　　空気 (くうき) 空氣
　　平気 (へいき)だ 冷靜的；無動於衷
け　気配 (けはい) 跡象；動靜；氣息
　　寒気 (さむけ) 寒氣
　　湿気 (しっけ／しっき) 濕氣
　　眠気 (ねむけ) 睡意
　　吐 (は)き気 (け) 想吐；噁心
げ　湯気 (ゆげ) 熱氣

③ 根據國際法，現代禁止以武力佔領他國領土。

Tip

領　領海 (りょうかい) 領海
と　土地 (とち) 土地
ど　土砂 (どしゃ) 泥沙
　　土台 (どだい) 地基；根本

土手 (どて) 堤防
土木 (どぼく) 土木
黄土 (おうど) 黃土
出土 (しゅつど) 出土
粘土 (ねんど) 黏土
風土 (ふうど) 風土；人文環境
本土 (ほんど) 本土
領土 (りょうど) 領土
土産 (みやげ) 土産；特産

④ 她明明沒有學過烹飪，但是其手藝就連行家也驚歎不已。

Tip

玄人 (くろうと) 內行人；專家
↔ 素人 (しろうと) 外行人
商人 (あきんど・しょうにん)
商人；生意人
仲人 (なこうど) 媒人
若人 (わこうど) 年輕人

⑤ 我想要去旅行，充分地享受悠遊自在的一人時光。

Tip

喫　喫煙 (きつえん) 抽菸
　　喫茶 (きっさ) 喝茶

⑥ 因蓄意撞車卻偽裝成事故領取保險金的嫌疑而被逮捕。

Tip

覆 (おお)う 覆蓋；遮蔽
背負 (せお)う 背負；承擔
匂 (にお)う 散發香味；有跡象
そう　装飾 (そうしょく) 裝飾
　　　装置 (そうち) 裝置
　　　服装 (ふくそう) 服裝
しょう　衣装 (いしょう) 衣裝

擬真試題 14　P. 105

①	4	②	2	③	3	④	4	⑤	1
⑥	2								

[1] 黃金宮殿「Domus Aurea」是由羅馬皇帝尼祿所建造的。

Tip

訓1　金具 (かなぐ) 金屬零件
　　金棒 (かなぼう) 鐵棒；鐵棍
　　金物 (かなもの) 五金
訓2　金儲 (かねもう)け 賺錢
　　金持 (かねも)ち 有錢人
音1　金庫 (きんこ) 金庫
　　金属 (きんぞく) 金屬
　　金利 (きんり) 利息；利率
　　基金 (ききん) 基金
音2　賃金 (ちんぎん) 工資
音3　黃金 (おうごん) 黃金

[2] 成為偉大投資家的夢想最終成為泡影。

Tip

　　湖 (みずうみ) 湖泊
　　魂 (たましい) 魂魄；精神
　　礎 (いしずえ) 基礎；基石
幻　幻想 (げんそう) 幻想

[3] 香菸確實是嗜好品，但我希望法律能嚴格禁止在公共場所吸菸。

[4] 書架上緊密地排列著專門用書。

Tip

　　合間 (あいま) 空隙；空檔
　　つかの間 (ま) 轉瞬間；一霎那
　　瞬 (またた)く間 (ま) 眨眼間

[5] 據說睡覺時磨牙的習慣，會導致顏面歪曲。

Tip

　　さげすむ 鄙視；輕蔑
　　かさむ (數量/金額)增多；提高
　　緩 (ゆる)む 放寬；緩和；疲軟

[6] 我說謊或緊張時有眨眼的毛病。

Tip

　　はばたく 振翅；大展身手
　　叩 (たた)く 敲打；拍打
　　引 (ひ)っぱたく 猛擊；猛敲
瞬　瞬間 (しゅんかん) 瞬間

一瞬 (いっしゅん) 一瞬；一刹那

擬真試題 15　P. 106

| [1] | 1 | [2] | 1 | [3] | 2 | [4] | 1 | [5] | 4 |
| [6] | 3 | | | | | | | | |

[1] 砂糖乾燥之後結成塊狀的話，含溼氣後就會容易散開。

Tip

　　裸 (はだか) 赤裸；坦率
　　絆 (きずな) 羈絆；牽絆
　　源 (みなもと) 起源；源頭
塊　金塊 (きんかい) 金塊

[2] 據說最近模仿犯罪逐漸增加。

Tip

模　模型 (もけい) 模型
　　模範 (もはん) 模範
　　模樣 (もよう) 模樣
　　大規模 (だいきぼ) 大規模
倣　倣 (なら)う 仿效；仿照

[3] 符合下列條件的人請在括弧內打○。

Tip

　　該当 (がいとう)する 符合
　　＝当 (あ)てはまる

[4] 想將我國優雅的傳統音樂推廣到全世界。

[5] 挪用公司資金的話，將難逃嚴重的懲處。

Tip

　　逃 (のが)れる 逃脫；逃避；開脫
　　暴 (あば)れる 胡鬧；發狂
　　ばれる 敗露；暴露

[6] 據說公司食堂每天供給兩千名員工的餐食。

Tip

　　養 (やしな)う 修養；培養；照料
　　商 (あきな)う 經商
　　損 (そこ)なう 損失；損害；失敗

擬真試題 16　P. 107

1	4	2	1	3	3	4	3	5	3
6	4								

1 正在如火如荼地規畫明年度的主要企劃案。

Tip

茎 (くき) 莖　　峰 (みね) 山峰；山巔
網 (あみ) 網

2 最適合沖泡抹茶的水溫介於約 70 度到 80 度之間，不能使用滾開的熱水。

沸　沸 (わ)かす 煮沸；燒開
騰　高騰 (こうとう) 高漲；暴漲

3 因卡車翻覆事故，高速公路嚴重堵塞。

Tip

覆　覆 (おお)う 覆蓋；遮蔽
　　覆 (くつがえ)す 推翻；顛覆；徹底改變

4 獅子瞄準獵物，藏身在草叢中。

Tip

獲　獲得 (かくとく) 獲得
　　捕獲 (ほかく) 捕獲
　　漁獲 (ぎょかく) 漁獲

5 那所升學補習班以實施斯巴達教育而著名。

Tip

し　施工 (しこう・せこう) 施工
　　施行 (しこう・せこう) 施行
　　実施 (じっし) 實施
せ　施錠 (せじょう) 上鎖

6 兩國首相隔著長桌相對而坐。

Tip

慌 (あわ)てる 慌張；匆忙
おだてる 煽動；慫恿；教唆

擬真試題 17　P. 108

1	2	2	3	3	3	4	1	5	4
6	1								

1 一到了採收農作物的時期，農村就會因人手不足而煩惱。

2 對貴公司迅速謹慎的處理，深表感謝。

3 侮辱對方的說話方式可能引起訴訟。

Tip

侮　侮 (あなど)る 侮辱；欺侮

4 因為掛著營業中的牌子而進入店裡，結果還在準備中。

Tip

呆 (あき)れる 發楞；驚愕；錯愕
さえない 乏味的；黯淡的；不滿意的
否 (いな)む 否定；拒絕

5 明明那樣地堅決主張，卻馬上又翻盤，讓人無法信賴。

Tip

覆 (くつがえ)す 推翻；顛覆；徹底改變
裏返 (うらがえ)す 反過來；翻過來
ごったがえす 亂七八糟；雜亂無章

6 長時間的惡劣天候對農作物收成也產生了影響。

Tip

傾 (かたむ)く 傾斜；衰敗
輝 (かがや)く 閃爍；輝耀
裂 (さ)く 撕開；劈開；切開

擬真試題 18　P. 109

1	4	2	4	3	4	4	3	5	1
6	3								

1 番茄苗種植後直到收成，期間的栽培管理是非常重要的。

Tip

襟 (えり) 衣領
旨 (むね) 宗旨；要點
丈 (たけ) 長度；尺寸

2 他即使沒有被認同為一位作家，卻也過了無悔的人生。

Tip

訓1　生意気 (なまいき) 狂妄自大
　　生臭 (なまぐさ)い 血腥的
　　生肉 (なまにく) 生肉
　　生放送 (なまほうそう) 現場直播

訓2　生一本 (きいっぽん) 純粹；純真
　　生糸 (きいと) 生絲
　　生地 (きじ) 質地；面料；布料

音1　生存 (せいぞん) 生存
　　生年月日 (せいねんがっぴ)
　　　出生年
　　　月日

音2　生涯 (しょうがい) 生涯
　　一生 (いっしょう) 一生
　　殺生 (せっしょう) 殺生

音3　立 (た)ち往生 (おうじょう)
　　　動彈不得；進退兩難
　　誕生日 (たんじょうび) 生日
　　生 (い)け花 (ばな) 插花
　　生 (お)い立 (た)ち 成長經歷；
　　　成長背景
　　芝生 (しばふ) 草坪；草皮

3 缺乏妥協性的話，是沒有辦法生存在這個嚴酷的世界中的。

Tip

妥　妥当 (だとう)だ 妥當的；適當的

4 想要在元旦前將賀年卡寄達的話，最好在 12 月中旬以前寄出。

Tip

訓　元手 (もとで) 資本；資金
　　元値 (もとね) 原價；成本
音1　元素 (げんそ) 元素
音2　元日 (がんじつ) 元旦
　　元旦 (がんたん) 元旦
　　元年 (がんねん) 元年
　　元来 (がんらい) 原來；本來

5 我們的隊伍被翼隊阻擋了五連勝。

Tip

励 (はげ)む 勤勉；刻苦
営 (いとな)む 經營；謀生；準備
絡 (から)む 纏上；捲上；密切相關

6 據說市立公園裡有一種花會散發強烈惡臭，讓人感到不快。

Tip

保 (たも)つ 保持；維持
際立 (きわだ)つ 突出；顯眼

擬真試題 19　P. 110

1	3	2	4	3	4	4	4	5	4
6	1								

1 我國今日繁榮的基礎，是上一代所建立的。

Tip

枕 (まくら) 枕頭
志 (こころざし) 志向；目標
憩 (いこ)い 休憩；歇息
礎　基礎 (きそ) 基礎

2 現役足球選手 Anne 引退後，以藝人身分活躍著。

Tip

やく　役者 (やくしゃ) 演員
　　　＝俳優 (はいゆう)
　　役目 (やくめ) 職務；任務；職責
　　役割 (やくわり) 職責；腳色；作用
　　主役 (しゅやく) 主角
えき　使役 (しえき) 驅使；指使
　　懲役 (ちょうえき) 徒刑

3 中國原是穀物的出口大國，但突然變成了進口國。

Tip

ぶつ　物価 (ぶっか) 物價
　　物質 (ぶっしつ) 物質
　　植物 (しょくぶつ) 植物
　　名物 (めいぶつ) 名物
もつ　貨物 (かもつ) 貨物
　　禁物 (きんもつ) 禁忌；忌諱

作物 (さくもつ) 作物
食物 (しょくもつ) 食物
書物 (しょもつ) 書籍；圖書
荷物 (にもつ) 貨物；行李

4 這個家明明是新成屋，竟然反覆的漏雨。

Tip

あめ 雨男 (あめおとこ)
有他在就下雨的男生
雨女 (あめおんな)
有她在就下雨的女生

あま 雨具 (あまぐ) 雨具
雨空 (あまぞら) 將下雨的天空
雨戸 (あまど) 遮雨板；護窗板
雨水 (あまみず) 雨水
雨宿 (あまやど)り 躲雨；避雨

さめ 霧雨 (きりさめ) 細雨
小雨 (こさめ) 小雨
春雨 (はるさめ) 春雨
五月雨 (さみだれ) 五月雨；梅雨
梅雨 (つゆ・ばいう) 梅雨

漏 漏 (も)れる 漏出；透出
漏 (も)らす 走漏；洩漏

5 據說犯人看準沒人在家擅自闖入，在玄關
處放了像垃圾之類的東西。

Tip

狙 狙撃 (そげき) 狙撃

6 我妹妹從小就喜歡將布剪開、縫縫補補著
玩，現在她成為了設計師。

Tip

異 (こと)なる 不同；相異
＝違 (ちが)う
祈 (いの)る 祈禱；祝願
焦 (あせ)る 著急；焦躁

擬真試題 20　P.111

1	3	2	2	3	4	4	2	5	1
6	1								

1 婚後隱退的女演員惠美，睽違 25 年在公
開場合現身。

Tip

紅 (くれない) 鮮紅
岬 (みさき) 岬角
暦 (こよみ) 日曆；曆書

2 會在意面子，是因為把判斷事物的標準設
置在他人身上。

Tip

たい 得体 (えたい) 真面目
正体 (しょうたい) 真面目
団体 (だんたい) 團體
立体 (りったい) 立體

てい 体裁 (ていさい) 外表；體統；
體面
世間体 (せけんてい) 面子；體面

3 群眾聚集來聽候選人的演講。

Tip

せつ 仮説 (かせつ) 假設
小説 (しょうせつ) 小說
ぜつ 演説 (えんぜつ) 演說
ぜい 遊説 (ゆうぜい) 遊說

4 加奈子被仰慕的前輩求婚而心花怒放。

Tip

ゆう 有数 (ゆうすう) 屈指可數；為數不多
有料 (ゆうりょう) 收費
う 有頂天 (うちょうてん) 得意洋洋
有無 (うむ) 有無

5 我們是仿照日本大企業的經營方式。

Tip

かたどる 仿照；模仿；形象化
たどる 沿路前進；探索；邊走邊找
ためらう 猶豫；躊躇；猶疑
倣 模倣 (もほう) 模仿

6 她提倡廢除戶籍制度。

1	4	2	3	3	4	4	2	5	4
6	1

1　偽造的紙幣似乎已在市面上流通。

Tip

訓1　偽 (いつわ) る　偽造；假冒；欺騙
訓2　偽札 (にせさつ)　偽鈔
　　　偽者 (にせもの)　贗品
音　　真偽 (しんぎ)　真偽

2　父親的公司倒閉，陷入極度的貧困。

Tip

きょく　極端 (きょくたん)　極端
ごく　　極上 (ごくじょう)　絕頂；上好
　　　　極秘 (ごくひ)　極機密
　　　　極楽 (ごくらく)　極樂；天堂

3　向鄰居爺爺點頭致意之後，被臭罵了一頓說「不會有規矩地打招呼嗎？」

Tip

かい　会計 (かいけい)　會計
　　　会場 (かいじょう)　會場
　　　会談 (かいだん)　會談
　　　会費 (かいひ)　會費
え　　会釈 (えしゃく)　點頭；頷首
　　　会得 (えとく)　理解；領會
　　　一期一会 (いちごいちえ)
　　　　　一生只有一次的相會，比喻珍惜當下

4　他不管做什麼馬上就會向人訴苦，真是個窩囊廢！

Tip

訓　　音色 (ねいろ)　音色
　　　本音 (ほんね)　真心話
　　　弱音 (よわね)　牢騷；洩氣話；訴苦
音1　子音 (しいん／しおん)　子音
　　　母音 (ぼいん／ぼおん)　母音
音2　音響 (おんきょう)　音響

5　因地震災害許多道路流失，物資的流通停滯。

Tip

整 (ととの) う　齊備；完備
滞　渋滞 (じゅうたい)　交通堵塞

6　部長不知道是不是心情不好，聲音尖銳苛刻。

Tip

かたどる　仿照；模仿；形象化
遡 (さかのぼ) る　追溯；回溯
逆 (さか) らう　反抗；忤逆；違背

1	2	2	1	3	3	4	2	5	1
6	3

1　我出生的城市是個富有歷史風情的城鎮。

Tip

紫 (むらさき)　紫色
ささやき　低聲細語；潺潺聲；沙沙聲

2　針對智慧財產權糾紛鬧上了法院。

Tip

裁　裁 (さば) く　裁決；審判
　　裁 (た) つ　裁剪
　　裁縫 (さいほう)　裁縫
　　体裁 (ていさい)　外表；體統；面子
　　洋裁 (ようさい)　西式剪裁
判　はん　判決 (はんけつ)　判決
　　　　　判断 (はんだん)　判斷
　　　　　批判 (ひはん)　批判
　　ばん　評判 (ひょうばん)　評價
　　ぱん　審判 (しんぱん)　審判

3　矯正正式員工及非正式員工間不合理的待遇落差。

Tip

是　是非 (ぜひ)　務必；一定

4　我認為越是只學了一點英文的人，越是愛使用英文。

Tip

訓1　端数 (はすう)　尾數

訓2 **中途半端 (ちゅうとはんぱ)だ**
半途而廢的；半吊子的

訓3 **両端 (りょうはし)** 兩端

訓4 **井戸端 (いどばた)** 水井邊
道端 (みちばた) 路邊；道旁

音 **端末 (たんまつ)** 末端；終端

5 剛新婚不久，因為太過於幸福而感到不安。

Tip

実 (みの)る 結果實；有成果
サボる 曠課；怠工；偷懶
尖 (とが)る 尖銳；神經緊張；尖銳苛刻

6 讓我們隨時謹言慎行吧！

Tip

慎 (つつし)む 慎重；小心；節制
＝ **気 (き)をつける**
控 (ひか)える
囲 (かこ)む 包圍；環繞
凹 (へこ)む 凹陷；屈服；消沉
たしなむ 愛好；嗜好

擬真試題 23　P.114

1	3	2	4	3	4	4	1	5	2
6	1								

1 我們的田裡有不明的生物。

Tip

訓 **得 (え)る** 得到；獲得
音1 **得意気 (とくいげ)だ** 得意洋洋
獲得 (かくとく) 獲得
拾得 (しゅうとく) 拾得；拾獲
損得 (そんとく) 損益
納得 (なっとく) 信服；同意
音2 **得手 (えて)** 拿手；擅長
あり得 (え)ない 不可能
不得手 (ふえて)だ 不擅長的；
不拿手的

2 這個國家治安不好，稀鬆常見巷子裡發生搶劫。

Tip

きょう **強行 (きょうこう)** 強行
強制 (きょうせい) 強制
強力 (きょうりょく) 強力
ごう **強引 (ごういん)だ** 蠻橫的；強行的
強情 (ごうじょう) 固執；頑固
強盗 (ごうとう) 強盜

3 有必要追溯到這個事件的開端，重新調查。

Tip

はつ **発達 (はったつ)** 發達
発電 (はつでん) 發電
挑発 (ちょうはつ) 挑釁；挑撥
ほっ **発作 (ほっさ)** 發作
発足 (ほっそく) 開始運作；成立
発端 (ほったん) 開端

4 父親為好友的死去而悲嘆。

Tip

裂 (さ)く 撕開；撕裂
赴 (おもむ)く 前往；奔赴
背 (そむ)く 背向；背叛

5 不論再怎麼道歉，也已犯下了不可彌補的錯誤。

Tip

叶 (かな)う 實現；達到
失 (うしな)う 失去；喪失
補 (おぎな)う 填補；補充

6 右手無名指的戒指，是兩人在神前發誓永遠相愛的證明。

Tip

誓 **誓約 (せいやく)** 誓約
宣誓 (せんせい) 宣誓

擬真試題 24　P.115

1	3	2	4	3	3	4	3	5	2
6	1								

1 不小心忘記鎖門的話，就可能會演變成嚴重的後果。

Tip

訓1　戸 (と) 門
　　戸締 (とじま)り 鎖門
　　瀬戸 (せと) 海峽；緊要關頭
訓2　雨戸 (あまど) 護窗板
　　井戸 (いど) 水井
　　江戸 (えど) 江戸 (東京舊稱)
音1　戸主 (こしゅ) 戸長
　　戸籍 (こせき) 戸籍
　　下戸 (げこ) 不擅喝酒的人
音2　笑 (わら)い上戸 (じょうご)
　　酒醉會笑的人；常笑的人

2 大富豪佐佐木留下遺言，要將全部財產回饋社會。

Tip

い　　遺憾 (いかん) 遺憾
　　遺産 (いさん) 遺產
　　遺書 (いしょ) 遺書
　　遺跡 (いせき) 遺跡
　　遺伝子 (いでんし) 基因
ゆい　遺言 (ゆいごん) 遺言 (讀作「いごん」) 時，特別指分配財產的「遺言」。)

3 中村用非常興奮的語氣說著。

Tip

訓1　口八丁手八丁 (くちはっちょうてはっちょう) 既有口才又有行動力的人
　　甘口 (あまくち) 甜味
　　無口 (むくち) 寡言
訓2　糸口 (いとぐち) 線索；頭緒
　　＝手 (て)がかり
　　川口 (かわぐち) 河口
音1　口調 (くちょう) 口氣；語調
　　口伝 (くでん) 口傳；口授
　　口説 (くど)く 勸說；說服；追求
音2　口頭 (こうとう) 口頭
　　人口 (じんこう) 人口

4 父母親是我們唯一無條件的支持者吧？

Tip

訓　　一息 (ひといき) 氣息；呼吸；一口氣
　　一重 (ひとえ) 一重；一層
　　一塊 (ひとかたまり) 一塊
　　一際 (ひときわ) 尤其；格外
　　一口 (ひとくち) 一口
　　一言 (ひとこと) 一句話
　　一時 (ひととき) 暫時；一時
音1　一律 (いちりつ) 一律；一樣
音2　一括 (いっかつ) 總括
　　一気 (いっき) 一口氣
　　画一 (かくいつ) 劃一
　　均一 (きんいつ) 均一
　　単一 (たんいつ) 單一
　　統一 (とういつ) 統一
　　同一 (どういつ) 一樣；相同
　　唯一 (ゆいいつ) 唯一

5 隨順慾望而行的話，可能會白白浪費了只有一回的人生。

Tip

　　うつむく 俯首；低頭
　　しがみつく 緊緊抓住；糾纏住
　　振 (ふ)り向 (む)く 回頭；回首

6 就像耕耘不毛之地那樣地努力的話，沒有什麼是做不成的吧？

Tip

　　施 (ほどこ)す 施行；施捨；實施
　　費 (つい)やす 花費；耗費
　　及 (およ)ぼす 波及；達到；影響到

擬真試題 25　P.116

1	3	2	4	3	2	4	2	5	1
6	3								

1 在這家餐廳夏天可以享受海味，秋天可以享受山產。

2 父母親世代對從前的規矩非常執著。

Tip

しつ　執筆 (しっぴつ) 執筆

執務 (しつむ) 工作；辦公
執拗 (しつよう)だ 固執的；執拗的
しゅう 執念 (しゅうねん) 執著的念頭
我執 (がしゅう) 執著自我

梅干 (うめぼ)し 梅乾
干支 (えと) 干支
若干 (じゃっかん) 若干；少許
欄干 (らんかん) 欄杆

③ 連續女性殺人事件的犯人，似乎對女性抱持有異常的厭惡感。

Tip

あく 悪意 (あくい) 惡意
悪質 (あくしつ) 劣質
悪魔 (あくま) 惡魔
お 悪寒 (おかん) 打寒顫
憎悪 (ぞうお) 憎惡
あし 善 (よ)し悪 (あ)し 善惡

④ 預估今天也是全國酷熱，仍會持續 36 度以上高溫。

Tip

猛 猛 (もう)スピード 高速
勇猛 (ゆうもう) 勇猛

⑤ 和對方的交涉進行得比預料中的還要順利。

Tip

円 円 (まろ)やかだ 圓潤的；舒暢的
円貨 (えんか) 日幣；日圓
円高 (えんだか) 日圓上漲

⑥ 這件和服剛買時顏色鮮豔非常漂亮，但過了二十年已經褪色了。

Tip

鮮 鮮度 (せんど) 鮮度
鮮明 (せんめい)だ 鮮明的
生鮮 (せいせん)だ 新鮮的

擬真試題 26　P. 117

①	3	②	1	③	2	④	4	⑤	4
⑥	3								

① 過度干涉他人的事，就容易遭遇悲慘的下場。

Tip

干 干 (ほ)す 晾乾；曬乾

② 我們販售自家栽培大豆做的味噌。

Tip

栽 栽培 (さいばい) 栽培
盆栽 (ぼんさい) 盆栽
培 培 (つちか)う 培養；培植；培育
培養 (ばいよう) 培養

③ 傳來了好消息，韓國射箭代表隊橫掃了所有項目。

Tip

朗 朗 (ほが)らかだ 開朗的；活潑的
朗読 (ろうどく) 朗讀
明朗 (めいろう) 明朗；開朗

④ 雨停之後，掛著在樹葉上的水滴一閃一閃地，很漂亮。

Tip

宴 (うたげ) 宴會
沼 (ぬま) 沼澤
溝 (みぞ) 水溝；代溝
滴 滴 (したた)る 滴落
水滴 (すいてき) 水滴
点滴 (てんてき) 點滴

⑤ 別人對我說「那樣的『しこう』也還不壞」，這裡的「しこう」不知道是指「志向」、「嗜好」還是「思考」，不容易分辨。

Tip

汚 (けが)らわしい 骯髒的；汙穢的；卑鄙的
煩 (わずら)わしい 麻煩的；煩瑣的；費事的 ＝うるさい 厄介 (やっかい)だ、煩雑 (はんざつ)だ
紛 紛糾 (ふんきゅう) 糾紛
紛失 (ふんしつ) 遺失
紛争 (ふんそう) 紛爭
気紛 (きまぐ)れ 心情浮躁；反覆無常

三十年前就離家出走的父親，對我來說如同是已死之人。

Tip

よそよそしい 見外的；疏遠的；冷淡的
華 (はなばな)しい 華麗的；絢爛的
恐 (おそ)ろしい 可怕的；驚人的

擬真試題 27　P. 118

1	4	2	2	3	4	4	2	5	2
6	4								

1 這條路上老字號的和服批發商店林立。

Tip

舖　舖装 (ほそう) 鋪裝
　　店舖 (てんぽ) 店舖
　　老舖 (しにせ) 老店；老字號

2 據說直至 1970 年代末期，澳洲為了鯨魚油而大肆獵捕鯨魚。

Tip

捕　捕 (つか)まえる 捕捉；逮住
　　逮捕 (たいほ) 逮捕
獲　獲物 (えもの) 獵物；戰利品
　　獲得 (かくとく) 獲得
　　漁獲 (ぎょかく) 漁獲

3 不論要付出什麼樣的犧牲，我都要貫徹自己的意志。

4 研討會中對於尖銳的提問一時不知如何是好，此時部長從旁協助了我。

Tip

たくましい 健壯的；剛毅的；旺盛的
卑 (いや)しい 低賤的；卑賤的
あくどい 顏色過於濃豔的；惡毒的

5 不管邀他做什麼，他都是爽快的回答我「好呀！」。

Tip

心地 (ここち)よい 舒服的；愜意的
根強 (ねづよ)い 頑強的；堅忍不拔的
程 (ほど)よい 適當的；恰好的
快　快晴 (かいせい) 晴朗

快適 (かいてき) 舒適
爽快 (そうかい) 爽快
痛快 (つうかい) 痛快
不愉快 (ふゆかい) 不愉快
愉快 (ゆかい) 愉快

6 長大後我們幾乎要忘了孩提時的純真。

Tip

粋　粋 (いき)だ 通曉人情世故的；迷人的；時髦的

擬真試題 28　P. 119

1	1	2	2	3	4	4	4	5	2
6	3								

1 只因為一次的失言，就被迫辭去奧運組織委員會會長。

Tip

織　織機 (しょっき) 織布機
　　紡織 (ぼうしょく) 紡織

2 這是連細胞分裂都能看到的電子顯微鏡。

Tip

訓1　細 (こま)かい 細小的；細心的；吝嗇的
　　細 (こま)やかだ 細微的；細緻的
訓2　細 (ほそ)い 細的；窄的
音　詳細 (しょうさい) 詳細
　　繊細 (せんさい) 纖細；細膩
　　零細 (れいさい) 零碎

3 細節請參照手邊的資料。

Tip

照　照明 (しょうめい) 照明
　　対照 (たいしょう) 對照

4 因醫療的發達使得人類的壽命也延長了。

Tip

命　命 (いのち) 生命
　　使命 (しめい) 使命

5 在婚戒上刻上對方姓名的第一個字母。

Tip

噛 (か)む 咀嚼；咬碎

挟 (はさ)む 夾；插入
揉 (も)む 搓揉；鍛鍊；爭論

6 以人造花及油畫裝飾玄關。

Tip

劣 (おと)る 遜色；比不上
勝 (まさ)る 勝過；強過
混 (ま)ざる 摻雜；混雜

装　装飾 (そうしょく) 裝飾
　　装置 (そうち) 裝置
　　服装 (ふくそう) 服裝
　　包装 (ほうそう) 包裝
　　舗装 (ほそう) 鋪裝
　　衣装 (いしょう) 服裝

擬真試題 29　P. 120

| 1 | 1 | 2 | 4 | 3 | 2 | 4 | 3 | 5 | 1 |
| 6 | 2 |

1 給好朋友的禮金要包多少呢？

Tip

祝　祝 (いわ)う 祝賀；慶祝
　　祝賀 (しゅくが) 祝賀

2 無意識的姿勢是傳達身體不適的重要信號，因此應能透由睡姿了解身體狀況。

Tip

訓　寝言 (ねごと) 夢話
音　寝具 (しんぐ) 寢具
　　寝台 (しんだい) 床；臥舖
　　就寝 (しゅうしん) 就寢
訓　相性 (あいしょう) 緣分；性格相合
　　相席 (あいせき) 同桌並坐
　　相次 (あいつ)ぐ 相繼；接二連三
　　相手 (あいて) 對方
　　相乗 (あいの)り 共乘
　　相部屋 (あいべや) 同房；同寢
　　相棒 (あいぼう) 搭檔
音　相違 (そうい) 差異
　　相応 (そうおう) 相稱；適合

相互 (そうご) 相互
相殺 (そうさい) 抵銷；相抵
相当 (そうとう) 相當
相撲 (すもう) 相撲
相応 (ふさわ)しい 適合的；恰當的

3 本餐廳的套餐料理，是採用嚴選食材，再施以華麗的細緻手工。

Tip

く　工夫 (くふう) 設法
　　工面 (くめん) 籌錢；設法
　　大工 (だいく) 木工；木匠
こう 工学 (こうがく) 工程學
　　工芸 (こうげい) 工藝

4 是個男人的話，犯錯時就爽爽快快地道歉。

Tip

潔　潔白 (けっぱく) 潔白；清白
　　潔癖 (けっぺき) 潔癖
　　簡潔 (かんけつ) 簡潔
　　清潔 (せいけつ) 清潔
　　不潔 (ふけつ) 不潔

5 山下前輩是個遣詞用字和態度都很粗暴的人，讓人無法接近。

Tip

恐 (おそ)ろしい 恐怖的；驚人的
勇 (いさ)ましい 勇猛的；勇敢的
粗い 粗糙的
荒い 粗暴的

6 為幫助因經濟困難而放棄升學的學生，教育局提出對策。

Tip

窮　窮屈 (きゅうくつ) 拮据的；狹窄的；
　　拘束的
　　窮 (きゅう)する 窮於；困窘
　　＝困 (こま)る
　　窮乏 (きゅうぼう) 貧困；窮困

1	1	2	3	3	2	4	3	5	4
6	4								

1 據說吹往日本的黃沙，是中國的沙漠擴大所致。

Tip

さ	砂金 (さきん) 沙金
	砂糖 (さとう) 砂糖
	砂漠 (さばく) 沙漠
しゃ	土砂降 (どしゃぶ)り 傾盆大雨
じゃ	砂利 (じゃり) 砂礫；砂石
黄	黄金 (おうごん) 黄金
	黄土 (おうど) 黄土
	緑黄色 (りょくおうしょく) 黄綠色
横	横断 (おうだん) 横越
	横柄 (おうへい)だ 傲慢無禮的

2 告訴父母要和他結婚，果不其然，爸爸反對。

Tip

てい	定価 (ていか) 定價
	定休日 (ていきゅうび) 公休日
	定年 (ていねん) 退休年齡
じょう	定規 (じょうぎ) 尺；標準；榜樣；範例
	勘定 (かんじょう) 結帳
	＝ 愛想 (あいそ)，会計 (かいけい)

3 1970 年代展開滅鼠運動。

Tip

じ	主治医 (しゅじい) 主治醫生
	政治 (せいじ) 政治
	退治 (たいじ) 打退；降伏
	明治 (めいじ) 明治 (年號)
ち	治安 (ちあん) 治安
	治療 (ちりょう) 治療

4 發生了持炸彈的男人劫持外交官及事務員為人質的事件。

Tip

しつ	質素 (しっそ) 質樸

	品質 (ひんしつ) 品質
じち	人質 (ひとじち) 人質
しち	質屋 (しちや) 當舖

5 夜越深，派對的氣氛越來越高漲。

Tip

盛	盛 (も)る 裝滿；盛
	盛 (も)り合 (あ)わせ 拼盤
	盛 (さか)んだ 旺盛的；熱烈的
	盛大 (せいだい)だ 盛大的
	隆盛 (りゅうせい) 昌隆；興盛
	旺盛 (おうせい) 旺盛
	繁盛 (はんじょう) 繁盛

6 臨到論文截稿的緊要關頭，持續掙扎奮鬥著。

Tip

	締 (し)める 繫緊；束緊；結算

1	4	2	4	3	2	4	1	5	4
6	3								

1 據說在面日本海側，有可以看見冰河的景點。

Tip

か	河川 (かせん) 河川
が	運河 (うんが) 運河
	銀河 (ぎんが) 銀河

2 陽光雖然強烈，但是只要進入樹蔭下就會感覺到氣溫下降了將近 10 度。

Tip

訓	木枯 (こが)らし 寒風；秋風
	木立 (こだち) 樹叢
	木 (こ)の葉 (は) 樹葉
音1	大木 (たいぼく) 巨樹；大樹
	土木 (どぼく) 土木
音2	木材 (もくざい) 木材
	木造 (もくぞう) 木造
	木綿 (もめん) 棉織品；棉布

③ 從 17 世紀的沈船中發現大量寶物。

Tip

沈　沈 (しず)む 沉沒；沉入
　　沈水 (ちんすい) 沉入水中；（植）沉香
　　沈黙 (ちんもく) 沉默
没　没収 (ぼっしゅう) 沒收
　　没頭 (ぼっとう)する 埋頭；專心致志

④ 她現身在舞台上後，場內觀眾情緒沸騰。

Tip

　　もがく 掙扎；著急
　　裂 (さ)く 撕裂；切開；拆散
　　炊 (た)く 炊煮
沸　沸 (わ)かす 燒開；煮沸
　　沸騰 (ふっとう) 沸騰

⑤ 為了讓學生曉得數學的有趣，下了許多功夫。

Tip

　　暮 (く)らす 生活；度日
　　そらす 岔開；扭轉方向
　　揺 (ゆ)らす 晃動；搖動

⑥ 「只要做就能成功」這樣的正向思考，是導向成功的關鍵。

Tip

　　傾 (かたむ)く 傾斜
　　ささやく 耳語；私語
　　赴 (おもむ)く 奔赴；前往

擬真試題 32　P. 123

①	4	②	3	③	4	④	3	⑤	1
⑥	3								

① 我們的人生不就是反覆地不斷摸索嗎？

Tip

錯　錯覚 (さっかく) 錯覺
　　＝勘違 (かんちが)い
誤　誤解 (ごかい) 誤解
　　誤差 (ごさ) 誤差
　　誤字 (ごじ) 錯別字

② 冰窖指的是，為了讓夏天也有冰塊可以使用，冬天時鑿取池塘裡的冰塊儲藏的洞穴。

Tip

訓　蔵 (くら) 倉庫
　　大蔵省 (おおくらしょう) 財政部
音　埋蔵 (まいぞう) 埋藏
　　無尽蔵 (むじんぞう) 取用無盡的寶藏
　　冷蔵庫 (れいぞうこ) 冰箱

③ 在國外遺失護照，很有可能被用於犯罪行為，因此請特別注意。

Tip

訓　紛 (まぎ)らわしい 不易分辨的；容易混淆的
　　気紛 (きまぐ)れ 變化無常
音　紛糾 (ふんきゅう) 糾紛
　　紛争 (ふんそう) 紛爭

④ 因此次的恐怖攻擊，讓機場出入境的手續變得更加繁瑣了。

Tip

　　汚 (けが)らわしい 骯髒的；污穢的；卑劣的
煩　煩雑 (はんざつ)だ 繁雜的；複雜的

⑤ 在這樣充滿暴力的世界裡，該如何教育小孩才好呢？

Tip

満　満喫 (まんきつ) 飽嚐；充分享受
　　満月 (まんげつ) 滿月
　　満腹 (まんぷく) 吃飽
　　満 (み)たない 未滿的；不滿的

⑥ 只要一被說了什麼，他馬上就會不滿地鼓著臉。

Tip

訓　膨 (ふく)れる 膨脹；鼓起
　　膨 (ふく)らむ 膨脹；鼓起
音　膨大 (ぼうだい) 漲大的；龐大的
　　膨張 (ぼうちょう) 膨脹

1	3	2	1	3	2	4	1	5	4
6	3								

① 前陣子的案子的細節請洽相關人員。

Tip

詳	詳 (くわ)しい 詳細的
細	細 (こま)かい 吝嗇的；細小的；細微的
	細 (こま)やかだ 細緻的；細微的
	細 (ほそ)い 細的；窄的
	細菌 (さいきん) 細菌
	細工 (さいく) 手工；手工藝品
	細胞 (さいぼう) 細胞
	些細 (ささい)だ 細微的；一點點的
	零細 (れいさい) 零碎

② 父親經營穀物栽種、牛隻等家畜飼養的農場。

Tip

畜	牧畜 (ぼくちく) 畜牧
蓄	蓄積 (ちくせき) 蓄積；積累
	貯蓄 (ちょちく) 儲蓄
	備蓄 (びちく) 儲備

③ 貝爾茨博士是為日本醫學發達做出貢獻的德國人。

Tip

献	献身 (けんしん) 獻身；捨身
	献納 (けんのう) 進獻；捐獻
	献立 (こんだて) 菜單

④ 獲得金牌的選手難掩臉上得意的笑意。

Tip

獲	漁獲 (ぎょかく) 漁獲
	捕獲 (ほかく) 捕獲
	獲物 (えもの) 獵物；戰利品

⑤ 被電梯門夾到頭，丟臉得不得了。

Tip

かさむ 數量、金額增多；提高
あさむ 瞧不起；輕視
小耳 (こみみ)に挟 (はさ)む
偶然聽到；耳聞

口 (くち)を挟 (はさ)む 插嘴；插話

⑥ 有人甚至說人工智慧機器人會毀滅人類。

Tip

	及 (およ)ぼす 波及；帶來；影響到
	こぼす 灑出；溢出；自然流露
滅	滅 (ほろ)びる 毀滅；滅亡
	滅亡 (めつぼう) 滅亡
	隠滅 (いんめつ) 消滅；湮滅
	撲滅 (ぼくめつ) 撲滅

1	2	2	3	3	3	4	3	5	4
6	1								

① 曾有一段時間，收集世界各國的貨幣是我的興趣。

Tip

幣	紙幣 (しへい) 紙幣
弊	弊害 (へいがい) 弊病；危害
	弊社 (へいしゃ)敝 公司
	↔ 御社 (おんしゃ) 貴公司

② 這架顯微鏡能觀察微生物。

Tip

顕	顕著 (けんちょ)だ 顯著
微	微笑 (ほほえ)む 微笑
	微笑 (びしょう) 微笑
	微生物 (びせいぶつ) 微生物
	微動 (びどう) 微動；輕動
	微量 (びりょう) 微量
	微力 (びりょく) 棉薄之力
鏡	鏡台 (きょうだい) 梳妝台
	望遠鏡 (ぼうえんきょう) 望遠鏡

③ 為了健康，擁有高品質的睡眠是很重要的，即使短時間也最好能熟睡。

Tip

熟	熟成 (じゅくせい) 成熟
	熟考 (じゅっこう) 深思熟慮
	完熟 (かんじゅく) 完全成熟
	未熟 (みじゅく) 未熟；不成熟

四字熟語 (よじじゅくご) 成語

4 綜合董事會議中提出的意見做出結論。

括 　括弧 (かっこ) 括弧
　　一括 (いっかつ) 統括
　　包括 (ほうかつ) 包括

5 對於加薪的要求，社長一直含糊其辭，於
是員工開始罷工。

　　はがす 撕下；剝除

6 背包客旅行的出發準備已完成。

　　闘 (たたか)う 戰鬥；奮鬥

擬真試題 35　P. 126

| 1 | 4 | 2 | 2 | 3 | 3 | 4 | 2 | 5 | 1 |
| 6 | 4 |

1 沿路擠滿前來觀看首爾國際馬拉松大賽的
民眾。

沿 　沿岸 (えんがん) 沿岸
　　道沿 (みちぞ)い 沿途；沿路

2 車輛發生事故時，安全氣囊有緩和衝擊力
道提高存活率的功能。

衝 　衝動 (しょうどう) 衝動
　　衝突 (しょうとつ) 衝突；衝撞

3 對老師言語暴力或肢體暴力等，教師權力
正在面臨崩解。

崩 　崩 (くず)れる 崩潰；瓦解；走樣
　　雪崩 (なだれ) 雪崩
壞 　壊 (こわ)れる 損壞；故障
　　壊血病 (かいけつびょう) 壞血病
　　破壊 (はかい) 破壞

4 血液循環若是不順暢，會導致心臟病等危
險的疾病。

環 　環境 (かんきょう) 環境
　　一環 (いっかん) 一環

5 日式便當盒裡裝著滿滿的看起來很美味的
年菜。

　　確 (たし)かめる 弄清；查明
　　危 (あや)める 危害；殺死
　　治 (おさ)める 統治；治理
　　納 (おさ)める 繳納；交納
　　収 (おさ)める 容納；收納
　　修 (おさ)める 修養；修學

6 人際關係只要牽扯到金錢，就不免複雜
化。

擬真試題 36　P. 127

| 1 | 4 | 2 | 2 | 3 | 4 | 4 | 2 | 5 | 3 |
| 6 | 4 |

1 人生就是會遭遇不可預期的困難。

遭 　遭難 (そうなん) 遇難；遇險
遇 　境遇 (きょうぐう) 境遇
　　待遇 (たいぐう) 待遇

2 學生們仿照老師用磁鐵及硬幣做簡易的馬
達。

磁 　磁気 (じき) 磁性
　　陶磁器 (とうじき) 陶瓷器

3 日文還不那麼熟練的時候，在打工的地方
經常把記帳單寫錯。

票 　票決 (ひょうけつ) 投票決定
　　開票 (かいひょう) 開票
　　投票 (とうひょう) 投票

4 即將要轉調到海外，一直過著忙亂的生活。

Tip

おびただしい 無數的；非常多的
規則正 (きそくただ) しい
井然有序的；有規律的
騒 (さわ) がしい 嘈雜的；紛亂的

5 一旦養成壞習慣，會陷入無法挽回的困境中。

Tip

用 (もち) いる 使用；採用
立 (た) ち入 (い) る 介入；干涉

6 父母替我填補了因為亂花錢造成的赤字。

Tip

染 (そ) める 染色；染上；受影響
秘 (ひ) める 隱藏；隱瞞

擬真試題 37　P. 128

| 1 | 1 | 2 | 1 | 3 | 4 | 4 | 4 | 5 | 2 |
| 6 | 3 |

1 自西班牙搭乘渡輪，越過直布羅陀海峽往摩洛哥方向移動。

Tip

峡　峡谷 (きょうこく) 峽谷

2 面試後不論錄取與否，將在三日後與您聯絡。

Tip

採　採決 (さいけつ) 表決
採算 (さいさん) 核算
採集 (さいしゅう) 採集；蒐集
採択 (さいたく) 採用；選定
採用 (さいよう) 採用；錄用

3 多虧了某位刑警細密的追查，案件的輪廓終於明朗。

Tip

輪　輪 (わ) 圓；環
指輪 (ゆびわ) 戒指
競輪 (けいりん) 自行車競技

車輪 (しゃりん) 車輪
駐輪場 (ちゅうりんじょう)
自行車、機車停車場

4 檢察官正在搜查大企業會長的逃稅疑雲。

Tip

疑　疑 (うたが) う 懷疑
質疑 (しつぎ) 質疑
容疑 (ようぎ) 嫌疑
擬　擬態 (ぎたい) 擬態
擬声語 (ぎせいご) 擬聲詞
模擬 (もぎ) 模擬

5 我繼承去世父親的公司，一路克服許多困難走過來。

Tip

継 (つ) ぐ 繼承；承襲
＝受 (う) け継 (つ) ぐ，襲 (おそ) う
かぐ 嗅；聞
はぐ 剝奪；剝去

6 新人秋田一有什麼事就馬上過來請求指示，若無指令就不會動作。

Tip

貢 (みつ) ぐ 寄送生活費；進貢
担 (かつ) ぐ 承擔；扛；推舉

擬真試題 38　P. 129

| 1 | 4 | 2 | 4 | 3 | 2 | 4 | 1 | 5 | 3 |
| 6 | 4 |

1 因網路購物的擴大，隨著宅配貨物的增加，運輸業好景持續。

Tip

輸　輸血 (ゆけつ) 輸血
輸出 (ゆしゅつ) 出口
輸入 (ゆにゅう) 進口
運輸 (うんゆ) 運輸

2 看了模擬考的結果之後，失去幹勁。

Tip

模　模型 (もけい) 模型
模倣 (もほう) 模仿

模様 (もよう) 模樣

擬　擬勢 (ぎせい) 虛張聲勢
　　擬声 (ぎせい) 擬聲
　　擬態 (ぎたい) 擬態

③ 這種藥可以燃燒脂肪，因此能幫助減肥。

Tip

燃　燃 (も)やす 燃燒；燃起；激起
　　燃費 (ねんぴ) 油耗率
　　燃料 (ねんりょう) 燃料
焼　焼 (や)く 燒光；燒製；吃醋；曬黑

④ 來觀光的外國人出示護照的話，即使在日本市區也能享有免稅。

Tip

免　免疫 (めんえき) 免疫
　　免許 (めんきょ) 執照；證書
　　免罪 (めんざい) 免罪
　　免除 (めんじょ) 免除
　　減免 (げんめん) 減免
逸　逸材 (いつざい) 奇才；本領卓越
　　逸品 (いっぴん) 逸品；珍品
　　逸話 (いつわ) 奇聞；軼事

⑤ 這個果汁是將柳橙榨汁濃縮、儲藏、運送之後，再次加入水分的產品。

Tip

濃　濃 (こ)い 濃郁的；濃密的

⑥ 在地盤不穩的土地上建造新住宅或建物的話，有可能需要進行另外的基礎工程。

Tip

　　甚 (はなは)だしい 劇烈的；極其；甚劇
　　しつこい 纏人的；執拗的
　　はかない 虛無的；無常的；短暫易逝的
緩　緩 (ゆる)む 放寬；緩和；疲軟
　　緩 (ゆる)やかだ 寬鬆的；寬大的；平緩的
　　緩衝 (かんしょう) 緩衝
　　緩和 (かんわ) 緩和

擬真試題 39　P. 130

1	2	2	3	3	4	4	1	5	1
6	4								

① 兩國領土問題的對立逐漸激進尖銳。

Tip

訓　鋭 (するど)い 鋒利的；尖銳的
音　鋭利 (えいり) 銳利

② 據說清潔大樓外牆工作的日薪相當高。

Tip

訓　清 (きよ)い 清麗的；清純的
　　清 (きよ)らかだ 清澈的；清澄的；清高的
音　清潔 (せいけつ) 清潔
　　清書 (せいしょ) 謄寫；重抄
　　清水 (しみず) 清水

③ 在新生歡迎會上因豪飲而導致的社會案件及事故年年增加。

Tip

歓　歓喜 (かんき) 歡喜
　　歓送 (かんそう) 歡送
迎　迎 (むか)える 迎接；迎請
　　迎賓 (げいひん) 迎賓
　　送迎 (そうげい) 接送

④ 召集軍隊防備鄰國的襲擊。

Tip

襲　逆襲 (ぎゃくしゅう) 反攻
　　世襲 (せしゅう) 世襲
撃　挟撃 (きょうげき) 夾擊
　　攻撃 (こうげき) 攻擊
　　衝撃 (しょうげき) 衝擊
　　狙撃 (そげき) 狙擊
　　打撃 (だげき) 打擊
　　爆撃 (ばくげき) 轟炸

⑤ 因強烈豪雨，河川的水位明顯的上漲。

Tip

　　珍 (めずら)しい 珍奇的；稀罕的
　　はかばかしい 進展順利的；進展迅速的
　　むなしい 空虛的；惘然的

訓1　著 (いちじる) しい 顯著的；顯眼的
訓2　著 (あらわ) す 撰寫；著述
音　　著作権 (ちょさくけん) 著作權
　　　著者 (ちょしゃ) 作者
　　　著書 (ちょしょ) 著書
　　　顕著 (けんちょ) 顯著

6 在擦傷的傷口上擦藥後反倒刺痛了起來。

Tip

　　　試 (こころ) みる 嘗試；試驗；試圖
　　　垣間見 (かいまみ) る 偷看；窺視
訓1　染 (し) みる 滲入；刺痛；痛感
訓2　染 (そ) める 染色；染上；受影響
音　　汚染 (おせん) 汙染
　　　感染 (かんせん) 感染
　　　伝染 (でんせん) 傳染

擬真試題 40　P. 131

1	2	2	4	3	2	4	1	5	2
6	1								

1 課長真的是個好人，不過他容易執拗地向他人勸說自己的宗教。

Tip

勧　　勧告 (かんこく) 勸告
　　　勧奨 (かんしょう) 鼓勵；獎勵
誘　　誘 (さそ) う 邀請；勸誘
　　　誘拐 (ゆうかい) 誘拐
　　　誘惑 (ゆうわく) 誘惑

2 日本的傳統服裝裡有些也很華麗，會使用大量鮮豔顏色。

Tip

衣　　衣 (ころも) 衣服；麵衣；動物皮毛
装　　装 (よそお) う 打扮；假裝

3 我要充分發揮自己的力量讓你看！

Tip

はつ　発掘 (はっくつ) 挖掘
　　　発言 (はつげん) 發言
　　　発酵 (はっこう) 發酵
　　　発電 (はつでん) 發電

挑発 (ちょうはつ) 挑釁
勃発 (ぼっぱつ) 爆發
ほっ　発作 (ほっさ) 發作
　　　発足 (ほっそく) 動身；(新成立團體等) 開始活動
　　　発端 (ほったん) 開端
揮　　揮発性 (きはつせい) 揮發性
　　　指揮 (しき) 指揮

4 經過好幾次的失敗後，完全喪失幹勁。

Tip

喪　　喪服 (もふく) 喪服

5 別在這麼暗的地方嚇我啦！我心臟不好。

Tip

　　　甘 (あま) やかす 放任；縱容；驕縱
　　　侵 (おか) す 侵犯；侵入
訓1　脅 (おど) かす 恫嚇；嚇唬；脅迫
　　　脅 (おど) す 威脅；脅迫
訓2　脅 (おびや) かす 恫嚇；嚇唬；脅迫
音　　脅迫 (きょうはく) 脅迫

6 儘管國籍不同，那兩人還是珍惜地培養感情。

Tip

　　　くぼむ 凹陷；塌陷
　　　企 (たくら) む 企圖；圖謀
　　　含 (ふく) む 包含；蘊含

擬真試題 41　P. 132

1	2	2	3	3	1	4	2	5	4
6	1								

1 餐飲店的管理者必須徹底管理環境衛生。

Tip

衛　　衛星 (えいせい) 衛星
　　　護衛 (ごえい) 護衛
　　　自衛 (じえい) 自衛
　　　守衛 (しゅえい) 守衛
　　　防衛 (ぼうえい) 防衛

2 對於誘拐兒童的犯人，國民不禁感到憤慨。

Tip

憤　憤 (いきどお)る 憤怒；氣憤
　　憤怒 (ふんど) 憤怒
慨　慨嘆 (がいたん) 慨歎

③ 那個女演員隨著年紀增長，也越來越有威嚴了。

Tip

貫　貫 (つらぬ)く 貫徹；貫穿

④ 我們齊聚在這樣的地方，是出於什麼樣的因緣呢？

Tip

訓　縁 (ふち) 邊緣
音　縁側 (えんがわ) 迴廊
　　縁談 (えんだん) 親事
　　縁起 (えんぎ) 縁起；吉凶之兆
　　腐 (くさ)れ縁 (えん) 孽緣；惡緣
　　因縁 (いんねん) 因緣

⑤ 假設因員工的過失造成公司的損失的情況，將會向員工請求賠償損失。

Tip

訓1　被 (かぶ)る 戴上；蒙上；覆蓋
訓2　被 (こうむ)る 遭遇；蒙受；蒙恩
音　被害 (ひがい) 受損；受害
　　被告 (ひこく) 被告
　　被爆 (ひばく) 遭受轟炸；輻射暴露
　　被服 (ひふく) 衣服

⑥ 這個集會宗教色彩濃厚，因此立刻就退出了。

Tip

芸 (げい) 技術；技藝
紅 (くれない) 鮮紅
魂 (たましい) 精神；魂魄

擬真試題 42　P. 133

①	2	②	2	③	3	④	4	⑤	1
⑥	4								

① 對方無理由地單方面撤回了契約。

Tip

撤　撤去 (てっきょ) 撤除；拆除
　　撤収 (てっしゅう) 撤退；撤去
　　撤退 (てったい) 撤退

② 原以為一定會接受，被拒絕後不知如何是好。

Tip

途　途中 (とちゅう) 半路；中途
　　中途半端 (ちゅうとはんぱ) 半途而廢

③ 上年紀之後似乎會越來越害怕挑戰新的事物。

Tip

訓　挑 (いど)む 挑戰；挑釁；挑逗
音　挑発 (ちょうはつ) 挑釁；挑撥

④ 在別有風情的溫泉街信步走著。

Tip

訓　情 (なさ)け 情
音　情 (じょう) 情
　　情緒 (じょうしょ・じょうちょ) 情緒
　　情熱 (じょうねつ) 熱情
　　強情 (ごうじょう) 頑固；固執
　　人情 (にんじょう) 人情
　　風情 (ふぜい) 風情；情趣

⑤ 一句失言讓辛苦建立的名聲染上汙名。

Tip

うなだれる 垂頭喪氣；低下頭
離 (はな)れる 離開；分離；脫離
わるびれる 膽怯

⑥ 因為丈夫遭公司解雇，生活變得窮困，所以我兼職打工。

Tip

屈　退屈 (たいくつ)だ 無聊的；發悶的
　　卑屈 (ひくつ)だ 卑躬屈膝的
　　理屈 (りくつ) 道理；歪理

1	3	2	1	3	2	4	2	5	4
6	3								

1 提供垃圾或產業廢棄物等回收及再利用的產業，稱作「静脈產業」。

Tip

せい	静電気 (せいでんき) 靜電
	安静 (あんせい) 靜養
	平静 (へいせい) 平靜
	冷静 (れいせい) 冷靜
じょう	静脈 (じょうみゃく) 靜脈

2 依烹飪方式不同，有人連殼將蝦子整個吃下肚。

Tip

	的 (まと) 標的
	渦 (うず) 漩渦
	里 (さと) 鄉下；村落
訓	殻 (から) 殼
	貝殻 (かいがら) 貝殼
音	外殻 (がいかく) 外殼
	地殻 (ちかく) 地殼
	卵殻 (らんかく) 蛋殼

3 有名的汽車製造商 Maxim 在油耗率數據上動了手腳，鬧得沸沸揚揚。

Tip

燃	燃焼 (ねんしょう) 燃燒
	燃料 (ねんりょう) 燃料
費	費 (つい)やす 花費；耗費
	費用 (ひよう) 費用
	経費 (けいひ) 經費
	出費 (しゅっぴ) 開銷；支出
	消費 (しょうひ) 消費
	浪費 (ろうひ) 浪費
	＝無駄遣 (むだづか)い

4 最近，世界各地頻繁地發生炸彈恐怖攻擊。

Tip

| 爆 | 爆撃 (ばくげき) 轟炸 |

	爆笑 (ばくしょう) 哄堂大笑
	原爆 (げんばく) 原子彈爆炸
	被爆 (ひばく) 遭受轟炸；輻射暴露

5 妹妹要是有人說了一點讓她感到不快的話語，就會露骨地顯露出嫌惡的表情。

Tip

訓	露 (つゆ) 水滴；露珠
音1	露出 (ろしゅつ) 露出；暴露；曝光
	露天風呂 (ろてんぶろ) 露天溫泉
	暴露 (ばくろ) 暴露；泄露；揭露
音2	披露 (ひろう) 公布；發表

6 剛出爐的麵包又香又鬆軟，非常好吃。

Tip

じゅう	柔軟 (じゅうなん)だ 柔軟的；機動的；靈活的
	柔道 (じゅうどう) 柔道
にゅう	柔和 (にゅうわ) 柔和；和藹

1	2	2	1	3	2	4	1	5	4
6	4								

1 也有記者專門爆料演員的私生活。

Tip

訓	暴 (あば)く 揭露；揭穿
音1	暴行 (ぼうこう) 暴行；暴舉
	暴走 (ぼうそう) 失控；魯莽行事
	暴力 (ぼうりょく) 暴力
	乱暴 (らんぼう) 粗暴
音2	暴露 (ばくろ) 暴露；泄露；揭露

2 三年都是做派遣員工工作，持續著貧困的生活。

Tip

訓	小遣 (こづか)い 零用錢
	無駄遣 (むだづか)い 亂花錢
音	派遣 (はけん) 派遣

3 教授正在進行古代遺跡的挖掘。

Tip

| い | 遺憾 (いかん) 遺憾 |

遺産 (いさん) 遺產
遺書 (いしょ) 遺書
遺伝子 (いでんし) 基因
後遺症 (こういしょう) 後遺症

ゆい 遺言 (ゆいごん) 遺言

4 這座島嶼氣候溫和、物產豐饒，因此全年觀光客絡繹不絕。

Tip

穏 穏 (おだ)やかだ 平穩的；溫和的

5 這個日本酒口感醇厚，喝起來應該很順口。

Tip

健 (すこ)やかだ 健全的；健康的
しとやかだ 賢淑的；端莊的
鮮 (あざ)やかだ 鮮明的；鮮豔的

6 受獎者們全都露出自豪的神情。

Tip

滑 (なめ)らかだ 光滑的；平滑的
安 (やす)らかだ 安穩的；穩定的

擬真試題 45　P. 136

1	4	2	1	3	3	4	4	5	3
6	2								

1 這則報導到底在暗示什麼，完全摸不著頭緒。

Tip

示 示 (しめ)す 顯示；表示
告示 (こくじ) 告示
誇示 (こじ) 誇耀
提示 (ていじ) 提示

唆 唆 (そそのか)す 唆使；慫恿

2 是否與其他公司合作，全體董事進行投票。

Tip

是 是正 (ぜせい) 改正；修正
是非 (ぜひ) 是非；務必；一定

3 據說在軍隊這樣的組織當中，必須絕對地

服從命令。

Tip

服 服装 (ふくそう) 服裝
服用 (ふくよう) 服用
克服 (こくふく) 克服
征服 (せいふく) 征服
喪服 (もふく) 喪服
一服 (いっぷく)
喝杯茶；抽根菸；歇會兒

4 承蒙您親切的招待，實在受之有愧。

Tip

恐 恐 (おそ)ろしい 恐怖的；驚人的
恐 (おそ)れる 恐懼；害怕
恐怖 (きょうふ) 恐怖

縮 縮 (ちぢ)む 畏縮；收縮
縮小 (しゅくしょう) 縮小

5 從前，強國會侵略天然資源豐富的國家，搶奪其資源。

Tip

豊 豊 (ゆた)かだ 豐富的；豐饒的

富 富 (とみ) 財產；資源

6 每次聽到最近的新聞報導，在在覺得這社會真是不安寧啊！

Tip

訓 騒 (さわ)ぐ 吵鬧；騷動
騒 (さわ)がしい 喧囂的；嘈雜的

音 騒音 (そうおん) 噪音
騒動 (そうどう) 騷動

擬真試題 46　P. 137

1	4	2	3	3	1	4	1	5	3
6	4								

1 那場暴動爆發的開端是種族歧視。

Tip

はつ 発達 (はったつ) 發達
発電 (はつでん) 發電
挑発 (ちょうはつ) 挑釁；挑撥

ほつ 発作 (ほっさ) 發作

発足 (ほっそく) 動身；(新成立的團體等)開始運作

発端 (ほったん) 開端

2 這間工廠生產超精密機械。

Tip

せい 精一杯 (せいいっぱい) 竭盡全力

精巧 (せいこう) 精巧

精算 (せいさん) 核算；精算

精神 (せいしん) 精神

精通 (せいつう) 熟知；通曉

しょう 不精 (ぶしょう) 懶散

筆不精 (ふでぶしょう) 不好動筆；不好動筆的人

出不精 (でぶしょう) 懶得出門；懶得出門的人

3 弟弟大概一個月洗一次澡，太過骯髒得讓我不想靠近他。

Tip

訓 潔 (いさぎよ)い 清高的；乾脆的；毫不退怯的

音 簡潔 (かんけつ) 簡潔

清潔 (せいけつ) 清潔

4 據說晚霞是晴天的徵兆，朝霞是雨天的徵兆。

Tip

ふける 老ける 老；上年紀

更ける 夜深；季節開始後已過相當長時間

耽る 沉浸於；沉溺於

さける 裂ける 裂開；破裂

避ける 避開；迴避

もうける 設ける 設立；設置

儲ける 賺錢

5 因附近最近經常發生搶劫案件，注意一下較好。

Tip

繁 繁栄 (はんえい) 繁榮

繁華街 (はんかがい) 鬧區；繁榮街道

繁盛 (はんじょう) 興旺

繁殖 (はんしょく) 繁殖

6 他們密謀策畫讓國家獨立。

Tip

密 密談 (みつだん) 密談

密度 (みつど) 密度

機密 (きみつ) 機密

親密 (しんみつ) 親密

精密 (せいみつ) 精密

秘密 (ひみつ) 秘密

綿密 (めんみつ) 綿密；周密

擬真試題 47　P.138

1	2	2	4	3	4	4	1	5	3
6	2

1 想逃避現實時，沉浸在遊戲中是最佳選擇。

Tip

訓1 逃 (に)がす 放跑；錯失；放生

逃 (に)げる 逃跑；逃脫

訓2 逃 (のが)す 錯過；漏掉；放跑

逃 (のが)れる 逃避；逃脫；擺脫

音 逃走 (とうそう) 逃走

逃亡 (とうぼう) 逃亡

2 掃墓時帶鮮花及香去。

Tip

煙 (けむり) 煙

筒 (つつ) 筒

峰 (みね) 山峰

3 風鈴涼爽的音色使人忘卻盛夏的暑氣。

Tip

鈴 鈴 (すず) 鈴鐺

4 不是因為這本雜誌的內容而買，而是因為它總是附有豪華的附刊。

Tip

録 録音 (ろくおん) 録音

録画 (ろくが) 録影

記録 (きろく) 紀録

収録 (しゅうろく) 收録

登録 (とうろく) 登錄
目録 (もくろく) 目錄

5 首相成功實行了大膽卻又細緻的改革。

Tip

胆　胆力 (たんりょく) 膽量

6 被塞在交通尖峰時刻的車陣中，已經 30 分鐘動彈不得。

Tip

渋　渋 (しぶ)い 古樸的；素雅的；味澀的；
　　快快不樂的
　　渋 (しぶ)る 鬱積；躊躇 ＝ ためらう

擬真試題 48　P. 139

1	2	2	3	3	3	4	4	5	4
6	2								

1 沿海地區發生不明原因的大規模爆炸事件。

Tip

も　模型 (もけい) 模型
　　模範 (もはん) 模範
　　模倣 (もほう) 模仿
　　模様 (もよう) 模様
ぼ　大規模 (だいきぼ) 大規模

2 媒體助長了兩國之間的矛盾。

3 女兒不知道是否是壓力的緣故，不好好吃飯，身體日漸衰弱。

Tip

訓　衰 (おとろ)える 衰弱；衰敗
音　衰退 (すいたい) 衰退
　　老衰 (ろうすい) 衰老

4 據稱瘀青的成因是由於微血管破裂。

Tip

訓　裂 (さ)ける 裂開；破裂
音　決裂 (けつれつ) 決裂
　　分裂 (ぶんれつ) 分裂

5 雖然大家都說佳子的舉止高尚又端莊，不過其實只是在裝模作樣而已。

高尚 (こうしょう)だ 高尚的
　＝ 上品 (じょうひん)だ

6 青梅竹馬就那樣成為了現在的丈夫。

Tip

幻 (まぼろし) 幻想；幻影

擬真試題 49　P. 140

1	4	2	4	3	3	4	2	5	2
6	1								

1 即使處在困難的境遇中也保持客觀的立場，這是相當有難度的。

Tip

遇　待遇 (たいぐう) 待遇；工資
　　遭遇 (そうぐう) 遭遇
偶　偶数 (ぐうすう) 偶數
　　偶然 (ぐうぜん) 偶然
　　偶発 (ぐうはつ) 偶發
　　配偶者 (はいぐうしゃ) 配偶

2 我們學校的足球隊在全國大賽中獲得五連霸。

3 候選人祭出設立租屋補助制度等租賃方面的支援政策。

Tip

支　支 (ささ)える
　　支給 (しきゅう) 支持；支撐；後援
　　支出 (ししゅつ) 支給；支付
　　支度 (したく) 預備；準備
　　支障 (ししょう) 障礙；妨礙
　　＝ 差支 (さしつか)え
援　援助 (えんじょ) 援助
　　救援 (きゅうえん) 援助；救援

4 結束復健後，復出的大谷選手盡情全力揮揮。

Tip

活　活火山 (かっかざん) 活火山
　　活気 (かっき) 生氣；朝氣
躍　躍進 (やくしん) 躍進

躍動 (やくどう) 躍動

⑤ 因帶給公司龐大的損失，引咎辭職了。

⑥ 那款蛋糕的奶油在常溫下會融化，所以請放入冷藏室保存。

Tip

焼 (や)ける 燃燒；操心；曬黑
負 (ま)ける 輸；失敗；屈服
透 (す)ける 透過~看見；透明的

擬真試題 50　P. 141

| ① | 1 | ② | 3 | ③ | 4 | ④ | 3 | ⑤ | 1 |
| ⑥ | 4 |

① 在加拿大的寄宿家庭裡的家人們都很開朗，內向的我每天都過得很愉快。

Tip

愉　愉快 (ゆかい) 愉快
輸　輸血 (ゆけつ) 輸血
　　輸出 (ゆしゅつ) 出口
　　輸送 (ゆそう) 輸送；運送
　　輸入 (ゆにゅう) 進口
　　運輸 (うんゆ) 運輸
輪　輪 (わ) 圓；環
　　指輪 (ゆびわ) 戒指
　　輪郭 (りんかく) 輪廓
　　競輪 (けいりん) 自行車競技
　　車輪 (しゃりん) 車輪
　　駐輪場 (ちゅうりんじょう)
　　自行車、機車停車場

② 繪製肖像畫時，捕捉到模特兒的特徵是很重要的。

Tip

徴　徴候 (ちょうこう) 徴兆；徴候
　　徴収 (ちょうしゅう) 徴收
　　徴税 (ちょうぜい) 徴稅

③ 失敗了也不用懊惱，就當作是修正自己人生軌道的好機會。

Tip

軌　軌跡 (きせき) 軌跡

④ 哥哥是個感情用事的人，要是周圍的人傷了自己的自尊的話，就過度反應、發怒。

Tip

過　過失 (かしつ) 過失
　　過疎 (かそ) 過於稀疏；過少
　　過密 (かみつ) 過密

⑤ 在地表挖鑿深洞，進入那裏便能耐受酷寒。

Tip

はばかる 忌憚；顧忌
あさる 四處尋找；打漁
からかう 嘲弄；戲弄
掘　採掘 (さいくつ) 開採
　　発掘 (はっくつ) 挖掘
　　根掘 (ねほ) り葉掘 (はほ) り 追根究
　　柢 ＝ しつこい

⑥ 沉浸在遊戲中，沒能注意到烤箱的魚烤焦了。

Tip

告 (つ)げる 宣告；告訴
逃 (に)げる 逃跑；逃脫
しょげる 沉悶；沮喪
焦　焦 (こ)がれる 一心嚮往；思慕；渴望
　　焦 (こ)がす 烤焦；使著急
　　焦 (あせ)る 著急；焦躁

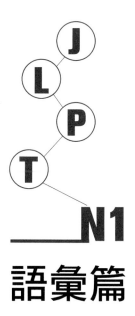

N1
語彙篇

問題 2 文章脈絡

問題 3 近義替換

問題 4 用法

N1 測驗試題中，除了日常生活中的常用語彙之外，還包含更多元的情境中所使用的語彙。建議各位不僅要熟背本篇語彙字義，還要熟記其他各篇試題內出現的語彙用法，這樣不僅能加強單字實力，還能在短期間內培養出對文法、讀解、聽解試題的解題能力。

重點題型攻略

問題2 文章脈絡（題數為 7 題）

題型說明　1 根據前後文，找出最適合填入括號中的單字。

2 出題字詞有**漢字詞、動詞、形容詞、副詞、擬聲語、擬態語、衍生詞和複合詞、外來語**。

〔例題〕

このオレンジはカリフォルニアー（　　　）だ。

1　商　　　2　産　　　3　生　　　4　品

解題技巧　1 閱讀整個句子，從四個選項中選出最適合填入括號中的單字。

2 確實理解整句話的意思才能找出答案。 此點適用於整份日檢考題，但在本大題中尤其重要。若缺乏理解句子的能力或單字量不足，便難以找出答案。

3 如果無法選出答案，請不要猶豫，**試著將選項的單字一一套入括號中，再掌握一次句意**並選出答案。

4 不會的題目再怎麼想也想不出答案，請快速選一個答案結束本題，以確保其他試題的作答時間。

5 碰到不會的題目，千萬不要先空著不答，否則後方題目劃錯格的機率極高。

6 完成該題型的所有題目，確認答案卡劃記完畢後，才能繼續作答下一個題型。

學習策略　1　N1 試題的語彙除**日常生活中**常用的語彙外，還包含**更多情境下**使用
的字詞。

2　練習作答**已公開的歷屆試題**，確實掌握試題特性。

3　熟背本書列出的 N1 必考文字和語彙。

4　整理並熟記讀解篇和聽解篇文章中出現的語彙。

問題 2 累積言語知識

N1頻出語彙

あえて　　敢於；不一定

圧迫(あっぱく)　　壓迫

安静(あんせい)　　靜養

いっそう　　越發；更加

円滑(えんかつ)だ　　順暢的；順利的

起伏(きふく)　　起伏

教訓(きょうくん)　　教訓

しいて　　強逼；強迫

相当(そうとう)する　　相當於

そっけない　　冷淡的；無情的

統合(とうごう)　　統合

取(と)り締(し)まる　　管束；取締；查禁

N1近年常考語彙

名詞

愛着(あいちゃく)　　留戀；依依不捨

異色(いしょく)　　異樣；異色；特色

一任(いちにん)　　完全委託

腕前(うでまえ)　　能力；本領

大筋(おおすじ)　　概略；概要

回収(かいしゅう)　　回收

会心(かいしん)　　滿意；滿足

革新(かくしん)　　革新

可決(かけつ)　　通過

加工(かこう)　　加工

完結(かんけつ)　　完結

基盤(きばん)　　基礎

究明(きゅうめい)　　調查明白

寄与(きよ)　　貢獻

強制(きょうせい)　　強制

駆使(くし)　　驅使

結束(けっそく)　　綑扎；團結

合意(ごうい)　　達成協議

支障(ししょう)　　障礙；故障

実情(じつじょう)　　真實情況

修復(しゅうふく)　　修復

推測(すいそく)　　推測

絶大(ぜつだい)　　極大；巨大

対比(たいひ)　　對比

妥協(だきょう)　　妥協

直面(ちょくめん)　　面對

強(つよ)み　　長處；優勢；強度

踏襲(とうしゅう)　　沿襲；繼承

荷(に)　　貨物；責任；負擔

念願(ねんがん)　　願望；心願

念頭(ねんとう)　　心上；腦中

背景(はいけい)　背景；勢力

一息(ひといき)　喘口氣；一口氣；一把勁

人手(ひとで)　人手；人工；他人的幫助

不備(ふび)　欠缺；不齊全

ほこりまみれ　滿是灰塵

没頭(ぼっとう)　埋頭；專心致志

本音(ほんね)　真心話

予断(よだん)　預測

流出(りゅうしゅつ)　外流；流出

取(と)り戻(もど)す　取回；拿回

なじむ　熟識；親近；融合

になう　背負；承擔

弾(はず)む　反彈；彈起；情緒高漲

報(ほう)じる　報告；報答

紛(まぎ)らす　排遣；打發；掩飾

見(み)かける　瞥見；看見

もてなす　款待；招待

和(やわ)らぐ　放鬆；緩和；變柔和

揺(ゆ)るぐ　動搖；搖動

衍生字

当(とう)ビル　本大樓

猛反対(もうはんたい)　激烈反對

歴史上(れきしじょう)　歷史上

改訂版(かいていばん)　改訂版；修訂版

形容詞

あっけない　不過癮的；不盡興的

大(おお)らかだ　豁達的；大方的

おびただしい　無數的；數不清的；大量的

心細(こころぼそ)い　覺得無依靠的；
　　　　　　　　　不安的；孤獨的

幅広(はばひろ)い　廣泛的；寬闊的

頻繁(ひんぱん)だ　頻繁的

へとへとだ　精疲力盡的；疲憊不堪的

紛(まぎ)らわしい　不易分辨的；容易混淆的

無謀(むぼう)だ　冒失的；魯莽的；沒有計畫的

綿密(めんみつ)だ　周密的；綿密的

動詞

言(い)い張(は)る　堅決主張；堅持

一掃(いっそう)する　一掃；肅清

及(およ)ぼす　波及；帶來；達到

築(きず)く　建立；建設；修築

気(き)に障(さわ)る　感覺不愉快；感覺不舒服

切(き)り出(だ)す　開始談；開始剪；開始切

食(く)い止(と)める　阻止；防止

染(し)みる　滲入；刺痛；痛感

立(た)て替(か)える　代付；墊付

たどる　沿路前進；探索；追尋

ためらう　傍徨；躊躇

つくす　用完；耗盡

副詞

いまさら　事到如今；事已至此

いかにも　顯然；實在；果然

きっぱり　完全地；乾脆地

急遽(きゅうきょ)　匆忙；急忙；突然

くまなく　毫無遺漏的；到處；沒有陰影

じめじめ　　憂鬱的；潮濕的

すんなり　　順利地；容易地；細長地

そわそわ　　心神不定；坐立不安

てきぱき　　俐落；敏捷

とりわけ　　尤其；格外；特別

ひっそり　　偷偷地；悄悄地

無性(むしょう)に　　非常地；過份地；極端的

めきめき　　迅速；顯著

めっきり　　明顯地；相當地；顯著地

やんわり　　溫和地；委婉地

外來語

ウェート　　重量；體重

キャリア　　工作經歷；國家公務員

ストック　　儲備；庫存品；股票

センス　　感覺；觀念；見識

ノウハウ　　技能知識

ノルマ　　勞動基本定額

ハードル　　跨欄賽跑；跳欄

フォロー　　後援；從旁協助；跟進

メディア　　媒體；媒介

リストアップ　　列表；編成目録

答案及解析 P. 308

請選出一個最適合填入(　　)中的選項。

1 転んで腰を痛めてしまい、日常生活や仕事にも (　　) が出るほどだ。
1 停滞　　　　　2 苦境　　　　　3 不況　　　　　4 支障

2 ミタ市の屋外広告物に関する条例は賛成多数で (　　) された。
1 選出　　　　　2 採取　　　　　3 判別　　　　　4 可決

3 各地域の (　　) に合う福祉サービスを提供する。
1 現代　　　　　2 実情　　　　　3 実現　　　　　4 勢力

4 自分がやったことを絶対にやっていないと彼はまだ (　　) いる。
1 言い張って　　2 言い放って　　3 言い渡して　　4 言い残して

5 先方との商談には社長の代わりに、(　　) 私が行くことになった。
1 瞬時　　　　　2 迅速　　　　　3 急遽　　　　　4 即刻

6 アジアの多国間の通貨を (　　) したら、どんなに便利だろう。
1 総合　　　　　2 統合　　　　　3 合計　　　　　4 統計

7 相当もめると思ったが、意外と交渉は (　　) に進んでいった。
1 活気　　　　　2 潤滑　　　　　3 円滑　　　　　4 奇抜

8 最近の企業での採用試験は筆記テストよりも面接に (　　) をおく傾向が強い。
1 トップ　　　　2 パワー　　　　3 ウェイト　　　　4 メイン

9 明日が期末テストなのに、(　　) じたばたしてもどうしようもないだろう。
1 いまさら　　　2 いまごろ　　　3 いまだに　　　4 いまにも

10 来週の創立記念パーティーへの参加は、(　　) はしませんが、なるべく参加するようにしてください。
1 束縛　　　　　2 固執　　　　　3 強制　　　　　4 圧迫

答案及解析 P. 308

請選出一個最適合填入(　　)中的選項。

① このグロテスクな画像はコンピューターの最新技術を (　　) して作られたもの
だ。

1 摂取　　　　　　2 駆使　　　　　　　3 引用　　　　　　　4 充当

② 今日の議論はスポーツ選手と各分野の研究者という (　　) の組み合わせで行い
ます。

1 遠隔　　　　　　2 変形　　　　　　　3 異色　　　　　　　4 大差

③ 転校して来てもう3か月なのに、なかなか新しいクラスに (　　) なかった。

1 こめ　　　　　　2 まぜ　　　　　　　3 そめ　　　　　　　4 なじめ

④ 世の中って甘くない！最善を (　　) できないことがあるんだ。

1 はたしても　　　2 つくしても　　　　3 さいしても　　　　4 くっしても

⑤ 農産物の中で売り物にならない物は捨てずに (　　) して売っています。

1 加工　　　　　　2 創造　　　　　　　3 調味　　　　　　　4 生産

⑥ 転んで頭を打ったので、少し (　　) にしてから様子を見て、病院に行こうと思
った。

1 静粛　　　　　　2 安定　　　　　　　3 安静　　　　　　　4 冷静

⑦ この小説の主人公は、非常に感情の (　　) が激しい人物だと思う。

1 高低　　　　　　2 出没　　　　　　　3 明暗　　　　　　　4 起伏

⑧ 就活中で、満足できる年収の会社を探すのはとても (　　) が高い。

1 ゲート　　　　　2 クリアー　　　　　3 ハードル　　　　　4 カベ

⑨ ある日突然、会社なんかやめて家に (　　) 引きこもりたいと思う時ってありま
せんか。

1 きっちり　　　　2 くっきり　　　　　3 ほっそり　　　　　4 ひっそり

⑩ 日々の辛さや寂しさを (　　) ために、毎晩お酒を飲んだあまりに、アルコール
中毒になってしまった。

1 紛らす　　　　　2 解く　　　　　　　3 溶かす　　　　　　4 透かす

答案及解析 P. 309

請選出一個最適合填入(　　)中的選項。

1 僕はこのプロジェックを鈴木さんに (　　) したことを後悔している。なんと全く事前リサーチをしていなかったのだ。

　　1 責任　　　　　　2 一任　　　　　　3 信頼　　　　　　4 指名

2 大勢の前で金田さんは自分の料理の (　　) を思う存分披露した。

　　1 手前　　　　　　2 人並み　　　　　3 人手　　　　　　4 腕前

3 個人情報 (　　) の事件でメディアが大騒ぎをしている。

　　1 輸出　　　　　　2 流出　　　　　　3 接触　　　　　　4 隣接

4 社員が一丸となって力を尽くした結果、経営の悪化を何とか (　　) ことができた。

　　1 吸い上げる　　　2 食い止める　　　3 投げ出す　　　　4 打ち切る

5 飲酒の後は (　　) にラーメンが食べたくなる。

　　1 無駄　　　　　　2 無意義　　　　　3 無邪気　　　　　4 無性

6 この絵は 100 万円に (　　) する価値があると思う。

　　1 適切　　　　　　2 相当　　　　　　3 適当　　　　　　4 相違

7 何度もの仕事の失敗で得た (　　) は「鵜呑みにしないこと！」です。

　　1 触発　　　　　　2 啓発　　　　　　3 教訓　　　　　　4 教養

8 誰が何をするか、仕事の分担を決める前に必要な作業をすべて (　　) しよう。

　　1 リストアップ　　2 エントリー　　　3 ストック　　　　4 コーディネート

9 交渉を繰り返した末に、ようやく両社が (　　) して、契約が成立した。

　　1 順応　　　　　　2 適用　　　　　　3 帰結　　　　　　4 合意

10 渡辺さんは同じ時期に会社に入った仲間の中で、(　　) と頭角を現している。

　　1 うきうき　　　　2 めきめき　　　　3 ときめき　　　　4 いきいき

答案及解析 P. 310

請選出一個最適合填入(　　)中的選項。

1 僕たちはお互いに結婚を (　　) において交際しはじめた。
　1 考慮　　　　2 参考　　　　　　3 念頭　　　　4 念願

2 まだ 20 代の彼には本部長という肩書は (　　) が重いでしょう。
　1 肩　　　　　2 荷　　　　　　　3 席　　　　　4 腕

3 過疎化による人手不足で悩んでいる地方に (　　) して都会は人口過密で悩んでいる。
　1 対比　　　　2 並列　　　　　　3 平行　　　　4 両立

4 男の子の名付けに歴史 (　　) の人物の名前を参考にしている親が多い。
　1 版　　　　　2 末　　　　　　　3 上　　　　　4 中

5 オリンピックでの金メダルの獲得を (　　) 号外を読む。
　1 準じる　　　2 興じる　　　　　3 報じる　　　4 演じる

6 やりたくないなら (　　) やる必要はないと思う。
　1 しいて　　　2 かえって　　　　3 むしろ　　　4 いかに

7 脈がないと思いながらも、告白して (　　) 返事が来たら、やはり傷ついてしまうものだ。
　1 そっけない　2 せつない　　　　3 おぼつかない　4 あどけない

8 私が営業部にいた時はいつも社員一人一人に厳しい (　　) が課されていた。
　1 コスト　　　2 チーフ　　　　　3 ノルマ　　　4 キャリア

9 紀子さんはいつも手際よく (　　) と仕事を進めている。
　1 てきぱき　　2 さらさら　　　　3 はらはら　　4 すくすく

10 黙っている男性こそ、なお (　　) 女性の注意をひくんです。
　1 あえて　　　2 てっきり　　　　3 いっそう　　4 せめて

答案及解析 P. 310

請選出一個最適合填入(　　)中的選項。

1　地震で崩壊した城が完全に (　　) されるまでの期間は 20 年近くになるとのことだ。

　　1 修繕　　　　　　2 修復　　　　　　3 復帰　　　　　　4 復活

2　先日、送付致しました依頼書に (　　) がございましたので、訂正の上、再送致します。

　　1 不順　　　　　　2 不要　　　　　　3 不等　　　　　　4 不備

3　表彰台に立っているメダリストは (　　) の笑みを浮かべている。

　　1 心得　　　　　　2 会釈　　　　　　3 会得　　　　　　4 会心

4　奈々子さんは夫から急に離婚を (　　)、大分ショックを受けたらしい。

　　1 切り出されて　　2 切り離されて　　3 切り捨てられて　　4 切り詰められて

5　新宿駅からお台場まではどういう経路を (　　) 行けばいいですか。

　　1 さぐって　　　　2 すぎて　　　　　3 おこなって　　　　4 たどって

6　警察が隠れて交通違反の (　　) をするのは何か卑怯だと思いませんか。

　　1 戸締り　　　　　2 締め付け　　　　3 取り締まり　　　　4 締め切り

7　私の意見を (　　) 言わせていただいただけで、押し付けているのではありません。

　　1 ひいて　　　　　2 あいにく　　　　3 あえて　　　　　　4 あやうく

8　村田選手はインタビューでいつも (　　) のある秀逸なことを言っている。

　　1 スマート　　　　2 アート　　　　　3 シーク　　　　　　4 センス

9　このキノコは湿気の多くて (　　) したところで繁殖しやすい。

　　1 じめじめ　　　　2 かさかさ　　　　3 もぐもぐ　　　　　4 すやすや

10　あの野球選手は (　　) 骨折で全治 1 か月と診断されたそうだ。

　　1 圧迫　　　　　　2 握力　　　　　　3 圧力　　　　　　　4 衝撃

答案及解析 P. 311

請選出一個最適合填入(　　)中的選項。

① 会議では君の案に反対したが、(　　)を言うとそれがベストだと思うよ。
　1 本来　　　　　　2 当然　　　　　　3 気配　　　　　　4 本音

② 5年ほど前から計画し、やっと(　　)のマイホームを手に入れた。
　1 入念　　　　　　2 念願　　　　　　3 念入り　　　　　4 丹念

③ 2か月にわたって人気を集めてきたミステリードラマは今晩ついに(　　)する。
　1 決着　　　　　　2 結論　　　　　　3 完結　　　　　　4 完成

④ 不良食品など数々の食品問題が発覚し、食の安全に対する信頼が(　　)はじめている。
　1 揺るぎ　　　　　2 浮かれ　　　　　3 乱れ　　　　　　4 震え

⑤ 土壌汚染は人間が健康な生活を営むのに悪影響を(　　)いる。
　1 そらして　　　　2 およぼして　　　3 たがやして　　　4 わたして

⑥ そんな不正は氷山の一角でそのような取引は(　　)に行われるそうだ。
　1 別途　　　　　　2 格別　　　　　　3 騒動　　　　　　4 頻繁

⑦ 今回のバス転落事故の原因は運転手の(　　)スケジュールが原因だそうだ。
　1 無残な　　　　　2 無謀な　　　　　3 不覚の　　　　　4 不義の

⑧ (　　)し合える研究パートナーに出会うのはなかなか難しいことだ。
　1 フォロー　　　　2 ベスト　　　　　3 サーチ　　　　　4 カウント

⑨ 今日フランスから大事なバイヤーが来るので、その接客の準備で、岡田課長と内田君は朝から(　　)している。
　1 うきうき　　　　2 わくわく　　　　3 そわそわ　　　　4 もやもや

⑩ あいつは朗らかで(　　)だから、そんな細かいことは気にしないと思う。
　1 あざやか　　　　2 おおらか　　　　3 すみやか　　　　4 ささやか

答案及解析 P. 312

請選出一個最適合填入(　　)中的選項。

① その企業の会長は絶大な政治力を (　　) にして会社を大きくするというビジネスモデルを作り上げました。

1 主役 　　　　　2 所持 　　　　　3 先頭 　　　　　4 背景

② アイドルのメンバーは (　　) を強めるために、全員同じ家に住んでいるらしい。

1 結束 　　　　　2 力量 　　　　　3 統合 　　　　　4 連合

③ 不況をなんとか乗り越えるために多少は無謀そうな運営の (　　) を推進している。

1 折衷 　　　　　2 斬新 　　　　　3 革新 　　　　　4 改良

④ 議会は来年の予算案を (　　) 承認した。

1 本筋 　　　　　2 大筋 　　　　　3 大柄 　　　　　4 多大

⑤ 頭痛がして仕事ができないぐらいだったが、薬を飲んだら徐々に痛みが (　　) きた。

1 和らいで 　　　2 弱って 　　　　3 薄まって 　　　4 安らいで

⑥ たまたま現金を持ち合わせていなかったので、飲み会の会費は友達に (　　) もらった。

1 引き替えて 　　2 打ち切って 　　3 取り立てた 　　4 立て替えて

⑦ 合併のため、両社の (　　) な意見交換が必要だとの声が強まっている。

1 綿密 　　　　　2 機密 　　　　　3 精密 　　　　　4 親密

⑧ 食材は必要な時にだけ買って、(　　) しておかないことにしている。

1 ストック 　　　2 ステージ 　　　3 ゲット 　　　　4 セール

⑨ この参考書の改訂 (　　) は来年から市販されるそうだ。

1 板 　　　　　　2 巻 　　　　　　3 表 　　　　　　4 版

⑩ 毎日過酷な業務に追われて身も心も (　　) になっている。

1 ぴりぴり 　　　2 うとうと 　　　3 まごまご 　　　4 へとへと

答案及解析 P. 312

請選出一個最適合填入(　　)中的選項。

① 私は介護スタッフとして働いているが、(　　) が足りなくて毎日10時間以上働いている。

　　1 手柄　　　　　　2 人並み　　　　　　3 手際　　　　　　4 人手

② 寝ず食べずで新薬開発の研究に (　　) してきた夫は栄養失調で倒れてしまった。

　　1 念頭　　　　　　2 志願　　　　　　3 提携　　　　　　4 没頭

③ アジア諸国は金融危機に (　　) していて、ヨーロッパのような失敗を繰り返さないよう努めている。

　　1 隣接　　　　　　2 直面　　　　　　3 接続　　　　　　4 直結

④ なんらかの問題への対策を立てるに先立って、その問題の原因を (　　) することが肝要です。

　　1 究明　　　　　　2 極力　　　　　　3 極端　　　　　　4 克明

⑤ みんなが風鈴の音に癒されると言うが、僕にとってはあの音は耳に (　　) だけだ。

　　1 かすむ　　　　　2 ふれる　　　　　3 さわる　　　　　4 こえる

⑥ 一人暮らし歴11年で、もう慣れているはずなのにまだまだ (　　) です。

　　1 心構え　　　　　2 心がけ　　　　　3 心当たり　　　　4 心細い

⑦ 国民生活センターは (　　) 商標を使っている会社に対して商標の是正の勧告を行った。

　　1 むなしい　　　　2 うっとうしい　　　3 めまぐるしい　　4 まぎらわしい

⑧ 将来、海外のインフラ整備に関係する仕事に就くには、どのような (　　) を積めばいいのか。

　　1 カーゴ　　　　　2 ブログ　　　　　3 ビジネス　　　　4 キャリア

⑨ 取締役をはじめ、職員たちはモリタ企業との合併に (　　) 反対している。

　　1 最　　　　　　　2 急　　　　　　　3 強　　　　　　　4 猛

⑩ エキストリームスポーツなら何でも好きだが、(　　) スカイダイビングが好きだ。

　　1 かつて　　　　　2 とりわけ　　　　3 ことごとく　　　4 かろうじて

答案及解析 P. 313

請選出一個最適合填入(　　)中的選項。

① 被災地に全国から駆け付けてきたボランティアたちは、照り付ける日差しの下で、汗や泥(　　)になって作業に打ち込んでいる。

1 ぐるみ　　　　2 まみれ　　　　3 こみ　　　　4 たて

② ゲームのスターウォーチは若者の間で(　　)な人気を誇っている。

1 強大　　　　2 絶大　　　　3 偉大　　　　4 膨大

③ 当選後、林氏は「今回の選挙は終盤まで(　　)を許さなかった」と語った。

1 予感　　　　2 予言　　　　3 予期　　　　4 予断

④ 従来の経営方針を(　　)することに社員たちは不満を抱いている。

1 踏襲　　　　2 襲撃　　　　3 席巻　　　　4 圧巻

⑤ ライバル社からの転職の勧誘があったが、どうするかを(　　)いる。

1 きしんで　　2 たたずんで　　3 まかなって　　4 ためらって

⑥ 相手の話にリズムよく相づちを打つと、どんどん会話は(　　)いって、楽しくなるはずです。

1 さえぎって　　2 はずんで　　3 はねて　　4 すたれて

⑦ 休暇から帰ってきたら敷地内に(　　)量のゴミが捨てられていた。

1 極まりない　　2 限りない　　3 目まぐるしい　　4 おびただしい

⑧ この演歌は、若者からお年寄りまで(　　)年齢層で親しまれている。

1 分厚い　　　　2 幅広い　　　　3 広大な　　　　4 重厚な

⑨ 優しい言葉で遠回しに(　　)しかられると、かえって痛切に感じますね。

1 やんわりと　　2 とっさに　　3 うっとりと　　4 げっそりと

⑩ 山下選手の復帰後の活躍は、テレビや新聞、雑誌など、様々な(　　)で紹介された。

1 スクリーン　　2 メディア　　3 コミュニケーション　　4 データベース

答案及解析 P. 314

請選出一個最適合填入(　　)中的選項。

① 急なこととて大した(　　)もできず、申しわけございません。

1 おもてなし　　　2 もてあそび　　　3 もちこみ　　　4 ことづて

② お酒を飲むことで適度に緊張が緩み、(　　)つくことができる。

1 一休み　　　　2 一服　　　　　3 一息　　　　　4 一切り

③ この法律事務所は依頼者から受け取った報酬金の一部を、毎月震災孤児や遺児に

(　　)している。

1 余波　　　　　2 寄与　　　　　3 寄付　　　　　4 委託

④ なかなか交渉がまとまらなかったので、互いに(　　)せざるを得なかった。

1 融合　　　　　2 妥協　　　　　3 和解　　　　　4 同調

⑤ 教育界で最も尊敬されている人物ベスト10に将来を(　　)人材の育成に力を入

れてきた有本先生も含まれている。

1 むくむ　　　　2 うせる　　　　3 かなう　　　　4 になう

⑥ 学校でのいじめはひどくなりつつあって、いち早く予防体制を(　　)べきだ。

1 委ねる　　　　2 培う　　　　　3 養う　　　　　4 築く

⑦ いろんな分野を(　　)それなりに知識を得るのは生きていくのに必要だと思い

ます。

1 くまなく　　　2 すみなく　　　3 ともなく　　　4 ほどなく

⑧ (　　)劇場は全席指定制で、1階のチケット売り場にて座席指定券の販売を行

っています。

1 御　　　　　　2 現　　　　　　3 本　　　　　　4 当

⑨ クレジットカードなどの暗証番号は容易に(　　)できる番号で設定しないでく

ださい。

1 測量　　　　　2 推進　　　　　3 推測　　　　　4 追跡

⑩ 相手が自分にとって(　　)大切な存在なのかを真剣に語れば、相手も自分を大

切にしてくれるはずだ。

1 いかに　　　　2 あたかも　　　3 さほど　　　　4 いずれ

名詞

あ 合間(あいま)　空隙；空間；空檔

あしらい　招待；搭配

幹旋(あっせん)　幹旋

憩(いこ)い・憩(いこい)　歇息；休憩

礎(いしずえ)　基礎；根基

逸材(いつざい)　曠世奇才；卓越的才能

逸話(いつわ)　奇聞；軼事

意図(いと)　企圖；意圖

井戸端会議(いどばたかいぎ)　閒聊；雜談

意欲(いよく)　熱情；幹勁；積極心

迂回(うかい)　迂迴

有頂天(うちょうてん)　洋洋得意；得意忘形

うってつけ　正合適；最佳；適任

うなぎのぼり　直線上升；青雲直上

会釈(えしゃく)　理解；領會；打招呼

得体(えたい)　本來面目

閲覧(えつらん)　閱覽

押収(おうしゅう)　沒收；扣押

おかまい　張羅；招待；款待

おまけ　附贈；減價

温床(おんしょう)　溫床

か 概説(がいせつ)　概要說明

介入(かいにゅう)　干涉；介入；插手

箇条書(かじょうが)き　條例式書寫

過疎(かそ)　過稀；過少

肩書(かたが)き　職稱；學位；頭銜

形見(かたみ)　遺物；紀念物

傍(かたわ)ら　旁邊；一邊

合致(がっち)　一致；吻合

規格(きかく)　規格

兆(きざ)し　徵兆；跡象

机上(きじょう)　桌子上

揮発(きはつ)　揮發

奇抜(きばつ)　奇葩；與眾不同

享受(きょうじゅ)　享受

郷愁(きょうしゅう)　鄉愁

許容(きょよう)　容許

禁忌(きんき)　禁忌

吟味(ぎんみ)　吟誦品味；仔細斟酌；探究

腐(くさ)れ縁(えん)　孽緣

口(くち)コミ　口頭交流；網路評論；口耳相傳

敬具(けいぐ)　敬啟；謹上

形勢(けいせい)　情勢

欠如(けつじょ)　缺乏；缺少

懸念(けねん)　罣礙；擔心

謙虚(けんきょ)　謙虛

故意(こい)　故意

号泣(ごうきゅう)　嚎啕大哭

控除(こうじょ)　扣除

向上(こうじょう)　提高；進步

高騰(こうとう)　高漲；暴漲

互角(ごかく)　勢均力敵；旗鼓相當

枯渇(こかつ)　枯竭

心得(こころえ)　掌握；領會

誇張(こちょう)　誇張

こつ　竅門

孤立(こりつ)　孤立

痕跡(こんせき)　痕跡

献立(こんだて)　菜單

さ　再発(さいはつ)　復發；再次發生

逆(さか)さま　顛倒；正相反

左遷(させん)　降職

殺到(さっとう)　紛至

賛辞(さんじ)　讚辭；頌詞

自覚(じかく)　自覺

しかけ　装置；機關

色彩(しきさい)　色彩

嗜好(しこう)　嗜好

始終(しじゅう)　始終

下(した)ごしらえ　事前準備

しつけ　教養

謝絶(しゃぜつ)　謝絶

若干(じゃっかん)　若干；少許

収納(しゅうのう)　收納

収容(しゅうよう)　收容

襲来(しゅうらい)　來襲

珠玉(しゅぎょく)　珠寶；優美的文句

照会(しょうかい)　照會

真偽(しんぎ)　真偽

進呈(しんてい)　奉送；贈送

随一(ずいいち)　第一；首屈一指

随時(ずいじ)　隨時

推薦(すいせん)　推薦

隙間(すきま)　縫隙

素性(すじょう)　秉性；出身；來歷

すっからかん　空空如也

歳暮(せいぼ)　歲暮；年終

成立(せいりつ)　成立

世襲(せしゅう)　世襲

摂取(せっしゅ)　攝取

設置(せっち)　設置

全貌(ぜんぼう)　全貌

相殺(そうさい)　相抵

捜索(そうさく)　捜索

走馬灯(そうまとう)　跑馬燈

疎遠(そえん)　疏遠

粗品(そしな)　薄禮；粗禮

措置(そち)　處置；措施

た　怠惰(たいだ)　怠惰

打開(だかい)　突圍；打開

弾圧(だんあつ)　壓制；鎮壓

断言(だんげん)　斷言

堪能(たんのう)　充分享受；心滿意足

忠告(ちゅうこく)　忠告

抽選(ちゅうせん)　抽選

跳躍(ちょうやく)　跳躍

陳謝(ちんしゃ)　道歉；賠禮

つかの間(ま)　轉眼間；一刹那

月極(つきぎ)め　月租；按月收費

月並(つきな)み　平凡；陳腐

つんつるてん　衣服過短；禿個精光

手当(てあて)　處置；準備；津貼；治療

体裁(ていさい)　外觀；體面；形式

低迷(ていめい)　低迷

手遅(ておく)れ　為時已晚

手柄(てがら)　功績；勳績

凸凹(でこぼこ)　凹凸不平

手順(てじゅん)　順序；流程；程序

手数(てすう)　労力；時間；麻煩

撤回(てっかい)　撤銷；撤回

撤去(てっきょ)　拆除；撤除

手(て)はず　計畫；安排；程序

同意(どうい)　同意

特技(とくぎ)　特技

督促(とくそく)　督促

土壇場(どたんば)　絕處；最後關頭

取柄(とりえ)　長處；可取之處

な　ねた　材料；素材；道具

　　根回(ねまわ)し　事前工作；地下工作

は　拝啓(はいけい)　敬啟

　　発覚(はっかく)　暴露；揭露

　　抜群(ばつぐん)　優秀；卓越

　　ばらつき　不規則；不規律

　　匹敵(ひってき)　匹敵

　　日取(ひど)り　選定日期；決定日子

　　日向(ひなた)　向陽處

　　貧弱(ひんじゃく)　貧乏；貧弱

　　不順(ふじゅん)　不順；異常

　　不振(ふしん)　不振

　　不調(ふちょう)　不協調；不順利

　　沸騰(ふっとう)　沸騰；群情激昂

　　付録(ふろく)　附錄

　　閉鎖(へいさ)　關閉；封閉

　　返却(へんきゃく)　歸還；返還

　　返済(へんさい)　還款

返信(へんしん)　回信；回電

防御(ぼうぎょ)　防禦

ほうび　獎賞

模型(ぼけい・もけい)　模型

補足(ほそく)　補足

本場(ほんば)　正宗；道地

本番(ほんばん)　正式上演；正式播出

ま　瞬(またた)く間(ま)　瞬息間；一剎那

　　間取(まど)り　房間布局；空間配置

　　身柄(みがら)　身體；身分

　　見込(みこ)み　可能性；估計；希望

　　自(みずか)ら　親身；親自

　　密接(みっせつ)　緊連；緊貼

　　密栓(みっせん)　栓緊；蓋緊

　　密閉(みっぺい)　密閉

　　見通(みとお)し　展望；前景

　　身(み)の上(うえ)　身世；境遇；經歷

　　未練(みれん)　依戀；不熟練

　　恵(めぐ)み　恩惠；恩典

　　目下(もっか)　眼下；當前；目前

　　最寄(もよ)り　最近；附近

や　野心(やしん)　野心

　　誘惑(ゆうわく)　誘惑

　　抑制(よくせい)　抑制

ら　理屈(りくつ)　道理；歪理

わ　わだかまり　芥蒂；疙瘩；隔閡

衍生字（接頭語、接尾語）

絶好調(ぜっこうちょう)　非常順利；狀態極好

別世界(べっせかい)　另外一個世界

大好物(だいこうぶつ)　最喜歡的食物

小道具(こどうぐ)　小道具

超精密(ちょうせいみつ)　超精密

再発生(さいはっせい)　再發生；復發

総決算(そうけっさん)　總決算

好都合(こうつごう)　方便；合適；恰好

猛練習(もうれんしゅう)　猛力地練習

非常識(ひじょうしき)　沒有常識；不合常理

全自動(ぜんじどう)　全自動

新記録(しんきろく)　新紀録

軽犯罪(けいはんざい)　輕罪

反比例(はんぴれい)　反比

半透明(はんとうめい)　半透明

諸外国(しょがいこく)　各個外邦

過不足(かふそく)　多或少；過或不足

不健全(ふけんぜん)　不健全

未完成(みかんせい)　未完成

無差別(むさべつ)　無差別

真正面(ましょうめん)　正對面；正前方

世間体(せけんてい)　面子；體面

結婚届(けっこんとどけ)　結婚登記表

選択肢(せんたくし)　選項

著作権(ちょさくけん)　著作權

英語圏(えいごけん)　英語圏

連絡網(れんらくもう)　聯絡網

連帯感(れんたいかん)　連帶感；集體意識

人生観(じんせいかん)　人生觀

届(とど)け先(さき)　收件人；投遞地點

電気代(でんきだい)　電費

守備隊(しゅびたい)　守備隊

火山帯(かざんたい)　火山帯

人間味(にんげんみ)　人性

後遺症(こういしょう)　後遺症

繁華街(はんかがい)　大街；鬧市

政治界(せいじかい)　政治界

未来像(みらいぞう)　遠景

表彰状(ひょうしょうじょう)　奬狀

簡素化(かんそか)　簡化

印象派(いんしょうは)　印象派

生態系(せいたいけい)　生態系

税込(ぜいこ)み　含税

税抜(ぜいぬ)き　未税

焼(や)きたて　剛烤好；剛出爐

大人(おとな)びる　老成

冗談(じょうだん)めく　帶有玩笑意味

動詞

あ　欺(あざむ)く　欺騙；蒙騙

あざわらう　嘲弄；譏笑

あしらう　應付；應對；搭配

あつらえる　訂做

侮(あなど)る　欺侮；輕視

誤(あやま)る　弄錯；做錯

いじる　玩弄；撥弄

いたわる　慰勞；安慰

いましめる　警戒；警惕

いやしめる　鄙視；瞧不起

うぬぼれる　自戀；志得意滿

潤(うるお)う　濕潤；豐沛；寬裕

204

うろたえる　狼狽；驚慌失措

うんざりする　厭煩；受夠

怠(おこた)る　怠慢；疏忽

おだてる　煽動；慫恿；奉承

おびえる　膽怯；害怕

帯(お)びる　帶有；含有；攜帶；配戴

溺(おぼ)れる　沉溺；溺水

赴(おもむ)く　奔赴；前往

か　垣間見(かいまみ)る　偷看；窺視；看一眼

かさばる　體積大；占空間

かすむ　模糊；朦朧；霧靄氤氳

稼(かせ)ぐ　努力工作；賺錢

奏(かな)でる　演奏

かばう　袒護；包庇

からかう　嘲笑；戲弄

きしむ　吱吱嘎嘎響(堅硬物摩擦聲)

牛耳(ぎゅうじ)る　支配；主導

興(きょう)じる　感到有趣；感到愉快

際立(きわだ)つ　突出；顯眼；顯著

くぐる　鑽過；潛水

朽(く)ちる　腐爛；腐壞

覆(くつがえ)す　顛覆；推翻；打倒

けなす　輕蔑；貶低；詆毀

こしらえる　編造；製造；打扮；設法獲取

こじれる　執拗；久病不癒；事態惡化

こだわる　拘泥；講究

ごった返(がえ)す　亂七八糟；雜亂無章

こぼす　灑落；溢出

ごまかす　掩飾；糊弄；欺瞞

こらえる　容忍；忍耐

こらしめる　教訓；懲戒

凝(こ)る　痠痛；下功夫；熱衷

さ　栄(さか)える　繁榮；興旺

遡(さかのぼ)る　追溯；回溯

さげすむ　藐視；輕視；鄙視

諭(さと)す　訓諭；告誡；教導

裁(さば)く　判決；審判

さびつく　生鏽；鈍化

さびる　生鏽；沙啞

サボる　翹課；翹班

しがみつく　緊緊捉住；用力咬住

しくじる　失敗；失策；被解雇

滴(したた)る　滴落

しつける　管教；教育；管束

しのぐ　凌駕；優於

しのぶ　忍耐；容忍

しびれる　麻痺；麻木

渋(しぶ)る　鬱積；不流暢；不情願

しぼる　榨取；擠出；縮小(範圍數量)

退(しりぞ)く　後退；退位；引退

すすぐ　漱口；含漱

ずらす　錯開；挪動

切羽詰(せっぱつま)る　走投無路；迫不得已

競(せ)り勝(か)つ　競爭獲勝

唆(そそのか)す　教唆；唆使；慫恿

備(そな)わる　具備；具有；設有

そびえる　峙立；聳立；矗立

そらす　轉移；岔開

た　たしなめる　告誡；責備

たどり着(つ)く　好不容易走到；終於到達

だます　欺騙；誆騙

たわむれる　調戲；嬉戲

誓(ちか)う　宣誓；發誓

ちぎる　撕碎；誓約

繕(つくろ)う　修繕；粉飾；修理

慎(つつし)む　慎重；小心；節制

つぶす　破壞；消磨

つぶやく　嘟囔；嘀咕

つられる　受誘惑；被引誘

途切(とぎ)れる　斷絕；中斷

とだえる　斷絕；中斷

とぼける　裝傻；遲鈍；糊塗

な　謎(なぞ)めく　令人難以理解的

なぞる　仿效；臨摹

なつく　熟識；親近

怠(なま)ける　偷懶；怠慢

にじむ　溶開；滲出

抜(ぬ)きんでる　出類拔萃；優秀

ねぎらう　慰勞；犒賞

ねじる　扭；擰；捻

ねたむ　嫉妒；眼紅

ねだる　強求；央求

粘(ねば)る　頑強；堅持不懈；堅韌

覗(のぞ)く　偷看；窺視

ののしる　大聲斥責

のぼせる　記載；記入；紀錄；提出

のめりこむ　熱衷；沉湎；陷入

は　拝見(はいけん)する　拜讀；瞻仰

羽織(はお)る　穿上；披上；罩上

はかどる　順利進行；進展

謀(はか)る　暗算；密謀

諮(はか)る　協商；諮詢；商量

はぐ　撕掉；剝奪

はじく　彈開；撥動

はしゃぐ　喧鬧；吵鬧

ばてる　精疲力竭

はばかる　忌憚；顧慮

はばたく　大展身手；拍打翅膀

はびこる　蔓延；叢生

はまる　中計；上當；恰巧合適

生(は)やす　使生長；培育

ばれる　暴露；敗露

控(ひか)える　抑制；控制；迫近

干(ひ)からびる　乾涸；乏味；陳腐

浸(ひた)る　浸濕；沉浸；沉醉

ひねる　扭轉；擰；絞盡腦汁

響(ひび)く　反響；回音；揚名；響徹

深(ふか)まる　加深

隔(へだ)てる　間隔；隔開；相隔

へりくだる　謙恭；謙遜

葬(ほうむ)る　葬送；埋葬

ほえる　吼叫；咆哮

ほぐす　拆解；解開；緩和

ぼける　發楞；失焦；不清楚

ほころびる　初綻；綻開

ぼやく　嘮叨；訴苦

ま　まごつく　不知所措；慌張

またがる　橫跨；跨越

瞬(またた)く　眨眼；一閃一閃

見(み)せびらかす　誇耀；賣弄

見積(みつ)もる　估計；估算

見舞(みま)う　探望；慰問

剝(む)く　剝開；削皮

蒸(む)す　天氣悶熱；蒸

めいる　消沉；鬱悶

めくる　揭開；翻；掀

もうける　設置；設立；賺錢

もがく　奮鬥；掙扎

もくろむ　籌畫；計畫；圖謀

もったいぶる　裝模作樣；裝腔作勢

もてなす　款待；招待

もめる　發生爭執；起糾紛

や　ゆさぶる　搖動；搖撼

ゆすぐ　沖洗；洗滌

委(ゆだ)ねる　委身；委託

よぎる　掠過；閃現

装(よそお)う　穿戴；打扮；假裝

蘇(よみがえ)る　復甦；甦醒

わ　わるびれる　惴惴不安；提心吊膽；戰戰兢兢

い形容詞

あ　あくどい　惡毒的；毒辣的

味気(あじけ)ない　無趣的；沒意思的；無聊的

厚(あつ)かましい　厚顏無恥的

あどけない　稚氣的；天真爛漫的

あやうい　危險的

怪(あや)しい　奇怪的；可疑的

卑(いや)しい　卑鄙的；卑賤的；粗俗的

いやらしい　猥瑣的；猥褻的；下流的

か　かゆい　發癢的

芳(かんば)しい　馨香的；名聲好的；美好的

くすぐったい　難為情的；發癢的

くどい　冗長的；嘮叨的；囉嗦的

煙(けむ)い　煙氣薰人的

煙(けむ)たい　煙氣薰人的；使人發慌的

心強(こころづよ)い　可靠的；安心的

さ　しつこい　執拗的；煩人的

しぶとい　頑固的；倔強的

すがすがしい　神清氣爽的；清新舒暢的

すばしこい　俐落的；靈活的；敏捷的

ずぶとい　厚臉皮的；不知羞恥的

ずるい　奸詐的；狡猾的

せつない　內心酸楚的；憋悶的；痛苦的

そそっかしい　冒失的；輕率的；馬虎的

た　たくましい　魁梧的；健壯的

たどたどしい　蹣跚的；結結巴巴的

だるい　發懶的；倦怠的

手強(てごわ)い　難對付的；頑強的；強勁的

照(て)れくさい　難為情的；害羞的

とてつもない　荒謬絕倫的；極不合理的；非比尋常的

な　名残惜(なごりお)しい　依戀的；留戀的

生臭(なまぐさ)い　血腥的；腥臭的

なれなれしい　過分親暱的；熟不拘禮的

ぬるい　溫吞的；膽怯的；溫的

は　はかない　短暫的；虛無的

はかばかしい　稱心如意的；進展順利的
ばかばかしい　荒唐的；愚蠢的
はなはだしい　程度劇烈的
はなばなしい　華麗的；輝煌的；絢爛的
久(ひさ)しい　許久的

ま　まぎれもない　毫無疑問的
待(ま)ち遠(どお)しい　盼望已久的
みぐるしい　寒酸的；難看的
みすぼらしい　寒酸的；破舊的
みっともない　不像様的；不成體統的
虚(むな)しい　惘然的；空虚的
めざましい　異常顯著的；驚人的
めでたい　可喜可賀的
めめしい　無男子氣概的；懦弱的；柔弱的
もったいない　浪費的；可惜的
もっともらしい　似乎正確的；煞有介事的
もどかしい　令人著急的；令人焦躁的
もろい　脆弱的；易碎的

や　ややこしい　複雑的；麻煩的
よそよそしい　疏遠的；見外的

な形容詞

あ　あやふやだ　含糊的；曖昧的
ありきたりだ　常見的；普通的
安易(あんい)だ　容易的
粋(いき)だ　妖媚的；迷人的；通暁人情世故的
いんちきだ　假的；騙人的；不誠實的
うつろだ　空洞的；空虚的
円満(えんまん)だ　圓滿的；安寧的；平靜的

大(おお)げさだ　誇大的；誇張的
おおざっぱだ　草率的；粗枝大葉的
おごそかだ　威嚴的；嚴肅的
愚(おろ)かだ　愚蠢的；糊塗的
おろそかだ　疏忽的；不認真的；馬虎的

か　かすかだ　微弱的；模糊的；朦朧的
頑丈(がんじょう)だ　堅固的；堅實的
肝心(かんじん)だ　關鍵的；緊要的
生一本(きいっぽん)だ　純粹的；耿直的
きざだ　嬌柔造作的；令人作嘔的
几帳面(きちょうめん)だ　規矩的；整齊的
規範的(きはんてき)だ　標準的；模範的；規範的
奇妙(きみょう)だ　奇妙的；出奇；怪異的
きらびやかだ　燦爛奪目的；華麗的
けちだ　小氣的
健全(けんぜん)だ　健全的
厳密(げんみつ)だ　嚴密的
巧妙(こうみょう)だ　精湛的；巧妙的

さ　些細(ささい)だ　些微的；些許的
ざらだ　不稀罕的；常見的
爽(さわ)やかだ　清爽的；爽快的
斬新(ざんしん)だ　斬新的；新穎的
質素(しっそ)だ　質樸的；樸實的
淑(しと)やかだ　端莊的；賢淑的
しなやかだ　優雅的；柔軟有彈性的
しのびやかだ　偷偷的；悄悄的
柔軟(じゅうなん)だ　靈活的；機動的
順調(じゅんちょう)だ　順利的

迅速(じんそく)だ　迅速的

清潔(せいけつ)だ　乾淨的；清潔的

せっかちだ　性急的；急躁的

切実(せつじつ)だ　切身的；切實的

拙劣(せつれつ)だ　低劣的；拙劣的

た　台無(だいな)しだ　弄壞；糟蹋；白費；斷送

　　多彩(たさい)だ　繽紛的；多樣的

　　丹念(たんねん)だ　細心的；精心的

　　つややかだ　有光澤的；光潤的

　　手薄(てうす)だ　人手不足的

　　適宜(てきぎ)だ　適宜的

　　でたらめだ　胡說八道的

　　唐突(とうとつ)だ　唐突的

　　特殊(とくしゅ)だ　特殊的

　　どっこいどっこいだ　平分秋色的；不相上下的

な　なだらかだ　平緩的；流暢的

　　にわかだ　迅速的；立刻的

　　のどやかだ　平靜的；和緩的；晴朗的

　　のんきだ　無憂無慮的；悠閒的

は　漠然(ばくぜん)だ　模糊的；曖昧的

　　莫大(ばくだい)だ　莫大的；極大的

　　はでやかだ　闊綽的；浮華的；華麗的

　　遥(はる)かだ　遙遠的

　　はれやかだ　明朗的；愉快的；舒暢的

　　半端(はんぱ)だ　不上不下的

　　ひそやかだ　靜悄悄的；暗中的

　　微妙(びみょう)だ　微妙的

ひややかだ　冷冰冰的；冷淡的；冷靜的

不精(ぶしょう)だ　懶散的；懶惰的

不審(ふしん)だ　可疑的

ぶっきらぼうだ　唐突的；莽撞的；粗魯的

豊富(ほうふ)だ　豐富的

奔放(ほんぽう)だ　奔放的；無拘無束的

ま　まばらだ　稀疏的；稀稀落落

　　妙(みょう)だ　奇怪的；怪異的

　　無茶(むちゃ)だ　不合道理的；超過限度的

　　無念(むねん)だ　悔恨的；懊悔的；遺憾的

　　明白(めいはく)だ　清楚的；明白的

　　めちゃくちゃだ　亂七八糟的；雜亂無章的

や　やすらかだ　安穩的；安靜的

　　厄介(やっかい)だ　費事的；麻煩的

　　愉快(ゆかい)だ　愉快的

　　容易(ようい)だ　容易的

ら　利口(りこう)だ　伶俐的；聰明的；精明的

　　理不尽(りふじん)だ　不合理的；無理的

わ　わずかだ　僅僅的；一點點的

副詞

あ　あたかも　宛如；恰似

　　あわや　險些；眼看就要

　　いきなり　突然；冷不防

　　幾多(いくた)　許多

　　依然(いぜん)として　依然；仍舊

　　一向(いっこう)に　一心一意地；一個勁地

いやに 　十分地；特別地

うつらうつら 　恍惚地；迷迷糊糊地

自(おの)ずから 　自然而然地

か　かつ 　而且

がっしり 　結實地；牢固地；健壯地

かれこれ 　大約；大致；將近；不久

かんかん 　大發雷霆；堅硬貌

きっちり 　整齊；整潔；緊緊地；恰好

きびきび 　乾脆；俐落；敏捷

ぎりぎり 　最大限度；極限

げっそり 　驟然消瘦

ことごとく 　一切地；所有地

さ　さっさと 　迅速地；趕快

しっくり 　融洽地；合適地

じっくり 　沉著地；穩當地

すんなり 　順利地；毫不費力地

精一杯(せいいっぱい) 　竭盡全力地

せっせと 　拼命地；一心地

即座(そくざ)に 　立即；即刻；馬上

た　たかが 　充其量；頂多只是

だぶだぶ 　肥胖；衣服過大不合身

断然(だんぜん) 　斷然；堅決

てっきり 　一定；必定

てんで 　最初；根本；完全

到底(とうてい) 　到底；終究；無論如何也

どうにか 　設法

どうりで 　怪不得；難怪

とことん 　徹底；完全

突如(とつじょ) 　突然

とやかく 　多方；種種

な　何(なに)とぞ 　希望；請求

何(なん)なりと 　無論怎樣；不管怎樣

にわか 　忽然；驟然

は　ばったり 　不期而遇；突然中斷

ばらばら 　凌亂地；分散地

ひいては 　進而；乃至

久々(ひさびさ)に 　久違地

密(ひそ)かに 　暗地裡

ひたすら 　一昧地；只顧

びっしょり 　濕透；淋透

ひとまず 　暫且；姑且

ふかふか 　鬆軟地

ぶかぶか 　肥胖；衣物過大不合身

ぶくぶく 　臃腫；氣泡從水中冒出

ぶつぶつ 　喃喃；發牢騷；顆粒狀突起

ふらふら 　精神抖擻地；踉蹌地；猶豫；迷糊地；搖搖晃晃地

ぶらぶら 　溜躂；漫步；閒逛

ぼろぼろ 　破破爛爛

ま　もっぱら 　專門；只有

もれなく 　無遺漏；全部

もろに 　直接地

や　ゆうゆう 　悠閒；從容自在

外來語

ア アクセス　接近；進入；存取；通道

アプローチ　通道；靠近；接近

インスピレーション　靈感；鼓舞人心的人事或物

ウイルス　病毒

エレガンス　優美；優雅；雅致

カ ガレージ　車庫

クオリティー　質量；品質

クレーム　不滿；投訴

ゴシップ　閒談；小道傳聞；八卦

コスト　成本

コントラスト　對比；對照

コンパクト　粉餅盒；小型的；簡潔的

サ サイズ　尺寸；大小

サマリー　概要；摘要

ジェスチャー　姿勢；手勢；表情

シックだ　時髦的；有品味的；雅緻的

シニカルだ　挖苦的；譏諷的

ジャンル　類型；風格；體裁

ジレンマ　困境；窘境

スペース　空間

セレモニー　儀式；典禮

タ ダイヤ　交通運行時刻表

データ　資料；數據

テンション　情緒高漲；情緒緊張

ナ ナンセンス　荒謬；無意義

ネガティブだ　消極的；否定的

ハ バックアップ　備份

バランス　均衡；平衡

ファイト　加油；奮鬥

フォーカス　焦點

プロセス　流程；程序

ベーシックだ　基本的

ポジティブだ　肯定的；積極的

ポスト　職位；郵筒

マ モチベーション　動機；動力

モットー　座右銘；格言；宗旨

モラル　道德；倫理

ャ ユニークだ　獨特的

ラ ライセンス　執照；許可證

リハビリ　復健

リフレッシュ　重新振作；恢復精神

リラックス　放鬆；緩和

ルーズだ　散漫；邋遢

ルート　路線；航線

レトルト　蒸餾器具；食品加壓/加熱/殺菌裝置

熟背慣用語

愛想(あいそ)がつきる　　不理睬；冷淡

あぜんとする　　啞然；目瞪口呆

頭(あたま)がさえる　　聰明；伶俐；頭腦敏捷

家路(いえじ)を急(いそ)ぐ　　歸心似箭；回家心切

一連(いちれん)の少年犯罪(しょうねんはんざい)　　一連串的少年犯罪

お暇(いとま)する　　告辭；告退

色(いろ)があせる　　褪色；過時

大目玉(おおめだま)を食(く)らう　　受嚴厲訓斥

お茶(ちゃ)をにごす　　搪塞；模糊問題焦點；岔開正題

面影(おもかげ)がある　　有…的痕跡；有…的樣子

快方(かいほう)に赴(おもむ)く　　逐漸好轉

かけがえのない　　無可取代的

髪(かみ)の毛(け)をいじる　　撥弄頭髮

勘弁(かんべん)する　　容許；勘忍

貫禄(かんろく)がつく　　有威嚴；有尊嚴

危害(きがい)を加(くわ)える　　加害；虐待；欺負

絆(きずな)がある　　有牽絆；有羈絆

気品(きひん)がある　　有氣質

気前(きまえ)がいい　　慷慨大方

肝(きも)が据(す)わる　　有膽識；有氣魄

亀裂(きれつ)ができる　　產生裂縫；產生裂痕

けじめをつける　　作決斷；畫界線；做了結

好奇心(こうきしん)をくすぐる　　勾起好奇心

ことによる　　也許…會…；說不定；可能

コネを使(つか)う　　利用關係；走後門

傘下(さんか)に入(はい)る　　進入旗下；納入旗下

照合(しょうごう)を合(あ)わせる　　進行比對

賞賛(しょうさん)に値(あたい)する　　值得讚賞

筋(すじ)が通(とお)る　　合乎道理；合乎邏輯

粗末(そまつ)にする　　馬虎對待；草率處理

立場(たちば)を察(さっ)する　　諒解(對方的)立場

つじつまが合(あ)わない　　不合邏輯的；矛盾的

突拍子(とっぴょうし)のない　　脫出常軌；異常；突如其來的

途方(とほう)に暮(く)れる　　無計可施；進退兩難

戸惑(とまど)いを覚(おぼ)える　　困惑；拿不定主意；不知所措

度忘(どわす)れする　　一時想不起，突然忘記

にっちもさっちもいかない　　停滯不前；陷入僵局

根掘(ねほ)り葉掘(はほ)り　　追根究柢

根(ね)も葉(は)もない　　毫無根據的

念(ねん)を押(お)す　　反覆叮嚀；反覆確認

働(はたら)きに負(お)うところが大(おお)きい　　多虧…的影響；仰仗…的作用

歯止(はど)めがかかる　　遭到阻擋；受到阻攔

万全(ばんぜん)を期(き)する　　做萬全的準備

一目(ひとめ)ぼれする　　一見鍾情

ひびが入(はい)る　　有裂縫；產生裂痕

秘密(ひみつ)を明(あ)かす　　洩漏秘密；合盤托出

便宜(べんぎ)を図(はか)る　　圖方便；圖利；特別待遇

身(み)を固(かた)める　　成家；有固定工作；整裝

めどがつく　　有眉目

もってこい　　最適合

焼(や)きもちを焼(や)く　　吃醋；嫉妒

躍起(やっき)になる　　急於；熱衷；拼命

よそみをする　　東張西望

らちが明(あ)かない　　事情得不到解決；事情沒有進展

問題 2 請選出最適合填入（　　　）中的選項。

① 初対面の人にいきなり連絡先を教えてほしいと言うのは、（　　　）すぎます。
1 欠如　　　　　　2 唐突　　　　　　3 如才　　　　　　4 欠落

② 自分にはたくさんの（　　　）があって、やれば必ずできる人間だと肯定的に考えましょう。
1 取柄　　　　　　2 権利　　　　　　3 役目　　　　　　4 権威

③ （　　　）な夫婦関係を持続するためには、互いの記念日を覚えておくことです。
1 爽快　　　　　　2 潤滑　　　　　　3 満喫　　　　　　4 円満

④ 左右の足の長さはだれでも（　　　）異なります。
1 少量　　　　　　2 簡略　　　　　　3 些細　　　　　　4 若干

⑤ 祖父のお見舞いに行ったが、面会（　　　）の状態で、そのまま帰ってきた。
1 端的　　　　　　2 謝絶　　　　　　3 謝罪　　　　　　4 絶望

⑥ 石川は、その話を聞いた時は動揺していたが、次第にいつもの冷静さを（　　　）。
1 引き寄せた　　　2 呼び込んだ　　　3 取り戻した　　　4 受け入れた

⑦ 最近、押入れから10年前に亡くなった祖父の（　　　）の時計が出てきて涙した。
1 商品　　　　　　2 景品　　　　　　3 土産　　　　　　4 形見

⑧ 自分の欲求の（　　　）ままにストレスを発散させたら、大変なことになりかねません。
1 仰向く　　　　　2 赴く　　　　　　3 剥く　　　　　　4 出向く

⑨ 今日のように気持ちいい風の吹く日には（　　　）どこか遠いところへ出かけたくなる。
1 べつに　　　　　2 じょじょに　　　3 いやに　　　　　4 しだいに

10 踏切事故のため、列車の (　　) に乱れが生じました。

1 タイムリー　　　　2 コンコース　　　　3 ホール　　　　4 ダイヤ

擬真試題2

答案及解析 P. 315

問題 2　請選出最適合填入 (　　) 中的選項。

① 3か月間付き合ってきた彼女の知恵のなさに愛想を (　　)。

1 はたした　　　2 そこなった　　　3 つきた　　　4 つかした

② ほとんどのレストランでは写真撮影を (　　) しているとはいえ、守るべきマナーはあります。

1 許容　　　2 可能　　　3 承諾　　　4 特許

③ 真夏の日差しの中で、子供たちは水遊びに (　　) いる。

1 準じて　　　2 報じて　　　3 興じて　　　4 察して

④ 息子は (　　) な性格で、ひげは言うまでもなく、洗顔や歯磨きもしない。

1 無念　　　2 不精　　　3 不詳　　　4 無茶

⑤ 手軽に (　　) 世界にどっぷり浸かりたいなら、映画鑑賞が一番でしょう。

1 也　　　2 別　　　3 特　　　4 現

⑥ 最近起きている (　　) の少年犯罪のほとんどがお金に絡んでいる。

1 一際　　　2 一途　　　3 一気　　　4 一連

⑦ 新人の島根さんは自分が頑張って得た功績を上司の (　　) に回した。

1 手数　　　2 手柄　　　3 手はず　　　4 手順

⑧ ツル市は観光客の (　　) をはかって、主な観光地だけを経由するバスを運行している。

1 便宜　　　2 安易　　　3 無事　　　4 適宜

⑨ 子供に何かを習わせるには、それの楽しさを感じさせて、好奇心を (　　) のが大事です。

1 おきる　　　2 さかせる　　　3 かく　　　4 くすぐる

⑩ 浪人生活をする上で、最も重要なのは (　　) を維持することでしょう。

1 トライ　　　　　　　　　　　　　2 ジレンマ

3 プレッシャー　　　　　　　　　　4 モチベーション

擬真試題3

答案及解析 P. 316

問題2　請選出最適合填入 (　　) 中的選項。

① 世界各地で爆弾テロが起きているので、空港での警備にさらに (　　) を期している。

1 安全　　　　　2 万全　　　　　3 用意　　　　　4 完璧

② 今人気 (　　) 好調のアイドルグループが急に解散するとのことだ。

1 絶　　　　　2 最　　　　　3 大　　　　　4 特

③ このズボンは水などの液体をよく (　　) 繊維で作られている。

1 すすぐ　　　2 はずむ　　　3 なげる　　　4 はじく

④ 私をふった彼氏なんかに対する (　　) はきっぱり断ち切って前を向いて歩こう。

1 遺憾　　　　2 後遺　　　　3 未練　　　　4 後悔

⑤ 相手の立場や気持ちを (　　) ことで、もめることは避けられるはずだ。

1 徹する　　　2 察する　　　3 接する　　　4 得する

⑥ 無駄吠えをして近所に迷惑にならないように、愛犬の (　　) はしっかりしている。

1 そぶり　　　2 しかえし　　　3 ゆとり　　　4 しつけ

⑦ 世界遺産の二条城はどんなにそっと歩いても床が (　　) 仕組みになっていて、その音はうぐいすが鳴くような音だそうだ。

1 きしむ　　　2 たしなむ　　　3 こぐ　　　　4 なでる

⑧ サクラ社から転職の勧誘があって、別に今の会社に不満があるわけではないので、どうするかの (　　) に陥っている。

1 クレーム　　　2 ジレンマ　　　3 プロセス　　　4 ショック

⑨ （　　）見込みはないが、やればできると弟を励ましてやった。

1 てんで 　　　　2 とことん 　　　　3 てっきり 　　　　4 じっくり

⑩ うちの食卓は常に（　　）で、誕生日や記念日といった特別な日でなければ、絶対肉なんか食卓の上にのることはなかった。

1 素質 　　　　2 素直 　　　　3 質素 　　　　4 素性

擬真試題4

答案及解析 P. 317

問題 2　請選出最適合填入（　　）中的選項。

① ご来店のみなさまには粗品を（　　）しておりますので、入り口でお受け取りください。

1 進呈 　　　　2 送信 　　　　3 贈与 　　　　4 付与

② 私の実家はずいぶん（　　）化が進んでいる地域で、70、80代にもなる老人は30人しか住んでいません。

1 疎遠 　　　　2 過激 　　　　3 過剰 　　　　4 過疎

③ 今回の災害への（　　）な対策を再びまな板にのせた。

1 拙劣 　　　　2 劣等 　　　　3 卑劣 　　　　4 対等

④ 彼女は会うたびに「カレーうどん食べよう」とか「カツカレー食べよう」と言う。どうやらカレーが（　　）好物みたいだ。

1 最 　　　　2 大 　　　　3 高 　　　　4 強

⑤ エルニーニョ現象が続くため、今年、全国的に天候（　　）となる可能性もあり、農作物への影響が懸念されます。

1 不調 　　　　2 不順 　　　　3 不振 　　　　4 不意

⑥ 今回のプロジェクトの成功は佐藤さんの働きに（　　）ところが多かった。

1 落とす 　　　　2 借りる 　　　　3 貸す 　　　　4 負う

⑦ 妹はうそがばれても一向に（　　）人だ。

1 わるびれない 　　2 われない 　　　　3 もったいぶらない 　　4 わかない

8 家庭は ( ) のない唯一の憩いの場所だ。

1 根も葉 　　　　 2 くされ縁 　　　　 3 おもかげ 　　　　 4 かけがえ

9 人の常識や礼儀作法、人柄などはちょっとしたところから ( ) ものです。

1 ぬすみみる 　　　 2 かえりみせる 　　 3 こころみる 　　　 4 かいまみえる

10 このコースを履修すると、服飾に関する ( ) な技術が習得できます。

1 モラル 　　　　 2 モットー 　　　　 3 ベーシック 　　　 4 ヘルシー

擬真試題5

答案及解析 P. 317

問題 2 　請選出最適合填入 ( ) 中的選項。

1 そんな無愛想な態度をとってばかりでは、( ) しますよ。

1 解散 　　　　 2 独立 　　　　 3 孤独 　　　　 4 孤立

2 自分は弱いと ( ) している人は、周りに素直に協力を求める姿勢を持っているので、その弱さを補うことができます。

1 自尊 　　　　 2 自立 　　　　 3 自覚 　　　　 4 自給

3 身の危険を顧みず線路に落ちた人を一人で救助した彼の行動は ( ) に値するでしょう。

1 賞賛 　　　　 2 表記 　　　　 3 献身 　　　　 4 捜査

4 交通事故の原因の多くは居眠り運転や ( ) 運転だそうだ。

1 よそみ 　　　　 2 いどみ 　　　　 3 うらみ 　　　　 4 こよみ

5 彼は「疲れたな、癒されたい」とか、「何か甘いものが食べたい」とか一人で ( ) いる。

1 しくじて 　　　 2 なげいて 　　　　 3 つぶやいて 　　　 4 ささやいて

6 彼に麻薬所持の疑いで出国禁止の ( ) がとられた。

1 装置 　　　　 2 体罰 　　　　 3 措置 　　　　 4 罰金

7 私はおならが出やすい体質で、付き合って間もない彼とのデートの時ともなると、（　　　）な問題となります。

1 実際　　　　　2 簡潔　　　　　3 素朴　　　　　4 切実

8 今日はこの辺で（　　　）させていただきます。明日の仕事、早いもので。

1 ごぶさた　　　2 おいとま　　　3 もっぱら　　　4 かいまみ

9 地球と自然環境を守るため、政府はあらゆる政策を（　　　）動員して、地球温暖化防止の対策を推進する。

1 総　　　　　　2 統　　　　　　3 合　　　　　　4 超

10 どんなに仲がいい人でも、年収、家の大きさなどの（　　　）な質問は控えたほうがいい。

1 デリケート　　2 シック　　　　3 アピール　　　4 チャーミング

擬真試題6

答案及解析 P. 318

問題2　請選出最適合填入（　　　）中的選項。

1 スターグループは政界に不法な政治資金をわたさないなど、政治には一切（　　　）しないと公式宣言した。

1 潜入　　　　　2 加入　　　　　3 介入　　　　　4 侵入

2 うまい文章が書きたいなら、とにかく書いてみることです。書いてさえいればどんどん書く（　　　）がわかってきます。

1 こつ　　　　　2 つぼ　　　　　3 つど　　　　　4 くせ

3 ナウル共和国はかつて豊富な資源のおかげで世界で最もお金持ちの国だったが、現在は資源の（　　　）とともに世界で最も貧乏な国になってしまったという。

1 沸騰　　　　　2 枯渇　　　　　3 低迷　　　　　4 蒸発

4 開店2周年を迎えて、5万円以上お買い上げのお客様には漏れなく（　　　）をさしあげています。

1 品柄　　　　　2 用品　　　　　3 粗品　　　　　4 製品

5 商談の時、遅刻したり大事な書類を持参し忘れたりすると相手から「こんな人と仕事なんかしたくないな」と思われて、(　　) に商談は打ち切りになりかねません。

1 目の当り　　　　　2 目下　　　　　　　3 たった今　　　　　4 即座

6 何迷っているの？ 勇気を出して告白して！ うまくいかなかったとしても (　　) 振られるだけで しょう？

1 たかが　　　　　　2 せめて　　　　　　3 かつ　　　　　　　4 まして

7 一般の企業の多くは、大学院卒より大卒を求める傾向がある。 これは教育しやすくて、人件費が抑えられるなど、企業にとって (　　) 都合だからだ。

1 最　　　　　　　　2 好　　　　　　　　3 強　　　　　　　　4 高

8 銀閣寺に着いたのが朝 8 時半ぐらい。 まだ人も (　　) で、「哲学の道」をゆっくり歩けた。

1 台無し　　　　　　2 さかん　　　　　　3 奔放　　　　　　　4 まばら

9 彼はすべての真相を知っているくせに、何も知らないと (　　) いる。

1 そそいで　　　　　2 ながめて　　　　　3 とぼけて　　　　　4 もめて

10 本番の試合にかぎって実力を発揮できない選手は、自分にかけられる (　　) に負けてしまうからです。

1 プレーン　　　　　2 プレッシャー　　　　3 モチベーション　　　4 ファイト

擬真試題7

答案及解析 P. 319

問題 2　請選出最適合填入 (　　) 中的選項。

1 カール社は販売した商品の欠陥による回収が相次いだことについて、「深刻に受け止めている。 チームを編成して詳しく調査している」 と (　　) した。

1 陳述　　　　　　　2 殺到　　　　　　　3 陳謝　　　　　　　4 相殺

2　メールの冒頭に相手の社名と名前を記載するのが一般的だけど、相手の役職や（　　　）を加えることで、さらに好印象を与えることができると思う。

1 箇条書き　　　　2 肩書き　　　　3 名刺　　　　4 名称

3　ビュッフェの魅力は世界各国の豊富な種類の料理が（　　　）できるところです。

1 堪能　　　　2 勘定　　　　3 果敢　　　　4 貪欲

4　家族とは他の人間関係より長く接しているわけだから、不満や疑いなどの（　　　）は必ず出るはずだ。

1 なぞ　　　　2 おもむき　　　　3 きずな　　　　4 わだかまり

5　税務局は個人もしくは会社が税金を滞納したままだったら、財産を（　　　）する権利を持っている。

1 回避　　　　2 押収　　　　3 掲示　　　　4 収集

6　結婚相手の男性がギャンブルをたしなむくらいだったらいいけど、本腰を入れて（　　　）いるならその結婚はもう一回考えた方がいいだろう。

1 うってつけて　　　2 引きとめて　　　3 差し入れて　　　4 のめり込んで

7　2年ぶりに実家に帰って（　　　）にお母さんの手料理を口にしてなんだかうれしかった。

1 しとしと　　　　2 そろそろ　　　　3 きびきび　　　　4 ひさびさ

8　今年の夏も各地で、伝統的な祭りから夏フェスまで、（　　　）夏まつりが開催されるだろうね。

1 大量の　　　　2 多彩な　　　　3 多角な　　　　4 多用の

9　就活の時は自分の人脈だけでなく親の人脈まで範囲を広げるなど、あらゆる（　　　）を考えた方がいい。

1 プロセス　　　　2 コース　　　　3 ルート　　　　4 ストーリー

10　問題を見て答えが分からなかったら、四つの選択（　　　）の中で一番間違いであろうと思われるものを消していくことで、正解率が高められます。

1 部　　　　2 文　　　　3 問　　　　4 肢

問題 2　請選出最適合填入（　　）中的選項。

① クリーニング屋から戻ってきた衣類を袋の状態のままでタンスの中に（　　）しないでください。

1 密閉　　　　　　2 密封　　　　　　3 収納　　　　　　4 納入

② 履歴書に学歴などを偽って書いたことが、入社してから（　　）して首になった。

1 発覚　　　　　　2 覚悟　　　　　　3 露出　　　　　　4 流出

③ 今朝発生した地震の影響で空港は（　　）された。

1 閉幕　　　　　　2 連鎖　　　　　　3 閉鎖　　　　　　4 開閉

④ 大寒波の（　　）で日本は全国的に大雪となっています。

1 襲来　　　　　　2 往来　　　　　　3 踏襲　　　　　　4 来賓

⑤ 銀行から借金返済の（　　）の電話が毎日かかってきている。

1 促進　　　　　　2 督促　　　　　　3 躍進　　　　　　4 発足

⑥ 派遣社員の鈴木は正社員より仕事もきついのに、どうして正社員より給与が低いのだといつも（　　）いる。

1 ぼやいて　　　　2 かがやいて　　　3 ささやいて　　　4 かわいて

⑦ ドイツとの決勝戦でブラジルのサッカーチームが（　　）勝ちました。

1 もり　　　　　　2 かり　　　　　　3 せり　　　　　　4 やり

⑧ 自分の給与が実力よりも低いと判断した場合は、迷わず上層部に掛け合ってみて、交渉を（　　）ようだったら転職を決意してもよいだろう。

1 よける　　　　　2 ねじる　　　　　3 はまる　　　　　4 しぶる

⑨ 新人の山本です。何かお役に立てることがありましたら、（　　）お申し付けください。

1 わりと　　　　　2 もしかすると　　3 くれぐれも　　　4 なんなりと

10 面接の時、私は面接官に「仕事をするうえで心がけている (　　) がありますか」と聞かれました。

1 ベーシック　　　　2 タイプ　　　　　　3 モットー　　　　　4 キャリア

擬真試題9

答案及解析 P. 320

問題 2　請選出最適合填入 (　　) 中的選項。

1 自分がMサイズだとしてもメーカーによってその大きさに (　　) があるので、必ず試着してから服を買うことにしている。

1 かけら　　　　　　2 できばえ　　　　　3 ゆとり　　　　　　4 ばらつき

2 車のメーカーのキビシは手厚いアフターケアと (　　) な対応で有名な会社です。

1 忍耐　　　　　　　2 迅速　　　　　　　3 親善　　　　　　　4 曖昧

3 自分と (　　) のライバルは敵ではなく、自分を成長させてくれる味方である。

1 互角　　　　　　　2 相互　　　　　　　3 宛先　　　　　　　4 立場

4 世界旅行中には宗教によってやってはいけない (　　) 事項があるので、よく調べてください。

1 禁断　　　　　　　2 容赦　　　　　　　3 禁忌　　　　　　　4 許容

5 見栄や (　　) で仕事を選んだら、就職してから苦労するに違いない。

1 顔面　　　　　　　2 体裁　　　　　　　3 世間　　　　　　　4 面影

6 みんなが仕事を終えて (　　) を急ぐころ、ビルの警備をやっている僕は出かける支度をするのだ。

1 経路　　　　　　　2 路地　　　　　　　3 退路　　　　　　　4 家路

7 両親が起きたら大変なので、足音を (　　) 玄関へ行って、靴を履いてそっと出かけた。

1 しびれさせ　　　　2 しのがせ　　　　　3 しのばせ　　　　　4 しくじらせ

8 仲間の西田の昇進を (　　) 村田さんは嫌がらせをしている。

1 ねじって　　　　　2 ねかして　　　　　3 ねたんで　　　　　4 ねだって

⑨ 中国に来て（　　　）２年にもなるのに、まだ挨拶しかできないなんて！

1 かれこれ　　　　　2 そもそも　　　　　3 まるっきり　　　　　4 そっくり

⑩ ポジティブな人は現在の自分と過去の自分を比較して発展をはかるが、（　　　）な人は他人と自分を比較する癖がある。

1 タフー　　　　　2 エレガンス　　　　　3 ユニーク　　　　　4 ネガティブ

擬真試題10

答案及解析 P. 321

問題２　請選出最適合填入（　　　）中的選項。

① 最近はお年寄りをこき使うなどの（　　　）なことがたくさん起きている。
1 不詳事　　　　　2 窮屈　　　　　3 理屈　　　　　4 理不尽

② 受験票に貼る写真は試験当日、本人との（　　　）に用いるため、本人とすぐ分かるように鮮明なものにしてください。
1 照会　　　　　2 照合　　　　　3 照準　　　　　4 照明

③ 寝る前のストレッチとマッサージは体全体をリラックスさせるのに効果（　　　）だ。
1 特殊　　　　　2 特別　　　　　3 抜群　　　　　4 適宜

④ 多くの応募者が（　　　）する人気企業や大手企業は選考も難しいでしょう。
1 到達　　　　　2 転倒　　　　　3 相殺　　　　　4 殺到

⑤ 焼き（　　　）の香ばしいパンの匂いは食欲を掻き立てます。
1 たて　　　　　2 かき　　　　　3 ばかり　　　　　4 わき

⑥ 技能や技術は怠けているとその腕は（　　　）しまうんです。
1 かびて　　　　　2 くちて　　　　　3 わびて　　　　　4 さびて

⑦ 彼の些細な一言で問題がさらに（　　　）しまって解決のしようがなくなった。
1 こじれて　　　　　2 ひねて　　　　　3 こすれて　　　　　4 こきつかって

⑧ 交流会にまで遅れてきたな。やはり岡田さんって本当に時間に（　　　）な人だね。

1 スムーズ　　　　　2 ソフト　　　　　　3 ルーズ　　　　　　4 ハード

⑨ 感情を隠して大人しくしている女性は、品があり、（　　　）に見えるかもしれないが、面白くありません。

1 なめらか　　　　2 ほこらか　　　　　3 しなやか　　　　　4 しとやか

⑩ あまりにもきれいで優しい人なので、（　　　）彼氏がいると思ったのに、今独り身だそうだ。告白しよう！

1 てっきり　　　　2 くっきり　　　　　3 きっかり　　　　　4 ぴったり

擬真試題11

答案及解析 P. 321

問題 2　請選出最適合填入（　　　）中的選項。

① 渡辺さんは言動が少し変わっているけど、いつも（　　　）なアイディアを考え出すユニークな人だ。

1 軌跡　　　　　　2 奇跡　　　　　　　3 抜本　　　　　　　4 奇抜

② この参考書は説明が詳しいし、わかりやすくなっているので、優れた偉い先生に（　　　）すると思う。

1 互角　　　　　　2 匹敵　　　　　　　3 対等　　　　　　　4 脅迫

③ エジソンの電球、ベルの電話の発明による便益を私たちは（　　　）している。

1 需要　　　　　　2 浪費　　　　　　　3 享受　　　　　　　4 消費

④ 重要な情報は自分だけ知っておきたい気持ちはわかるけど、（　　　）で共有しましょう。

1 もったいぶらない　　　　　　　　　2 とどこおらない

3 おしめない　　　　　　　　　　　　4 とりしまらない

⑤ 吉田先生は自由（　　　）な考え方の持ち主で、システムに縛られるのを嫌がっている。

1 奔放　　　　　　2 責任　　　　　　　3 貫徹　　　　　　　4 徹底

6 僕の経験から言うと、朝の判断はいつも正しいです。だから重要な判断をするには朝が（　　　）です。

1 もどかしい　　　　2 たどたどしい　　　　3 あくどい　　　　4 もってこい

7 冗談（　　　）言い方や態度で告白したら、断られるに決まっている。

1 うかべた　　　　2 めいた　　　　3 そった　　　　4 かけた

8 フィットネスクラブに通い始めてずいぶんすらりとしたようだが、体重は（　　　）50キロある。

1 依然として　　　　2 断然にして　　　　3 未然で　　　　4 必然で

9 一度もアメリカに行ったことのない彼の英語の実力はアメリカ人をも（　　　）くらいだ。

1 さからう　　　　2 よみがえる　　　　3 あざむく　　　　4 ためす

10 面接の時、限られた短い時間に自分を十分に（　　　）できるように練習した。

1 アピール　　　　2 ジェスチャー　　　　3 リアクション　　　　4 ファイト

擬真試題12

答案及解析 P. 322

問題2　請選出最適合填入（　　　）中的選項。

1 マッサージとストレッチは血行の（　　　）をよくします。

1 返還　　　　2 潤滑　　　　3 循環　　　　4 順序

2 誰でも考え出せるような月並みのアイディアじゃなくてもっと（　　　）なのはないか。

1 新型　　　　2 生鮮　　　　3 鮮明　　　　4 斬新

3 今の会社では見込みがないと思って、転職を（　　　）してくれる会社を通じて他の職場をさがしている。

1 志願　　　　2 斡旋　　　　3 捜索　　　　4 主催

④ お送りくださった葉書きの中から (　　　) で西城ひできのコンサートの招待券を
お送りします。

1 抽選　　　　　　　2 追跡　　　　　　　3 当選　　　　　　　4 選考

⑤ 友達に10万円を貸したけど、一向に返済の (　　　) が見えない。

1 きざし　　　　　　2 ひざし　　　　　　3 まなざし　　　　　4 こころざし

⑥ 黒谷教授は早口で説明が (　　　) でわかりにくいです。

1 おおらか　　　　　2 おおざっぱ　　　　3 こまやか　　　　　4 ゆるやか

⑦ 僕の妹は少しでも優しい言葉でおだててやると、すぐ (　　　) んだから。傲慢な
やつだ。

1 はびこる　　　　　2 へりくだる　　　　3 うぬぼれる　　　　4 あやつる

⑧ これ、素人が発明したものだとはいえ、(　　　) はいけない。世の中を変える発明
品になるかもよ。

1 すすいで　　　　　2 おびえて　　　　　3 ばてて　　　　　　4 あなどって

⑨ 彼女は仕事をほったらかして (　　　) 展覧会に出品する作品を作るのに専念して
いる。

1 もっぱら　　　　　2 いちおう　　　　　3 ちなみに　　　　　4 とりもなおさ
ず

⑩ 一眼レフよりもっと簡単に写真を撮りたいという方には、軽くて (　　　) なこち
らのカメラがおすすめです。

1 コントラスト　　2 ゴシップ　　　　　3 バランス　　　　　4 コンパクト

問題 2　請選出最適合填入（　　　）中的選項。

1 ドアのノブや電気のスイッチなど、手で触れやすいところほど、菌の（　　　）となっている。

　　1 温床　　　　　　　2 集会　　　　　　　3 床屋　　　　　　　4 環境

2 サラリーマンの報酬総額の減少が消費（　　　）の最も大きな原因となっている。

　　1 支出　　　　　　　2 動向　　　　　　　3 不審　　　　　　　4 低迷

3 防犯カメラには彼の犯行の（　　　）が録画されていた。

　　1 形式　　　　　　　2 始終　　　　　　　3 施行　　　　　　　4 分離

4 毎日業務に追われているサラリーマンにとって、趣味をたしなみながらの（　　　）自適な生活はあこがれである。

　　1 方々　　　　　　　2 早々　　　　　　　3 悠々　　　　　　　4 種々

5 海岸の町は台風の影響による豪雨被害に（　　　）。

　　1 見舞われた　　　　2 見渡された　　　　3 見送られた　　　　4 見せびらかされた

6 面接に備えて新聞やビジネス誌を（　　　）に読んでいる。

　　1 総合　　　　　　　2 丹念　　　　　　　3 総括　　　　　　　4 専念

7 彼は自分の思い通りに行かないとイライラして、エレベーターのボタンを連打するとても（　　　）な人だ。

　　1 おおらか　　　　　2 ほがらか　　　　　3 せっかち　　　　　4 ゆかい

8 仲間から急に敬語で話しかけられると他人行儀で（　　　）雰囲気になります。

　　1 ばかばかしい　　　2 そうぞうしい　　　3 なれなれしい　　　4 よそよそしい

9 星野さんのように如才なく完璧な人より少し隙のあるササキさんの方が人間（　　　）が感じられる。

　　1 観　　　　　　　　2 味　　　　　　　　3 性　　　　　　　　4 力

10 車に故意にぶつけて事故を（　　　）保険金をもらう詐欺が増えている。

1 陥って　　　　　2 脅かして　　　　　3 飾って　　　　　4 装って

擬真試題14

答案及解析 P. 324

問題2　請選出最適合填入（　　　）中的選項。

1 アメリカ留学中の親友とだんだん（　　　）になった。やはり長い間会わないでいると、昔のような関係でなくなるものだ。

1 無視　　　　　2 外面　　　　　3 疎外　　　　　4 疎遠

2 念願の会社への入社の喜びも（　　　）、毎日残業で疲れている。

1 床の間　　　　　2 つかの間　　　　　3 合間　　　　　4 隙間

3 もう2時間にもわたって行われている会議は（　　　）終わりそうになかったので、彼女に約束のキャンセルのメッセージを送った。

1 到底　　　　　2 適当　　　　　3 徹底　　　　　4 一切

4 暇つぶしに古本屋を（　　　）みた。

1 ぬかして　　　　　2 はがして　　　　　3 のぞいて　　　　　4 はぶいて

5 そんな（　　　）格好をして卒業パーティーに行くの？もうちょっと華やかな服にしたら？

1 みすぼらしい　　　　　2 かれいな　　　　　3 しめっぽい　　　　　4 ふてぶてしい

6 今の地位につけたのは（　　　）家族の支えがあったからです。

1 まんべんなく　　　　　2 それとなく　　　　　3 まぎれもなく　　　　　4 どことなく

7 いくら仕事が大切だといっても、健康を犠牲にするのは（　　　）なことだ。

1 おろか　　　　　2 おごそか　　　　　3 おろそか　　　　　4 おどか

8 彼女は会わないうちに何か心配事でもあったのか（　　　）とやせている。

1 げっそり　　　　　2 きっかり　　　　　3 うっかり　　　　　4 しっかり

⑨ 総務部のエリ子さんが社長の娘だと？（　　　）あんなに金遣いが荒いわけだ。

1 あくまでも　　　　2 どうか　　　　　　3 どうりで　　　　4 さぞ

⑩ 緊急時のために緊急連絡（　　　）を作って配布した。

1 冊　　　　　　　2 書　　　　　　　　3 組　　　　　　　4 網

擬真試題15

答案及解析 P. 324

問題 2　請選出最適合填入（　　　）中的選項。

① 年収を偽って申告してもいずれ（　　　）から、事実と同じように申告してください。

1 おびえる　　　　2 しなびれる　　　　3 はばかる　　　　4 ばれる

② 田中君は以前一度聞いた話を、（　　　）初めて話すような口調で再び話し始めている。

1 あたかも　　　　2 あわや　　　　　　3 たかが　　　　　4 どこまでも

③ 自然に増えるのはいいが、（　　　）になって増やそうとしても真の友ができるとは思えない。

1 躍起　　　　　　2 夢中　　　　　　　3 本気　　　　　　4 意地

④ 吉村さんは何をやっていてもすぐ「もう、だめだ」と言ってしまう、精神力の（　　　）な人だ。

1 弱気　　　　　　2 若干　　　　　　　3 貧弱　　　　　　4 窮乏

⑤ 犯人の供述はどうも（　　　）が合わない。

1 辻つま　　　　　2 筋合い　　　　　　3 弁明　　　　　　4 内訳

⑥ うちの会社は財政難のため、アメリカのある大手企業の（　　　）に入ることになった。

1 傘下　　　　　　2 目下　　　　　　　3 天下　　　　　　4 配下

7 大きな災害などの（　　　）に備えて国や自治体は国民のために非常食を備蓄している。

1 物事　　　　　　2 事柄　　　　　　　3 有数　　　　　　4 有事

8 今年の夏の気温は（　　　）で、連日35度近く蒸し暑い天気が続いている。

1 かみのぼり　　　2 ごがつのぼり　　　3 うなぎのぼり　　　4 こいのぼり

9 男性が自分の（　　　）を見せびらかすために持つ物として挙げられるものは、車、時計などがある。

1 シナジー　　　　2 イメージアップ　　3 ステータス　　　　4 リストラ

10 同級生の男性から「付き合ってください」というメールをもらっても返事しなかったら（　　　）メールが送られてきた。

1 ののしる　　　　2 つられる　　　　　3 ねたむ　　　　　　4 こびりつく

問題3 近義詞替換（題數為 6 題）

題型說明　1　從選項中選出與畫底線單字**意思最接近的語彙或用語**。

2　出題字詞除**名詞、動詞、形容詞**外，也會考**擬聲語、擬態語等副詞和外來語**。

〔例題〕

今月は先月に比べて交通事故が<u>へった</u>。

1　大きくなった　2　少なくなった　3　重くなった　4　やせた

解題技巧　1　閱讀整個句子後，再從選項中選出與畫底線單字意思最接近的語彙或用語。

2　**無法理解單字的意思時，請先掌握整句話的含意，將選項中的字詞一一套入畫底線處**，找出意思最通順的選項作為答案。

3　如果無法選出答案，**請再試著掌握整句話的含意並選出答案。不會的題目再怎麼想也想不出答案，請快速選一個答案結束本題，以確保其他試題的作答時間。**

4　**碰到不會的題目，千萬不要先空著不答，請先暫時填寫一個答案，之後還有時間再回頭作答。**

5　完成該題型的所有題目，確認答案卡劃記完畢後，才能繼續作答下一個題型。

學習策略　　1　本題型要求具有**豐富且廣範的語彙實力**。

　　　　　　2　練習作答**改制後的已公開歷屆試題**。

　　　　　　3　熟背本書列出的 N1 同義詞。

　　　　　　4　整理並熟記其他和 N1 必考字彙相似的語彙和用語。

N1近年常考同義詞

かながね 以前から	從以前；老早；素來
故意に わざと	有意地；故意地
お詫びする 誤る	道歉；賠不是
意欲 意気込み	幹勁；熱情
おびえる 怖がる	害怕；膽怯
安堵する ほっとする	放心；安心
端的に 明白に	明白地；明確地
自尊心 プライド	自尊心
かろうじて 何とか やっと	好不容易才；勉勉強強

些細だ 小さい わずかだ	細微的；一點點的；僅僅的
ありふれる 一般的だ どこにでもある 珍しくない	常見的；常有的；一般的
弁明 言い訳 弁解	解釋；辯解
不意に 突然 思いもよらず 思いがけなく 意外に	想不到；突然；意外
慌てる うろたえる 戸惑う まごつく	張皇失措；不知如何是好

糸口 ヒント 手掛かり	線索；端倪
仕上げる 完成する 完全にできあがる	完成；做完
互角だ だいたい同じだ 優劣がない	勢均力敵； 平分秋色
クレーム 苦情	投訴；怨言
不平 不満 文句 愚痴	抱怨；不満
助言 アドバイス 口添え	建議；忠告
錯覚する 勘違いする 思い違いをする	錯認為；誤會
殺到する 一度に大勢来る どっと押し寄せる	紛至； 蜂擁而至

気がかり 心配 懸念	擔心；擔憂
案の定 やはり 思ったとおり 予期したとおり	果然； 不出所料
不用意 不注意	不小心；不慎
厄介だ 面倒だ 手数がかかる 迷惑だ 煩わしい 煩雑だ 億劫だ	麻煩的； 費事的
回想する 思い返す 思いめぐらす	回想；回顧
手分けする 分担する 分けて受け持つ	分工；分擔
無償 ただ 無料	免費

打ち込む 熱心に取り組む 熱中する 没頭する	埋頭；熱衷

ストレートに 率直に まっすぐに	坦率；直率

お手上げだ どうしようもない	束手無策

格段に 大幅に 顕著に 段違いに	懸殊地； 大幅地； 顯著地

いたって 非常に 極めて 大変 ごく いやに	十分； 非常；極

ことごとく すべて 全部 もれなく	全部；所有

雑踏 人ごみ	人群； 人山人海

メカニズム しくみ 装置 仕掛け	装置；結構； 機制

裏付け 証拠	根據；證據

すべがない 方法がない 手段がない	沒有辦法； 無法

せかす 急がせる せきたてる 促す 催促する	催促

従来 これまで 以前から	向來；至今； 一直以來

あらかじめ 事前に まえもって	預先；事先

抜群だ ほかと比べて特によい ことに優れる	出類拔萃； 出眾

バックアップする
支援する
背後から支える
後援する

後援；支持

仰天する
とても驚く

震驚；
非常吃驚

おおむね
だいたい

大抵；大略

当面ない
しばらくない

當前沒有；
目前沒有

スケール
規模

規模

しきりに
何度も
しばしば
かさねがさね

再三；屢次

先方
相手

對方

けなす
悪く言う

詆毀；輕蔑

触発される
刺激を受ける

受刺激；
被觸發

すがすがしい
さわやかだ

清爽的；
爽快的

あっさりしている
簡素だ
シンプルだ
質素だ

簡單的；
樸素的

密かに
こっそり
そっと

偷偷地；
悄悄地

断念する
諦める
思い切る

放棄；斷念

おのずと
自然に
自ずから

自然而然地

歴然とする
はっきりする

明顯；清楚

極力
できる限り

極力；盡可能

落胆する
がっかりする

氣餒；沮喪；
灰心

あっけない
意外につまらない
期待はずれで物足りない
張り合いがない

不過癮；
不盡興

コントラスト
対比

對比；對照

画期的だ 今までになく新しい 斬新だ	創新的； 劃時代的
もくろむ 計画する たくらむ 企てる	籌畫；計畫
にわかに すぐに	立刻；馬上
便利で役に立つ 重宝する	便利；方便； 適用
重宝(ちょうほう・じゅうほう)	寶貝；寶物
シビアだ 厳しい	嚴格的； 嚴厲的
ルーズ だらしない	散漫的； 邋遢的
なじむ 慣れる	熟識；親近
張り合う 競争する	競爭
朗報 うれしいお知らせ	喜訊
いやみ 皮肉	諷刺；挖苦

まばらだ 少ない	稀疏的； 稀少的
どんよりした天気 くもっていて暗い	陰暗的天氣； 昏暗的
丹念に じっくり	仔細地； 精心地
はかどる 順調に進む うまくいく はかがゆく	順利進行； 進展
見合わせる 中止する	中止
やむを得ず 仕方なく どうすることもできなく	不得已

答案及解析 P. 325

問題 3　請選出和畫底線字彙意思相近的選項。

1 自分がどんなに恵まれている人か気づくと、<u>おのずと</u>前向きになって明るい性格になるはずです。

　1 自然に　　　　　　2 徐々に　　　　　　3 著しく　　　　　　4 たしかに

2 彼の中国語の実力はこのクラスで<u>抜群だった</u>。

　1 ほかと比べて特に下がった　　　　　　2 ほかと比べて特に悪かった

　3 ほかと比べて特に上がった　　　　　　4 ほかと比べて特によかった

3 よほど混んでいるかと思っていたが、出席者は意外に<u>まばらだった</u>。

　1 多かった　　　2 すくなかった　　　3 問い合わせてきた　　　4 押し寄せてきた

4 ユーザー登録をされていないお客様はサービスが<u>無償</u>で受けられません。

　1 いつでも　　　　2 優先的に　　　　3 ただで　　　　4 よやくしなくても

5 <u>従来</u>3日かかっていた作業を、自分が作業を合理化して1日でできるようにした。

　1 このまえ　　　　　2 ちかごろ　　　　　3 これから　　　　　4 これまで

6 当時の陸軍の関係資料をもっと<u>丹念に</u>調べてみてください。

　1 そっくり　　　　2 ぴったり　　　　3 ふわふわと　　　　4 じっくり

7 戦ってもみないで相手が強いからといって<u>断念して</u>しまうのは情けない。

　1 ことわって　　　2 しめて　　　　　3 あきらめて　　　　4 あきて

8 上司に<u>いやみ</u>を言われるのがたまらなくて会社を辞めてしまった。

　1 不平　　　　　　2 冗談　　　　　　3 皮肉　　　　　　4 愚痴

9 <u>あらかじめ</u>1週間の献立を決めて、週末に食料品をまとめ買いするのは節約になります。

　1 事前に　　　　　2 先だって　　　　　3 前日に　　　　　4 翌日に

10 ある日、わが家に<u>朗報</u>が届いた。

　1 大切なお知らせ　　　　　　　　　　2 珍しいお知らせ

　3 意外なお知らせ　　　　　　　　　　4 うれしいお知らせ

答案及解析 P. 326

問題3　請選出和畫底線字彙意思相近的選項。

① 女性は男性とデートする時、おごってもらうことを密かに期待しているらしい。

　　1 すんなり　　　　2 どっしり　　　　　3 こっそり　　　　4 すっかり

② 彼は時間だけでなくお金に関してもルーズなところがある。

　　1 よわい　　　　　2 だらしない　　　　3 うるさい　　　　4 ずうずうしい

③ やっと煩わしい作業から解放された。

　　1 退屈な　　　　　2 面倒な　　　　　　3 苦手な　　　　　4 地味な

④ 彼は何でもストレートに言うので、相手が傷つくことがある。

　　1 冷静に　　　　　2 率直に　　　　　　3 真剣に　　　　　4 慎重に

⑤ 今回の選挙で、マル政党の立候補者をバックアップするボランティアをした。

　　1 志願する　　　　2 支援する　　　　　3 思索する　　　　4 索引する

⑥ 無駄な経費は極力減らしていきたいと思っています。

　　1 状況に合わせて　2 ありったけ　　　　3 条件次第で　　　4 できる限り

⑦ 商店街に大型マートができたらお手上げだ。

　　1 どうしようもない　　　　　　　　　　2 驚きだ
　　3 大歓迎だ　　　　　　　　　　　　　　4 ぜひ働きたい

⑧ このごろ、山本さんは新しい研究に打ち込んでいるらしい。

　　1 熱心に取り組んでいる　　　　　　　　2 興味を持っている
　　3 しつこく誘われている　　　　　　　　4 時間を取られている

⑨ この記事の内容が正しいと言えるだけの裏付けがあるのだろうか。

　　1 基準　　　　　　2 支持　　　　　　　3 証拠　　　　　　4 革新

⑩ ストレス解消として体をたっぷり動かして汗を流すとすがすがしい気持ちになれます。

　　1 さわやかな　　　2 ゆかいな　　　　　3 くちおしい　　　4 いらだだしい

答案及解析 P. 326

問題 3　請選出和畫底線字彙意思相近的選項。

1　そのニュースを聞いて全国民が仰天した。

　　1 とても驚いた　　　2 とても喜んだ　　　　3 深く感動した　　　　4 深く同情した

2　夏に入ってから収益は格段に増えている。

　　1 ゆるやかに　　　　2 わずかに　　　　　　3 着実に　　　　　　　4 大幅に

3　どんよりした天気ですね。

　　1 気持ちいい　　　　2 さわやかな　　　　　3 風の強い　　　　　　4 くもった

4　高校の時、美術の先生に触発されて、画家の道に入りました。

　　1 勧誘されて　　　　　　　　　　　　　2 刺激を受けて
　　3 強制されて　　　　　　　　　　　　　4 推薦をもらって

5　新製品は使い勝手もよくて、操作方法もいたって簡単です。

　　1 たしかに　　　　　2 わりに　　　　　　　3 非常に　　　　　　　4 以外に

6　中国の改革開放に対して韓国の専門家たちはおおむね肯定的な評価をしている。

　　1 だいたい　　　　　2 おおきに　　　　　　3 まことに　　　　　　4 どことなく

7　コンサートチケットの応募が殺到した。

　　1 着々とはかどった　　　　　　　　　　2 次第に多くなった
　　3 一度に押し寄せた　　　　　　　　　　4 なかなか来なかった

8　意外に互角の勝負だった。

　　1 両方の腕前の差が認められる　　　　　2 優劣の差がはなはだしい
　　3 双方の力量が段違いな　　　　　　　　4 双方の実力が同じ程度の

9　それが一番気がかりでした。

　　1 以外　　　　　　　2 心配　　　　　　　　3 残念　　　　　　　　4 不満

10　太陽が地平線近くにある時に大きく見えるのは、目の錯覚によるものといわれています。

　　1 なりゆき　　　　　2 いきさつ　　　　　　3 目覚まし　　　　　　4 勘違い

答案及解析 P. 327

問題 3　請選出和畫底線字彙意思相近的選項。

1　この職場にもかなりなじんできた。
　　1 逆らって　　　　2 恵まれて　　　　3 飽きて　　　　4 慣れて

2　案の定、西川さんは来なかった。
　　1 たしか　　　　2 なぜか　　　　3 やはり　　　　4 あいにく

3　実力の差は歴然としていて、試合にならないほどだ。
　　1 ぼつぼつ　　　2 ほのかと　　　3 はっきりと　　　4 うっすらと

4　地震による強い揺れを感じたら、あわてず まず頭を保護し、安全な場所に避難しましょう。
　　1 ためらわず　　2 たえず　　　　3 うろたえず　　　4 あせらず

5　公の場で不用意な発言はつつしんでください。
　　1 不注意な　　　2 無駄な　　　　3 不利な　　　　4 無意味な

6　悩み事を書いているうちにあっけないほど簡単に解決法が見えてくることもある。
　　1 意外におもしろい　　　　　　　　2 予想通りにむずかしい
　　3 意外につまらない　　　　　　　　4 予想通りにやさしい

7　その計画は見合わせることにした。
　　1 中止する　　　2 変更する　　　3 続ける　　　　4 続行する

8　プロジェクトはうまくはかどっている。
　　1 順調だ　　　　2 適宜だ　　　　3 しぶっている　　4 とどこおっている

9　父は当時のことを回想しながら語った。
　　1 反省しながら　2 考え直しながら　3 後悔しながら　4 思い返しながら

10　松本君のおかげで思ったより早く仕事を仕上げることができた。
　　1 修正する　　　2 終わらせる　　　3 中断する　　　4 告げる

答案及解析 P. 327

問題3　請選出和畫底線字彙意思相近的選項。

1 この仕事は手分けした方がいいでしょう。
　　1 分担　　　　　2 分配　　　　　3 分解　　　　　4 分別

2 やっと問題解決の手がかりをつかんだ。
　　1 口実　　　　　2 口火　　　　　3 大口　　　　　4 糸口

3 私たちの予想はことごとく外れた。
　　1 すべて　　　　2 わずかに　　　3 思った通りに　　4 残念ながら

4 今度の旅行をやめるのはやむをえない。
　　1 やめるわけだ　　　　　　　　2 やめるわけにはいかない
　　3 やめるのはしかたない　　　　4 やめるべからず

5 私は街の雑踏の中にいると心が落ち着くのだ。
　　1 渋滞　　　　　2 混乱　　　　　3 暗闇　　　　　4 人込み

6 暗いところから人がふいに現れたら驚きますよ。
　　1 どっと　　　　2 到底　　　　　3 はるかに　　　　4 突然

7 爆風や台風の発生のメカニズムについて説明してもらった。
　　1 きっかけ　　　2 可能性　　　　3 しくみ　　　　4 危険性

8 みっともない弁明はやめたほうがいい。
　　1 かげぐち　　　2 いいわけ　　　3 口コミ　　　　4 うちあげ

9 ありふれたフレーズの方が人から共感を呼ぶことができる。
　　1 一般的な　　　2 まっさらの　　3 非凡の　　　　4 いまめかしい

10 もうあの人に本当のことを伝えるすべがない。
　　1 理由　　　　　2 必要　　　　　3 時間　　　　　4 方法

答案及解析 P. 328

問題 3　請選出和畫底線字彙意思相近的選項。

① こんなシビアな条件があったとは知りませんでした。

1 必要な　　　　2 厳しい　　　　3 有利な　　　　4 欠かせない

② せかしちゃってごめんね。

1 待たせて　　　2 困らせて　　　3 急がせて　　　4 驚かせて

③ あまりにも抽象的な質問で答え方に戸惑ってしまった。

1 困って　　　　2 避けて　　　　3 遠回して　　　4 努めて

④ 商品の原価は上がったが、販売価格の上昇は当面ないらしい。

1 大してない　　2 まさかない　　3 直接はない　　4 しばらくない

⑤ 今日一日、クレームの対応で大変だったわ。

1 苦難　　　　　2 苦情　　　　　3 苦境　　　　　4 苦労

⑥ 今回のプロジェクトはこれまでの物とはスケールが違う。

1 規模　　　　　2 意識　　　　　3 目的　　　　　4 方針

⑦ 全力で走ったらかろうじて終電に乗れた。

1 何しろ　　　　2 どうも　　　　3 どうかして　　4 何とか

⑧ 母はしきりにうなずきながら話を聞いていた。

1 小さく　　　　2 何度も　　　　3 時々　　　　　4 大きく

⑨ 彼は画期的で奇抜な企画案を出した。

1 今まで何度もあった　　　　　2 今までになく新しくて
3 今までもたまに出てきた　　　4 今ごろ出てきそうで

⑩ 先方に確認したうえで、商談の日を決定した。

1 専門家　　　　2 全員　　　　　3 上司　　　　　4 相手

答案及解析 P. 329

問題 3　請選出和畫底線字彙意思相近的選項。

① このグラフはわが社のここ数年の売り上げの推移を端的に表しています。
　　1 迅速に　　　　2 大概に　　　　3 明白に　　　　4 一方的に

② このくらいけなされることは覚悟していた。
　　1 悪く言われる　　2 高く評価される　　3 反対される　　4 喜ばれる

③ この陶器の器は上品で重宝している。
　　1 手数がかかってわずらわしい　　　　2 あっけにとられるくらいあさましい
　　3 便利で役に立っている　　　　4 だれもが持っていそうだ

④ 妹はいつも「おっくうだ」と言う口癖がある。
　　1 面倒だ　　　　2 平気だ　　　　3 愉快だ　　　　4 退屈だ

⑤ 彼が話すことをにわかに信じてはいけない。
　　1 まんべんなく　　2 突如に　　　　3 唐突に　　　　4 すぐに

⑥ 有名な芸能人をはじめ、最近は簡素な結婚式がはやっている。
　　1 シンプル　　　　　　　　　　2 アクティブ
　　3 ラグジュアリー　　　　　　　4 エクスペンシブ

⑦ あの兄弟はいつもお互いに張り合っている。
　　1 尊重して　　　　2 応援して　　　　3 無視して　　　　4 競争して

⑧ 与党は低迷している支持率の回復をもくろんでいる。
　　1 推進して　　　　2 念願して　　　　3 計画して　　　　4 鍛錬して

⑨ 私たちは時には現実と理想のギャップに落胆したりします。
　　1 おちいったり　　2 おどろいたり　　3 がっかりしたり　　4 ぶつかったり

⑩ 顔と首の色のコントラストを考えて化粧をしたら、メイクは美しく整います。
　　1 対比　　　　　2 調和　　　　　3 種類　　　　　4 混合

曖昧だ あやふやだ	曖昧的；含糊的
相容れない 両立しない	對立；不相容
諦める さじを投げる	放棄
欺く だます 間違えさせる	欺騙；蒙騙
侮る 見くびる 見下す	輕視；看不起； 蔑視
嘲る 嘲笑する	嘲弄；譏笑
当てはまる 該当する	符合
怪しい 不審だ いぶかしい	可疑的；奇怪的
謝る 詫びる	道歉；謝罪
憩い・憩 休憩	休息；休憩

井戸端会議 雑談	雑談；閒聊
否む 打ち消す 否定する	否定
妙に 変に	古怪地；異常地
受け継ぐ 襲う	繼承；承襲
受け持つ 担当する	擔任；承擔
うってつけ もってこい ぴったり	最適合；正合適
うぬぼれる 自慢する	自滿；自負
会釈 お辞儀 挨拶	打招呼
得体 正体	真面目
大げさ 誇張	誇張；誇大

押し切る 乗り越える	超越；克服

遅かれ早かれ いずれ そのうち	早晩；遅早

介護 看病 介抱	照顧；照料

肩を持つ ひいきする	偏袒；偏愛

勘弁する 許す	容許；饒恕

結婚する 身を固める	結婚；成家

拒む 拒絶する 阻む	拒絶；阻擋

まんざらでもない 必ずしも悪くない	不完全壞； 不一定不好

もてなし 接待 応対	款待；招待

くたびれる 疲れる くたくたになる	疲乏；疲勞

勘定 愛想 会計	結帳

気の置けない 気が許せる	推心置腹； 坦誠相待

きっかけ 契機	契機

窮する 困る	窮於；困窘

郷里 ふるさと 故郷	故郷；故里

稽古 練習	練習；操練

行動 振る舞い	舉動；行徑

告白する 白状する 打ち明ける	吐露；坦白

殊に 特に とりわけ	尤其；特別地

言語道断 もってのほか とてつもない	豈有此理； 不可理喻

保つ 維持する	保持；維持
再三 再び	屢次；再三
昨今 このごろ	近來；最近
借金 負債	借款；負債
寸前 直前	臨到眼前； 咫尺之前
支障 差し支え	障礙；妨礙
芝居 演劇	戲劇
渋々 いやいや	勉勉強強地； 不情願地
しぶとい 強情だ ねばりづよい 辛抱強い	頑強的；堅韌的
初心者 素人	外行；生手
閉口する 参る	折服；認輸

体裁 世間体 見栄 体面	面子；體面；門面
体裁 外見	外表；外觀
阻止 妨害	阻止；妨礙
素振り 態度	舉止；態度
台所 厨房 勝手	廚房
耐える 我慢する 辛抱する こらえる	忍耐；忍受
ためらう 迷う 躊躇する 渋る 二の足を踏む	躊躇；猶豫
月並み 平凡 ありきたり 陳腐	平凡；陳腐；常見

慎(つつし)む 気(き)をつける 控(ひか)える	節制；小心
手柄(てがら) 功績(こうせき)	功績；功勞
手本(てほん) 模範(もはん) 典型(てんけい)	範本；模範
どっこいどっこいだ 互角(ごかく)だ	不相上下； 平分秋色
指図(さしず) 命令(めいれい) 指示(しじ)	指示；命令
ずぼらだ だらしない 不精(ぶしょう)だ	散漫的；邋遢的
精通(せいつう)する 詳(くわ)しい	通曉的；熟知的； 精通的
かけがえのない 唯一(ゆいいつ)だ	無可取代的； 唯一的
懸念(けねん)する 心配(しんぱい)する	擔心；擔憂
慌(あわただ)しい 気(き)ぜわしい	慌張地；忙亂的

ゆとり 余裕(よゆう)	寬裕；綽綽有餘
目下(もっか) 今(いま) 現在(げんざい)	目前；現在
厚(あつ)かましい ずうずうしい 図太(ずぶと)い ふてぶてしい	厚臉皮的
うっとうしい 気分(きぶん)が重苦(おもくる)しい 煩(わずら)わしい	鬱悶的；憂鬱的
じっくり 時間(じかん)をかけて慎重(しんちょう)に つくづく	仔細地；慢慢地
たどたどしい 片言(かたこと)を話(はな)す	結結巴巴
照(て)れくさい 極(きま)り悪(わる)い・決(きま)り悪(わる)い 恥(は)ずかしい	害羞的
督促(とくそく) 促(うなが)し 催促(さいそく)	督促；催促
度胸(どきょう) 勇気(ゆうき)	膽量；勇氣

突飛だ とんでもない	離奇的；荒謬的
並み 普通	普通；一般
並々ならない 通り一遍ではない 大変だ 普通以上だ	不尋常的；重大的
倣う 模倣する 真似する	模仿；仿效
根掘り葉掘り しつこく 詳しく	纏人地； 刨根究柢地
はばかる 遠慮する	忌憚；顧忌
破片 かけら	碎片；破片
はまる こる のめりこむ	沉溺；沉迷
引き立てる 励ます	提拔；鼓勵
秘訣 こつ	秘訣；竅門

比率 割合	比例
秘密 内緒	秘密
へりくだる 謙遜する	謙恭；謙遜
まみれ みどろ	滿是…
見せびらかす 誇示する	誇耀；誇示
普段 日頃	平時；平素
懐 ポケット	荷包；口袋
ぼつぼつ そろそろ	漸漸地；慢慢地； 一點一點地
みっともない 見苦しい	不像樣的；難看的
前触れ 兆候	前奏；前兆
見込み 予想 将来性 可能性	預測；可能性； 希望

もどかしい じれったい	令人著急的； 不耐煩的
模様（もよう） 柄（がら）	花紋；圖樣
よそよそしい 水臭い（みずくさ） 他人行儀だ（たにんぎょうぎ）	見外的；疏遠的； 冷淡的
粋だ（いき） あかぬけする	時髦的；有魅力的； 通曉人情世故的
厳かだ（おごそ） しゅくしゅく	嚴肅的；莊嚴的
疎かだ（おろそ） なおざりだ	忽略的；馬虎的
ざらにある たくさんある	不稀罕；常見
せっかちだ 短気だ（たんき）	性急的
淡白だ（たんぱく） あっさりする	淡薄的；清爽的
台無しだ（だいな） おじゃんだ	完蛋；毀壞
朝飯前だ（あさめしまえ） とても易しい（やさ） お安いご用だ（やすよう）	輕而易舉的

ひたむき 一途（いちず）	專注；一心一意
ひとまず 一応（いちおう）	暫且；姑且
頻繁に（ひんぱん） 盛んに（さか）	頻繁地；旺盛地
豊富だ（ほうふ） 潤沢だ（じゅんたく）	充裕的；豐富的
稀だ（まれ） 珍しい（めずら）	稀少的；罕見的
迷惑だ（めいわく） 困惑だ（こんわく）	為難的；困惑的
明朗だ（めいろう） 朗らかだ（ほが）	開朗的；明朗的
猛烈だ（もうれつ） 激烈だ（げきれつ）	猛烈的；激烈的
我がままだ（わ） 勝手だ（かって）	任意妄為的
華やかだ（はな） 華々しい（はなばな） きらびやかだ	華麗的；輝煌的
様子（ようす） 状況（じょうきょう）	情況；狀況

委ねる （ゆだ） 任せる （まか）	委託；託付
余儀ない （よ ぎ） やむを得ない （え） 仕方ない （し かた）	不得已；被迫
浪費 （ろう ひ） 無駄遣い （む だ づか）	浪費
デリケートだ 繊細だ （せんさい）	敏感的；細膩的
インスピレーション 勘 （かん）	靈感
エレガンス 優雅 （ゆう が） 高尚 （こうしょう） 上品 （じょうひん）	優雅；高尚
キャンセル 取り消し （と け）	取消
コレクション 収集 （しゅうしゅう）	收集
コンビネーション 組み合わせ （く あ）	組合
ネガティブだ 否定的だ （ひ ていてき）	否定的

ダブる 重なる （かさ）	重複；重疊
タイムリー 適時 （てき じ）	適時；及時
ムード 雰囲気 （ふん い き）	氣氛
ピーアール(PR) 宣伝 （せんでん）	宣傳
コントロール 調節 （ちょうせつ）	控制；調節
ジェスチャー 身振り （み ぶ）	動作；姿勢；舉止
マナー 作法 （さ ほう）	禮儀；規矩
エチケット 礼儀 （れい ぎ）	禮貌；禮節
ハイジャックする 乗っ取る （の と）	侵占；劫持
デコレーションする 飾る （かざ） 装飾する （そうしょく）	裝飾；妝點
モチベーション 動機 （どう き）	動機；動力

サイン しょめい 署名	簽名；署名

メニュー こんだて 献立	菜單

リラックスする くつろぐ	放鬆；舒暢

ユニークだ どくとく 独特だ	獨特的

フォローする ついせき 追跡する ほじょ 補助する	輔佐；跟隨

ポスト ポジション かた が 肩書き しゃかいてき　ち い 社会的な地位 い ち 位地 ステータス	頭銜；社會地位

ゴシップ うわさばなし 噂話	流言；傳聞；八卦

ライセンス めんきょ 免許	證照；許可證

ロジカルだ ろん り てき 論理的だ	合乎邏輯的

エピソード いつ わ 逸話	軼事；插曲

クオリティー ひんしつ 品質	品質

コスト げん か 原価	成本；原價

チャンス き かい 機会 しおどき 潮時	時機；機會

バランス あ つり合い きんこう 均衡	平衡；均衡

メッセージ でんごん 伝言 こと 言づて	傳話；口信

ミス あやま 過ち しくじり しっぱい 失敗 か しつ 過失	過失；失敗；過錯

いずれも みんな どちらも	全部

いずれにせよ いずれにしても どのみち どちらにせよ どうせ	反正；總之； 不管怎麼~還是~

迎戰日檢

擬真試題1　　　　　　　　　　　　　　　　　　　　　　　　　答案及解析 P. 329

問題 3　請選出和畫底線字彙意思相近的選項。

1　どのみち成功する確率は低いから、やめておいた方がいいだろう。
　　　1 もはや　　　　　2 近々　　　　　　　3 いずれにせよ　　　4 ほどなく

2　下記の条件に該当する方は手をあげてください。
　　　1 受け持つ　　　　2 当てはまる　　　　3 取り入れる　　　　4 当てつける

3　ネット上の怪しい情報に振り回されず、慎重な判断が求められる。
　　　1 間違った　　　　2 不正確な　　　　　3 不信な　　　　　　4 不審な

4　仲直りの手段は「謝ること」しかないと思う。
　　　1 改める　　　　　2 正す　　　　　　　3 詫びる　　　　　　4 許す

5　ただの井戸端会議でもいろんな情報が得られる。
　　　1 雑談　　　　　　2 商談　　　　　　　3 相談　　　　　　　4 討論

6　一国の中で民主主義と共産主義は絶対相容れないものだろうか。
　　　1 否定しない　　　2 両立しない　　　　3 対立しない　　　　4 反対しない

7　彼には改善の見込みがないから、さじをなげた。
　　　1 説諭した　　　　2 説得した　　　　　3 おだてた　　　　　4 断念した

8　新人の中で一番手のかかる有岡君を受け持つことになった。
　　　1 引導する　　　　2 指導する　　　　　3 担当する　　　　　4 教育する

9　並々ならぬ苦しい境遇を切り抜けてここまで来た。
　　　1 にっちもさっちも行かない　　　　　　2 肝心かなめの
　　　3 人並みぐらいの　　　　　　　　　　　4 通りいっぺんではない

10　言づてお願いできないでしょうか。
　　　1 メッセージ　　　2 贈り物　　　　　　3 グッズ　　　　　　4 バゲージ

11 茶道ならうちの国にもあるけど、その作法は日本とは少し違います。
1 マナー　　　　　2 規則　　　　　　　3 メーキング　　　　4 法則

12 妻はデリケートな人で周りが疲れる。
1 愉快な　　　　　2 繊細な　　　　　　3 難解な　　　　　　4 鋭利な

擬真試題2

答案及解析 P. 330

問題 3　請選出和畫底線字彙意思相近的選項。

1 人間は遅かれ早かれ死ぬのだから、与えられた人生を楽しみましょう。
1 いかにも　　　　2 あやうく　　　　　3 いきなり　　　　　4 いずれ

2 それだけは勘弁してくれよ。
1 会計して　　　　2 払って　　　　　　3 許して　　　　　　4 手伝って

3 としお！もう 40 代になったんだし、そろそろ身を固めたら？
1 結婚したら　　　2 仕事をもったら　　3 退職したら　　　　4 家を買ったら

4 何の役にも立たない愚痴に費やすエネルギーや時間はもったいない。
1 雑談　　　　　　2 冗談　　　　　　　3 不満　　　　　　　4 皮肉

5 大人らしく振る舞うのは至難の業だ。
1 活躍する　　　　2 行動する　　　　　3 言及する　　　　　4 応対する

6 親に真実を打ち明けるかどうか悩んでいる。
1 終了する　　　　2 記述する　　　　　3 叙述する　　　　　4 白状する

7 公の場でのポイ捨てや落書きは言語道断です。
1 もってのほかです　　　　　　　　　2 ありえます
3 とてつもあります　　　　　　　　　4 うってかわります

8 人々のモラルの低下は昨今の問題ではない。
1 ときおり　　　　2 いまだに　　　　　3 いまごろ　　　　　4 このごろ

⑨ あの人、何でも最後まで諦めずに全力を尽くす、結構しぶとい人なんだ。
1 辛抱強い　　　2 強引な　　　3 根強い　　　4 心強い

⑩ 趣味でレコードのLP盤を収集している。
1 セレクション　　2 サーチ　　　3 コレクション　　4 コントロール

⑪ 体温を維持する器官に異常が起きた。
1 競う　　　2 促す　　　3 催す　　　4 保つ

⑫ 明確な目標がある方が、モチベーションは高まります。
1 興味　　　2 動機　　　3 成功率　　　4 的中率

擬真試題3　　　　　　　　　　　　　　　　答案及解析 P. 330

問題 3　請選出和畫底線字彙意思相近的選項。

① この厨房は女性立ち入り禁止だ。
1 縁側　　　2 別館　　　3 台所　　　4 空間

② 月並みな回答しか出てこなかった。
1 平凡な　　　2 とびきりの　　　3 格別な　　　4 異常な

③ 人の家では余計な行動は慎むようにしましょう。
1 しりぞく　　　2 そそのかす　　　3 仰ぐ　　　4 控える

④ 課長は部下の手柄を自分のものにする卑怯な人だ。
1 功績　　　2 アイディア　　　3 提案　　　4 技術

⑤ 二人の力量はどっこいどっこいだ。
1 あきらかだ　　　　　　　　2 いちじるしい
3 似たり寄ったりだ　　　　　4 食いちがっている

⑥ あそこで指図している人が理事長です。
1 作業　　　2 統率　　　3 指摘　　　4 指示

7 韓国人なら韓国史に精通すべきだ。
1 没頭する　　　　　2 詳しい　　　　　　　3 鍛える　　　　　　4 細かい

8 生活リズムが乱れると、学業や業務への影響が懸念されます。
1 心配　　　　　　　2 予想　　　　　　　　3 予期　　　　　　　4 配慮

9 妻は手先が器用だから、子供の散髪ぐらいは朝飯前だ。
1 隅に置けない　　　2 ばかにならない　　　3 お安いご用だ　　　4 ままならない

10 彼女の上品な物腰を見習いたい。
1 用意な　　　　　　2 得手な　　　　　　　3 的確な　　　　　　4 高尚な

11 コストが上がると販売価格も上がるでしょう。
1 月給　　　　　　　2 物価　　　　　　　　3 原価　　　　　　　4 消費税

12 今週の献立は僕の大好物だらけだ。
1 プロジェクト　　　2 メニュー　　　　　　3 コース　　　　　　4 テーマ

擬真試題4　　　　　　　　　　　　　　　　　　　　　　　　答案及解析 P. 331

問題 3　請選出和畫底線字彙意思相近的選項。

1 目下の関心事は何ですか？
1 大事な　　　　　　2 今の　　　　　　　　3 これからの　　　　4 おまえの

2 自分で自分を推薦するのは厚かましいでしょうか。
1 やかましい　　　　2 みすぼらしい　　　　3 いやらしい　　　　4 ふてぶてしい

3 彼の出したデザインは斬新な表現力にあふれるものだった。
1 いたって陳腐な　2 際立って新しい　　3 ごく月並みの　　　4 非常にありふれた

4 たどたどしい中国語で道を聞いている。
1 すらすらとした　2 不慣れな　　　　　3 よどみのない　　　4 片言の

5 借金の返済を督促する電話がひっきりなしにかかってくる。

1 ひんぱんに　　　2 まれに　　　　　　　3 めったに　　　　　　4 ときおりに

6 喪中葉書は所定の書式に倣うことが本筋である。
1 遠まわしする　　2 受け止める　　　　3 従っておこなう　　4 用いてつかい
こなす

7 彼のマナーの悪さに閉口している。
1 まいっている　　2 口を挟んでいる　　3 知らんぷりしている 4 いきどおって
いる

8 山下候補者は次の県知事は自分だと公言してはばからない。
1 隠して言う　　　2 遠慮しながら言う　3 確信を持って言う　4 陰でこっそり
言う

9 彼は気の置けない仲間だ。
1 手を焼く　　　　2 頭が上がらない　　3 気が許せる　　　　4 虫が好かない

10 当サイトではタイムリーな健康情報を提供します。
1 早急の　　　　　2 早速の　　　　　　3 適宜な　　　　　　4 適時な

11 この名画にまつわるエピソードはあまり知られていない。
1 絵具　　　　　　2 逸話　　　　　　　3 要素　　　　　　　4 秘密

12 緊張し、苦労して仕事した分だけリラックスの素晴らしさをつくづくと感じる。
1 くつろぎ　　　　2 はげまし　　　　　3 ゆらぎ　　　　　　4 ならわし

答案及解析 P. 332

問題 3　請選出和畫底線字彙意思相近的選項。

① 一度ギャンブルには<u>はまったら</u>抜け出せない。

1 こりたら　　　　　2 おとしいれたら　　　3 くぐったら　　　　　4 のめりこんだら

② 商売繁盛の<u>秘訣</u>は何でしょうか。

1 こつ　　　　　　　2 いき　　　　　　　　3 しな　　　　　　　　4 くぎ

③ 息子は出かけたらいつも<u>泥まみれ</u>で帰ってくる。

1 疲れて　　　　　　2 ばてて　　　　　　　3 泥で汚くなって　　　4 泥を持って

④ 低迷している景気は<u>回復の見込みがない</u>。

1 よくなる可能性がない　　　　　　　　　　2 よくなるかもしれない

3 よくはならないに決まっている　　　　　　4 わるくなりつつある

⑤ ご来店のお客さまには<u>もれなく</u>謝恩品をさしあげております。

1 ことに　　　　　　2 てんで　　　　　　　3 とりわけ　　　　　　4 ことごとく

⑥ 私に怒っているのか、急に彼女は<u>よそよそしい</u>態度をとっている。

1 いやらしい　　　　2 みくたらしい　　　　3 みずくさい　　　　　4 ずうずうしい

⑦ 悩み事で、<u>手元がおろそかになって</u>しまった。

1 気が重くなって　　2 気が晴れて　　　　　3 気をもんで　　　　　4 気が散って

⑧ そんなことは<u>ざらに</u>あるよ。

1 めったに見られない　　　　　　　　　　　2 新鮮味に欠けている

3 不思議なことだ　　　　　　　　　　　　　4 斬新で奇抜なことだ

⑨ この静かな漁村も 7 月になると、避暑客が<u>ぼつぼつ</u>押しかけて来てにぎやかになる。

1 がらがら　　　　　2 そろそろ　　　　　　3 かんかん　　　　　　4 ゆうゆう

10 彼の推理はかなりロジカルである。

1 抽象的　　　　　　2 説得的　　　　　　3 理論的　　　　　　4 論理的

11 こんな独特なアイディアは彼ならではですね。

1 ユニークな　　　　2 シニカルな　　　　3 センセーショナルな 4 クリエーティブな

12 焼き物をきれいに作ることを会得する。

1 見つけ出す　　　　2 獲得する　　　　　3 習得する　　　　　4 所有する

擬真試題6

答案及解析 P. 332

問題 3 　請選出和畫底線字彙意思相近的選項。

1 明朗な人がいつも友達に囲まれている。

1 はでやかな　　　　2 すみやかな　　　　3 すこやかな　　　　4 ほがらかな

2 重大な判断を親や友人に委ねる人がいるなんて。

1 もたれる　　　　　2 まかせる　　　　　3 たよる　　　　　　4 ちらかす

3 余儀ない都合で今回には参加を見合わせます。

1 やむを得ない　　　2 大変な　　　　　　3 突然の　　　　　　4 非常に驚くべき

4 彼が遅刻するなんて、まれなことだよ。

1 ありふれた　　　　2 平気の　　　　　　3 普段の　　　　　　4 珍しい

5 現代人に一番必要なものはゆとりだ。

1 とみ　　　　　　　2 かけら　　　　　　3 よゆう　　　　　　4 いこい

6 岡村は渋々同意してくれた。

1 遠慮しながらやむを得ず　　　　　　　　2 気安くこころよく

3 いやがるがすんなりと　　　　　　　　　4 いやいやながら仕方なく

7 村田教授はいつも<u>へりくだった</u>言い方をする。
1 謙遜した　　　　2 自慢気な　　　　　3 威張った　　　　4 みすぼらしい

8 彼は周りの反対を押し切って自分の意を<u>貫徹</u>した。
1 引き受けて　　　2 張り切って　　　　3 押し寄せて　　　4 乗り越えて

9 この専門書、<u>いやに</u>難しいよ。
1 かつ　　　　　　2 いささか　　　　　3 さらに　　　　　4 いたって

10 今日は<u>ひとまず</u>ここまでにして飲みに行こうか。
1 一応　　　　　　2 ともあれ　　　　　3 さきに　　　　　4 とりあえず

11 人が<u>肩書き</u>にこだわるのは当たり前のことだろうか。
1 ポジション　　　　　　　　　　　2 プレース
3 ロケーション　　　　　　　　　　4 シチュエーション

12 僕は何かを説明する時、<u>ジェスチャー</u>が大きくなる癖がある。
1 身なり　　　　　2 身がら　　　　　　3 身ぶり　　　　　4 身より

擬真試題7

答案及解析 P. 333

問題 3　請選出和畫底線字彙意思相近的選項。

1 この話、<u>秘密</u>なんだから、絶対だれにも話してはいけないよ。
1 内緒　　　　　　2 要領　　　　　　　3 要点　　　　　　4 趣旨

2 すべての可能性を<u>じっくり</u>考えてみましょう。
1 もっと詳しく調べてから　　　　2 よくよく探って
3 周りの人から助言を得て　　　　4 時間をかけて慎重に

3 課長は自分の功績を<u>見せびらかす</u>のが好きだ。
1 誇張する　　　　2 誇示する　　　　　3 隠す　　　　　　4 人に回す

4 年末にはスケジュールが<u>ダブる</u>ことが多い。
1 連なる　　　　　2 はぐれる　　　　　3 外れる　　　　　4 重なる

⑤ 彼は時々突飛な行動をとってみんなを驚かせる。

1 おおげさな　　　　2 とんでもない　　　　3 奇妙な　　　　　　4 卑怯な

⑥ 不意の出来事で、戸惑った。

1 知らず知らずのうちの　　　　　　　　2 つかの間の
3 思いもよらない　　　　　　　　　　　4 予想した

⑦ かけがえのない命を大切にしなさい！

1 またとない　　　　2 ありふれた　　　　　3 つきない　　　　　4 せつない

⑧ 山田君は今のポストは自分に役不足だと言い歩いている。

1 自分の力量が足りない　　　　　　　　2 自分に役目が軽すぎる
3 自分に向いてない　　　　　　　　　　4 自分にもってこい

⑨ 昔の写真を見ると、年を取ってしまったものだとしみじみ感じる。

1 しとしと　　　　2 いよいよ　　　　　　3 だらだら　　　　　4 つくづく

⑩ 残業の前の腹ごしらえにはおにぎりがうってつけだ。

1 最もさしつかえる　　　　　　　　　　2 少しかなわない
3 ちょうどいい　　　　　　　　　　　　4 全くつりあわない

⑪ いざという時に自分をバックアップしてくれる存在が職場にいればいいものだ。

1 もしもの時　　　2 ひと時　　　　3 何を主張する時　　　4 いよいよの時

⑫ 彼は当時の様子を淡々と語った。

1 出来事　　　　　2 状況　　　　　　　　3 事柄　　　　　　　4 あるがまま

重點題型攻略

問題 4 用法（題數為 6 題）

題型說明　1 題目為一語彙，從選項中選出**正確使用該語彙**的句子。

　　　　　2 出題字彙包含**名詞、形容詞、副詞、動詞、外來語**。

〔例題〕

しょうじき
正直

1　銀行は<u>正直</u>市場近くにありました。

2　木村君はいつも仕事を<u>正直</u>でやっている。

3　先生、この問題の回答は<u>正直</u>でしょうか。

4　<u>正直</u>いえば、ここより駅の方の店がもっとおいしい。

解題技巧　1 明確判斷出題目語彙的意思和詞性，**尤其要確實掌握其為名詞、な形容詞，還是する動詞。**

　　　　　2 請一邊確認四個選項句中的畫底線字彙是否擺放在正確的位置，一邊解讀句意。

　　　　　3 陷阱選項經常會使用**與答案意思相近的語彙**，或是有**相同漢字的語彙。**

　　　　　4 請特別留意題目語彙在句中是否連接正確。

　　　　　5 本題型為語彙篇中**最耗時的惱人題型**，請務必靜下心來理解每句話的句意。

　　　　　6 不會的題目再怎麼想也想不出答案，請盡快選一個答案結束本題！

　　　　　7 碰到不會的題目，千萬不要先空著不答。

　　　　　8 完成該題型的所有題目，確認答案卡劃記完畢後，才能繼續作答下一個題型。

學習策略 1 練習作答**新日檢的已公開歷屆試題**，並掌握**新日檢**的出題傾向。

2 閱讀改制前的**歷屆試題**，並掌握類型。

3 熟背本書列出的 N1 必考文字和語彙。

累積言語知識

N1近年常考語彙

あ 当(あ)てはめる　符合；適用

安静(あんせい)　靜養；安穩

潔(いさぎよ)い　純潔的；清高的；

毫不膽怯的；乾脆的

意地(いじ)　決心；毅力

一律(いちりつ)　一律；一樣

今(いま)さら　事到如今；現在才

内訳(うちわけ)　明細；細目

裏腹(うらはら)　相反；比鄰

円滑(えんかつ)だ　順暢的；協調的；順利的

怠(おこた)る　疏忽；怠惰

帯(お)びる　帶有；含有

思(おも)い詰(つ)める　鑽牛角尖；想不開

か 抱(かか)え込(こ)む　擔負；承擔；雙手抱

合致(がっち)　一致

叶(かな)う　實現

かばう　包庇；袒護

加味(かみ)　加進調味料；放進；採納

過密(かみつ)　過密；過滿

還元(かんげん)　還原；回饋

閑静(かんせい)　閑靜

規制(きせい)　規定；規制

軌道(きどう)　軌道

食(く)い違(ちが)う　分歧；不一致

口出(くちだ)し　過問；插嘴；干預

くまなく　全部；到處；毫無遺漏地

工面(くめん)　設法；籌措

経緯(けいい)　經過；過程；原委

気配(けはい)　跡象；動靜；氣息

広大(こうだい)　廣大；寬闊

心構(こころがま)え　覺悟；心理準備

さ 細心(さいしん)だ　細心的；仔細的

察(さっ)する　體察；諒解

しがみつく　緊緊抓住；糾纏住

辞任(じにん)　辭職

質素(しっそ)　簡樸；樸素

処置(しょち)　處置

退(しりぞ)く　退出；離去；退位

仕業(しわざ)　勾當；行為

すばやい　俐落的；迅速的；敏捷的

総(そう)じて　總的；概括的

損(そこ)なう　破壞；毀壞；損壞

た 耐(た)える　忍耐；忍受

打開(だかい)　打開；解決(問題)；開闢(途徑)

携(たずさ)わる　從事；參與；有關係

たやすい　輕易的；容易的

調達(ちょうたつ)　籌措；供應

統合(とうごう)　統合；合併

とっくに　早已；早就

な　にぎわう　繁榮；興旺；熱鬧

　　入手(にゅうしゅ)　得手；到手

は　配布(はいふ)　散布；分發

　　はがす　剝下；撕除

　　発散(はっさん)　發散

　　はなはだしい　激烈的；劇烈的

　　煩雑(はんざつ)　繁雜；複雜

　　人一倍(ひといちばい)　加倍地

　　人手(ひとで)　人手；人工；他人的力量

　　ひとまず　暫且；姑且

　　秘(ひ)める　埋藏；隱藏

　　拍子(ひょうし)　節拍；勢頭

　　復旧(ふっきゅう)　修復；復原；重建

　　赴任(ふにん)　上任

　　不服(ふふく)　不平；不滿意

　　ブランク　空白；空格

　　発足(ほっそく)　起步；成立

　　没頭(ぼっとう)　埋頭

　　ほどける　解開；拆開

ま　まちまち　形形色色；各式各樣

　　満喫(まんきつ)　充分享受；充分領略

　　見失(みうしな)う　丟失；迷失；看不見

　　見落(みお)とす　忽略；看漏

　　見込(みこ)み　可能性；希望

　　満(み)たない　未滿的；不滿的

　　密集(みっしゅう)　密集

無造作(むぞうさ)　輕而易舉；隨隨便便

めきめき　迅速；顯著

目先(めさき)　眼前；當前

目覚(めざ)ましい　驚人的；異常顯著

免除(めんじょ)　免除

もはや　已經；早就

や　優位(ゆうい)　優勢

　　有数(ゆうすう)　屈指可數；為數不多

　　ゆとり　餘地；寬裕

ら　連携(れんけい)　合作

答案及解析 P. 333

請選出正確使用下列字彙的選項。

1 まちまち
  1 花屋にはまちまちな色のきれいな花がある。
  2 うちの5人家族は朝食をとる時間がまちまちだ。
  3 営業時間と休みの日は、店によってまちまちで異なる。
  4 贈り物用と自宅用をまちまちに包みましょうか。

2 優位
  1 ここからは歩行者優位道路である。
  2 この業界は女性の方が優位である。
  3 この仕事は急いでいるから、ほかのことよりも優位に処理すべきだ。
  4 お年寄りやお体の不自由な方のための優位席を普通列車に設置している。

3 気配
  1 誰もいないはずの家で人の気配を感じた。
  2 もっと気配に生きていける方法を考えてみた。
  3 もっと気配に人に接したいが、それが本当に難しい。
  4 一人で暮らすのは気配でいいと思う人が多い。

4 免除

1 今回の地震で崩壊を免除された家は一軒もなかった。

2 課長は責任を免除しようとしている。

3 入学試験の成績優秀者は入学金が免除される。

4 彼は幸いに事故を免除されたようだ。

5 有数

1 わが国は世界有数の最先端技術を持っている。

2 夜空の有数の星は数えきれない。

3 国家間の利益をめぐって世界中で有数の戦争が起きてきた。

4 北海道に行ったら花畑が有数に広がっていてきれいだった。

6 当てはめる

1 給料の金額は、社員一人一人の能力に当てはめて決めてほしいと思っている。

2 最近天候が不安定で、その日の気温に当てはめて服を選ぶのが大変だ。

3 少数の事例を一般化して社会全体に当てはめて考えてもいいものだろうか。

4 この店は客の要望にぴったり当てはめて料理を作ってくれるので、評判がいい。

答案及解析 P. 334

請選出正確使用下列字彙的選項。

① 損^{そこ}なう

1 天気予報によると、今週中もずっと天候が損なわれるそうだ。
2 消費税の増加により、景気を損なわれることを心配する人が多い。
3 再三の発送ミスで、顧客との信頼関係を損なってしまった。
4 何回かの失敗で自信を損なっていたとき、このエッセイを読んだら元気が出ました。

② 工面^{くめん}

1 バイトの収入でなんとか生活費を工面している。
2 お客の便宜を図るために、利用者からアイディアを工面した。
3 選挙が近くなるにつれて、各政党は候補者を工面するのに必死だ。
4 司法の廃止を求めて、街頭で署名を工面する活動を続けた。

③ 携^{たずさ}わる

1 来年、また公務員試験に挑むために、現在勉強に携わっています。
2 僕は製品の開発に携わっており、毎日研究に追われている。
3 退職して自由な時間ができたので、新しい趣味に携わりはじめた。
4 今日は午前中は外回りで、午後は２時間企画会議に携わる予定だ。

④ 潔い
いさぎよ

1 家に帰ったら潔くしっかり手と足を洗いましょう。
いえ　かえ　　　　　いさぎよ　　　　　　　て　あし　あら

2 プリントを配らずに潔く説明だけで済ませた。
くば　　　　いさぎよ　せつめい　　　　す

3 自分が悪かったと思うなら、潔く謝った方がいい。
じぶん　わる　　　　　おも　　　　いさぎよ　あやま　ほう

4 裁判でその殺人事件の容疑者は自分は無実だ、潔いと主張している。
さいばん　　　さつじんじけん　ようぎしゃ　じぶん　むじつ　　いさぎよ　しゅちょう

⑤ 没頭
ぼっとう

1 持病のため、会社をやめて、治療に没頭になりたい。
じびょう　　　　かいしゃ　　　　　ちりょう　ぼっとう

2 生まれて初めて任された任務をやり遂げて、充実感に没頭した。
う　　　はじ　まか　　にんむ　　　と　　じゅうじつかん　ぼっとう

3 主人は研究員で寝る間も惜しんで製品開発の研究に没頭していた。
しゅじん　けんきゅういん　ね　あいだ　お　　せいひんかいはつ　けんきゅう　ぼっとう

4 永井さんはあれほど苦労して社長になったのに、全く地位に没頭していない。
ながい　　　　　　　くろう　しゃちょう　　　　　　　まった　ちい　ぼっとう

⑥ かばう

1 スポーツにおいては彼にかばう者はいないでしょう。
かれ　　　　もの

2 僕にかばわないで、先に行ってください。
ぼく　　　　　　　さき　い

3 市当局がかばったおかげで、伝染病の流行を食い止めた。
しとうきょく　　　　　　　　　でんせんびょう　りゅうこう　く　と

4 親は子供をかばうためにうその陳述をしたと警察に白状した。
おや　こども　　　　　　　　　ちんじゅつ　　　けいさつ　はくじょう

271

答案及解析 P. 334

請選出正確使用下列字彙的選項。

① 加減（かげん）

1 このレストランの料理はいろんな刺激的（しげきてき）なスパイスを加減（かげん）して作（つく）られた。

2 生徒（せいと）たちが使（つか）っている椅子（いす）と机（つくえ）は身長（しんちょう）に応（おう）じて加減（かげん）して作（つく）られた。

3 パンやクッキーを焼（や）くには火（ひ）の加減（かげん）が大事（だいじ）である。

4 炊飯器（すいはんき）でご飯（はん）を炊（た）く時（とき）の水加減（みずかげん）を教（おし）えてください。

② 合致（がっち）

1 僕（ぼく）と先方（せんぽう）との見解（けんかい）が合致（がっち）している。

2 この条例（じょうれい）は議員全員（ぎいんぜんいん）合致（がっち）で可決（かけつ）した。

3 新聞（しんぶん）によるとこの県（けん）は隣（となり）の県（けん）と合致（がっち）するそうだ。

4 二（ふた）つの野菜（やさい）を合致（がっち）して新（あたら）しい野菜（やさい）を作（つく）る研究（けんきゅう）をしている。

③ 総（そう）じて

1 先生（せんせい）がわかりやすく説明（せつめい）してくれたので、総（そう）じて理解（りかい）できた。

2 僕（ぼく）は小学生（しょうがくせい）のころから総（そう）じてレンズをつけている。

3 好景気（こうけいき）のおかげで、各店舗（かくてんぽ）の売（う）り上（あ）げが総（そう）じて伸（の）びている。

4 今回（こんかい）のゼミの参加者（さんかしゃ）は、総（そう）じて 90 名（めい）だった。

④ 満たない

1 この職に就くには経験がまだまだ満たない。

2 あと箸とスプーンが一つずつ満たない。

3 吉田さんは信頼するに満たない人だ。

4 ボランティアの志願者は90人にも満たない数でした。

⑤ 煩雑

1 たくさんの書類を持って、いくつもの窓口にいくなど、手続きが煩雑だった。

2 別室で煩雑な話をしているらしく、取締役会はなかなか終わらない。

3 この町の道は迷路のように煩雑で分かりにくく、何度来ても迷ってしまう。

4 東京で一人暮らしを始めたときは、期待と不安で煩雑な気持ちだった。

⑥ 心構え

1 会社から海外赴任を打診されたが、なかなか心構えが決まらない。

2 金銭トラブルに絡まれないようにするには、普段からの心構えが大切だ。

3 長谷川さんが親切にしてくれるのは、何か心構えがあるんじゃないだろうか。

4 なるべく早く家を買って引っ越す心構えだったのに、なかなか気に入る物件が見つからない。

答案及解析 P. 335

請選出正確使用下列字彙的選項。

① 抱え込む

1 悩み事があったら、一人で抱え込まず、上司や同僚に相談するといい。

2 繰り返して何度も覚えることで、記憶をしっかり抱え込むことができる。

3 ササキ予備校は、来年度から生徒を 300 人まで抱え込むことができるように

　なる。

4 子どものころ描いた僕の絵を、親は今まで大切に抱え込んでくれていた。

② 密集

1 趣味で諸外国の切手を密集している。

2 今回のコンサートに世界中から有名な歌手が密集している。

3 この辺りは古い住宅や建物が密集している。

4 毎週月曜日に会議のメンバーが密集している。

③ 満喫

1 これらの条件を満喫する人材を探している。

2 海外旅行に行って久しぶりの休暇を満喫した。

3 この音楽を聞くと気持ちがとても満喫する。

4 この雑誌には安いアパートの情報が満喫されている。

4 人手

1 うちは母が一家の人手として、長い間家族を経済的に支えてくれている。

2 大手企業が突然倒産し、大量の人手が職を失うことになった。

3 忘年会の準備には人手が要るので、手伝ってくれる人を探している。

4 すべての会社では年齢や性別を問わず、優秀な人手を採用すべきだろう。

5 ゆとり

1 報告書の提出まで、あと一日だけゆとりをいただけないでしょうか。

2 双子が生まれてからうちには経済的にゆとりがなくなった。

3 すでにかなり譲歩したので、これ以上交渉のゆとりはない。

4 参加者が予想以上に多かったので、パンフレットのゆとりはあと一枚だけです。

6 円滑

1 あんな円滑な格好で来るなんて、信じられない。

2 担任の先生はいつも円滑な話で私たちを笑わせている。

3 リーダーは円滑な人間で誰とでも仲良くしている。

4 仲間との関係はどんどん円滑になってきた。

答案及解析 P. 336

請選出正確使用下列字彙的選項。

① 広大

1 今回の経済危機は世界経済に広大な打撃を与えた。

2 緑が多い広大なキャンパスは、うちの学校のメリットだ。

3 円高は広大な業種に影響を及ぼしている。

4 うちの会社はこの地区に広大なビルの建設を予定している。

② 無造作

1 専門店でしか買えなかった品物が、最近はどこでも無造作に買える。

2 弟は料理の味に無造作で、食べられれば何でもいいらしい。

3 姉はおしゃれにはあまり興味がないようで、髪も無造作に束ねているだけだ。

4 ここ、高級レストランにしては雰囲気が無造作で、どんな人でも入りやすい。

③ 見込み

1 うそをついているのではないかとばかりに先生は生徒の目を見込みをする。

2 このビルの 11 階の窓からは市内の見込みがよくきく。

3 みのる君は見込みの明るい生徒だ。

4 彼が当選する見込みはまずない。

④ 口出し

1 今の意見に反論のある人は遠慮せず自由に口出ししてください。

2 マネージャーは客に上手に口出しして、客の好みをうまく聞き出した。

3 今の会社に就職できたのは、教授が口出ししてくれたからだ。

4 上司だからといって部下の私生活にまで口出しするのはよくない。

⑤ 一律

1 家族連れで出かけようとすると、一律に雨が降る。

2 わが社の社員は、経歴はさまざまだけど、一律に留学経験者だ。

3 友人のきょうすけ君は、会うたびに一律に黒っぽい帽子をかぶっている。

4 すべての経費を一律に削るのではなく、無駄なものから減らしていけばよい。

⑥ 裏腹

1 私は姉と双子で外見はそっくりだけど、全く裏腹の性格をしている。

2 私はなぜかいつも本音とは裏腹なことを言ってしまう。

3 この地図からすると、アパート団地と住宅街は駅と裏腹の方角にあるようだ。

4 周りの人が僕を見て笑うので変だと思ったら、セーターを裏腹に着ていた。

答案及解析 P. 336

請選出正確使用下列字彙的選項。

① 復旧

1 夕べから停電で不便だったけど、12時間振りにようやく復旧した。

2 土砂降りで中断されたサッカーの試合がもうすぐ復旧するらしい。

3 今年の夏にひどくばててしまって、仕事になかなか復旧できなかった。

4 あの夫婦はどんなにけんかしてもすぐ復旧するので、本当は仲がいいだろう。

② ひとまず

1 政府が発表した経済対策はひとまず効果はなかった。

2 食事をしてひとまずしてから、薬を飲んでください。

3 今日の作業はひとまずこれで終わりにしよう。

4 この機械はひとまず動かすとすぐには止められない。

③ くまなく

1 指輪がなくなって家中をくまなく探したが、結局見つからなかった。

2 来年からバス代をはじめ、公共料金がくまなく値上げされるそうだ。

3 泥棒に入られて宝石や金庫の現金をくまなく盗まれてしまった。

4 事故で頭を強く打ってから友達の名前をくまなく思い出せない。

④ 質素

1 もう少し質素なツアーはありませんか。これはちょっと高いので。
2 この文章は質素で、とても読みやすいしわかりやすい。
3 要らないものは買わずに、質素な生活を送っている。
4 経験や経歴は質素でも、やる気のある人材を採用したい。

⑤ かなう

1 長い間、準備を重ねてきたイベントが無事かなった。
2 天気予報がかなって、今日は一日中雨に強風だった。
3 一戸建ての自分の家を持つという夢が、とうとうかなった。
4 今までの苦労がかなって、良子は歌手として成功をおさめた。

⑥ 秘める

1 吉田さんはクールに見えるが、実は情熱を内に秘めている。
2 今月で退職することを会社のみんなにはまだ秘めている。
3 友人が授業中に変な顔をしたので、笑いを秘めるのが大変だった。
4 チームを成して仕事をする上で、多少の苦情は秘める必要もある。

答案及解析 P. 337

請選出正確使用下列字彙的選項。

① 仕業（しわざ）
1 車のいたずら書きは、近所に住む子供の仕業だった。
2 この道にはいつもきれいな花が植えてあるけど、誰の仕業なんだろう。
3 まだ新人で仕事に慣れていないんだから、黒谷さんの仕業を責めてもしかたがない。
4 車の事故にあった子どもを見つけた時の金田君の仕業は、本当に立派だった。

② おこたる
1 もうすぐ各国首脳会談があるので、警戒をおこたってはいけない。
2 鈴木係長はいつも出社して一日中おこたっている。
3 弟は受験を一ヶ月後に控えているのに、勉強もしないでおこたってばかりいる。
4 注意がおこたると事故を起こしかねない。

③ 拍子（ひょうし）
1 重いビンを入れすぎたせいか、紙袋が持ち上げた拍子に破れてしまった。
2 最近はとても疲れているので、布団に入った拍子に眠ってしまう。
3 彼氏の弁当を作った拍子に、父のお弁当も作った。
4 雨がやんだ拍子に出かけたので、ぬれずに済んだ。

4 はがす

1 目が疲れる時には、コンタクトレンズをはがして眼鏡をかけた方がいい。

2 おいしいジャムを作るためには、果物の皮をはがして、小さく切ってください。

3 知人への贈り物なので、値段のシールをはがしておいてください。

4 星野さんは手帳に地図を描くと、そのページをはがして私にくれた。

5 耐えがたい

1 この植物は湿気に耐えがたいので、梅雨の季節には手入れを怠ってはいけない。

2 例年にない猛暑に見舞われて、今年の夏は毎日耐えがたい暑さが続いている。

3 5年前に買い替えた冷蔵庫は何度も修理して使っているけど、もう耐えがたいようだ。

4 高価な物をバンバン買うなど贅沢な暮らしをしていたら、すぐに貯金が耐えがたくなるだろう。

6 人一倍

1 山野辺さんの今の成功は、これまで人一倍努力してきたからだ。

2 大笑いのタモリさんの司会が好評で、この番組の視聴率は人一倍だ。

3 篠原様はうちの大切なお客様なので、人一倍上等なワインを出してください。

4 バレーボール選手の妹は子どものころから大柄で、身長はいつもクラスで人一倍だった。

答案及解析 P. 337

請選出正確使用下列字彙的選項。

1 にぎわう

1 国会図書館にはいろんな専門書や論文などがにぎわっている。
2 都心の真ん中にあるこの公園は緑でにぎわっている。
3 毎朝、電車は会社に行くサラリーマンでにぎわっている。
4 休日の前の日の夜はどこのレストランもにぎわっている。

2 とっくに

1 先生、森田さんならとっくに帰りました。
2 少し前から電話がとっくに鳴りっぱなしだ。
3 この辺りに、とっくに大きいお寺があった。
4 10年前のことを今ごろ謝ってもとっくに遅いよ。

3 見失う

1 わき見をしながら歩いていたから、デパートで親を見失ってしまったことがある。
2 3人で幾度も検討したはずなのに、ミスを見失っていたなんて。
3 相手のチームのわずかなすきを見失わず、ここぞとばかりに反撃に転じた。
4 先生は、不良だった私たちを最後まで見失わずに指導してくれた。

④ 配布

1 ケータイの電波は、どこにいても配布されるそうだ。

2 ご購入いただいた品物は、ご自宅まで配布いたします。

3 インターネットでは、最新ニュースがすぐに配布される。

4 あの店では今、化粧品の無料サンプルを配布している。

⑤ 発散

1 インターネットが普及して、情報を発散することが容易になった。

2 袋を落として、米を辺り一面に発散してしまった。

3 真夏には、朝晩、庭に水を発散することにしている。

4 冷蔵庫は、外部に熱を発散することで、内部を冷やしている。

⑥ ブランク

1 いろいろ工夫して狭いブランクを有効に活用しよう。

2 この椅子は狭くて二人座るブランクはないよ。

3 現役スポーツ選手として2年というブランクは痛手であった。

4 もう一人乗るだけのブランクがこの車にはありません。

答案及解析 P. 338

請選出正確使用下列字彙的選項。

① 安静（あんせい）

1 体調が悪（わる）かったら、無理（むり）をしないで安静（あんせい）にしていてください。
2 僕（ぼく）のふるさとは緑（みどり）が多（おお）く、安静（あんせい）でとても住（す）みやすいことろです。
3 試合（しあい）の後（あと）は興奮（こうふん）が冷（さ）めずなかなか安静（あんせい）になれなかった。
4 リーダーはいつも安静（あんせい）な判断（はんだん）ができるので頼（たよ）りになる。

② 処置（しょち）

1 明日報告（あしたほうこく）できるように、今日中（きょうじゅう）に書類（しょるい）を処置（しょち）しておこう。
2 来週引（らいしゅうひ）っ越（こ）すので、使（つか）わない家具（かぐ）を全部処置（ぜんぶしょち）しようと思（おも）う。
3 化学（かがく）は苦手（にがて）だったが、先生（せんせい）の特別（とくべつ）な処置（しょち）でよく分（わ）かるようになった。
4 医師（いし）の適切（てきせつ）な処置（しょち）のおかげで、痛（いた）みはすぐに治（おさ）まった。

③ 打開（だかい）

1 父（ちち）は刑事（けいじ）として綿密（めんみつ）な捜査（そうさ）を重（かさ）ねて、数々（かずかず）の事件（じけん）を打開（だかい）してきた。
2 姉（あね）は難（むずか）しいという司法試験（しほうしけん）を打開（だかい）し、希望（きぼう）の弁護士（べんごし）に就（つ）くことができた。
3 古（ふる）い悪習（あくしゅう）を打開（だかい）して新（あたら）しいやり方（かた）を取（と）り入（い）れよう。
4 この難局（なんきょく）を打開（だかい）するためには、抜本的（ばっぽんてき）な経営（けいえい）の見直（みなお）しが不可欠（ふかけつ）だった。

4 しがみつく

1 汗でシャツが肌にしがみつくのが気持ち悪くて、汗を流すスポーツなんて大嫌い。

2 事故のせいか、今朝の電車は、隣の人に体がしがみつくほど込んでいた。

3 ふたが瓶にしがみついていて、どんなに力を入れて開けようとしても開かなかった。

4 女の子は泣きそうな顔をしながら祖母の足にしがみついて離れようとしなかった。

5 発足

1 新技術を発足したおかげで、他社との競争で勝てた。

2 この団体は先々月、発足したばかりです。

3 うちの出版社は先月新しい週刊誌を発足した。

4 明日発足しようとする報告書について検討します。

6 統合

1 調査にかかった総費用を統合して金額を報告書に記載した。

2 今年度から関連部署を統合して運営体制の再編を試みた。

3 室内全体をピンク系の色に統合して華やかな印象に変えてみた。

4 2チームは違う登山口から山に入り、頂上で統合する予定だ。

答案及解析 P. 339

請選出正確使用下列字彙的選項。

1　退く
　1　遺産相続の権利を赤の他人に退いた。
　2　お年寄りに席を退く のは当たり前のことだ。
　3　後ろから誰かに呼ばれて退いたら怖いことに誰もいなかった。
　4　課長は持病で職場を退いてから休養に専念しているらしい。

2　もはや
　1　あんなに一生懸命にやってきたんだから、もはや80点はとりたい。
　2　彼女は納得いかないと熱くなって、もはや議論する。
　3　この空模様だったら、午後にはもはや雪が降ってくるだろう。
　4　朝ご飯はソウルで、晩ご飯は東京でということももはや途方もないことではない。

3　規制
　1　この仕事に就くには年齢の規制があるらしい。
　2　ヨーロッパからの輸入品の規制が大幅に緩和された。
　3　ここからは歩行者天国なので、車両は規制されます。
　4　食欲を規制する薬を飲んで、その副作用で苦しんでいる。

4 経緯

1 事件の概要と経緯をまとめて発表する。

2 北海道に行く時、プサン経緯の飛行機に乗った。

3 これからの経緯を見てから、手術しようかしまいかを決めよう。

4 離婚して3年も経緯したけど、まだ心の整理がつかない。

5 帯びる

1 不慣れな町なので、帯びてしまった。

2 私のふるさとは歴史的な趣が帯びる町である。

3 クレジットカードは磁気を帯びたものに触れたら使えなくなる。

4 このあたりの並木は桜なので、4月になるとその香りが帯びている。

6 はなはだしい

1 あれほど頑張ったのに、はなはだしい成果が挙げられなかった。

2 まかり間違えば、会社にはなはだしい損失をもたらすだろう。

3 そんなはなはだしい夢ばかり追わないで、もうちょっと現実を考えなさいよ。

4 そんなはなはだしいことにこだわっているとどうにもならないよ。

名詞

あ あしらい　接待；應對

後(あと)ずさり　後退；倒退

案(あん)の定(じょう)　果然；不出所料

いきさつ　原委；經過

一括(いっかつ)　總括；紮成一綑

一見(いっけん)　一見；看一眼；乍看

右往左往(うおうさおう)　慌亂；四處亂竄

有頂天(うちょうてん)　得意洋洋；得意忘形

面影(おもかげ)　面貌；樣子

か 箇条書(かじょうが)き　條列式書寫

傍(かたわ)ら　旁邊；側面

寛容(かんよう)　寬容

気骨(きこつ)　骨氣

郷愁(きょうしゅう)　鄉愁

恐縮(きょうしゅく)　誠惶誠恐

吟味(ぎんみ)　品味；玩味

禁物(きんもつ)　禁止做的事

口(くち)コミ　口頭交流；網路評論

口調(くちょう)　腔調；口委

けじめ　界線；分寸

欠如(けつじょ)　欠缺；缺乏

故意(こい)　故意

恒久(こうきゅう)　恆久

号泣(ごうきゅう)　嚎啕大哭

交付(こうふ)　交付；支付

恒例(こうれい)　慣例

穀潰(こくつぶ)し　好吃懶做

根性(こんじょう)　本性

さ 指図(さしず)　指令；指示

賛辞(さんじ)　讚詞；頌詞

散見(さんけん)　各處可見

終日(しゅうじつ)　終日

重責(じゅうせき)　重大責任

執着(しゅうちゃく)　執著

珠玉(しゅぎょく)　珠寶；珠璣

召集(しょうしゅう)　召集

昇進(しょうしん)　升遷

親善(しんぜん)　友好；親善

隙間(すきま)　縫隙

素手(すで)　赤手；徒手

相応(そうおう)　相符合；相應

た 単一(たんいつ)　單一

堪能(たんのう)　心滿意足；充分享受

秩序(ちつじょ)　秩序

忠実(ちゅうじつ)　忠誠；如實

中毒(ちゅうどく)　中毒

月極(つきぎ)め　月租；按月收費

低迷(ていめい)　低迷

土壇場(どたんば)　絕處；最後關頭

な ねた　材料；道具；素材

は 日向(ひなた)　向陽處

品種(ひんしゅ)　品種

不満(ふまん)　不滿

辺(へん)ぴ　偏僻

ほうび　獎賞

ま　密閉(みっぺい)　密閉

　　未明(みめい)　拂曉；黎明

　　目安(めやす)　標準；基準

　　面皮(めんぴ)　臉皮

や　夜分(やぶん)　夜間；夜裡

　　融通(ゆうずう)　通融

ら　理屈(りくつ)　道理；歪理

　　両立(りょうりつ)　兩立；並存

動詞

あ　明(あ)かす　傾訴；洩密；說出

　　商(あきな)う　經商；做買賣

　　値(あたい)する　值得

　　あつらえる　訂做

　　あやぶむ　擔心；認為危險

　　慌(あわ)てる　慌張；忙亂

　　いじる　玩弄；撥弄

　　偽(いつわ)る　假冒；說謊

　　営(いとな)む　經營；營生

　　うせる　失去；丟失；消逝

　　うやまう　景仰；敬佩

　　潤(うるお)う　內心充盈；變得富裕

　　おごる　請客

　　陥(おちい)る　陷入；落入；沉溺

か　輝(かがや)く　閃爍；輝耀

　　かさばる　體積大；占空間

　　かばう　包庇；坦護

　　かまける　只忙於~；專心於~

　　きしむ　吱吱嘎嘎響(堅硬物相互摩擦聲)

　　鍛(きた)える　鍛鍊；磨練

　　牛耳(ぎゅうじ)る　支配；主導

　　くくる　總結；歸納；綑紮

　　朽(く)ちる　腐朽；腐爛

　　けなす　貶低；詆毀；輕蔑

　　こだわる　拘泥；講究

　　こなす　操作；處理；熟練

　　凝(こ)る　下功夫；熱衷；痠痛

さ　栄(さか)える　繁榮；興旺

　　さらう　複習；溫習

　　すっぽかす　爽約；食言

　　迫(せま)る　迫近；逼近；迫使

　　そびえる　峙立；聳立；矗立

　　そらす　轉移；岔開

た　償(つぐな)う　賠償；補償；贖罪

　　募(つの)る　聚集；招募；激化；徵求

　　つぶやく　嘟囔；嘀咕

　　途切(とぎ)れる　斷絕；中斷

　　とろける　溶解；融化；陶醉

な　なつく　親近；熟識

　　濁(にご)す　弄濁；弄渾

　　にじむ　滲出；模糊

　　ねたむ　嫉妒；眼紅

ねだる　央求；強求

粘(ねば)る　黏；堅持不懈

狙(ねら)う　瞄準；伺機；以…為目標

ののしる　大聲斥責

は　はかどる　進展；順利進行

はしゃぐ　吵鬧；喧鬧

ばてる　筋疲力竭

放(はな)つ　釋放；放開；發出

はばかる　忌憚；顧忌

はばたく　大展身手；拍打翅膀

はびこる　蔓延

ばれる　敗露；洩露

更(ふ)ける　夜深；季節開始後已過相當長時間

触(ふ)れる　觸及；碰觸

隔(へだ)てる　間隔；相隔

へりくだる　謙恭；謙遜

ほころびる　初綻；綻開

ほぐす　拆開；解開

ぼやく　嘟囔；發牢騷

ま　またがる　橫跨；跨越

見極(みきわ)める　查明；看清

みなす　當作；看作

設(もう)ける　設立；設置

儲(もう)ける　工作；賺錢

い形容詞

あくどい　惡毒的；毒辣的

あどけない　孩子氣的；稚氣的

いたましい　令人痛心的；令人同情的

著(いちじる)しい　顯著的

おびただしい　無數的；大量的

くすぐったい　難為情的；害羞的；發癢的

そうぞうしい　嘈雜的；喧鬧的

とてつもない　荒謬至極的

はかない　短暫的；虛無的；空幻的

はかばかしい　進展順利的

ばかばかしい　荒唐的；愚蠢的

はなはだしい　程度劇烈的

はなばなしい　華麗的；絢爛的

久(ひさ)しい　許久的

等(ひと)しい　相等的；等同的

平(ひら)たい　平坦寬闊的；淺顯易懂的

紛(まぎ)れもない　明白的；無誤的

もどかしい　令人著急的；急不可待的

な形容詞

鮮(あざ)やかだ　鮮明的；鮮豔的

唖然(あぜん)だ　啞然；目瞪口呆

おろかだ　疏忽的；馬虎的

かんぺきだ　完美的；理想的

軽率(けいそつ)だ　草率的；隨便的

謙虚(けんきょ)だ　謙虚的

高尚(こうしょう)だ　高尚的

巧妙(こうみょう)だ　巧妙的；精湛的

しなやかだ　動作優美的；柔軟有彈性的

疎遠(そえん)だ　疏遠的

粗末(そまつ)だ　低劣的；粗心的

ぞんざいだ　草率的；粗魯的；粗暴的

痛切(つうせつ)だ　深切的；痛切的

手薄(てうす)だ　人手不足的；不充足的

適宜(てきぎ)だ　適宜的；恰當的

でたらめだ　胡說八道的

のどかだ　寧靜的；和緩的；晴朗的

のんきだ　無憂無慮的；悠閒的

抜本的(ばっぽんてき)だ　根本的

敏感(びんかん)だ　敏感的

不順(ふじゅん)だ　不順的；異常的

ぶっきらぼうだ　唐突的；莽撞的

物騒(ぶっそう)だ　不安寧的；危險的

まちまちだ　形形色色的；各式各樣的

無茶(むちゃ)だ　不合理的；超過限度的

厄介(やっかい)だ　麻煩的；費事的

利口(りこう)だ　聰明的；伶俐的

理不尽(りふじん)だ　不合理的；蠻橫無理的

露骨(ろこつ)だ　露骨的

わずかだ　僅僅的；一點點的

副詞

あたかも　宛如；恰似

あやふや　曖昧；含糊

あわや　險些；差點

依然(いぜん)として　依然；照舊

いやに　非常；十分地

おもむろに　從容不迫地；徐徐地

仮(かり)に　假設；假定

きびきび　乾脆；敏捷；俐落

ぎりぎり　極限；最大限度

しとしと　雨淅淅瀝瀝

ずらっと　成排地；成列地

精一杯(せいいっぱい)　竭盡全力

せっかく　好不容易；特意地

断然(だんぜん)　斷然；堅決

つんつるてん　衣服過短

てっきり　一定；必定

どうやら　好像；彷彿

とっさに　霎那間；瞬間

突如(とつじょ)　突然；冷不防

にわか　突然；忽然

はきはき　爽快；乾脆；明確

びっしょり　濕漉漉

ひょっこり　偶然遇見；突然出現

ふかふか　鬆軟地

ぶかぶか　肥胖；過大不合身

ぶくぶく　臃腫；水泡咕嘟咕嘟地冒出

ぶつぶつ　喃喃；發牢騷；一粒粒突起貌

ふわふわ　鬆軟地；輕飄飄地；心情浮躁

ふんわり　輕飄飄；鬆軟

ぺこぺこ　肚子餓

まるまる　圓滾滾

まんべんなく　遍及所有；全部

自(みずか)ら　自己；親自

めいめい　各個；各自

めっきり　尤其；格外

やみくもに　貿然

やや　稍稍；略微

よほど　相當；頗

外來語

ウイルス　病毒

エポックメーキング

劃時代的；開創新紀元的

カタルシス　淨化；宣洩

ギャップ　代溝；隔閡

グッズ　貨物；各種商品

シック　時髦；高尚

ショック　打擊；震驚

タイミング　時機

タブー　禁忌

ナンセンス　胡說；廢話

パイオニア　先鋒；先驅

フォーム　表格；格式；姿勢；外型

ボイコット　抵制；杯葛

ムード　氣氛；心情；語氣

レシート　發票；收據

問題 4　請選出正確使用下列字彙的選項。

① びっしょり

1 彼はいつもびっしょり約束の時間に現れる。

2 今週はスケジュールがびっしょり詰まっている。

3 雨に降られたのか彼はびっしょりになって入ってきた。

4 私も若い時はあんなにびっしょりした体つきをしていた。

② 物騒

1 物騒な顔をしている彼には近づきにくい。

2 息子が親を殺めるなんて、物騒な世の中だね。

3 隣の子供たちはいつも物騒にしている。

4 コンサートホールの前でファンたちが物騒を起こした。

③ またがる

1 この山は三つの県にまたがっている大きな山だ。

2 当時僕はパートをして学費をまたがっていた。

3 和食の店の入り口にはのれんがまたがっている。

4 おじさんは肩に重そうなかばんをまたがって歩いている。

④ あたかも

1 あたかも車にぶつかるところだった。

2 彼女はあたかも自分が見たかのように話している。

3 親友の美智子は私のためならあたかもやってくれる。

4 彼があたかも貧乏であれ、彼に対する愛は変わらない。

⑤ すっぽかす

1 めぐみさんはみんなの前で僕の秘密をすっぽかしてしまった。

2 木枯らしが吹く季節になると、心がすっぽかしてしまう。

3 田村さんは約束を平気ですっぽかす信頼するに足りない人だ。

4 生真面目な彼は待ち合わせの時間にすっぽかして現れる。

6 素手

1 サンタさんはたくさんのプレゼントを抱えた素手で現れた。

2 言葉が通じなくて素手を使って自分の考えを伝えた。

3 工事現場では手袋をはめて素手で作業をしないでください。

4 素手として人の家を訪問するのは失礼だと教わった。

7 断然

1 調理師の姉が作ったものより僕が作った方が断然おいしい。

2 人とコミュニケーションする時は、断然な表現は避けた方がいい。

3 色々なアイディアの中でこの案が断然してできがいい。

4 あれほど言ったのに彼は断然と態度を変えない。

8 あわや

1 あわやこれからも両国間の文化交流は続きそうだろう。

2 よそ見をして歩いていてあわや電信柱にぶつかるところだった。

3 近所にお越しの際にはあわやご連絡ください。

4 みなさんのおかげであわや解決ができました。

9 月極め

1 うちの経済状況から見ると、たとえ月極めでも新車は購入できっこない。

2 韓国でも少し高くなるが、日本の新聞や雑誌が月極めで購読できる。

3 月極めに7万円する部屋を借りたから、1年に84万円払うことになるわけだ。

4 母の作ったカレーは月極めな味ながら心の琴線に触れる不思議な魅力がある。

10 濁す

1 精一杯歓声を上げた後、声が濁してしまった。

2 子供たちに泥足で入られて、床のじゅうたんを濁してしまった。

3 業務環境の改善の要求に対して社長はお茶を濁してばかりだ。

4 相手チームの選手を殴った彼の行為はスポーツ選手の名を濁すことだ。

問題 4　請選出正確使用下列字彙的選項。

① 自_{みずか}ら

1 いろんなワインを飲んでいるうちに自らワインの味がわかってきた。

2 だれだって年をとるにつれて考え方は自ら変わっていくものだ。

3 芸能人のマイケルさんは自ら米国籍から日本籍に変えた。

4 だれもいなくて風も吹いてないのに、怖いことにドアが自らあいた。

② 隔_{へだ}てる

1 高いビルは道路に隔てて立ち並んでいる。

2 次のプロジェクトを目の前に隔てている。

3 細い道を隔てて線路があるので、家はうるさい。

4 あの候補者は自分を隔てる言い方をする。

③ 凝_こる

1 観客たちは受賞者の発表を息を凝って待っている。

2 もっといい方法はないかと工夫を凝っている。

3 最近、僕はコーヒーに凝っている。

4 親友の死の知らせに彼の表情は凝った。

④ つんつるてん

1 去年買ったズボンがつんつるてんになった。

2 この化粧水を塗ると肌がつんつるてんになった。

3 大勢の前に立つと頭の中がつんつるてんになってしまう。

4 やせてスカートのウェストがつんつるてんになっていた。

⑤ 口調_{くちょう}

1 不況で数々の資金口調の道が断たれて倒産してしまった。

2 試合を目の前にしている選手たちの口調は静かで強い闘志を燃やしていた。

3 イギリスに 10 年も住んだだけに彼の英語の口調はすばらしいものだった。

4 私の上司は「いつ首になるかわからん」と口調のように言っている。

6 あぜん

1 彼は親友が死んだと聞いてあぜんに空を眺めていた。

2 彼女はあぜんと顔をしてその場に立ち尽くしていた。

3 彼のあまりにもひどい言葉にあぜんとしていただけだった。

4 先生の質問に彼はあぜんと答えて、みんなを笑わせた。

7 理屈

1 部長の言うことは理屈に合わないが、従うしかない。

2 肩のこるような理屈なしきたりなんて捨てよう。

3 あなたにとやかく干渉される理屈はないと思うけど。

4 吉本教授の講義は理屈極まりないものだ。

8 ねた

1 秘書のあやこさんは仕事のねたに編み物をしている。

2 今朝出社したら、窓ねたに自分の机が置いてあった。

3 畑にリンゴのねたをまいたはずなのに、なしが実った。

4 この寿司屋はいいねたを使っているわりには安い。

9 著しい

1 社長の表情は会議の終始変わりなく著しい。

2 川の水位は雨がやんだら著しく下がっていた。

3 彼の頼みは言葉は優しいが、実は脅迫に著しいものだった。

4 引越しを1週間前に控えているので、毎日が荷造りで著しい。

10 依然

1 社内には依然として男女の不平等な待遇や給料の格差が存在する。

2 傍若無人な百合子さんの行動にみんなは依然にして言葉一つ出なかった。

3 子供の時から貿易会社が持ちたいと思っていたが、その思いは依然としています。

4 不思議なことに幸せであれば幸せであるほど依然とした不安が募るんだ。

問題 4　請選出正確使用下列字彙的選項。

① そうぞうしい
1 終電の中は空っぽでそうぞうしかった。
2 彼のそうぞうしい態度はみんなを怒らせた。
3 そうぞうしい都心の中にこんな公園があるなんて。
4 船員たちは嵐にそうぞうしく立ち向かった。

② 狙う
1 Ａ社はライバル企業の動向を狙って動いている。
2 目を現実に狙って問題を解決しようとした。
3 隣の部屋のドアが少し開いていたので、そっと中を狙ってみた。
4 決勝進出を狙ってみんな一丸となって頑張っている。

③ 値する
1 愛犬を亡くした悲しみを値するにかたくない。
2 突然の出来事に私だけでなくみんなが値していた。
3 彼はいくら苦難があっても値することはなかった。
4 溺れた子供を救助した行為は賞賛に値することだ。

④ くくる
1 旅客船がレインボーブリッジをくくりぬけた。
2 括弧でくくったところを読んでください。
3 シャツの袖をくくり上げて仕事に取りかかった。
4 腰に貼った湿布をくくったら、皮膚が赤くはれてきた。

⑤ ひとしい
1 マイナス要素がまったくない企業は皆無にひとしくて、非現実的だ。
2 結婚の前にはひとしかった彼の顔が今は憎たらしく思えるようになった。
3 ほしい物を全部手に入れたら、充満感ではなくひとしいと感じた。
4 土台が弱いのに、急激に成長を成し遂げた企業は不況にひとしいと言う。

6　募る

1　それ相応の努力が募って今の地位に至った。

2　公式サイトに求人広告を掲載したら、大勢の人が募ってきた。

3　この前の件で社長に対する職員の不信感は募るばかりだ。

4　この業界に生き募るのは強い者ではなく、最後まで我慢する者だ。

7　疎遠

1　これといったわけもないのに玉ちゃんとは疎遠した。

2　海外留学中の彼氏とはだんだん疎遠になった。

3　今も人口が減りつつある疎遠地域があるらしい。

4　彼は変わった性格で、仲間から疎遠している。

8　めっきり

1　苦労して論文を書いたせいか、白髪がめっきりと増えている。

2　手術してめっきりとした二重まぶたを持てるようになった。

3　めっきり敗れると思ったチームが逆転勝ちを収めた。

4　先方からの返答は今週末までにはめっきり来ると思うよ。

9　ほぐす

1　英語教育をほぐしている保育園が増えているらしい。

2　袖口に刺繍をほぐしてあるデザインが今はやっている。

3　あくびが出なくてもそのまねをするだけで緊張をほぐすことができる。

4　大人が何となく投げた一言が子供に悪い影響をほぐすこともある。

10　まんべんなく

1　急に涼しくなったせいか、まんべんなく寂しい。

2　お金ばかりを追いかける人生ではまんべんなくなるんだ。

3　新聞には時事の主要な情報がまんべんなく掲載されている。

4　一回出した履歴書は理由のまんべんなく返すことはない。

問題 4　請選出正確使用下列字彙的選項。

① はしゃぐ
1 駅まではしゃいで行って新幹線の時間にぎりぎり間に合った。
2 女の子は両手におもちゃを持って嬉しそうにはしゃいでいる。
3 子供は元気よく自転車のペダルをこいで湖の周りをはしゃいでいる。
4 お葬儀は大勢の人々によって厳かにはしゃいだ。

② 偽る
1 相当痛いはずなのに、彼は平気を偽っている。
2 ある女優は人を偽って金を奪い取ったことで逮捕された。
3 彼はお金持ちなのに貧乏を偽って脱税していたらしい。
4 チャイムが鳴ったけど、私は留守を偽っていた。

③ てっきり
1 子供の時の傷のあとがいまだにてっきり残っている。
2 空の様子からみて午後はてっきり雨になると思ったら、晴れてきた。
3 眼鏡をかけないとぼんやりと見えるけど、かけたらてっきり見える。
4 彼の顔立ちはてっきりしていて、まるでハワイアンみたい。

④ 恒久
1 いつの日か世界に恒久的な平和が訪れると思っている。
2 いつどこで何が起こるか分からない世だから、恒久に注意を払っている。
3 ビールは恒久グラス一杯注ぐけど、ワインはグラスの３分の１が目安だ。
4 開店したばかりなので、客が殺到しているけど、これが恒久し続けたらいいな。

⑤ 目安
1 札幌までの航空券を目安の半分の価格で買った。
2 一般的に家賃の目安は収入の３分の１だと言う。
3 都内大会を目安に控えているので訓練を怠ってはいけない。
4 通販でブランド品を目安に販売していたので買ったが偽物だなんて。

6　輝く

1　稲妻が輝いたらすぐ雷が鳴って土砂降りになった。

2　まばゆい太陽を浴びて湖はきらきら輝いた。

3　優勝者はこっちを見てトロフィーを輝いて見せた。

4　この草むらには、夜になるとほたるがたくさん輝いている。

7　故意

1　故意にお越しいただきありがとうございます。

2　故意のおいでで大変恐縮でございます。

3　彼に会いに故意に来たのにぞんざいに扱われた。

4　さっき彼女が故意に私を後ろから押した気がする。

8　銘銘

1　勘定は銘銘で払うことにした。

2　父の工場が倒産して家族が銘銘になった。

3　4月になって桜が銘銘咲き始めるだろう。

4　登山の際、お水は銘銘持参すること。

9　低迷

1　専門家によると低迷としている景気は回復の見込みはないという。

2　応援しているチームが今シーズン最下位に低迷している。

3　さすが低迷な演出家による公演だけのことはあるね。すばらしかった！

4　進学と就職で、どちらかを選ばなきゃならないのに、低迷している。

10　うやまう

1　祖父母は街の人々にうやまわれている。

2　不況でうちの会社の経営もうやまわれている。

3　事故をうやまって息子を旅行に行かせない。

4　未来の人間生活は人工知能にうやまわれている。

問題 4　請選出正確使用下列字彙的選項。

① 利口（りこう）

1 彼は常に相当利口（そうとうりこう）そうな言（い）い方（かた）をしている。

2 島村（しまむら）さんは利口（りこう）な人（ひと）で自分（じぶん）の損（そん）になることはしない。

3 このアパートの利口（りこう）なところは静（しず）かで、駅（えき）から近（ちか）いことだ。

4 そんなに利口（りこう）に合（あ）わないことを言（い）ったら、だれもあなたを信（しん）じないよ。

② ほうび

1 手伝（てつだ）ってくれた娘（むすめ）にほうびとしてお小遣（こづか）いをやった。

2 吉田（よしだ）君（くん）がやったことはほうびに値（あたい）する。

3 この作品（さくひん）に対（たい）していろんな人（ひと）がほうびしている。

4 演奏（えんそう）が終（お）わってほうびの拍手（はくしゅ）が湧（わ）いた。

③ しとしと

1 薬（くすり）を塗（ぬ）ったら傷（きず）がしとしと痛（いた）みはじめた。

2 外（そと）には春雨（はるさめ）がしとしと降（ふ）っていた。

3 急（きゅう）に胃（い）がしとしと痛（いた）くなってきた。

4 なんでそんなしとしと泣（な）いているんだ？

④ 放（はな）つ

1 子供（こども）の時（とき）、うちは庭（にわ）にウサギや犬（いぬ）、アヒルなどが放（はな）って飼（か）っていた。

2 ここからは道（みち）が二（ふた）つに放（はな）っているから、どっちへ行（い）くかは自分（じぶん）が決（き）める。

3 2年前（ねんまえ）に僕（ぼく）は家族（かぞく）を放（はな）ってアメリカで映画（えいが）の勉強（べんきょう）をしている。

4 これ、もらった香水（こうすい）だけど、いやなにおいを放（はな）っている。

⑤ もうける

1 若（わか）い時（とき）、株式（かぶしき）で大金（たいきん）をもうけた彼（かれ）は死（し）ぬまで贅沢（ぜいたく）な生活（せいかつ）を送（おく）っていた。

2 僕（ぼく）は貧（まず）しい家庭（かてい）で生（う）まれ育（そだ）ち、お金（かね）をもうけに大都会（だいとかい）に出（で）かけてきた。

3 結婚（けっこん）しても生活費（せいかつひ）をもうけるために、夫（おっと）と一緒（いっしょ）に共働（ともばたら）きしている。

4 彼（かれ）は一戸建（いっこだ）てを持（も）つ夢（ゆめ）を叶（かな）えるために着実（ちゃくじつ）にお金（かね）をもうけていった。

6 有頂天

1 あいつ、先生にほめられて有頂天にしているのよ。

2 苦労してやっとエベレストの有頂天に登った。

3 念願の企業に合格して妹は有頂天になっていた。

4 彼女はすでに人気の有頂天に立っている。

7 償う

1 自分が犯していない罪を償うのは悔しい。

2 鉄分を償う食品としてわかめなどがある。

3 学費を償うために、休みには昼夜バイトをしている。

4 大学では収入を償うために海外から留学生を呼び込んでいる。

8 けじめ

1 どんなに仲のいい友人だとしてもお金のけじめをしない方がいい。

2 自分がやったことがいいことなのか、悪いことなのか、けじめにつかない。

3 社会では公私のけじめをちゃんとつける人が成功するものだ。

4 資源ゴミは燃やすゴミとけじめをつけて、収集日に出してください。

9 触れる

1 展示会場の作品を触れるべからず。

2 授業では世界においての経済問題にも触れる。

3 この年賀状はここを触れると香りがする。

4 電車の中で痴漢に触れられて悲鳴を上げた。

10 はきはき

1 業務が終わると新人たちははきはきと帰ってしまう。

2 プレゼンテーションで彼ははきはきと発表している。

3 何でもはきはきとこなす西本君は上司に信頼されている。

4 人間は誰だって自分の好きなことをしている時、一番はきはきしている。

問題 4　請選出正確使用下列字彙的選項。

1 こなす
　　1 バドミントンは中学の時にクラブ活動としてこなしたことがある。
　　2 長い連休には緊張の糸が切れて、体調をこなすことがある。
　　3 雑談にもスキルが要って、まずその場の空気をこなさないことだ。
　　4 情熱を持って、大量の仕事をこなすようにしている。

2 おちいる
　　1 彼がかけておいたわなにおちいってしまった。
　　2 人の家に勝手におちいってはいけない。
　　3 教授は研究室に閉じこもって研究におちいっている。
　　4 祖父は退職後、いろんな趣味におちいっていた。

3 慌てる
　　1 地震の警告のベルが鳴ったので、慌てて外へ出た。
　　2 不慣れな町なので、道に慌ててしまった。
　　3 ぐずぐずしたら間に合わないから、慌てて出かけよう。
　　4 受験に滑った彼は元気をなくして肩を落として慌てていた。

4 栄える
　　1 石村博士は医学発達に一生を栄えた。
　　2 当時にはこの町も観光客で栄えていた。
　　3 ここは石炭産業が栄えて炭鉱の街としても知られた。
　　4 僕は親にかわって、家庭を栄えていかなくちゃならない。

5 無茶
　　1 免許をとったばかりの彼女の運転は無茶していた。
　　2 無茶な飲酒は健康を損ねると認知はしているが。
　　3 そんな無茶して仕事することはないよ。ほどほどにしなさい。
　　4 穏やかな先生が怒るのも無茶はないと思うよ。

6 巧妙（こうみょう）

1 新人（しんじん）なのに彼女（かのじょ）は仕事（しごと）を巧妙（こうみょう）とこなしている。

2 あの人（ひと）は巧妙（こうみょう）した言（い）い方（かた）で人（ひと）をだましている。

3 紀子（のりこ）さんは手先（てさき）が巧妙（こうみょう）で、細（こま）かい物（もの）を作（つく）るのが得意（とくい）だ。

4 社長（しゃちょう）は給料（きゅうりょう）が遅（おく）れることについて巧妙（こうみょう）な言（い）い訳（わけ）をした。

7 隙間（すきま）

1 授業（じゅぎょう）の隙間（すきま）に学生（がくせい）との受験（じゅけん）の相談（そうだん）をしようと思（おも）っている。

2 2か月（げつ）にかけて仕事（しごと）の隙間（すきま）に編（あ）んだセーターがやっと出来上（できあ）がった。

3 真冬（まふゆ）なのに岩（いわ）の隙間（すきま）にはかわいい野花（のはな）が咲（さ）いていた。

4 どこまで読（よ）んだかわかるように本（ほん）の隙間（すきま）に挟（はさ）むものは「しおり」という。

8 突如（とつじょ）

1 支持率（しじりつ）の高（たか）い議員（ぎいん）が突如（とつじょ）政界（せいかい）から葬（ほうむ）り去（さ）られた。

2 突如（とつじょ）で土砂降（どしゃぶ）りが降（ふ）り出（だ）して軒下（のきした）で雨宿（あまやど）りをした。

3 レストランで突如（とつじょ）のガス爆発（ばくはつ）があったそうだ。

4 晴（は）れていたと思（おも）ったが突如（とつじょ）にして稲光（いなびかり）がはしって、びっくりした。

9 にわか

1 新発売（しんはつばい）の商品（しょうひん）はにわかで売（う）り切（き）れだ。

2 社長（しゃちょう）の命令（めいれい）に従（したが）ってにわかして東京（とうきょう）へ出発（しゅっぱつ）した。

3 客（きゃく）のにわかの訪問（ほうもん）であわててしまった。

4 客（きゃく）の問（と）い合（あ）わせににわかの返事（へんじ）を出（だ）した。

10 くちる

1 課長（かちょう）は人（ひと）はいいが、お酒（さけ）を飲（の）むとくちるきらいがある。

2 100年（ねん）にもなっているこの屋敷（やしき）の柱（はしら）はもうくちはじめている。

3 インターネットでくちた情報（じょうほう）を流（なが）したら、逮捕（たいほ）されることがある。

4 就職（しゅうしょく）してから姉（あね）はくちてばかりで、それをきいてあげようとしたらきりがない。

問題 4　請選出正確使用下列字彙的選項。

1 理不尽
1 理不尽なクレームを言うお客さんもたまにいる。
2 入社したばかりなのに理不尽して首になった。
3 彼はいつも理不尽が合わないことを言っている。
4 なんと理不尽とした値段だこと！

2 ギャップ
1 札幌行きの新幹線は 30 分ギャップに駅を出る。
2 親とは世代間の大きなギャップを感じている。
3 近所の人とは一定のギャップを置いて付き合っている。
4 名入りのギャップ式ボールペンをプレゼントにもらった。

3 うせる
1 これ、邪魔だから、タンスの中にうせてください。
2 模擬試験の結果をみて、やる気がうせた。
3 危ないですから、白線の内側へうせてください。
4 彼は昼寝でもしているのか、机の上にうせている。

4 ばれる
1 肌が敏感なので、弱く打たれてもすぐばれてしまう。
2 試験の途中の不正行為がばれて、あの 3 人は退学させられた。
3 5 年前に政界から行方をくらました黒谷さんは、突然姿をばれた。
4 濡れ衣を着せられた彼は再三の裁判によってやっとその罪がばれた。

5 迫る
1 僕は迫ったら何も言えなくなる。
2 金銭のトラブルに迫られて困っている。
3 締め切りを迫っていてじたばたしている。
4 借金返済を迫られても返すお金がない。

6 厄介

1 こんなきつい仕事にだれもが厄介してしまうだろう。

2 日本に来たばかりのころは友人の家に厄介になっていた。

3 兄はとても厄介な人で、毎日欠かさず日記をつけている。

4 うちの犬は厄介していて見知らぬ人に吠えるどころか、しりごみしてしまう。

7 見極める

1 何でも完璧というより、やや不備、不足があっても笑って見極めた方の人生、楽だ。

2 家電製品の購入の際、アフターサービスの確認を見極めることのないようにしなさい。

3 会社の面接では応募者の将来性を見極めるため、将来に関する質問をする傾向がある。

4 インターネットの普及によるメリットとして、新しい教育の欲求を満たした点を見極めてはいけない。

8 ほころびる

1 お気に入りのシャツだったのに、袖口がほころびてしまって修繕に出した。

2 世の中に核が無くならないと、いずれ人類はほころびてしまうだろう。

3 地球上から恐竜がほころびたのは6500万年前だと推定される。

4 花のつぼみをほころびるころになると、鼻炎に悩まされる人が多いようだ。

9 けなす

1 監督に叱られた八つ当たりにボールを壁にけなしつけた。

2 通りかかった車にけなされて、2か月も入院するしまつだ。

3 子供は親にけなされながら育つと前向きな人になるようだ。

4 あいつなら、口ではほめていても、後ろではけなしかねない。

10 後ずさり

1 食事の支度は私がやって、だんなは後ずさりをする。

2 それは後ずさりにして、こちらの書類を先に整理してください。

3 幼なじみの彼にいきなりプロポーズされ、私は後ずさりしてしまった。

4 せっかくここまで来たんだから、今更後ずさりすることはできないんだよ。

問題 2

再次複習 1　P. 191

1	4	2	4	3	2	4	1	5	3
6	2	7	3	8	3	9	1	10	3

1 跌倒傷了腰，因此日常生活及工作上產生不便。
　　停滞 (ていたい) 停滯；停頓
　　苦境 (くきょう) 困境；窘境
　　不況 (ふきょう) 不景氣；蕭條

2 三田市屋外廣告物相關條例以多數贊成通過。
　　選出 (せんしゅつ) 選出
　　採取 (さいしゅ) 採集選取
　　判別 (はんべつ) 判別

3 提供符合各區域實際情況的社會福利措施。
　　現代 (げんだい) 現代
　　実現 (じつげん) 實現
　　勢力 (せいりょく) 勢力

4 自己做過的事情，他仍然堅稱自己絕對沒有做。
　　言い放 (はな)つ 大發議論；大放厥詞
　　言い渡 (わた)す 宣告；宣判
　　言い残 (のこ)す 漏說；沒有說完；留下遺言

5 突然換成我代替社長去和對方商談。
　　瞬時 (しゅんじ) 霎時間
　　迅速 (じんそく) 迅速
　　即刻 (そっこく) 即刻；馬上

6 若是亞洲國家間貨幣統一的話，不知會有多便利呢！
　　総合 (そうごう) 綜合；總和
　　合計 (ごうけい) 合計
　　統計 (とうけい) 統計

7 原以為談判會爭執不下，結果意外地進行得很順利。
　　活気 (かっき) 生氣；活力
　　潤滑 (じゅんかつ) 潤滑
　　奇抜 (きばつ) 奇異；古怪；與眾不同

8 最近的企業錄用考試，比起筆試傾向於更著重面試。

9 明天就是期末考，事到如今再掙扎也沒有用了吧。
　　今頃 (いまごろ) 這時；現在
　　未 (いま)だに 至今仍然
　　今 (いま)にも 眼看；馬上

10 下週創立紀念酒會雖然不強制參加，但請盡量出席。
　　束縛 (そくばく) 束縛
　　固執 (こしつ) 固執
　　圧迫 (あっぱく) 壓迫

再次複習 2　P. 192

1	2	2	3	3	4	4	2	5	1
6	3	7	4	8	3	9	4	10	1

1 這個怪異的圖片是運用電腦最新技術做成的。
　　摂取 (せっしゅ) 攝取
　　引用 (いんよう) 引用
　　充当 (じゅうとう) 充當

2 今天的討論是由運動選手及各領域研究者的特殊組合進行。
　　遠隔 (えんかく) 遠距離；遠端
　　変形 (へんけい) 變形
　　大差 (たいさ) 顯著的不同；很大的差別

3 轉學過來已經三個月了，卻還是不太能融入新的班級。
　　込 (こ)む 擁擠
　　混 (ま)ぜる 混合；加進
　　染 (そ)める 染色；染上

④ 社會是沒有那麼簡單的！就算盡全力做到
最好也會有做不成的時候！
果 (は)たす 實行；完成
際 (さい)する 正值；遇到
屈 (くっ)する 屈服；挫折

⑤ 農產品中無法成為販賣品的東西不會丟
棄，而是加工後再販售。
創造 (そうぞう) 創造
調味 (ちょうみ) 調味
生産 (せいさん) 生產

⑥ 因跌倒撞到頭，我想先稍微休息一下，視
情況再去醫院。
静粛 (せいしゅく) 肅靜；靜穆
安定 (あんてい) 安定；穩定
冷静 (れいせい) 冷靜

⑦ 我認為這本小說的主角是個感情起伏非常
激烈的人物。
高低 (こうてい) 高低
出没 (しゅつぼつ) 出沒
明暗 (めいあん) 明暗

⑧ 找工作時，要找到年薪令人滿意的公司難
度很高。

⑨ 是否有時候突然會想：乾脆辭職不幹，靜
靜地關在家裡？
きっちり 恰好地；緊緊地
くっきり 顯眼地；清楚地
ほっそり 苗條地；纖細地

⑩ 為了排遣日常的辛勞及寂寞，每晚喝酒過
度而導致酒精中毒。
解 (と)く 解開；拆開
溶 (と)かす 溶解；融化
透 (す)かす 留出間隔；透過光線觀看；
疏剪

①	2	②	4	③	2	④	2	⑤	4
⑥	2	⑦	3	⑧	1	⑨	4	⑩	2

① 我後悔將這個企劃案交由鈴木處理，他竟
然事前完全沒有做調查。
責任 (せきにん) 責任
依頼 (いらい) 委託；依賴
委託 (いたく) 委託

② 在大眾面前，金田小姐盡情地展示自己做
料理的本領。
手前 (てまえ) 本領；跟前
人並 (ひとな)み 一般；尋常；普通
人手 (ひとで) 人手；人工；他人的幫助

③ 因個資外洩的事件，媒體大肆報導。
輸出 (ゆしゅつ) 出口
接触 (せっしょく) 接觸
隣接 (りんせつ) 鄰接；相接

④ 員工團結一心盡力的結果，總算成功阻止
了營運惡化。
吸 (す)い上 (あ)げる 抽取上來；榨取
投 (な)げ出 (だ)す 拋出；放棄
打 (う)ち切 (き)る 結束；終止

⑤ 喝酒後就會莫名地想吃拉麵。
無駄 (むだ)だ 無用的；無效的
無意義 (むいぎ)だ 無意義的
無邪気 (むじゃき)だ 天真無邪的

⑥ 我認為這幅畫有相當於一百萬的價值。
適切 (てきせつ)だ 適當的；恰當的
適当 (てきとう)だ 適宜；馬虎；隨便
相違 (そうい) 差異；不同

⑦ 從無數次失敗中得到的教訓是，「不要囫
圇吞棗！」這件事。
触発 (しょくはつ) 觸發
啓発 (けいはつ) 啟發
教養 (きょうよう) 教養

⑧ 是誰要做？要做什麼？決定工作分配之前，將所有必要的作業列出來吧！

⑨ 反覆談判交涉後，兩間公司終於達成共識訂立契約。
順応 (じゅんのう) 順應
適用 (てきよう) 適用
帰結 (きけつ) 歸結

⑩ 在同一時期進公司的夥伴中，渡邊迅速地嶄露頭角。
うきうきする 興奮；雀躍
ときめく 心臟跳動；心情激動
いきいきする 活力充沛；生氣勃勃

再次複習 4　P. 194

| ① | 3 | ② | 2 | ③ | 1 | ④ | 3 | ⑤ | 3 |
| ⑥ | 1 | ⑦ | 1 | ⑧ | 3 | ⑨ | 1 | ⑩ | 3 |

① 我們以結婚為前提開始交往。
考慮 (こうりょ) 考慮
参考 (さんこう) 參考
念願 (ねんがん) 願望；心願

② 部長的頭銜對於還是二十幾歲的他來說負擔很沉重吧？
肩 (かた)を持 (も)つ 袒護；偏心
肩 (かた)の荷 (に)を下 (お)ろす 卸下重擔
肩 (かた)を落 (お)とす 失望；灰心
肩 (かた)が凝 (こ)る 肩膀痠痛

③ 地方區域因為人口稀疏而勞動力不足所苦，相對的，都會區則因人口密度過高而困擾。
並列 (へいれつ) 並列
平行 (へいこう) 平行
両立 (りょうりつ) 兩立；並存

④ 許多父母在為男孩命名時，會參考歷史上的人物名字。

⑤ 閱讀奪得奧運金牌的報導特刊。
準 (じゅん)じる 依照；比照

興 (きょう)じる 感到愉快；感到興趣
演 (えん)じる 扮演；飾演

⑥ 我認為不想做的話就不需要勉強去做。
かえって 反倒；反而
むしろ 寧可；索性
いかに 如何；怎樣；多麼地
＝いかにも 真是；實在是；的確

⑦ 儘管不抱持期待，但告白後得到冷淡的回應，還是會覺得受傷吧？
せつない 內心酸楚的；悲傷的
おぼつかない 沒把握的；靠不住的；模糊的
あどけない 不過癮的；不盡興的

⑧ 我在業務部時，每位員工總是被課予嚴格的營業額目標。

⑨ 紀子小姐總是很得要領、俐落地做著工作。
さらさら 流利地；乾爽地；潺潺地
はらはら 膽顫心驚；輕輕地落下；頭髮凌亂
すくすく 茁壯成長；長得快

⑩ 沉默寡言的男性才更加地吸引女性的注意。
あえて 敢於；硬是
てっきり 一定；必定
せめて 至少；起碼

再次複習 5　P. 195

| ① | 2 | ② | 4 | ③ | 4 | ④ | 1 | ⑤ | 4 |
| ⑥ | 3 | ⑦ | 3 | ⑧ | 4 | ⑨ | 1 | ⑩ | 1 |

① 據稱地震中崩壞的城堡完全修復要將近二十年的時間。
修繕 (しゅうぜん) 修繕
復帰 (ふっき) 回歸
復活 (ふっかつ) 復活

② 因前些日子寄送給您的委託書有缺漏之處，修正後將再重新寄送給您。

不順 (ふじゅん) 不順；異常
不要 (ふよう) 不需要
不等 (ふとう) 不相等

3 站在領獎台上的受獎者皆露出得意的笑容。
心得 (こころえ) 理解；有準備；注意事項
会釈 (えしゃく) 打招呼
会得 (えとく) 理解；領會

4 丈夫突然開口提離婚，奈奈子似乎相當受打擊。
切 (き)り離 (はな)す 切斷；斷開
切 (き)り捨 (す)てる 捨掉；去掉
切 (き)り詰 (つ)める 縮減；壓縮

5 新宿車站到台場應該走哪條路線比較好呢？
探 (さぐ)る 調查；試探；摸索
過 (す)ぎる 超過；過度
行 (おこな)う 舉行；實行

6 警察躲著取締交通違規，不覺得有點卑鄙嗎？
戸締 (とじま)り 關門；鎖門
締 (し)め付 (つ)け 拴緊；精神壓迫
締 (し)め切 (き)り 截止日期

7 只是要我勇於說出自己的意見，並不是被逼迫的。
ひいて 進一步
あいにく 不湊巧
あやうく 險些；差點

8 選手村田在採訪時，總是說出深有見地、出眾的話。

9 這種香菇在濕氣高的潮濕處易於繁殖。
かさかさ 乾燥；沙沙作響
もぐもぐ 嘟嘟囔囔；閉口咀嚼
すやすや 安靜地；香甜地 (睡)

10 那位棒球選手因為壓迫性骨折，醫師診斷需一個月才能痊癒。
握力 (あくりょく) 握力

暴言 (ぼうげん) 粗暴的言語
衝撃 (しょうげき) 衝擊；撞擊

再次複習 6　P. 196

1	4	2	2	3	3	4	1	5	2
6	4	7	2	8	1	9	3	10	2

1 會議中雖反對你的提案，但說實話我認為那是最棒的喔！
本来 (ほんらい) 本來
当然 (とうぜん) 當然
気配 (けはい) 氣息；動靜；跡象

2 我從 5 年前就開始計畫，終於買下了夢想中的家。
入念 (にゅうねん)に 仔細地；謹慎地
念入 (ねんい)りに 仔細地；謹慎地
丹念 (たんねん)に 細心地；精心地

3 歷時兩個月的人氣懸疑劇今晚終於要完結了。
決着 (けっちゃく) 了結；決算；完結
結論 (けつろん) 結論
完成 (かんせい) 完成

4 不良食品等種種食品問題被揭露，對於食品安全的信賴開始動搖。
浮 (う)かれる 興奮；雀躍
乱 (みだ)れる 混亂；不安
震 (ふる)える 顫抖；震動

5 土壤汙染會對人類的健康生活帶來不良影響。
そらす 轉移；岔開
耕 (たがや)す 耕作；犁田
渡 (わた)す 遞交；交給

6 聽說那樣的不法行為是冰山一角，像那樣的交易頻繁地在進行。
別途 (べっと) 另外
格別 (かくべつ)だ 格外；特別
騒動 (そうどう) 騷動；爭吵

7 據稱這次巴士翻落事故的原因在於司機胡

亂的班表。
無残 (むざん)だ 悲慘的；悽慘的
不覚 (ふかく) 疏忽；不察
不義 (ふぎ) 不義；不道德

⑧ 要遇到能互相協助的研究夥伴頗為困難。

⑨ 因今日有來自法國的重要買家，為準備招待客人，岡田課長和內田一早開始就坐立難安。
うきうき 興奮；雀躍
わくわく 心情激動；興奮
もやもや 模糊；朦朧；心有芥蒂

⑩ 那傢伙個性開朗又豁達，所以我想他不會在意那樣的細節。
鮮 (あざ)やかだ 鮮明的；鮮豔的
速 (すみ)やかだ 迅速的；快速的
ささやかだ 微薄的；微小的

再次複習 7　P. 197

①	4	②	2	③	3	④	2	⑤	1
⑥	4	⑦	1	⑧	1	⑨	4	⑩	4

① 那個企業的會長建立了以雄厚政治力量為背景壯大公司的經濟模式。
主役 (しゅやく) 主角
所持 (しょじ) 持有；攜帶
先頭 (せんとう) 前頭；最前列

② 偶像團體成員為了強化向心力，似乎全體成員都住在同一個屋簷下。
力量 (りきりょう) 力量
統合 (とうごう) 統合
連合 (れんごう) 聯合

③ 為了設法渡過不景氣，正在推動一些看似有欠考慮的營運改革。
折衷 (せっちゅう) 折衷；合璧
斬新 (ざんしん)だ 斬新的
改良 (かいりょう) 改良

④ 議會大致認可了明年的預算案。
本筋 (ほんすじ) 本題；中心

大柄 (おおがら) 身材高大
多大 (ただい)だ 極大的；極多的

⑤ 原本頭痛到無法工作，不過吃了藥後疼痛感逐漸緩和下來了。
弱 (よわ)る 衰弱；軟弱
薄 (うす)まる 稀薄
安 (やす)らぐ 安穩；舒暢

⑥ 因為剛好沒帶著現金，所以讓朋友先墊付了聚餐的會費。
引 (ひ)き替 (か)える 兌換
打 (う)ち切 (き)る 終止；作罷
取 (と)り立 (た)てる 索取；提拔；特別挑選出

⑦ 為了合併，兩公司間需要詳盡周密的意見交換的聲浪是一波接一波。
機密 (きみつ) 機密
精密 (せいみつ) 精密
親密 (しんみつ) 親密

⑧ 食材只在必要時買，不囤積。

⑨ 據說這本參考書的修訂版明年會上市。

⑩ 每天被嚴峻的業務追著跑，身心俱疲。
ぴりぴり 繃緊神經；戰戰兢兢
うとうと 恍惚；迷迷糊糊
まごまご 手忙腳亂；不知所措

再次複習 8　P. 198

①	4	②	4	③	2	④	1	⑤	3
⑥	4	⑦	4	⑧	4	⑨	4	⑩	2

① 我是個看護，因人手不足，每天都工作10小時以上。
手柄 (てがら) 功績；功勞
人並 (ひとな)み 一般；普通
手際 (てぎわ) 手腕；本領

② 一直不眠不吃地埋頭在新藥開發的研究裡，我丈夫因營養失調而病倒了。
念頭 (ねんとう) 心上；腦海中

志願 (しがん) 志願
提携 (ていけい) 合作

3 面對亞洲諸國的金融危機，努力不要再犯像歐洲那樣的錯誤。
隣接 (りんせつ) 鄰接
接続 (せつぞく) 接續
直結 (ちょっけつ) 直接相連

4 在擬定問題等的對策前，重要的是要查明該問題的原因。
極力 (きょくりょく) 極力
極端 (きょくたん) 極端
克明 (こくめい) 仔細

5 大家都說風鈴的聲音療癒人心，但對我來說那個聲音只令我感覺不快。
かすむ 朦朧；看不清；霧靄氤氳
触 (ふ)れる 碰觸；觸及
越 (こ)える 超越；超出

6 一個人生活已 11 年，應該要習慣了，但卻還是感覺不安心。
心構 (こころがま)え 覺悟；心理準備
心 (こころ)がけ 留心；在意
心当 (こころあ)たり 頭緒；線索

7 國民生活中心對使用易造成混淆的商標的公司，進行商標改正的勸告。
むなしい 空虛的；惘然的
うっとうしい 鬱悶的；憂鬱的
目 (め)まぐるしい
眼花撩亂的；天旋地轉的

8 將來要從事公共基礎建設相關的工作，要累積什麼樣的工作經歷較好呢？

9 以董事為首，員工們都強烈反對與森田企業的合併案。

10 只要是極限運動我全都喜歡，不過我尤其喜歡高空跳傘。
かつて 曾經；以前
ことごとく 所有；悉數
かろうじて 勉勉強強；好不容易才

再次複習 9　P. 199

1	2	2	2	3	4	4	1	5	4
6	2	7	4	8	2	9	1	10	2

1 從全國各地趕到災區的義工們頂著烈日，身上滿是泥沙與汗水，使勁地投入作業。
まみれ 滿是…＝みどろ

2 電玩「Star Watch」在年輕人間擁有極高人氣。
強大 (きょうだい) 強大
偉大 (いだい) 偉大；輝煌
膨大 (ぼうだい) 龐大；巨大

3 當選後，林氏說到「這次的選舉不到最後無法斷定」。
予感 (よかん) 預感
予言 (よげん) 預言
予期 (よき) 預期

4 員工們對於沿襲舊有的經營方針抱持著不滿。
襲撃 (しゅうげき) 襲擊
席巻 (せっけん) 席捲
圧巻 (あっかん) 壓軸；精華

5 敵對公司邀請我跳槽過去，但我還在猶豫該怎麼做。
きしむ 吱吱嘎嘎地響 (堅硬物互相摩擦聲)
たたずむ 佇立
まかなう 供給膳食；提供；供給

6 配合對方說話的節奏回應，對話應該會熱絡又愉快。
遮 (さえぎ)る 妨礙；遮擋
跳 (は)ねる 跳躍；飛濺
廃 (すた)れる 弛廢；過時

7 休假回家後，發現庭院被丟滿大量的垃圾。
極 (きわ)まりない 極點；~至極的
限 (かぎ)りない 無限的；無止境的
目 (め)まぐるしい
眼花撩亂的；天旋地轉的

313

8 從年輕人到老年人，這首演歌受到廣泛年齡層的喜愛。

分厚 (ぶあつ)い 有厚度的
広大 (こうだい)だ 廣闊的
重厚 (じゅうこう)だ
穩重的；沉著的；鄭重的

9 被溫言軟語迂迴委婉地責罵，反而倍感沉痛。

とっさに 霎時間　うっとり 忘我；陶醉
げっそり 驟然消瘦；意志消沉

10 電視、報紙、雜誌等各種媒體上都介紹著山下選手復出後大展身手。

再次複習 10　P. 200

1	1	2	3	3	3	4	2	5	4
6	4	7	1	8	4	9	3	10	1

1 因事出突然沒能好好款待您，真是非常抱歉。

もてあそぶ 玩弄；捉弄
持 (も)ち込 (こ)む 挾帶；攜入
言伝 (ことづて) 口信；傳話

2 藉由喝酒可以適度地緩和緊張，喘口氣。

一休 (ひとやす)みする 小憩；喘口氣
一服 (いっぷく)する 小憩；稍作休息
一切 (ひとき)り 一段落；一時

3 這間法律事務所會將委託者交付的報酬的一部分，每個月捐助震災孤兒及遺棄兒。

余波 (よは) 餘波　寄与 (きよ) 貢獻
委託 (いたく) 委託

4 談判一直難有進展，因此不得不相互妥協。

融合 (ゆうごう) 融合
和解 (わかい) 和解
同調 (どうちょう) 贊同；步調一致

5 在教育界 10 名最受尊敬人物當中，致力培育肩負未來人才的有本老師也包含在內。

むくむ 腫脹；浮腫　うせる 丟失；失去
叶 (かな)う 實現

6 校內霸凌越來越嚴重，應盡快建立預防制度。

委 (ゆだ)ねる 委託；委任
培 (つちか)う 培養；栽培
養 (やしな)う 扶養；養生；照料；飼養

7 我認為毫無遺漏地獲取各領域的知識，對於活下去是必要的。

ほどなく 不久；立刻

8 本劇院為全場對號入座，在一樓的售票處有販售座位票券。

9 信用卡等的密碼請不要設定為容易推測出的號碼。

測量 (そくりょう) 測量
推薦 (すいせん) 推薦
追跡 (ついせき) 追蹤；追查

10 假若認真地說出對自己來說對方是如何重要的存在，對方應也會珍視自己。

いかに 如何；怎樣；多麼地
あたかも 宛如；恰似
さほど 並不那麼…
いずれ 總歸；早晚；反正

語彙篇│迎戰日檢　答案及解析

問題 2

擬真試題 1　P. 214

1	2	2	1	3	4	4	4	5	2
6	3	7	4	8	2	9	3	10	4

1 對著初次見面的人，劈頭要對方告訴自己聯絡方式，太過於唐突。

欠如 (けつじょ) 欠缺
如才 (じょさい)ない 圓滑的；周到的；機敏的
欠落 (けつらく) 欠缺

2 我們要正面地想：「我有許多優點，只要做一定能成功」！
　権利 (けんり) 權利
　役目 (やくめ) 任務；職責
　権威 (けんい) 權威

3 為維持圓滿的夫妻關係，要先記住彼此的紀念日。
　爽快 (そうかい) だ 爽快的
　潤滑 (じゅんかつ) 潤滑
　満喫 (まんきつ) 充分享受；充分領略

4 無論是誰，左右腳的長度都會有些許的差異。
　少量 (しょうりょう) 少量
　簡略 (かんりゃく) 簡略
　些細 (ささい) な 些許的；細微的

5 雖然去探望了祖父，但是因為謝絕探病，所以就直接回家了。
　端的 (たんてき) だ 直截了當的；清楚的
　謝罪 (しゃざい) 謝罪；道歉
　絶望 (ぜつぼう) 絕望

6 石川在聽到那消息時雖動搖了一下，但後來就逐漸地恢復平時的冷靜。
　引 (ひ) き寄 (よ) せる 吸引；拉到身旁
　呼 (よ) び込 (こ) む 叫進來
　受 (う) け入 (い) れる 接受；接納；收容

7 最近從壁櫥裡出現十年前過世祖父的手錶遺物，我流下了眼淚。
　商品 (しょうひん) 商品
　景品 (けいひん) 贈品
　土産 (みやげ) 伴手禮；土產

8 放縱自己的慾望發洩壓力的話，可能會一發不可收拾。
　仰向 (あおむ) く 向上仰
　剥 (む) く 剝開；削皮
　出向 (でむ) く 前去；前往

9 像今天這樣和風徐徐的日子，特別地想到遠方某處走走。
　別 (べつ) に 格外；特別；另外

徐々 (じょじょ) に 徐徐地
次第 (しだい) に 逐漸地
いやに 非常；十分地

10 因平交道事故的緣故，打亂了列車時刻表。
　タイムリーだ 即時的；適時的
　コンコース 中央廣場；中央大廳
　ホール 大廳

擬真試題 2　P. 215

1	4	2	1	3	3	4	2	5	2
6	4	7	2	8	1	9	4	10	4

1 對於交往三個月的女朋友知識的匱乏，我已厭煩。
　果 (は) たす 完成；實行
　損 (そこ) なう 損壞；損害
　尽 (つ) きる 耗盡
　愛想が尽きる 冷淡；不理睬；厭煩
　＝愛想を尽かす

2 雖說幾乎所有的餐廳都容許拍照攝影，但也應該遵守禮貌。
　可能 (かのう) 可能
　承諾 (しょうだく) 承諾
　特許 (とっきょ) 專利

3 在盛夏的陽光下，孩子們開心地玩著水。
　準 (じゅん) じる 依照；比照
　報 (ほう) じる 報答；通知；報告
　察 (さっ) する 察覺；體諒

4 兒子個性邋遢，別說刮鬍子，就連洗臉刷牙都不做。
　無念 (むねん) 遺憾；悔恨；冤屈
　不詳 (ふしょう) 不詳
　無茶 (むちゃ) だ 胡來的；超過限度的

5 如果想輕鬆地完全沉浸在另一個世界的話，觀賞電影是最棒的吧？

6 最近發生的一連串的少年犯罪事件，幾乎都與金錢糾紛有關。

一際 (ひときわ) 格外；尤其；明顯地
一途 (いちず) 一味地；死心眼
一気 (いっき) 一口氣

7 新人島根把自己努力得到的功績讓給上司了。
手数 (てすう) 勞力；工夫
手 (て)はず 計畫；準備；安排
手順 (てじゅん) 程序；流程

8 鶴市為方便觀光客，運行只經過主要觀光地點的公車。
安易 (あんい) 容易；簡單
無事 (ぶじ) 平安
適宜 (てきぎ)さ 適宜性

9 要讓孩子學習某樣東西，重要的是讓其感受箇中樂趣，進而引發其好奇心。

10 在重考生活中，最重要的是要維持動力吧？
トライ 嘗試
ジレンマ 困境；窘境
プレッシャーをかける 施加壓力

擬真試題 3 P.216

1	2	2	1	3	4	4	3	5	2
6	4	7	1	8	2	9	1	10	3

1 因世界各地發生爆炸恐怖攻擊，機場的警備更加的周延了。
安全 (あんぜん) 安全
用意 (ようい) 準備
完璧 (かんぺき)だ 完美的；理想的

2 據說現在當紅炸子雞的偶像團體突然間解散了。

3 這件褲子是使用易潑水材質的纖維做成的。
すすぐ 洗滌；洗刷；漱口
弾 (はず)む 反彈；彈起
投 (な)げる 投擲

4 我要決然切斷對甩了我的男友的留戀，向前邁進！
遺憾 (いかん) 遺憾
後遺 (こうい) 後遺 (症)
後悔 (こうかい) 後悔

5 藉由體諒對方的立場及心情，應能避免發生爭執。
徹 (てっ)する 徹底；貫徹始終
接 (せっ)する 接待；連接；接觸；遇到
得 (とく)する 賺錢；獲利

6 為了不讓狗胡亂叫造成鄰居的困擾，我對愛犬嚴加管束。
素振 (そぶ)り 態度；舉止
仕返 (しかえ)し 報復；重作
ゆとり 餘裕；從容

7 世界遺產二條城有個裝置，不管再怎麼放輕腳步，地板都會吱吱嘎嘎地響。據說那是類似日本樹鶯的叫聲。
たしなむ 嗜好；愛好
漕 (こ)ぐ 划 (槳)；踩 (腳踏車)
撫 (な)でる 撫摸；撫弄

8 櫻花公司對我挖角，但是我對現在的公司也沒什麼不滿，所以陷入兩難。

9 雖然從一開始就看不到希望，但還是鼓勵弟弟只要做就能成功。
てんで 最初；根本；完全
とことん 徹底；完全
てっきり 一定；必定
じっくり 沉著地；穩當地

10 我們家的餐桌通常是很樸實，只要不是生日、紀念日等特別的日子的話，桌上絕對不會有什麼肉類。
素質 (そしつ) 質樸
素直 (すなお)だ 老實的；坦率的
素性 (すじょう) 秉性；出身；來歷

擬真試題 4　P. 217

1	1	2	4	3	1	4	2	5	2
6	4	7	1	8	4	9	4	10	3

1 我們將贈送來店客人小禮物，請各位在入口處領取。
　　送信 (そうしん) 發送；傳送
　　贈与 (ぞうよ) 贈與
　　付与 (ふよ) 授予；給予

2 我的老家是人口嚴重過少的地區，只剩下30 位七、八十歲的老人居住。
　　疎遠 (そえん) 疏遠
　　過激 (かげき) 過度激烈
　　過剰 (かじょう) 過剰

3 這次災害應變的拙劣對策再次被提出討論。
　　劣等 (れっとう) 劣等
　　卑劣 (ひれつ) 卑劣
　　対等 (たいとう)だ 對等的

4 每次見到她，她總是說「吃咖哩烏龍麵吧！」「吃炸咖哩豬排吧！」。看來咖哩似乎是她最喜歡的食物。

5 因聖嬰現象持續的緣故，今年也有可能全國性天候異常，令人憂心對農作物的影響。
　　不調 (ふちょう) 不順利；情況不好；
　　談不攏
　　不振 (ふしん) 不振
　　不意 (ふい) 突然；意外

6 這次企劃項目的成功，多虧了佐藤的努力。

7 妹妹是個謊話被拆穿也不慚愧的人。
　　もったいぶる 裝模作樣；擺架子
　　沸 (わ)く 沸騰
　　割 (わ)れる 破裂；裂開

8 家庭是無可取代的唯一休憩場所。
　　根 (ね)も葉 (は)もない 毫無根據的

　　腐 (くさ)れ縁 (えん) 孽緣
　　面影 (おもかげ) 面貌；模樣

9 從細微處可以窺見人們的常識、禮數及人品等。
　　盗 (ぬす)み見 (み)る 偷看；窺視
　　省 (かえり)みる 反省；自問
　　試 (こころ)みる 嘗試；試驗

10 只要修完這個課程，就可以學到服飾相關的技術。

擬真試題 5　P. 218

1	4	2	3	3	1	4	1	5	3
6	3	7	4	8	2	9	1	10	1

1 老是用那樣冷淡的態度對人的話，會被孤立喔！
　　解散 (かいさん) 解散
　　独立 (どくりつ) 獨立
　　孤独 (こどく) 孤獨

2 自覺到自己能力不足的人，會坦率地採取向周圍尋求協助的態度，因此能夠補足他的不足之處。
　　自尊 (じそん) 自尊
　　自立 (じりつ) 自立
　　自給 (じきゅう) 自給

3 不顧自身危險一個人救助落軌的人，他的行為值得讚賞！
　　表彰 (ひょうしょう) 表揚
　　献身 (けんしん) 奉獻自我
　　捜査 (そうさ) 搜查

4 據稱交通事故的原因大多是因為開車打瞌睡或東張西望。
　　挑 (いど)み 挑戰
　　恨 (うら)み 恨意
　　暦 (こよみ) 日曆

5 他一個人自言自語說著「好累啊！好想被療癒」啦，「好想吃點甜的東西」。
　　しくじる 失敗；失策

嘆 (なげ) く 感嘆；嘆息
ささやく 竊竊私語

6 他因持有毒品嫌疑而被禁止出境。
装置 (そうち) 裝置
体罰 (たいばつ) 體罰
罰金 (ばっきん) 罰金

7 我是容易放屁的體質，一到要和剛交往不久的男友約會時，就成了迫切的問題。
実際 (じっさい) 實際
簡潔 (かんけつ) 簡潔
素朴 (そぼく) 質樸；樸實

8 今天容我就此告辭，因為明日還要早起工作。
ご無沙汰 (ぶさた) する 久疏音信
専 (もっぱ) ら 專門
垣間見 (かいまみ) る
窺視；偷看；看一眼

9 為了守護地球及日本環境，政府採取所有的政策，推進防止地球暖化對策。

10 即使關係再怎麼好的人，還是避免問年薪、房子大小等敏感問題比較好。

擬真試題 6　P.219

1	3	2	1	3	2	4	3	5	4
6	1	7	2	8	4	9	3	10	2

1 Star Group 公開宣示不會給與政界不法的政治資金等，完全不干預政治。
潜入 (せんにゅう) 潛入
加入 (かにゅう) 加入
侵入 (しんにゅう) 侵入

2 想要寫好文章，寫寫看就對了。只要寫了就會越來越能掌握寫作的竅門。
壺 (つぼ) 壺；標靶；關鍵處
都度 (つど) 每回；每次
癖 (くせ) 毛病；壞習慣

3 據稱秘魯共和國因為豐富的資源所以曾是世界上最有錢的國家，但現在隨著資源的枯竭，成為了世界第一窮困國。
沸騰 (ふっとう) 沸騰
低迷 (ていめい) 低迷
蒸発 (じょうはつ) 蒸發

4 迎接開店兩周年，購買五萬元以上的客人皆可獲贈小禮。
品柄 (しながら) 貨物品質
用品 (ようひん) 用品
製品 (せいひん) 產品；成品

5 商談時，若是遲到、忘記攜帶重要文件等，會令對方覺得「不想與這個人共事」，可能會立刻終止商談。
目 (ま) の当 (あた) り 眼前；面前
目下 (もっか) 眼下；當前
たった今 (いま) 剛才

6 在猶豫什麼？拿出勇氣告白吧！就算不順利也頂多是被甩而已吧？
せめて 至少；起碼
かつ 而且；並
まして 況且；更

7 大多數的一般企業，比起研究所畢業，更傾向錄用大學畢業生。這是因為容易教育又能夠壓低人事費用等等，對企業來說皆有利的緣故。

8 抵達銀閣寺是大約早上八點半。人還不多，能夠悠閒地散步在「哲學之道」。
台無 (だいな) し 弄壞；糟蹋；斷送
盛 (さか) んだ 旺盛的；熱烈的；繁榮的
奔放 (ほんぽう) だ 自由奔放的；無拘無束的

9 他明明知道所有真相，卻假裝糊塗什麼都不知道。
注 (そそ) ぐ 注入；澆灌
眺 (なが) める 眺望
もめる 發生爭執；起糾紛

10 在正式的比賽中無法發揮實力的選手，是因為敗在對自己施加的壓力。

擬真試題 7 P. 220

1	3	2	2	3	1	4	4	5	2
6	4	7	4	8	2	9	3	10	4

1 針對不斷出現販售商品有缺陷而回收的事件，Karl 公司致歉表示：「我們會嚴正地處理，目前正組成團隊詳細調查中」。
陳述 (ちんじゅつ) 陳述
殺到 (さっとう) 蜂擁而至
相殺 (そうさい) 相抵

2 一般會在郵件的開頭寫上對方的公司名稱以及姓名，不過我認為再加上對方的職位或職稱更加能夠給對方好印象。
箇条書 (かじょうが)き 條列式書寫
名刺 (めいし) 名片
名称 (めいしょう) 名稱

3 歐式自助餐的魅力在於能夠享受到世界各國種類豐富的料理。
堪能 (たんのう) 心滿意足
勘定 (かんじょう) 結帳
果敢 (かかん)だ 果敢的
貪欲 (どんよく) 貪慾

4 比起與他人的際關係，家人間因長時間的接觸，必定會出現不滿及懷疑等芥蒂。
謎 (なぞ) 謎；暗示
趣 (おもむき) 旨趣；情趣
絆 (きずな) 羈絆；牽絆

5 個人或公司滯繳稅金時，稅務局有扣押財產的權利。
回避 (かいひ) 迴避；推卸
掲示 (けいじ) 公布；告示
収集 (しゅうしゅう) 收集

6 結婚對象的男性小賭怡情的話還可以，要是沉迷其中的話就該重新考慮是否結婚為宜。

うってつけ 正合適；恰好
引 (ひ)き止 (と)める 挽留；勒住
差 (さ)し入 (い)れる 插入
本腰 (ほんごし)を入 (い)れる 鼓起幹勁；認真努力

7 睽違兩年回到老家，吃到久違的母親親手做的料理，不知為何覺得很開心。
しとしと 淅淅瀝瀝
そろそろ 就要；不久；即刻
きびきび 機敏；敏捷；俐落

8 從傳統祭典到夏日音樂祭，今年夏天將會在各地也舉辦各式多樣的夏日祭典吧！
大量 (たいりょう) 大量
多角 (たかく) 多角；多方面
多用 (たよう) 忙碌；經常使用

9 求職時不只是自己的人脈，範圍要擴及到父母親的人脈等，將所有途徑都考慮進去較好。

10 看了問題後不曉得答案的話，從四個選項中消去你認為最不正確的答案，就可以提高答題正確率。

擬真試題 8 P. 222

1	3	2	1	3	3	4	1	5	2
6	1	7	3	8	4	9	4	10	3

1 從洗衣店拿回來的衣服，請不要連袋子整個收進衣櫃裡。
密閉 (みっぺい) 密閉
密封 (みっぷう) 密封
納入 (のうにゅう) 繳納

2 在履歷表造假學歷等，進公司後被發現而遭開除。
覚悟 (かくご) 覺悟
露出 (ろしゅつ) 露出；曝光；裸露
流出 (りゅうしゅつ) 流出；外流

3 因今早發生地震的影響，導致機場關閉。
閉幕 (へいまく) 閉幕

連鎖 (れんさ) 連鎖
開閉 (かいへい) 開關

4 大規模寒流來襲，日本全國降下大雪。
往来 (おうらい) 往來
踏襲 (とうしゅう) 承襲；沿襲
来賓 (らいひん) 來賓

5 銀行每天都打催促還款的電話過來。
促進 (そくしん) 促進
躍進 (やくしん) 躍進
発足 (ほっそく)
動身；(新成立團體等)開始活動

6 派遣員工鈴木總是在發牢騷：工作做得比正式員工還要辛苦，為什麼薪水卻比正式員工低。
輝 (かがや) く 閃爍；輝耀
ささやく 竊竊私語
乾 (かわ) く 乾燥；冷淡

7 在與德國的決賽中，巴西足球隊獲勝了。

8 若是認為自己的薪水低於實力，果斷地向上層談判，不順利的話，也是可以下決心換個工作。
よける 避開；去掉
ねじる 扭；擰；捻
はまる 中計；套上；恰好合適
しぶる ① (自)
② (他) 不順暢；不情願；猶豫

9 我是新人山本。如果有我能效力的地方，請儘管告訴我。
わりと 意外地；過份地
もしかすると 或許；說不定
くれぐれも 千萬

10 面試時我被面試官問了「在工作上，你銘記在心的座右銘是什麼？」

擬真試題 9　P. 223

1	4	2	2	3	1	4	3	5	2
6	4	7	3	8	3	9	1	10	4

1 即使一樣是 M 號，但不同製造商的尺寸有時會不一致，所以我一定會試穿過後才買。
かけら 碎片
出来栄 (できば) え 完成情況；做得漂亮
ゆとり 餘裕；從容

2 汽車製造商 KIBISHI 是以完善的售後服務以及處理迅速而出名的公司。
忍耐 (にんたい) 忍耐
親善 (しんぜん) 親善；友好
曖昧 (あいまい) だ 曖昧的；含糊的

3 與自己勢均力敵的對手不是敵人，而是使自己成長的夥伴。
相互 (そうご) 相互
宛先 (あてさき) 收件人；目的地
立場 (たちば) 立場

4 環遊世界時，根據宗教不同而會有不可做的禁忌事項，請詳細查明。
禁断 (きんだん) 戒斷
容赦 (ようしゃ) 姑息；寬恕
許容 (きょよう) 容許

5 以體面及排場選擇工作的話，就職後一定會很辛苦。
顔面 (がんめん) 顏面
世間 (せけん) 世間；社會
面影 (おもかげ) 模樣；面貌

6 在所有人結束工作歸心似箭時，擔任大樓警衛的我正準備出門。
経路 (けいろ) 途徑；路線
路地 (ろじ) 胡同；巷弄
退路 (たいろ) 退路

7 如果爸媽醒來就糟了，所以放輕腳步走向玄關，穿上鞋子偷偷地出門。
しびれる 麻痺；發麻
しのぐ 凌駕；優於
しくじる 失敗；失策

8 因忌妒同事西田升遷，村田不斷找他麻煩。

ねじる 扭；擰；捻
寝 (ね)かす 使睡覺；使躺下
ねだる 強求；央求

⑨ 明明來到中國已約莫兩年了，但竟然還是只會打招呼！
そもそも 說起來；起初；本來
まるっきり 完全；簡直
そっくり 非常相像；全部；完全

⑩ 積極正向的人會比較現在與過去的自己以求進步，消極負面的人則有與他人比較的壞習慣。

擬真試題 10　P. 224

1	4	2	2	3	3	4	4	5	1
6	4	7	1	8	3	9	4	10	1

① 最近發生多起勞役高齡老人的不合理的事件。
不祥事 (ふしょうじ) 醜聞
窮屈 (きゅうくつ)だ 狹窄的；拘束的；拮据的
理屈 (りくつ) 道理；歪理

② 貼在准考證上的照片在考試當日會和本人做比對，請使用能立刻認出本人的清楚照片。
照会 (しょうかい) 照會；查詢
照準 (しょうじゅん) 瞄準；對準
照明 (しょうめい) 照明

③ 睡前的伸展及按摩對全身放鬆有絕佳的效果。
特殊 (とくしゅ) 特殊
特別 (とくべつ) 特別
適宜 (てきぎ)だ 適宜的；恰當的

④ 眾多應徵者蜂擁而至，受歡迎企業及大型企業要挑選人才也很困難吧？
到達 (とうたつ) 到達；達到
転倒 (てんとう) 跌倒；顛倒
相殺 (そうさい) 相抵

⑤ 剛出爐的麵包香味勾起食慾。
動詞ます形＋たて 剛完成；剛做好

⑥ 只要偷懶怠惰的話，技能或技術的本領就會生疏。
かびる 發霉
朽 (く)ちる 腐朽；腐爛
詫 (わ)びる 道歉；賠罪

⑦ 因他無關緊要的一句話，導致問題更加惡化，變得無法解決。
ひねる 扭轉；絞盡腦汁
こすれる 互相摩擦
こき使 (つか)う 役使；差使

⑧ 連交流會都遲到！岡田先生果然是沒有時間觀念的人。

⑨ 隱藏感情表現的溫順女性，也許有品味，看來賢淑端莊，但一點也不有趣。

⑩ 因為她實在太漂亮溫柔了，原以為一定有男朋友，卻聽說現在單身。我要向她告白！
くっきり 顯眼；特別鮮明
きっかり 正好；恰好
ぴったり 精確；正合適；緊密

擬真試題 11　P. 225

1	4	2	2	3	3	4	1	5	1
6	4	7	2	8	1	9	3	10	1

① 渡邊的言行舉止雖然有些怪異，但總是能想出很獨創新穎的點子，是個特別的人。
軌跡 (きせき) 軌跡
奇跡 (きせき) 奇蹟
抜本 (ばっぽん) 徹底

② 這本參考書說明詳盡、淺顯易懂，我認為可媲美優秀的好老師。
互角 (ごかく) 勢均力敵；不相上下
対等 (たいとう) 對等
脅迫 (きょうはく) 脅迫

③ 我們享受因愛迪生的燈泡、貝爾的電話的發明帶來的便利。
需要 (じゅよう) 需要
浪費 (ろうひ) 浪費
消費 (しょうひ) 消費

④ 我了解你想事先獨佔重要情報的心情，但別裝模作樣，一起共享吧！
滯 (とどこお)る 停滯；遲誤
惜 (お)しむ 惋惜；懊悔；愛惜
取 (と)り締 (し)まる 取締；管束

⑤ 吉田老師擁有自由奔放的思考方式，不喜歡被體制束縛。
責任 (せきにん) 責任
貫徹 (かんてつ) 貫徹
徹底 (てってい) 徹底

⑥ 從我的經驗來看，早晨的判斷總是正確無誤的。所以要做重要判斷，早晨是最合適的。
もどかしい 令人著急的；令人焦躁的
たどたどしい 結結巴巴的；蹣跚的
あくどい 惡毒的；毒辣的

⑦ 以半開玩笑的說話方式和態度告白的話，一定會被拒絕。

⑧ 開始上健身房後，似乎已變得十分苗條了，但體重仍舊有 50 公斤。
断然 (だんぜん) 斷然；堅決
未然 (みぜん) 未然；未發生前
必然 (ひつぜん) 必然

⑨ 一次也沒去過美國的他，英語實力好得幾乎能比過美國人。
逆 (さか)らう 違抗；反抗
蘇 (よみがえ)る 復甦；甦醒
試 (ため)す 測試；考驗；嘗試

⑩ 為了在面試時能在有限的短時間內充分表現自我而練習。

擬真試題 12　P. 226

①	3	②	4	③	2	④	1	⑤	1
⑥	2	⑦	3	⑧	4	⑨	1	⑩	4

① 按摩及伸展能夠讓血液循環變好。
返還 (へんかん) 返還；歸還
潤滑 (じゅんかつ) 潤滑
順序 (じゅんじょ) 次序；順序

② 不要像那種任誰都能想出的常見創意，沒有更新鮮的嗎？
新型 (しんがた) 新型
生鮮 (せいせん) 生鮮
鮮明 (せんめい) 鮮明

③ 我認為在現在的公司沒有發展性，正透過轉職仲介公司尋找其他的工作。
志願 (しがん) 志願
搜索 (そうさく) 搜索
主催 (しゅさい) 主辦

④ 將由寄來的明信片中抽選出西城秀樹的演唱會招待票贈送各位。
追跡 (ついせき) 追查；追蹤
当選 (とうせん) 當選
選考 (せんこう) 選拔；挑選

⑤ 借了友人十萬塊，但完全看不出對方有還錢的跡象。
ひざし 陽光
まなざし 眼神；目光
こころざし 志向；目標

⑥ 黑谷教授講話快且說明草率，所以難以理解。
大 (おお)らかだ 豁達的；大方地
細 (こま)やかだ 細膩的；細微的
緩 (ゆる)やかだ 平緩的；寬鬆的；遲鈍的

⑦ 只要用一點溫柔的話吹捧一下，我妹立刻就自我陶醉起來，是個傲慢的傢伙。
はびこる 蔓延；叢生
へりくだる 謙恭；謙遜
操 (あやつ)る 操縱；控制

8 這個雖然是業餘人士發明的東西，但不可小覷，搞不好會成為改變世界的發明喔！
　すすぐ 洗滌；洗刷；漱口
　おびえる 害怕；膽怯
　ばてる 筋疲力竭

9 她荒廢工作，一心一意製作要在展覽會展出的作品。
　一応 (いちおう) 姑且；大致上
　ちなみに 順帶一提
　とりもなおさず 換言之

10 想要輕鬆拍照的人，比起單眼相機，更推薦這邊這個輕量又簡潔的相機。
　クラシカル 古典的；傳統的
　エコノミカル 經濟的；節儉的
　ユーモア 幽默

擬真試題 13　P. 228

1	1	2	4	3	2	4	3	5	1
6	2	7	3	8	4	9	2	10	4

1 門把、電器開關等，越是手經常接觸的地方，越容易成為細菌的溫床。
　集会 (しゅうかい) 集會
　床屋 (とこや) 理髮店
　環境 (かんきょう) 環境

2 上班族報酬總額的減少是消費低迷最大的原因。
　支出 (ししゅつ) 支出
　動向 (どうこう) 動向；趨勢
　不審 (ふしん) 可疑；奇怪

3 犯罪監視攝影機從頭到尾錄下了他的犯罪行為。
　形式 (けいしき) 形式
　施行 (しこう・せこう) 施行
　分離 (ぶんり) 分離

Tip 「始終、終始」的差異
　始終 (しじゅう) (名)從頭到尾；(副)時常；總是

終始 (しゅうし)
(副)始終；一直；(自サ)自始至終

4 對每天都被工作業務追著跑的上班族來說，很嚮往一面享受興趣的閒適生活。
　方々 (ほうぼう) 到處；各處
　早々 (そうそう) 剛剛~馬上就~
　種々 (しゅじゅ) 種種；各式各樣

5 海邊的城鎮遭受颱風帶來的豪雨侵襲。
　見渡 (みわた)す 放眼望去
　見送 (みおく)る 送行；送別
　見 (み)せびらかす 炫耀；賣弄

6 為準備面試，仔細地閱讀報紙及商業雜誌。
　総合 (そうごう) 綜合
　総括 (そうかつ) 彙總；總結
　専念 (せんねん) 一心一意；專心致志

7 只要事情不照著他的想法走，他就很焦躁，猛按電梯按鈕，是個性子非常急躁的人。
　大 (おお)らかだ 豁達的；大方地
　ほがらかだ 開朗的；晴朗的；舒暢的
　愉快 (ゆかい)だ 愉快的

8 朋友突然用敬語跟我說話的話，一股疏遠而冷淡的氣氛就出來了。
　ばかばかしい 荒唐的；愚蠢的
　そうぞうしい 嘈雜的；喧鬧的
　なれなれしい 過分親暱的；熟不拘禮的

9 比起那機敏完美的星野先生，稍微有點漏洞的佐佐木先生更能讓人感到有人性。

10 故意撞車製造假車禍，藉以領取保險金的詐欺案增多了。
　陥 (おちい)る 落入；陷入
　脅 (おど)かす 脅迫；威脅
　飾 (かざ)る 裝飾；妝點

1	4	2	2	3	1	4	3	5	1
6	3	7	1	8	1	9	3	10	4

1 和在美國留學中的好朋友漸漸疏遠了。果然長時間不見，就不復往日關係了！
　　無視 (むし) 無視
　　外面 (がいめん) 外側；外表
　　疎外 (そがい) 疏遠

2 進入心儀已久的公司的喜悅也只是曇花一現，每天加班非常疲累。
　　床 (とこ)の間 (ま) 壁龕
　　合間 (あいま) 空檔；空閒
　　隙間 (すきま) 縫隙

3 已進行了兩個鐘頭的會議看樣子還不會結束，所以傳了訊息告知女友取消約會。
　　適当 (てきとう)だ 適當的；馬虎的
　　徹底 (てってい) 徹底
　　一切 (いっさい) 全部；完全

4 順路到舊書店看看打發時間。
　　抜 (ぬ)かす 清除；除掉
　　はがす 撕除；剝去
　　省 (はぶ)く 省略；省去
　　Tip「のぞく」的同音異義字
　　除 (のぞ)く 除外；消除
　　覗 (のぞ)く 窺視；偷看

5 你要穿得那麼寒酸去參加畢業舞會嗎？換件稍微華麗一點的衣服吧？
　　かれいだ 華麗的＝はでやかだ
　　しめっぽい 潮濕的；陰鬱的
　　ふてぶてしい 目中無人的；豪不客氣的

6 能夠到達今日的地位，無疑是因為有家人的支持。
　　まんべんなく 普遍；沒有遺漏
　　それとなく 委婉；婉轉
　　どことなく 總覺得；彷彿；好像

7 不管工作再怎麼重要，犧牲健康都是愚蠢的行為。

厳 (おごそ)かだ 嚴肅的；威嚴的
疎 (おろそ)かだ 疏忽的；馬馬虎虎的

8 在沒碰面的這陣子裡，不知是否有什麼煩心的事，讓她突然消瘦了。
　　きっかり ①正好；恰好 ②顯眼；清楚
　　うっかり 不留神；不慎
　　しっかり 毅然；結實；堅強；可靠

9 你說總務部的惠里子小姐是社長的女兒？怪不得她花錢不眨眼。
　　あくまでも 到底；徹底地
　　どうか 請；務必
　　さぞ 料定；想必

10 為了因應緊急情況，製作緊急聯絡網分發下去。

1	4	2	1	3	1	4	3	5	1
6	1	7	4	8	3	9	3	10	1

1 偽造年收入申報早晚會被發現，請如實申報。
　　おびえる 膽怯；害怕
　　しなびれる 枯萎；乾涸
　　はばかる 忌憚；顧忌

2 田中君把以前聽過一次的事，用如同初次講述一般地再次述說起來。
　　あわや 險些；差點
　　たかが 只不過是；充其量只是
　　どこまでも 始終；連續不斷

3 朋友自然增加是沒有問題，但是拼命想要增加，我不認為能夠交到真正的朋友。
　　夢中 (むちゅう)になる 沉溺；熱衷
　　本気 (ほんき)になる 認真；正經
　　意地 (いじ)になる 賭氣；意氣用事

4 吉村不管做什麼馬上就說「啊！我不行了」，是個精神軟弱的人。
　　弱気 (よわき) 膽怯；怯懦
　　若干 (じゃっかん) 些許；若干

窮乏 (きゅうぼう) 窮困；貧窮

5 總覺得犯人的供詞不合邏輯。
筋合 (すじあ)い 理由；依據
弁明 (べんめい) 辨明；解釋
内訳 (うちわけ) 明細；細目

6 我們公司因財政堪憂，決議併入美國某大型企業旗下。
目下 (もっか) 眼下；當前
天下 (てんか) 天下；世界；全國
配下 (はいか) 手下；屬下

7 為因應大型災害等緊急情況，國家及自治體為了國民儲備緊急糧食。
物事 (ものごと) 事情
事柄 (ことがら) 事情；事件
有数 (ゆうすう) 屈指可數

8 今年夏天的氣溫直線上升，連日都是接近35 度的悶熱天氣。

9 男性用來誇耀自己社會地位的東西，可以舉出的有汽車、手錶等。

10 同年級同學寄了封「請和我交往」的信給我，我沒有回應，結果寄來一封罵人的信。
つられる 受影響；受誘惑
ねたむ 嫉妒；眼紅
こびりつく 緊緊附著；縈繞

問題 3

再次複習 1　P. 239

1	1	2	4	3	2	4	3	5	4
6	4	7	3	8	3	9	1	10	4

1 若是意識到自己多麼地受到眷顧，應會自然養成正向開朗的性格。
おのずと 自然而然地
= 自然 (しぜん) に、おのずから
徐々 (じょじょ) に 徐徐地
著 (いちじる) しい 顯著的
確 (たし) かだ 確實的

2 他的中文實力在這個班上很出眾。
抜群 (ばつぐん) だ 出色的；卓越的
= ことに優 (すぐ) れている

3 我以為會人潮擁擠，結果出席人員意外地少。

4 未登錄使用者的客人無法免費使用服務。
無償 (むしょう) 無償；免費
= ただ無料 (むりょう)

5 向來都要花三天的工作，我把它精簡效率化之後，使它能一天就完成。

6 當時的陸軍相關資料，請再仔細點調查。
そっくり 非常相像
ぴったり 正合適；緊密
ふわふわ 軟綿綿；心情浮躁

7 雖說對手很強，也不試著戰鬥就放棄太沒出息了。
断 (ことわ) る ① 拒絕　② 事先得到許可
締 (し) める 關上；束緊；嚴加管束
飽 (あ) きる 厭倦；厭煩
= いやになる，うんざり，もうたくさんだ

8 受不了上司找碴，把工作辭了。

9 事先訂立一週份的菜單，週末時把所有食材一次買齊，這樣能夠省錢。
事前 (じぜん)に 事先＝前 (まえ)もって
翌日 (よくじつ) 隔日；次日＝次の日

10 有一天，喜訊傳來我家。

再次複習 2　P. 240

1	3	2	2	3	2	4	2	5	2
6	4	7	1	8	1	9	3	10	1

1 和男性約會時，女性似乎都會暗暗期待著對方請客。
こっそり 偷偷地；悄悄地
＝人 (ひと)の目 (め)を避 (さ)けて
すんなり 順利地；容易地；豪不費力地
どっしり 沉甸甸；沉著冷靜
すっかり 完全

2 他不只沒時間觀念，金錢方面也是亂七八糟。
ずうずうしい 厚臉皮；不知羞恥
＝あつかましい，ふてぶてしい

3 終於從煩雜的工作中解放了。

4 因為他總是直話直說，所以經常會傷到對方。
率直 (そっちょく)に 老實地；坦率地
＝正直 (しょうじき)に
冷静 (れいせい)だ 冷靜的
＝落 (お)ち着 (つ)いている
真剣 (しんけん)に 認真地
＝まじめに，本気 (ほんき)で
慎重 (しんちょう)に 慎重地；謹慎地
＝注意深 (ちゅういぶか)く

5 在這次的選舉中，我擔任某黨候選人的後援志工。
支援 (しえん)する 支援
＝支 (ささ)え助 (たす)ける
援助 (えんじょ)する 援助

6 我想要盡可能地減少不必要的開支。

ありったけ 全部；一切；所有

7 商店街裡要是興建大型商場的話就完了。
びっくりさせる 使驚嚇
＝驚 (おどろ)かせる，驚 (おどろ)かす，
おどかす

8 這陣子山本好像都埋首於新的研究中。
打 (う)ち込 (こ)む 使勁投入；傾注；鑽研
＝熱心 (ねっしん)に取 (と)り組 (く)む，熱中 (ねっちゅう)する

9 有足夠的根據證明這篇報導內容正確的嗎？

10 當作紓解壓力，讓身體充分地動一動，流流汗可以神清氣爽。
くちおしい 遺憾的；懊悔的
＝悔 (くや)しい

再次複習 3　P. 241

1	1	2	4	3	4	4	2	5	3
6	1	7	3	8	4	9	2	10	4

1 聽聞那個消息，全國人民都非常震驚。

2 入夏之後收益大幅地成長。
わずか 僅僅；一點點＝ほんの少 (すこ)し

3 真是陰慘慘的天氣啊！

4 高中時受到美術老師的啟發，走上畫家之路。
勧誘 (かんゆう) 勸誘
強制 (きょうせい) 強制
推薦 (すいせん) 推薦

5 新產品不僅用起來順手，操作方法也非常簡單。
非常 (ひじょう)に 非常地
＝ごく，大変 (たいへん)，極 (きわ)めて

6 對於國家的改革開放，專家大致持肯定的評價。

7 蜂擁而至購買演唱會門票。

はかどる 進展；順利進行
押 (お)し寄 (よ)せる 蜂擁而至

8 出乎意料地是一場實力相當的比賽。

9 那是最讓人擔憂的。
心配する 掛心；憂心
= 懸念 (けねん)する，案 (あん)ずる

10 據說太陽接近地平線時，看起來比較大，
是因為眼睛的錯覺。
なりゆき 發展；演變；過程
= 過程 (かてい)
いきさつ 原委；經過
= 経緯 (けいい)，経過 (けいか)

再次複習 4 P. 242

1	4	2	3	3	3	4	3	5	1
6	3	7	1	8	1	9	4	10	2

1 已相當熟悉這個職場。
逆 (さか)らう 違抗；反抗
= 反抗 (はんこう)する，逆 (ぎゃく)に進 (すす)む
恵 (めぐ)まれる 受惠；受到恩賜
= いい環境 (かんきょう)や状態 (じょうたい)
が与 (あた)えられる
飽 (あ)きる 厭煩；厭倦
=嫌 (いや)になる，うんざり

2 不出所料，西川沒有來。
案 (あん)の定 (じょう) 果然；意料之中
= 思ったとおり
たしか 確實；正確
= 自分の考えとしては間違 (まちが)いなく
なぜか 不知何故　あいにく 不湊巧

3 實力相差懸殊，幾乎無法比賽下去。
ぼつぼつ 一點一點；慢慢地
ほのか 隱約；略為
うっすら 微微地；淺淺地；薄薄地

4 如果感到地震強烈搖晃時不要慌張，首要
保護頭部，至安全場所避難。
うろたえる 驚慌失措
= まごつく
ためらう 躊躇；猶豫
= 渋 (しぶ)る
耐 (た)える 忍耐；忍受
= 辛抱 (しんぼう)する，我慢 (がまん)する
焦 (あせ)る 焦躁；著急
= 気 (き)をもむ，いら立 (だ)つ

5 公共場合請避免不謹慎的言語。

6 寫下心中煩惱的過程中，有時可以意外輕
易地找到解決辦法。

7 那個計劃決定中止了。

8 企劃順利地進展中。
渋 (しぶ)る 鬱積；不順暢
滞 (とどこお)る 停滯；遲滯

9 父親一面回想當時的情況一面說著。

10 托松本的福，能夠比預期中提早完成工
作。
仕上 (しあ)げる 完成
= 完成 (かんせい)する
中断 (ちゅうだん)する 中斷
= 途中 (とちゅう)でやめる

再次複習 5 P. 243

1	1	2	4	3	1	4	3	5	4
6	4	7	3	8	2	9	1	10	4

1 這件工作一起分工比較好吧？

2 終於找到解決問題的線索了。
糸口 (いとぐち) 線索
= 手掛 (てが)かり，ヒント
口実 (こうじつ) 藉口
口火 (くちび) 導火線
大口 (おおぐち) 大話；吹牛

3 我們的預測全都錯了。

4 不得已取消了這次的旅行。

5 我在混雜人群中，心情能感到平靜。
渋滞 (じゅうたい) する 遲滯；停滯
= 滞 (とどこお) る，はかどらない
混乱 (こんらん) 混亂
暗闇 (くらやみ) 黑暗；暗處；沒有希望

6 從暗處突然跑出人來的話會嚇到吧？
どっと 突然聚集；哄然；突然倒下
到底 (とうてい) 無論如何也
= いかにしても，どうしても，とても
はるかに 遙遠地

7 讓人向我說明有關暴風及颱風發生的機制。
きっかけ 契機 = 契機 (けいき)

8 丟人現眼的辯解就別說了吧！
いいわけ 理由；解釋
= 弁解 (べんかい)
陰口 (かげぐち) 背地裡說壞話
= 悪口 (わるぐち)
口 (くち) コミ 口頭交流；網路評論
= 口 (くち) から口 (くち) へ情報 (じょうほう) を伝える
うちあげ 慶功宴
= 仕事を終えること，仕事じまいの宴 (えん)

9 普遍常見的詞句較能喚起人們的共鳴。
一般的 一般的；平凡的
= 平凡 (へいぼん)
陳腐 (ちんぷ) 陳舊的
= まっさら
まったく新 (あたら) しい 嶄新的；全新的
↔ 非凡 (ひぼん) 非凡
平凡 (へいぼん) 平凡
いまめかしい 時興的；現代的

10 已經無法告訴那個人真實情況了。

再次複習 6 P. 244

1	2	2	3	3	1	4	4	5	2
6	1	7	4	8	2	9	2	10	4

1 我不知道有這樣嚴苛的條件。
シビアだ 苛刻的；嚴厲的
= 厳 (きび) しい
有利 (ゆうり) だ 有利的
欠 (か) かせない 不可或缺的

2 不好意思催趕你了。
せかす 催促 = 急 (いそ) がせる，せきたてる，促 (うなが) す

3 問題太過抽象，一時不知如何回答。
避 (さ) ける 避免；避開
遠回 (とおまわ) し 迂迴；婉轉
努 (つと) める 努力
= 努力 (どりょく) する

4 商品原單價上漲，但目前販售價格好像沒有提高。

5 今天一整天都在處理客訴，真是累人啊！
苦難 (くなん) 苦難
苦境 (くきょう) 困境
苦労 (くろう) 辛苦；勞苦

6 這次的企劃項目和以往的規模都不同。

7 盡全力地跑，好不容易才趕上末班電車。
辛 (かろ) うじて 好不容易才；勉勉強強
= ぎりぎりで，間一髪 (かんいっぱつ) で
何 (なに) しろ 總之；無論如何
どうも 總覺得不～；總覺得～
= どうしても，なんだか

8 母親不停地點頭，一邊聽著。

9 他提出了一個創新且奇特的企劃案。

10 和對方確認過後，決定了商談的日期。

再次複習 7　P. 245

1	3	2	1	3	3	4	1	5	4
6	1	7	4	8	3	9	3	10	1

1 這個圖表清楚顯示本公司這幾年營業額的
　變化。
　迅速 (じんそく) 迅速
　大概 (たいがい) 大概；大致

2 我早有覺悟會受到這種程度的輕視。

3 這塊陶器是件上品的珍寶。
　重宝 (ちょうほう) 便利；方便；適用
　重宝 (ちゅうほう・じゅうほう)
　寶物；寶貝

4 妹妹有個壞毛病，動不動就說「好麻煩
　啊！」。
　退屈 (たいくつ)だ 無聊的；乏味的
　=つまらない，暇 (ひま)であきあきする

5 他說的話不能立刻就相信。
　まんべんなく 普遍；沒有遺漏
　突如 (とつじょ) 突然
　唐突 (とうとつ)に 唐突地

6 從知名藝人開始，最近流行簡約的結婚典
　禮。
　アクティブだ 活躍的；積極的
　=活動的 (かつどうてき)だ
　ラグジュアリーだ 奢華的；高級的
　=豪華 (ごうか)だ
　エクスペンシブだ 昂貴的
　=高級 (こうきゅう)だ

7 那對兄弟總是互相爭鬥。

8 執政黨正籌畫企圖挽回低迷的支持率。
　推進 (すいしん)する 推動
　念願 (ねんがん)する 心願；願望
　鍛錬 (たんれん)する 鍛錬

9 我們有時會對理想與現實的差異感到氣
　餒。
　陥 (おちい)る 陷入；落入

ぶつかる 衝撞；衝突

10 將脖子和臉部的色差考慮進去，妝感會更
　為整體。

語彙篇｜ 迎戰日檢　答案及解析

問題 3

擬真試題 1　P. 254

1	3	2	2	3	4	4	3	5	1
6	2	7	4	8	3	9	4	10	1
11	1	12	2						

1 總而言之，成功的機率很低，所以停止比
　較妥當吧？
　もはや 已經；早就
　近々 (きんきん) 不久；近日
　ほどなく 不久；即將

2 符合下列條件的人，請舉手。
　受 (う)け持 (も)つ 承擔；負責
　取 (と)り入 (い)れる 採納；拿進；收割
　当 (あ)てつける 諷刺；指桑罵槐

3 不要被網路上可疑的資訊混淆視聽，需要
　審慎地判斷。

4 我認為和好的方法只有「道歉」一途。

5 即便只是在三姑六婆的閒聊間也能獲得各
　種資訊。

6 民主主義及共產主義在一個國家中是否絕
　對對立呢？

7 看不見他改善的可能性，所以放棄了。
　断念 (だんねん)する 放棄；死心
　=諦 (あきら)める，さじを投 (な)げる
　説諭 (せつゆ)する 教誨；訓誡

8 我負責新進人員當中最麻煩的有岡先生。

9 我克服了非凡的艱苦境遇一路來到這裡。

にっちもさっちも行 (い)かない
進退兩難；陷入困境

肝心 (かんじん)かなめだ 極端重要

人並 (ひとな)みぐらいだ
和一般人差不多的

10 可以麻煩您傳個話嗎？
メッセージ 口信；傳話
＝伝言 (でんごん)，言 (こと)づて

11 茶道的話，我們的國家也有，不過茶道禮
儀和日本稍有不同。

12 妻子是個敏感細膩的人，因此周圍的人很
辛苦。

擬真試題 2　P.255

1	4	2	3	3	1	4	3	5	2
6	4	7	1	8	4	9	1	10	3
11	4	12	2						

1 人遲早都會死亡，所以好好享受被賜予的
人生吧！
いずれ 不久；近期；總歸；反正＝そのう
ち，近(ちか)い将来 (しょうらい)，どのみち
いかにも 的確；誠然；實在
あやうく 差點；險些＝あわや
いきなり 突然＝突然 (とつぜん)

2 唯獨那件事請你原諒！

3 敏夫！你也已經四十多歲了，差不多該成
家了吧？

4 耗費精力和時間在毫無幫助的抱怨上，是
很浪費的。
愚痴 (ぐち) 抱怨；不滿
＝不満 (ふまん)，文句 (もんく)
雑談 (ざつだん) 閒聊；雜談
＝井戸端会議 (いどばたかいぎ)
冗談 (じょうだん) 玩笑 ＝ジョーク
皮肉 (ひにく) 諷刺；譏諷＝いやみ

5 舉手投足要像個大人是非常困難的事情。

6 煩惱著是否要向父母說出真相。
告白 (こくはく)する 告白；說出；吐露
＝白状 (はくじょう)する，
打 (う)ち明 (あ)ける

7 在公共場所亂丟垃圾及塗鴉是令人不能容
忍的。
言語道断 (ごんごどうだん) 豈有此理；
莫名其妙＝もってのほかだ，とてつもない
うってかわる 完全不一樣
＝前 (まえ)とは全 (まった)く違 (ちが)う

8 人們道德低下並非最近；近來最近的問題。
昨今 (さっこん)
＝この頃 (ごろ)，最近 (さいきん)，こんに
ち，今 (いま)どき

9 那個人不管做什麼都不放棄地拚盡全力，
是個堅忍不拔的人。
しぶとい 頑強的；堅韌的
＝辛抱 (しんぼう)強 (づよ)い

10 我因為興趣在收集黑膠唱片。

11 維持體溫的器官發生異常。
促 (うなが)す 催促；督促
＝督促 (とくそく)する
催促 (さいそく)する 催促
＝催 (もよお)す

12 有明確的目標，會提高動力。

擬真試題 3　P.256

1	3	2	1	3	4	4	1	5	3
6	4	7	2	8	1	9	3	10	4
11	3	12	2						

1 這廚房禁止女性進入。
台所 (だいどころ) 廚房
＝勝手 (かって)，厨房 (ちゅうぼう)
縁側 (えんがわ) 迴廊

2 只能答出平凡的答案。

月並 (つきな)みだ 平凡的；陳腐的
＝平凡 (へいぼん)だ，陳腐 (ちんぷ)だ
とびきり 出色；出眾；極好＝とても優 (す
ぐ)れている，格別 (かくべつ)に

③ 在別人家裡時，盡量謹言慎行。
控 (ひか)える
退 (しりぞ)く 退後；退位；離去
唆 (そそのか)す 唆使；慫恿
仰 (あお)ぐ 仰慕；仰望；請求

④ 課長是個卑鄙的人，會把屬下的功勞當作
自己的。

⑤ 兩人的力量旗鼓相當。
あきらかだ 明白的；清楚的
いちじるしい 顯著的
食 (く)いちがう 不一致；分歧

⑥ 在那邊發號施令的人是理事長。
指図 (さしず) 指示；命令
＝命令 (めいれい)，指示 (しじ)

⑦ 是韓國人的話就應精通韓國史。

⑧ 生活節奏一亂，就擔心對學業及業務造成
影響。

⑨ 我的妻子手巧，給小孩理髮這種事只是小
菜一碟而已。
隅 (すみ)に置 (お)けない 不容小覷的
ままならない 不如意；不如願

⑩ 我想效法她高尚優雅的言行舉止。
物腰 (ものごし) 言行舉止；態度
＝動作 (どうさ)
エレガンス 優雅；高尚
＝優雅 (ゆうが)だ，高尚 (こうしょう)だ，上
品 (じょうひん)だ
得手 (えて)だ 擅長的＝得意 (とくい)だ
不得手 (ふえて)だ 不擅長的

⑪ 成本上漲的話價格也會提高吧？

⑫ 這週的菜單全是我最愛吃的食物。

擬真試題 4　P. 257

①	2	②	4	③	2	④	4	⑤	1
⑥	3	⑦	1	⑧	3	⑨	3	⑩	4
⑪	2	⑫	1						

① 目前關心的事是什麼呢？

② 毛遂自薦是否會令人感覺臉皮厚呢？
厚 (あつ)かましい 厚臉皮的；不知羞恥的
＝ずうずうしい，図太 (ずぶと)い，ふてぶて
しい

③ 他提出的設計充滿嶄新的表現力。

④ 用結結巴巴的中文問路。

⑤ 頻繁打來催促還款的電話。
まれに 稀罕地；稀少地
めったに 幾乎 (沒)；幾乎 (不)
ときおりに 偶爾；有時

⑥ 「喪中賀年卡」仿照既定格式書寫是正確
作法。
倣 (なら)う 仿照；效法
＝模倣 (もほう)する，真似 (まね)する

⑦ 他禮儀之差，令人吃不消。
口 (くち)を挟 (はさ)む 插嘴
知 (し)らんぷり 佯裝不知
憤 (いきどお)る 憤怒；憤慨

⑧ 候選人山下毫無顧忌地公然發表下任縣知
事就是自己。
はばかる 忌憚；顧忌
＝遠慮 (えんりょ)する

⑨ 他是推心置腹的夥伴。
手 (て)を焼 (や)く 棘手；頭痛
頭 (あたま)が上 (あ)がらない 抬不起頭
虫 (むし)が好 (す)かない
看不順眼；看不慣

⑩ 本網站提供您即時的健康情報。
早急 (さっきゅう)だ 火速地；盡快地
早速 (さっそく) 立刻；馬上

適宜 (てきぎ) 適宜；恰當

11 關於這幅名畫的傳聞軼事鮮為人知。

12 緊張、辛苦地工作之後，才能深切地感受到放鬆的絕妙之處。
習 (なら)わし 傳統；慣例

擬真試題 5　P. 259

1	4	2	1	3	3	4	1	5	4
6	3	7	4	8	2	9	2	10	4
11	1	12	3						

1 一旦沉湎於賭博中就會無法自拔。
はまる 熱衷；沉湎
＝こる，のめりこむ
懲 (こ)りる 吃過苦頭而不敢再嘗試；學乖
陷 (おとしい)れる 陷害；誣陷
潛 (くぐ)る 穿過；潛水

2 生意興隆的秘訣是什麼呢？

3 兒子要是一出門，總是滿身是泥的回來。
疲 (つか)れる 疲累；疲乏
＝くたびれる，くたくたする，ばてる

4 低迷的景氣看不出好轉的可能性。

5 致贈所有光臨的客人感謝禮。
もれなく 全部；沒有遺漏
＝ことごとく，全部 (ぜんぶ)，すべて

6 不知是否是在生我的氣，她突然變得態度冷淡。
よそよそしい 見外的；冷淡的；疏遠的
＝水臭 (みずくさ)い，
他人行儀 (たにんぎょうぎ)

7 因煩惱事情，讓手的動作變得馬虎了。
疎 (おろそ)かだ 馬虎的；不認真的
＝なおざりだ
気が散 (ち)る 走神；分心
＝注意 (ちゅうい)が散漫 (さんまん)になる
気が晴 (は)れる 心情舒暢
気をもむ 操心；發愁；焦急

8 那樣的事情並不稀奇呀！
ざらにある 常見；常有；不稀奇
＝たくさんある，ありふれる，ありきたりだ

9 這座寧靜的漁村每逢七月，避暑客就漸漸地到來，變得很熱鬧。
がらがら 漱口聲；物品坍塌的聲音或樣子；空蕩蕩
かんかん 大發雷霆；極堅硬貌
ゆうゆう 從容；悠閒自在

10 他的推理十分地有邏輯。

11 這樣獨特的點子也只有他想得出來吧？

12 學習將陶瓷器製作地漂亮。
見 (み)つけ出 (だ)す 找出
獲得 (かくとく)する 獲得
所有 (しょゆう)する 持有

擬真試題 6　P. 260

1	4	2	2	3	1	4	4	5	3
6	4	7	1	8	4	9	4	10	1
11	1	12	3						

1 開朗活潑的人身邊總是圍繞著朋友。
はでやかだ 華麗的；闊綽的
速 (すみ)やかだ 迅速的；敏捷的
健 (すこ)やかだ 健全的；健康的

2 竟然有人把重大的決定委託給父母或友人。
もたれる 憑靠；不消化
頼 (たよ)る 依賴
散 (ち)らかす 弄亂；凌亂

3 因不得已的因素，這次將不克參加。

4 他竟然遲到，真是稀奇欸！

5 現代人最需要的東西就是餘裕。
富 (とみ) 財產；資源
＝財產 (ざいさん)，資產 (しさん)
かけら 破片；碎片＝破片 (はへん)
憩 (いこ)い 休息＝休憩 (きゅうけい)

6 岡村生先勉強同意了。

7 村田教授總是用謙恭的語氣說話。

8 他不顧周圍的反對，堅持貫徹自己的想法。

9 這本專門用書非常難耶！

10 今天暫且做到這，去喝一杯吧？

11 人們在意頭銜，這件事是理所當然的嗎？
ポジション 地位；頭銜
= ポスト，肩書 (かたが)き，社会的 (しゃけいでき)な地位 (ちい)，位地 (いち)

12 我在說明事情時有個毛病，比手畫腳動作很大。
身 (み)なり 衣著打扮
身柄 (みがら) 身體；身分
身寄 (みよ)り 親屬；親戚

擬真試題 7　P. 261

1	1	2	4	3	2	4	4	5	2
6	3	7	1	8	2	9	4	10	3
11	1	12	2						

1 這件事是秘密，絕對不能跟任何人說喔！
要領 (ようりょう) 要領；竅門
要点 (ようてん) 重點
趣旨 (しゅし) 要旨；理由；目的

2 一起仔細地想想看所有的可能性吧！

3 課長喜歡誇耀自己的功績。

4 年尾時常常許多行程都卡在一起。

5 他有時會有反常的舉動，讓大家嚇一跳。

6 發生意料之外的事，而不知所措。

7 請珍重獨一無二的生命！
ありふれる 常見的；常有的
尽 (つ)きる 耗盡；窮盡
せつない 內心酸楚的；悲傷的

8 山田到處嚷嚷著說，他現在的職位大材小用。

9 看了從前的照片，深切感到現在已是十足上年紀的樣子了。

10 加班前飯糰最適合裹腹了。
うってつけ 正合適；符合
= もってこい，ぴったり

11 在職場上，如果有個人能在萬一有什麼事時給予支援就好了。
いざという時 緊要關頭；關鍵時刻
= もしもの時，万が一の時，ひと時

12 他淡淡地說著當時的情況。

語彙篇｜再次複習　答案及解析

問題 4

再次複習 1　P. 268

1	2	2	2	3	1	4	3	5	1
6	3								

1
まちまち 形形色色；各式各樣
1 いろいろ 形形色色
2 我們家五個人吃早餐的時間各不相同。
3 それぞれ 各個；各自
4 別々 (べつべつ) 分別；各自

2
優位 (ゆうい) 優勢
1 優先 (ゆうせん) 優先
2 這個行業女性較有優勢。
3 優先 (ゆうせん) 優先
4 優先席 (ゆうせんせき) 博愛座

3
気配 (けはい) 氣息
1 家裡應該沒人，但感覺到有人的動靜。
2 気楽 (きらく)に 輕鬆愉快地

3　気楽 (きらく)に 輕鬆愉快地
4　気楽 (きらく)で 輕鬆愉快的

④

免除 (めんじょ) 免除；除去
1　免 (まぬが)れた 避免；躲避
2　回避 (かいひ) 迴避；躲開
3　入學考試成績優異者可免學費。
4　免 (まぬが)れた 避免；躲避

⑤

有数 (ゆうすう) 屈指可數；為數不多
1　我國持有世界上屈指可數的最尖端技術。
2　無数 (むすう)の 無數的
3　無数 (むすう)の 無數的
4　無数 (むすう)に 無數地

⑥

当 (あ)てはめる 符合；適用
1　合 (あ)わせて 配合
2　合 (あ)わせて 配合
3　將少數案例普遍化，套用至社會全體，恰當嗎？
4　合 (あ)わせて 配合

再次複習 2　P. 270

①	3	②	1	③	2	④	3	⑤	3
⑥	4

①

損 (そこ)なう 損害；損壞
1　崩 (くず)れる 變壞
2　悪化 (あっか)する 惡化
3　因屢次寄送失誤，損害了與顧客間的信賴關係。
4　失 (うしな)って 失去

②

工面 (くめん) 張羅；籌措
1　打工的收入勉強湊足生活費。
2　公募 (こうぼ) 公開招募
3　売 (う)り込 (こ)む 推銷

4　集 (あつ)める 收集

③

携 (たずさ)わる 從事
1　取 (と)り組 (く)んで 埋頭；致力於
2　我從事產品開發，每天都被研究追著跑。
3　いそしみ 努力
4　臨 (のぞ)む 面臨

④

潔 (いさぎよ)い 果斷的；乾脆的；毫不怯懦的
1　清潔 (せいけつ)に 乾淨地；清潔地
2　簡潔 (かんけつ)に 簡潔地
3　意識到自己不對的話，就爽爽快快地道歉比較好。
4　潔白 (けっぱく)だ 清白的

⑤

没頭 (ぼっとう) 埋頭；熱衷於
1　専念 (せんねん)したい 想專注於
2　満 (み)ちていた 充滿了
3　我先生是研究員，埋頭於產品開發的研究中，連睡覺都覺得可惜。
4　就 (つ)いていない 不就 (位置)

⑥

かばう 包庇；袒護
1　敵 (かな)う 匹敵
2　かまわないで 不用顧慮
3　頑張 (がんば)った 做了努力
4　父母為了袒護孩子，向警察做出了那樣的陳述。

再次複習 3　P. 272

①	3	②	1	③	3	④	4	⑤	1
⑥	2

①

加減 (かげん) 增減調整
1　加減 (かげん)して 加入
2　加減 (かげん) 增減
3　烤麵包、餅乾，火候增減控制很重要。
4　水加減 (みずかげん) 水的分量

2

合致 (がっち) 一致
1 我和對方的見解一致。
2 一致 (いっち) 一致
3 合併 (がっぺい) 合併
4 接 (つ)ぎ木 (き)をして 樹木嫁接

3

総 (そう)じて 總的；概括的
1 すっかり 完全地
2 ずっと 一直
3 多虧景氣好，總的來說，各店鋪的銷售額均有成長。
4 約 (やく) 大約

4

満 (み)たない 未滿的；不滿的
1 足 (た)りない 不充分；不足夠
2 足 (た)りない 不充分；不足夠
3 足 (た)りない 不充分；不足夠
4 義工志願者連90人都未達到。

5

煩雑 (はんざつ) 繁雜；複雜
1 拿著許多資料，到好幾個窗口等候之類的，手續很繁雜。
2 複雑 (ふくざつ)な 複雜的
3 複雑 (ふくざつ)で 複雜
4 複雑 (ふくざつ)な 複雜的

6

心構 (こころがま)え 覺悟；心理準備
1 心が決 (き)まらない・決心 (けっしん)がつかない 無法下決心
2 為了不要牽扯進金錢糾紛，平時的心態是很重要的。
3 下心 (したごころ) 居心；企圖
4 つもり 打算

再次複習 4　P. 274

| 1 | 1 | 2 | 3 | 3 | 2 | 4 | 3 | 5 | 2 |
| 6 | 4 | | | | | | | | |

1

抱 (かか)え込 (こ)む 擔負；承擔
1 如果有煩心的事，不要一個人獨自承擔，和上司或同事商量就好。
2 定着 (ていちゃく)する 扎根；固定
3 収容 (しゅうよう)する 容納
4 保管 (ほかん)して 保管

2

密集 (みっしゅう) 密集
1 収集 (しゅうしゅう) 收集
2 集 (あつ)まっている 聚集
3 這附近舊住宅及建築很密集。
4 集合 (しゅうごう) 集合

3

満喫 (まんきつ) 充分領略；充分享受
1 満 (み)たす 滿足；符合
2 出國旅行，好好享受了難得的休假。
3 安 (やす)らぐ 安穩；舒暢
4 満載 (まんさい) 登滿；滿載

4

人手 (ひとで) 人手；人力；人工
1 一家 (いっか)の大黒柱 (だいこくばしら) 一家的經濟支柱
2 職員 (しょくいん) 職員
3 因尾牙的準備需要人手，正在找能夠幫忙的人。
4 人材 (じんざい) 人才

5

ゆとり 餘地；餘裕
1 時間 (じかん) 時間
2 生了雙胞胎之後，家裡經濟變得不寬鬆。
3 余地 (よち) 餘地
4 残 (のこ)り 剩餘

円滑 (えんかつ) 順暢；協調
1 滑稽 (こっけい)な 滑稽的
2 愉快 (ゆかい)な 愉快的
3 円満 (えんまん)な 圓滿無缺的
4 和朋友間的關係越來越圓滑了。

再次複習 5　P. 276

1	2	2	3	3	4	4	4	5	4
6	2								

1

広大 (こうだい) 廣大；寬闊
1 莫大 (ばくだい)な 莫大的；極大的
2 綠地多而寬廣的操場，是我們學校的優點。
3 様々 (さまざま)な 各式各樣的
4 巨大 (きょだい)な 巨大的

2

無造作 (むぞうさ) 輕而易舉；隨隨便便
1 無造作 不須加「無造作」
2 鈍感 (どんかん) 感覺遲鈍
3 姊姊似乎對流行打扮不太有興趣，頭髮也只是很隨便地紮起。
4 カジュアル 舒適；休閒

3

見込 (みこ)み 可能性；預測；希望
1 覗 (のぞ)く 窺視
2 見通 (みとお)し 遼望；眺望
3 見通 (みとお)し 前景；展望
4 他大概沒有希望當選。

Tip 見込み；見通し

見込み　1 見込みが立つ 預測─可以預測
　　　　2 見込みがある
　　　　　希望；可能性；前景─有希望
見通し　1 見通しがきく
　　　　　視野；眺望─視野寬廣
　　　　2 見通しが明るい
　　　　　展望；前景─前景光明

口出 (くちだ)し 插嘴；過問；干預
1 発表 (はっぴょう) 發表
2 口説 (くど)いて 說服；遊說
3 推薦 (すいせん) 推薦
4 雖說是上司，但連屬下的私生活也要過問的話不好。

5

一律 (いちりつ) 一律；一樣
1 決 (き)まって 一定；必定
2 全部 (ぜんぶ) 全部
3 いつも 總是
4 並非一律刪減所有經費，從不必要的東西開始刪減即可。

6

裏腹 (うらはら) 相反
1 反対 (はんたい) 相反
2 我為什麼老是說和真心話相反的話呢？
3 反対 (はんたい) 相反
4 裏返 (うらがえ)しに着 (き)る 穿反

再次複習 6　P. 278

1	1	2	3	3	1	4	3	5	3
6	1								

1

復旧 (ふっきゅう) 恢復；復原
1 從昨晚開始停電，雖然不方便，不過12個小時後終於恢復了。
2 再開 (さいかい) 重新開始
3 復帰 (ふっき) 回歸
4 仲直 (なかなお)り・和解 (わかい) 和解

2

ひとまず 暫且；姑且
1 大 (たい)した
　並不怎麼樣的；不值得一提的
2 しばらく 不久；片刻
3 今天的工作暫且先到這邊結束吧！

4 いったん 一旦；暫且；姑且

3

くまなく 全部；到處；毫無遺漏的
1 戒指不見了，找遍家中各個角落，結果還是找不著。
2 **すべて** 全部
3 **すべて** 全部
4 **まったく** 完全；幾乎

4

質素 (しっそ) 簡樸；樸素
1 **安値 (やすね)の** 價格便宜的
2 **簡潔 (かんけつ)** 簡潔
3 不買不需要的東西，過著簡樸的生活。
4 **皆無 (かいむ)** 都沒有

5

かなう 實現
1 **終 (お)わった** 結束了
2 **当 (あ)たって** 命中
3 擁有自己的獨棟房子的夢想終於實現了。
4 **実 (みの)って** 有成果；有成效

6

秘 (ひ)める 埋藏；隱藏
1 吉田看起來很冷酷，不過其實熱情隱藏在內心。
2 **内緒 (ないしょ)にして** 隱藏；不公開
3 **こらえる** 抑制住；忍耐
4 **抑 (おさ)える** 壓制；控制

再次複習 7 P. 280

| 1 | 1 | 2 | 1 | 3 | 1 | 4 | 3 | 5 | 2 |
| 6 | 1 | | | | | | | | |

1

仕業 (しわざ) 勾當；行為
1 車子上的惡作劇塗鴉，是住在附近的孩子搞的鬼。
2 **仕業** 勾當；行為
3 **仕事 (しごと)ぶり** 工作狀況
4 **措置 (そち)** 處置

2

怠 (おこた)る 怠慢；鬆懈；疏忽
1 馬上就是各國首領會談，因此不能疏忽戒備。
2 **怠 (なま)けて** 偷懶
3 **怠 (なま)けて** 偷懶
4 **を怠 (おこた)る** 疏於~

Tip
おこたる 偷懶；怠慢；懈怠；疏忽
なまける 懶惰；怠惰

3

拍子 (ひょうし) 才剛~就~；勢頭；拍子
1 不知是否是裝了太多重的玻璃瓶的關係，提起紙袋的瞬間就破了。
2 **~たとたんに** 才剛~就~
3 **ついでに** 順便
4 **~た後 (あと)に** 在~之後

4

はがす 剝除；撕去
1 **外 (はず)して** 取下；摘下
2 **剝 (む)いて** 剝開；削皮
3 因為是要送朋友的贈禮，請把價錢標籤撕除。
4 **破 (やぶ)って** 撕破；撕下

5

耐 (た)えがたい 難以忍受
1 **弱 (よわ)い** 不擅長；經不起
2 前所未有的熱浪來襲，今年夏天每天都持續著難以忍受的高溫。
3 **持 (も)たない** 不堪用
4 **底 (そこ)をつく** 見底；用光

6

人一倍 (ひといちばい) 加倍地
1 山野邊現在的成功，是因為他加倍努力至今的緣故。
2 **トップ** 第一
3 **人一倍** 不須加「人一倍」
4 **トップ** 第一

再次複習 8　P. 282

1	4	2	1	3	1	4	4	5	4
6	3								

1

にぎわう 熱鬧；興旺
1　揃 (そろ)って 齊全；齊備
2　囲 (かこ)まれて 被包圍
3　込 (こ)んで 擁擠
4　假日前一天晚上，不管是哪裡的餐廳生意都很好。

2

とっくに 早已；早就
1　老師，森田的話，他早就回家了。
2　ずっと 一直
3　昔 (むかし)から 從以前
4　今 (いま)さら 事到如今

3

見失 (みうしな)う 迷失；看不見
1　我曾因為左顧右盼地走著，在百貨公司跟爸媽走失了。
2　見落 (みお)として 看漏；忽略
3　見落 (みお)とせず 沒有看漏
4　おいてきぼりにせず 拋棄不管

4

配布 (はいふ) 分發；散布
1　受信 (じゅしん) 收訊
2　配達 (はいたつ) 寄送
3　配信 (はいしん) 傳送；播送
4　那間店現在正在分送免費的化妝品試用包。

5

発散 (はっさん) 發散
1　共有 (きょうゆう) 共有
2　散 (ち)らかして 凌亂；散亂
3　まく 灑；播種
4　冰箱是透過向外部散熱，使內部冷卻。

6

ブランク 空白
1　スペース 空間
2　スペース 空間
3　作為現役運動員，兩年的空窗是沉重的打擊。
4　スペース 空間

再次複習 9　P. 284

1	1	2	4	3	4	4	4	5	2
6	2								

1

安静 (あんせい) 靜養；安穩
1　身體不舒服的話，請不要勉強，好好靜養。
2　落 (お)ち着 (つ)いて 心情平靜；安寧
3　落 (お)ち着 (つ)く 冷靜；沉著
4　冷静 (れいせい) 冷靜

2

処置 (しょち) 處置
1　整理 (せいり) 整理
2　処分 (しょぶん) 處理；處置
3　説明 (せつめい) 說明
4　多虧醫師適當的處置，疼痛馬上就治好了。

3

打開 (だかい) 打開；解決 (問題)
1　解決 (かいけつ) 解決
2　突破 (とっぱ) 突破
3　打破 (だは) 打破
4　為了要打開這個僵局，重新審視，徹底改革經營是不可或缺的。

4

しがみつく 緊緊抱住；糾纏住
1　張 (は)り付 (つ)く 吸附；黏著
2　触 (ふ)れ合 (あ)う 互相接觸；交流
3　固 (かた)く閉 (し)まっていて 緊閉
4　女孩一臉就要哭出來的樣子，緊抱著祖母的腳不放。

⑤
発足 (ほっそく) 動身；(新成立團體等)開始活動
1 発明 (はつめい) 發明
2 這個團體在上上個月剛剛成立。
3 発刊 (はっかん) 發刊
4 発表 (はっぴょう) 發表

⑥
統合 (とうごう) 統合
1 合 (あ)わせて 合計；加在一起
2 今年度開始統合相關部屬，嘗試重新編整營運體制。
3 合 (あ)わせて 搭配
4 合流 (ごうりゅう) 會合；匯流

再次複習 10 P. 286

| ① | 4 | ② | 4 | ③ | 2 | ④ | 1 | ⑤ | 3 |
| ⑥ | 2 |

①
退 (しりぞ)く 退出；離去
1 譲 (ゆず)った 轉讓；讓渡
2 譲 (ゆず)る 轉讓；讓渡
3 振 (ふ)り向 (む)いたら 回過頭後
4 課長好像因疾病的關係而離開職場專心休養。

②
もはや 已經；早就
1 せめて 至少；起碼
2 とことん 徹底；完全
3 おそらく 恐怕
4 早餐還在首爾，晚餐就在東京，這樣的事情早就已經不是天方夜譚了。

③
規制 (きせい) 規定；規制
1 制限 (せいげん) 限制
2 從歐洲進口貨品的規定大幅放寬了。
3 統制 (とうせい) 管制
4 抑制 (よくせい) 抑制

④
経緯 (けいい) 原委；經過
1 將事件概要及經過彙整後報告。
2 経由 (けいゆ) 經由；經過
3 経過 (けいか) 進程
4 経過 (けいか) 經過

⑤
帯 (お)びる 帶有；含有
1 戸惑 (とまど)って 困惑；迷失方向
2 漂 (ただよ)う 散發；飄盪
3 信用卡接觸到帶有磁性的物品的話會變得無法使用。
4 漂 (ただよ)って 散發；飄盪

⑥
はなはだしい 劇烈的；激烈的
1 はかばかしい 進展順利的
2 一個不小心的話，就會使公司蒙受巨大的損失。
3 はかない 空虛的；虛幻的；短暫的
4 ばかばかしい 荒唐的；愚蠢的

語彙篇 | 迎戰日檢 答案及解析

問題 4

擬真試題 1 P. 294

| ① | 3 | ② | 2 | ③ | 1 | ④ | 2 | ⑤ | 3 |
| ⑥ | 3 | ⑦ | 1 | ⑧ | 2 | ⑨ | 2 | ⑩ | 3 |

①
びっしょり 濕漉漉
1 きっかり 正好；恰好
2 ぎっしり 塞滿地
3 不知是不是被雨淋了，他溼答答地進來。
4 すんなり 苗條地；纖細地

②
物騒 (ぶっそう) 不安寧
1 険悪 (けんあく)な 險惡的

339

2　兒子竟然殺傷父母，世道上真是不安寧啊！

3　うるさくする 吵吵鬧鬧

4　騒動 (そうどう) 騒動

③

またがる 跨越；横跨

1　這座山很大，跨越了三個縣。

2　まかなって 提供；供給

3　垂 (た)れ下 (さ)がって 垂下

4　背負 (せお)って 背負

④

あたかも 宛如；恰似

1　あわや・あやうく 險些；差點

2　她講得好像自己親眼目睹一般。

3　何 (なに)もかも 什麼都；全部

4　どんなに 無論多麼地~

⑤

すっぽかす 爽約；食言

1　あばいて 拆穿；揭發

2　心寂 (こころさび)しくなって
　　令人感到寂寞的

3　田村是個可以滿不在乎地爽約，不足信賴的人。

4　きっかり 正好；恰好

⑥

素手 (すで) 赤手；徒手

1　無此用法

2　身振 (みぶ)り手振 (てぶ)りで 用比手畫腳的方式

3　在工地現場請戴上手套，不要赤手作業。

4　手 (て)ぶらで 空著手；兩手空空

⑦

断然 (だんぜん) 斷然；堅決

1　比起當廚師的姐姐做的東西，我做的好吃多了。

2　端的 (たんてき)な 直截了當的

3　断然 (だんぜん) する 「断然」為副詞，不能用作動詞

4　依然 (いぜん)として 依然；仍舊

⑧

あわや 險些；差點

1　たぶん 大概；也許

2　四處張望地走著，差點撞上電線桿。

3　ぜひ 務必

4　ようやく 好不容易終於

⑨

月極 (つきぎ)め 按月訂契約

1　分割 (ぶんかつ)払 (ばら)いでも
　　即使按月分期繳納

2　在韓國也會稍微貴一點，不過可以按月訂閱日本的報紙及雜誌。

3　一月 (ひとつき)に 一個月

4　月並 (つきな)みな 普通的；平凡的

⑩

濁 (にご)す 弄濁；含糊其詞

1　声 (こえ)がかれて 聲音沙啞

2　〜が汚 (よご)れて 弄髒；變髒

3　對於職場環境改善的要求，社長總是含糊其詞。

4　名 (な)を汚 (けが)す 玷汙名譽

Tip

お茶 (ちゃ)を濁 (にご)す
搪塞；顧左右而言他；岔開正題

擬真試題 2　P. 296

1	3	2	3	3	3	4	1	5	2
6	3	7	1	8	4	9	2	10	1

①

自 (みずか)ら 自己；親自

1　自 (おの)ずから 自然而然地

2　自 (おの)ずから 自然而然地

3　藝人Michael自己把美國籍改成日本籍了。

4　自 (おの)ずから 自然而然地

Tip

自 (みずか)ら 自己；親自

自 (おの)ずから
自然而然地 ＝ひとりでに＝おのずと

2

隔 (へだ) てる 間隔；隔開
1 ～に沿 (そ) って 沿著~
2 ～を控 (ひか) えて 面臨；迫近
3 因為隔著一條小路就是鐵軌，所以家裡很吵雜。
4 へりくだる 謙遜；謙恭

3

凝 (こ) る 考究；熱衷
1 息 (いき) を凝 (こ) らして 閉氣；屏氣
2 工夫 (くふう) を凝 (こ) らして 下功夫
3 最近我熱衷於咖啡。
4 表情 (ひょうじょう) がこわばった 表情僵硬

4

つんつるてん 衣服短小
1 去年買的褲子變得太短了。
2 つるつる 滑溜；光滑
3 からっぽ 空；什麼也沒有
4 緩 (ゆる) くなる・ぶかぶかになる 變鬆；變寬大

5

口調 (くちょう) 口吻；腔調
1 調達 (ちょうたつ) 籌措
2 比賽當前選手們說話冷靜、鬥志高昂。
3 発音 (はつおん) 發音
4 口癖 (くちぐせ) 口頭禪

6

あぜん 啞然；目瞪口呆
1 あぜんとして 啞然無語
2 あっけない 不盡興；不滿足
3 對於他那過於過分的言語也只能瞠目結舌。
4 とんちんかんに 自相矛盾；前後不符

7

理屈 (りくつ) 道理；歪理
1 雖然部長說的事不合理，但也只能照做。
2 窮屈 (きゅうくつ) な 拘束的
3 筋合 (すじあ) い 道理；理由

4 退屈 (たいくつ) 無聊；乏味

8

ねた 材料；素材
1 合間 (あいま) 空檔；空閒
2 窓際 (まどぎわ) 窗邊
3 種 (たね) 種子
4 這間壽司店使用好的材料，卻出乎意料地便宜。

9

著 (いちじる) しい 顯著的
1 等 (ひと) しい 相等的
2 河川的水位在雨停之後顯著地下降了。
3 等 (ひと) しい 相等的
4 慌 (あわ) ただしい 慌張地；忙亂的

10

依然 (いぜん) 依然；仍舊
1 公司內部仍舊存在著男女間不平等待遇、薪水落差。
2 あぜんとして 啞然；目瞪口呆
3 変 (か) わっていない 沒有變化
4 漠然 (ばくぜん) とした 模糊不清的

擬真試題 3　P. 298

1	3	2	4	3	4	4	2	5	1
6	3	7	2	8	1	9	3	10	3

1

そうぞうしい 喧囂的；嘈雜的
1 しんとしていた 鴉雀無聲
2 無作法 (むさほう) な 沒教養；沒禮貌
3 在喧囂的都市中竟然有這樣的公園。
4 勇 (いさ) ましく 勇敢地；果敢地

2

狙 (ねら) う 瞄準；以…作為目標
1 うかがって 打聽；探問
2 向 (む) けて 朝向；面向
3 覗 (のぞ) いて 偷看；窺視
4 以進決賽為目標，大家團結一心一起努力。

341

値 (あたい)する 值得
1 想像 (そうぞう)する 想像
2 戸惑 (とまど)って 困惑；不知所措
3 くじける 受挫；灰心失望
4 救助溺水孩童的行為是值得讚賞的。

4

くくる 總括；扎成捆
1 潜 (くぐ)りぬけた 鑽過
2 請唸出括弧內的地方。
3 まくりあげて 捲起
4 はがしたら 撕下後

5

等 (ひと)しい 相等的；等同的
1 完全沒有負面題材的企業，幾乎可說是絕無存在的可能，是不符合現實的。
2 いとおしかった 惹人愛的
3 むなしい 空虛的；惘然的
4 陥 (おちい)る 陷入；落入

6

募 (つの)る 越發嚴重；募集
1 実 (みの)って 有成果
2 押 (お)し寄 (よ)せて 蜂擁而至；湧來
3 因之前的事件，職員對社長的不信任感越來越嚴重。
4 生 (い)き残 (のこ)る 倖存；保住性命

7

疎遠 (そえん) 疏遠
1 疎遠になった 變得疏遠了
2 和海外留學中的男友漸漸疏遠了。
3 過疎 (かそ) 過稀；過少
4 孤立 (こりつ) 孤立

8

めっきり 顯著；特別鮮明
1 不知是否是辛苦寫論文的緣故，白頭髮顯著地增加了。
2 くっきり 顯眼地；清楚地
3 てっきり 一定；必定

4 確 (たし)かに・間違 (まちが)いなく
確實地；無疑地

9

ほぐす 解開；拆開
1 施 (ほどこ)して 施行；實施
2 施 (ほどこ)して 施行；實施
3 就算打不出呵欠，透過模仿這個動作，也能紓緩緊張。
4 及 (およ)ぼす・与 (あた)える
給予；影響到

10

まんべんなく 普遍；沒有遺漏
1 何 (なん)となく 不由得；總覺得
2 味気 (あじけ)なく 沒意思地；無趣地
3 報紙上刊載了所有時事的主要資訊。
4 いかんを問 (と)わず 無論如何

擬真試題 4　P. 300

1	2	2	2	3	2	4	1	5	2
6	2	7	4	8	4	9	2	10	1

1

はしゃぐ 喧鬧；吵鬧
1 走 (はし)って 跑
2 女孩兩手抱著娃娃，開心地嬉鬧玩著。
3 回 (まわ)って 繞圈
4 進行 (しんこう)された 進行

2

偽 (いつわ)る 假冒；冒充
1 装 (よそお)って 假裝
2 某女演員因假冒他人奪取錢財而遭到逮捕。
3 装 (よそお)って 假裝
4 装 (よそお)って 假裝

3

てっきり 一定；必定
1 くっきり 清楚的；顯眼地
2 看天空的樣子，以為午後一定會下雨，結果放晴了。

3 はっきり 清楚地；明白地
4 くっきり 清楚地；顯眼地

4

恒久 (こうきゅう) 恆久；永久
1 我相信總有一天世界上會到來永久的和平。
2 常 (つね)に 經常；總是
3 通常 (つうじょう) 通常
4 恒久的 (こうきゅうてき) 永久的

5

目安 (めやす) 標準；基準
1 目安 不須加「目安」
2 一般房租的基準落在收入的三分之一。
3 目前 (もくぜん) 當前；眼前
4 激安 (げきやす) 極為便宜

6

輝 (かがや)く 閃爍；輝耀
1 稲妻 (いなづま)が走 (はし)ったら 閃電打下來的話
2 映照在耀眼的陽光底下，湖水波光粼粼。
3 自慢 (じまん)げに 炫耀；賣弄
4 光 (ひか)って 發光

7

故意 (こい) 故意
1 わざわざ 特意；專程
2 わざわざ 特意；專程
3 わざわざ 特意；專程
4 我覺得剛剛她是故意從後面推我。

8

銘銘 (めいめい) 各自；各個
1 めいめい で 各自；各個
2 ばらばら 凌亂；零散
3 ちらほら 稀稀落落；零星地
4 登山時，請各自攜帶飲用水。

9

低迷 (ていめい) 低迷
1 低迷 と 「低迷」(名・スル) 後不接「と」
2 支持的隊伍這一季排名墊底，氣氛持續低迷。

3 著名 (ちょめい)な 著名的
4 迷 (まよ)って 猶豫

10

うやまう 敬重；景仰
1 祖父母受到街坊人們的敬重。
2 脅 (おびや)かされて 受到威脅
3 心配 (しんぱい)して 擔心
4 脅 (おびや)かされて 受到威脅

擬真試題 5　P. 302

1	2	2	1	3	2	4	4	5	1
6	3	7	1	8	3	9	2	10	2

1

利口 (りこう) 聰明；伶俐
1 賢 (かしこ)そうな 看來聰明的
2 島村很聰明，不會做會損害自己的事。
3 いい 好的
4 理屈 (りくつ) 道理；歪理

2

ほうび 獎賞
1 女兒幫忙我，給了零用錢當作獎賞。
2 賞賛 (しょうさん) 讚賞
3 酷評 (こくひょう)・絶賛 (ぜっさん) 盛讚；讚不絕口
4 賛辞 (さんじ) 讚辭；頌詞

3

しとしと 淅淅瀝瀝
1 ちくちく 刺痛
2 外頭春雨淅淅瀝瀝地下著。
3 ちくちく 刺痛
4 しくしく 抽抽搭搭地 (哭)

4

放 (はな)つ 釋放；放出
1 ～を放 (はな)して 放掉；放開
2 分 (わ)かれて 分開；分歧
3 離 (はな)れて 分離

4 這是別人給我的香水，它散發令人討厭的味道。

5
儲 (もう)ける 賺錢；工作
1 年輕時利用股票賺了許多錢，他一直到死前都過著奢華的生活。
2 稼 (かせ)ぎに 為了賺錢、工作
3 稼 (かせ)ぐ 賺取
4 貯 (た)めて 儲蓄

6
有頂天 (うちょうてん) 得意洋洋
1 有頂天 (うちょうてん)になる 得意洋洋
2 頂上 (ちょうじょう) 山頂；頂點
3 妹妹錄取心願中的企業，她樂不可支。
4 頂上 (ちょうじょう) 山頂；頂點

7
償 (つぐな)う 補償；贖罪
1 後悔自己抵償了沒犯過的罪。
2 補 (おぎな)う 補充；填補
3 賄 (まかな)う 供給；提供
4 賄 (まかな)う 供給；提供

8
けじめ 分寸；界線
1 貸 (か)し借 (か)り 借用和出借
2 区別 (くべつ) 區別
3 在社會上，公私分明的人得以成功。
4 分類 (ぶんるい)して 分類

9
触 (ふ)れる 接觸；觸及
1 ～に触 (さわ)る 碰觸
2 課堂中也談到全球的經濟問題。
3 ～に触 (さわ)る 碰觸
4 ～に触 (さわ)られて 被碰觸

10
はきはき 俐落；明確；清楚
1 せっせと 一心地
2 在做簡報時，他發表明確俐落。
3 てきぱき 俐落；敏捷

4 いきいきしている 生氣勃勃；有活力

擬真試題 6　P. 304

| 1 | 4 | 2 | 1 | 3 | 1 | 4 | 3 | 5 | 2 |
| 6 | 4 | 7 | 3 | 8 | 1 | 9 | 3 | 10 | 2 |

1
こなす 處理；操作；熟練
1 かじった 淺嚐；涉獵
2 崩 (くず)す 崩壞；變壞
3 壞 (こわ)さない 不要破壞
4 我盡量抱持著熱情來處理大量的工作。

2
陥 (おちい)る 陷入；落入
1 我掉入他設下的圈套。
2 侵 (おか)して 侵入
3 没頭 (ぼっとう)して 埋頭
4 はまって 沉迷；熱衷

3
慌 (あわ)てる 慌張；驚慌；急急忙忙
1 地震警告鈴響，所以慌慌張張地跑了出去。
2 迷 (まよ)って 迷失方向
3 急 (いそ)いで 趕緊
4 しょんぼりして 無精打采；垂頭喪氣

4
栄 (さか)える 繁榮；興旺
1 ささげた 奉獻；獻上
2 賑 (にぎ)わって 熱鬧
3 這裡石炭產業發達，也以炭礦街而聞名。
4 支 (ささ)えて 支持

5
無茶 (むちゃ) 胡來；超過限度
1 無茶 (むちゃ)だ 胡來的
2 我知道過量的飲酒會損害健康，但……。
3 無理 (むり) 不合道理的
4 めったに 幾乎 (不)

6

巧妙 (こうみょう) 精湛；巧妙

1　うまくこなしている 熟練地處理
2　巧妙 (こうみょう)な 巧妙的
3　手先 (てさき)が器用 (きよう)で 手巧
4　社長對於遲發薪水，以巧妙的理由帶過。

7

隙間 (すきま) 縫隙

1　合間 (あいま) 空檔；空閒
2　合間 (あいま) 空檔；空閒
3　寒冬中岩石的縫隙間竟然開出可愛的野花。
4　間 (あいだ) 之間

8

突如 (とつじょ) 突然

1　高支持率的議員突然從政治界中被抹殺。
2　突如「突如」不須加で
3　突如「突如」不須加の
4　突如「突如」不須加にして

9

にわか 突然

1　たちまち 立刻；轉瞬間
2　すぐに 馬上
3　客人突然來訪，所以慌慌張張的。
4　すぐに 馬上

10

朽 (く)ちる 腐朽；腐壞

1　愚痴 (ぐち)をこぼす 抱怨
2　這間已百年的宅邸，柱子已經開始腐壞了。
3　根拠 (こんきょ)のない 沒有根據的
4　愚痴 (ぐち)って 抱怨

擬真試題 7　P. 306

1	1	2	2	3	2	4	2	5	4
6	2	7	3	8	1	9	4	10	3

1

理不尽 (りふじん) 不合理；蠻橫無理

1　偶爾會有蠻橫無理的投訴客人。
2　不祥事 (ふしょうじ)を起 (お)こして 引發醜聞
3　つじつまが合 (あ)わない 不合邏輯
4　理不尽 (りふじん)な 不合道理的

2

ギャップ 隔閡；代溝

1　ごとに 每
2　感受到與父母間有一道世代間的巨大鴻溝。
3　距離 (きょり) 距離
4　キャップ 筆蓋

3

うせる 丟失；失去

1　しまって 收拾
2　看到模擬考的結果，失去了幹勁。
3　さがって 後退
4　うつ伏 (ぶ)せて 趴著；俯臥

4

ばれる 敗露；暴露

1　はれて 腫脹
2　因考試途中的不正當行為敗露，那三人被迫退學。
3　現 (あらわ)した 出現
4　晴 (は)れた 消散；天晴

5

迫 (せま)る 迫使；逼近

1　責 (せ)められたら 被責罵的話
2　見舞 (みま)われて 遭到
3　〜が迫 (せま)って 迫近
4　即使催我還錢我也沒有錢可以還。

6

厄介 (やっかい) 麻煩；費事

1　あぜんとなって 驚愕無語
2　剛來到日本時，借住友人家。
3　生真面目 (きまじめ)な 死心眼的；一本正經的
4　臆病 (おくびょう)で 膽小

見極 (みきわ)める 查明；識別；看清
1 見過 (みす)ごした 看漏；棄之不理
2 見落 (みお)とす 忽略
3 在公司面試時，為了識別應徵者的未來發
　 展，（公司）傾向於詢問未來相關的問題。
4 見落 (みお)として 忽略

ほころびる 綻開
1 這是我很喜歡的襯衫，但袖口卻裂開，我
　 拿去修補了。
2 滅 (ほろ)びて 滅亡
3 滅 (ほろ)びた 滅亡
4 〜がほころびる 初綻

けなす 貶低；詆毀；輕蔑
1 投 (な)げつけた 投中；打中
2 はねられて 被撞飛
3 ほめられながら 一方面稱讚
4 那傢伙即使嘴上稱讚你，背地裡可能說你
　 壞話。

後 (あと)ずさり 後退；倒退
1 後 (あと)片付 (かたづ)け 善後
2 後回 (あとまわ)しにして 往後推延
3 青梅竹馬的他突然向我求婚，我卻步了。
4 逆戻 (ぎゃくもど)り 回到原點

搞懂每個出題單元，
短期通過 N1

本書專為想在短時間內通過日檢N1的考生所設計，徹底分析近幾年出題趨勢，列出各大重點題型，並提供內容豐富的實戰擬真題目。只要認真讀完本書，就能達成合格目標！

本書特色

1 獨家解題技巧，縝密學習計畫表助你短時間內通過N1

本書將 JLPT 的文字、語彙、文法、讀解、聽解五大考題分為 2 冊雙書裝，內容豐富，又使用方便。規劃出學習時間表。只要跟著本書獨家解題技巧、精心課程設計一步步學習，照表操課有效地準備考試，保證可以在短時間內通過 N1！

2 最新趨勢擬真試題，完美迎戰實際測驗

精選頻出單字、重點題型，掌握最新出題趨勢和各大題型的變化，同時本書分析改制後的所有考題，編寫出擬真試題。只要完成本書的重點題目和擬真試題，就能完美迎戰日檢。

3 循序漸進的學習內容，助你從基礎到進階，累積深厚應考功力

精心安排「重點題型攻略（基礎）→累積語言知識（進階）→迎戰日檢（延伸）」三階段逐步學習計畫表，帶領學習者從基礎開始累積實力，循序漸進邁向實戰測驗，累積深厚的日文功力。

重點題型攻略：分析 JLPT N1 中出現過的 18 大重點題型，並列出各題型的解題策略和學習技巧。

累積語言知識：提供基本概念，幫助學習者累積解題的基礎實力。完成基礎學習部分後，請由「再次複習」單元培養解題的能力，練習如何將先前學過的重點，運用至題目中。

迎戰日檢：提供豐富多元的擬真試題，並依照各大題分類，方便學習者集中學習各大題的重點題型。

實戰模擬試題：在應考前，必做「實戰模擬試題」，作為考前衝刺複習，測試自己一路以來累積的實力。

寂天 文化事業股份有限公司
Cosmos Culture Ltd.
www.icosmos.com.tw

C9786-1614

日檢 N1

全方位攻略解析

文法 讀解 聽解 本

JLPT 最短時間合格秘訣！
不管是升學、工作需求，
短期間衝刺 **N1** 達陣！

作者　金男注
譯者　洪玉樹／黃曼殊／彭尊聖

MP3
寂天雲 APP
或登入官網下載音檔
www.icosmos.com

日檢 N1

全方位攻略解析

文法 讀解 聽解 本 雙·書·裝

MP3

WINNER

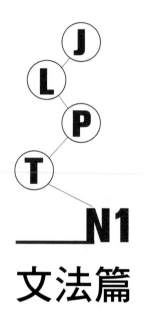

N1
文法篇

問題 5　語法形式判斷

問題 6　句子的組織

問題 7　文章的語法

最近文法試題不同於以往，比起單純背誦就能作答的文法試題，出題傾向更為複雜。要充分理解句意，並具有正確的文法知識，才能選出答案。為了累積堅強的解題實力，一定要熟記日檢改制前公布的出題範圍內的文法規則及慣用語，並建議平常透過日本的戲劇、廣播、報紙等大眾媒體，多多接觸日常會話用語。口語體的助詞慣用語也會考。

問題5 語法形式判斷（題數為10題）

題型說明　1 本題型為**從選項中選出最適合填入句中括號的用語**。

　　　　　2 改制前單純背誦用語就能作答，**改制後則要讀完整句話，掌握情境，了解整句話的意思**，才能找出答案。

　　　　　3 不會考單一個文法字詞，而是考**複合字詞**。

　　　　　4 考題主要為**對話形式**。

　　　　　5 **過去出題範圍內的文法及用語考題不會超過5題**。

　　　　　6 考題中一定會出現**尊敬語**和**謙讓語**用法。

　　　　　7「**使役＋てもら／ていただく**」表示感謝對方的同意和允許，考題中也一定會出現此類題型。

〔例題〕

あれだけ自信を持って言った以上、彼は立派に(　　　)。

1 やって見せるだろう　　　　　　2 やって見るだろう

3 やって見せただろう　　　　　　4 やって見せていただろう

解題技巧　1 **確認每一個選項的意思。**

　　　　　2 讀完整句話後，從四個選項中選出最適合填入括號內的詞句。

　　　　　3 **不會的題目再怎麼想也想不出答案，請快速選一個答案完成本題，以確保其他試題的作答時間。**

　　　　　4 **碰到不會的題目，千萬不要先空著不答**，否則後方題目劃錯格的機率極高。

　　　　　5 完成該題型的所有題目，確認答案卡劃記完畢後，才能繼續作答下一個題型。

學習策略　1 請務必搞懂**尊敬語**和**謙讓語**用法。

　　　　　2 請務必學會「**もらう・いただく**」等等的相關用法。

　　　　　3 也務必熟記**改制前出題範圍內的文法及用語，因為作答讀解、聽解試題時會需要**。

　　　　　4 **難易度和改制前差不多**，所以一定要練習作答歷屆試題。

　　　　　5 熟背本書列出的**N1必考慣用語**。

問題6 句子的組織（題數為5題）

題型說明　1　2010年改制後的新增題型。

2　本題型考的是**組織句子的能力**。

3　一個句子會連續出現四個空格，將**四個選項依順序排列好後**，將對應到星號（★）位置的選項選為答案。

> 〔例題〕
>
> この会社は ＿＿＿＿ ＿＿＿＿ ＿★＿ ＿＿＿＿ 多い。
>
> 1 給料が　　　2 反面　　　3 高い　　　4 残業

解題技巧　1　先試著掌握空格外整句話的意思。

2　確認每個**選項**的意思。

3　確認空格前後字彙**如何連結**。

4　注意句意的連貫性，**重新組織選項字詞**並試著填入空格中。

5　如果只靠雙眼解答本題型，很容易出錯，誤把正確答案填入其他空格。因此，**請一面在空格中寫下選項號碼**，一面確認句意的通暢。

6　句子組織完成後，請確實將星號欄的選項號碼劃記於答案卡上。

7　**不會的題目再怎麼想也想不出答案，請快速選一個答案完成本題，以確保其他試題的作答時間。**

8　**碰到不會的題目，千萬不要先空著不答**，否則後方題目劃錯格的機率極高。

9　完成該題型的所有題目，確認答案卡劃記完畢後，才能繼續作答下一個題型。

學習策略　1　**本題型為新增題型**，由於歷屆試題量較少，請務必練習作答**已公開的歷屆試題**。

3　如果只是熟讀文法規則，絕對難以對抗本題型。解題時請發揮**單字、句型、文法**全方位的實力。

4　熟背本書列出的必考用語。

問題7 文章的語法（1篇文章出5題）

題型說明　1　2010年改制後的新增題型。

2　以短文形式呈現，篇幅**近似於**讀解題型中的「中篇文章理解」。

3　文中有**五個空格**，需掌握文章的脈絡，選出適合填入空格中的選項。

〔例題〕

　　仕事の後のビール一杯は最高ですね。一日の疲れも吹き飛びます。それに、ビールは健康にもいいそうです。まず、ビールを飲んで一時間内に起きる変化 ⬜1⬜ トイレが近くなる、おつまみがほしくなる、どんどん飲みたくなる、抑制がきかなくなるといったところですが、これはアルコールをとった時に起きる変化とあまり変わらないです。でも、ビールを飲み続けて長期的に起きる変化としては、心臓病 ⬜2⬜ なる、目や腎臓にもいい影響を及ぼすということです。そうはいってもアルコールだから、飲みすぎはよくないと思いますが、適当に飲めば、薬になるということです。お酒の好きな人には朗報かも知れません。

⬜1⬜

1 としては　　　2 としても　　　3 とすると　　　4 と

⬜2⬜

1 になりがちに　2 になりにくく　3 になりやすく　4 になるように

解題技巧　1　解題方式與**讀解題型的解題技巧**相同。掌握文章主旨和整篇內容大意，毋須逐字逐句理解。

　　　　　2　文章篇幅較長，建議**將內容分段**，確認**各段大意**。

　　　　　3　掌握全文大意後，逐句閱讀，並從選項中選出適當的**連接詞、單字、文法用語**填入空格中。

學習策略　1　關鍵在於**掌握全文的脈絡**。

　　　　　2　此題型考的是綜合**單字、句型、用語和閱讀**的能力。

　　　　　3　**學習方式等同讀解題型**，但是還需要練習找出適合填入空格中用語的方法。

　　　　　4　練習作答**已公開的歷屆試題**。

　　　　　5　務必熟背本書列出的字彙、文法和試題。

重點題型攻略

N1頻出文法 1

01 動詞意志形＋が／と(も)　　無論～；即使～；不管～
- 周りの人がなんと言おうが、自分のやりたいことはやったほうがいい。

　　不管周圍的人怎麼說，最好是自己想做的事就去做。

02 形容詞＋くとも／かろうが／かろうと(も)　　無論～；即使～；不管～
- この店のラーメンはどんなに寒くとも、並んで食べる価値がある。

　　不管天氣再怎麼冷，這家拉麵店都值得排隊去吃。

03 な形容詞・名詞＋だろうが／だろうと(も)／であろうが／であろうと(も)

無論～；即使～；不管～

- いくら丈夫だろうが、常に健康には気をつけなくちゃ。

　　即使身體再硬朗，還是得要經常注意健康。
- 君のためなら火の中であろうが、水の中であろうが、飛び込めます。

　　為了你，火裡來水裡去，也在所不辭。

04 ～ではあるまいし ＝ ～ではないだろうし

又不是～（後面常接責難、警告、忠告、命令表現）

- 女の子ではあるまいし、こんな派手なピンク色のドレスをどうやって着ろと言うのか。

　　我又不是女孩子，你叫我怎麼穿這種華麗的粉紅色洋裝啊？

05 動詞意志形＋が～まいが ／ 動詞意志形＋と～

まいと　　無論～與否，結果都不會改變
- 田中さんが参加しようとしまいと、僕は行かなきゃならないよ。　無論田中參加與否，我都必須得去。

06 動詞意志形＋か～まいか

是做～還是不做～呢？（表示猶豫不決、舉棋不定）
- 旅行に行こうか行くまいかを親に聞いて決める学生が多い。　是否參加旅行，許多學生會問過父母後再決定。

07 動詞意志形＋にも＋動詞可能形＋ない

動詞辞書形＋に＋動詞可能形＋ない

雖然想～但也不能
- 豪雨で出かけようにも出かけられない。　因豪雨的關係，雖然想出門但也沒法出去。

---

* まい

1 ～ないつもりだ
　（否定的意志）不打算～

2 ～ないだろう
　（否定的推測）不～吧

Ⅰ類動詞：行くまい

Ⅱ類動詞：食べるまい／食べまい

Ⅲ類動詞：するまい／すまい／
　　　　　しまい
　　　　　来まい／来るまい

答案及解析 P. 482

請選出最適合放進（　）裡的選項。

1 黒谷　「聞いた？村田夫婦、娘を学校へも行かせないで、おまけにご飯もやらずに逮捕されたんだってよ。」
　　吉村　「え？村田さんの兄夫婦が死んでしまって、その娘を引き取ったってうわさは本当だったのかな。実の親だったらあんなひどいことは（　　　）。」
　　1 せまいだろう　　　2 せまいから　　　　　3 しまいに　　　　　　4 するまいを

2 大介　「君がぐずぐずしたせいで、コンサートの時間に間に合いそうにないじゃないか。」
　　絹子　「ごめんなさい。タクシーに乗ろう。タクシー代、私が払うから。」
　　大介　「今からだと、タクシーに（　　　）間に合いっこないよ。」
　　1 乗かろうと　　　　2 乗ろうと　　　　　　3 乗ろうにも　　　　　4 乗るまい

3 夫　「この古い時計、何？捨てちゃえば？針も止まっているし。」
　　妻　「これ、古いけど、祖母からもらったものだから、故障していても、（　　　）捨てられないのよ。」
　　1 捨てれるに　　　2 捨てられるに　　　　3 捨てに　　　　　　4 捨てるに

4 僕は男なので、どんな悔しいことや悲しいことがあっても（　　　）と決心している。
　　1 泣くまい　　　　2 泣きまい　　　　　　3 泣かまい　　　　　4 泣こうまい

5 代表選手になれる（　　　）、練習ばかりしても意味ないよ。
　　1 わけでもないまいし　　　　　　　2 わけでもあるまいか
　　3 はずでもないまいか　　　　　　　4 わけでもあるまいし

請選出最適合放進★位置的選項。

⑥ 幸せが最上の価値＿＿ ＿＿ ★ ＿＿ しきりに望んでいる。

1 を

2 なかろうと

3 であろうと

4 人間はそれ

⑦ 落合君、卒業してから職が＿＿ ＿＿ ★ ＿＿ か。

1 まい

2 なかなか決まらず

3 のではある

4 落ち込んでいる

⑧ 牛丼を食べようかかつ丼を食べよう＿＿ ＿＿ ★ ＿＿ のに両方注文してしまった。

1 か

2 が分かっている

3 食べきれないの

4 を選択できず

⑨ 連休の帰省ラッシュで高速道路が＿＿ ＿＿ ★ ＿＿ 進めなかった。

1 前へ進もう

2 すごく渋滞

3 にも

4 していて

⑩ 都合が＿＿ ＿＿ ＿＿ ★ でやらなきゃならない。

1 悪かろう

2 が

3 この件は自分

4 よかろうが

答案及解析 P. 482

請選出最適合放進（　）裡的選項。

1　生徒は（　　　　）、神聖なる教室で教師に暴力をふるった。

1 あることか　　　　　　　　　　2 あろうことで

3 あろうことか　　　　　　　　　4 あることと

2　もう3時間目だし、ここで少し一服させて（　　　　）。

1 くれまいか　　　　　　　　　　2 くださらまいに

3 いただけないかろうが　　　　　4 もらいまいだろうか

3　娘　「ママ、また焼き魚？私、お肉が食べたいな。」

母　「だめ、だめ。お肉もいいけど、魚は（　　　　）体にいいから、食べた方が

　　いいのよ。」

1 おいしいまいかおいしくなかろうが

2 おいしかろうとおいしくなかろうが

3 おいしいかろうともおいしくないかろうとも

4 おいしかろうがおいしくなかろうが

4　さちこ　「あなたにも信じてもらえないの？」

しんいち　「いや、僕は君の言うことが（　　　）君だけを信じるよ。」

1 うそであろうかなかろうが　　　　2 うそであろうがなかろうが

3 うそであろうともなかろうが　　　4 うそだろうともないだろうが

5　息子　「お母さん、台風で、外、すごい雨降っているよ。今日、学校休んじゃだめ？」

母　　「だめよ。雨が降ろうが、強風が（　　　）、学校へは行かなくちゃ。急

　　ぎなさい！」

1 吹こうが　　　　　　　　　　　2 吹こうかろうが

3 吹くまいと　　　　　　　　　　4 吹くであろうと

請選出最適合放進★位置的選項。

6 子供がひどい＿＿ ＿＿ ★ ＿＿ ばかりのめりこんでいる。

1 母親は   2 熱を出そうが

3 泣いていようが   4 パソコンゲームに

7 もう子供では＿＿ ★ ＿＿ ＿＿ 自分のことは自分でやりなさい。

1 し   2 だろう

3 ない   4 人に頼らず

8 みなさん、＿＿ ＿＿ ★ ＿＿ か。

1 いいから   2 少しでも

3 くれまい   4 寄付をして

9 迷うというのは＿＿ ★ ＿＿ ＿＿ ことです。

1 が   2 という気持ち

3 やろうかやるまいか   4 交錯している

10 こんな悪天候の日には＿＿ ＿＿ ★ ＿＿ まい。

1 山に登る人がいる   2 いる

3 外へ出かける人さえ   4 どころか

08 **動詞ます形＋かねる**　難以～

動詞ます形＋かねない　有可能～；易於～

- 車にはねられた男が、激痛にたえかねてうめいている。

  被車撞倒的男人難以忍受激烈的痛楚而呻吟著。

- 口の悪い鈴木さんなら、それくらいのひどいことを言いかねない。

  若是說話刻薄的鈴木，有可能說那種過分的話。

09 **名詞＋にもまして**　與～相比，更顯得～

- 今年の冬は去年にもまして寒い。　今年冬天比起去年又更冷了。

10 **名詞＋にひきかえ**　與～相反

- 遊び好きの兄にひきかえ、弟は優等生らしい。

  與愛玩的哥哥相反，弟弟似乎是個資優生。

11 **名詞＋と相まって**　與～相配合；與～相輔相成

- いい天気と相まって、連休の遊園地は家族連れで、身動きもとれないくらいごった返していた。　好天氣加上連假，遊樂園擠滿全家出遊的人潮，幾乎動彈不得。

12 **名詞＋ときたら**　提起～；說起～（後多為不滿、指責的句子）

- 母ときたらいつも小言ばかりだ。　提到母親，成天就是抱怨。

13 **～といえども**　即使；雖然

- ベテランの登山家といえども、この山は相当きついだろう。

  即使是登山老手，這座山還是相當嚴峻吧？

14 **～とはいえ**　儘管～還是；雖說～但是

- 世界的に有名なデザイナーの作品とはいえ、この値段は高すぎる。

  雖說是世界知名設計師的作品，這個價格還是太高了。

15 **～であれ～であれ ／ ～にしろ～にしろ ／ ～にせよ～にせよ**

～也好，～也好；無論是～還是～，情況都一樣

- あなたのためなら、火の中であれ、水の中であれ飛び込めます。

  為了你，赴湯蹈火也在所不辭。

- 君がこっちに来るにしろ、僕がそっちにいくにしろ、今晩一緒に食事しよう。

  你過來這邊也好，我過去那邊也可以，我們今晚一起吃飯吧！

- 高いにせよ安いにせよ、買ってきてもらえる？　不論是貴也好便宜也好，可以幫我買來嗎？

答案及解析 P. 483

請選出最適合放進（ ）裡的選項。

1 重そうな荷物を持っているおばあさんを、誰一人として手伝おうともしない。
（　　　　）僕が荷物を持ってあげた。
1 見るに見かねなくて　　　　　　　2 見るに見かねて
3 眺めるに眺めなくて　　　　　　　4 眺めるに眺めかねなくて

2 蒸し暑かった先週（　　　　）、今週は肌が痛いほど寒くなったね。
1 にうってかわって　　　　　　　　2 にむけて
3 にひきかえ　　　　　　　　　　　4 にかわって

3 大学生になった彼女は、以前にもまして、（　　　　）。
1 いっそう女性らしくなってきた　　2 急に大学生ぽくなってきた
3 依然として勉学に励んでいる　　　4 願望の大学に入れてうれしかった

4 あのコーヒー専門店のコーヒーときたら、（　　　　）。
1 おいしいことこのうえない　　　　2 まずいったらない
3 おいしくないはずがない　　　　　4 どうりでまずいわけだ

5 吉田　「まただめになったらどうしよう。」
木村　「おじけないの！たとえ（　　　　）、やるだけのことはやりましょう。」
1 成功しかねなくとも　　　　　　　2 成功するにせよ
3 失敗したとはいえ　　　　　　　　4 失敗するにしろ

請選出最適合放進★位置的選項。

⑥ 隣の星野ご夫婦の奥さんは働きものだが、それ___ ___ ___ ★ ___ ばかりいる。

1 ごろごろして　　　2 ご主人は　　　　　3 にひきかえ　　　　4 職もなく

⑦ 日本に一度も行ったことのないうちの子は、納豆で___ ___ ★ ___ 目がない。

    1 和食には　　　　　2 そばやうどん　　　3 あれ　　　　　　　4 であれ

⑧ 8歳の子供が___ ___ ★ ___ わけにはいかないだろう。

    1 見逃す　　　　　　　　　　　　　　　2 犯した
    3 今回のことは　　　　　　　　　　　　4 ことといえども

⑨ さすが___ ___ ★ ___ 身動きも取れない状態だ。

    1 人が多すぎて　　　　　　　　　　　　2 外国人によく知られた
    3 とはいえ　　　　　　　　　　　　　　4 繁華街だ

⑩ 日本に来て___ ★ ___ ___ いった。

    1 マイケルさんの日本語は　　　　　　　2 ぐんぐん伸びて
    3 1ヶ月にもなっていないのに　　　　　4 意欲とあいまって

答案及解析 P. 484

請選出最適合放進（）裡的選項。

① 鈴木 「太郎のやつ、事業に失敗してずいぶん落ち込んでいるよな。」
　　佐藤 「あいつ、放っておいたら自殺（　　　）から、しばらくは僕たちが代わ
　　　　　る代わる訪ねるようにしよう。」
　　1 しかねる　　　　　2 しかねない　　　　　3 するといえば　　　　4 するとはいえ

② あなたが健康であることが、何（　　　）ましてうれしいことです。
　　1 も　　　　　　　　2 をも　　　　　　　　3 にも　　　　　　　　4 ほど

③ 昼（　　　）夜（　　　）、いたずら電話がかかってきて、本当に困っている。
　　1 ともあれ　　　　　2 でせよ　　　　　　　3 でしろ　　　　　　　4 であれ

④ 森田 「会長、昨日、検察に送致されたんだって。」
　　小林 「そりゃ、いくら（　　　）会社の金を使い込んだなら処罰を免れないで
　　　　　しょう。」
　　1 会長といえども　　　　　　　　　　2 会長ときたら
　　3 会長ってのは　　　　　　　　　　　4 会長とはいえども

⑤ 昔の日本の（　　　）、育児はおろか簡単な家事さえ手伝ってくれなかった。
　　1 お父さんとはいえ　　　　　　　　　2 お父さんにあれ
　　3 男性であれ　　　　　　　　　　　　4 男性ときたら

請選出最適合放進★位置的選項。

6 妹は早くに結婚したのにひきかえ、とっくに＿＿ ＿＿ ★ ＿＿ 考えもしていないらしい。

1 仕事一筋で　　　　　　　　　　2 兄のひろし君は
3 まだ結婚は　　　　　　　　　　4 30才をすぎている

7 医学技術の発達に＿＿ ＿＿ ★ ＿＿ 相まって人口は増える一方だ。

1 よる　　　　　　　　　　　　　2 と
3 少子化現象の減少が　　　　　　4 高齢者の増加

8 豚肉にしろ牛肉＿＿ ★ ＿＿ ＿＿ いる。

1 肉類は　　　　　　　　　　　　2 にしろ
3 にして　　　　　　　　　　　　4 すべて食べないこと

9 いくら上司からの＿＿ ＿＿ ★ ＿＿ 従いかねます。

1 理屈に合わない　　　　　　　　2 いえ
3 命令だとは　　　　　　　　　　4 ことなら

10 青木君 ★ ＿＿ ＿＿ ＿＿ 考えているのかな。

1 一体何を　　　　　　　　　　　2 ときたら
3 毎日遅刻するし　　　　　　　　4 宿題も忘れるし

16 **動詞た形＋弾みに・弾みで ／ 拍子に** 當～的時候；剛～的時候

- よった弾みで上司に日頃の不満を全部言ってしまった。

  喝醉時，不小心對著上司說出平時所有不滿。

  Tip 相關表現

- ふとしたはずみで 由於偶然的機會　　　　　　　・ ふとした拍子に 在偶然的瞬間
- 何かの拍子に 或許什麼時候；偶然間

17 **動詞た形＋が最後** 一旦～就～（不好了）＝ ～たら最後

- ここであきらめたが最後、二度とこんないいチャンスは回ってこない。

  一旦在這裡放棄，就不可能會再有這樣好的機會了。

18 **～始末だ** 落到～的結果

- 競馬にのめり込んで全財産を失って、今は食べ物にさえ困っている始末だ。

  沉迷賭馬而失去全部財產，現在落到連吃飯都成問題的地步。

19 **～と思いきや** 原以為～（有較強的意外感）

- 怖い先生だと思いきや、学生のためなら骨身を惜しまない優しい先生だ。

  原以為是可怕的老師，結果是位為了學生不辭辛苦奉獻一切的溫柔老師。

20 **動詞意志形＋とした矢先に** 正當要～的時候

  動詞辞書形＋矢先に

- 洗車しようとした矢先に、雨が降ってきた。 正想要洗車的時候，下起了雨。

21 **～に言わせれば** 依～來看；讓～來說

- 石川博士に言わせれば、発掘された遺跡は歴史的にも大きな価値を持つらしい。

  依石川博士來看，挖掘出來的遺跡在歷史上似乎也有很大的價值。

22 **～にかかわる** 對～有影響；與～相關

- 生命にかかわる仕事は給料が高い。 與性命攸關的工作薪水很高。

答案及解析 P. 484

請選出最適合放進（　）裡的選項。

① コンピューターに書き込んだ個人情報（　　　　）事項は、全部消してください。

　　1 による　　　　　2 を最後に　　　　　3 にかわって　　　　4 にかかわる

② きむら　「あ、財布がない！」

　　わたなべ　「え？持って来たのに？」

　　きむら　「うん、あ、そうだ。さっき、人と（　　　　）財布を落としたみたい。」

　　1 ぶつかった最後に　　　　　　　　2 ぶつかった弾みに

　　3 ぶつかったあまり　　　　　　　　4 ぶつかったにかかわった

③ 雄太君を酒に誘ったが最後、（　　　　）。

　　1 翌日の朝帰ることになってしまった

　　2 ごちそうになるに決まっている

　　3 お金を払わずにおいしい物が食べられる

　　4 だいたい酔いつぶれになった

④ 今、そんな（　　　　）場合ではないだろうに。

　　1 人を脅かすことをしたと思いきる

　　2 何のためにもならないことをしたしまつの

　　3 飽きることばかりをしていた

　　4 つまらぬことにかかわっている

⑤ 専門家（　　　　）、地震発生前には異常な地殻変動が見られるのは一般的なことだ。

　　1 によっても　　　2 にかこつけて　　　3 に言わせれば　　　4 にひきかえて

請選出最適合放進★位置的選項。

6 結婚の話を＿＿＿ ＿＿＿ ★ ＿＿＿ を告げられた。

1 しよう 　　　　　　　　　　　 2 具体化

3 とした矢先に 　　　　　　　　 4 彼女から急に別れ

7 母 「通帳をどこかに隠しておいたけど、それが思い出せないのよ。どうしよう。」

　娘 「お母さんったら、最近、物忘れがひどくなったんだから。でも今は
　　　＿＿＿ ＿＿＿ ★ ＿＿＿ 思い出すかもしれないよ。」

1 思い出せない 　 2 で 　　　　 3 何かの拍子 　　　 4 けど

8 教室を＿＿＿ ★ ＿＿＿ ＿＿＿眼鏡が壊れちゃった。

1 はずみに 　　　　　　　　　　 2 とぶつかった

3 出ようとした矢先に 　　　　　 4 ちょうど入ってくる田中さん

9 大通りに新しくできたパン屋は、いつも人が並んでいたから＿＿＿ ＿＿＿ ★ ＿＿＿
そうだ。

1 と思いきや 　　　　　　　　　 2 閉店する

3 繁盛している 　　　　　　　　 4 今月いっぱいで

10 あの新人は店長のいない時 ＿＿＿ ＿＿＿ ★ ＿＿＿ ならない。

1 始末で 　　　　　　　　　　　 2 もう我慢

3 必ずと言っていいほど 　　　　 4 さぼっている

答案及解析 P. 485

請選出最適合放進（　）裡的選項。

① この曲は（　　　　）頭の中に浮かんだもので、絶対他人の曲を模倣したものではない。

1 思った拍子で

2 不意の弾みからして

3 ふとした拍子に

4 思いかけた勢いで

② この話、内緒よ。彼女に（　　　）、あの二人の関係はもう終りなんだから。

1 言ったら最後

2 言った拍子だったら

3 言うからとして

4 言うと思いきや

③ 木村「昨日、中国とのサッカーの決勝戦、見た？日本が負けるかと思った。」

島根「うん、僕は家族とその場にいたんだ。楽勝だと思いきや（　　　）よな。」

1 意外と引き分けに終わった

2 惜しくも敗れた

3 案外の苦戦だった

4 案の定軽く勝った

④ 荷造りも終わって、船便のチケットの予約の確認を（　　　）、旅行先が大震災に見舞われてしまった。

1 する矢先に

2 しようとした矢先に

3 しようとする直後に

4 する直後に

⑤ 父「恵子って、なんで、入学手続きをしなかったんだろう。あれほど苦労して合格したのにな、正気か、まったく！」

母「恵子（　　　）もっともなわけがあるかもしれないから、ちょっと聞いてみようよ。」

1 にいえば　　　2 にいわせれば　　　3 にかかわる　　　4 にかかわらず

請選出最適合放進★位置的選項。

6 子供がミルクも飲まず＿＿ ＿＿ ★ ＿＿ 大変だった。
1 病院に行こうと
2 腰を痛めて
3 抱き上げたはずみに
4 泣いてばかりいたから

7 バスを降りる時、＿＿ ＿＿ ★ ＿＿だったよ。
1 後ろの
2 転ぶところ
3 おじさんに
4 押された弾みで

8 お母さんが旅行に ＿＿ ★ ＿＿ ＿＿ 食べているしまつだ。
1 お父さんと僕は
2 毎日コンビニの弁当を
3 出かけると
4 でも

9 これくらいの値段は＿＿ ＿＿ ★ ＿＿ 手が出せない。
1 僕にとっては
2 たいした額ではないが
3 サラリーマンの
4 富豪の人に言わせれば

10 ツタンカーメンの墓の画像の＿＿ ＿＿ ★ ＿＿ 遂げたという噂がある。
1 次々と謎の死を
2 関わった
3 研究と発掘に
4 人々が

23　〜はさておき　〜暫且不論，首先〜

- 彼は自分のことはさておき、私の仕事を手伝ってくれる。

　他放著自己的事，來幫忙我的工作。

　　　Tip「はさておき」相關表現：

　　　- 冗談はさておき…　先別說笑　　- 何はさておき…　其他都先別管；首先
　　　- それはさておき…　先別管那個

24　〜にかこつけて　以〜為託辭

- 風邪にかこつけて社内登山大会に参加しなったのがばれた。

　以感冒為藉口，逃避參加公司內登山大會的事情東窗事發了。

25　〜にかまけて　只忙於〜（無暇做〜）

- 息子はパチンコにかまけて、学業をおろそかにしている。

　兒子只顧打彈珠台，荒廢學業。

26　〜にかたくない　不難（想像／推測／體會到）〜

- 一人で中国へ留学に行った時の心細さは、察するにかたくない。

　不難體會到，一個人隻身前往中國留學時的不安。

　　　Tip　前面常接「察する, 理解, 推測, 想像」等等單字。

27　〜まじき／〜にあるまじき／〜としてあるまじき

不可以；不應該；作為〜不該有的行為

- 友人のものを盗むなんて、許すまじき行為だ。

　偷朋友的東西，這是無法原諒的行為。

- 政治家としてあるまじき言動をして、問題を起こしている。

　做了身為政治人物不該有的言行舉止，而引發問題。

28　〜とみなす　視為〜

- 三回の遅刻は一回の欠席とみなします。　三次遲到視為一次缺席。

29　〜を禁じ得ない　不禁〜；禁不住

- こみ上げてくる怒りを禁じ得なかった。　忍不住怒火沖天。

30　〜を余儀なくされる　（因〜）被迫〜

- 新幹線の運行が運休となっているので、旅行の延期を余儀なくされた。

　因新幹線暫時停止運行，旅行被迫延期。

答案及解析 P. 486

請選出最適合放進（ ）裡的選項。

① 今日はとても疲れているので、（　　　）横になりたい。
1 ご飯にかこつけて
2 ご飯はさておき
3 食事にかまけて
4 食事にかわって

② 急成長をしてきたココ企業は、不景気によって倒産（　　　）らしい。
1 とうってかわった
2 となした
3 を禁じ得ない
4 を余儀なくされた

③ 彼は仕事にかまけて（　　　）、結局奥さんに捨てられたそうだ。
1 家族を顧みず
2 役目に没頭せずに
3 趣味にこっていて
4 家でごろごろばかりしていて

④ 僕のチームのリーダーは何か（　　　）、自分のするべきことを他人に押し付ける人だ。
1 にかまけて
2 をさかいに
3 をなして
4 にかこつけて

⑤ 生徒の顔を平手打ちして重傷を負わせた教師は、「教師（　　　）ことをしてしまい、反省しています」と謝った。
1 にあるべきでない
2 としてあるまじき
3 にしては月並みの
4 とあれば当然の

請選出最適合放進★位置的選項。

6　日本の法律上では 20 歳未満の___ ___ ★ ___ みなす。

1 未成年者が　　　　2 成年に達した　　　　3 婚姻をしたときは　　4 ものと

7　部長___ ___ ★ ___ に会社を休んでいる。

1 頻繁　　　　　　　2 たる者が　　　　　　3 かこつけて　　　　　4 病気に

8　大学で古典を学んだ___ ★ ___ ___ なら読むにかたくない。

1 これくらい　　　　2 古文書　　　　　　　3 の　　　　　　　　　4 僕にとっては

9　この機密が___ ___ ★ ___ かたくありません。

1 ことは　　　　　　　　　　　　　　　2 想像に
3 漏れたら　　　　　　　　　　　　　　4 多くの人がパニックに陥る

10　事故で親に死なれて___ ___ ★ ___ 。

1 一人残された 7 歳の子に同情　　　　　2 の念
3 禁じ得ない　　　　　　　　　　　　　4 を

答案及解析 P. 487

請選出最適合放進（　）裡的選項。

1. お酒を飲んで運転するなんて教師（　　　）まじきことだ。

   1 とする　　　　　2 にある　　　　　3 とされる　　　　　4 になす

2. 最近付き合い始めた彼女のことばかりに（　　　）、仕事に没頭できない。

   1 かまけて　　　　2 かこつけて　　　3 までもなく　　　4 かたくなく

3. 記者　「5年前、試合中に負ったケガによって（　　　）山本選手にインタビューします。山本選手、お久しぶりです。最近、いかがお過ごしでしょうか。」

   1 引退に先立っている
   2 引退するやさきに
   3 引退を余儀なくされました
   4 引退にかこつけてスポーツ界から姿を消した

4. 会社のお金を使い込むなんて、代表（　　　）あるまじき行為だ。

   1 として　　　　　2 とあって　　　　3 にしては　　　　4 になって

5. 君の遅刻は（　　　）、無断欠勤するとはもってのほかだ。

   1 さておき　　　　2 そうしたら　　　3 除いて　　　　　4 なくして

請選出最適合放進★位置的選項。

6 管理職 ____ ____ ★ ____ 自分の意見を述べた。

　　1 無責任な態度　　2 にあるまじき　　　3 私は包み隠さずに　　4 に対して

7 社長から信任されている ____ ★ ____ ____ 余儀なくされた。

　　1 あるまじき行為を　　　　　　　　2 会社側は彼女の解雇を

　　3 秘書に　　　　　　　　　　　　　4 したことで

8 日本を始めて訪れた外国人は ____ ★ ____ ____ 。

　　1 禁じ得ない　　　　　　　　　　　2 日本人のサービスに

　　3 という　　　　　　　　　　　　　4 驚きを

9 山里に住んでいる人 ____ ____ ★ ____ は理解にかたくない。

　　1 に　　　　　　2 が　　　　　　3 華やかな都会　　　　4 憧れる心情

10 ずいぶん時間も経った ____ ____ ★ ____ しましょう。

　　1 ことに　　　　　　　　　　　　　2 ことですし

　　3 本題に入る　　　　　　　　　　　4 余談はさておき

31 ～(も)同然だ 幾乎等同於～

- 父は10年前に母と僕を捨てて家を出て、僕にとっては死んだも同然だ。

  父親10年前拋棄母親和我離家出走，對我來說他就和死了沒兩樣。

32 取りも直さず 即是；也就是

- この事実を認めることは、取りも直さず自分の有罪を認めることになる。

  承認這個事實也就是承認自己有罪。

33 名詞＋きっての 在（領域／業界）中～最～的

- 中村夫婦は芸能界きっての理想の夫婦として、ベストカップルに選ばれた。

  中村夫婦被選為演藝圈中最理想的夫妻。

34 名詞＋にまつわる 關於～；纏繞～；糾纏～

- この屋敷にまつわる忌まわしい話、知っている？

  你知道關於這棟房子的怪談嗎？

35 ～にしのびない 不忍心～；不堪～

- この時計、祖父の形見なので捨てるにしのびないけど、壊れたので仕方ない。

  這手錶因為是祖父的遺物而不忍丟棄，但壞掉了也沒有辦法。

36 言わずもがな 不用說；不該說

- 物事は常にうまくいくとは限らないというのは言わずもがなのことだ。

  事情不一定總會順利進行，這是當然的事。

37 ～と(は)うってかわって 和～截然不同

- あの女優は今までとうってかわって、短いヘアスタイルのボーイッシュな役に挑戦している。

  那位女演員和以往大不同，搖身一變挑戰短髮男性化的角色。

38 ～はめになる 陷入～境地；落到～地步（糟糕的結果）

- 終電に間に合わなくて歩いて帰るはめになった。

  沒趕上末班電車，落到走路回家的下場。

答案及解析 P. 487

請選出最適合放進（　）裡的選項。

① 発明という行為（　　　　）、人類の発展に寄与することだ。

　1 も同然で　　　　　　2 は取りも直さず　　　3 と打って変わって　4 きっての

② 村本　「鈴木さん、彼女いるだろう？何してる人？」

　鈴木　「保育園の先生やってんの。だから僕も子供（　　　）扱われているんだ。」

　1 にして　　　　　　　2 にある　　　　　　　3 きっての　　　　　　4 同然に

③ これは友人が書いた詩集なので、捨てるに（　　　　）、とってある。

　1 しのびなくて　　　2 まつわって　　　　　3 うってかわって　　4 かかわって

④ この本を読んで、（　　　　）不思議な因果関係がわかった。

　1 お金にかわる　　　2 お金にしのびる　　　3 お金にまつわる　　4 お金同然の

⑤ このケーキは甘すぎて食べられない。だとしても（　　　　）。

　1 捨てるに同然のことだ　　　　　　　　　2 捨てるにしのびない

　3 捨てるにまつわっている　　　　　　　　4 捨てるにいわずもがなだ

請選出最適合放進★位置的選項。

6 母 「春樹ったら旅行に出かけてもう一週間なのに、電話一本くれないね。事
　　故にでもあったのかな。」

父 「大丈夫だよ。連絡がない____ ____ ★ ____ ことだから心配はいらん。」

1 って　　　　　　2 取りも直さず　　　3 元気だという　　　　4 いうのは

7 真一君は会議中____ ____ ★ ____ ともしない。

1 しよう　　　　　　　　　　　　2 言わずもがなの
3 当然誰も相手に　　　　　　　　4 ことばかり口にするので

8 野球界____ ★ ____ ____ ____ になった。

1 暴れん坊だった　　　　　　　　2 きっての
3 吉田選手は　　　　　　　　　　4 メジャーリーグに進出すること

9 給料の値上げについて黙って何の反応も見せなかった____ ____ ★ ____ に出て

きた。

1 今まで　　　　　　　　　　　2 強硬な態度
3 とは打って変わって　　　　　　4 会社側は

10 引っ越してきた隣の夫婦があいさつに来た時「何でもお役に立てることがあれ

ば、どうぞ」____ ____ ★ ____ なった。

1 と言った　　　　　　　　　　2 羽目に
3 ばかりに　　　　　　　　　　4 子守をさせられる

01　連續動詞

◆ **動詞た形・辞書形＋が早いか**　　剛～就～
- 家を出かけるが早いか、土砂降りになった。　剛出家門，就下起傾盆大雨。

◆ **動詞辞書形＋や否や・や**　　剛～就～；一～就～
- 授業が終わるや否や生徒は騒ぎ始めた。　剛一下課，學生就開始吵鬧。

◆ **動詞辞書形＋なり**　　剛～就～；一～就～
- 先生は教室に入るなり怒鳴りつけた。　老師一進教室就大發雷霆。

　Tip　　後面常接不樂見的行為。

◆ **動詞た形・辞書形＋そばから**　　剛～就～（總是反覆出現不理想的結果）
- 家中を掃除するそばから子供たちがまた散らかしてしまう。

　　剛剛打掃完家裡孩子們馬上又弄得亂七八糟。

◆ **動詞ます形＋たて**　　剛～
- 焼きたてのパンは香ばしくてとてもおいしい。　剛出爐的麵包香味四溢非常好吃。

◆ **～と同時に**　　與～同時
- プラットホームに着いたのと同時に新幹線が出発した。

　　到達月台的同時，新幹線出發了。

◆ **動詞ます形＋次第**　　一～就馬上
- 駅に着き次第お電話ください。　一到車站就請打電話給我。

◆ **動詞た形＋とたん（に）**　　剛一～就～
- 窓を開けたとたんにノラ猫が入ってきた。　剛打開窗戶，野貓就跑進來了。

02　強調數量

◆ **～からある**　　足有～；竟有～；多達～
- 子供が3キロからある距離を一人で歩いてきたなんて。

　　小孩子竟然一個人走了三公里之遠的路。

◆ **～からの**　　多達～；足有～
- 1000人からの卒業生が集まっている。　多達一千人的畢業生齊聚一堂。

◆ **～からする**　　（費用）多達～
- 一本2万円からするお酒をだれが買うんだ。　一瓶要價兩萬塊的酒誰要買啊！

03 強調程度（極其〜；非常〜）

◆ **名詞・な形容詞＋極まる** 極其〜；非常〜

＋極まりない 極其〜；非常〜

- 勝手極まる態度をとっている。 用著極其隨便的態度。
- 彼の無礼極まりない行動に先生は激怒した。 老師對於他極其無禮的行為勃然大怒。

Tip 主要用負面名詞及形容詞。

◆ **名詞＋の極みだ** 非常〜；〜之極；倍感〜

- 宝くじに当たった彼女の生活はぜいたくの極みです。 中了樂透的她，生活極為奢侈。

Tip 主要用在表現悲傷、喜悅等感情狀態時。

◆ **名詞＋の至りだ** 〜至極；倍感〜；非常〜（主要用於說話者強烈致謝、道歉等寒暄之語）

- こんなすばらしい賞をいただき、光栄の至りです。

能夠獲頒這樣精采的大獎，倍感光榮。

Tip 比上述的【極（きわ）み】更為正式的用法。.

◆ **動詞て形＋やまない** 十分地；衷心地；殷切地

- みなさんの社会での活躍を期待してやみません。

衷心地期盼各位將來在社會上大展身手。

◆ **〜といったらない ／ 〜といったらありはしない**

沒有比這更〜；〜極了；別提有多〜了 = **〜ったらない**

- あの人おかしいったらないよ。 那個人真是怪極了！
- 年末は忘年会や仕事納めなどで忙しいことといったらない。

沒有比年終時因尾牙、工作結案等等更忙的事了。

◆ **動詞て形＋(は)かなわない ／ たまらない ／ 我慢できない** 〜得受不了；〜得吃不消

- 朝ごはんも食べていないので、お腹がすいてかなわない。

因為早餐也沒吃，肚子餓得受不了。

Tip 用來強調感情、感覺。

◆ **〜に越したことはない** 最好是〜；莫過於〜（沒有比這個更好的了）

- 直接行って見るに越したことはない。 最好是直接過去看。
- 何でも慎重に越したことはないと思う。 我認為什麼事情都最好是要謹慎。

◆ **〜(こと)この上ない** 最好是〜；莫過於〜（沒有比這個更好的了）

- 息子の東大合格は親にとってはこの上ない喜びだった。

兒子錄取東大對父母來說是最高興的事了。

04 強調（連～）

◆ **～すら** 就連～

・ このことは親友にすら話せない。 這件事就連好朋友也不能說。

◆ **～だに** 就連～

・ ヤジを飛ばされても、彼は微動だにしなかった。

就算被奚落嘲笑，他也一點也不為所動。

05 強調（就是～）

◆ **名詞＋でなくてなんだろう** 不是～是什麼？；那正是～

・ 戦争で何の理由もなく命を奪われる子供が多い。これが悲劇でなくてなんだろう。

戰爭中有許多孩子沒有任何理由便被奪去生命，這不是悲劇是什麼呢？

◆ **～（から）にほかならない** 一定是（因為）～

・ 風邪で学校を休んだとき、吉田君が薬を買ってきてくれたのは友情にほかならない。

因感冒向學校請假，結果吉田幫忙買藥過來，這一定是出於友情。

06 原因

◆ **～こととて** 因為～所以

・ 5歳の子供がやったこととて、どうか大目に見ていただけませんでしょうか。

因為是5歲孩子做的事，能不能請您大人大量不要追究呢？

◆ **～ことだし・～ことだろうし** 因為～

・ みんなそろったことだし、そろそろ出発しようか。

大家也都到齊了，那就差不多出發了吧！

◆ **～ばこそ** 正因為～才

・ 君を信じていればこそ、頼むのだ。 正因為信得過你，才拜託你的。

・ 好きであればこそ、彼のことをもっと知りたいと思う。

我想正因為喜歡，才想要知道更多有關他的事情。

◆ **～がゆえに** 由於；因為

・ かたく信じていたがゆえに、裏切られたときの失望感も大きかっただろう。

由於深信的緣故，被背叛時的失望感也很強烈吧？

Tip 【ゆえに】的接續：

名詞：悪天候ゆえに、 悪天候のゆえに、 悪天候であるがゆえに

動詞：あるゆえに、 あるがゆえに

い形容詞：高いゆえに、 高いがゆえに、 高くあるがゆえに

な形容詞：きれいゆえに、 きれいなゆえに、 きれいであるがゆえに

07　滿滿的～；全是～

◆　**～ずくめ**　全是～；清一色的～

- 去年はめでたいことずくめだった。　去年全是喜事。
- 今回のオリンピックは新記録ずくめだった。　這次的奧運全是刷新紀錄。
- 黒ずくめのスーツを着ている。　穿著全黑的西裝。

◆　**～だらけ**　滿是～

～まみれ　滿是～（骯髒的液體或細小顆粒狀的東西附在表面）＝**～みどろ**

- ほこりまみれの服を着てどこへ出かけるの？　穿著滿是灰塵的衣服要上哪去？

Tip

- 公園はカップルだらけだった。　公園裡滿是雙雙對對的情侶。
- （×）公園はカップルまみれだった。

◆　**名詞＋ぐるみ**　連同；全部；包括在內

- そのような恐ろしい秘密を村ぐるみで隠そうとした。
  整個村莊都想要隱藏像那樣駭人的秘密。

08　不到做～的程度

◆　**～にはあたらない**　用不著；沒必要

- 別にそれを問題とするにはあたらない。　沒必要特別將那個視為問題。

◆　**～には及ばない**　用不著；沒必要

≒～ことはない ／ ～までもない ／ ～までのことはない ／ ～するほどのことではない

- ご心配には及びません。您無須掛心。
- それには及びません。沒有那個必要。

答案及解析 P. 488

請選出最適合放進（ ）裡的選項。

① 玄関に（ 　　　）、カレーのいい匂いがして食欲をそそった。

1 入ったとたん　　　　　　　　　2 入ったなり

3 入れるや　　　　　　　　　　　4 入れるかと思うと

② 永井 「また彼女にすっぽかされたよ。」

島村 「そういう行動は君に愛情がなくなった（ 　　　）よ。」

1 からあることだ　　　　　　　　2 ことなんかない

3 ことにほかならない　　　　　　4 ことにおよばない

③ 総理部の岡田さんは社長と企んで、数百万円（ 　　　）会社のお金を横領したそうだ。

1 こそあれ　　　　　　　　　　　2 だに

3 からする　　　　　　　　　　　4 ずくめの

④ 雪が（ 　　　）、遠征隊は頂上に向けて再出発する予定だ。

1 あがる極みに　　　　　　　　　2 あがりたて

3 やみそばから　　　　　　　　　4 やみ次第

⑤ 吉田候補はあまりにも前衛的（ 　　　）大衆の支持を得られなかった。

1 であってこそあれ　　　　　　　2 すぎるがゆえに

3 すると同時に　　　　　　　　　4 してかなわなく

6 この会社の代表は、職員の声に耳を傾けることなくすべて自分一人で決めてい

て、これが（　　　　）。

1 独裁者にあたりません　　　　　　　　2 独裁者にかなわないでしょう

3 独裁者いたりでしょう　　　　　　　　4 独裁者でなくて何でしょう

7 ゆうこ　「この公園、草木が生い茂っていてなんかいやされていていいな。こういう

　　　　　所に一生住みたい。」

はると　「俺が産まれたところはこういう町だよ。森があり林があり、こういう

　　　　　公園もあって（　　　　）なんだ。」

1 緑ずくめ　　　　　　　　　　　　　　2 緑だけ

3 緑ぐるめ　　　　　　　　　　　　　　4 緑きって

8 今さら（　　　　）が、この前の不祥事は会社のお金に目が眩んだ総務の単独犯行

であることが明らかになった。

1 繰り返すとある　　　　　　　　　　　2 繰り返す極まりない

3 繰り返すにあてない　　　　　　　　　4 繰り返すまでもない

9 まなぶ　「かずやの家は井上さん家とずいぶん仲良くしているね。」

かずや　「うん、井上さん家は僕が小学生の時から（　　　　）で付き合いをして

　　　　　きたんだ。」

1 家族ぐるみ　　　　　　　　　　　　　2 家族同然

3 家族ばかり　　　　　　　　　　　　　4 家族が別々

請選出最適合放進★位置的選項。

10 ゼミの発表をする最中に広川教授からの突然 ___ ___ ★ ___ といったらなかった。

1 の質問に　　　　　2 こと　　　　　　　3 恥ずかしい　　　　4 答えきれず

11 お昼の後の授業なので眠くてしょうがないのに、萩原先生は___ ___ ★ ___ できなくなった。

1 集中　　　　　　　2 退屈極まる　　　　3 さらに授業に　　　4 話をして

12 僕は焼肉屋でバイトしているけど、週末とも___ ___ ★ ___ ので、猫の手も借りたいほど忙しい。

1 の　　　　　　　　2 なると　　　　　　3 客が来る　　　　　4 100人から

13 この地域は毎年冬に 60 センチ___ ★ ___ ___ 来る人でにぎわっている。

1 楽しみに　　　　　2 からある　　　　　3 スキーを　　　　　4 積雪のため

14 僕が意見を___ ___ ★ ___ 会議中にはだまっとこうと思っている。

1 ので　　　　　　　　　　　　　　　　2 そばから
3 言う　　　　　　　　　　　　　　　　4 上司は揚げ足を取る

15 戦争の最中の国において___ ___ ★ ___ にさらされているわけだ。

1 の子供たち　　　　2 この上なく　　　　3 危険な状態　　　　4 は

答案及解析 P. 489

請選出最適合放進（）裡的選項。

① 父はいつも自分は大手企業の代表で（　　　　）職員でもあると言っている。

1 あるがゆえに　　　　　　　　　　2 あってこそ

3 あると同時に　　　　　　　　　　4 あってやまない

② 戦場へ取材に行く記者の彼は勇気があるというより自分の命に愛情（　　　）ないように見えた。

1 まみれの　　　　　　　　　　　　2 すら

3 ぐるみ　　　　　　　　　　　　　4 からみの

③ 絶好調であるうちのチームの優勝は（　　　　）。

1 驚かないにおよばない　　　　　　2 驚いてやまない

3 驚きの極みだった　　　　　　　　4 驚くにはあたらない

④ 教師に（　　　　）のころは生徒の前に立つと緊張して声が震えたりしたものだ。

1 なりたて　　　　　　　　　　　　2 なる折り

3 なったしだい　　　　　　　　　　4 なったやいなや

⑤ 父　「良子、今どこ？ 今何時だと思っているんだ？」

娘　「今、電車から降りたところよ。お父さんが（　　　　）電話したのに、何で怒鳴りつけるの？まだ10時じゃない。」

1 心配したかと思うと　　　　　　　2 心配していると思えばこそ

3 心配すると思いきや　　　　　　　4 心配したことのこのうえないから

6　最近の子供は何事も自分が望むとおりになることを（　　　）。

1 求めてやまない

2 願ってはあたらない

3 期待してはいられない

4 ほしがってほかない

7　いちいち僕に干渉する上司の声や姿は（　　　）聞きたくも見たくもない。

1 夢でも

2 夢からあって

3 夢こそ

4 夢にだに

8　としお君はパーティー会場に（　　　）、ごちそうやお酒をめがけて突進した。

1 入りが早いか

2 入ったや

3 入るなり

4 入ると思いきや

9　（寿司屋で）

店の人　「イクラとウニは人気のネタの（　　　）、売り切れてしまいました。

　　　　申し訳ござい ません。」

1 こととて

2 ことの上なく

3 ことでさえ

4 ことに

請選出最適合放進★位置的選項。

10 迷子になっていた＿＿ ＿＿ ★ ＿＿ 。どんなに怖かったんだろう。

1 お母さんの姿を　2 泣き出した　　　　3 子供が　　　　　　4 見るや

11 子供は「いただきます」と＿＿ ＿＿ ★ ＿＿ 食べ始めた。

1 パクパクと　　　　2 言い終わったが　　3 ご飯を　　　　　　4 早いか

12 この仕事に就くには経験は＿＿ ★ ＿＿ ＿＿ 当たり前です。

1 のは　　　　　　　　　　　　　　　2 もちろん

3 なくてもいいが　　　　　　　　　　4 あるに越したことない

13 英会話を誰よりも早く＿＿ ★ ＿＿ ＿＿ けど、その前に、国で基礎の勉強をした方がいいと思う。

1 越した　　　　　　　　　　　　　　2 上達させたいなら

3 アメリカなどに行くことに　　　　　4 ことはない

14 うちで飼っている犬は＿＿ ＿＿ ★ ＿＿ 逃げてしまう。毎日僕が餌をやっているのに。

1 で　　　　　　　　　　　　　　　　2 見るや否や

3 僕を　　　　　　　　　　　　　　　4 恩知らずなやつ

15 この前、５万円も借りたくせに＿＿ ＿＿ ★ ＿＿ いったらありはしない。

1 と　　　　　　　　　　　　　　　　2 また１万円だけでいいから

3 彼ってずうずうしい　　　　　　　　4 貸してくれと言うなんて

答案及解析 P. 490

請選出最適合放進（ ）裡的選項。

1 親に死なれた彼女はすでに絶望していて涙を（　　　）らしい。

　1 流さずにはいられる　　　　　　　2 流すことすらできない

　3 流してやまない状態　　　　　　　4 流しておよばない

2 交通事故の現場は想像（　　　）恐ろしい光景だった。

　1 きわみの　　　　　　　　　　　　2 するから

　3 したまでの　　　　　　　　　　　4 するだに

3 すぐ隣の家が建て替えの最中なので、毎日ずどんずどんと（　　　　）。

　1 うるさくてかなわない　　　　　　2 うるさいことにあたる

　3 うるさくていたらない　　　　　　4 うるさいにおよばない

4 昼夜、どんなに頑張ったってあすかさんには絶対（　　　）。

　1 あたりません　　　　　　　　　　2 およぼしません

　3 かないません　　　　　　　　　　4 かまいません

5 母　「健一、よくやっているかな。」

　父　「きっと頑張っているんだから（　　　）よ。」

　1 心配すること　　　　　　　　　　2 心配かぎりだ

　3 心配してもさしつかえない　　　　4 心配するに及ばない

6 このたびは、大変お手数をおかけしまして（　　　　）。
1 ただただ恐縮してやみます　　　　　2 まことに恐縮の極まりです
3 恐縮のことにあたりません　　　　　4 恐縮の至りでございます

7 ななこ 「昨日のレストラン、すごくおいしかったよね。それにサービスがよく
　　　　て。」
　さなえ 「別にあのレストランのサービスは（　　）と思うよ。レストランなら
　　　　あれくらいのサービスは当然よ。」
1 賞賛にかたくない　　　　　　　　　2 賞賛にほかならない
3 賞賛するにおよべません　　　　　　4 賞賛するにはあたらない

8 警官は不審者を（　　　　）すごいスピードで追いかけて行った。
1 見つけたなり　　　　　　　　　　　2 見つかるやいなや
3 見つけるや　　　　　　　　　　　　4 見つかったと思うと

9 尊敬（　　　　）山田先生をうかがいに母校に行った。
1 してやまない　　　　　　　　　　　2 する極まりの
3 するいたり　　　　　　　　　　　　4 したかぎりの

請選出最適合放進★位置的選項。

10 彼も____ ★ ____ ____許してあげましょう。

1 し　　　　　　2 十分　　　　　　3 ことだ　　　　　　4 反省している

11 外見はきれいだけど、____ ____ ★ ____極みだと気がついた。

1 何回か　　　　　2 の　　　　　　3 会ってみたら　　　4 話し方がげす

12 こんな暴風に____ ____ ★ ____極まることだ。

1 のは　　　　　　　　　　　　　2 危険
3 沖に出る　　　　　　　　　　　4 小さなボートで

13 我が社が不況____ ____ ★ ____役職員諸氏や職員みなさんの並々ならぬご協力
があったからにほかなりません。

1 にあっての　　　　　　　　　　2 ことができたのは
3 様々な苦難を　　　　　　　　　4 乗り越える

14 親が子供を愛して____ ____ ★ ____尊敬していたと思う。

1 同様に　　　　　　　　　　　　2 子供も親を
3 のと　　　　　　　　　　　　　4 やまなかった

15 このことは以前から大勢の専門家が____ ____ ★ ____ではないかもしれませ
ん。

1 今さらあえて　　　　　　　　　2 ことですから
3 指摘してきた　　　　　　　　　4 言うほどのこと

09　以～為準

◆ **～に即して**　根據～；符合　＝**～に基づいて ／ ～を基にして**
- この対策は現状に即したものではないと思う。

  我認為這個對策不符合現況。

◆ **～を踏まえて**　依據～；在～基礎上
- 皆さんのご意見を踏まえて決めたいと思います。　我想依據各位的意見來決定。
- 現在の状況を踏まえて、検討していきたいと思います。

  我想在現況的基礎上，再往下檢討。

◆ **～にのっとって**　遵循～；按照～（某原則、慣例、傳統習慣等去做某事）
- 慣習にのっとって結婚式を挙げた。　遵循傳統習俗舉行結婚儀式。

◆ **～に照らして**　參照～；依照～；對照～
- 採用条件に照らしてどの人を採用するかを判断すればいい。

  參照錄取條件來判斷要錄用哪個人即可。

10　～是當然的

◆ **～は言うに及ばず**　～就不用說了，就連～也
- 彼の歌は国内は言うに及ばず、海外にまでよく知られている。

  他的歌曲在國內就不用說了，就連國外也廣為人知。

◆ **AもさることながらBも**　不用說A，B更是如此
- やせるためには食事もさることながら運動も大切だ。

  為了要瘦，飲食就不用說，運動也很重要。

◆ **～はもとより**　～就不用說了，就連～也
- 自分はもとよりみんなが同じ考えだ。　不用說我了，大家都是同樣的想法。

◆ **～はおろか**　別說～就連～也
- 日本に３年もいたくせに、漢字はおろかカタカナもろくに読めないなんて。

  已在日本待了3年，可是別說漢字了，竟然連片假名也不太會念。
- 骨折して走るのはおろか歩くことさえできない。

  骨折後別說跑步了，就連走路都沒有辦法。

11 把～放在一邊

◆ **～をおして** （克服種種困難）不顧～；排除～

・鈴木選手はチームのためにひざの怪我をおして試合に出た。

鈴木選手為了團隊，不顧膝傷而出賽。

◆ **～をものともせずに** （有勇氣地～）不顧（困難）～；不當一回事

・彼は足の障害をものともせずに、エベレストに挑戦した。

他不顧腳的殘疾，挑戰珠穆朗瑪峰。

◆ **～をよそに** 不管～；不理睬～；無視～（無謀的行動）

・彼女は両親の心配をよそに一人で世界旅行に出かけた。

她不顧雙親的擔憂，一個人去環遊世界。

◆ **～をなおざりにして** 忽視；不怎麼在意

・寝たきりのお父さんをなおざりにして息子夫婦は海外旅行へ出かけている。

放任臥床不起的父親，兒子夫婦出國去旅行。

◆ **～をおいて** 除～之外，再也沒有～（多用於對人事物的高度評價）

・この件を解決できる人には、部長をおいてほかにはいないだろう。

要解決這件事，除部長之外別無第二人選了吧？

12 除了～之外

◆ **～のみならず ／ ～ばかりか ／ ～ばかりでなく ／ ～だけではなく** 不僅～而且連～也

・学校の運動場は生徒のみならず一般人も使える。

學校的運動場不僅是學生，一般民眾也可使用。

> **Tip** ただ・ひとり～のみだ：僅僅、只有～

・ベストをつくした。あとはただ結果を待つのみだ。

已盡了最大的努力，剩下的就只是等待結果了。

◆ **～に限らず** 不限於～（全部都～）

・イタリアに限らずヨーロッパの料理にはオリーブオイルがよく使われている。

不只限於義大利，歐洲料理中都普遍使用橄欖油。

◆ **～にとどまらず** 不僅～；不止於～；不限於～（範圍）

・彼の人気はアジアにとどまらない。 他的人氣不限於亞洲地區。

13　假設（是～的話）

◆ **～とあれば**　　如果～

・あなたが行かないとあれば、彼も行かないでしょう。　如果你不去，他也不會去吧！

◆ **～とすれば**　　若是～則～

・君が言ったのが事実だとすれば大変だな。　若是你所言屬實就不得了了。

　Tip　「XとあればY」表示「X是已知的內容」；「XとすればY」表示「X是假設的內容」

◆ **～にすれば**　　以某人來看，應該是～（用於推測人對某件事情的想法）

・子供にすればニュースは退屈極まりないだろう。

　從小孩的角度來看，新聞應該非常無聊吧？

　Tip　後面常接推量表現。

14　像～似的

◆ **名詞・い形容詞＋めく**　　帶有～氣息；像～樣子

・公園の桜も咲きはじめて、最近すっかり春めいてきた。

　公園的櫻花也開始開了，最近春意盎然。

・そんな冗談めいた言い方しないでくれ！　請不要用帶玩笑意味的方式說話！

◆ **名詞＋びる**　　變成～樣子；像～樣子

・祖父の形見を片付けていて古びた日記が出てきた。

　整理祖父遺物時，翻出陳舊的日記。

◆ **～じみた**　　彷彿～；看起來好像～（一般用於消極方面）

・そんな子供じみた言い方はよしな！　不要用那種彷彿小孩子般的說話方式。

15　即使是

◆ **～として**　　①（最小限數詞＋として＋否定述語）沒有例外全部～　②假如

・お年寄りがバスに乗っても誰一人として席を譲ろうとしない。

　即使有年長者乘坐公車，也沒有任何一個人想要讓座。

・今出発するとして午後2時には着くだろう。　現在出發的話下午兩點會抵達吧！

◆ **～たりとも**　　即使（最小數量的～），也不能～

・甥はまだ小さくて、一分たりともじっとしていない。

　外甥年紀還小，即使一分鐘都不能安靜地待著。

　Tip　「たりとも」用語：

・一粒たりとも　即使一粒　　・一匹たりとも　即使一匹　　・一滴たりとも　即使一滴

16 資格

◆ **AたるB**　　有A資格的B；處於A立場的B（其應有的姿態、應做的動作）

・学生たる者、勉強に励むべきだ　身為學生，應該勉力勤學。

Tip　常以【～たる者】形式使用。

◆ **AともあろうB**　　有A資格的B；處於A立場的B。

身為～（用於評價，表達失望、吃驚、難以置信等語氣）

・教師ともあろう者が飲酒運転とはあり得ない。　身為教師，不該有酒駕這種事。

Tip　常以【～ともあろう者】形式使用。
　　　後面常接【がっかり、意外だ、驚く】等等表現。

17 推測

◆ **～とみえる** 看來～

・つよしは最近忙しいとみえて私に電話一本すらくれない。

看來剛志最近很忙，一通電話都不打給我。

◆ **～とみられる**　預期會～；被認為～

・被災地での被害者はこれからも増加すると見られます。

預期災區的災民接下來還會增加。

◆ **～とされている**　一般認為～；大家都認為～

・この絵は当時、ある無名の女性画家が描いた絵とされている。

一般認為這幅畫是當時一位沒沒無聞的女性畫家所繪。

答案及解析 **P. 491**

請選出最適合放進（）裡的選項。

① 風邪ですごい熱があるのに、主人は（　　　　）出社した。

1 おして　　　　　　2 かえって　　　　　　3 むしろ　　　　　　4 おいて

② 彼は現実的で、利害関係（　　　　）行動をとる人だ。

1 にまつわって　　2 にしょうじて　　　3 にそくして　　　　4 にいたって

③ 隣の子はまだ6歳なのにずいぶん（　　　）を言うね。

1 子供じみたこと　2 子供ぶったこと　　3 大人きった　　　　4 大人びたこと

④ 吉田に裏切られたことを（　　　　）忘れたことはない。

1 一瞬たりとも　　2 一刻という　　　　3 一時間にして　　4 一秒としたら

⑤ 土砂降りの（　　　　）マラソン選手たちはみんな最後まで走りぬいた。

1 好条件をさかいにして　　　　　　　2 好条件をふまえて
3 悪条件をものともせずに　　　　　　4 悪条件をもとにして

⑥ みゆき　「ななみさん、疲れているようだね、最近、悩みごとでもあるの？」

　　ななみ　「息子のことでちょっと…。うちの息子は受験生で、辛いのは本人だけ
　　　　　　ど、私も受験が終わるまで一日（　　　　）気を休めることができなくて
　　　　　　さ。」

1 をさけて　　　　2 をおいて　　　　　3 とみて　　　　　　4 として

⑦ みなさんからいただいた（　　　　）新たな対策に取りかかっていこうと思います。

1 アイディアをとおして　　　　　　　2 提案をなおざりにして
3 意見を踏まえて　　　　　　　　　　4 評価をよそに

⁸ 子供の時、うちは貧しくて、まだ5歳の僕（　　　）母が仕事に出かけなければならなかった。

1 をおして　　　　2 をおいて　　　　3 をしたがって　　　　4 を中心として

⁹ 年内には交通費をはじめ、公共料金の（　　　）。
1 値上げをすると同然だそうだ　　　　2 値上げがないとするに違いない
3 値上げがあると見られている　　　　4 値上げはないとさせている

請選出最適合放進★位置的選項。

¹⁰ 観光案内所の人　「この島を歩いて一回りすると約1時間ぐらいかかりますよ。」
男の人　「そうですか、ずいぶんかかりますね。
　　　　じゃ、自転車 ___ ___ ★ ___ んでしょうか。」

1 で　　　　　　2 かかる　　　　3 どのぐらい　　　　4 行くとすれば

¹¹ 彼は我慢強い人で、どんなにひどいことを言われても ___ ___ ★ ___ ようだ。

1 ただ　　　　2 激怒する　　　　3 にこにこするけど　　　　4 皮肉めいた言い方には

¹² 今回の地震は ___ ___ ★ ___ が感知されたそうだ。
1 激しい揺れ　　　　　　　　2 でも
3 100キロも離れた所　　　　4 震源地のみならず

⁸⁸⁸

13 よしこ 「何？ おいしい店見つけたと言ったのがこの狭い店？」
りえ 「狭い店だけど、＿＿ ★ ＿＿ ＿＿ 食べられるそうよ。」

1 も 2 もとより
3 アメリカ本場のハンバーガー 4 おいしいコーヒーは

14 あまりにも＿＿ ＿＿ ★ ＿＿ くらいだった。

1 おろか 2 ことは 3 驚いて声を出す 4 息もできない

15 （会社の食堂）

あさみ 「なんで月末になると味噌ラーメンがすぐ売り切れちゃうかな。」
たくや 「月末になると、給料が底をついちゃうだろう。みんなお金がない
＿＿ ＿＿ ★ ＿＿ のほうがよく売れているみたいよ。」

1 と 2 わりと 3 見えて 4 安いメニュー

答案及解析 P. 492

請選出最適合放進（　）裡的選項。

① 彼の作品は（　　　　）世界でも高い評価をうけている。

1 国内にとどまらないで　　　　　　2 国内でもかぎって

3 国内によらないで　　　　　　　　4 国内をこえずに

② 主人　「かなこが大学を卒業してアメリカに留学に行きたいって言うんだけど、
　　　　行かせようか。」

　　妻　「え？ アメリカ？ 学費、相当かかるんでしょう？ かなこを（　　　）、
　　　　私もパートでもしてお金をためなきゃならないか。」

1 留学するとあれば　　　　　　　　2 留学させるとすれば

3 留学させられるとしたら　　　　　4 留学されるとあると

③ 小論文のテーマは自由ですが、一定の書式に（　　　）作成することを忘れない
でください。

1 のみで　　　　　2 のっとって　　　　3 ふまえて　　　　4 ものに

④ 元彼から頻繁に（　　　）メールが送られてきて 110 番に通報した。

1 脅迫なみの　　　2 脅迫らしい　　　3 脅迫ういた　　　4 脅迫めいた

⑤ 私はしきたり（　　　）行動なんかはとったことがありません。

1 をなおざりにした　　　　　　　　2 としているような

3 に準じることとした　　　　　　　4 をまつわったという

6 彼は駐輪禁止マーク（　　　　）自転車を止めた。

1 をよそに　　　　　2 はおろか　　　　　3 として　　　　　4 にてらして

7 彼女は貧しさ（　　　　）、昼夜、勉強に励んできて今の地位に至った。

1 をおきて　　　　2 によそに　　　　　3 をものともせずに　　4 にひきかえ

8 この山道には人影（　　　　）人の足あとすらなかった。

1 もさることで　　　2 はおろか　　　　　3 はさておき　　　　4 はかえって

9 いい加減にしろ！　君（　　　　）、なぜそんな見えすいた嘘を！

1 たりる者が　　　　　　　　　　　　2 という者でも
3 であろう者だけど　　　　　　　　　4 ともあろう者が

請選出最適合放進★位置的選項。

⑩ 課長は周りの＿＿ ＿＿ ★ ＿＿ みせる強い人だ。

1 おして　　　　　2 反対を　　　　　3 必ず貫徹して　　　　4 自分の意志を

⑪ 裁判という＿＿ ★ ＿＿ ＿＿ 行うべきだ。

1 のは　　　　　　　　　　　　　　2 現実に立脚して
3 行う行為ではなく　　　　　　　　4 理想や感情にてらして

⑫ 今日は＿＿ ＿＿ ★ ＿＿ 家族連れでごった返していた。

1 ので　　　　　　　　　　　　　　2 遊園地も
3 久しぶりの行楽日和だった　　　　4 公園は言うに及ばず

⑬ 教授 ＿＿ ＿＿ ★ ＿＿ たえまなく研究し続けるべきだ。

1 だけではなく　　2 たる者は　　　　3 の教育を施す　　　　4 学校において

⑭ 先生は学生 ＿＿ ＿＿ ★ ＿＿ をいじめていると思い込んでしまうことがあるらしい。

1 自分　　　　　　　　　　　　　　2 にすれば
3 それが生徒　　　　　　　　　　　4 のために叱るが

⑮ 社則を逸脱した行為がある＿＿ ＿＿ ★ ＿＿ という。

1 にのっとって　　　　　　　　　　2 とされて
3 解雇される　　　　　　　　　　　4 鈴木課長は社則

397

01

◆ **名詞＋(が)あっての** 要有～才～
  ・親があっての私です。 有父母親才有我。

◆ **～とあって** 因為～
  ・教育環境がいいとあってこの私立高校の競争率は高い。

  正因為教育環境優良，這所私立高中競爭率很高。

◆ **名詞＋にあって** 身處～；面臨～；身為～
  ・食物の豊かな時代にあって餓死する人がいるなんて。

  身處在食物豐裕的時代下，竟還有餓死的人。

02

◆ **名詞＋(の)いかんで** 取決於～；根據～＝**～いかんによって, ～によって, ～次第で**
  ・人間は環境のいかんで変わるものだ。 人類會依據環境而改變。

◆ **名詞＋(の)いかんによらず** 不管～如何，都～
  ＝～いかんにかかわらず, ～いかんを問わず
  ・理由のいかんによらず、人を殺めることは許されることではない。

  不論理由為何，都不能允許殺人。

03

◆ **名詞＋かたがた** 藉～之機；順便～＝**～ついでに, ～を兼ねて**
  ・先日のお礼かたがた、お伺いしたいんですが。

  想向您致謝前日（的幫忙），順便拜訪您。

◆ **動詞ます形・名詞＋がてら**

  順便～（做某事時，順道去某處做了其他事情。後多為移動動詞）＝**～ついでに, ～を兼ねて**
  ・散歩がてら、駅前の本屋に行ってくる。 散個步，順道去趟車站前的書店。

◆ **動詞・名詞の＋かたわら** ～同時（一邊做本職工作，一邊兼做其他事情）
  ・彼女は主婦のかたわら、詩を書いている。 她是家庭主婦，同時也寫詩。

04

◆ **～限りだ** 非常～；～極了；～之至
  ＝～極まりない, ～極まる, ～極みだ, ～至りだ, この上ない,
  ～に越したことない, ～てかなわない, ～てやまない

- またお会いできるなんて、うれしい限りです。 高興極了。
- 鈴木さんと一緒に働けなくなるのは、残念な限りです。

  不能再跟鈴木先生一起工作，遺憾之至。

  Tip 也常見「感激の限り」（非常感激）的表現。

◆ **～ないとも限らない** 並不是沒有～；有此可能性

- 初めての事業だからうまくいかないとも限らないが、まずは頑張ってやってみることだ。

  因是剛剛起步的事業，不一定會發展順利，總之應該努力看看。

◆ **～とは限らない** 不見得～；未必～

- 強いからといって必ず勝つとは限らない。 強大未必就能贏。

◆ **～に限ったことではない** 不限於～；不僅僅～（多用於消極方面）

- 不況にあってみんな大変だ。あなたに限ったことではない。

  因為不景氣大家都不好過，並不僅僅是你而已。

◆ **～を限りに** 於～；從～（以某時間為最後的結束時間）

- 今月を限りに会社を辞めます。 於本月向公司辭職。

◆ **～をもって ／ ～をもちまして**

  ① 於～；以～（用於事情的開始或結束）② 用～；憑～；根據～

- 来月をもって閉店する予定だ。 預定於下個月關閉店面。
- 今回の成功は彼の優秀な頭脳をもってしたからにほかならない。

  這次的成功必定是憑著他優秀的頭腦的緣故。

- ７月20日をもって10周年を迎える。 7月20日將迎接十周年。

◆ **～をもってすれば** 用～的話

- この機械をもってすれば、作業の効率があがるだろう。

  憑藉著這個機械的話，作業效率應該會提高。

◆ **～を皮切りに** 以～為開端

- 華麗な花火を皮切りに開幕式が始まった。 以華麗的煙火為開端，開幕式開始了。

05

◆ **～からいいようなものの** 幸好（避開了嚴重事態）～

- 大きい事故にならなかったからいいようなものの、もっと注意しなさい。

  幸好沒有演變成大事故，多加小心一點。

◆ **～てからというもの** 自從～就一直

- お父さんは退院してからというもの、健康にもっと気を使うようになった。

  自從父親出院後，就開始持續地更注意健康。

  Tip 後面接「發生的變化、說話者的心情」等表現。

◆ **〜というもの**　　整整（時間數量詞）〜都一直處於某種狀態
・彼は一週間というもの、部屋から出てこない。
　　他整整一個禮拜足不出戶。

◆ **〜ないものでもない**　　也不是不〜 ＝〜ないでもない,〜なくもない
・ちょっと高いけど、払えないものでもない。　雖然有點貴，但也不是買不起。
・君の気持ちを分からないでもない。　也不是不能了解你的心情。

◆ **〜ものを**　　本來〜然而〜
・空港に何時に着くか言ってくれれば、迎えに行ったものを。
　　本來你告訴我幾點抵達機場的話，我就會去接你了。

◆ **動詞意志形＋ものなら**　　要是（做了原本不該做的事，就會產生嚴重的後果）
・この話をおしゃべり好きな彼女に言おうものなら、社内にすぐ広まってしまう。
　　這件事要是告訴她那個大嘴巴，馬上就會在公司內傳開了。

◆ **動詞可能形＋ものなら**　　如果能〜的話，那倒想〜
・逃げられるものなら、逃げてみなよ。　如果逃得了的話，你倒是逃逃看啊！
・彼に会えるものなら、今すぐ会いたいです。　如果能見到他的話，現在就想立刻見。

　　Tip　後面常出現希望、建言等等內容。

06

◆ **〜きらいがある**　　有（某種不好的，令人有點厭惡的）傾向
・鈴木先生は質問すると親切に説明してくれるが、ちょっと説明が長くなるきらいがある。
　　雖然向鈴木老師發問時他會親切地為你說明，但說明會有些長。

◆ **〜ふしがある**　　有〜之處
・あいつの言動には何か怪しいふしがある。　那傢伙的言行舉止總覺得有些可疑之處。

◆ **〜甲斐がある**　　有〜價值；沒有白費
・努力した甲斐があって、いい点数で合格することができた。
　　努力沒有白費，以不錯的分數及格了。

　　Tip　「〜がい」其他用語：
・教えがい　教育價值；值得教　　・生きがい　生存價值

答案及解析 P. 493

請選出最適合放進（　）裡的選項。

① ただ、私の意見を言っただけで、別に悪気（　　　）ではありません。

　1 をもってから　　　　　　　　　　　2 があってのこと

　3 のふしがあったの　　　　　　　　　4 あったからいうもの

② 引っ越しの（　　　）知人に安否の手紙を書いた。

　1 報告をもってすれば　　　　　　　　2 報告をとおして

　3 報告かたわら　　　　　　　　　　　4 報告かたがた

③ 歌手のキララはこの歌のヒットを（　　　）芸能界のいろんな分野へ進出した。

　1 おして　　　　　　2 かわきりに　　　　　3 ひかえて　　　　　　4 かぎりに

④ 昼夜、練習した（　　　）があって、日本代表選手に選ばれた。

　1 きり　　　　　　　2 かい　　　　　　　　3 だけ　　　　　　　　4 ためし

⑤ 彼女は「背が高い」と言われるのを嫌がる（　　　）がある。

　1 こと　　　　　　　2 かい　　　　　　　　3 きり　　　　　　　　4 きらい

⑥ 彼とは1年も付き合ったというのに、私と（　　　）私の友達のみゆとも付き合っていたらしい。

　1 付き合うかたわら　　　　　　　　　2 付き合うというもので

　3 付き合うとは限らなく　　　　　　　4 付き合うのを限りに

⑦ 星野さんは気さくな人だが、ちょっと忠告を無視する（　　　）。

　1 おそれがある　　2 からある　　　　3 きらいがある　　　　4 きりがある

⑧ 休みが（　　　）と下校中の小学生たちは嬉しそうだ。

　1 はじめてからというものの　　　　　2 はじめるとして

　3 はじまったとあって　　　　　　　　4 はじまることいかんで

9 一人で（　　　　）ものなら、やってみなよ。

1 やる　　　　　　　2 やれる　　　　　　　3 できた　　　　　　4 しよう

請選出最適合放進★位置的選項。

10 私の目を見て＿＿ ＿＿ ★ ＿＿ 。

1 ところから　　　2 ふしがある　　　　3 話せなかった　　　4 彼は何か隠し
ている

11 今週の日曜日には社員登山大会が＿＿ ＿＿ ★ ＿＿ してください。

1 いかんによらず　　　　　　　　　2 あるので
3 みんな必ず参加　　　　　　　　　4 週末のスケジュール

12 かんだ　「今月、ボーナスもらったんだ。一杯やろう、僕がおごるから。」

いつき　「あ、いいな。お前の会社って6か月ごとにボーナスがもらえるよな。
うちの会社は業績の＿＿ ＿＿ ★ ＿＿ 一年に一回しかもらえないん
だ。」

1 それも　　　　　2 いかんで　　　　　3 額が決められて　　4 ボーナスの

13 旦那が仕事で相当疲れている＿＿ ★ ＿＿ ＿＿ でも行こうと誘った。

1 ので　　　　　　2 郊外へドライブに　3 息抜きがてら　　　4 ようだった

14 もし彼が＿＿ ★ ＿＿ ＿＿ から、気をつけて！

1 大変なこと　　　2 知ろう　　　　　　3 になってしまう　　4 ものなら

15 保険をかけて＿＿ ＿＿ ★ ＿＿ 相当のお金がかかっただろう。

1 あるから　　　　2 ものの　　　　　　3 そうでなければ　　4 いいような

答案及解析 P. 494

請選出最適合放進（ ）裡的選項。

1 人一倍の（ 　　　　 ）頑張った結果がこれっぽっちだなんて。
　1 努力をもって　　　2 努力をこえて　　　　3 努力をかねて　　　　4 努力がてら

2 監督 「次の試合も（ 　　　 ）から気を許さないで、練習を怠るなよ。」
　選手 「はい、分かりました。頑張って次の試合でも勝ってみせます！」
　1 勝つに相違ないから　　　　　　　　2 勝たないに限ったことではない
　3 勝つと限ったことだから　　　　　　4 勝てるとは限らない

3 あの時起こったことを（ 　　　 ）ものなら消してしまいたい。
　1 消す　　　　　　2 消そう　　　　　　3 消せる　　　　　4 消える

4 入りたがっていた会社に合格（ 　　　 ）、暗かった彼女の表情はみるみる明るく
　なっていった。
　1 したからというもの　　　　　　　　2 するからというもの
　3 してからというもの　　　　　　　　4 しようというもの

5 もっと早く言ってくれれば君に（ 　　　 ）、その本はもうたかし君に譲ったよ。
　1 あげたものを　　　　　　　　　　　2 やったことに
　3 さしあげるものという　　　　　　　4 やらないでもなく

6 本日の創立記念パーティーは（ 　　　 ）めでたくお開きとさせていただきます。
　1 これをもちまして　　　　　　　　　2 これをかわきりに
　3 これにかぎりで　　　　　　　　　　4 これにして

7 最近忙しくてこの一ヶ月（ 　　　 ）実家に電話してない。
　1 とされて　　　　2 とみえて　　　　3 というもの　　　　4 ことこのうえなく

8 あれほどのことを言われれば受け入れ（　　　　）。
1 ないとも限りないです　　　　　　　　2 があってからです
3 かねられます　　　　　　　　　　　　4 ないでもないです

9 お金が幸福をもたらしてくれる（　　）、どうしてお金さえあれば幸せになれると思う人が多いだろう。
1 とも限るけど　　　　　　　　　　　　2 とは限らないだろうに
3 とも限ったこともないものを　　　　　4 とは限りなのに

請選出最適合放進★位置的選項。

10 高度情報 ____ ____ ★ ____ 必要がある。
1 各大学に　　2 科目を設定する　　3 社会にあっては　　4 情報処理に関連した

11 恩師に結婚式でのスピーチを____ ____ ★ ____ と思います。
1 かたがた　　　2 近況報告　　　3 頼みたいので　　　4 お願いに伺おう

12 3年も通っていたこの学校 ____ ★ ____ ____ 「さよなら」だな。
1 をもって　　　　2 も　　　　　　3 と　　　　　　4 明日の卒業式

13 しょうた　「ごめん。タクシーに乗ったら道がすごく込んでてさ。」
ちえ　　　「地下鉄に乗ったら____ ____ ★ ____ で来たの？ コンサート、もう始まっているよ。急ごう！」
1 何で　　　　　2 ものを　　　　3 間に合った　　　4 タクシー

14 将来海外で____ ★ ____ ____ ほうがいいよ。
1 今のうち　　　　　　　　　　　　　2 とは限らないから
3 働かない　　　　　　　　　　　　　4 英語や中国語の勉強をしておいた

15 軽く____ ____ ★ ____ 限りです。
1 敗れてしまって　　　2 悔しい　　　3 あっけなく　　　4 勝つと思った試合で

07

◆ **～ことなく　・～ことなしに**　沒有～而～
- 彼女は休むことなしに働き続けて、結局倒れてしまった。

  她沒有休息持續工作，結果累倒了。

◆ **～ともなく　・～ともなしに**　不經意地；無意間

  どこへ行くともなく街をぶらぶら歩いていた。　在街上漫無目的地溜躂。

  読むともなしに雑誌を読んでいる。　隨意地翻閱著雜誌。

◆ **～ともなると　・～ともなれば**　一到～；一旦～；要是～（有其他結果）

  メジャーリーグ選手ともなると年俸から違う。　一旦成為大聯盟球員，年薪就不同了。

08

◆ **～ずにはおかない**　① 必然會引起～；必然會使其～　② 必須～；一定要～

  彼の情熱的な演技は観客たちを感動させずにはおかないだろう。

  他熱情的演技一定能讓觀眾感動不已吧？

◆ **～ずにはすまない**　不～不行；一定要～

  会社のお金を使い込んだ彼女は辞職せずにはすまないだろう。

  她挪用公司的公款，不辭職不行吧？

◆ **～ずじまい**　結果未能～；終究未能～

  勇気がなくて、彼に告白できずじまいになってしまった。

  因為沒有勇氣，所以終究未能向他告白。

09

◆ **～ところを**　在～的時候（表示某種場面、場景或狀況）
- 着替えているところを友人に見られた。　正在換衣服時，被友人看見了。

  ご多忙のところをすみません。　真抱歉在您繁忙的時候打擾。

◆ **～たところで**　即使～也（不）～

  これから頑張ったところで、明日のテストでいい点は取れないよ。

  即使現在開始努力，明天的考試也不會得到好分數。

◆ **～といったところだ**　充其量也只不過～；頂多不過～而已（用於低調評價或預測）
- 回復まで後もう少しといったところです。　還差一點點就可以恢復了。

◆ **～としたところで　・～にしたところで**　即使～也～
＝～としたって,～にしたって,～としても,～にしても
- 彼に頼んだとしたところで聞いてくれっこない。　即使拜託他，他也絕不可能聽我的。

10

◆ **～とて** ①就算～也～ ②因為（原因）

たとえ親だとて、お金は貸せません。　就算是父母，也不借他們錢。
10年も前の話とてぜんぜん覚えていない。　因為是10年前的事，根本記不得了。

◆ **～からとて**　不能因為～就～；雖說～也不～ = **～からといって**

お世話になった人からの頼みからとて全部受け入れるわけにはいかない。

不能因為是人情請託，就全盤接受。

◆ **～たりとて**　甚至～

・レポートはまだ1ページたりとて書いていない。　報告甚至連一頁都還沒寫。

◆ **～として**　①（最低數詞+として+否定述語）沒有例外，全部～　②假如

・お年寄りがバスに乗っても誰一人として席を譲ろうとしない。

即使有年長者乘坐公車，也沒有任何一個人想要讓座。
今出発するとして午後2時には着くだろう。　現在出發的話下午兩點會抵達吧？

11

◆ **～にして**　①甚至連～　②名詞並列添加　③表場所、時間、狀態

・これは天才の彼にして、やっと解けたといった難問だ。

這是個甚至連天才的他都好不容易才解開的難題。

祖父は漢方医にして、画家である。　祖父是中醫師，也是個畫家。
あの選手が17歳にしてプロデビューしたそうだ。

據稱那個選手僅僅十七歲就以職業選手出道。

Tip　也會用在強調用法上。

・一晩にして　一夜之間　　・不幸にして　不幸的是　　・一瞬にして　僅一瞬間
・幸いにして　幸虧　　　　・～にしてはじめて　只有～才
子供にしてはじめてこんなユニークな絵が描けるのだ。

只有小孩才畫得出這樣獨特的畫。

◆ **～にて**　①場所　②～的時候　③手段方法　④原因理由

お問い合わせはホームページと電話にてお願いします。　洽詢請利用首頁及撥打電話。
早朝会議は二階の大会議室にて開かれます。　早晨會議在二樓的會議室召開。
今日はこれにて終わりにします。　今日到此結束。
風邪にて欠席した。　因感冒而缺席。

12

◆ **～といい～といい**　無論是從～方面來說，還是從～方面來說，（這個）都是最好的

・ここのコーヒーは味といい値段といい最高だ。

這裡的咖啡無論是味道，還是價格都是最棒的。

◆ **～といわず～といわず**　　不論是A也好B也好都～

・ 黄砂がひどくて、目といわず口といわず砂ぼこりが入ってきた。

黃沙滾滾，眼睛嘴巴都進滿沙塵。

◆ **～というか～というか**　　說成是～還是～＝ **～といおうか～といおうか**

よく気がつくというか何というか、吉田さんはとても細やかな人だ。

要說是很注意細節呢，還是怎麼說呢，吉田是個非常細心的人。

・ 彼は単純といおうか素朴といおうか、とにかく一本気な人だ。

要說他是單純呢，還是樸素呢，總之是個直腸子的人。

◆ **～だの～だの**　　～啦～啦≒～とか～とか≒～やら～やら（用於列舉負面的事物）

・ いつも父はしょっぱいだの薄いだの母の料理に文句をつけている。

父親總是說太鹹啦、或者太淡啦，抱怨母親煮的菜。

・ 大学に入ったら合コンだの文化祭だの楽しいことがたくさんあるだろう。

上大學後，聯誼啦、文化季啦，有許多好玩的事情。

◆ **～つ～つ**　　一會兒～一會兒～；或～或～（兩動作交替進行）

ラッシュアワーの地下鉄の中は押しつ押されつで大変だ。

交通尖峰時段的地下鐵裡你推我擠，可真辛苦。

Tip　「～つ～つ」其他用語：

・ 持ちつ持たれつ　　互相扶持，互相幫助
・ 抜きつ抜かれつ　　競爭激烈；一下超過一下被超過
・ 食いつ食われつ　　吃與被吃；兩敗俱傷　　・追いつ追われつ　　互相追逐；伯仲之間
・ 行きつ戻りつ　　來來回回；徘徊

・ **～なり～なり**　　是～還是～；要嘛A要嘛B（二者取一的選擇）

何か悩み事があったら、一人でくよくよしないで、両親なり先生なりに相談しなさい。

有什麼煩惱的話，不要一個人悶悶不樂，跟父母或老師商量一下。

◆ **～なり**　　①以（自己的能力）～；與～相適　②即使～

・ 僕なりに頑張ったんだから、負けたといっても責めないでよ。

我已經盡我所能地努力，所以就算輸了，也別責怪我啦！

・ うろうろ探し回らないで、通りかかる人に聞くなりすればよかったものを。

不要徬徨打轉到處找，問一下路過的人就好了啊！

◆ **～なりとも**　　哪怕～；最起碼～

・ わずかなりともお役に立つことができれば幸いです。

哪怕只有一點點，能夠幫得上忙的話是我的榮幸。

◆ **〜わ〜わ**　〜啦〜啦（表示感嘆、詠嘆）
- 行楽日和のせいか、公園には人がいるわいるわ、週末でもないのに。
  不知道是不是天氣適合出遊的關係，公園好多人啊！明明就不是週末。

◆ **〜かれ〜かれ**　或〜或〜；不論是〜還是〜（只用於相對概念）
- 誰だって多かれ少なかれ、悩みごとは抱えている。　不論是誰，或多或少都有煩惱。

◆ **〜のやら〜のやら**　是〜還是〜（不清楚）（表列舉，輕微的疑問）
- この外国産のお菓子はおいしいのやらまずいのやらよくわからない。
  這個外國糖果，不知道是好吃還是難吃。
- 彼は落ち込んでいて、声をかけていいのやらそっとしておいたほうがいいのやらわからない。　他心情低落，我不知道要跟他說說話，還是不要理他就好。

13

◆ **〜ては**　如果〜可就；則〜
- こんな寒いところで寝ていては、風邪を引いちゃうよ。
  在這麼冷的地方睡著的話，會感冒喔！

・ **〜ては〜ては**　動作反覆進行
- 日曜はたいてい寝ては食べ、食べては寝てと、だらだら過ごしている。
  星期日大部分是睡飽吃，吃飽睡，懶散地過。

14

◆ **〜とばかりに**　好像在說〜；似乎在說
  彼女はいやとばかりにそっぽを向いている。　她把頭扭向一邊，似乎在說不願意。

◆ **〜たばかりに**　只因〜（後面主要接不好的結果）
  僕がミスしたばかりに岡田さんも残業する羽目になった。
  只因我的失誤，岡田也落得要一起加班的下場。

◆ **〜んばかりだ**　幾乎要〜；眼看就要〜
- 合格の通知をもらった彼は飛び上がらんばかりに喜んでいる。
  收到錄取通知，他高興得幾乎要飛起來。

◆ **〜んがために**　為了〜
- 今度の試合に必ず勝たんがために、昼夜を問わず猛烈に練習している。
  為了一定要贏這次的比賽，不分日夜地拼命練習。

◆ **〜んとする**　①即將要〜（舊文體書面用語）；　②想要〜（表示說話者決心）
- まさにバスに乗らんとしているところに、書類を忘れてきたことに気づいた。
  即將要上公車的時候，突然發現資料忘了帶。

答案及解析 P. 495

請選出最適合放進（）裡的選項。

1　最近、主人（　　　）息子（　　　）このゲームに夢中で困っている。

1 といい　　　　　　2 かれ　　　　　　　　3 だの　　　　　　　4 といわず

2　あおき　「この前貸した本、読み終わったら返してくれない？吉田が読みたいって言うんで。」

しょうた　「あ！ごめん。まだ1ページ（　）読んでないんだ。レポートで忙しくて。でも、明日返すよ。」

1 たりとて　　　　　2 からとて　　　　　　3 にて　　　　　　　4 とばかりに

3　家族に少しでも楽で幸せな（　　　）僕は一生懸命に働いているのだ。

1 生活をしようと　　　　　　　　　　　2 生活をせんとして
3 生活を過ごせんがために　　　　　　　4 生活をさせんとして

4　この問題は天才の雄太君（　　　）やっと解けたほどの問題だ。

1 にして　　　　　　2 にしては　　　　　　3 とすれば　　　　　4 と言わせれば

5　こんなに辛すぎては、おいしい（　　　）まずい（　　　）さっぱり分からないだろう。

1 わ　　　　　　　　2 かれ　　　　　　　　3 だの　　　　　　　4 のやら

6　散歩のつもりで近所を（　　　）商店街まで来てしまった。

1 歩くともなく　　　　　　　　　　　　2 歩くもなく
3 歩くともなると　　　　　　　　　　　4 歩くことなしに

7　梅雨には雨が（　　　）やみ、やんでは降る日が続く。

1 降り　　　　　　　2 降った　　　　　　　3 降ろう　　　　　　4 降っては

8 祖母に買ってもらったドレスは色（　　　　　）デザイン（　　　　　）申し分ない。

    1 といおうが　　　　2 というか　　　　　3 といわず　　　　4 といい

9 いくら頑張った（　　　　　）できないことはできないということが今更分かった。

    1 にして　　　　　　2 からとて　　　　　3 たりとて　　　　4 とあって

請選出最適合放進★位置的選項。

10 今は閑散 ＿＿＿ ＿＿＿ ★ ＿＿＿ でごった返すそうだ。

    1 ともなると　　　　　　　　　　　　2 としているが
    3 この町は花見客　　　　　　　　　　4 春の行楽シーズン

11 スポーツ選手 ＿＿＿ ＿＿＿ ★ ＿＿＿ けど、彼はラグビー選手なのに全然そうではない。

    1 とも　　　　　　　　　　　　　　　2 はずだ
    3 なれば　　　　　　　　　　　　　　4 体つきが変わってくる

12 うちはいつから ＿＿＿ ＿＿＿ ★ ＿＿＿ で海外旅行に行くことになった。

    1 ともなしに　　　　2 家族　　　　　　　3 正月の連休には　　　4 水入らず

13 担当教授の許可をもらう ＿＿＿ ＿＿＿ ★ ＿＿＿ できない。

    1 ことは　　　　　2 に　　　　　3 ことなし　　　　　4 論文のテーマを決める

14 人間は生き ＿＿＿ ★ ＿＿＿ ＿＿＿ 悪事をしてしまうこともある。

    1 ず　　　　　　　2 んが　　　　　　3 やむを得　　　　　4 ために

15 公園の桜の花が今日 ＿＿＿ ★ ＿＿＿ ＿＿＿ 咲き乱れている。

    1 を限りに　　　　2 ばかり　　　　　3 と　　　　　　　4 に

答案及解析 P. 496

請選出最適合放進（　）裡的選項。

1. 社長に（　　　）帰るわけにはまいりません。
   1 会っていただける限りは　　　　2 会っていただきたいとばかりに
   3 会わせていただけることなく　　4 会わせてくださるともなると

2. 夏休みにエベレストに（　　　）んがために毎日トレーニングしている。
   1 登り　　　　　2 登ろう　　　　　3 登れ　　　　　4 登ら

3. 両親は学校に行かず遊んでばかりいる息子を家から（　　　）の勢いで叱った。
   1 追い出せと　　　　　　　　　2 追い出しばかり
   3 追い出さんばかり　　　　　　4 追い出してばかり

4. 試合の結果が（　　　）アンチファンからは文句が出てくるでしょう。
   1 よかれあしかれ　　　　　　2 いいやらわるいやら
   3 いいというかわるいというか　4 いいとでもわるいとでも

5. 夕べの飲み会ではみんな（　　　）さされつ、盛り上がっていた。
   1 さして　　　　2 さしつ　　　　3 させつ　　　　4 さされつ

6. 大金を（　　　）、全財産を失ってしまった。
   1 儲けんとして　　2 儲けんばかりに　　3 儲けべく　　　4 儲けんためで

7. 彼女の行動は大胆（　　　）みんな困惑している。
   1 とも無地とも　　　　　　2 とでも無知とでも
   3 といわず無知といわず　　4 というか無知というか

8. 彼女は誰に言う（　　　）「もう 60 才になったのか」とつぶやいていた。
   1 ともなると　　2 ともすると　　3 ともなく　　　4 ともなしで

9 待つ（　　　　）きっかり約束の時間に彼が現れた。

1 ともなく　　　　　2 こともなく　　　　　3 こととなれば　　　　4 こととて

請選出最適合放進★位置的選項。

10 1時間もかかって___ ___ ★ ___ はすまない。

1 来て　　　　　　2 食べずに　　　　　3 この店のパンケーキを　　4 2時間も
並んだんだから

11 警察は23人も___ ___ ★ ___ だろう。

1 殺人犯を　　　　2 逮捕せず　　　　　3 殺した　　　　　4 にはおかない

12 吉田　　「あの白井選手ってすごいね。目立たない選手だったのに。」
佐々木　「え？ 目立たない？ 知らないくせに、そんなこと言わないでくれよ。
　　　　白井選手って12歳 ___ ___ ★ ___ いたんだよ。」

1 の　　　　　　　　　　　　　　2 にして
3 すでにプロ選手並み　　　　　　4 試合を披露して

13 こんな___ ★ ___ ___ 残念だ。

1 のは　　　　　　　　　　　　　2 ゴミやらが
3 捨てられている　　　　　　　　4 きれいな山に空き缶やら

14 4年前に宝くじに当たって___ ___ ★ ___ そうだ。

1 隣のおじさんは　　　　　　　　2 している
3 一晩にして大金を手にした　　　4 今はホームレス生活を

15 こんな渋い味は___ ★ ___ ___ ものだ。

1 熟練した　　　　　　　　　　　2 すばらしい
3 初めて出せる　　　　　　　　　4 シェフにして

答案及解析 P. 497

請選出最適合放進（）裡的選項。

① 本当に久しぶりに部屋の掃除をしたら、ごみが（　　　　）大型ゴミ袋に一杯になった。
1 出るというか出すというか　　　　2 出るわ出るわ
3 出るやら出ないやら　　　　　　　4 出るかれ出ないかれ

② 上司 「君のアイディアはよかったが、実現（　　　　）残念だったね。」
部下 「今回はだめでしたけど、採択されるようにもっと頑張ります。」
1 されるにいたって　　　　　　　　2 することになって
3 せぬことなく　　　　　　　　　　4 できずじまいで

③ 申し込みは郵送またはホームページ（　　　　）お願いいたします。
1 にして　　　　2 にて　　　　3 とて　　　　4 たりとて

④ しんいち 「きょうすけ、今日君らしくなく元気ないじゃん。どうした？」
きょうすけ 「ゆうべ、ぐっすり（　　）かなりの大きい地震が起きて目が覚めてからなかなか眠れなくて。」
1 寝ているところに　　　　　　　　2 寝ているともなく
3 寝始めなり　　　　　　　　　　　4 寝たところで

⑤ ヘソクリをどこかに隠しておいたけど、どんなに探しても（　　　　）だ。
1 見つからずにいられ　　　　　　　2 見つからずじまい
3 見つけずにすまなかったん　　　　4 見つけずにおいたん

6 生まれたばかりの赤ちゃんは一晩中（　　　）、寝ては泣いている。
1 泣いては寝て　　　　　　　　　　2 泣かずに寝て
3 寝てばかり泣かずで　　　　　　　4 寝ないでも泣くもなく

7 そんなひどいことを平気で言うなんて、馬鹿（　　　）無神経（　　　）、まったく。
1 というわ　　　　2 といわず　　　　3 というやら　　　　4 というか

8 その問題を今更（　　　）無意味だろう。
1 あれこれ話したところへ　　　　　2 あれこれ述べるところに
3 つべこべ言ったところを　　　　　4 つべこべ言ったところで

9 父は食事の時、しょっぱい（　　　）辛い（　　　）いつも文句ばかりだ。
1 なら　　　　　　2 だの　　　　　　3 というわ　　　　4 というか

請選出最適合放進★位置的選項。

10　ここ＿＿＿ ＿＿＿ ★ ＿＿＿ と信じております。

1 において
3 大いに役に立つ
2 で経験したことが
4 あなたの人生

11　この喫茶店は＿＿＿ ★ ＿＿＿ ＿＿＿ 週に一回は来ている。

1 とも
3 一時なり
2 ので
4 仕事のことを忘れさせてくれる

12　本日は大雪で＿＿＿ ★ ＿＿＿ ＿＿＿ 誠にありがとうございました。

1 悪いところを
3 足元が大変
2 いただきまして
4 たくさんの方にご参加

13　この年になって今更 ＿＿＿ ＿＿＿ ★ ＿＿＿ 昔の町の面影は何も残っていないだろう。

1 し
3 故郷に戻ってみた
2 ところで
4 幼なじみはみんな死んでしまった

14　子供の日 ＿＿＿ ＿＿＿ ★ ＿＿＿ でいっぱいだった。

1 とあって
3 家族連れ
2 人がいるわいるわ
4 遊園地に行ったら

15　鈴木教授の研究チームは＿＿＿ ＿＿＿ ★ ＿＿＿ に頑張っている。

1 ため
3 が
2 昼夜をとわず
4 研究を完成させん

15

◆ **〜ないまでも**　　雖不〜但起碼也〜

- 秋晴れとは言えないまでも、ピクニックにはちょうどいい天気だね。

  雖不能說是秋日晴朗，但起碼也是個適合野餐的天氣。

◆ **〜までもない**　　沒必要〜；用不著〜 = **〜ほどのことではない**

- 心配するまでもないよ。　用不著擔心喔！
- わざわざ行くまでもない。　沒必要特地去一趟。

◆ **〜てまで**　　甚至〜；不惜〜

- 借金してまで旅行に行く者は君ぐらいのものだ。

  不惜借錢都要去旅行的人，就你這種了。

◆ **〜までして**　　（Nまでして）　甚至〜；不惜〜

- いやな思いまでして、我慢することない。　不需要忍耐到甚至感到不快的程度。

◆ **〜ば／たら+それまでだ**　　如果〜就全完了

- いくらお金持ちだとしても、死んでしまえばそれまでだ。

  就算再怎麼有錢的人，兩腳一伸也就完了。

◆ **〜までだ　・　〜までのことだ**　　①大不了就〜；只好〜；　②只是〜而已

- 今回落ちたら、次また挑戦するまでだ。　這次落榜的話，大不了就下次再挑戰。
- 当然のことをしたまでで、お礼を言われるとかえって申し訳ないです。

  我只是做了該做的事，您跟我道謝我反而覺得不好意思。

16

◆ **〜ながら(にして)　・　〜ながらの**　　保持著（某種狀態）〜

- 昔ながらの町並みだ。　一如往昔的街道風景
- インターネットの普及によって自分の部屋にいながらにして世界の動向を知ることが

  できる。　因網路的普及，在自己的房間裡也能知道世界的動向。

  Tip　「〜ばがらに、〜ながらにして」其他用語：

  - いつもながらに　依舊如此地
  - 生まれながら(にして)　與生俱來
  - 家にいながら(にして)　待在家裡
  - 涙ながらに　流著淚

◆ **〜ながらも**　　雖然〜但是〜 = **〜つつも**

- 悪いと思いながらも、ついうそをついてしまった。　雖然覺得不好，但還是不由得撒了謊

17

◆ **〜なくして ・〜なしに** 　沒有〜　＝**動詞辞書形＋ことなく**

・ファンの応援<ruby>応援<rt>おうえん</rt></ruby>なくしては優勝<ruby>優勝<rt>ゆうしょう</rt></ruby>できなかっただろう。　沒有粉絲的支持，是不會獲勝的吧！

18

◆ **〜ならいざ知<ruby>知<rt>し</rt></ruby>らず ・〜ならまだしも** 　如果〜則另當別論；如果〜還情有可原

・郊外<ruby>郊外<rt>こうがい</rt></ruby>ならいざ知<ruby>知<rt>し</rt></ruby>らず、この金額<ruby>金額<rt>きんがく</rt></ruby>では市内<ruby>市内<rt>しない</rt></ruby>に家<ruby>家<rt>いえ</rt></ruby>を買<ruby>買<rt>か</rt></ruby>うのは無理<ruby>無理<rt>むり</rt></ruby>だ。

如果是近郊則另當別論，以這個金額是不可能在市區買房子的。

◆ **〜ならでは** 　〜特有的

・旅行中<ruby>旅行中<rt>りょこうちゅう</rt></ruby>、京都<ruby>京都<rt>きょうと</rt></ruby>ならではの風景<ruby>風景<rt>ふうけい</rt></ruby>を満喫<ruby>満喫<rt>まんきつ</rt></ruby>した。　旅行中盡情享受了京都才有的風景。

19

◆ **〜にたえる** 　值得〜

・この案<ruby>案<rt>あん</rt></ruby>は議論<ruby>議論<rt>ぎろん</rt></ruby>にたえるものではない。　這個提案不值得討論。

◆ **動詞辞書形＋にたえない** 　不值〜；不堪〜

　名詞＋にたえない 　不勝〜；非常〜

・彼<ruby>彼<rt>かれ</rt></ruby>の汚<ruby>汚<rt>きたな</rt></ruby>い言葉<ruby>言葉<rt>ことば</rt></ruby>は聞<ruby>聞<rt>き</rt></ruby>くにたえないものだった。　他的髒話是不堪入耳。

・彼女<ruby>彼女<rt>かのじょ</rt></ruby>の優勝<ruby>優勝<rt>ゆうしょう</rt></ruby>は喜<ruby>喜<rt>よろこ</rt></ruby>びにたえなかった。　她獲得優勝，喜不自勝。

◆ **〜にたる** 　足以〜；充分達到（做〜的條件）

・岡田<ruby>岡田<rt>おかだ</rt></ruby>さんは信<ruby>信<rt>しん</rt></ruby>じるにたる人物<ruby>人物<rt>じんぶつ</rt></ruby>だ。　岡田是個足以信任的人。

・何回<ruby>何回<rt>なんかい</rt></ruby>も修正<ruby>修正<rt>しゅうせい</rt></ruby>して出<ruby>出<rt>だ</rt></ruby>したデザインだが、課長<ruby>課長<rt>かちょう</rt></ruby>にとって満足<ruby>満足<rt>まんぞく</rt></ruby>にたるものではないらしくまた修正<ruby>修正<rt>しゅうせい</rt></ruby>を要求<ruby>要求<rt>ようきゅう</rt></ruby>された。　設計已修正過多次又提出，但對課長而言仍不滿意的樣子，再度要求修改。

◆ **〜にたりない** 　不足以〜；沒有充分達到

・あいつは信頼<ruby>信頼<rt>しんらい</rt></ruby>するにたりない人物<ruby>人物<rt>じんぶつ</rt></ruby>だ。　那傢伙是個不足以信賴的人。

20

◆ **〜べし** 　應該〜；必須〜

・学生<ruby>学生<rt>がくせい</rt></ruby>は勉学<ruby>勉学<rt>べんがく</rt></ruby>に励<ruby>励<rt>はげ</rt></ruby>むべし。　學生應該勤奮向學。

> **Tip** 【〜べき】的較古老用法。

◆ **〜べからず ／ 〜べからざる＋名詞** 　禁止〜／不應該〜；不能〜

・この先<ruby>先<rt>さき</rt></ruby>、入<ruby>入<rt>はい</rt></ruby>るべからず。　前方禁止進入。

・政治家<ruby>政治家<rt>せいじか</rt></ruby>としてやるべからざる行為<ruby>行為<rt>こうい</rt></ruby>をしてしまった。　做了身為政治家不該做的行為。

21

◆ **～べく** 為了～
- 日本の大学院に進学するべく、日本語の勉強に励んでいる。

 為了進入日本的研究所就讀，正努力精進日文。

◆ **～べくして** 該（發生的）就（發生了）
- その暴動は起こるべくして起こったということだ。 那起暴動的發生是必然的。

◆ **～べくもない** 當然無法～
- 僕の給料では一戸建ての購入は望むべくもない。 以我的薪水當然無望購買獨棟房屋。

◆ **～てしかるべきだ** 理應～；最適合～
- 留学を決めるには、親と相談してしかるべきだ。 決定是否留學，理應和父母商量。

◆ **～すべがない** 沒有任何方法可以去做～
- これ以上、なすすべがない。 已經無計可施。

◆ **動詞た形＋ためしがない** 從來沒有（先例）～
- ダイエットすると言って、続いたためしがないだろう。 說要減肥，從來沒有持續過吧？

 Tip 主要表達責難、不滿。

◆ **きりがない** 沒有盡頭；沒完沒了
- いちいち彼の要求を聞いていたらきりがないので、最初から無視したほうがいい。

 一旦應了他的逐一的要求就會沒完沒了，所以一開始就不理他比較好。

◆ **～おぼえはない** ①我不記得曾～； ②（V.られる-）你有甚麼資格來～（責難、批評）
- 彼にプレゼントなんかもらったおぼえはない。 我不記得他曾送禮物給我過。
- あなたにそんな皮肉を言われるおぼえはない。 你有甚麼資格那樣諷刺我？

◆ **動詞ます形＋たまえ** 表委婉的命令（男性用語）
- こちらに来たまえ。 過來這邊！
- 正直に言いたまえ。 老實說！

◆ **動詞た形／動詞辞書形／名詞の＋手前** 既然～就（不）～
- 一人でやって見せると言った手前、今になって助けを求めるわけにはいかない。

 既然說要自己一人做，事到如今也不能要求幫忙。

◆ **～だけましだ** （不好的狀態下）幸好還～

・ 交通事故で足に怪我をしたが、命が助かっただけましだ。

　因交通事故腳受傷了，不過幸好命還在。

◆ **～（くらい）なら、（むしろ）～方が（まだ）ましだ** 　與其～倒不如～還好一點

・ こんなまずいものを食うくらいなら、むしろペットフードの方がまだましだ。

　與其吃這樣難吃的東西，還倒不如吃寵物罐頭還好一點。

・ 君にあげるなら、捨てたほうがましだ。　要給你的話，倒不如丟了還比較好。

25

◆ **名詞＋以外の何物でもない** 　～以外什麼都不是；就是～

・ タイ人は時間にルーズだというが、それはただの偏見以外の何物でもない。

　據說泰國人缺乏時間觀念，但那就只是偏見。

◆ **い形容詞＋くもなんともない** 　一點也不～；根本不是～

・ そんなありふれた話、おもしろくもなんともない。

　那樣隨處都可聽見的故事，一點也不有趣。

◆ **名詞／な形容詞＋でもなんでもない** 　一點也不～；根本不是～

・ 病気でもなんでもないですよ。ただの疲労ですから、明日には治りますよ。

　根本不是什麼生病呀！只是疲勞而已，明天就會好了喔！

答案及解析 P. 498

請選出最適合放進（）裡的選項。

① 縄跳び？ 僕なら一分に 100 回と（　　　　）80 回ぐらいはできるよ。

1 はいってはそれまでで　　　　　　2 もいくまでで

3 はいかないまでも　　　　　　　　4 もいくにたえて

② 加藤　「最近、脅迫の手紙がしょっちゅう届いているんだ。送り先不明で。」

佐藤　「お前、昔付き合っていた女たちに悪いことでもしたんじゃないの？」

加藤　「え？ ないよ。 僕、付き合った女なんていないんだ。 だから、僕はだれ
　　　　かに（　　　　）！」

1 恨まれるときりがない　　　　　　2 恨まれるおぼえはない

3 恨んでたらそれまでだ　　　　　　4 恨むにたえない

③ 清水　　「オリンピックに出場した鈴木選手は金メダルを剥奪されたんだって。」

スズキ　「え？ どうして？ 禁止された薬物でも服用した？」

清水　　「そう、そう。（　　　　）優勝したかったのかな。」

1 そうするべくして　　　　　　　　2 そうしながらに

3 そこまでしたら　　　　　　　　　4 そんなことまでして

④ バレリーナの私がけがでこんなに足が使えなくなるなら（　　　　）ほうがましだ。

1 むしろ死んだ　　　　　　　　　　2 あいにく治した

3 あえて頑張った　　　　　　　　　4 ましてや譲った

⑤ 何と不謹慎な発言！ あんな人は政治家でも（　　　　）。

1 何もならない　　　　　　　　　　2 何でもない

3 何にもあたらない　　　　　　　　4 何もなってもない

6 神山とは卒業して以来、ずっと連絡を取っていないので、今連絡（　　　）んだ。

1 したきらいがある　　　　　　　　2 するふしがある

3 したかいがない　　　　　　　　　4 するすべがない

7 選手　「監督！ 僕には無理かもしれません。」

　　監督　「今までの苦労がもったいなくないか？ いくら練習してきたって（　　　）から。弱音を吐かずにもうちょっと頑張ろうじゃないか！」

1 あきらめたらそれまでなんだ　　　2 あきらめたほうがましだ

3 あきらめたところだった　　　　　4 あきらめるべくしてあきらめた

8 僕が責任を持ってやると（　　　）、今になって引くに引けないんだ。

1 話すてまえ　　　　　　　　　　　2 言ったてまえ

3 言い張ったからとて　　　　　　　4 断言したあげく

9 どんなにいいパソコンを持っていても、（　　　）。

1 一回使ってみてほしい

2 友人に貸したきりで戻ってこない

3 使わなかったらそれまでだ

4 こなすべく注意書きなどを読んでいる

請選出最適合放進★位置的選項。

10 無理して会うことなく＿＿＿ ＿＿＿ ★ ＿＿＿ なるしね。

1 その方が　　　　　　　　　　　2 彼が嫌いだったら

3 彼のためにも　　　　　　　　　4 会わないまでで

11 彼っていつも自信ありそうに＿＿＿ ★ ＿＿＿ ＿＿＿ ためしがない。

1 やりぬいた　　　　　　　　　　2 必ずやって見せますと

3 言うくせに　　　　　　　　　　4 一回も最後まで

12 学生　　「先生、日本語の語彙はどう覚えればいいですか。」
　　先生　　「語彙は覚える＿＿＿ ＿＿＿ ★ ＿＿＿ までのことですよ。」

1 また覚える　　　　　　　　　　2 そばから

3 一回覚えて忘れたら　　　　　　4 忘れるもので

13 状況が＿＿＿ ＿＿＿ ★ ＿＿＿ べきだ。

1 のだから　　　　　　　　　　　2 変わった

3 しかる　　　　　　　　　　　　4 会社の経営計画も見直されて

14 勝つ時は相手が＿＿＿ ★ ＿＿＿ ＿＿＿ 負けるものだ。

1 べくして　　　　　　　　　　　2 勝ち方もあるが

3 負ける時は負ける　　　　　　　4 ミスたりしてラッキーという

15 この製品を＿＿＿ ＿＿＿ ★ ＿＿＿ 調査を行った。

1 べく　　　　　　　　　　　　　2 をもって

3 中国で売る　　　　　　　　　　4 中国人の好みをいろんな方法

答案及解析 P. 499

請選出最適合放進（　）裡的選項。

① 留学生　「長い間、いろいろとお世話になり、感謝の念（　　　）。」
　　ホストファミリー　「いや、私たち家族も楽しかったわ。リーさんが帰っちゃう
　　　　　　　　　　　　とさびしくなるわ。また、日本に来たら必ず連絡してね。」

　　1 にたります　　　　　　　　　　　　2 にたえません
　　3 を言うべからず　　　　　　　　　　4 を表すまでのことです

② 彼女との約束でたったの一度も彼女がちょうど約束の時間に（　　　）。
　　1 現れたおぼえはない　　　　　　　　2 現れたきりがない
　　3 現れたきらいがある　　　　　　　　4 現れたためしがある

③ 気分を悪くさせようと思って言ったことではありません。ただ、自分の感想を
　　（　　　）のことです。
　　1 言ってしかるべき　　　　　　　　　2 言ってまで
　　3 言うだけ　　　　　　　　　　　　　4 言ったまで

④ 肉じゃがを作るには肉とじゃがいもはもとより醤油は（　　　）材料だ。
　　1 欠くべからず　　　　　　　　　　　2 欠くべからざる
　　3 足すべからず　　　　　　　　　　　4 足すべからざる

⑤ いつき　「え？洋介、こんな時間にここで何しているんだ？お店、一番忙し
　　　　　　い時間だろう？」
　　ようすけ　「マネージャーに任せてるから大丈夫、大丈夫。」
　　いつき　「『初心（　　　）』ってことわざ、あるだろう？お店はじめごろの心
　　　　　　構えを忘れるなよ。」

　　1 わすれるべく　　　　　　　　　　　2 わすれるべくもない
　　3 わすれるべからざる　　　　　　　　4 わすれるべからず

6　木村　「お前、結婚するんだって？しかも金持ちの 10 歳の年上の人と？ もしか
　　　　　して、お前、お金目当てっていうわけ？」
　　中村　「いや、違う！彼女のお金なんか（　　　　）んだ。ただ彼女を愛しているか
　　　　　ら結婚するまでなんだ。」

1 ほしいべくもない　　　　　　　　　　　　2 ほしくないでもない

3 ほしいまでだ　　　　　　　　　　　　　　4 ほしくもなんともない

7　うちは小型運送会社で年末年始やお中元ともなると、人手がたりなくて休暇なん
　　て（　　　　）。

1 望むおぼえがない　　　　　　　　　　　　2 望んでまでしている

3 望むべくもない　　　　　　　　　　　　　4 望ましくない

8　妻　　「え？そんな格好で出かける気？」
　　主人　「うん、なんで？高級レストランに行くなら（　　　　）、駅前の回転ずしだ
　　　　　ったらこの格好でいいじゃん。」

1 いざとなって　　　　　　　　　　　　　　2 行ったで

3 いいけど　　　　　　　　　　　　　　　　4 まだしも

9　みちこ「ダイエットなど（　　　　）悩みでくよくよしているの？ まったく！」

1 取るに足りない　　　　　　　　　　　　　2 考えるにたえる

3 悩むことなしに　　　　　　　　　　　　　4 収めるすべもない

請選出最適合放進★位置的選項。

10 仕事が大変でやめたいとか、辛いとかいう＿＿ ＿＿ ★ ＿＿ 何物でも ない。

1 のは
2 以外の
3 それは愚痴
4 無職の私からすると

11 類例のない大型ハリケーンで家が＿＿ ★ ＿＿ ＿＿。

1 吹き飛ばされたが
2 ましだ
3 だけ
4 家族みんな無事な

12 むやみに＿＿ ＿＿ ★ ＿＿ 確認して買いなさい。

1 必要なもの
2 かどうか
3 ちゃんと使うに
4 買わないで

13 日本人の友人の家に招待されてごちそうになったけど、＿＿ ＿＿ ★ ＿＿ だった。

1 家庭料理
2 ではの
3 心温まる素朴な味
4 なら

14 お茶＿＿ ＿＿ ★ ＿＿ 日本人のおばあさんは言った。

1 と
2 には
3 たった一日も生きられないよ
4 なし

15 健康にあまりよくないと知りながら＿＿ ＿＿ ★ ＿＿ 子供にファースト フードを食べさせる親がいる。

1 も
2 とて
3 自分が忙しい
4 から

最近文法考題較少出單純的句型連接，較多的是需要理解整句話的含意，才能選出答案的試題。請務必熟背下列嚴選的日常常用句，要熟練到看著中文就能說出日文句子的程度。

001	私はスポーツなんかにはまるで興味がない。	我對運動根本沒有興趣。
002	人間はそもそも何をもって幸せとするのだろうか。	人類究竟是依憑什麼而幸福呢？
003	あの時、その映画を見ていなければ、監督になることはなかった。	那時沒有看那場電影的話，我也不會成為導演。
004	彼は自分の過ちを決して認めようとはしなかった。	他絕不會承認自己的過錯。
005	10年前のことが昨日のことのように思い出される。	10年前的事彷彿昨日的事一般歷歷在目。
006	被害者が出てからでは遅い。事前の対策が求められる。	等到受害者出現就太遲了，要尋求事前對策。
007	この石像はうちの会社の象徴ともいうべき存在となっている。	這個石像可以說是本公司的象徵。
008	実際にやってみたら、意外と簡単にできるものだと思った。	實際上操作看看，會發現意外地容易做。
009	先に飲み物でも頼んじゃわないか。喉、渇いたよ。	要不要先點個飲料？喉嚨好乾喔！
010	なるべく早く見ていただけると助かるんですが。	如果您可以盡快看的話，我會很感激。
011	報告書の書き方にしても直接指導した方がいい。	即使是報告書的書寫格式，也最好直接指導。
012	家族へのお土産にと昆布とコンニャクを買った。	給家人的伴手禮，我買了昆布和蒟蒻。
013	この本を読み切るには半日では足りない。	要半天讀完這本書的話是不夠的。

014	店員に勧められるまま、要らない物まで買っちゃった。	在店員勸說下，連不需要的東西也買了。
015	首になった岡田さんは不当解雇として訴えを起こした。	被炒魷魚的岡田先生，他以不當解雇提起訴訟。
016	どうかご了承いただきますようお願い申し上げます。	感謝您的諒解。
017	間違いを犯しておいてお詫びもしないとは、失礼極まりない。	犯了錯也不道歉，是極為失禮的。
018	もう、1時過ぎか。どうりでお腹が 空いてるはずだ。	已經超過一點了啊！難怪肚子餓了。
019	手術したら、完全に治ることはないにしても病の進行速度を遅らせることができる。	即使手術不能完全根治，但能延緩疾病的惡化。
020	子どもを育てるのは母親でなくてはならないかというと、必ずしもそうではない。	談到育兒是否非母親不可，則未必是如此。
021	もう二度と彼と約束などするものかと固く心に誓った。	在心裡堅定地發誓，再也不可能和他約定什麼的了。
022	プロジェクトの問題点を指摘しようとしたにすぎず、そのもの自体に反対しているのではない。	只是想指出企劃案的問題點，並非反對企畫案本身。
023	ここ、ミシュランに選ばれただけあっておいしいね。	這裡不愧是獲選米其林（的餐廳），真美味啊！
024	僕がミスをしたばかりに、倉田さんも残業をすることになってしまった。	只因為我犯了錯，連倉田也跟著要一起加班。
025	こんな大事な情報が担当者に伝わっていないことからしておかしい。	從這麼樣重要的資訊並未傳達給負責人這一點來看，很奇怪。
026	僕たちはみんな10代で同世代ならではの話でいつも盛り上がっている。	我們大家都是十幾歲，有相同世代才有的話題，所以總是玩得很起勁。

027	「チューハイ」「ハイボール」というようなお酒は女性でも飲_のみやすい味_{あじ}だ。	「燒酒蘇打」「燒酒威士忌」這樣的酒是女性也很好入喉味。
028	お金_{かね}が好_すきなように使_{つか}える大人_{おとな}がうらやましいと思_{おも}うが、大人_{おとな}は大人_{おとな}で大変_{たいへん}なこともある。	我想你可能會羨慕大人能隨心所欲地用錢，但大人也有身為大人辛苦的地方。
029	母_{はは}は昔_{むかし}、柔道選手_{じゅうどうせんしゅ}だっただけあってがっちりしている。	母親不愧曾為柔道選手，身體很健壯。
030	どんな場合_{ばあい}であろうと、飲食_{いんしょく}の持_もち込_こみは一切_{いっさい}認_{みと}められていません。	不論任何情況，一概不允許攜入食物。
031	こんなきれいな風景_{ふうけい}も地元_{じもと}の人_{ひと}にしてみれば日常_{にちじょう}の一_{いち}部分_{ぶぶん}だろう。	這麼美麗的風景，在當地人來看也就是日常中的一部分吧？
032	御社_{おんしゃ}の社長_{しゃちょう}のことはよく存_{ぞん}じ上_あげています。	貴社社長，我很熟稔。
033	罰金_{ばっきん}を払_{はら}わずに済_すむものならそうしたいが、他_{ほか}に方法_{ほうほう}がない。	要是可以不罰錢就了事的話是很想這樣做，不過沒有其他辦法。
034	だめだと言_いわれると決_きまっているが、一度_{いちど}は頼_{たの}んでみよう。	對方鐵定會說「不行」，不過還是拜託看看。
035	暇_{ひま}な時_{とき}でいいから、僕_{ぼく}にもやり方_{かた}を教_{おし}えて！	空閒時間就可以了，請教教我做法！
036	この前_{まえ}の件_{けん}で、会社_{かいしゃ}での不正_{ふせい}はなくなるといえるだろか。僕_{ぼく}はそう思_{おも}わない。	因之前的事件，可以說公司內的不法行為已經消失了嗎？我不認為是那樣。
037	落_おち込_こんでばかりいても始_{はじ}まらないから、元気_{げんき}を出_だしてもう一度挑戦_{いちどちょうせん}するのだ。	總是意志消沉也無濟無事，拿出活力再挑戰一次。
038	もっと詳_{くわ}しく調査_{ちょうさ}をする必要_{ひつよう}があるとの報告_{ほうこく}があった。	報告表示有必要再進行更詳細的調查。
039	ここまで来_こられたのは支_{ささ}えてくれた家族_{かぞく}がいたからにほかならない。	可以走到今日，無疑是因為有支持著我的家人。

040	20年前の町の様子しか知らない僕にとってどこか知らない町に来たかのようだった。	對於只認識二十年前的城市樣貌的我來說，好像來到了一個陌生的城市。
041	妹とケンカして、謝っても許してやるもんかなんて思っていたのに意外にすぐ仲直りできた。	和妹妹吵架，原本想即使是道歉也絕不原諒，結果意外的馬上就和好了。
042	大人の鑑賞にたえるようなアニメ映画を作りたい。	想製作值得讓大人欣賞的動漫電影。
043	はたして彼の言った通りになるだろうか。	究竟是否會如他所言呢？
044	みんなが反論しようと、計画を変更するつもりはない。	即使大家持相反意見，也沒有更改計劃的打算。
045	この海は夏休みともなれば観光客でにぎわう。	一到暑假，這片海就因觀光客而熱鬧非常。
046	成功するもしないもあなた次第だ。	成功與否，都取決於你自己。
047	もっとおいしく作ってみせる。	我要做得更美味給你看。
048	会社から10分といったところだ。	離公司頂多不過是 10 分鐘。
049	悪天候であるがゆえに、今日の日程はキャンセルだ。	由於天候惡劣的緣故，取消今日的行程。
050	新しい政策で国民の心をつかもうとしたものの失敗に終わった。	想用新的政策抓住國民的心，但以失敗告終。
051	一日も早く全快されますようお祈りしております。	祈禱您早日康復。
052	原油価格の高騰を受けて国を挙げて省エネに取り組んでいる。	受到原油價格高漲的影響，舉國致力於節省能源。
053	次回改めて報告することといたします。	下回再向您報告。
054	手軽さゆえに缶コーヒーを一日に何本も飲んでしまう。	由於簡便，一天喝好幾瓶罐裝咖啡。
055	大人なら頂上まで２時間半といったところである。	成人的話，到頂峰為止頂多不過兩個半小時。

056	老舗旅館ならではの細やかな心遣いが行き届いている。	老字號旅館才有的周到體貼的照顧。
057	文法的には多少問題がある気がしないでもないが、内容はよくなっている。	雖然也不是沒有注意到文法上多少有些錯誤，但內容很不錯。
058	パーティーにでも行くわけじゃあるまいし、その華やかな格好は何？	又不是要去參加什麼派對，穿那麼華麗的服裝做什麼？
059	黒田選手！優勝された今のお気持ちをお聞かせ願えますか。	黑田選手！能麻煩您告訴我們獲得冠軍現在的心情嗎？
060	お酒の持ち込み禁止はいいとしてもお水の持ち込み禁止はひどい。	禁止帶酒也就算了，禁止攜帶水太過分了。
061	受け入れがたい現実に落胆している若者も多々いる。	也有很多年輕人面對難以接受的現實而灰心氣餒。
062	有名なレストランだからといって必ずしもおいしいというわけではない。	雖說是有名的餐廳，也未必就好吃。
063	成績が上位に入っているのみならずスポーツにおいても抜きんでている。	不僅僅成績名列前茅，體育方面也是出類拔萃。
064	課長が不在なら、この書類を秘書に預けてくればいいだけのことだ。	課長不在的話，只要把這個資料交給秘書即可。
065	大きい組織でのジレンマは避けようのないものだ。	在龐大組織內的困境是無法避免的。
066	自分をあたかも他人を見るが如く眺める。	望著自己 彷彿看著另一個人。
067	アイドルのコンサートが無料とあって大勢のファンが押しかけている。	因偶像演唱會免費，眾多粉絲蜂擁而至。
068	戦争で罪のない子供が亡くなったニュースを聞くにつけ心が痛む。	每當聽聞在戰爭中無辜的孩子死亡的新聞，心就很沉痛。
069	おととい、昨日と続けて大雪が降っている。	接連著前天、昨天，(今天也)下著大雪。

070	バイトの面接で色々プライベートな事を聞かれたあげく採用できないと言われた。	打工的面試中問了我許多私人問題，結果最後被告知不錄用。
071	急いで電車に飛び乗ったら、その電車は反対方向に走り始めたではないか。	急急忙忙衝入電車後，才發現那輛電車不正往反方向開嗎？
072	お客様に食事をお出しするうえでの注意点は何ですか。	在出餐給客人這方面上的注意事項為何？
073	大人になって自分はほんの小さな存在でしかないことに気づいた。	長大之後發現，自己只是個很微小的存在。
074	子供の時に悩んでいたことを大人になって考えてみると、ばかばかしく思えるくらいにちっぽけなことだった。	小時候煩惱的事，長大後再想想，就覺得那是愚蠢、芝麻蒜皮的小事。
075	まだできていないので、あと３日だけ待っていただくわけにはいきませんか。	因尚未完成，能否請您再等三天？
076	実は初めから野球選手になるつもりだったかっていうとそうじゃないんです。	說到「是否從一開始就打算成為棒球選手」的話，其實並非如此。
077	試験当日、試験会場で迷子になることのないように前もって見学しておくとよい。	為了避免考試當天在考場迷路，事前去參觀比較好。
078	家族のために熱心に働くのはいいが、家庭を犠牲にしてまでとなるとそれはちょっと問題だ。	為了家人勤奮工作是很好，不過要是不惜犧牲了家庭，那就有點問題了。
079	部長は部下がミスをしたら、たとえ自分には責任がなくても自分の責任になると考えている。	下屬犯了錯，即使責任不在自己，部長也會認為是自己的責任。
080	今でこそ一流歌手といわれる僕だが、もともとは小さな店で歌っていた。	現在的我雖然被稱做一流歌手，不過原來是在小小的店面駐唱。

081	姉は職探しに悩んでいるのかと思いきやそうでもないらしい。	原以為姊姊是為了找工作而煩惱，結果似乎並非如此。
082	わが社は2月で創立20年を迎えるのを機に中国に支社を置くことにした。	本公司決議，藉2月迎接創立20周年的機會，在中國設立分公司。
083	どんな理論でも、正確なデータによる証拠がなければ多くの人に受け入れられはしない。	不管什麼樣的理論，沒有正確資料來源的證據，大多數的人是不會接受的。
084	このソースには添加物をいっさい使っていません。	這個醬料一概未使用添加物。
085	その場の重い空気に体が引き締まる思いだった。	那時的沉重氣氛，令人感到身體緊繃。
086	このたび、大変ご迷惑をおかけしましたことを深くおわび申し上げます。	此次造成您極大的困擾，我們深表歉意。
087	吉田!こんなひどいミスを繰り返しちゃ、困るじゃないか!	吉田！你要是一直重複犯這麼嚴重的錯，我們很困擾！
088	卒業後の就職率が優良大学の条件の一つとなりつつあるようだ。	畢業後的就職率似乎逐漸成為優良大學的條件之一。
089	半ズボンはいて山へ?ハチに刺されでもしたらどうするの?	穿著短褲上山？要是被蜜蜂叮到或什麼的話怎麼辦？
090	自慢するほどのことではないが、生まれて一度も怒ったことがない。	雖不是什麼值得驕傲的事，不過我從出生到現在一次也沒有生氣過。
091	仲間が同じ失敗を繰り返したら、注意するべきでしょうか、すべきではないのでしょうか。	要是同伴一直犯同樣的錯誤，是該提醒他呢？還是不該提醒他呢？
092	今の私があるのも村田先生あってのことです。	是因為有村田老師才有現在的我。
093	いったん仕事を引き受けたからには最後までやり通しましょう。	一旦承接了工作就要做到最後。

094	ちょっと考えればさっきの話が**いやみ**だったことくらいわかるだろうに。	稍微想一下都能知道剛剛的話是找碴。
095	ジョンスン氏がリーダーになったのは能力**というより**人気によるところが大きい。	強森先生成為領導人，與其說是因為能力，主要是多虧了他的人氣。
096	開業した時の気持ちを**忘れさえしなければ**成功するだろう。	只要不忘開業時的心情就會成功吧？
097	5月になると**花という花**が咲き始めた。	一到了五月就百花齊放。
098	うちの犬は男の声がすると逃げてしまう。**どうやら**男の声が怖いようだ。	我家的狗一聽到男人的聲音就逃走，看來似乎是害怕男聲。
099	景気回復の傾向を**受けて**全ての企業の給与が上がるという。	據說受到景氣恢復傾向的影響，所有企業的薪資都上漲。
100	少し小さいと思いながら買ったズボンを履いてみたら、**履けなくはなかった**。	穿上之前雖然覺得略小還是買了的褲子 發現也不是穿不下。
101	当旅館はご宿泊いただいたお客様からのご意見を**頂戴しております**。	本旅館接受住宿客人的寶貴意見。
102	自分が間違ったときすぐ**謝ればいいものを**、僕はそれができない。	自己犯了錯馬上道歉就好了，可我卻無法做到。
103	もっと素直になれなかったことが**悔やまれてならない**。	對於沒能更坦誠一事感到懊悔莫及。
104	こんなにたくさんのお金があるなら、一生会社に**通わなくて済みそうだ**。	如果有這麼樣大筆的金錢，一輩子都不必上班了吧！
105	彼の予想が**見事なまでに**当たった。	他的預測神準命中。
106	斬新な商品の開発**なくして**会社の成長など**望みようもない**。	如果沒有創新的商品開發，無法冀望公司成長。
107	体にいい栄養素を多く**とったからといって**、より丈夫に**なるかというとそうでもない**。	雖說要多攝取有益身體健康的營養素，但說到能否變得更健壯，也並非如此。

108	歌手の今井さんが1000曲目にして最後となる歌を配信した。	歌手今井發布了第一千首，也是最後一首歌。
109	大規模なリストラが行われるのではないかと見られていたオソン企業が突然破産宣告をした。	預測可能將大規模裁員的Osone企業突然宣布破產。
110	午後9時に行ったら時間が時間だけに客は僕一人だった。	晚間九點的時候去，正因為是這樣的時間，客人只有我一個。
111	計画的かつ綿密な事前対策が必要である。	有計畫且周延的事前對策是必要的。
112	エベレストを十分な準備や情報なしに登るなんて危険極まりない行為だ。	沒有足夠的準備及資訊就攀爬珠穆朗瑪峰，是極為危險的行為。
113	犯人は充分反省していると言うが、私には一時的なことのように思われる。	犯人雖說已充分反省，但我看來只是一時的。
114	行楽日和とあっては公園は家族連れで混雑していた。	因天氣好適合出遊，公園擠滿攜家帶眷的人。
115	親友に言わせると僕は結構しつこい性格らしい。	依我好友的說法，似乎我個性相當固執的。
116	時間にルーズな彼のことだからずいぶん待たされるかと思いきや、きっかり約束の時間に現れた。	原以為沒有時間觀念的他會讓我等很久，結果他準時地在約定的時間出現了。
117	念願の大学に合格した時の嬉しさといったらない。	考取心願中的大學時，開心極了。
118	部長、新人の山田さんはしょっちゅう遅刻しますので、部長から一言おっしゃってくださいませんか。	部長，因為新人山田經常遲到，能否請部長說句話呢？
119	苦手な太田さんから映画に誘われてどうしたものかと悩んでいる。	我很不擅長應對的太田邀我看電影，正煩惱著不知道怎麼辦。

120	彼は政治家としてのみではなく、教育者としても活躍している。	他不僅僅作為政治家，作為教育者也很活躍。
121	たとえ相手がどんなに強いチームだろうと精一杯戦うつもりだ。	即使對手是再怎麼樣強悍的隊伍，都會盡全力迎戰。
122	この森のことを植林地としてのみではなく、水や空気を育む供給源ととらえるべきだ。	這片森林不僅僅是植林地也是水和空氣的供給源。
123	努力している分、きっといい結果があるだろう。	努力一定會有相應的回報。
124	おととし彼に一度会って、それっきりだから、今回会うのは2年ぶりだな。	前年見過他一次後，就再也沒碰面了。這次見面是隔了兩年了吧？
125	最初はただ読んでみようかぐらいの気持ちでしかなかった。	一開始只是抱著讀讀看的心情。
126	図書館は今年12月31日をもって閉館される。	圖書館將於今年12月31日閉館。
127	せめて気持ちだけでも国を感じてもらおうとベトナムの友達をベトナム料理屋につれて行ってあげた。	至少在心情上讓越南朋友懷念國家溫情，帶他去越南料理店。
128	少子化というが、10年前と比べて子供の数がはたしてどのぐらい減っているだろうか。	儘管說少子化，但比起十年前的孩童人口數，究竟減少了多少呢？
129	ご迅速な返答をいただければ幸いに存じます。	若您能盡速回覆的話，不勝感激。
130	それ、また使うから取っといてください。	那個還會用到，所以請你留著。
131	商品到着後は、付属の説明用紙をよくお読みになった上でお使いください。	商品送達後，請您閱讀過附上的說明書後再使用。
132	僕は子ども頃からの夢を夢で終わらせたくない。	我不想讓從小的夢想止於幻影。

133	今日は疲れたから、残りは明日やるとするか。	今天很累了，剩下的明天再做好了。
134	この歌はまた元気を出そうと**思わせてくれた**曲です。	這首歌是讓我想再打起精神的曲子。
135	冗談にも**ほどがある**と言われた。	被人說，開玩笑也要有個分寸。
136	犯人の**できるもんなら**捕まえてごらんというようなあの憎たらしい表情が忘れられない。	無法忘記犯人那個好像在說「可以的話就來抓看看呀」的可恨表情。
137	妻が気にしていないと言いながらも、睡眠不足になっている**ところを見ると**かなり心配しているらしい。	儘管妻子說著不在意，看她睡眠不足的樣子似乎是相當擔心。
138	この演劇、脚本も**さることながら**俳優の演技力がすばらしい。	這齣戲劇，劇本就不用說了，演員的演技也很精湛。
139	素人の僕みたいな人間**からすれば**プロの彼の能力はうらやましいばかりだ。	從我這個外行人來看，非常羨慕他的專業能力。
140	自分の**やれる限り**のことはやった。	我能做的事都做了。
141	太田さんは**反対されようとも**自分の意志を貫いてみせる人だ。	不管別人怎麼反對，太田就是個貫徹自己意志的人。
142	あのバンド は 今回のコンサート**を最後に**解散する。	那個樂團於這次的演唱會後將解散。
143	田中君が一人でやると言ったんだろう? **それを今になって**自分には無理だなんて無責任極まりないよ。	田中說過要自己一個人做吧？現在竟說自己沒有辦法，不負責任至極。
144	この数学の問題、どれだけ考えてみても分かんないん**だもん**。教えて!	這個數學題，我怎麼想就是想不通呀！教教我！
145	あの国会議員は「選挙中上げた政策を責任もって**実行してまいります**」と言った。	那位國會議員說：「選舉期間提出的政策會負起責任推行」。

146	彼の憎たらしさは日本一だと言っても過言ではない。	說他令人厭惡的程度是全日本第一也不過分。
147	お金というものはなかったらなかったで何とか生活できるものだ。	所謂的金錢就是，沒錢的話就用沒錢的方式想辦法過生活吧！
148	会長が参加することは職員に知らされておらず、突然の登場に職員たちは戸惑っていた。	會長要參加一事未事先通知員工，突然的出現讓職員們感到不知所措。
149	あの企業に僕が合格したなんてまさに奇跡としかいいようがない。	我錄取那家企業，簡直就只能說是奇蹟。
150	新婚旅行に来て喧嘩ばかり。最終日の今日こそ何も起こりませんように。	來蜜月旅行就一直吵架，今天是最後一天，希望什麼事都不要發生。
151	だんなはミルクを買うだけのことなのに30分もかけて選ぶ人で呆れてしまう。	丈夫明明只是去買個牛奶，竟花了半小時挑選，令人感到吃驚。
152	プレゼンテーションの準備を一人でやるのは新人の岡田さんには無理だ。	對於新人岡田來說是，他是沒有辦法一個人做簡報準備的。
153	姉は出不精で、外出といったら近所のコンビニ程度のものだ。	姐姐很懶得出門，要說外出的話，頂多就是去附近超商。
154	合併するに至った経緯及び合併の手続きについて説明がなされていた。	有關至合併的原委經過及合併手續，已經說明清楚。
155	経済成長にともない国民の所得は増加し、豊かな生活を送れるようになった。	隨著經濟成長，國民所得增加，開始能過上豐足的生活。
156	お取り寄せの商品をお届けに上がりたいのですが、午後のご都合はいかがでしょうか。	要配送您訂購的商品給您，不知中午過後是否方便？
157	いやみを言った彼が悪いけど、それくらいのことで怒った君も君だよ。	出口諷刺是他不對，但因為那點事就生氣，你也真是！

158	約束がある日は、早めに**帰るべく**仕事を急いでいても、**なぜか**急用ができたりする。	和人有約的日子，即使為了早點回家而趕工作，不知為何就是會有突發狀況。
159	父は雨だろうと雪だろうと自転車で出勤している。	下雨也好，下雪也罷，爸爸都騎腳踏車上班。
160	小言もあなたの**ため**を思ってのことだ。	唸你也是為了你好。
161	内田さんのリーダーとしての資質は**疑いようがない**ものの、リーダーになるにはまだ早い。	內田的領導人資質雖不容置疑，但成為領導人還嫌太早。
162	現場で働いている僕たちの立場**から言わせてもらえば**、現状は厳しいばかりです。	就我們第一線工作者的立場來看，狀況是越來越嚴峻了。
163	明日の会議、約束の時間を守れるか分からない。**間に合いそうになかったら**電話するよ。	明天的會議，我不知道能否準時。若看來趕不上的話會打電話。
164	この絵を見ているとほっとする**とでもいおうか**、なんだか心が温かくなってくる。	看著這幅畫，要說有放鬆的感覺嗎？總覺得心愈來愈暖。
165	大学院への進学のために会社を辞めたいが、人手不足で**辞めるに辞められず**困っている。	為了念研究所而想辭去工作，但因人力不足而辭不掉，可真困擾。
166	ワインについてなら人よりも詳しく**知っているつもりの**私でも、こんなおいしいワインは初めてだ。	關於紅酒的話，我自認為已比別人還了解，但是這麼好喝的紅酒連我也是第一次。
167	スキーが好きだという気持ちが**あればこそ**上手くなれるのだ。	正因為有喜歡滑雪的念想才能滑得好。
168	うちの犬、僕を自分の仲間だ**とでも**思っているようだ。	我家的狗好像認為我是牠的同伴。
169	国際交流が活発になった**現代にあっては**異なる文化を理解しようとする姿勢が重要だ。	身處於國際交流活絡的現代，想要去理解不同文化的態度是很重要的。

170	60代も後半となり、体力が衰えてきた。	也進入了六十幾歲的後半段，體力是越來越衰退。
171	薬も使いようによっては、毒となることもある	根據使用方式的不同，藥物有時也能成為毒藥。
172	この社会で生きている人なら、誰しも見えざる敵と戦っているものだ。	只要是生活在這社會上的人，任何人都在和看不見的敵人戰鬥中。
173	この調子だと締め切りに間に合わないことはまずないだろう。	按照這個狀態的話，應該不會趕不上截稿日吧？
174	お客様、ご希望の時間の新幹線が満席ですので、他の時間にご変更ねがいたいのですが……。	因客人您要的那個時間的新幹線已滿座，想請您改其他時間。
175	この慣習は、若者にぜひこれからも続けていってほしいものです。	這項傳統習俗，希望年輕人接下來也務必傳承下去。
176	一度提出した書類は返還いたしかねますので、ご了承ください。	資料一經提交就無法送還，請您諒解。
177	お年寄りをだましてお金を奪い取ろうとしたとして、ある女が逮捕された。	有個女人因欺騙老人意欲奪取金錢而被逮捕了。
178	田中夫婦は親に無理やり離婚させられそうになっている。	田中夫婦眼看就要被父母強行逼迫離婚。
179	これ、弟が乗っていた自転車だけど、要らないと言うの。よければ、もらってやってくれない？	這是弟弟騎過的腳踏車，但他說不要了。如不嫌棄，能替我收下嗎？
180	妻はどんなに高価であろうとほしいものは買ってしまう。	妻子不論多貴，想要的東西就會買。
181	お金の価値は使う人の使い方次第で決まるものだ。	金錢的價值取決於使用的人的使用方式。

182	バスをあまり利用しない僕にとってはバス代が上がろうと下がろうとどうでもいいことだ。	對於不怎麼搭公車的我來說，公車車資上漲還是降價，怎樣都無所謂。
183	有名なレストランの無料券もらったけど、よく見たらコーヒーだけがただっていうもんだった。	收到一張著名餐廳的招待券，仔細一看發現是只有咖啡免費而已。
184	当サイトにおいて一時支障が発生したことについて、深くお詫び申し上げますとともに、再発防止に努めてまいります。	對於本網站發生暫時故障一事，謹深表歉意，同時我們也致力防止再度發生。
185	彼女は両親の心配をよそに一人で世界旅行に出かけた。	她不顧父母親的擔心，一個人環遊世界。
186	彼は相手の意見を理解しようとも認めようともしない。	他不想理解也不想認同對方的意見。
187	毎日インターネットでゲームをしています。もっとも、テスト期間中はしませんが。	每天都在玩線上遊戲。話雖如此，在考試期間是不玩的。
188	お客様、お連れ様がおいでになりました。	客人，您的同行夥伴來了。
189	社長の都合次第で、打ち合わせの日程が変わった。	視社長的時間，更改洽談的行程。
190	世の中は結果こそが求められ、頑張ればいいというものではない。	社會上要求結果，並非努力就好。

擬真試題1

答案及解析 P. 501

問題 5　請選出最適合放進（）裡的選項。

① 60 歳を超えてだんだんと体力が（　　　　）。
1 衰えては高まり、高まっては衰える
2 衰えつつあることはいなめない
3 衰えつつ、健康に気を付けるようになった
4 衰えたら最後、取り戻すことができる

② 私たち姉妹は全然似ていなくて、私は母親似で、妹は父にそっくりで父親のコピー（　　　　）。
1 そのものだ　　　　　　　　　　2 それなりだ
3 そのまでだ　　　　　　　　　　4 それぐらいだ

③ このお菓子は外国籍のお客様が多い池袋店（　　　　）売っていない。
1 にばかりしか　　　　　　　　　2 でばかりしか
3 だけにしか　　　　　　　　　　4 だけでしか

④ 新しく引っ越したマンションは新築のマンション（　　）事故物件だという噂があるんだ。
1 といったって　　　　　　　　　2 としたところに
3 にしたなら　　　　　　　　　　4 にいおうとしても

⑤ 道具は使い終わったら、（　　　　）あったところに必ず戻すこと！
1 その都度　　　　　　　　　　　2 その頃
3 その毎　　　　　　　　　　　　4 その節

6 うちの子は学校で暴力をふるって、相手に大怪我を負わせたが、退学でなく
（　　　　）。

1 停学にすませた　　　　　　　　　　2 停学でおいた

3 停学にいられた　　　　　　　　　　4 停学ですんだ

7 高いコピー機でいろんな機能がついていても、使い方が（　　　　）。

1 分かってこなすことこの上ない

2 難解だけど、うまくこなせた

3 わからなくちゃ何にもならない

4 複雑にもかかわらず誰も使えなかった

8 監督　「あんな強いチームと戦って（　　　　）から、わるびれることなくベスト
　　　　をつくしてくれ！」

1 負けたらいけない　　　　　　　　　　2 負けてももともとだ

3 負けても負けた　　　　　　　　　　　4 負けやしない

9 クラシック音楽の起源（　　　　）音楽はないんでしょうか。

1 といったくらいの　　　　　　　　　　2 ともなる

3 といったような　　　　　　　　　　　4 ともあろう

10 なおき　「ゆうと君、お兄さんいるんだっけ？」

　　ゆうと　「いるよ。でも、兄は中学の時、家を出たきりで、10年以上も会ってい
　　　　　　ないので、（　　　　）なんだ。」

1 他人同然　　　　　　　　　　　　　　2 他人じみ

3 他人ぐるみ　　　　　　　　　　　　　4 他人仲間

問題 6　請選出最適合放進★位置的選項。

⑪ すずき　「めぐみさんにまたレポート頼まれた？　なぜ断らないんだ？」
　　ほしの　「うん、僕の女神の＿＿＿ ＿＿＿ ★ ＿＿＿断るわけにはいかないんだ。」
　　1 とあれば　　　　　　　　　　　　2 からとて
　　3 僕の都合が悪い　　　　　　　　　4 めぐみさんからの頼みだ

⑫ 素人の彼の絵は傑作 ＿＿＿ ＿＿＿ ★ ＿＿＿ できのいい物だ。
　　1 としても　　　　　　　　　　　　2 とまで
　　3 かなり　　　　　　　　　　　　　4 は言えない

⑬ 仕事をしていない姉は＿＿＿ ＿＿＿ ★ ＿＿＿ のに、クレジットカードでほしい物を
バンバン買ってしまう。
　　1 の　　　　　　　　　　　　　　　2 お金がないから
　　3 贅沢どころ　　　　　　　　　　　4 騒ぎじゃない

⑭ 彼は自分に＿＿＿ ＿＿＿ ★ ＿＿＿ 見れば相手にもしない。
　　1 近づいて　　　　　　　　　　　　2 役立つ人
　　3 と見れば　　　　　　　　　　　　4 役に立たないと

⑮ 母　「ちえ！　お母さんの財布見た？　隅々探したけど、ないのよ。私、病院に行っ
　　　てみなくちゃ。こんなに忘れっぽいなんて。」
　　娘　「お母さんの忘れ物 ＿＿＿ ★ ＿＿＿ ＿＿＿ 今さら病院に行くって？　これは病
　　　気ではなくお母さんの性格でしょう。」
　　1 に　　　　　　　　　　　　　　　2 って
　　3 ことではないでしょう　　　　　　4 今日に限った

問題 5　請選出最適合放進（ ）裡的選項。

① 僕が構想した事業を行う（ 　　　 ）多大なお金が要るので投資家を募った。

1 のも 2 とは

3 へと 4 には

② 10分以上の遅刻は欠席（ 　　　 ）ので、注意してください。それから、遅刻3回で欠席とします。

1 とみなす 2 となれます

3 とみえる 4 とくだす

③ スマイル自動車で働いている（ 　　　 ）、ライバル会社の車を買うわけにはいかない。

1 てまえ 2 たよりに 3 やさきに 4 はずみ

④ 企業同士の競争はまさしく人材の競争と（ 　　　 ）。

1 言ってもこしたことはない 2 言っても過言ではない

3 言っても言い過ぎだ 4 言ってはかまわない

⑤ 豚博物館とあるが、この豚をテーマとした博物館を市民たちがいぶかしく思う（ 　　　 ）。

1 のが困難だ 2 のでかなわない

3 ほうがましだ 4 のも無理はない

⑥ あの先生は自分が教えたことはすべて受験に出るんだと（ 　　　 ）。

1 言ってかなわない 2 言って忍びない

3 言ってはばからない 4 言ってたまらない

7　息子　「ああ、会社やめたいな。旅行にも出かけられないし。自由に旅行に行け
　　　　　た時が懐かしいな。」
　　母　　「そんな贅沢なことを（　　　）でしょう！仕事についているうちが幸せな
　　　　　のよ。定年退職したお父さんがいつもそう言っているでしょう。」
　　1 言ってもさしつかえない　　　　　　2 言う羽目になってはいけない
　　3 言ってる場合じゃない　　　　　　　4 言ってさわぎではない

8　学生　「先生、明日、何時までにお迎えに来たらよろしいでしょうか。」
　　教授　「明日はこっちではなく直接研究室へ（　　　　）たまえ。」
　　1 行き　　　　　　　　　　　　　　　2 行って
　　3 行っ　　　　　　　　　　　　　　　4 行く

9　えり　　「椎名君、遅いな。」
　　けいた　「いつものことじゃん。あと 10 分だよ。いつも 20 分ぐらい遅れるん
　　　　　　だ。」
　　えり　　「私たち先に行こうか。映画、始まっちゃうし。」
　　けいた　「もう少しだよ。10 分後に（　　　　）。」
　　1 来っこない　　　　　　　　　　　　2 来るってば
　　3 来るんだい　　　　　　　　　　　　4 来たんだ

10　すずき　　「今のアパートって狭くて、クーラーもないから暑いんだ。」
　　しまむら　「（　　　　）と文句言いながらも、もう 5 年も住んでるだろう？引っ
　　　　　　　越しちゃえば？」
　　1 古いつつも　　　　　　　　　　　　2 古いったら
　　3 狭いのなんの　　　　　　　　　　　4 狭くとも

問題6　請選出最適合放進★位置的選項。

11 無数の参加者は＿＿＿ ★ ＿＿＿ ＿＿＿ が 10 人にまとまった。

1 本選
2 をへて
3 に進める人
4 難しい審査

12 ゴミの空き缶や空き瓶も ＿＿＿ ＿＿＿ ★ ＿＿＿ になる。

1 かかっては
2 芸術家の
3 彼の手に
4 アート

13 寿司や刺身＿＿＿ ＿＿＿ ★ ＿＿＿ よく知られている。

1 など
2 といった
3 外国人にも
4 日本を代表する食べ物は

14 かんだ 「うわ！ 何、このすごい行列！」

めぐみ 「この店、平日でもすごく込んでいるけど＿＿＿ ＿＿＿ ★ ＿＿＿ 2、3時間は待たされるのよ。」

1 ときた日には
2 のように
3 今日
4 休日の前日

15 この業界で＿＿＿ ＿＿＿ ★ ＿＿＿ するなんて。

1 とした
2 10年も働いてきた君
3 ことが
4 こんなとてつもないミスを

問題 5　請選出最適合放進（　）裡的選項。

1　30年も住んでいた町を離れる（　　　　）しのびないんだけど、仕方ないな。
1 が　　　　　　　　　　　　　　　　　2 に
3 を　　　　　　　　　　　　　　　　　4 も

2　私は思春期にはあるアイドルが好きで、部屋の壁（　　　）壁にそのアイドルの写真をはっていた。
1 という　　　　　　　　　　　　　　　2 から
3 たる　　　　　　　　　　　　　　　　4 ような

3　妻　「今回の連休はずいぶん長いから、海外に出かけよう！」
　　夫　「そうだね。今回は七日もあるんだね。行きたいところある？」
　　妻　「これといって（　　　）けど、食べ物が多くて買い物ができたらどこでもいいよ。」
1 いい場所としたらいい　　　　　　　　2 いい場所があるにある
3 行きたいところがある　　　　　　　　4 行きたいところはない

4　恭介　「ああ、今学期も椎名教授の授業が聞けない。あの先生の授業はすぐ満員になるんだから！」
　　あきら　「椎名教授の授業は面白い（　　　）。だから人気があるんだよ。」
1 のなんのって　　　　　　　　　　　　2 からいいようなものだ
3 ことこのうえからだ　　　　　　　　　4 ばあいではない

5　（ある銀行のATMにはってあるお知らせ）当銀行に口座をお持ちでないお客さま（　　　）ATMがご利用いただけません。
1 におしては　　　　　　　　　　　　　2 に関しましては
3 におうじられては　　　　　　　　　　4 におかれましては

6 木村　「社長へのプレゼント、北海道産海産物を贈ったら、怒られるかな。」
　森田　「いや、社長は北海道の根室出身だよ。もらったら（　　　）、怒られるこ
　　　　とはないだろうね。」
　1 喜びは言わずもがなだが　　　　　　　2 喜びとあればいいが
　3 喜びこそすれ　　　　　　　　　　　　4 喜びはさておき

7 自分の家を買う時は売ることを（　　　　　）買うのは当たり前のことである。
　1 前提にして　　　　　　　　　　　　　2 およぼして
　3 かかげて　　　　　　　　　　　　　　4 余儀なくして

8 大食い大会で彼は 50 個のハンバーガーをあっという間に（　　　　）。
　1 食べておした　　　　　　　　　　　　2 食べてのけた
　3 食べさった　　　　　　　　　　　　　4 食べ足らずだ

9 子供は親（　　　　）になるのが当然だと思っている大人が多い。
　1 とありのまま　　　　　　　　　　　　2 のおため
　3 のおなり　　　　　　　　　　　　　　4 の言いなり

10 大介　「ああ、今年の夏休みも休めないんだなんて。グアムに行きたかったの
　　　　に。」
　恵子　「冬に行こうよ。今回は旅行に（　　）お金、貯めとこうよ！」
　1 行くとして　　　　　　　　　　　　　2 行ったつもりで
　3 行くとあって　　　　　　　　　　　　4 行ったがてら

[11] あの時、あの場所 ___ ___ ★ ___ んだろう。

1 なら
2 彼に会えなかった
3 私がいなかった
4 に

[12] (学校)

石井先生　「2年3組の新太郎君は ___ ★ ___ ___ よ。」

保坂先生　「でも、スポーツもできるし、気さくで、結構女子に人気あるみたい
　　　　　　ですよ。」

1 出したことがないわで
2 この先が思いやられます
3 宿題も一回も
4 毎日遅刻するわ

[13] 面接の時、自分の長所を ___ ___ ★ ___ 台無しになってしまった。

1 ものの
2 とした
3 アピールしよう
4 逆に浮いてしまって

[14] 会社が ___ ___ ★ ___ 次第でしょう。

1 職員
2 成長する
3 管理職をはじめ
4 もしないも

[15] 吉本　「課長、このプロジェクト、きっと会社に大きな利益をもたらすと思うん
　　　　　ですが。社長が反対したら…と思い、つい迷ってしまうんですが。」

課長　「迷うことはない。どんなに ___ ___ ★ ___ のことだ。僕が責任取る
　　　　　から、やってみな！」

1 実行
2 反対
3 するまで
4 されても

問題 5　請選出最適合放進（）裡的選項。

① 5分（　　　　）のスピーチで自分を十分アピールするのは至難のわざだ。あまりにも時間が短くて。

1 たらず　　　　　　　　　　　　　　　　2 のびす

3 みちる　　　　　　　　　　　　　　　　4 こす

② あんな無邪気だった君も世間の荒波（　　　　）、いつのまにか一人前の大人になったな。

1 になやまされて　　　　　　　　　　　　2 をさらして

3 にもまれて　　　　　　　　　　　　　　4 をつのって

③ 毎度、当デパートをご利用いただき、まことにありがとうございます。本日は9階（　　　　）夏物用品のセールを行います。

1 にて　　　　　　　　　　　　　　　　　2 でて

3 とて　　　　　　　　　　　　　　　　　4 へと

④ すずき　「毎月1万円を払って自動車を借りているの？ そんな高いお金を払う（　　　　）中古車を買った方が安く抑えられると思うよ。」

1 くらいのことで　　　　　　　　　　　　2 くらいなら

3 くらいのはずで　　　　　　　　　　　　4 くらいで

⑤ 森村！何だ、この報告書は！ちゃんと書式にてらして書いたか？書式も書式だけど、つじつまが合わない文章だらけで、いい加減にも（　　　　）んだよ。

1 ものがある　　　　　　　　　　　　　　2 きりがある

3 ほどがある　　　　　　　　　　　　　　4 かいがある

6　キム　「先生、この作文、目を通していただけないでしょうか。」

日本語の先生　「はい、少し（　　　）。ふーむ、文法が少し間違ってはいるけど、全般的にはよくできているね。」

1 ご覧になってもらうね　　　　　　　　2 拝借してもらうね

3 拝見させてもらうね　　　　　　　　　4 拝啓してもらうね

7　彼は地図一枚（　　　）ヨーロッパを歩き回った。

1 をたよりにして　　2 をよそにして　　　　3 をいのりにして　　　4 をかまけて

8　まだ予選を通過しただけだ。これくらいで浮ついてばかり（　　　）よ。僕たちの目標は予選通過ではなく優勝だぜ！

1 もがまんできる　　　　　　　　　　　2 はたえられない

3 はいられない　　　　　　　　　　　　4 もこらえられない

9　大学への入学（　　　）親から独立した。

1 をたよりに　　　　　　　　　　　　　2 を機に

3 をさいに　　　　　　　　　　　　　　4 をふしに

10　息子はあれから2か月（　　　）自分の部屋から出てこないでいる。

1 とあって　　　　　　　　　　　　　　2 というより

3 にしても　　　　　　　　　　　　　　4 というもの

問題6　請選出最適合放進★位置的選項。

11　雨も降っていて＿＿＿ ★ ＿＿＿ ＿＿＿団体客が入ってきた。

1 ことだし
2 と思ったとたんに
3 客足も絶えた
4 そろそろ閉店しようか

12　鈴木「試験、失敗したらどうしよう。」
佐藤「案ずるより産む易し！やって＿＿＿ ＿＿＿ ★ ＿＿＿ ですよ。」

1 で
2 だめだった
3 また挑戦するまで
4 だめだったら

13　隣のおじさん、自分が＿＿＿ ★ ＿＿＿ ＿＿＿人だ。

1 しない
2 わびも
3 間違っても
4 図々しい

14　遠く離れている彼氏に会いたがる＿＿＿ ＿＿＿ ★ ＿＿＿よくないんじゃないか。

1 それにかこつけて
2 その気持ちは
3 毎日お酒を飲むのは
4 わからなくもないが

15　世界有数の＿＿＿ ★ ＿＿＿ ＿＿＿伝えられた。

1 ニュースは
2 全世界に
3 驚きをもって
4 企業であるキング社の倒産の

問題 5　請選出最適合放進（）裡的選項。

① 待ち（　　　　）待った彼との初デートの日が明日に迫っている。

1 は
2 を
3 と
4 に

② 私がお酒を飲むのは何かめでたいことがある時（　　　　）だ。

1 くらいはず
2 くらいのもの
3 くらいなら
4 くらいのわけ

③ 受験に失敗したこと（　　　　）僕の人生は大きく変わった。

1 をおりに
2 をなみに
3 をたよりに
4 をさかいに

④ 今年の冬は平均気温 11 度で、例年（　　　　）の寒さとなる見込みです。

1 なみ
2 ふし
3 たび
4 やさき

⑤ 特別な事情がなければ、明日のボランティア活動にみんな参加する（　　　　）します。

1 ところに
2 ものと
3 ばかりと
4 わけに

6 姉と私は子供の時（　　　）母にこっぴどく叱られたものだ。

1 ケンカしては　　　　　　　　　　2 ケンカしたところで

3 ケンカとして　　　　　　　　　　4 ケンカしたことだし

7 課長「花子さん、結婚している？」

花子「課長、自分が結婚して（　　　）働くのに何か差支えがあるんでしょうか。」

1 いうといわないまいと　　　　　　2 いおうかいうまいか

3 いおうのいうまいの　　　　　　　4 いようといまいと

8 風邪気味の時は何より薬を飲んでぐっすり寝る（　　　）よ。

1 にします　　　　　　　　　　　　2 に限ります

3 くらいです　　　　　　　　　　　4 ほどのものです

9 今回のオリンピックではどの種目でも金メダルの獲得を失敗して、マラソン（　　　）最下位だった。

1 にとて　　　　　　　　　　　　　2 にかぎって

3 をおいても　　　　　　　　　　　4 にいたっては

10 そんな無謀な指示を出した上司も（　　　）それに従う部下も部下だな。

1 上司からの　　　　　　　　　　　2 上司だって

3 上司なら　　　　　　　　　　　　4 上司からして

問題 6　請選出最適合放進★位置的選項。

11　一人ででできそうになかったら＿＿＿ ＿＿＿ ★ ＿＿＿ どうしようも ないよ。

1 こと
3 もっと早く助けを求めてたら

2 よかったものを
4 ここにいたっては

12　（写真を見ながら）

けんじ 「この人、お兄さん？お前、双子なの？」

ゆうと 「うん、僕たち兄弟って＿＿＿ ★ ＿＿＿ ＿＿＿ 双子っていう感じかな。」

1 似ても
3 似つかぬ

2 ようで
4 似ている

13　日本の老人福祉制度や施設は＿＿＿ ★ ＿＿＿ ＿＿＿ できている。

1 ほど
3 にならない

2 よく
4 我が国とは比べもの

14　夫 「この前、引っ越してきた隣の子、道で会っても挨拶どころか目もくれない、
　　　なんて無愛想な子なんだ！」

　　妻 「昨日、回覧板をまわしに隣に行ったら、お母さんのような人が出て、
　　　『何？』と一言冷めた表情で言うのよ。親＿＿＿ ＿＿＿ ★ ＿＿＿ なんだから
　　　その子がそのようなのもむりもないよ。」

1 が
3 にして

2 から
4 そう

15　彼は日本語能力試験のＮ１の合格の通知を受け取って＿＿＿ ＿＿＿ ★ ＿＿＿。

1 していた
3 顔を

2 叫ばんばかり
4 の

答案及解析 P. 507

問題 5　請選出最適合放進（　）裡的選項。

① 落合健一選手はオリンピック初出場で、銅メダル（　　　）は、よく頑張った
ものだ。
1 も　　　　　　　　　　　　　2 と
3 に　　　　　　　　　　　　　4 が

② こちらにお越しになった（　　　）は、ぜひうちにいらっしゃって いただけたら
何よりです。
1 ふしに　　　　　　　　　　　2 たびに
3 なみに　　　　　　　　　　　4 おりに

③ このテレビ、ずいぶん前に買ったのだけど、これがつい最近壊れてしまったんで
す。そこでどうか（　　　）と電気屋さんに聞きに行きました。
1 直さないものか　　　　　　　2 直せないものか
3 修理しないものか　　　　　　4 修理させないものか

④ 誰に（　　　）あなたに関係ないでしょうが。
1 会わんと　　　　　　　　　　2 会いように
3 会おうと　　　　　　　　　　4 会ってからこそ

⑤ 応援しているチームが負けそうで、ファンたちは（　　）「頑張って！」と叫ん
でいる。
1 声ずくめで　　　　　　　　　2 声をいたって
3 声を最後にして　　　　　　　4 声を限りに

6　その諮問機関は 12 人の技術者（　　　）いる。

1 からきて　　　　　　　　　　　　2 からして

3 からあって　　　　　　　　　　　4 からなって

7　彼の行動に納得いかなかったが、事情を聞いてわずか（　　　　）共感できた。

1 なりとも　　　　　　　　　　　　2 たりとも

3 たるもの　　　　　　　　　　　　4 なるとて

8　芭蕉は当代（　　　）俳人であった。

1 あっての　　　　　　　　　　　　2 きっての

3 とっての　　　　　　　　　　　　4 そっての

9　5 年（　　　）の都市区画整理計画がやっと実現した。

1 ごし　　　　　　　　　　　　　　2 つけ

3 どめ　　　　　　　　　　　　　　4 きり

10　石川　「あら、どうしたの？今日はなんか木村さん（　　　　）元気ないじゃん。」
　　木村　「飲みすぎです。夕べ、課長にバンバン飲まされて。」

1 にかなわず　　　　　　　　　　　2 に似合わず

3 におかず　　　　　　　　　　　　4 にとどまらず

457

問題 6 　請選出最適合放進★位置的選項。

11 不審者が家の前を＿＿＿ ＿＿＿ ★ ＿＿＿ パトカーのサイレンの音がして安心した。

1 行きつ戻りつ
2 まもなく

3 していて
4 110番に通報したことろ

12 上司の長井部長は＿＿＿ ★ ＿＿＿ ＿＿＿ 朝からうるさいんだ。

1 今日
2 とて

3 今日も
4 口うるさい人で

13 子供ビールを発売した会社側は＿＿＿ ★ ＿＿＿ ＿＿＿ と語った。

1 子供も
2 と考えて作った

3 ノンアルコールの飲み物だ
4 飲めるようなビールを

14 このたび、社内で発生した不祥事に関して＿＿＿ ＿＿＿ ★ ＿＿＿ があった。

1 詳細な調査を行うことと
2 との報告

3 根本的な原因を特定する
4 これからの予防策の必要性がある

15 島根「鈴木くん、あそこにいる人がトムラ商事の社長だよ。知っている？」
　　鈴木「はい、仕事上で＿＿＿ ＿＿＿ ★ ＿＿＿ あり、よく存じあげています。」

1 と
2 ことが

3 いろいろ
4 お世話になった

問題 5　請選出最適合放進（）裡的選項。

① ハリウッドスターが来るとあって 3000 人（　　）人が駆けつけていて、空港が大混雑だった。

1 との　　　　　　　　　　　　　　2 への

3 もの　　　　　　　　　　　　　　4 までの

② 妻　「あら、台風、接近しているっていうのに、よく晴れてるわね。雲一点ないわ。」

夫　「いや、雨が（　　）だから、傘持って出かけなよ。」

1 降るべからず　　　　　　　　　　2 降ることもあって

3 降らんばかり　　　　　　　　　　4 降ることもなきにしもあらず

③ 村田　「しいなさんは焼肉の食べ放題の店でバイトしているでしょう？いいな、その日売れ残ったものが食べられて、それに持ち帰りもできるでしょう？」

しいな　「うん、店が終わったらみんなで食べるのよ。でも、どんな（　　）残った飲食を外に持ち出すことは、いっさい認められていないんだ。」

1 理由いかんで　　　　　　　　　　2 理由であるとはいえども

3 理由があろうと　　　　　　　　　4 理由からいって

④ けいこさんは（　　）よく面倒をみるので、周りの人に好かれていたが、それが詐欺の始まりだったとは。

1 だれかれとなく　　　　　　　　　2 だれもかもが

3 だれこれかした　　　　　　　　　4 だれかしらだれも

⑤ 考えに考えて自ら謝りに訪ねたが、彼女は帰れ（　　）ドアを閉めた。

1 と思いきや　　　　　　　　　　　2 ときたら

3 とばかりに　　　　　　　　　　　4 ところを

6 　（ある店の予約方法のお知らせ）
　　ご来店予定の店舗へ直接お電話（　　　）ご予約の内容をお伝えください。
　　1 にて　　　　　　　　　　　　　　　　2 とて
　　3 もって　　　　　　　　　　　　　　　4 とおして

7 　この映画の人気はハリウッドスターの演技力（　　　）、美しい映像によるところ
　　が大きいと思う。
　　1 をものともしない　　　　　　　　　　2 はとりもなおさず
　　3 もなおざりにして　　　　　　　　　　4 もさることながら

8 　かんだ 「ねえ、たくや！今日はここまでにしようか。一段落ついたことだし。」
　　たくや 「そうだね。じゃ、残りは明日（　　　　　）。」
　　1 やるとするか　　　　　　　　　　　　2 やろうとしているか
　　3 やりはするから　　　　　　　　　　　4 やってはいるから

9 　当サイトにおける各サービスをご利用されるに先立って、利用規約を（　　　）お
　　申し込みください。
　　1 ご覧のあまり　　　　　　　　　　　　2 ご覧になったあげく
　　3 ご覧になった上で　　　　　　　　　　4 ご覧くださった上に

10 激しい競争を勝ち抜いて、この企業に採用された時のうれしさ（　　　　　）。
　　1 といったらない　　　　　　　　　　　2 にすぎない
　　3 ほどのことではない　　　　　　　　　4 ともかぎらない

問題 6　請選出最適合放進★位置的選項。

⑪ カニ食べ放題の店に行ったら＿＿＿ ＿＿＿ ★ ＿＿＿ 意外にはやく入れた。

1 こと

2 と思いきや

3 たくさんの人が並んでいて

4 1時間以上は待たされる

⑫ 親友に連れていってもらった焼肉屋のカルビは＿＿＿ ★ ＿＿＿ ＿＿＿ と思った。

1 有名な店

2 おいしさで

3 納得のいく

4 だけのことはある

⑬ 1日に2リットルの水を飲んだ方がいいと言うが、1日に摂取すべきお水の量は人によって違うし、むやみに多くとった＿＿＿ ＿＿＿ ★ ＿＿＿ ものでもない。

1 より健康になる

2 かというと

3 からといって

4 そういう

⑭ 「常に新商品の開発の研究に身を惜しまないみなさん＿＿＿ ★ ＿＿＿ ＿＿＿ ない」と社長は研究職員たちを励ましている。

1 など

2 会社の成長

3 望みようも

4 なくして

⑮ 旅行先で、きれいな風景に感動して＿＿＿ ＿＿＿ ★ ＿＿＿ だろう。地元の人にとっては日常の風景なのだから。

1 私たちの姿は

2 不思議

3 地元の人にすれば

4 騒ぎながら写真を撮っていた

461

問題 5 　請選出最適合放進（　）裡的選項。

1　鈴木　「佐藤さん、バイトしてるでしょう？ いくらもらっている？」
　　佐藤　「火、木、金、日（　　　　）バイトしてもらえるお金は 12 万円ぐらいで
　　　　　す。」

　　1 に　　　　　　　　　　　　　　　　　2 と
　　3 も　　　　　　　　　　　　　　　　　4 が

2　文部科学省はスポーツ人材の育成やスポーツ環境の整備を総合的（　　　　）計画
　　的に取り組む施策を発表した。

　　1 かつ　　　　　　　　　　　　　　　　2 むしろ
　　3 ついては　　　　　　　　　　　　　　4 かえって

3　こちらのページでは、アンケートやメールで（　　　　）お客様の声を掲載させて
　　いただいております。

　　1 なさった　　　　　　　　　　　　　　2 差し上げた
　　3 頂戴した　　　　　　　　　　　　　　4 おいでくださった

4　今の私があるのも担当教授の箕輪先生（　　　　）ことです。

　　1 あっての　　　　　　　　　　　　　　2 からなる
　　3 あるがゆえ　　　　　　　　　　　　　4 からの

5　娘　　「ママ、帰り道にかわいい猫見たの。飼っちゃダメ？」
　　母親　「だめよ。ノラ猫でしょう？ それに、ノラ猫や犬に絶対触っちゃだめよ。
　　　　　万が一（　　　　）大変でしょう。」

　　1 かまれさえしたら　　　　　　　　　　2 かまれでもしたら
　　3 かませるなどしても　　　　　　　　　4 かまさせるくらいしても

6 このたび、当サイトにおいてトラブルがあり、ご利用される皆様に大変ご迷惑を
おかけしましたことを深く（　　）。大変申し訳ございませんでした。

1 わびていただきます　　　　　　　　2 わびていらっしゃいます

3 おわびしていただきます　　　　　　4 おわび申し上げます

7 子を産んで愛情を注いで育てるのはいいけど、自分を犠牲に（　　）それはちょ
っと納得いきません。

1 すべきではないのは　　　　　　　　2 までしたから

3 してまでとなると　　　　　　　　　4 したはずだったら

8 けいた　　「お前、今バイトの時間じゃないの？」

たろう　　「やめたんだ。バイト先の社長がひどい人で、バイトの初日に6時間
もさんざん（　　）"君はこの仕事にむいてないようだからやめてほ
しい"ってよ！」

1 働いたかと思ったら　　　　　　　　2 働かれたとたんに

3 働かせられたすえに　　　　　　　　4 働かせたあまりに

9 この映画、すごいよ。他人の命令によって仕方なく人を（　　）運命になった
ある男のストーリーで、最後の場面が圧巻なんだ。ぜひ見て！

1 殺せそうになる　　　　　　　　　　2 殺されそうになる

3 殺させそうになる　　　　　　　　　4 殺させられそうになる

10 （アンケート用紙）
弊社の製品をご利用の上で、どのようなご感想をお持ちになったかを（　　）。

1 お聞きいただけません　　　　　　　2 お聞かせ願えますか

3 お話になるでしょうか　　　　　　　4 お話申し上げましょうか

問題 6　請選出最適合放進★位置的選項。

11　150 年の伝統を＿＿ ★ ＿＿ ＿＿ が楽しめた。

　　1 職人の手によって　　　　　　　　2 誇る会席料理専門店

　　3 丹念に作り上げられた料理　　　　4 ならではの細心なサービスや

12　以前は「うに丼」を食べに北海道までわざわざ行かなくちゃいけなかったのに

　　＿＿ ＿＿ ★ ＿＿ ゆえに人気を集めている。

　　1 それが手軽さ　　　　　　　　　　2 サービスがあって

　　3 今は電話一本で　　　　　　　　　4 自宅まで届けてくれる

13　この山は思ったより険しくて＿＿ ★ ＿＿ ＿＿ かかるかもしれない。

　　1 半日も　　　　　　　　　　　　　2 お年寄りなら

　　3 成人の男で　　　　　　　　　　　4 頂上まで 3 時間半だから

14　女子フィギュアの＿＿ ＿＿ ★ ＿＿ 引退すると発表した。

　　1 キムヨナは　　　　　　　　　　　2 歴史に残る名選手

　　3 現役フィギュア選手を　　　　　　4 ソチ五輪を最後に

15　会社に通っていない＿＿ ★ ＿＿ ＿＿ ことだ。

　　1 天気なんか　　　　　　　　　　　2 私にとっては

　　3 どうでもいい　　　　　　　　　　4 雨が降ろうと雪が降ろうと

問題 5　請選出最適合放進（ ）裡的選項。

① 森田　「フグって毒があるから、食べたら死んじゃうんだって！」

　　東　　「バカなこと言うなよ！ 私たちが食べているのは毒を抜いたやつで大丈夫なんだ。 もし、少しぐらい食べても死に（　　）しないよ。 」

　　森田　「違うって。 フグの毒は猛毒だから、少しだけでも死ぬんだってよ。」

　　1 は　　　　　　　　　　　　　　2 も

　　3 が　　　　　　　　　　　　　　4 と

② 弘樹　「たけしさん、レポート、書き終わった？」

　　武志　「ううん、まだ。 レポートのテーマも（　　　）。」

　　1 決めないもんか　　　　　　　　2 決めないだっけ

　　3 決めないからって　　　　　　　4 決めていないもん

③ 試験中のどんな質問に対してもお答えは（　　　）ので、ご了承ください。

　　1 いたしかねます　　　　　　　　2 いたしかねません

　　3 さしあげかねます　　　　　　　4 さしあげかねません

④ うちのチームが先立って行っていたプロジェクトが、唐突に中止させられた。 その理由も（　　　）チームの雰囲気は隕石が落ちたかのようだ。

　　1 知らされていないと　　　　　　2 知られたためか

　　3 知らされておらず　　　　　　　4 知られつつも

⑤ 先生に教えていただいた通りに問題を解いていけば、（　　　）不合格ということはないだろう。

　　1 よく　　　　　　　　　　　　　2 まず

　　3 なかなか　　　　　　　　　　　4 かりに

6 芸能人のアンさんが病気で入院しているが、はやく回復してこれからもユニークな活動を（　　　）。

1 続けていくことにするだろう

2 続けていくことにしよう

3 続けていってほしいものだ

4 続けてくることでしょう

7 木村　「旅行、楽しかった？」

落合　「それがね、向こうに着いてすぐ、かばんをひったくられそうになって…。それにずっと豪雨に強風だったので、全然海で泳げなかったのよ。最終日の前日にはどうか明日こそ何も（　　　）と祈りながらベッドに入るくらいだったよ。」

1 起こしませんように

2 起きられそうにならない

3 起きませんように

4 起こされませんように

8 観光客「すみません、私のスーツケース、こちらに（　　　）でしょうか。」

1 お置きにしてもいい

2 お置きくださってもいい

3 置かせてくださってよろしい

4 置かせていただいてもよろしい

9 えり　「彼がそんなに好きなの？みえちゃんに目もくれないのに？」

みえ　「うん、彼を見ていると幸せになる（　　　）、彼のそばにいられるだけでいいよ。」

1 といわないか

2 というだろうが

3 というか

4 というだろうから

10 店員　「お客さま！お探しの服がどのようなものか、その特徴を（　　　）、至急お探しいたしますが。」

1 伺いたいのですが

2 お聞きになれたら

3 申し上げていただいたら

4 おっしゃっていただければ

問題 6　請選出最適合放進★位置的選項。

11 「働かざる者、食うべからず」とは＿＿＿ ★ ＿＿＿ ＿＿＿意味で、ロシアの革命家レーニンが言った言葉だ。

1 という　　　　　　　　　　　　2 べきではない
3 働かない人は食べる　　　　　　4 ことも許される

12 最近太ってきてその原因を考えてみたら、＿＿＿ ＿＿＿ ★ ＿＿＿ していることに気がついた。

1 何しろ外出　　　　　　　　　　2 近所に出かける程度のもので
3 一日中家でごろごろ　　　　　　4 といったら

13 出張先で仕事を済ませて、東京へ出発しようとしたが、豪雪で＿＿＿ ＿＿＿ ★ ＿＿＿困っていた。

1 出発できず　　　　　　　　　　2 足を奪われて
3 出発するに　　　　　　　　　　4 出発したいが

14 中村　「健一君って見よう＿＿＿ ＿＿＿ ★ ＿＿＿顔立ちしていると思わない？」
渡辺　「そうそう。僕もそう思ったよ。髪の毛長くして、スカート履かせたらまるで女のようだよな。」

1 にさえ　　　　　　　　　　　　2 によっては
3 女のよう　　　　　　　　　　　4 見える

15 岡田記者は＿＿＿ ★ ＿＿＿ ＿＿＿戦場に向かった。

1 家族　　　　　　　　　　　　　2 自分の命も

3 どころか　　　　　　　　　　　4 かえりみず

問題 5　請選出最適合放進（）裡的選項。

① 留学に来て 1 年（　　　）2 年はすぐ過ぎちゃってもう 3 年目だ。

1 も　　　　　　　　　　　　　　　2 が

3 や　　　　　　　　　　　　　　　4 で

② 小学校の同級生に会ったら、みんな子供のころに（　　　）ふざけ合った。

1 戻ったらさいご　　　　　　　　　2 戻ったかと思ったら

3 戻ったのごとき　　　　　　　　　4 戻ったかのごとく

③ 今年に入って会社の業績が上がったのは構造や経営方針の改革の成果と

（　　　）。

1 言えよう　　　　　　　　　　　　2 言っていられない

3 言ってやまない　　　　　　　　　4 言わずじまいだ

④ 妻　「あっちみて！空が赤く染まっているよ。なんてきれいな（　　　）！」

夫　「ただの普通の夕焼けじゃないか。」

1 夕焼けなものか　　　　　　　　　2 夕焼けかもよ

3 夕焼けかな　　　　　　　　　　　4 夕焼けだこと

⑤ お金のない時、デパートに行ったら何もかもがほしくてたまらないくらいだけ

ど、いざ何かを（　　　）気に入るものがなかなか見つからないものだ。

1 買うにつれて　　　　　　　　　　2 買ったあまりに

3 買うとなると　　　　　　　　　　4 買うことにより

6 中村 「星野さん、ごめんなさい。私がミスをしたせいで、こんな時間まで働く
　　　はめになってしまって。」
　星野 「大丈夫、大丈夫！今度、おごってね！じゃ、急ぎましょう。このままの
　　　スピード（　　　）、今日中には終わるでしょうね。もうちょっと頑張り
　　　ましょう。」

1 であっても　　　　　　　　　　　　2 だと
3 でないと　　　　　　　　　　　　　4 にもかかわらず

7 息子 「お母さん、新しいケータイ買って！落としちゃって壊れたんだ。」
　母　 「また壊れたの？今度の試験でクラスでトップになったら（　　　）け
　　　ど。」

1 買ってやるどころじゃない　　　　　2 買うことができっこない
3 買ってやろうにもできない　　　　　4 買ってやらなくもない

8 その冗談、止めてくれない？いくら面白い冗談といえども何度も（　　）。

1 聞かされちゃかなわない　　　　　　2 聞かせてはいけない
3 聞かされてはいいじゃないか　　　　4 聞かせてもたえられない

9 妻 「あなた、今朝また、玄関、（　　　）出かけたでしょう。泥棒にでも入られ
　　　たらどうするつもり？」
　夫 「あ、ごめん、ごめん！」

1 開けながらにして　　　　　　　　　2 開けたのみで
3 開けっ放しにして　　　　　　　　　4 開くほどして

10 日本に来たばかりのころには言葉が通じなくて大変だったが、（　　　）食べ物が
　口に合わなくて本当に苦労した。

1 それにからまれて　　　　　　　　　2 それにかかわって
3 それにのっとって　　　　　　　　　4 それにもまして

問題 6　請選出最適合放進★位置的選項。

⑪ インターネットの普及に＿＿ ＿＿ ★ ＿＿ 多様な情報を自由自在にやりとりできるようになった。

1 と　　　　　　　　　　　　　　2 より

3 でも　　　　　　　　　　　　　4 世界の誰

⑫ 佐藤「え？金田さんはもう帰っちゃったの？ まだ仕事 残っているはずなのに？」

鈴木「え、何の＿＿ ＿＿ ★ ＿＿ しまったようですが。」

1 帰って　　　　　　　　　　　　2 に

3 一言も　　　　　　　　　　　　4 なし

⑬ 舞台観劇や映画観覧中に悪気はなくても＿＿ ＿＿ ★ ＿＿ ように配慮しましょう。

1 ことはできないにしても　　　　2 完全にその音を防ぐ

3 できるだけ音を抑える　　　　　4 自然と出てしまう雑音がありますが

⑭ 君が会社をやめたがっているのは＿＿ ★ ＿＿ ＿＿ だ。

1 でもないが　　　　　　　　　　2 わからない

3 もってのほか　　　　　　　　　4 無断で会社を休むことは

⑮ 仕事はしたくないけど、＿＿ ＿＿ ★ ＿＿ を余儀なくされた。

1 まい　　　　　　　　　　　　　2 仕事を探すこと

3 金銭的に親に頼る　　　　　　　4 という考えで

問題 7　請閱讀下列文章，並思考整篇文章內容，選出最適合放進空格內的選項。

> 　　　1　言葉を言います。耳が痛い言葉を言う人がいい友であるのではなく、良い友は相手のためになる言葉だったらずばりと言ってくれる人だという意味です。常にほめたり、やさしくなだめたり、相手が喜ぶような答えをしてくれる人は、嫌われたくないから良い友を演じているだけです。自分が失敗した時、「大丈夫よ、大丈夫、今回は運が悪かっただけだよ」といってくれる友と「世の中、甘くないっていっただろう！ 君がそんな怠けたからだよ、現状をもとにもっと真剣に計画をたてるべきだったんだ」ときつく心の痛むことを言う友が　2　、やはり優しい言葉で慰めてくれる友が本当の友だと勘違いしてしまいがちですね。真の友は一触即発でケンカになりそうなとげのある一言がどんどん言えるのです。それはあなたのことを本当に考えてくれている　3　。真の友は、嫌われることを覚悟で、あなたの　4　言ってくれるのです。できないことを「 大丈夫だ よ」と言ってくれるより「だめだ」と本当のことを言ってくれるほうが、自分のためにもなります。耳に障る言葉でも、本当のことをずばりと　5　が、自分は成長できるのです。

1

1 良い友は優しい

2 悪い友は心に優しい

3 良い友は耳が痛い

4 悪い友は耳障りの

2

1 いるにかかって

2 いるとしたって

3 いるにしても

4 いるとすると

3

1 と考えたらしかたがありません

2 友がいるにまちがいありません

3 友がいるようでなりません

4 友であるからにほかなりません

4

1 身になって

2 身をもって

3 肩になって

4 骨を折って

5

1 言ってやったほう

2 言ってもらったほう

3 言葉を頂戴したほう

4 言葉を承ったほう

問題 7　請閱讀下列文章，並思考整篇文章內容，選出最適合放進空格內的選項。

　　口コミで聞いた評判の寿司屋を訪ねるとする。しかし、そこが気軽に好みの物を選んで食べられる回転ずし屋ではなく高級寿司屋　1　食べる時手を使うべきか、それとも箸を使うべきか、醤油はネタにつけるか、（注）シャリにつけるかなどお寿司の正しい食べ方やマナーが心配になる。日本人ながらも世界に誇る和食の寿司の正しい食べ方を意外と知らないことに気づく。しかし、型にはまりすぎる必要はないと思う。ただ、次の事項にだけは気を付けよう。

1　寿司屋に食事に出かける際は強い匂いの香水などを付けすぎないように気をつけること。なぜなら食事は五感で楽しむもので香水の香りが食事の　2　。

2　お寿司屋さんの用語を　3　。お茶のことを「あがり」と、醤油のことを「むらさき」と言うが、板前さんにお願いする際などは専門用語を使用することを控えた方がベターだ。しょうがのことを「ガリ」と言うが、ガリは言葉が一般化しているので使用してもいいだろう。

3　寿司を食べる時は味が薄いものから始めて味が濃いもの　4　進んでいくこと。もちろん好きな順に食べたいものを食べて構わないだろう。ただ、先に食べたネタの味が舌の上に残っていると、次のネタの味が　5　、次のネタを食べる前にガリやお茶などで口の中をさっぱりとさせてから次のものを食べたらいい。

4　醤油はネタに付けて食べること。シャリにつけると醤油の味が強くなったりしょっぱくなったりするからだ。それから、食べる時は箸、手、どっちでもいいそうだ。重ねて言うが、形式にはまりすぎず、基本のマナーさえ知っておけばいい。

（注）　シャリ：米つぶ

1

1 ともなると

2 ともかく

3 といえども

4 というもの

2

1 邪魔になるからだ

2 邪魔になってはいられない

3 邪魔になってはさしつける

4 邪魔になっていくものだ

3

1 見合わせること

2 出しゃばること

3 控えること

4 差し込むこと

4

1 へと

2 のと

3 のは

4 へも

5

1 なくてはならないから

2 比べものにならないほどだから

3 薄くなっていきかねるから

4 ぼやけてしまうのは確かだから

問題 7 請閱讀下列文章，並思考整篇文章內容，選出最適合放進空格內的選項。

「テレワーク」というワークスタイルの登場！

　　テレ（Tele）とワーク（Work）の合成語で（注 1）ICT を活用した時間や場所にとらわれない柔軟な働き方を指す。

　　「テレワーク」は、働き方によって雇用型と自営型、モバイル型と在宅型 の 4 つにわけることができる。企業で多く 1 のは在宅型で、この導入は生産性の向上と自然災害や事故、不測の事態に備えることが出きる。災害が 2 無理して出社せずに勤務は続けられる。企業 3 「テレワーク」は事前申請が原則だが、自然災害や突発事態には柔軟に対応しているらしい。ある企業のオーナーは "最初は社員の士気向上のために導入したが、社員のモチベーションや忠誠心の強化もさることながら、組織の体質強化までも実現できた" と語っている。もちろんこうしたワークスタイルがすべての企業にとって必ずしも最適 4 。在宅勤務を 5 企業まである。同じ場所で顔を合わせて仕事する方が新しいアイディアも浮かぶし、人との触れ合いから（注 2）セレンディピティが生まれやすいからだそうだ。

（注 1）Information and Communication Technology の略。

　　　　インフォメーション・アンド・コミュニケーション・テクノロジー
　　　　＝情報通信技術

（注 2）セレンディピティ：偶然の幸運

1 取り入れさせている　　　　2 取り入れられている
3 取り入れさせられている　　4 取り入れられさせている

2

1 あったとしつつも　　　　2 あったとしても
3 あったとは別として　　　4 あったときたら

3

1 にむけての　　　　2 にいたっては
3 においての　　　　4 につけては

4

1 というほうがない　　　　2 といった具合だ
3 とはかぎらない　　　　　4 とも同然でない

5

1 実施している　　　　2 勧誘している
3 規制している　　　　4 提示している

476

問題7 請閱讀下列文章，並思考整篇文章內容，選出最適合放進空格內的選項。

日本においての E メールという文化はまだ過渡期で、どこまで形式 [1] 、どこまで崩してよいのかをみんなが模索中の段階のようだ。ビジネスの主役と言っても過言ではない E メールのマナーをちゃんと [2] 、損につながることもある。

まず E メールは尊敬語や謙譲語の混同から [3] ミスと言葉の知識と理解の不足から失礼になる表現を使ってしまうケースが最も多い。

（実例）
宛先: jlpt@dokoya.syouzi.co.jp
差出人: tanimura19@sakurakopore-syonn.co.jp
件名: 打ち合わせの日程の件

拝啓
貴社ますますご清栄のこととお喜び申し上げます。
A 谷村と申します。
打ち合わせ日の変更の件、承りました。

B 12月の27日で問題ありません。
ご足労をおかけし、申し訳ございません。
今回の件についての資料を添付しております。
ご確認よろしくお願いいたします。
ご来社、お待ちしております。

桜コーポレーション　営業部　谷村ひでお

上のメールの他の内容はいいとしても、ＡとＢは我慢できないＮＧである。だったらどう直せばまともなメールになるだろうか。まずＡは初対面ではないので 4 の方がよく、Ｂは外部の顧客に対して使うには不適切であって、5 にするべきだろう。

1

1 にのっとるか　　　　　　　　　　2 にかぎるか

3 をもとづくか　　　　　　　　　　4 をかかげるか

2

1 身についておかなくて　　　　　　2 身につかれてあって

3 身につけていなくて　　　　　　　4 身につけていて

3

1 招きがたい　　　　　　　　　　　2 招ききれる

3 招かんとする　　　　　　　　　　4 招かれる

4

1 谷村とさしあげます　　　　　　　2 谷村でございます

3 谷村と申しいたします　　　　　　4 谷村でおります

5

1 12月27月に弊社の訪問をお待ちかねません

2 12月27月にご来社をお待ちしております

3 12月27月に弊社のご訪問を待ちくたびれております

4 12月27月にご来社をお待ちかねになっております

問題 7 請閱讀下列文章，並思考整篇文章內容，選出最適合放進空格內的選項。

早苗さんへ

前略

ご無沙汰しております。お元気にお過ごしのことと存じます。私も元気でやっています。

この前、お知らせしたとおり、5月に札幌に引っ越してきました。こちらへいらっしゃることがあれば、ぜひお立ち寄りくださいね。積もる話もあるので、泊まりがけでしたら、　1　歓迎します。

さて、引っ越し後、整理していたら人から　2-1　のいろんな物が出てきて、猛省しているところです。早苗さんから借りた本もありますので、一緒にお送りします。長い間、どうもありがとうございました。5年以上も借りてしまって、申し訳ありません。

また、あるはずなのに見当たらない物も少なからずあって、誰に　2-2　なのかを思い出すのに苦労しています。早苗さんのように　3　人はえらいなあーとつくづくと感じているわけです。

早苗さんに初めて会ったのが6年ほど前で、京都駅でしたね。初対面の早苗さんが私に「財布をなくしてしまいました。1万円だけ貸していただけませんでしょうか」と声をかけてきたとき、本当に驚きました。今にも　4　ので、私は迷わず1万円とケータイ番号をわたし、早苗さんはありがとうとぺこぺこと頭を下げながら急いで人並みに紛れこんでいきましたね。その時、周りの人からさんざん言われました。詐欺師にやられたって。でも、早苗さんは二日後に電話をかけてきて、送金しますって。感動しました！

ともあれ、早苗さんの来訪を楽しみにしています。こちら札幌も話の続きでも

5 　。

では、また連絡お待ちしております。ご家族にもよろしく。

草々

2017 年 10 月

有馬百合子

1

1 ましても

2 あやうく

3 なおかつ

4 かろうじて

2

1 貸したまま — 貸したまま

2 借りたまま — 貸したまま

3 借りたまま — 借りたまま

4 借りられたまま — 貸されたまま

3

1 借りたらきちんと戻してもらう

2 借りたらちゃんと返す

3 貸したらちゃんと返す

4 貸したらきちんと返還させる

4

1 目を白黒させていた

2 不機嫌そうな顔だった

3 泣きだ-さんばかりの顔だった

4 むくれた表情をしていた

5

1 しましょう

2 してみます

3 するようです

4 するのです

問題 5／6／7

N1 頻出文法 1　再次複習 1　P.353

1	3	2	2	3	4	4	1	5	4
6	4	7	3	8	3	9	1	10	3

1

黑谷：「你聽說了嗎？村田夫婦因為不讓女兒上學也不給飯吃，而遭逮捕了欸！」

吉村：「欸？村田先生在兄嫂去世後，領養了他們的女兒的傳言是真的啊？如果是親生父母就不會這麼惡劣對待了。」

・〜まいに　不要〜；不會〜

2

大介：「因為你一直拖拖拉拉的關係，眼看就要趕不上演唱會的時間了啦！」

娟子：「對不起。搭計程車去吧！計程車錢我來付。」

大介：「就算現在搭計程車去也不可能趕得上了啦！」

・動詞意志形＋が/と (も)　即使〜；就算〜

3

夫：「這個舊時鐘是什麼？丟了吧？指針都停了。」

妻：「這個東西雖然舊，但是是祖母給我的東西，所以即使壞了也捨不得丟呀。」

・動詞辞書形＋に+動詞可能形＋ない
　想〜也無法〜

4

我是個男子漢，我決定不管遇到怎麼樣懊悔或悲傷的事也絕不哭。

・〜まい　①也許不　②不打算〜；不想〜

5

也不是要成為代表隊選手，每天一直練習也沒有意義啊！

・〜ではあるまいし　又不是〜
　＝〜ではないだろうし

6

不管幸福是否有無上的價值，人類都殷切地希求著它。（ 3 2 4 1 ）

・名詞＋であろうとなかろうと
　是〜或者不是〜

7

落合是不是因為畢業後工作還沒有著落而悶悶不樂呢？（ 2 4 3 1 ）

・〜まい　①也許不　②不打算〜；不想〜

8

無法抉擇要吃牛肉蓋飯還是炸豬排蓋飯好，雖然知道會吃不完卻還是兩個都點了。（ 1 4 3 2 ）

・動詞意志形＋か　是否要〜

9

連假返鄉車潮的緣故，高速公路非常壅塞，即使想前進也動彈不得。（ 2 4 1 3 ）

・動詞意志形＋にも+動詞可能形＋ない
　・想〜也無法〜

10

無論我方便與否，這件事都必須自己完成。（ 4 1 2 3／1 2 4 3 ）

・形容詞＋かろうが　即使〜；就算〜

Tip 相關表現

・よかろうが
　＝よかろうと, よかろうとも, よくとも

・悪 (わる)かろうが
　＝悪かろうと, 悪かろうとも, 悪くとも

N1 頻出文法 1　再次複習 2　P.355

1	3	2	1	3	4	4	2	5	1
6	1	7	2	8	4	9	2	10	3

1

哪有這種學生！在神聖的教室裡對老師暴力相向。

・名詞＋はあろうことかあるまいことか
　豈有此理；莫名其妙；哪有這種道理？

2

已經是第3個小時了，能不能讓我稍微休息一下？

- ～まい ①也許不　②不打算～；不想～

3

女兒：「媽媽，又是烤魚？我想吃肉。」

媽媽：「不行不行！雖然肉也好，不過不論魚好不好吃都對身體有好處，所以要吃喔！」

- 形容詞＋かろうが　即使～；就算～

4

幸子：「連你也不能相信我嗎？」

新一：「不，不管你說的是否是謊言，我都只相信你！」

- 名詞＋だろうが　即使～；就算～

Tip 相關表現

うそだろうが
＝うそだろうと，うそだろうとも，うそであろうが，うそであろうと，うそであろうとも

5

兒子：「媽媽，颱風的關係，外面雨下得很大耶！今天不能跟學校請假嗎？」

媽媽：「不行喔！無論下大雨還是颳大風，都必須上學。快一點！」

- 動詞意志形＋が　即使～；無論～

6

無論孩子發高燒還是大哭，母親都還是沉迷於電腦遊戲裡。（2314）

- 動詞意志形＋が　即使～；無論～

7

也已經不是小孩子了，不要依賴別人，自己的事要自己做。（3214）

- ～ではないだろうし　又不是～

8

各位，即使一點點也很好，能否捐個款呢？（2143）

- ～まい ①也許不　②不打算～；不想～

9

猶豫躊躇指的是「是要做呢？還是不做呢？」這樣的心情不斷交替。（3214）

- 動詞意志形＋か～まいか　是要～還是不～呢

10

這樣惡劣天氣的日子，別說有登山客了，連外出的人都沒有。（1432）

- ～まい ①也許不　②不打算～；不想～

N1 頻出文法 2　再次複習 1　P. 358

1	2	2	3	3	1	4	2	5	4
6	1	7	4	8	3	9	3	10	1

1

沒有一個人要幫忙提著看來很沉的行李的奶奶，我難以坐視不管，就幫忙她提了行李。

- 動詞ます形＋かねる　難以～；無法～

2

與悶熱的上週相反，這禮拜冷得肌膚都發痛欸！

- 名詞＋にひきかえ　與～相反
  ＝～とうってかわって　與～截然不同
- ～にむけて　朝向(目標／目的／方向)～
- ～にかわって　代替～

3

成為大學生的她，比以前更有女人味了。

- 名詞＋にもまして　與～相比，更顯得～

4

說到那家咖啡專門店的咖啡，真是難喝得不得了。

- 名詞＋ときたら　說起～；提起～
- ～ったらない　極其～；～無比

5

吉田：「倘若又不行的話該怎麼辦？」

木村：「別害怕！即使失敗也沒關係，能夠做的就做吧！」

- ～にしろ　即使～也～

6

隔壁星野夫婦的太太是個很能幹的人，但是先生則相反，也沒工作成天遊手好閒。（3241）

- 名詞＋にひきかえ　與～相反

7

我們家的小孩一次也沒去過日本，不論是納豆，還是蕎麥烏龍都非常喜愛。（3241）

- ～であれ～であれ　不管是A還是B，都～

8

雖說是8歲小孩犯的錯，這次的事還是不能夠饒恕。（2431）

- ～といえども　即使～；雖說～

9

雖說是外國人都知道的鬧區，不過人太多，多到無法動彈的狀態。（2431）

- ～とはいえ　雖說～但；儘管～還

10

明明來日本還不滿一個月，麥可的學習欲望使日文進步地飛快。（3142）

- 名詞＋とあいまって　與～相輔相成

N1 頻出文法 2　再次複習 2　P. 360

1	2	2	3	3	4	4	1	5	4
6	1	7	2	8	1	9	1	10	2

1

鈴木：「太郎那傢伙，事業失敗相當消沉吧？」

佐藤：「那傢伙要是放任不管的話有可能會自殺，所以暫時我們輪流去看他吧！」

- 動詞ます形＋かねない　易於～；有可能～

2

沒有比你健健康康的更令人開心的事了。

- 名詞＋にもまして　比～更～

3

惡作劇電話不論晝夜地打來，真的相當困擾。

- ～であれ～であれ　無論是A是B都（一樣）

4

森田：「聽說會長昨天被移送法辦了。」

林：「那件事啊，即使是會長挪用公司公款的話，也難逃處分吧？」

- ～といえども　雖說～；即使～

5

提起從前的日本男人，別說育兒，連簡單的家事都不願幫忙。

- 名詞＋ときたら　提起～；談到～

6

妹妹早早就結了婚，哥哥阿博和她相反，老早就過了三十歲，一心工作似乎還未考慮結婚的事。（4213）

- 名詞＋にひきかえ　與～相反

7

因醫學技術發達高齡者增加，加上少子化現象的減少，人口是越來越多。（1423）

- 名詞＋とあいまって　與～相輔相成

8

豬肉也好牛肉也罷，所有的肉類我都不吃。（2143）

- ～にしろ～にしろ　無論是A還是B都（一樣）

9

儘管是上司的命令，不合理的事還是恕難從命。（3214）

- ～とはいえ　儘管～還；雖說～但
- 動詞ます形＋かねる　難以～；無法～

10

說起青木，每天遲到，功課也忘記，到底在想什麼啊？（2341）

- 名詞＋ときたら　提起～；談到～

N1 頻出文法 3　再次複習 1　P. 363

1	4	2	2	3	1	4	4	5	3
6	3	7	3	8	4	9	4	10	1

1

鍵入電腦裡的涉及到個人資訊的事項全部刪除。

- ～にかかわる 涉及到～；關係到～

2

木村：「啊！沒有！」

渡邊：「疑？不是有帶來嗎？」

木村：「嗯…啊，對了！好像是剛剛和人碰撞時錢包掉了。」

- 動詞た形＋弾 (はず)みに 當～的時候；剛一～的時候

3

一旦邀雄太喝酒的話，就得喝到隔天早上才回家了。

- 動詞た形＋が最後 (さいご) 一旦～就～
  ＝～たら最後 (さいご)

4

現在不是攪和在那無聊的事情上面的時候。

- ～にかかわる 涉及到～；關係到～

5

依專家來看，一般地震發生前可以觀察到異常的地殼變動。

- ～に言 (い)わせれば 依～來看；讓～來說的話

6

正當要進一步具體談婚事時，突然就被女朋友提分手了。(2134)

- 動詞た形＋矢先 (やさき) 正當～的時候

7

母親：「我把存摺藏在某個地方，但現在想不起來，怎麼辦？」

女兒：「媽媽最近還真是容易忘東忘西欸！現在雖然想不起來，不過或許什麼時候就會想起來吧？」(1432)

- 拍子 (ひょうし) 機會；事物的狀態、態勢

8

正要出教室時，和正好要進來的田中撞個正著，把眼鏡撞壞了。(3421)

- 動詞た形＋矢先 (やさき) 正當～的時候
- 動詞た形＋弾 (はず)みに 剛一～的時候

9

因為大馬路上新開的麵包店經常有人在排隊，原以為生意會持續興隆，結果據說這個月底就要關門了。(3142)

- ～と思 (おも)いきや 原以為

10

在店長不在時，那個新人幾乎可以說必定會偷懶，讓我已忍無可忍。(3412)

- ～始末 (しまつ)だ (落到)～的結果

N1 頻出文法 3　再次複習 2　P. 365

1	3	2	1	3	3	4	2	5	2
6	3	7	4	8	3	9	3	10	4

1

這首曲子是偶然間浮現在腦海中的，決不是模仿他人的曲子。

- 動詞た形＋拍子 (ひょうし)に 剛一～的時候
- ふとした拍子に 偶然間

2

這件事要保密喔！因為一旦告訴她，那兩個人的關係也就玩完了。

- ～たら最後 (さいご) 一旦～就～

3

木村：「昨天對中國的足球決賽，看了嗎？還以為日本要輸了。」

島根：「嗯，我和家人在現場。原以為會輕鬆獲勝，結果意外地是場苦戰。」

- ～と思 (おも)いきや 原以為～

4

行李也收好了，正當要確認船票的訂票狀況時，要去旅行的地方遭遇大地震。

- 動詞辞書形＋矢先 (やさき) 正要～的時候

485

5

父親：「惠子為什麼沒辦入學手續啊？那麼拼命才錄取的耶！她腦子還清醒嗎？實在是！」

母親：「讓惠子來說的話，可能是因為有正當的理由，去問一下看看吧！」

- ～に言 (い)わせれば
  依～來看；讓～來說的話

6

因為小孩牛奶也不喝光是一直哭，剛一抱起來要去醫院時就閃了腰，可真折騰。（4132）

- 動詞た形＋弾 (はず)みに　剛一～的時候

7

下公車時，被後方的伯伯推了一下險些跌倒。（1342）

- 動詞た形＋弾 (はず)みで　剛一～的時候

8

媽媽要是出門旅行什麼的話，爸爸和我就落到每天吃便利商店的便當。（4312）

- ～始末 (しまつ)だ　(落到)～的結果

9

這種程度的價格要富豪來說的話，並不是什麼可觀的金額，但對於上班族的我來說是買不下手的。（4231）

- ～に言 (い)わせれば
  依～來看；讓～來說的話

10

有一傳說：參與圖坦卡門陵墓畫像的研究及挖掘的人們接二連三的離奇死亡。（3241）

- ～にかかわる　涉及到～；關係到～

N1 頻出文法 4　再次複習 1　P. 368

1	2	2	4	3	1	4	4	5	2
6	2	7	3	8	1	9	1	10	4

1

因為今天疲憊不堪，吃飯也暫時不管了，只想躺下。

- ～はさておき　先暫且不論～

2

急速成長的可可企業似乎因不景氣而被迫倒閉。

- ～を余儀 (よぎ)なくされる
  (因～)被迫做某事

3

聽說他只忙著工作不顧家人，最終被妻子拋棄了。

- ～にかまけて　只忙於～ (無暇做～)

4

我這組的隊長是個會找藉口把自己應做的事強推給他人的人。

- ～にかこつけて　以～為藉口

5

甩了學生巴掌而導致其受重傷的老師道歉：我做了身為一個教師不應有的行為，正在反省中。

- ～としてあるまじき　做為～不該有的～
  ＝～まじき,～にあるまじき

6

根據日本法律，未滿二十歲的未成年者結婚時，將視為其已成年。（1324）

- ～とみなす　視為～

7

做為部長，以生病為託辭頻繁地向公司請假。（2431）

- ～にかこつけて　以～為藉口

8

對於大學時學習古典文學的我來說，閱讀這點程度的古文書不困難。（4132）

- ～にかたくない
  不難 (想像／體會／推測等)～

9

這項機密要是洩漏的話，不難想像會有很多人陷入恐慌。（3412）

- ～にかたくない
  不難 (想像／體會／推測等)～

10

雙親因事故死亡，禁不住對獨自一人被留下的七歲孩子感到同情。（1243）

- ～を禁 (きん) じ得 (え) ない
  不禁～；忍不住～

N1 頻出文法 4　再次複習 2　P.370

1	2	2	1	3	3	4	1	5	1
6	4	7	1	8	4	9	1	10	3

1

酒駕是身為教師不應有的行為。

- ～にあるまじき　做為～不該有的～
  ＝～まじき, ～としてあるまじき

2

腦子裡只想著剛交往的女友，而無法專心工作。

- ～にかまけて　只忙於～ (無暇做)

3

記者：「現在採訪 5 年前在比賽中負傷而被迫引退的山本選手。山本選手，好久不見。最近您過得如何？」

- ～を余儀 (よぎ) なくされる
  (因～)被迫做某事

4

挪用公司資金是作為代表不應有的行為。

- ～としてあるまじき　做為～不該有的～
  ＝～まじき, ～にあるまじき

5

先不說你的遲到行為，還曠職實在太過分了。

- ～はさておき　先暫且不論～

6

對於身為管理職不應有的不負責任的態度，

我毫不保留地陳述了自己的意見。（2143）

- ～にあるまじき　做為～不應有的～
  ＝～まじき, ～としてあるまじき

7

受到社長信任的秘書，因犯下秘書不該有的行為，公司不得已而將她解雇。（3142）

- ～にあるまじき　做為～不應有的～
  ＝～まじき, ～としてあるまじき

8

據說第一次造訪日本的外國人，都不禁對日本人的服務感到驚訝。（2413／1423）

- ～を禁 (きん) じ得 (え) ない
  不禁～；忍不住～

9

不難理解住在山村的人嚮往繁華都會的心情。（2314）

- ～にかたくない
  不難 (想像／體會／推測等)～

10

也經過相當一段時間了，閒聊先放一邊，進入重點吧！（2431）

- ～はさておき　先暫且不論～

N1 頻出文法 5　再次複習 1　P.373

1	2	2	4	3	1	4	3	5	2
6	2	7	3	8	1	9	3	10	4

1

發明這個行為即是貢獻人類的發展。

- 取 (と) りも直 (なお) さず
  即是～；也就是～

2

村本：「鈴木先生，你有女友吧？從事什麼工作的人？」

鈴木：「在托兒所當老師，所以對我也是像對小孩一樣。」

- ～ (も) 同然 (どうぜん) だ　幾乎等同於～

③

因為這是友人寫的詩集，所以捨不得丟就留著。

・〜にしのびない 不忍心〜；不堪〜

④

讀了這本書，才曉得圍繞著金錢間不可思議的因果關係。

・名詞＋にまつわる

　纏繞〜；關於〜；糾纏〜

⑤

這塊蛋糕太甜吃不下去，但即使這樣也不忍心丟掉。

・〜にしのびない 不忍心〜；不堪〜

⑥

母親：「春樹出去旅行都過了一個禮拜了，卻連一通電話也不打。是不是遇到什麼意外了啊？」

父親：「沒事的啦！沒有連絡也就表示他很好，所以不用擔心。」（１４２３）

・取 (と) りも直 (なお) さず

　即是〜；也就是〜

⑦

真一君在會議中光說些不說為妙的話，當然誰也不想理睬他。（２４３１）

・言 (い) わずもがな ① 不用說　② 不該說

⑧

棒球界中最粗暴的吉田選手要進軍大聯盟了。（２１３４）

・名詞＋きっての

　在 (領域／業界) 中最〜的

⑨

公司對加薪一直都保持沉默沒有任何反應，現在突然改採強硬的態度。（４１３２）

・〜と (は) うってかわって 與〜截然不同

⑩

搬家過來的鄰居夫婦來打招呼時，就因為說了「如果有什麼我能幫得上忙的地方儘管開口」而落到幫忙看小孩的下場。（１３４２）

・〜はめになる 陷入〜境地；落到〜地步

N1 意思相似的文法 1　再次複習 1

P. 379

1	1	2	3	3	3	4	4	5	2
6	4	7	1	8	4	9	1	10	3
11	3	12	1	13	4	14	4	15	2

①

一踏進玄關，咖哩的香味立刻就勾動了食慾。

・動詞た形＋とたん (に)　剛〜就馬上

　＝〜か〜ないかのうちに

②

永井：「又被她放鴿子了。」

島村：「那樣的行為一定是她對你已經沒有感情了。」

・〜 (から) にほかならない 一定是 (因為) 〜

③

據說總管部門的岡田和社長聯手，挪用了多達數百萬元的公款。

・〜からする 值〜；要價〜；多達〜

④

雪一停，遠征隊預計立刻再往山頂前進。

・動詞ます形＋次第 (しだい)　一〜就馬上

⑤

候選人吉田由於太過前衛，而無法得到大眾的支持。

・ゆえに 由於；因為

⑥

這家公司的代表不傾聽員工的意見，所有事情自己一人說了算，這不是獨裁者是什麼？

・名詞＋でなくてなんだろう

　不是〜那是什麼？；那正是〜

⑦

裕子：「這個公園草木茂盛，總覺得很療癒人，好舒服啊！真想一輩子都住在這種地方。」

悠人：「我出生的地方就是這樣的城鎮啊！有森林，也有這種公園，綠蔭盎然。」

• ～ずくめ 全是～；清一色的～

8

雖然事到如今也不必再重提了，已查明前陣子的醜聞是總務覬覦公司財產的個人犯行。

• ～までもない 用不著～；沒必要～
＝ ～に及 (およ) ばない，～ことはない，～までのことはない，～するほどのことではない

9

學：「和也家和井上一家感情很融洽耶！」
和也：「嗯，從我小學時開始，和井上家就一直是家族間往來。」

• ～ぐるみ 連同～；全部～；包括在內

10

研討會發表途中，對廣川教授突如其來的問題一時答不上來，羞愧得不得了。（1432）

• ～といったらない ～極了；沒有比這更～

11

本來因為是午飯過後的課就想睡得不得了，萩原老師極為無聊的講課讓我更加地無法專心上課了。（2431）

• な形容詞 ＋極 (きわ) まる
極其～；非常～

12

我在燒肉店打工，一到週末，就有多達百位的客人會到來，因此忙碌地不得了。
（2413）

• ～からの 多達～；足有～

13

這個地區每年冬天都會有足足 60 公分的積雪，因此許多人來這裡享受滑雪的樂趣，好不熱鬧。（2431）

• ～からある 多達～；足有～

14

只要我說出意見，上司馬上就對我吹毛求疵，所以在會議中我想就保持沉默。
（3241）

• 動詞辞書形＋そばから 剛一～就

15

在戰火延燒的國家，孩子們暴露在無比危險的狀態中。（1423）

• ～ (こと) この上 (うえ) ない
沒有比這更好的；最好

N1 意思相似的文法 1 再次複習 2
P. 382

1	3	2	2	3	4	4	1	5	2
6	1	7	8	8	3	9	1	10	4
11	3	12	2	13	3	14	3	15	3

1

父親總是說自己是大企業的代表，同時也是員工。

• ～と同時 (どうじ) に 與～同時

2

上戰場採訪的記者的他，與其說有勇氣，看來連自己的性命都無所顧戀。

• ～すら 就連

3

我們隊伍氣勢如虹，獲得冠軍用不著驚訝。

• ～ (から) にはあたらない 用不著 (因為) ～

4

剛成為教師時，一站在學生面前就緊張得聲音顫抖。

• 動詞ます形＋たて 剛剛～

5

父親：「良子，現在在哪？你以為現在幾點了啊？」
女兒：「現在剛下電車。正是因為想著爸爸會擔心才打電話的，為什麼要罵我啊？不過才 10 點啊！」

• ～ばこそ 正因為～才～

6

最近的孩子都殷切地希望無論什麼事都希望按照自己的期望發展。

・動詞て形＋やまない
　　十分地；殷切地；衷心地

7

每件事都要干涉我的上司，其聲音和身影，連在夢裡都不想聽不想看。

・～だに　就連～

8

敏夫一進到派對會場，就朝著美酒佳餚直衝。

・動詞辞書形＋なり　一～就立刻～

9

（壽司店內）

店員：「因鮭魚卵和海膽是熱門食材，已經賣
　　　完了。真是抱歉。」

・～こととて　因為～

10

迷了路的孩子一見到母親後就哭了出來。他有多麼地害怕呢！（3142）

・動詞辞書形＋や　剛一～就～

11

小孩子オー剛說完「開動了」，就開始狼吞虎嚥地吃起飯來了。（2431）

・動詞た形・辞書形＋が早 (はや)いか
　　剛一～就～

12

要從事這份工作，沒經驗雖然也沒關係，但當然有的話是最好不過。（3241）

・～に越 (こ)したことはない
　　最好；莫過於

13

想要比任何人英文進步更快的話，雖然去美國等地是最好不過，但在那之前，我認為要先在國內把基礎打好。（2314）

・～に越 (こ)したことはない
　　最好；莫過於

14

我家養的狗真是不知感恩的傢伙，一看到我就逃。明明每天都是我在餵牠吃飼料。

（4132）

・動詞辞書形＋や否 (いな)や　剛一～就

15

前陣子才借了 5 萬塊，卻又再說「1 萬就好，借我」，他這個人真的不要臉極了。（2431）

・～といったらありはしない
　　～極了；沒有比這更～

N1 意思相似的文法 1　再次複習 3
P. 385

1	2	2	4	3	1	4	3	5	4
6	4	7	4	8	3	9	1	10	4
11	4	12	1	13	4	14	1	15	1

1

父母過世，她似乎已絕望地連眼淚都流不出來。

・～すら　就連～

2

交通事故的現場是光想像就很恐怖的景象。

・～だに　就連～

3

隔壁正在改建房屋，所以每天咚咚咚地吵得令人吃不消。

・～て (は)かなわない
　　～得受不了；～得吃不消

4

就算日夜多麼地努力，都絕對比不過明日香。

・敵 (かな)う　敵得過；比得上

5

母親：「健一，有沒有在認真做啊？」
父親：「一定正在努力著，不用擔心喔！」

・～に及 (およ)ばない　不用～；無須～

6

本次造成您極大的不便，我們深感抱歉。

・名詞＋の至 (いた)りだ　～至極；倍感～

7

菜菜子：「昨天的餐廳非常好吃對吧？而且服
　　　　務也很好。」

早苗：「我覺得那間餐廳的服務不特別值得誇
　　　獎欸。餐廳的話那種程度的服務 是理
　　　所當然的吧？」

・〜にはあたらない 用不著〜；沒必要〜

8

警官一發現可疑人物便以飛快的速度追上去。

・動詞辞書形＋や 剛一〜就〜

9

去母校拜訪我十分尊敬的山田老師。

・動詞て形＋やまない

　十分地；殷切地；衷心地

10

他也已經充分反省了，就原諒他吧！

（2431）

・〜ことだし 因為〜

11

外表雖然漂亮，但見過幾次面後就發現她的
談吐極其沒品。（1342）

・名詞・な形容詞＋の極 (きわ)みだ

　非常〜；極其〜

12

在這樣的強風中乘著小船出海是非常危險
的。（4312）

・名詞・な形容詞 ＋極 (きわ)まる

　非常〜；〜至極

13

本公司在不景氣的狀況下還能夠克服各種各
樣的苦難，無疑是由於各位董事及全體員工
非比尋常的努力。（1342）

・〜 (から)にほかならない 一定是 (因為)〜

14

就像父母親十分地愛孩子一樣，孩子也同樣
尊敬父母。（4312）

・動詞て形＋やまない

　十分地；殷切地；衷心地

15

這件事從以前就被許多專家指出來了，因此
如今也許也不需要特意談。（3214）

・〜ほどのことではない

　不至於〜；沒有到〜的地步

N1 意思相似的文法2　再次複習1

P. 392

1	1	2	3	3	4	4	1	5	3
6	4	7	3	8	2	9	3	10	3
11	4	12	2	13	2	14	1	15	2

1

明明感冒發著高燒，丈夫卻還勉強去上班。

・押 (お)して 勉強；硬要

2

他是個現實、依據利害關係而行動的人。

・〜に即 (そく)して 根據〜；符合〜
　＝〜に基 (もと)づいて，〜を基 (もと)にして

3

隔壁的小孩明明才6歲，卻說著老氣橫秋的
話。

・名詞＋びる 〜的樣子

4

被吉田背叛的事，哪怕是瞬間也未曾忘記。

・〜たりとも 哪怕 (最小數量詞)〜也不

5

不畏傾盆大雨的惡劣條件，馬拉松選手們都
還是跑完全程。

・〜をものともせずに

　不顧 (困難)〜；不當一回事

6

美雪：「七海，最近在煩惱什麼事嗎？」

七海：「因為我兒子的事……！我兒子是考
　　　生，雖然辛苦的是他自己，但到考試
　　　結束為止我也是一日也不能放鬆啊！」

・〜として ① (最低數詞)沒有例外全部
　②假如

7

我想依據各位給的意見著手進行新的對策。

- ～を踏 (ふ)まえて 依據～；在～的基礎上

8

小時候家裡窮困，母親必須留下才 5 歲的我出去工作。

- ～をおいて ①留下～；落下～ ②～をおいて～ない 除～之外 (再沒有更好的)

9

今年內交通費用等公用事業費預計會調漲。

- ～とみられる 被認為～；預期會～

10

觀光導覽服務台的人：「走路繞行這座島一圈約需花費 1 個小時。」

男人：「這樣啊！還真是久呢！那麼如果騎腳踏車的話大約要多久呢？」(1 4 3 2)

- ～とすれば 若是～則

11

他很能忍耐，即使被說了多麼過分的話也只是笑笑而已，不過對於帶諷刺意味的話似乎就會非常生氣。(1 3 4 2)

- 名詞・い形容詞＋めく
  帶有～氣息；像～樣子

12

據說這次地震不僅是震央所在地，即使在 100 公里遠的地方也偵測到劇烈搖動。(4 3 2 1)

- ～のみならず 不只是；不光是
  ＝～ばかりか,～ばかりでなく,～だけではなく

13

佳子：「什麼？你說發現好吃的店就是這間狹窄的店？」

理惠：「雖然是間狹小的店，不過聽說不僅咖啡好喝，還可以吃到美國道地的漢堡喔！」(4 2 3 1)

- ～はもとより A就不用說了，就連B也～

14

太過於驚訝，別說發出聲音，幾乎要無法呼吸了。(3 2 1 4)

- ～はおろか 別說A就連B也

15

（公司食堂）

麻美：「為什麼一到月底味噌拉麵就馬上就會賣光啊？」

拓哉：「因為一到月底，薪水都見底了吧！看來似乎只要大家沒錢，便宜的料理就會賣得好啊！」(1 3 2 4)

- ～とみえる 看來～

N1 意思相似的文法 2　再次複習 2
P. 395

1	1	2	2	3	2	4	4	5	1
6	1	7	3	8	2	9	4	10	4
11	4	12	4	13	2	14	2	15	1

1

他的作品不僅僅在國內，在世界上也受到很高的評價。

- ～にとどまらず 不僅僅～而且

2

丈夫：「佳奈子說大學畢業後想到美國留學，要讓她去嗎？」

妻子：「欸？美國？學費要花費很多吧？如果讓佳奈子去留學的話，我也不得不打個工來存錢了。」

- ～とすれば 如果～

3

小論文的題目自由發揮，但請不要忘了按照既定格式書寫。

- ～にのっとって 遵循～；按照～

4

前男友頻繁地發送帶有威脅意味的電子郵件過來，於是報了警。

- 名詞・い形容詞＋めく
  帶有～氣息；像～樣子

5

我從來沒有漠視常規而採取行動。

• ～をなおざりにして

　　忽視～；不怎麼在意～

6

他不理會禁止停車的標誌，停了腳踏車。

• ～をよそに　不管～；不理會～；漠視～

7

她不把貧窮當一回事，日夜勤勉向學到達了現在的地位。

• ～をものともせずに

　　不顧 (困難) ～；不當一回事

8

這條山路上別說人影了，就連人的足跡也沒有。

• ～はおろか　別說A了，就連B也～

9

不要太過分！你這個人，為何撒這種可輕易識破的謊話！

• AともあろうB　身為A這樣的B還～

10

課長不顧周圍的反對，一定要把自己的意思貫徹到底，是個強悍的人。（2143）

11

所謂審判，不是依照理想與感情而實行的行為，應站在實際狀況下而行。（1432）

• ～に照 (て)らして

　　參照～；對照～；依照～

12

因為今天是久違的好天氣，公園就不用說了，遊樂園也擠滿攜家帶眷的人。（3142）

• ～は言 (い)うに及 (およ)ばず

　　A自不待言，就連B也～

13

身為教授不只是在學校教學，也應不斷地持續做研究。（2431）

• AたるB　身為A的B

14

老師是為了學生好而責罵，但有時似乎在學生看來就認定是在欺負自己。（4321）

• ～にすれば　以某人看來，應該是～

15

有被認定違反公司規定之行為，鈴木課長依照公司規章予以解雇。（2413）

• ～とされている

　　一般認為～；大家都認為～

• ～にのっとって　遵循～；按照～

N1 型態相似的文法 1　再次複習 1

P. 401

1	2	2	4	3	2	4	2	5	4
6	1	7	3	8	3	9	3	10	4
11	1	12	3	13	1	14	4	15	2

1

只是陳述我的意見，並不是出於惡意。

• 名詞＋ (が)あっての　要有～才有的～

2

寫了信給友人告知搬家一事，順便報平安。

• 名詞＋かたがた　(藉～之機)順便～

　　＝～ついでに, ～を兼 (か)ねて

3

歌手 KIRARA 從這首熱門歌曲開始進軍藝能界各領域發展。

• ～を皮切 (かわき)りに　以～為開端

4

日夜練習有了價值，獲選為日本代表選手。

• ～甲斐 (かい)がある　值得～；沒有白費

5

她有些討厭被人說「你好高」。

• ～きらいがある　有 (某種不好的)傾向

6

我男朋友和我交往一年，但是同時也和我的朋友美由交往的樣子。

・動詞・名詞の＋かたわら 同時

＝～ついでに，～を兼 (か)ねて

7
星野雖是個直爽的人，不過有些無視他人忠告的傾向。
・～きらいがある 有 (某種不好的)傾向

8
因假期開始，放學中的小學生們看起來很開心。
・～とあって 因為～

9
要是一個人能夠做的話，就做做看啊！
・動詞可能形＋ものなら
要是能～的話，那倒想～

10
從他不敢看著我說話的地方來看，他一定是有隱藏了什麼事情。(3142)
・～ふしがある 有～之處

11
這週日有社員登山大會，因此不論週末排定行程如何，請大家務必來參加。(2413)
・名詞＋ (の)いかんによらず 不管～如何，都～ ＝～いかんにかかわらず，～いかんを問 (と)わず

12
神田:「這個月拿到獎金了。一起喝一杯吧？我請客。」
五木:「啊～真好！你們公司每六個月就能拿到一次獎金吧？我們公司是依據業績來決定獎金的金額，而且一年只能拿一次。」(2431)
・名詞＋ (の)いかんで 取決於～；根據～ ＝～いかんによって，～次第 (しだい)で，～によって

13
丈夫似乎因為工作而相當疲累的樣子，所以邀他出去透透氣順道去郊外兜個風。
(4132)
・動詞ます形・名詞＋がてら 順道～

14
要是他知道的話會不得了，要小心！
(2413)
・動詞意志形＋ものなら 要是做了～ (會產生嚴重後果)

15
幸虧保了保險，否則要花一筆大數目的金額了吧？(1423)
・～からいいようなものの 幸好～否則

N1 型態相似的文法 1　再次複習 2
P. 403

1	1	2	4	3	3	4	3	5	1
6	1	7	3	8	4	9	2	10	4
11	1	12	2	13	1	14	2	15	1

1
憑著加倍的努力，結果竟然只有這樣一丁點。
・～をもって ①於 (時間) ②憑～；用～

2
教練:「未必下場比賽也能贏，不要怠慢練習。」
選手:「是，我知道了。我會努力在下場比賽中也獲勝。」
・～とは限 (かぎ)らない 未必；不一定

3
要是那時發生的事能夠刪除，倒真想刪掉它。
・動詞可能形＋ものなら
要是能～的話，那倒想～

4
自從錄取一直很想進入的公司後，她本來陰沉的表情就變的越來越開朗了。
・～てからというもの 自從～就一直

5
如果早點跟我說的話我就給你了！那本書已經轉讓給隆司了喔！

• ～ものを　本來～然而

6

今日的創立紀念酒會，就此圓滿結束。

• ～をもちまして　① 於 (時間)　② 憑～；
用～

7

最近很忙，整整一個月都沒有打電話回老家。

• ～というもの　整整 (長時間)～都

8

你都說到這個份上了，我也不是不能同意。

• ～ないでもない　也不是不～
＝～ないものでもない，～なくもない

9

明明金錢未必會帶來幸福，為什麼還是有許多人認為只要有錢就能幸福呢？

• ～とは限 (かぎ) らない　不見得；未必

10

在高度資訊的社會裡，有必要在各大學設立資訊處理相關的科目。(3 1 4 2)

• 名詞＋にあって　身處～；面臨～

11

因想拜託恩師在結婚典禮上致詞，我想去向老師報告近況，順便拜託他。(3 2 1 4)

• 名詞＋かたがた　(藉～之機) 順便～
＝～ついでに，～を兼 (か) ねて

12

上了三年的這所學校，明天畢業典禮後就要說「再見」了啊！(3 2 4 1)

• ～をもって　① 於 (時間)　② 憑～；用～

13

翔太：「對不起，搭上計程車，結果道路塞車塞得嚴重。」

千繪：「搭地鐵的話本來可以趕得上，為什麼要搭計程車來呢？演唱會已經開始了喔！快點！」(3 2 1 4)

• ～ものを　本來～然而

14

因為將來有可能到海外工作，趁現在先將英文及中文學好比較好喔！(3 2 1 4)

• ～とは限 (かぎ) らない　不見得；未必

15

以為能夠輕鬆取勝的比賽中，輕易地輸掉了，非常不甘心。(4 3 1 2)

• ～限 (かぎ) りだ　非常～；～極了

N1 型態相似的文法 2　再次複習 1

P. 409

1	4	2	1	3	4	4	1	5	4
6	1	7	4	8	4	9	2	10	1
11	4	12	2	13	4	14	4	15	3

1

最近，不論是丈夫還是兒子，都沉迷在這個遊戲中，真令人頭痛。

• ～といわず～といわず
無論是A也好B也好，都～

2

青木：「之前借你的書，看完的話可以還給我嗎？吉田說他想看。」

翔太：「啊！對不起。我連一頁都還沒看，忙著做報告。不過明天還給你吧！」

• ～たりとて　甚至連～

3

為了想讓家人能夠過得更舒服一點，我拼命努力的工作。

• ～んとする　要～；想要～

4

這個題目是連天才雄太都好不容易才能解答的題目。

• ～にして　① 僅 (短時間／年紀)
② 名詞並列、添加　③ 甚至連～

5

這麼辣的話，是好吃還是難吃都吃不出來。

• ～のやら～のやら　是A還是B，不清楚

6

想著要散步，在附近不經意地走著走著，就走到商店街來了。
- ～ともなく　無意間地～；不經意地～

7

梅雨季時會持續著雨下下停停的日子。
- ～ては～ては　(兩動作反覆進行)

8

讓祖母買給我的洋裝，顏色也好設計剪裁也好，都無可挑剔。
- ～といい～といい　無論是從A方面來說，還是從B方面來說，(這個)都很出色

9

事到如今才知道，即使再怎麼努力，做不到的事就是做不到。
- ～からとて　雖說因為～也 (不能)
  ＝～からといって

10

現在雖然很冷清，不過據說一到春暖花開的季節，這個城鎮就就擠滿賞花的遊客。（2413）
- ～ともなると　一到了～；一旦～
  ＝～ともなれば

11

一旦成為運動員，體格應該會漸漸改變，但他是個橄欖球選手卻完全不是那樣。（1342）
- ～ともなれば　一旦～；一到了～
  ＝～ともなると

12

我們家不知道從什麼時候開始，過年連假就會全家一起出國旅遊。（1324）
- ～ともなしに　無意間地～；不經意地～
  ＝～ともなく

13

沒有得到指導教授的許可，不能決定論文題目。（3241）
- ～ことなしに　沒有～而＝～ことなく

14

人類有時候為了生存，不得已而幹壞事。（2431）
- ～んがために　為了要～

15

公園的櫻花似乎在說著「到今天為止」般地盛開著。（1324）
- ～とばかりに　似乎在說～

N1 型態相似的文法 2　再次複習 2

P.411

1	3	2	4	3	3	4	1	5	2
6	1	7	4	8	3	9	2	10	3
11	2	12	1	13	2	14	4	15	4

1

您不讓我見社長，我就不能回去。
- ～ことなく　沒有～而＝～ことなしに

2

為了在暑假時去爬珠穆朗瑪峰，每天鍛練中。
- ～んがために　為了要～

3

兒子不上學老是在玩，父母親一副要把他趕出家門似地怒斥他。
- ～んばかりだ　幾乎要～

4

不論比賽結果是好是壞，反對派球迷都會有怨言吧？
- よかれあしかれ　或好或壞

5

昨晚的派對大家相互斟酒，觥籌交錯好不熱鬧。
- ～つ～つ　一會兒～一會兒～ (動作交替進行)

6

要大賺一筆時，卻失去了所有財產。
- ～んとする　即將要～；馬上要～

496

7

她的行為該說是大膽呢，還是無知呢，讓大家感到為難。

- ～というか～というか
  說是A也好，B也好，總之就是～

8

也不是在對著誰說，她嘟囔地說「已經六十歲了啊！」。

- ～ともなく 不經意地～；無意識地～
  ＝～ともなしに

9

沒等多久他就準時在約定的時間現身。

- ～ことなく 沒～而 ＝～ことなしに

10

都花了一個小時來，又排了兩小時的隊，所以一定要吃到這家店的鬆餅。（１４３２）

- ～ずにはすまない 不～不行；一定要～

11

警察應該勢必會逮捕殺了23人的殺人犯吧？
（３１２４）

- ～ずにはおかない 一定要～；必須～

12

吉田：「那個白井選手很厲害欸！明明是個不起眼的選手。」

佐佐木：「欸？不起眼？明明就不知道，不要說那種話啦！白井選手年僅12歲時就在和職業選手水準相當的比賽中嶄露頭角了。」（２３１４）

- ～にして ①僅僅 (短時間／年紀)
  ②名詞並列、添加 ③甚至連～

13

這樣美的山，被丟了空罐、垃圾啦，真可惜。（４２３１）

- ～やら～やら A啦B啦等等 (列舉)

14

四年前中了彩券一夜致富的隔壁叔叔，現在聽說過著流浪漢的生活。（３１４２）

- ～にして 僅僅 (短時間)

15

這樣素雅的味道只有手藝熟練的主廚才做得出來。.（１４３２）

- ～にしてはじめて 只有～才能

N1 型態相似的文法 2　再次複習 3
P.413

1	2	2	4	3	2	4	1	5	2
6	1	7	4	8	4	9	2	10	1
11	1	12	1	13	4	14	2	15	3

1

相隔了好久打掃房間，結果垃圾大量湧現，大型垃圾袋裝得滿滿一袋。

- ～わ～わ ～啊～啊 (感嘆)

2

上司：「你的想法很好，不過最終沒能實現真可惜啊！」

部下：「這次雖然不成，但為了被採納我會更加努力。」

- ～ずじまい 最後沒能～；終究未能～

3

麻煩您使用郵寄，或者在網站首頁提出申請。

- ～にて ①表場所　②表時間
  ③手段方法　④理由原因

4

新一：「恭介，今天很不像你耶！沒什麼活力，怎麼了？」

恭介：「昨晚睡得正香的時候，發生了相當大的地震，醒來後就睡不太著。」

- ～ところに 正當～的時候 (發生了)～

5

私房錢藏在某處了，但怎麼找終究也未能找到。

- ～ずじまい 最後沒能～；終究未能～

6

剛出生的嬰兒整個晚上哭了又睡，睡了又哭。

- ～ては～ては 兩動作反覆進行

7

竟然能若無其事地說著那麼過分的話，不知
是笨蛋還是神經大條呢，實在是…！

・～というか～というか
要說是A呢還是B呢，（總之就是～）

8

事到如今就算對那個問題說三道四也沒有意
義吧！

・～たところで 即使～也（不）

9

父親吃飯時，老是挑三揀四地說太鹹啦、太
辣啦。

・～だの　～だの ～啦～啦（舉例）

10

我相信在這裡的經驗能夠在你的人生中發揮
很大的功用。（2413）

・～にて ①表場所　②表時間
③手段方法　④理由原因

11

哪怕只是一下子也好，這家咖啡店能讓我暫
時忘卻工作上的事，所以每個禮拜都會來一
次。（3142）

・～なりとも 哪怕～；最起碼～

12

今日誠摯感謝諸位於大雪之中仍來參加。
（3142）

・～ところを 在～時

13

到了這個年紀，就算回到故鄉看看，兒時玩
伴也都去世了，從前鎮上的樣子已什麼也沒
留下吧。（3241）

・～たところで 即使～也（不）

14

因適逢兒童節，去了遊樂園後發現人好多好
多啊！擠滿攜家帶眷的人們。（1423）

・～わ～わ ～啊～啊（感嘆）

15

鈴木教授的研究團隊為了要完成研究，日以
繼夜地努力著。（2431）

・～んがために 為了～

N1 型態相似的文法 3　再次複習 1

P. 420

1	3	2	2	3	4	4	1	5	2
6	4	7	1	8	2	9	3	10	1
11	4	12	3	13	4	14	2	15	4

1

跳繩？我一分鐘雖沒有 100 下，但起碼也可
以跳 80 下左右喔！

・～ないまでも 雖不至於～但起碼也～

2

加藤：「最近常有恐嚇信寄來，寄件人不明。」
佐藤：「你對以前交往過的女生們做了什麼壞
　　　　事吧？」
加藤：「欸？才沒有！我才沒有什麼交往過的
　　　　女生。就說我不認為有誰會怨恨我！」

・～おぼえはない
①我不記得曾～　②你有什麼資格來～

3

清水：「聽說出賽奧運的鈴木選手金牌被追回
　　　　了欸！」
鈴木：「欸？為什麼？服用禁藥嗎？」
清水：「對！對！不惜做那樣的事也想要贏得
　　　　比賽嗎？」

・～までして 不惜～；甚至～

4

身為芭蕾舞者的我要是因為受傷不能再使用
腳的話，不如死了還比較好。

・～（くらい）なら、（むしろ）～方が（ま
だ）ましだ
與其～倒不如～還比較好

5

何等不恰當的發言！那樣的人根本不是政治家。

- 名詞・な形＋でもなんでもない
  根本不是～；一點也不～

6

因為畢業後就和神山一直沒有聯絡，現在已沒有方法可以連絡。

- ～すべがない　沒有任何方法可以做～

7

選手：「教練！對我來說可能沒有辦法。」
教練：「這不就白費了至今為止的吃的苦嗎？再怎麼練習如果放棄了那也就完了。別說喪氣話，再稍加把勁吧！」

- ～ば/たら＋それまでだ　如果～就全完了

8

我既然說要負起責任，現在想撒手不管也不行了。

- 動詞た形・動詞辞書形・名詞の＋手前
  （てまえ）　既然～就 (不)

9

即使擁有再好的電腦，不用的話也就僅止於此。

- ～ば/たら＋それまでだ　如果～就全完了

10

別勉強見面，他不願意的話不見面就是了，那樣對他也比較好。(2 4 1 3)

- ～までだ ① 大不了就～　② 只是～而已
  ＝～までのことだ

11

他總是看起來自信滿滿地說一定會做給（你們）看，但卻從來沒有一次做到過。
(2 3 4 1)

- 動詞た形＋ためしがない　從來沒有 (先例)

12

學生：「老師，日文單字要怎麼記好呢？」
老師：「單字就是會背過就忘的東西，背了一次忘記的話，再背就是了。」(2 4 3 1)

～までのことだ

- ～までのことだ
  ① 大不了就～　② 只是～而已＝～までだ

13

狀況有變，所以理應重新考慮公司的經營計畫。(2 1 4 3)

- ～てしかるべきだ　(理應) 做～

14

贏的時候也有因對方失誤而僥倖地獲勝，不過輸的時候該輸也就輸了。(4 2 3 1)

- ～べくして　該 (發生的) 就 (發生了)

15

為了在中國販賣這項產品，用了各種方法調查中國人的喜好。(3 1 4 2)

- ～べく　為了～

N1 型態相似的文法 3　再次複習 2
P. 423

1	2	2	1	3	4	4	2	5	4
6	4	7	3	8	4	9	1	10	3
11	4	12	1	13	2	14	3	15	4

1

留學生：「這麼長一段時間受您的照顧，不勝感謝。」
寄宿家庭：「不客氣，我們家人也很愉快。李同學回去我們會感到有點寂寞。下次再來日本的時候一定要聯絡喔！」

- ～にたえない
  ① 不勝～　② 不值～；不堪～

2

和她約會時，我不記得她曾有哪一次準時在約定的時間出現。

- ～おぼえはない
  ① 我不記得曾～　② 你有什麼資格來～

3

不是為了要讓你不舒服而說，我只是把自己的感想說出來而已。

- ～までのことだ
  ① 大不了就～　② 只是～而已＝～までだ

4

要製作馬鈴薯燉肉，肉及馬鈴薯就不用說了，醬油也是不可或缺的材料。
- ～べからざる＋名詞
  不該～的～；不能～的～

5

五木：「欸？洋介，這個時間在這裡做什麼啊？是店裡最忙的時間吧？」
洋介：「交給經理了，沒問題沒問題！」
五木：「『勿忘初衷』有這句諺語吧？別忘了剛開店時的初心喔！」
- ～べからず　禁止；不應該

6

木村：「聽說你要結婚了？而且還是和大十歲的有錢人？該不會你是為了錢吧？」
中村：「不，不是！她的錢我一點也不想要，只是因為愛她而結婚而已。」
- い形容詞＋くもなんともない
  一點也不～；根本不是～

7

我家的小型運輸公司一到了年終、中元的時候就人手不足，當然無法要求休假。
- ～べくもない　（因）當然無法～

8

妻子：「欸？你打算穿那樣出門？」
丈夫：「嗯，怎麼了嗎？要去高級餐廳的話就另當別論，去車站前的迴轉壽司的話，穿這樣就可以了吧？」
- ～ならまだしも　如果是～還另當別論
  ＝～ならいざ知 (し)らず

9

道子：「為了減肥那點煩惱悶悶不樂？真是的！」
- ～にたりない　不足以～
- 取 (と)るに足 (た)りない　不足取

10

說什麼「工作很累想辭職啦，很辛苦啦」，就我這沒工作的人來看，那些話就是抱怨而已。（1 4 3 2）
- 名詞＋以外 (いがい)の何物 (なにもの)でもない　一定是～；～以外什麼都不是

11

史無前例的大型颱風將房子吹跑了，但幸好全家人都平安無事。（1 4 3 2）
- ～だけましだ　幸好還～

12

不要衝動購物，確實確認是有需要再買。（4 3 1 2）
- ～にたえる　值得～

13

日本友人招待我去他家用餐，（那是）家庭料理才有的暖心樸實的味道。（1 4 2 3）
- ～ならでは　只有～才有的；～獨有的

14

日本人奶奶說道，沒有茶一天也過不下去。（4 2 3 1）
- ～なしに　沒有～而
  ＝～なくして,動詞辞書形＋ことなく

15

儘管知道對健康不太好，有家長還是會因為自己忙就讓孩子吃速食。（1 3 4 2）
- ～ながらも　儘管～；雖然～＝～つつも

問題 5/6/7

擬真試題 1　P. 441

1	2	2	1	3	4	4	1	5	1
6	4	7	3	8	2	9	3	10	1
11	3	12	1	13	1	14	1	15	4

文法篇

問題 5／6／7 迎戰日檢　答案及解析

1

不能否認年過六十後體力漸漸地衰退了。

- 動詞ます形＋つつある　越來越～
- 否 (いな) めない　不能否認

2

我們兩姊妹完全不像。我像媽媽，妹妹則是和父親是一個模子。

- そのもの　那東西本身

3

這種餅乾只在外國客人多的池袋店有賣。

- ～だけでしか　只有在～ (しか的強調表現)

4

新搬過去的公寓雖然是新建公寓，有傳言說是凶宅。

- ～といったって　雖說～也～
　＝～といっても

5

每次使用完工具，都要放回原來的位置！

- 毎 (ごと)　每
- 節 (ふし)　關節；段落；點
- 都度 (つど)　每次；每當
　＝毎回 (まいかい)，そのたびごと

6

我家孩子在學校使用暴力，使對方受了重傷，但沒被退學只停學處分。

- ～て (で) すむ　～就解決了；～就了結了

7

即使昂貴的影印機配備許多功能，不曉得使用方法的話也無濟於事。

- ～ては何 (なに) もならない
　～的話也無濟於事

8

教練：「和那樣的強勁隊伍比賽，輸了也沒什麼，所以不要膽怯，使出你們的全力！」

- ～てももともとだ　即使～也不賺不賠；即使～也和原來一樣
- ～ことなく　沒有～而
- 動詞ます形＋やしない　不～

9

有沒有「古典音樂起源」之類的音樂呢？

10

直樹：「悠斗，你是不是有哥哥？」

悠斗：「有啊！但是哥哥國中時離家，已經十年以上沒見面了，所以就和陌生人一樣。」

- ～も同然 (どうぜん) だ　幾乎等同於～

11

鈴木：「惠美又拜託你做報告？為什麼不拒絕啊？」

星野：「嗯，只要是我的女神惠美的請託，即使我不方便也不能拒絕。」（ 4 1 3 2 ）

- ～とあれば　如果～
- ～からとて　僅管因為～也 (不)
　＝～からといって

12

他那業餘畫家的畫即使不能說是傑作，亦是相當好的作品。（ 2 4 1 3 ）

- ～とまで　達到～的程度
- ～としても　即使～

13

沒工作的姐姐，明明沒錢可奢侈，卻刷卡買了一堆想要的東西。（ 2 3 1 4 ）

- ～どころの騒 (さわ) ぎではない
　沒有餘裕做～

他會接近看來有利於己的人，若是認為無利的話則不當對方是一回事。（**2314**）
- 〜とみれば　看的話

母親：「千繪！你有看到媽媽的錢包嗎？我每個角落都找過了，但都沒有！我該去看醫生了，這麼健忘一定是生病了！」

女兒：「媽媽忘東忘西也不是今天才有的事了，現在才說要去醫院？這不是病，是媽媽的個性吧？（**2431**）
- 〜に限 (かぎ) ったことではない
  並非限於〜的事

擬真試題 2　P. 444

1	4	2	1	3	1	4	2	5	4
6	3	7	3	8	1	9	2	10	3
11	2	12	1	13	4	14	4	15	3

1

要實行我構想的事業需要龐大的資金，因此而招募股東。
- 動詞辞書形＋には　要〜的話 (說明)

2

請注意，遲到 10 分鐘以上將視為缺席。還有，遲到 3 次視為一次缺席。
- 〜とみなす　視為
- 〜とする　① 當作　② 假定

3

我既然在微笑汽車公司工作，就不會購買競爭對手公司的車。
- 動詞た形・動詞辞書形・名詞の＋手前 (てまえ)　既然〜就 (不)

4

企業間的競爭正可說是人才的競爭也不為過。
- 〜ても過言 (かごん) ではない
  〜也不為過 ＝〜てもおおげさではない

5

雖然是豬博物館，但以這隻豬為主題的博物館令市民覺得詫異也是理所當然。
- 〜のも無理 (むり) はない
  〜也不是沒有道理

6

那位老師直言不諱地說自己教的東西都會出現在考試中。
- 動詞て形＋はばからない　毫無顧忌地〜
  ＝ 堂々 (どうどう) と〜する
- 動詞て形＋ (は) かなわない
  〜得受不了；〜得吃不消 ＝〜てたえられない

7

兒子：「啊〜好想辭職啊！也不能出去旅行。好懷念可以自由地旅行的時光啊！」

母親：「不是講那種奢侈的事的時候吧！有工作的家庭是幸福的喔！屆齡退休的爸爸不是總這樣說嗎？」
- 動詞辞書形＋どころではない　不是〜的
  時候 ＝〜場合 (ばあい) ではない、〜どころの騒 (さわ) ぎではない

8

學生：「老師，明天幾點前來接您好呢？」

教授：「明天不用來這邊，直接去研究室。」
- 動詞ます形＋たまえ　委婉命令

9

繪里：「椎名好慢啊！」

圭太：「不是一直都這樣嗎！還要再 10 分鐘喔！他總是會遲到 20 分鐘左右。」

繪里：「我們先走吧？電影要開始了。」

圭太：「再一下下啦，就說 10 分鐘後就來了。」
- 〜ってば　就說〜；說到〜 ＝〜ったら

10

鈴木：「現在的公寓很狹小，也沒有冷氣所以很熱。」

島村：「雖然嫌太小什麼的，也已經住了五年了吧？不如搬家？」
- 〜の何 (なん) のと　① 之類的　② 表示程度

劇烈

11

無數的參加者經過困難的審查，進入決選的僅 10 人。（**4 2 1 3**）

・〜を経 (へ) る　經過；通過

12

垃圾空瓶空罐，經他那藝術家的手就能成為藝術。（**2 3 1 4**）

・A にかかっては B

　A (人) 經手後就會造就成 B

13

壽司、生魚片等代表日本的食物，連外國人也都知道。（**1 2 4 3**）

・〜と言 (い) った　〜等；〜這樣的；〜這種

14

神田：「嗚哇！什麼？這麼長的隊伍！」

惠美：「這家店平日就非常多人，像今天這樣假日前一天的日子，要等兩三個小時喔！」（**3 2 4 1**）

・〜ときた日 (ひ) には

　像〜的日子 (強調主題)

15

在這個業界工作了 10 年的你竟然還會犯這麼離譜的錯誤。（**2 1 3 4**）

・(實力、能力優異) 人＋としたことが

　像〜那樣 (厲害的人物) 的人，竟〜

擬真試題 3　P.447

1	2	2	1	3	4	4	1	5	4
6	3	7	1	8	2	9	4	10	2
11	1	12	3	13	1	14	3	15	1

1

雖然不忍離開住了 30 年的城鎮，但也沒有辦法。

・〜にしのびない　不忍心〜；不堪〜

2

我在青春期的時候曾喜歡某個偶像，房間牆壁上全貼滿那位偶像的照片。

・名詞＋という＋名詞　所有的〜；全部

Tip　「〜という」的相關表現

・今度 (こんど)という今度
　這一次 (強調)

・今日という今日　今天 (強調)

・推量という名詞
　提示推測句所要修飾的名詞內容

・1億円 (おくえん)という大金 (たいきん)　多達一億元的鉅款

・100万人 (まんにん)という市民 (しみん)
　多達百萬人的市民

3

妻：「因為這次的連假相當長，出國吧！」

夫：「對啊！這次有七天呢！有想去的地方嗎？」

妻：「雖然沒有一個特別想去的地方，不過有很多食物還可以購物的話，哪裡都可以喔！」

・これといって　(特別) 提及〜

4

恭介：「啊〜這學期也沒辦法聽到椎名教授的課。那位老師的課一下就滿額了。」

彰：「椎名教授的課非常有趣，所以很受歡迎喔！」

・〜のなんのって　非常〜；極其〜

Tip　「非常〜」各種強調用語的表現

・〜の極 (きわ)みだ

・〜極 (きわ)まりない

・〜極 (きわ)まる

・〜の至 (いた)りだ・〜てやまない

・〜てかなわない・名＋にたえない

・このうえない

・〜にこしたことない

・〜限 (かぎ)りだ・〜ったらない

・〜てたまらない・〜てしかたない

・〜てしようがない・〜てならない

5

（張貼在某銀行 ATM 上的公告）

非持有本銀行帳戶的客人無法使用提款機。

- 名詞＋におかれまして
  ＝には、にも (用於身份地位高的人的名詞後)

6

木村：「送社長的禮物，如果送北海道產的海
　　　產，不曉得會不會被罵。」

森田：「不會，社長是北海道根室人喔！收
　　　到的話應該會高興吧！怎麼還會生氣
　　　呢？」

- ます形＋こそすれ／Ｎ＋こそあれ
  雖然有可能A，不過B是絕對不會有的 (陳舊書面
  用語)

7

買自己的房子時，以賣掉為前提而買是理所
當然的。

- ～を前提 (ぜんてい) とする・にする
  以～為前提

8

在大胃王比賽中，他一眨眼間就將五十個漢
堡吃光。

- 動詞て形＋のける
  毅然決然地做～；出色地完成 (困難的事)

9

許多大人認為孩子理所當然就要照著父母親
說的去做。

- 言いなりになる・言うなりになる
  照著～所說的去做

10

大介：「啊～今年的暑假竟也沒辦法休息。好
　　　想去關島啊！」

惠子：「冬天的時候去呀！這次就當作已經去
　　　旅行了，把錢存下來吧！」

- 動詞た形＋つもりで　就當作～；就算是～

11

那個時候，要是我不在那個地方也就不會遇
見他了吧？（４３１２）

12

（學校）

石井老師：「2 年 3 班的新太郎，每天遲到，
　　　　　功課一次也沒交過，前途堪憂
　　　　　啊！」

保坂老師：「但是他運動還行，坦率開朗，
　　　　　似乎蠻受女孩子歡迎喔！」
　　　　　（４３１２）

- この先 (さき) が思 (おも)いやられる
  前途堪憂

13

面試時，本想盡力表現自己，但反而顯得輕
浮白忙一場。（３２１４）

- 動詞意志形＋としたものの
  雖然想～但卻

14

公司成長與否，取決於管理幹部以及員工。
（２４３１）

- 動詞辞書形＋もしないも　～與否，都～
- ～をはじめ (として)
  以～為代表；以～為第一

15

吉本：「課長，這項企畫案，我認為一定能為
　　　公司帶來很大的利益。但一想到要是
　　　社長反對的話…，就很猶豫。」

課長：「不需要猶豫。不論遭受到怎麼樣地反
　　　對，付諸實行就對了。責任我來扛，
　　　做做看！」（２４１３）

- どんなに～でも・でも　無論～也～
- 動詞辞書形＋ことはない　沒必要做～
- ～までだ・～までのことだ
  ① 大不了就～　② 只是～而已

擬真試題 4　P. 450

1	1	2	3	3	1	4	2	5	3
6	3	7	1	8	3	9	2	10	4
11	1	12	1	13	2	14	1	15	1

1

要用不到 5 分鐘演說充分展現自己是極難的事，時間未免太短。

- 名詞＋足 (た) らず　不足～；不到～

2

那樣天真無邪的你也在世間風浪顛簸中，不知不覺間成為一個能夠獨當一面的大人了。

- ～にもまれる
  由於強大的力量～使得～劇烈晃動

3

誠摯地感謝您再次光臨本百貨公司。本日於 9 樓舉行夏季用品拍賣會。

- ～にて　① 表場所　② 表時間
  ③ 手段方法　④ 理由原因

4

鈴木：「你每個月花一萬塊租車？我認為與其要付這麼多錢，不如買一台中古車，還更能節省開銷。」

5

森村！你這報告是什麼東西？有好好按照格式寫嗎？格式亂七八糟，內文盡是一些不合邏輯的文章，隨隨便便也得有個分寸吧？

- ～にもほどがある　～也得有個分寸

6

金：「老師，能否請您幫我看看這篇作文？」
日文老師：「好的，讓我來看看吧！嗯…文法雖然有一些錯誤，不過整體來看很不錯喔！」

- 拜見 (はいけん) する　「見る」謙讓表現

7

他憑著一張地圖走遍了歐洲。

- ～を頼 (たよ) りにする　仰賴～；依憑～

8

還只是通過初選，這樣一點程度可別就高興得輕飄飄的！我們的目標不是通過初選而是得第一名！

- ～てばかりはいられない　「～てばかりいる」的否定形，「不能光是～」的意思。

9

以上大學為契機，離開雙親獨立生活。

- ～を機 (き) に　以～為契機

10

兒子從那之後足足兩個月都沒有踏出自己的房門。

- ～というもの　整整 (長時間)～都

11

正想著因為下起雨也沒有客人會上門，差不多可以關店的時候，突然一批團體客進來了。(3142)

- ～ことだし・～ことだろうし　因為～

12

朴：「考試要是考糟了怎麼辦？」
佐藤：「與其擔心不如放輕鬆！考壞了就考壞了，再挑戰一次而已呀！」(4213)

- ～までだ・～までのことだ
  ① 大不了就～　② 只是～而已

13

隔壁的叔叔即使犯錯了也不道歉，是個厚臉皮的人。(3214)

14

不是不了解妳想見分隔兩地的男朋友的心情，但以那事為藉口每天喝酒是不好的不是嗎？(2413)

- ～にかこつけて　以～為託辭

15

世界上數一數二的企業 KING 公司倒閉的新聞，令人驚愕地傳到全世界。(4132)

- ～をもって・～をもちまして
  ① 以～；憑～　② 於 (時間點)

擬真試題 5　P.453

1	4	2	2	3	4	4	1	5	2
6	1	7	4	8	2	9	4	10	3
11	1	12	2	13	3	14	1	15	3

期待許久與他的第一次約會就在明天了。

・動詞ます形＋に＋動詞
　(重複使用相同動詞)強調動作的持續
・走(はし)りに走った 全力疾奔
・売(う)れに売れた 熱賣；暢銷
・考(かんが)えに考える 絞盡腦汁

2

我只有在有值得慶賀的事的時候喝酒而已。

・〜のは〜くらいのものだ
　只有在〜情況下

3

自考試失利後，我的人生有很大的轉變。

・〜をさかいに 以〜為界線；自〜以後

4

今年冬季平均氣溫 11 度，寒冷程度估計如往年一般。

・名詞+なみ 與〜同等程度

5

如果沒有其他事情的話，每個人都將參加明天的義工活動。

・〜ものとする 認為〜；規定〜

6

姊姊和我小時候只要吵架，就會被媽媽嚴厲地罵一頓。

・〜ては 要是〜的話，就＝〜ば

7

課長：「花子結婚了嗎？」
花子：「課長，我有沒有結婚對工作都沒有妨礙吧？」

・〜ようと〜まいと
　A也好B也好，結果都不會改變

8

有感冒徵狀時，最好就是吃個藥好好的睡一覺了。

・〜にかぎる 〜最好

9

這次奧運中，不論何種項目都未取得金牌，至於馬拉松則是墊底。

・〜にいたって (は)
　談到〜；至於〜；到〜地步

10

下達那麼草率魯莽的指示，上司沒上司樣，照著做的部下也是不像樣！

・〜も〜なら〜も 既〜又〜。
　「AもAならBもBだ」表示A、B雙方都不像樣，都不好。

11

如果看來無法一個人完成的話，早點尋求協助就好了啊！事情到了這個地步也無力回天了。（3214）

・ことここにいたっては 事已至此，已〜

12

（一邊看著照片）

賢治：「這個人是你哥哥？你是雙胞胎？」
悠斗：「嗯，我們兄弟可以說是看似相像，又看似不像的雙胞胎吧？」（4213）

・似(に)ても似つかない・似(に)ても似つかぬ 看似相像，又看似不像

13

日本的老人福祉制度及設施和我國無法相提並論，做得相當完善。（4312）

・比(くら)べものにならない
　與〜不能相提並論

14

夫：「前陣子搬過來的鄰居小孩，即使在路上碰面，不要說打招呼了，正眼也不瞧，怎麼會有這麼不討人喜歡的小孩！」
妻：「昨天拿傳閱版過去隔壁的時候，一個像是他媽媽的人應門，用一副『幹嘛？』的冷漠表情說話喔！連父母看起來都是這樣，所以小孩會那樣也不是沒道理。」（3214）

・〜にしてからが 從〜來看；首先〜就

15

他收到日語能力測驗 N1 的合格通知，一臉要叫出來的樣子。（**2431**）

- 動詞ない形＋んばかり　幾乎要～
- 動詞ない形＋んとする　即將要～；馬上要～
- 動詞ない形＋んがため　為了～

擬真試題 6　　P. 456

1	2	2	4	3	2	4	3	5	4
6	4	7	1	8	2	9	1	10	2
11	4	12	3	13	4	14	4	15	4

1

落合健一選手初次參賽奧運就得到銅牌，他真的很努力啊！

- ～と　引入說話者觀點

2

搬來此地之際，您若能來訪寒舍，是最好不過的了。

- おり　時候；時機＝時 (とき)、際 (さい)

3

這台電視已經是許久前買的了，最近終於壞掉了，問電器行能不能設法修看看。

- 動詞可能形＋ないものか　難道不能～嗎（表達願望）

4

不管我要和誰見面與你沒關係吧？

- 動詞意志形＋と　（表逆態）不管～

5

自己支持的隊伍就要輸了，球迷們聲嘶力竭地呼喊「加油！」。

- 声 (こえ)をかぎりに　聲嘶力竭
- ～をかぎりに　盡最大的～

6

那個諮詢機關由 12 個技術者組成。

- ～からなる　由～組成

7

我雖不認同他的行為，但聽聞事由之後稍稍有點共鳴。

- ～なりとも　哪怕是～

8

芭蕉是當代第一的俳句詩人。

- ～きっての　在 (業界／領域)～當中最～的～

9

經過了 5 年的都市區劃調整計畫，終於實現了。

- 名詞＋ごし　① 經過 (多久)　② 隔著某物～

10

石川：「哎呀！怎麼啦？今天總覺得不像你，沒什麼元氣耶！」

木村：「喝太多了，昨晚被課長不斷勸酒。」

- 名詞＋ににあわず　不適稱；不像～

11

可疑人物一直在家門前徘徊，立刻就通報 110，聽到警車的鳴笛聲後才安心下來。

（**1342**）

- 動詞ます形＋つ＋動詞ます形＋つ　一會兒～一會兒～；或～或～

12

上司長井部長是個很囉唆的人，今天也是一樣，從早上開始就嘮叨個不停。（**4312**）

- ～とて　即使是～也 (一樣)
- 今日 (きょう)も今日とて　今天也是一樣

13

發售小孩啤酒的公司說明，這是一款以小孩也可以喝的啤酒為考量而製作的無酒精飲料。（**1423**）

14

這次有關於公司內部發生的醜聞，有報告稱需要進行詳細調查以查明根本原因，並需要採取今後的預防措施。（**3142**）

15

島根：「鈴木，在那邊的人是 DRAM 商事的社長喔！你知道嗎？」

鈴木：「知道，工作上曾受過他許多照顧，我和社長很熟稔。」（３１４２）

擬真試題 7　P.459

1	3	2	4	3	3	4	1	5	3
6	1	7	4	8	1	9	3	10	1
11	1	12	2	13	2	14	2	15	3

1

因好萊塢明星到來，多達三千人趕往機場，機場人滿為患。

- **數量＋もの＋名詞** 強調數量之多。

2

妻：「哎呀，明明說颱風正在接近中，卻晴空萬里，一點雲都沒有。」

夫：「不，因為還是有機會下雨，帶把傘出門吧！」

- **なきにしもあらず** 並不是不會～

3

村田：「椎名在燒肉吃到飽餐廳打工吧？真好欸！可以吃那天沒賣完的東西，而且還可以帶回家吧？」

椎名：「嗯，關店之後大家會一起吃喔！不過，不論有什麼樣的理由，都不允許外帶剩餘的食物出去。」

- **～あろうと** 即使有～也不 ＝～あろうが
- **～といえども** 雖說～ ＝～とはいえ

4

圭子對誰都非常照顧，因此身邊的人都喜歡她，沒想到那竟是她詐欺的開端。

- **だれかれとなく** 無論對誰都（一樣）

5

幾經思考後還是親自登門道歉，但她一副「給我回去！」的樣子關上了門。

- **～とばかりに** ～的樣子
- **～と言 (い) わんばかりに**
  好像在說～；幾乎就要說～

6

（某店家預約方法的公告）
請您直接撥電話至欲前往的店鋪預約。

- **～にて** ① 表場所　② 表時間
  ③ 手段方法　④ 理由原因

7

我認為這部電影受歡迎，好萊塢明星的演技自不必說，更得益於美麗的影像畫面。

- **AもさることながらBも** A就不用說了，就連B也～＝～はもちろん，～はいうまでもなく，～はもとより

8

神田：「欸，拓也！今天就做到這裡吧？也已經告一個段落了。」

拓也：「說的也是。那剩下的就明天再做囉？」

- **～とする** 作為～

9

在使用本網站提供的各項服務前，請先閱讀使用規章後再提出申請。

- **動詞た形＋上 (うえ) で** 在做了～之後

10

穿過激烈的競爭後勝出，被這家企業錄取時別提有多開心了。

- **～といったらない** ～極了；別提有多～了＝～ったらない，～といったらありやしない

11

去螃蟹吃到飽餐廳時，原以為會大排長龍等一個小時以上，結果意外地很快就進去了。（３４１２）

- **～と思 (おも) いきや** 原以為～

12

好朋友帶我去的燒肉店的五花肉真是美味，不愧為名店。（３２１４）

- **～だけのことはある** 不愧是～

13

雖然有人說一天喝 2 公升的水較好，但一日應攝取的水量因人而異，至於過分地攝取是否會更健康，則未必如此。(3 1 2 4)

- ～からといって 不能僅因為～就～
  = ～からとて
- ～かというと 至於是否～

14

社長勉勵研究員：「少了諸位持續奉獻於新商品開發研究，就無法指望公司的成長」。(4 2 1 3)

- 動詞ます形＋ようもない 沒辦法～

15

我們在旅行當地為美麗的風景而感動、吵吵嚷嚷拍著照的樣子，在當地人看來大概覺得不可思議吧？因為對於當地人來說是日常的風景。(4 1 3 2)

- ～にすれば 從～角度看的話

擬真試題 8　P. 462

1	2	2	1	3	3	4	1	5	2
6	4	7	3	8	3	9	4	10	2
11	4	12	2	13	4	14	4	15	4

1

李：「金先生，你在打工吧？薪水多少？」

金：「星期二、四、五、日工作，可以拿到約12 萬日圓左右。」

2

教育部發表了政策，將綜合計畫性地致力於體育人才培育以及體育環境的整備。

- ～かつ～ 而且

3

在這一頁中，刊載了從問卷調查及電子郵件中獲得的顧客意見。

- 頂戴 (ちょうだい)する
  「もらう」謙讓表現

4

有指導教授箕輪老師，也才有現在的我。

- 名詞＋ (が)あっての 有～才有的

5

女兒：「媽媽，我在回家路上看到可愛的貓，可以養嗎？」

母親：「不行喔！是野貓吧？而且絕對不可以摸野貓和狗，萬一被咬之類的話就嚴重了。」

- 動詞ます形＋でもしたら
  要是～的話，(就會產生不好的結果)

6

此次由於本網站發生問題，對於各位使用者帶來極大的不便，為此我們致上深深的歉意。非常地抱歉。

- 申 (もう)し上 (あ)げる
  「申す」謙讓表現

7

生下孩子以愛養育他是好事，但要是到了犧牲自己的地步，那就有點不認同。

- ～となると 如果那樣的話～

8

圭太：「你現在不是打工時間嗎？」

太郎：「我辭職了。打工地點的社長是個很過分的人，在我打工第一天就讓我工作了六個小時，最後還跟我說『你似乎不適合這份工作希望你辭職』！」

- 動詞た形＋末 (すえ)に 最後～
  = 動詞た形＋あげく

9

這部電影太棒了！是有個男人因他人的命令而被迫差點殺人的命運的故事，最後的場景是最精采的部分。你一定要看！

- 動詞ます形＋そうになる
  眼看就要～；差點就要

10

（問卷）

能否請讓我們了解，您在使用本公司產品後的感想。

- お聞 (き)かせ願 (ねが)えますか
  能否讓我們聽聽
  ＝お聞 (き)かせいただけませんでしょうか

11

能享受以 150 年傳統自豪的宴席料理專門店獨有的細心服務，以及職人細心做成的手作料理。（2413）
- ～ならでは ～特有；～獨有

12

以前還為了吃「海膽蓋飯」必須專程跑到北海道，現在有只要打一通電話就能宅配到府的服務，因為便利而受到歡迎。（3421）
- ～ゆえに 由於～

13

這座山比想像的還要凶險，成年男性到達頂峰要三個半小時，所以老年人的話也許需要花上半天。（3421）

14

在女子花式滑冰史上留名的名選手金妍兒表示，將在索契奧運後從花式滑冰現役選手引退。（2143）
- ～を最後 (さいご)に ～作為最後

15

對於不用上班的我來說，下雨也好下雪也罷，天氣怎麼樣都無所謂。（2413）
- 動詞意志形＋う (よう)と
  無論～（結果都不會改變）

擬真試題 9 P. 465

1	1	2	4	3	1	4	3	5	2
6	3	7	3	8	4	9	3	10	4
11	4	12	2	13	3	14	1	15	3

1

森田：「聽說河豚有毒，如果吃了會死喔！」
東：「別說傻話了！我們吃的是已經去掉毒素的所以沒問題，倘若就算吃到一點點的話也不會死人啦！」

森田：「不對啦！聽說河豚的毒是劇毒，所以只要一點點就會死掉欸！」
- 死 (し)にはしない 死是死不了的

2

堀：「金小姐，報告寫完了嗎？」
金：「嗯…還沒有。連報告題目都還沒有決定呀！」
- ～もん・～もの 因為～

3

考試期間恕難回答任何問題，敬請見諒。
- 動詞ます形＋かねる 難以～
- 動詞ます形＋かねない 有可能～

4

我們團隊領頭執行的企劃案突然被迫中止了。也沒有被告知理由，團隊氣氛如同隕石掉落般地沉重。
- ～ておらない・～ておらず 沒有～；未～

5

按照老師所教的去解答問題的話，大抵應該不會不及格。
- まず～だろう 大概 (不會)～

6

藝人「杏」因生病住院，希望她能早日康復，未來也繼續從事獨一無二的活動演出。
- ～てほしい 希望～；想要～

7

木村：「旅行好玩嗎？」
落合：「那個啊…到了那邊包包就差點被搶，一直是強風豪雨，所以完全無法在海上游泳。旅行倒數第二天時，只能邊祈求希望明天什麼都不要發生邊入睡。」
- ～ないように 希望不要～

8

觀光客：「不好意思，請問我的行李箱可以放在這邊嗎？」
- ～させていただく 「する」謙讓表現

9

繪里：「你就這麼喜歡他嗎？明明他連看都不看你？」

美榮：「嗯，就是看著他就感到幸福了吧！只要能待在他身邊就可以。」

• ～という＋か 該說是～是嗎？

10

店員：「客人，如果您能告訴我您要找的衣服的特徵，是什麼樣的款式，我馬上為您找找。」

• おっしゃる 「言う」尊敬表現

11

所謂「不勞動者不得食」，是指不工作的人不應允許飲食的意思，是俄國革命家列寧說過的話。（3421）

• ～べきではない 不應該～

12

想了想最近變胖的原因，因為提到外出的話也只是到附近走走的程度，一整天都在家裡無所事事。（1423）

• ～といったら 提到～；談到～

13

在出差地完成工作，欲前往東京時，因大雪而寸步難行，雖然想出發卻沒有辦法，令人感到困擾。（2431）

• 動詞意志形＋に（も）+動詞可能形＋ない 雖然想～但也不能～

14

中村：「你覺不覺得健一的五官有些角度看起來甚至像個女人？」

渡邊：「對！對！我也這麼想。頭髮長長的，讓他穿裙子的話簡直就像女生一樣呢！」（2314）

• ～にさえ 甚至～

• 動詞ます形＋ようによっては 要看～；取決於～的方法

15

不要說家人了，記者岡田連自己的命都不顧

地前往戰場。（1324）

• ～はどころか 名詞／普通型+どころか 別說～

• 顧（かえり）みる 回顧；顧慮

擬真試題 10　P. 468

1	3	2	4	3	1	4	4	5	3
6	2	7	4	8	1	9	3	10	4
11	1	12	2	13	1	14	1	15	4

1

來留學很快就過了一兩年，現在已是第三年了。

• 數量詞＋や＋數量詞 ～或～

2

見到小學同學，大家都好像回到孩提時期般地互相說笑。

• ～ごとく・ごとき 像～的樣子
　＝～ように・ような

3

今年開始公司業績有所成長，可以說是構造及經營方針的改革成果。

• よう 可以～；能夠～

4

妻：「看那邊！天空被染成紅色了耶！何等美麗的夕陽啊！」

夫：「只不過是尋常的夕陽罷了。」

• なんて～こと 何等～呀！（表示感嘆）

5

沒錢的時候，到百貨公司什麼都想要買，但要是當要買什麼的時候，就是找不到看得順眼的東西。

• いざ～となると 一旦真的要～的話，就會～

中村:「星野，真是抱歉，因為我的失誤，害你也要加班到這個時間。」

星野:「沒關係沒關係，下次你請我吃飯！那麼我們就加快腳步吧！照這個速度下去的話今天應該可以做完，再努力一下。」

7

兒子:「媽媽，買新手機給我！摔到之後就壞了，買給我嘛！」

母親:「欸？又壞了？嗯…這次考試考全班第一名的話是可以買給你。」

・～なくもない 也不是完全不～；也有可能～
　＝～ないでものない，～ないものでもない

8

可不可以別開玩笑了？就算再怎麼有趣的笑話，聽那麼多次也受不了。

・動詞て形＋(は)かなわない
　～得受不了；～得吃不消

9

妻:「老公，今天早上你又把玄關開著就出門了吧？要是小偷進來的話你打算怎麼辦？」

夫:「啊！抱歉抱歉！」

・動詞ます形＋っぱなしにする
　只做了～ (不做後面應做的事)

10

雖然剛來到日本的時候因為語言不通很辛苦，不過食物不合胃口更讓我吃足苦頭。

・それにもまして 比～更

11

由於網路的普及而能自由自在地和世界上的任何人交換各式各樣的資訊。（2413）

・～により 由於～
・～によって 由於～

12

部長:「欸？金田已經回家了嗎？工作不是應該還沒完成嗎？」

鈴木:「嗯，他好像一句話都沒說就回去了的樣子。」（3421）

13

觀賞舞台劇或看電影時，雖沒有惡意，但會有自然而然發出的雜音，就算沒有辦法完全防止發出聲音，但顧及他人感受，也要盡可能的把音量壓低。（4213）

・～ないにしても 就算不～

14

我不是不了解你想辭職，但一聲不吭就不來上班是毫無道理的。（2143）

・～ないものでもない・～ないでもない
　・～なくもない
　　也不是完全不～；也有可能～

・もってのほか 豈有此理
　＝言語道断 (ごんごどうだん)

15

雖然不想工作，但基於經濟上不依賴父母這樣的想法，所以得找工作。（3142）

・まい ①決不～ ＝～ないつもりだ
　　　②不會～吧？ ＝～ないだろう

・～を余儀 (よぎ)なくされる
　(因～)被迫～ ＝～をしがたなくする

擬真試題 11　P.471

1	3	2	4	3	4	4	1	5	2

　　好朋友會說難聽話。意思是，並非會說難聽話的人才是好朋友，而是好朋友是只要對對方有益的話，就能直言不諱的人。那種經常誇讚、溫柔安慰、只回好聽話、一心取悅的人，他僅是不想被討厭所以只好扮演好朋友的角色。當自己受挫時，有安慰你「沒關係，沒關係，這次只是運氣不好而已！」的朋友；有嚴格痛心指責「這個世界可沒那麼好混！都因為你怠惰！你當時應該考慮現況認真訂定計劃才對」的朋友，這時果然還是容易誤解用溫柔言詞安慰的朋友才是真正的朋友，對

吧？真正的朋友是敢把那種會一觸即發、看似會導致吵架、不圓滑的一句話不假思索地說出口的。這是真正為你著想的朋友才做得到的。真正的朋友是不怕被討厭，會設身處地的說他該說的。與其把你做不到的事情硬說「沒問題的！」，寧可推心置腹地告訴你「不行！」還來得為你好。就算是逆耳的忠言，對方能一針見血地說出實情，這樣才能自我成長。

擬真試題 12　P. 473

我想造訪一間聽說口碑不錯的壽司店。可是，那家店並不是那種可隨意挑選自己愛吃的來吃的迴轉壽司店，如果是高級壽司店，那麼就會開始擔心用餐時是該用手？還是該動筷子？醬油該沾在料上？還是壽司飯上？等諸如此類的壽司的正確吃法跟禮儀。我發現，儘管是日本壽司的正確吃法都不知道，真令人感到意外。可是，我是認為不必要太拘泥於形式。不過，起碼下述事項還是要小心。

1　出門前往壽司店用餐時勿擦抹味道過濃的香水等東西。因為畢竟餐點是要用五感來享受的，香水的香味會影響到餐點。

2　少用壽司店用語。雖然我們會把茶講成「あがり」、醬油說成「むらさき」，但在跟師傅點餐等情況時最好還是少用專業用語。像我們也會把紅薑說成「ガリ」，但由於這個字已是一般大眾化用語，所以倒是可以講。

3　吃壽司的時候要從味道淡的開始吃再漸漸吃味道重的。當然隨自己喜好，愛從哪樣開始吃其實都不要緊。不過，要是剛吃的壽司料的味

道還留在舌頭上，那麼下一道壽司料的味道就會被蓋過去，於是吃不出滋味，所以在挾下一道壽司前先用紅薑或茶清爽一下嘴巴再吃即可。

4　醬油應該沾在壽司料上吃。因為一旦沾在壽司飯上，醬油的味道只會更強烈、更鹹。再者，吃的時候聽說用筷子、用手都可以。最後我再強調一次，不用過於拘泥形式，只要先掌握一點基本的禮儀就好。

擬真試題 13　P. 475

一種名喚「TeleWork」的工作型態即將登場亮相！

其實就是 Tele 和 Work 的合成語，意指不受 ICT 應用時間或地方所限制，能隨心所欲的工作型態。

「TeleWork」根據工作型態可分成雇用型、自營型、利動型及居家型等 4 種。企業多採用居家型，採用這種型態的好處是可提高生產，預防天災、意外、不測的事態等。而就算發生災害也不用勉強進公

司，在家便可繼續工作。在企業裡，「TeleWork」原則上需事先申請，但似乎也還是會靈活因應天災或突發狀況。某家企業的老闆說：「剛開始是為了提高員工士氣而引進，加強員工的動機及忠誠度自不待言，竟然連組織本身的體質都強化了。」當然，這種 Work Style 不一定適合所有企業，甚至有企業還禁止在家工作呢。據說是因為在同一場所碰面工作比較能激蕩出新創意，且和人有所交流才容易產生偶然的幸運。

1	1	2	3	3	4	4	2	5	2

　　日本的 Email 文化尚屬過渡期，它的形態能有多成熟？又可崩壞到什麼地步？等等，似乎都還在模索當中。可說是商務主角的 Email 禮儀要是沒好好學會，有時可是會吃大虧。

　　首先，Email 當中就屬因搞不清楚尊敬語和謙讓語而犯錯，以及言語知識及理解不足而用了失禮的表達方式的情況為最多。

（實例）
收件人：jlpt@dokoya.syouzi.co.jp
寄件人：tanimura19@sakurakopore-syonn.
　　　　co.jp
主旨：開會日期

敬啟者

貴公司鴻圖大展，謹申賀意。

A 敝姓谷村。
我們已受理您欲變更開會日期的要求。

B 12 月 27 日當天是沒有問題的。
平添您的麻煩，實在過意不去。
附加檔案是此次開會的相關資料。
麻煩您予以確認。
我們等候您大駕光臨。
櫻花股份有限公司　營業部　谷村秀夫

　　就算上述 mail 的其他內容還不錯，這 A 和 B 的部分委實無法忍耐，是大大的 NG。這樣的話，該怎麼改才能算是一封好信呢？首先，由於 A 並非初次見面，所以改成「在下是谷村」比較好，而 B 則是不適合用於外部顧客，所以該改成「我們期待您於 12 月 27 日大駕光臨敝公司」。

1	3	2	2	3	2	4	3	5	1

寫給早苗
前略

　　久未問候。我想妳應該過得很好。我也還不錯。

　　如同我之前通知妳的，我於 5 月時搬來札幌了。若妳也有到這邊來，請務必來找我哦！我們有一堆事還沒聊，若要留宿那就更加歡迎。

　　話說，搬家後，當我著手整理時，發現有好多跟別人借來的東西都還沒還，我正在深自反省當中。其中也有跟早苗妳借的書，我會一併寄還。這麼長一段時間，真的很謝謝妳，竟然就這樣借了 5 年，實在抱歉。

　　另外，應該在卻不翼而飛的東西也不少，到底是借給了誰，真是讓我想破頭。無怪乎我心有戚戚焉覺得像早苗妳這樣有借有還的人真是鳳毛麟角。

　　第一次遇到早苗妳是大約 6 年前，在京都車站對吧？初見面的早苗跟我搭話說「我不小心弄丟錢包了。能否麻煩妳借我 1 萬日圓就好？」，那時，我著實嚇了一跳。由於妳一臉快要哭出來的樣子，我遂不假思索地交給妳 1 萬日圓跟電話號碼，草苗則隨後邊道謝且頻頻點頭地、急急忙忙消失在人海裡。那時，我的朋友都把我罵到臭頭，都說我被騙子給騙了。不過，早苗妳在 2 天後打了電話給我，說要還我錢，我內心非常感動！

　　不管如何，我期待著早苗的來訪，讓我們在札幌這邊繼續聊下去。

那麼，靜待回音。亦請代我向您家人問
好。
草草

2017 年 10 月

有馬百合子

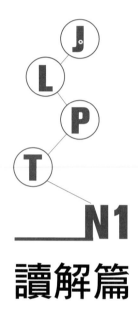

N1

讀解篇

作答讀解題型時，切勿按照自己的想法，而是要依據文章內容解題。難度較高的考題通常會出現兩個讓人難以抉擇的選項，此時若其中一個選項含有許多文中出現的單字或類似含意的單字，則該選項會是正答的可能性較高；若選項中出現了文中沒有出現的單字，則該選項會是正答的可能性就較低。

問題8 短篇理解（4篇文章共4題）

題型說明　1 文章篇幅約為 **200 字**左右，共有 4 篇文章。

　　　　　2 主題時有關日常生活或公司業務，文章類型包含**說明文、解說文、評論、意見文、信件**等。

　　　　　3 每篇文章出一道題目。

　　　　　4 考題通常會考**對文章內容的理解程度、作者的想法或主張、指示詞所指稱的對象、畫底線處的原因**等。

〔例題〕

問題8 次の（1）から（4）の文章を読んで、後の問いに対する答えとして最もよいものを、1・2・3・4から一つ選びなさい。

　急激な変化の中で私たちは自分を見失いがちである。これからの社会でもより激しい変化が起こり、それを読み取るのは至難のわざであろう。そこで私たちは過去を振り返ってみる必要がある。過去を時間の流れに沿って記録した歴史はただ過去の事実を記憶させるために存在するのではなく、長い時間時代の変化を刻んでおいたもので、私たちの行先を明るく照らしてくれる指針になると思う。

解題技巧　1 請先閱讀**題目，暫時不要閱讀選項**。

2 將題目牢牢記在腦海中，之後讀懂文章的大意和脈絡，並找出題目的答案，切勿過度花心思解讀每字每句。

3 掌握文章的主旨。主旨會出現在第一段，結論則會出現在最後一段，此重點適用於所有讀解題型。

4 閱讀時，請**特別注意結論部分**。

5 閱讀過程中，碰到不會的單字時，切勿驚慌，請繼續往下閱讀，只要繼續往下閱讀，通常就能自然而然理解單字的意思。另外，文中若出現超過 N1 等級的高難度單字，後方通常會補充說明其意思。

6 當考題詢問指示詞指稱的對象時，答案通常會出現在**該指示詞的前後方**。若為更高難度的考法，答案則會出現在前一段或結論部分。

學習策略　1 練習讀解題型時，請規定自己在**一定的時間內**作答完畢。短篇文章每篇請**在 5 分鐘內**解決。

2 練習時，請勿直接翻譯文章，而是要試著**理解全文**。舉例來說，如果文中出現指示詞，請務必掌握其指稱的對象，並整理記下要點。

3 請以**文字、字彙、文法、用語**等言語知識為基礎，**集中精神**發揮你的**閱讀實力**。分數的高低取決於你懂得多少的單字和用語。

4 很難在短時間之內提升實力，因此**需要持之以恆的練習**。

5 請大量練習閱讀原文文章，且要**廣泛閱讀**。

6 請透過本書的試題掌握技巧。

7 練習作答改制前後的**已公開歷屆試題**。

問題 8 請閱讀文章，並選出最適合用來回答下列問題的選項。

(1)

答案及解析 P. 582

　　やって後悔するのと、やらずに後悔するのと、どちらの落ち込みが人生において

ダメージが大きいでしょうか。

　　ネガティブな人の第一の共通点は行動しないことです。行動を起こす前に駄目だ

と思い、テンションが下がり、暗い思いばかりを膨らませて結局行動に移さないの

です。反面、ポジティブな人はとにかく動きます。行動して駄目になって落ち込む

ことになっても、その「落ち込み」はある意味で「成長」になり、次に挑戦するた

めの「肥やし」となります。

1 本文の内容に合っていないものはどれか。
1 やってから後悔した方が自分のためになる。
2 行動しないからネガティブな人になる。
3 行動した後悔より行動しなかった後悔の方が痛手である。
4 人生においての落ち込みは必ずしもネガティブなものではない。

答案及解析 P. 582

世の中の普通の人に通用するのは「凡人」の（注）尺度である。「エリート」の

それはごく一部にしか通用しない。自分が普通の人だからこそ、平凡な視線で商

品を眺めることができる。これが普通の人からより多くの共感を呼び起こす商品が

作りだせる力なのだ。自分が平凡過ぎる、つまらな過ぎるからこそ「できる人」に

なれるのだ。

（注）尺度（しゃくど）：ものさし

2 この文の筆者の考えは何か。
1 平凡な人が後で成功するケースはごく一部である。
2 平凡なものさしの持ち主が大衆に受ける商品が作れる。
3 大衆からの共感を得るためには平凡になる必要がある。
4 人気のある商品は普通の人に通用しやすい。

私たちは常識という目で物を見て判断している。この常識とは昔のある偉い人が作り、それをもとに学問や芸術を作りだして、現代にいたって伝承されたものだ。私たちはこのような目で物を見ている。もちろん、これが正しくないと言いたいわけではない。ただ、常識にとらわれて世界を眺めては見るべきものを見ていないのではないか、いや、見えないのではないかと心配されてならない。自分の目でものを眺めると今までなかった世界が目の前に繰り広げられるかもしれない。

[3] 自分の目とあるが、具体的に何か。
1 常識にそった思考
2 昔の人の思考
3 現代の人の思考
4 柔軟な思考

　創造に関わる職業についている人の思考は子供っぽいところがある。内に「子供」がいるからこそ、そのような仕事を持つことになったのか、逆にその仕事についているからこそ「子供」ができたのか。僕は前者であると思う。

　だれもが内に「子供」を抱いているはずだが、それが世間にもまれていつの間にかなくなっている。だから、この世のたいていの職業は、「大人」の思考が働いているかもしれない。しかし、幸いなことにその職業についている人だって何かに夢中になっているところを見るとそうでもないらしい。

④　そうでもないらしいとあるが、具体的に何か。

　1 創造に関わっている人は「子供」をいだいていないようだ。

　2 「子供」の思考の人は創造の職業に関われないようだ。

　3 大人の内に「子供」がまだまだ残っているようだ。

　4 大人の職業についている人なら、創造的であるようだ。

『イタリアノア』よりお知らせ

毎度ご来店いただき誠にありがとうございます。

当店では営業料金の変更に伴うシステムメンテナンスと設備メンテナンスの為、下記日程にて臨時休業させていただきます。あらかじめご了承くださいませ。なお、開店日よりランチタイムの制限時間及びランチ・ディナーともにソフトドリンクの飲み放題の価格の改訂を実施させていただくことになりました。下記の通りご案内申し上げます。

臨時休業日：　2020 年 5 月 31 日（日）

開　店　日：　2020 年 8 月 1 日（土）

ランチタイム食べ放題制限時間：　70 分　→　80 分（10 分延長）

ソフトドリンク飲み放題価格：　ランチ　300 円　→　250 円（50 円値下げ）

　　　　　　　　　　　　　　　　ディナー　500 円　→　250 円（250 円値下げ）

皆様のご理解と今後も変わらぬご愛顧を 承 りますよう心よりお願い申し上げます。

店主　鈴木さなえ

5 上の内容に一致するものはどれか。

1 システムと設備の点検及び保守のため三か月ぐらい店はやっていない。

2 2020 年 8 月からランチタイムの食べ放題の値段が安くなる。

3 5 月まではすべてのソフトドリンク飲み放題の値段が違ったが、8 月からは等しくなる。

4 開店後のランチとディナー食べ放題の利用時間が変更された。

非凡な精神的能力や輝かしい才能をみなが備えていては、この世に歴代続く産業はあり得ない。才気な者が起業してゆくのはどの時代でも同じだ。しかし、それを産業として成り立たせるのはその能力を有していない者の骨が折れる労働や自己の利益を顧みない犠牲や献身そのものだ。これがなければ才気が生き残ることはあり得ないだろう。

6　才気な人についてこの文ではどのように述べているのか。

1　どの時代でもビジネスを広げていく大事な人である。

2　並み外れの能力を備えていて、これを社会に貢献するべきである。

3　ビジネスを成功させることができる非凡な能力の所有者である。

4　様々な人の支えがあるからこそ、能力が活かせるのである。

重點題型攻略

問題9 中篇理解（3篇文章共9題）

題型說明　1 文章篇幅約為**350字**左右。

2 與「短篇理解」相同，主題均有關日常生活或公司業務，文章類型包含說明文、解說文、評論、意見文等。

3 每篇文章出三道題目。

4 考題通常會考對文章內容的理解程度、作者的想法或主張、指示詞所指稱的對象、畫底線處的原因、和本文內容是否一致等。

〔例題〕

問題9 次の（1）から（3）の文章を読んで、後の問いに対する答えとして最もよいものを、1・2・3・4から一つ選びなさい。

　　かつてそろばんは商いに欠かせない道具で、江戸時代の寺子屋では、「読み書きそろばん」を生きていくために必要な知識として教育の中心に据えていた。だが、それも今は昔。計算機やコンピューターが当たり前になった今日、指先で玉を動かして使用するそろばんは、いかにも時代後れの存在だ。入った店で精算するときにおもむろにそろばんを出して計算する主人がいたら、今の若い人は不安になるかもしれない。

　　戦後、小学算数の学校教育の一環として辛うじて生き延びてきた珠算だが、実は最近、見直しの気運が高まっているという。きっかけはその教育的効果の

　　　　　　　　　　⋮

解題技巧　1 請先閱讀**題目，暫時不要閱讀選項**。

2 將題目牢牢記在腦海中，之後讀懂文章的大意和脈絡，並找出題目的答案，切勿過度花心思解讀每字每句。

3 掌握文章的主旨，主旨會出現在第一段，結論則會出現在最後一段，此重點適用於所有讀解題型。

4 會以「～と思う、～だろう、～でしょう」等用語來表達作者的想法。

5 將文章分成兩三個段落，**掌握各段重點**。

6 文中出現**指示詞**時，請確實掌握其指稱的對象。就算題目沒有考指示詞，也要確認其對象為何後再往下閱讀。

7 當考題詢問指示詞指稱的對象時，答案通常會出現在**該指示詞的前後方**。若為更高難度的考法，答案則會出現在前一段或結論部分。

8 閱讀過程中，碰到不會的單字時，切勿驚慌，請繼續往下閱讀，只要繼續往下閱讀，通常就能自然而然理解單字的意思。另外，文中若出現超過 N1 等級的高難度單字，後方通常會補充說明其意思。

學習策略　1 練習讀解題型時，請規定自己在**一定的時間內**作答完畢。中篇文章每篇請在 **7 分鐘內**解決。

2 練習時，請勿直接翻譯文章，而是要試著**理解全文**。舉例來說，如果文中出現指示詞，請務必掌握其指稱的對象，並整理記下要點。

3 請以**文字、字彙、文法、用語**等言語知識為基礎，**集中精神**發揮你的**閱讀實力。分數的高低取決於你懂得多少的單字和用語**。

4 很難在短時間之內提升實力，因此**需要持之以恆的練習**。

5 請大量練習閱讀原文文章，且要**廣泛閱讀**。

6 請透過本書的試題掌握技巧。

7 練習作答改制前後的**已公開歷屆試題**。

問題 9 迎戰日檢

問題 9　請閲讀文章，並選出最適合用來回答下列問題的選項。

(1)

答案及解析 P. 583

　　かつては年齢が39歳までで、長期間にわたって外出をせず、家族以外の人と交流がない人を引きこもりと定義していた。これは最近の若者特有の問題であり、年を取るにしたがって何らかのきっかけで克服し、次第に社会に復帰していくと考えられてきた。

　　ところが①この予想は、現実とはかけ離れていた。ある自治体が年齢に制限を設けずに調査を行ったところ、中高年の引きこもりがなんと全体の半分近くを占めていることが分かったのだ。この報告を受け、中央や地方の様々な機関が従来の方法や対象を見直し始めた。②その結果、新しい事実がどんどん明るみに出てきた。たとえば地方の農村などでは、失業などの理由で都会から戻ってきた中高年が、そのまま引きこもりになってしまっている例が、若者の例を圧倒していた。引きこもりは若者だけの問題でもなければ、人間関係が希薄な都会に特徴的な現象でもなかったのだ。盲点だった。

　　中高年の引きこもりについて、行政ができることは何か。これまでの取り組みの多くは、本人が少しずつ家から出られるようにし、対人関係を構築させるとともに小規模なコミュニティーに所属させ、やがては職業人として労働ができるようにすることに主眼があった。しかし、引きこもりが20年にも及ぶケースについては、このような目標設定は現実的でない。政府は今、新たな方針を打ち出せないまま、苦悩している。

① ①この予想とあるが、具体的に何か。
1 引きこもりがこれからも増えていくということ
2 引きこもりは若い時の一時的な現象であること
3 若い人であれば引きこもるのが当然だということ
4 外へ出ず、仕事も持たない人を引きこもりと呼ぶこと

② ②その結果とあるが、どのような調査の結果なのか。
1 年齢と地域を問わず、引きこもりの実態を調べた結果
2 長年、外へ出ずにいた引きこもりの現在の実態を調べた結果
3 農村を離れて都会へ稼ぎに出た引きこもりの現象を調べた結果
4 職を失ったり、定年という理由で帰農する人たちの現象を調べた結果

③ この文章で筆者が言いたいことではないのはどれか。
1 引きこもりについて政府が今まで行ってきた対策は現実に合わない。
2 引きこもりの定義を見直してもう少し積極的に社会へ出られるようにしてほしい。
3 中高年の引きこもりの現状を認知し、それに相応しい方針を立てるべきだ。
4 引きこもりは幅広い年齢層にわたって現れているので、従来の政府の取り組みは改めるべきだ。

　昼過ぎから降り始めた雪は一向に止む気配もなく、夕暮れ時には辺り一面を白く塗りつぶしてしまった。この調子だと、明日の朝には、道から少し入ったところにある私たちの家は、周りが雪の塀に囲われてしまうかもしれない。しばらくの間、陸の孤島となる。外に出ることはおろか、（注）お天道様をまともに見ることも難しいほど、分厚い雪に閉じ込められてしまうのだ。人が聞けば、「さぞかし心細い家だ」と思うかもしれない。

　私は、①防音室のように静まりかえった居間を宇宙に漂うカプセルに見立てたり、生まれる前に過ごしたはずの母親の子宮の中に見立てたりして、不思議な感覚を楽しんでいた。②その空間での時間は現実の時間とは全く違う物と考えられ、ひたすらゆっくりと流れていった。大雪は、まだ幼かった私にとって楽しい非日常でしかなかったのだ。子供は気楽なものだ。

　雪国の農村では、この季節にできることは限られている。祖母と母は内職をしていた。父はどこかに出稼ぎに行っていた。雪で近隣の家との行き来も途絶えてしまった。10歳の少年にとっては気が遠くなるほど退屈な環境のはずだ。しかしなぜか、それが私にとって最も③甘く懐かしい思い出なのだ。老いが近づき、私はどうにかして、あの時間の感覚を取り戻す方法がないものか、そんなことを考えている。

（注）お天道様（てんとさま）: 太陽のこと

4 ①防音室のように静まりかえったとあるが、どうしてなのか。
　1 遊びのために居間に防音壁をはっておいたから
　2 大雪に見舞われるとほぼ孤立状態になるから
　3 雪が降り始めると家族が戻れなくなり家の中が静かになるから
　4 農閑期になると父は出稼ぎに行って母と二人っきりになるから

5 ②その空間とあるが、何を指すのか。
　1 筆者の家
　2 雪国
　3 筆者が遊んでいた遊び場
　4 陸地から遠く離れた孤島

6 ③甘く懐かしい思い出とあるが、どんな思い出なのか。
　1 真冬の農村ではできることがなく退屈したこと
　2 大雪で近所にさえ出かけられず、賃仕事をしていたこと
　3 大雪で孤立していて非日常的なことを楽しんだ思い出
　4 雪が舞い降りて地上に満遍なく降り積もったきれいな風景

　建物が文化財に指定されている①料亭というと、気軽に寄れるような店ではないと考えるのが普通でしょうが、この店に限ってはそんな心配は無用です。むしろ気負って行ったならば、あまりに気取らない雰囲気に②拍子抜けしてしまうかもしれません。掃除は行き届いていますが、建物の傷みや修理の跡はそのまま。古いからといって、触ってはいけないとか、みだりに写真を撮ってはいけないとかいうこともなく、ごく普通に食事をする場所として機能しているのです。

　料理もどちらかというと大衆的です。うんちくを傾けたい人には物足りないかもしれませんが、妙に凝ったことをするでもなく、素直に誰もがうまいといえる普通の献立です。料理が好きな親戚のおばさんの家に遊びに行って、奥の間で歓待を受ける感じとでも言えばよいでしょうか。

　この日は寄せ鍋を注文したのですが、出てきた具材は新鮮で、特にエビの生きが良いのが目を引きました。料理に舌鼓を打っている最中に、隣の部屋から仲居さんたちが世間話をしているのが聞こえてきて、ここはとことん自然体の店だなあと妙に感心したものです。私の性分でしょうが、ぴかぴかの新しい施設や、かしこまったところでは、どうも食べたような気がしません。だからこの店の各要素の調和が、何物にも代えがたいのです。

⑦ 本文の①料亭について正しくないのはどれか。
1 由緒深い建物の料理屋である。
2 張り切って行かなくてもいい気楽なところである。
3 建てられてから一回も修理もしないまま保存している。
4 誰でも気楽に楽しめる素朴な味わいのお店である。

⑧ ②拍子抜けしてしまうかもしれませんとあるが、どうしてなのか。
1 建物が傾いていたから
2 雰囲気に違和感を感じたから
3 建築の当時のまま古いから
4 意外に平凡だから

⑨ 本文の筆者について正しいのは何か。
1 洗練された料理が好きなようだ。
2 あるがままの雰囲気の店が好きなようだ。
3 親戚のおばの料理が好きなようだ。
4 舌を鳴らしながら食べる習慣がある。

　かつてそろばんは商いに欠かせない道具で、江戸時代の寺子屋では、「読み書きそろばん」を生きていくために必要な知識として教育の中心に据えていた。だが、それも今は昔。計算機やコンピューターが当たり前になった今日、指先で玉を動かして使用するそろばんは、いかにも時代後れの存在だ。入った店で精算するときにおもむろにそろばんを出して計算する主人がいたら、今の若い人は不安になるかもしれない。

　戦後、小学算数の学校教育の一環として辛うじて生き延びてきた珠算だが、実は最近、見直しの気運が高まっているという。きっかけはその教育的効果の再評価だ。珠算を学ぶと、そろばんなしでも桁数の多い暗算ができるようになり、計算力の面で圧倒的に有利だという。そろばんの目が頭の中にイメージとして保持されるため、数を覚えるのにも強くなる。さらには、英語による問題読み上げと組み合わせた新式の訓練が脚光を浴び、算数と英語の一石二鳥を狙う親たちが続々とそろばん教室の門を叩いているそうだ。加えて大人が趣味として習う例まで出てきた。そんな話を耳にして、私も久々にパチパチと音を立てる昔ながらの木製そろばんの感触を試してみたくなった。

10 　不安になるとあるが、何が不安なのか。

1 勘定が合っているかどうか

2 流行に後れているのではないか

3 どうして計算を急がないのか

4 どうして電卓を使っているのか

11 　本文の内容に合っていないのはどれか。

1 かつては珠算は重要な教育の一つだった。

2 珠算は現在再認識されている最中だ。

3 算数以外の科目にも珠算が取り入れられている。

4 珠算は単語の暗記力を高めるのに効果がある。

12 　本文から見ると、筆者は「そろばん」をどうとらえているのか。

1 時代に遅れた物

2 計算に便利な物

3 何とか生き延びていく物

4 再び当たってみたい物

　「①駅伝競走」は正月のお茶の間に欠かせない風物詩になっている。　中でも1920年にスタートした毎年1月2日、3日に行われる箱根駅伝は、テレビ放送の平均視聴率30％を超えるほどで最も②人気を集めている。

　箱根駅伝では東京・大手町を出発し、箱根で折り返す往復約218キロメートルの道のりを予選を経た各大学の10人のランナーがリレーしていく。長距離なので差がつきやすそうなものだが、一人で何人も抜き去るスター選手も登場し、順位の変動はめまぐるしい。出場校の半数である10位以内に入ると翌年のシード権を獲得できるので、下位の争いまで飽きさせない。海沿い、山登り、坂道などの多彩できれいなコースを背景に抜きつ抜かれつの一編のドラマが繰り広げられるのだ。それぞれの個性もあって、必死に頑張る選手たちに見る者は感動し、感情移入できるという魅力もある。　映画やドラマに比べ、演出者による作為が見られず結果がわからないという魅力や③心地よい不安感が感じられる。

　実はこの駅伝、英語の辞書が、「Ekiden」として日本語のまま載せている例がある。それだけ日本で独自に発展した競技なのだ。本来は個人競技であるはずの徒競走が団体競技になり、チームの総合力で勝敗が決まるところが、日本人好みなのだろう。

13 ①<u>駅伝競走</u>について<u>正しく</u><u>述べ</u>ているのはどれか。
1 日本発祥のスポーツである。
2 10校の大学からスター選手が出場できる。
3 箱根からスタートする競争が最も人気がある。
4 全レースをドラマとしてブラウン管を通して家庭に流している。

14 ②<u>人気を集めている</u>とあるが、その理由として<u>正しくない</u>のはどれか。
1 緊張感があるから
2 人為的ではないから
3 風景が楽しめるから
4 結果が見抜けるから

15 ③<u>心地よい不安感</u>とあるが、どんな意味か。
1 気楽になって屈託がなくなる。
2 緊張感はあるが快適である。
3 緊迫感はあるが興味深い。
4 底知れない危機感を感じ、懸念される。

答案及解析 P. 587

　ガイドブックは便利に見えて、旅行の楽しみを半減させている。特に観光スポット中心、グルメ中心の国内ガイドなどは、広告コピーなのか、レビューなのか区別がつかない。これに頼って旅行してしまうと、お勧めのリストから候補を拾い上げて、点と点を結ぶだけ、まるで半分以上出来上がったプラモデルを買ってしまった気分になる。旅には発見と偶然が必要だ。交通機関やアクセスなどの事前情報を中心に組み立てる効率中心の旅など、特にそれらの情報が容易に得られるようになった現在では、①面白くも何ともない。

　本来の②旅は、地図を手に入れるところから始まる。駅から旧街道まで適度な距離だから歩いてみようか、宿はありそうかな、昔の宿場町はこのあたりか、といったことを考えながら、まずは全体的な土地のイメージを膨らませる。その上で、その地に関係ある歴史小説や紀行文をいくつかカバンに詰め込む。前もって読むのもいいが、現地を旅しながら読むともっといい。行き当たりばったりの旅では、バスや電車を逃して数時間待つなどざらだ。そんなときに、（注）悠然と本を読む。そこの空気を吸っているからこそ、すっと入ってくる知識も多く、街歩きの大きな武器となる。そして最後は、現地の人から、手がかりを手に入れるのだ。③ガイドブックにはない穴場でなきゃなんて、そんな野暮なことは言わない。世間で知られていようがいまいが、自力で発見することが重要であり、そこに至る道筋の偶然性にこそ、旅があるからだ。

（注）　悠然（ゆうぜん）: ゆったりしたさま

16 ①<u>面白くも何ともない</u>とあるが、どうしてなのか。
1 地元の人と出会う機会が減るから
2 現地の穴場が載っているから
3 旅先での時間が効率的に使えるから
4 たやすく旅行先の情報が得られるから

17 筆者は②<u>旅</u>はどんなものであるべきだと言っているのか。
1 現地の歴史知識をもとに歩き回ること
2 情報をベースに有名なスポットを回ること
3 試行錯誤しながら偶然な出来事を楽しむこと
4 歩き回りながら新しいものを発見しに行くこと

18 ③<u>ガイドブック</u>について筆者はどう述べているのか。
1 旅行の楽しさを半減させるが、頼りにするといい。
2 旅行の楽しさを減少させるだけのものだ。
3 旅行先の広告などが載せてあるので少しは役に立つ。
4 旅行の偶然さをなくすが穴場なども載っているので使い勝手がいい。

重點題型攻略

問題10　長篇理解（1篇文章出4道題）

題型說明　1　文章篇幅約為 **550 字**左右。

2　與「**短篇理解**」、「**中篇理解**」相同，主題均有關日常生活或公司業務，文章類型包含**說明文**、**解說文**、**評論**、**意見文**、**信件**等。

3　**每篇文章**出四道題目。

4　考題通常會考**指示詞所指稱的對象**、**畫底線處的原因**、**作者的想法或主張**、**和本文內容是否一致**等。

〔例題〕

問題10　次の文章を読んで、後の問いに対する答えとして最もよいものを、1・2・3・4から一つ選びなさい。

　　昭和 28（1953）年から放送された「①ジェスチャー」という人気テレビ番組があった。出演者が白組、紅組に分かれ、無言での身振り手振りが何を表しているかを当てるという内容のゲーム番組だ。出演者の動きを目で見て楽しむことができる、テレビならではの番組だった。言葉を使えばすぐに伝えられるものを、身振りのみで伝えるもどかしさが、視聴者の人気を呼んだのだろうか。同様のコンセプトは、現在もよく使われるので、一度は見たことがあるだろう。

　　私たちは、同じ言語を母語とする者同士なら、言葉による伝達が一番効率的で、理想的な手段だと考えている。それは、ある言葉を発した時、受け手もその言葉を同じ意味で捉えると仮定しているからだ。しかし実際には、②話はそう簡単ではない。例えば、私が「熊がいる」と書いた時、読み手であるあなたは、そこからどんな意味を受け取るだろうか。ここで、私が意味しているのは、なんとも言い表しようのない恐怖を呼び起こす、（注）どう猛な獣が出現する場面だ。も

　　　　　　　　　　　　　　　　　　　　　　⋮

解題技巧

1 請先閱讀**題目**，**暫時不要閱讀選項**。

2 將題目牢牢記在腦海中，之後讀懂文章的大意和脈絡，並找出題目的答案，切勿過度花心思解讀每字每句。

3 掌握文章的主旨，主旨會出現在第一段，結論則會出現在最後一段，此重點適用於所有讀解題型。

4 會以「～と思う、～だろう、～でしょう」等用語來表達作者的想法。

5 將文章分成兩三個段落，**掌握各段重點**。

6 文中出現**指示詞**時，請確實掌握其指稱的對象。就算題目沒有考指示詞，也要確認其對象為何後再往下閱讀。

7 當考題詢問指示詞指稱的對象時，答案通常會出現在**該指示詞的前後方**。若為更高難度的考法，答案則會出現在前一段或結論部分。

8 閱讀過程中，碰到不會的單字時，切勿驚慌，請繼續往下閱讀。只要繼續往下閱讀，通常就能自然而然理解單字的意思。另外，文中若出現超過 N1 等級的高難度單字，後方通常會補充說明其意思。

學習策略

1 練習讀解題型時，請規定自己在**一定的時間內**作答完畢。長篇文章每篇請在 **7 分鐘內**解決。

2 練習時，請勿直接翻譯文章，而是要試著**理解全文**。舉例來說，如果文中出現指示詞，請務必掌握其指稱的對象，並整理記下要點。

3 請以**文字、字彙、文法、用語**等言語知識為基礎，**集中精神發揮你的閱讀實力。分數的高低取決於你懂得多少的單字和用語**。

4 很難在短時間之內提升實力，因此**需要持之以恆的練習**。

5 請大量練習閱讀原文文章，且要**廣泛閱讀**。

6 請透過本書的試題掌握技巧。

7 練習作答改制前後的**已公開歷屆試題**。

問題 10　迎戰日檢

問題 10　請閱讀文章，並選出最適合用來回答下列問題的選項。

（1）

答案及解析 P. 587

　　商用栽培が認められた最初の遺伝子組換え作物は、1994 年に発売開始された「フレーバーセーバー」というトマトだ。通常、トマトはある酵素の働きが原因で、熟すにつれてどんどん柔らかくなってしまう。「フレーバーセーバー」の特徴は、その酵素の生成を止める遺伝子が組み込まれていることだ。①<u>その結果</u>、同品種は収穫時に傷みにくく、保存庫で時間をかけてゆっくり熟させることができる。単に品質保持期間が長いだけでなく、出荷時に最適な風味になるよう時期を調整することが可能なのだ。これは栽培者だけでなく、スーパーマーケットのような小売業者にも夢のような話だった。遺伝子組換え技術について、バラ色の未来を語る記事が数多く登場した。

　　一方、その動きに伴って、遺伝子組換え作物に疑いの目を向ける消費者も増えた。本来はないはずの性質を備えた「不自然な」植物を長期的に摂取したとき、何か体に異変が起きるのではないかという疑念が持ち上がったのだ。健康的な食生活に一層関心が高まる中、こうした不安が提起されること自体はやむを得ないことだった。

　　②<u>問題</u>は、こうした不安を煽るような報道や識者の意見が、十分な検証を経ないままメディアやインターネットを通じて拡散したことだ。代表的な事例としてパズタイ事件を見てみよう。これはスコットランドのある科学者が、遺伝子組換えジャガイモを食べさせたネズミに免疫低下などの症状が観察されたと発表し、大騒ぎになった出来事だ。しかしこの研究に使用された遺伝子組換えジャガイモは、市販されている有益な性質を持ったジャガイモではなく、実験的に作られた有害な遺伝子を組み込んだジャガイモだった。そのため、遺伝子組換え作物そのものの危険性を示す証拠として認められないとの結論が下された。それにもかかわらず、多くの消費者が遺伝子組換え作物に恐怖心を抱くきっかけとなってしまった。

　ある仮説を科学的に検討する上で最も大切なのは、きちんと統制された条件の下で、因果関係を明らかにすることだ。その最も確かな方法は、実験を行うことである。実験の結果が明らかになった因果関係は、他の科学者が別の環境で実験を行っても、条件が同じである限り、全く同じ結果を生むはずである。これを追試という。こうした手順にのっとって確認された事象は、③誰からも認められる科学的発見となる。

　遺伝子組換え作物の不安を科学的に払拭するのが容易でないのは、現在は人間を対象とした実験が禁止されているからだ。仮にネズミが食べて問題が起きなくても、人間が数十年食べ続けた場合の影響については断言できない。もちろん、米国を始め各国の当局は相当な検討期間を経て、遺伝子組換え作物の栽培や販売を許可している。しかし何十年か経って実際に人体に影響がなかったと結論づけられない限り、この先も④不安を訴える声が消えることはないだろう。

① ①その結果とあるが、どんな結果なのか、**正しくない**のはどれか。

1 トマトの日持ちがよくなった。
2 消費者からの購買も増えた。
3 熟しても果皮が軟化しにくくなった。
4 栽培や販売する人に歓迎された。

② ②問題とあるが、本文ではどのような例を挙げて説明しているか。

1 マスメディアが遺伝子組換え作物について検証されていないことを伝えたこと
2 遺伝子組換え作物を摂取した消費者たちの口コミでデマを拡散させたこと
3 マスメディアが有益な性質を持った遺伝子組換えジャガイモを使って行った研究を報道したこと
4 スコットランドの科学者が有害な遺伝子を組み込んだジャガイモを実験に使ったこと

3 ③誰からも認められる科学的発見とは筆者は何だと言っているのか。

1 確かな方法を用いて研究を何回も行ってそれぞれ出た結果をまとめたものを明らかにする発見

2 認定されている研究の結果を同じ環境でもう一回研究を実施して既存の結果をひっくり返す発見

3 検証された方法を用いて必ず同様の環境と条件下で幾度研究を行った結果を証明する発見

4 統制された同様の条件下で幾度繰り返しても変わりのない結果が出る発見

4 ④不安とはどのようなものだと考えられるか。

1 遺伝子組換え作物が安全だと検証されるのに相当の時間がかかってきたこと

2 遺伝子組換え作物が安全だと検証されたらその栽培や販売の許可を得るのに時間がかかること

3 遺伝子組換え作物が安全だと検証されたとしても人にはどんな影響を与えるか知り得ないこと

4 遺伝子組換え作物が安全だと検証されたとしてもその安全さを消費者に払拭させるのが至難なこと

　調べてみると、地球上の水のうち、淡水はたった３パーセントで、あとは塩水なのだそうだ。ほとんどの陸生植物と陸生動物は、このわずかばかりの水に頼って、生存している。この水はまた、太陽エネルギーを主因として、壮大な規模で地球上を循環している。主なサイクルは次の通りだ。まず太陽の熱が、海、川、湖などから水を蒸発させ、水蒸気として大気中に上昇させる。植物もまた、水蒸気を放出する。空高く運ばれた水蒸気はやがて雲を形成する。気象状況によって、雨雲に発達すれば、水分はやがて雨や雪として地上に降り注ぐ。陸上に降った水分は、地面にしみ込んで地下水になったり、湖や川に流れ込んだりする。そうして最初の段階に戻るのである。今飲んでいる水は、太古の昔から途方もない距離の旅を続けて、私たちの元に戻ったことになる。

　ところで、さっき紹介した循環のサイクルを一巡するのに、どのくらいの時間がかかるのだろうか。その目安をつけるのは①至難の業だという。実際の②水の循環には気が遠くなるほど時間がかかることもあるからだ。例えば、海に流れ込んだ場合。地球上の水の約97％は海に存在するが、海は深くて広大であり、ここから蒸発する量は全体から見ると実はほんのわずかだ。そのため、海水は平均すれば3200年の期間を経て一度蒸発する計算になるという。氷河の場合もスケールが大きい。寒冷地に降った雪は解けないで圧縮され、長期間氷の状態で過ごすことになる。この期間は平均で20年から100年と考えられている。浅い層の地下水に合流した場合も、同程度の期間を経て蒸発するという。逆に短いのが土壌に吸収された場合だ。このケースでは１、２ヶ月ほどでまた大気に戻って行く。その次に短いのが河川で、２〜６ヶ月のサイクルとなっている。人間が普段使う水も、ほとんどは、こうした居住地域に身近な水源に頼っている。

　最近、水資源が不足しているというニュースを聞くことがあるが、それはどういうことだろうか。私たちは資源といえば石油や金属などを思い浮かべがちだが、実は水資源も地球上で偏って分布しており、常に水不足にさらされている国が多いという。また地下水や湖沼があっても汚染されてしまって使い物にならない例もある。さらに砂漠の多い石油産出国では、石油を燃やして海水を蒸留しているというから

驚きだ。石油よりも貴重な水。③こんな事情を知って、私の水に対する見方はすっかり変わってしまった。当たり前のものの良さは、普段なかなか気づけない。今度から朝起きがけに水を飲む時には、おいしくてきれいな水が手に入ることに感謝し、自然の大切さに思いを馳せてみようと思った。

5 ①至難の業と思うのは、どうしてなのか。
1 地球上の水が様々な状態で存在していて、それを知り尽くせないから
2 現在、地球上の水が一巡する期間を測定する方法がまだないから
3 地球上の水が一巡する期間があまりにも長いので、それを測定しがたいから
4 地球上の水がどのような状態で存在するかによって一巡する期間が異なるから

6 ②水の循環の説明として正しいのはどれか。
1 循環のサイクルを一巡するのに一番早いのは河川である。
2 海、川などの水が蒸発し、水蒸気となり、これを植物が吸収する現象である。
3 循環のサイクルを一巡するのに 1000 年以上かかることもある。
4 地球上の水が一巡する期間がだんだん長くなっている。

7 ③こんな事情とは具体的に何か。
1 ありきたりな水源が何百年にわたって減少していて、今後も減少しつつあること
2 地球上のすべての植物と動物は、地球上の水に頼って、生存していること
3 地球上の水分は長い期間にわたって飲み水になること
4 ありふれたように見える水だが、安全な飲み水は地球上に偏重していること

8 本文の内容に一致するのはどれか。
1 地球上の3％の水は一定の循環を通して水源となる。
2 地球上の砂漠化は水源の減少を促している。
3 地球上の水分はいろんな形態で存在している。
4 石油を燃やして出来るエネルギーで地球上の水を循環させる国もある。

昭和 28 （1953）年から放送された「 ①ジェスチャー」という人気テレビ番組があった。出演者が白組、紅組に分かれ、無言での身振り手振りが何を表しているかを当てるという内容のゲーム番組だ。出演者の動きを目で見て楽しむことができる、テレビならではの番組だった。言葉を使えばすぐに伝えられるものを、身振りのみで伝えるもどかしさが、視聴者の人気を呼んだのだろうか。同様のコンセプトは、現在もよく使われるので、一度は見たことがあるだろう。

私たちは、同じ言語を母語とする者同士なら、言葉による伝達が一番効率的で、理想的な手段だと考えている。それは、ある言葉を発した時、受け手もその言葉を同じ意味で捉えると仮定しているからだ。しかし実際には、②話はそう簡単ではない。例えば、私が「熊がいる」と書いた時、読み手であるあなたは、そこからどんな意味を受け取るだろうか。ここで、私が意味しているのは、なんとも言い表しようのない恐怖を呼び起こす、(注)どう猛な獣が出現する場面だ。もし読み手にとっての熊が、動物園でくつろいでいる姿や、キャラクター商品のイメージでしかなければ、動物としての熊という存在としては同じでも、私が文で表そうとした意味とは大きく食い違っている。それは私にとっての熊と、読み手にとっての熊が同じではないからだ。北海道の山間出身の私にとっては、子供だけの留守番の時に集落を襲う熊は、この世で一番恐ろしい存在であり続けた。

もちろんこの意味の食い違いを、説明で補って近づけられる余地はある。しかしそれとて、読み手にとっての意味をあらかじめ想定しきれない以上、解決にはならない。説明のために動員した他の言葉が、③期待通りの意味に伝わるかどうかも保証されない。言葉を尽くしても、背後にある個人の経験の違いを埋めることはできない。ここから分かるのは、私たちの言語コミュニケーションが、かなりの部分を共通の経験に依存して成立しているということだ。言い換えれば、経験が共通していればしているほど、意味の受け渡しで食い違いが生じることは少なくなる。

一般に辞書は、言葉の意味を、また別の言葉により説明するものと考えられている。しかし、例えば「苦い」という単語を知らない人が国語辞典を調べたとして、出ている解説で意味を把握することができるだろうか。試しに手元の国語辞典を見てみると、「苦い」の項は、「ビールや、ミルクが一切入っていないコーヒー、チョコレートなどを口にした時に感じられる味」とある。これでは、ビールやコーヒー、チョコレートを食べた経験のない人に、意味が伝わることはない。つまり、少なくともある種の単語は、経験を通じてしか意味を理解することができないということになる。

　「ジェスチャー」式ゲームでは、身振り手振りでモノや行動を表現し、それをもって言葉の意味を伝えようとする。中にはジェスチャーでは伝えられそうにない言葉を、豊かな発想であっと驚くほど簡単に伝え、瞬時に正解を引き出すのに成功する例もある。そう考えると、この番組の真の魅力は、言葉が使えないがゆえのもどかしさではなく、経験を伝える身振り手振りの雄弁さにこそあるのかもしれない。

（注）　どう猛（もう）な：凶悪で乱暴な

9　①ジェスチャーという番組の人気の秘訣は何だと筆者は言っているのか。
1　言葉とともに巧みな身振り手振りで意味を伝える面白さ
2　ある言葉の意味をボディーランゲージだけではっきり伝えられるという面白さ
3　経験をもとにしてわかった言葉の意味をジェスチャーを使って伝える斬新さ
4　経験を通じてしかわからない言葉の意味を身振り手振りで伝える驚き

10　②話はそう簡単ではないとあるが、どうしてなのか。
1　一つの言葉にはいろんな意味を持っているものが多少あるから
2　同じ言葉を使っていても伝える方法によって違う意味で受け入れかねないから
3　個人の経験によって一つの言葉をそれぞれ違う意味でとらえているケースもあ
　　るから
4　一つの言葉をまた別の言葉によって説明する様々な方法があるから

11　③期待通りの意味に伝わるかどうかも保証されないとはどうしてなのか。
1　一つの言葉の意味が地域によって異なるから
2　一つの言葉を表すジェスチャーが異なるから
3　一つの言葉が分かった時期が異なるから
4　一つの言葉に対する経験が異なるから

12　本文からわかる筆者の考えは何か。
1　人とのコミュニケーションは、完全な共通の経験を通じてこそ成立している。
2　互いに経験が共通しているほど、意味の受け渡しでずれが生じることは少な
　　い。
3　ジェスチャーによる意味伝達が最も効率的で、理想的だという考えは改善され
　　るべきだ。
4　すべての言葉の意味は自分なりの経験からしか納得することができない。

重點題型攻略

問題11　綜合理解（2篇文章出2道題）

題型說明　1 理解並綜合比較一組文章內容，一組文章有兩篇，兩篇文章篇幅各約
300 字左右。

2 主題均有關日常生活。文章類型包含對談、評論、說明文、報導、隨
筆等，文章內容平易近人。

3 兩篇文章出兩道題。曾經有一次出現三篇文章。

〔例題〕

問題
もんだい
11　次のＡとＢはそれぞれ機械の操作に対する意見を述べている
つぎ　　　　　　　　　き かい　そう さ　たい　い けん　の
文章である。二つの文章を読んで、後の問いに対する答えと
ぶんしょう　　　に　　ぶんしょう　よ　　　あと　と　たい　こた
して最もよいものを、1・2・3・4から一つ選びなさい。
もっと　　　　　　　　　　　　　　　　　　　ひと　えら

Ａ

待ちに待った新しい機械がやってきた。きちんと使いこなせれば、煩雑
ま　ま　あたら　き かい　　　　　　　　　　　　つか　　　　　　　　　　はんざつ
だった作業が一気に簡素化できるという触込みの製品である。期待に胸が
さぎょう　いっき　かんそ か　　　　　　ふれ こ　　せいひん　　　　　き たい　むね
膨らむ。しかし説明書を片手に、しばらく触ってみるうちに、期待は不満へ
ふく　　　　　せつめいしょ　かた て　　　　　　　さわ　　　　　　　　　き たい　ふ まん
と変わった。どうすれば、こちらが望んでいる動作をしてくれるのか。肝心
か　　　　　　　　　　　　　　のぞ　　　　　　どう さ　　　　　　　　　かんじん
の内容は説明書のどこに書いてあるのか。そもそも、こんなに分厚い
ないよう　せつめいしょ　　　か　　　　　　　　　　　　　　　ぶ あつ

⋮

B

自動車の運転の教育課程は、「習うより慣れろ」式の性格が強い。頭ではなく体で操作を記憶するのだ。初心者にとって車の運転は簡単ではない。だが、いったん記憶が完了すると、それまで複雑さに四苦八苦していたのが嘘のように、無意識状態での操作が可能になる。

実際の路上では、目の前の状況が刻一刻と変わる。飛び出してきる子

⋮

解題技巧　1　請先閱讀**題目**，暫時不要閱讀選項。

2　掌握兩篇文章的**主旨**以及兩篇文章**作者對主旨的見解、想法及結論**。

3　題目會詢問**兩篇文章內容的相似點或相異點、兩篇文章作者想法的共同點或差異點**等。

4　閱讀過程中，碰到不會的單字時，切勿驚慌，請繼續往下閱讀，只要繼續往下閱讀，通常就能自然而然理解單字的意思。另外，文中若出現超過 N1 等級的高難度單字，後方通常會補充說明其意思。

學習策略　1　練習讀解題型時，請規定自己在**一定的時間內**作答完畢。「綜合理解」試題請**在 10 分鐘內**解決。

2　練習時，請勿直接翻譯文章，而是要試著**理解全文**。要練習**比較**兩篇文章，以掌握兩篇文章的**相異點或共同點**。

3　請以**文字、字彙、文法、用語**等言語知識為基礎，**集中精神**發揮你的**閱讀實力**。分數的高低取決於你懂得多少的單字和用語。

4　很難在短時間之內提升實力，因此**需要持之以恆的練習**。

5　請透過本書的試題掌握技巧。

6　練習作答改制前後的**已公開歷屆試題**。

問題 11　（1）下列兩篇文章，是 A 和 B 針對網路普及後社會產生的變化所提出的意見。請閱讀文章，並選出最適合用來回答下列問題的選項。

A

答案及解析 P. 591

　　（注 1）霊場を巡って特別な力を得る。こうした形の巡礼は、古来より信仰の営みとして（注 2）連綿と続いてきた。宗教と言うよりも伝統に近いが、一方で江戸時代の（注 3）御蔭参りに代表されるように、流行り廃りも多かった。

　　インターネットの普及により巡礼の流行は、何も昔だけの話ではなくなった。科学が発展し、情報があふれる現代社会にあって、迷信じみた信仰など消えていく運命にあると思われた時期もあった。ところが近年の「聖地巡礼」、「パワースポット」ブームを見ても分かるとおり、神社、仏閣を訪れる人は今の時代も老若男女問わず多い。むしろインターネットに代表される新しい交流型のメディアが、今までにないスピードで流行を拡散させ、体験を共有させるため、古い慣習のはずの巡礼が、癒やしの得られる印象である。

（注1）　霊場（れいじょう）: 神社・仏閣などの宗教施設など、神聖視される場所をいう

（注2）　連綿（れんめん）と: 絶えないさま

（注3）　御蔭参（おかげまい）り: 江戸時代に起こった伊勢神宮への集団参り

B

　ここで、インターネットを通じた生け花教室の成功例を取り上げます。生け花は、生花を使う上、大変繊細な感覚や技が必要とされる印象ですが、果たしてインターネットでの習得が可能なのでしょうか。仕組みを見てみましょう。まず動画による解説でその回のポイントを学習した後、出された課題に合わせて花を生けます。その作品を写真に撮って、提出画面に登録。作成過程に関するコメントや、講師への質問を書き込みます。その作品を見て講師は講評を行います。基本はこの繰り返しです。修了すると、コースに応じて許状を申請することもできます。習いたくても定期的に時間を確保するのが難しかったり、近所に教室がなかったりして、断念していた人にはうってつけの仕組みと言えます。

1 インターネットの普及についてＡとＢはどのように述べているのか。
　1 Ａは交流型メディアの普及が流行りの拡散を阻止することを、Ｂは以前はできなかったことがインターネットを通じてできるようになったことを述べている。
　2 Ａは交流型メディアの普及が流行りの拡散を阻止することを、Ｂはインターネットを通じて習い事ができるようになったことについて述べている。
　3 Ａは交流型メディアの普及が流行りの拡散を助長することを、Ｂは以前はできなかったことがインターネットを通じてできるようになったことを述べている。
　4 Ａは交流型メディアの普及が流行りの拡散を助長することを、Ｂはインターネットを通じて習い事ができるようになったことを述べている。

2 ＡとＢの内容からわかることとして正しいものはどれか。
　1 Ａの筆者は昔の慣習が今どき再びはやり始めたのをかんばしくないと思っているようだ。
　2 Ｂの筆者はインターネットを通じて稽古ができるようになったのが不思議でならないようだ。
　3 Ａでは巡礼という行為の意味が現代では変質して行われていることに触れている。
　4 Ｂではインターネットを通じた習い事の短所にも触れている。

A

答案及解析 P. 592

　　現代でも日本人は験を担ぐことが多いが、初夢もその一形態とみて良いだろう。初夢とは年初に見た夢の内容により、その一年の吉凶を占うものだが、良い夢とされている内容が富士山、鷹、なすといった具合に、奇抜な取り合わせなのが特徴だ。また葬式や火事の夢も良い夢で、子どもが生まれたり、歯が抜けたりする夢は良くないなど、地域によって変種が多い。さらに（注1）七福神や宝をのせた宝船の絵を枕の下に敷いておくと良い夢が見られるとか、悪い夢を見たら（注2）獏に食べてもらうといった言い習わしが伝わっているのを見ると、昔の人々がいかに初夢による占いをまじめに受け止めていたかがよく分かる。

（注1）　七福神（しちふくじん）: 福徳の神として信仰される7神の組合せ
（注2）　獏（ばく）: 人の夢を喰って生きると言われる中国から日本へ伝わった伝説の生物。

B

　　（注3）六曜が何か知らなくても、仏滅なら聞いたことがあるだろう。仏滅は六曜の中で最も縁起が悪い日とされ、結婚式や引っ越しの日取りを決めるときには真っ先に敬遠される。この六曜、もともとは千数百年前に中国で生まれたものだ。ところが本家の中国では浸透することもなく廃れてしまい、今では一般にはほとんど知られていない。だから日本人が六曜に従って予定を立てるという話を聞いた中国人は、決まって不思議な顔をする。

　　戦後になって、政府の強制力がなくなったことで復活を遂げ、占いの一種として再度もてはやされるようになったのだそうだ。その定着ぶりたるや、現在でも結婚式場の中に「仏滅割り引き」を行っているところがあるほどだ。もっとも、近年はスマートフォンの普及で暦自体の必要性が低下しており、今後どうなるかは未知数ではあるのだが…。

（注3）　六曜(ろくよう)：暦注の一つで、先勝・友引・先負・仏滅・大安・赤口の6種の曜がある

③　AとB、両方で触れていることとして正しいのはどれか。
　1　縁起のいいことに触れている。
　2　縁起の悪いことに触れている。
　3　日本人が縁起を担ぐことの紀元について触れている。
　4　縁起を担ぐことの歴史的な流れについて触れている。

④　日本人が縁起を担ぐことでAとBの筆者はどのようにとらえているのか。
　1　Aははっきりしていないが、Bはネガティブな立場をとっている。
　2　Aはポジティブな立場をとっているが、Bはネガティブな立場をとっている。
　3　Aははっきりしていないが、Bはこれからも伝わっていくかは断言できないと言っている。
　4　Aはポジティブな立場をとっているが、Bは迷信だから禁止するべきだと言っている。

問題 11 （3）下列兩篇文章，是 A 和 B 針對機械操作所提出的意見。請閱讀文章，並選出最適合用來回答下列問題的選項。

A

答案及解析 P. 593

待ちに待った新しい機械がやってきた。きちんと使いこなせれば、煩雑だった作業が一気に簡素化できるという触込みの製品である。期待に胸が膨らむ。しかし説明書を片手に、しばらく触ってみるうちに、期待は不満へと変わった。どうすれば、こちらが望んでいる動作をしてくれるのか。肝心の内容は説明書のどこに書いてあるのか。そもそも、こんなに分厚い説明書が必要なのか。これを最初から読んでいたら、本来の仕事より何倍もの時間がかかってしまうのではないかと思われるほどだった。

説明書を書いた人は機械の働きを完全に理解しているはずだ。購入者が何を期待しているかも把握しているだろう。それなのに、購入者に強いストレスを与えてしまっているのだ。

B

自動車の運転の教育課程は、「習うより慣れろ」式の性格が強い。頭ではなく体で操作を記憶するのだ。初心者にとって車の運転は簡単ではない。だが、いったん記憶が完了すると、それまで複雑さに四苦八苦していたのが嘘のように、無意識状態での操作が可能になる。

実際の路上では、目の前の状況が刻一刻と変わる。飛び出してくる子供や、視野を遮る巨大トラックにも対処するため、予定していた操作を適宜修正しなければならない。しかし熟練した運転者なら、車をどう動かせば良いかを考えるだけで、特に一つ一つの操作を意識することなく、必要な行動をとることができる。

面白いのは、このように熟練した運転者が、初心者に運転の仕方を説明できるかというと、そうでもないということだ。ペーパードライバーの妻に運転を教えようとして、夫婦喧嘩に発展するケースが多いのは、自分ができることと、人に教えることが全く別問題だからである。

ＡとＢの内容について正しくないのはどれか。

1 Ａの筆者は主観的な視点で述べている。

2 Ａの筆者は機械の製品の説明書は役に立たないと言っている。

3 Ｂの筆者は車は理論より経験が重要であることを述べている。

4 Ｂの筆者は知人に運転を教えるのは避けるべきだと言っている。

ＡとＢ、両方で触れているのは何か。

1 説明書付きの製品の使い勝手について

2 自分の知識を人に伝える困難さについて

3 機械をうまく使いこなせるようになるまでの過程について

4 熟練者になることの難しさについて

重點題型攻略

問題12　觀念理解（1篇文章出4道題）

題型說明
1　文章篇幅約為 **1,000** 字左右。
2　文章類型是**評論**，評論**內容明快簡潔**。
3　一篇文章出四道題目。
4　考題通常會考**作者的想法或主張、指示詞所指稱的對象、畫底線處的原因**等。

〔例題〕

問題 12　次の文章を読んで、後の問いに対する答えとして最もよいものを、1・2・3・4から一つ選びなさい。

　「おもてなし」という語には、日本人の客人をもてなす際の心がけに対する自負が込められている。日本のサービス業には、目につきにくいところにも配慮を行き届かせ、客人に不満を抱かせることのないよう、あらかじめ万全の準備をしておこうという思想がある。そのための手間は惜しまないのが美徳とされ、客もそれを評価のポイントとしている。この「おもてなし」は、外客を誘致する上で大きな武器になると考えられており、それは東京オリンピック招致の広報活動でアピールされたことでも確認できる。だが筆者は、この「おもてなし」信仰には若干①問題があると考えている。

　「おもてなし」の特徴は、客が必要とするものについて、あらゆる可能性を自分の頭で予想し、準備しておくことにある。これが可能なのは、日本人の嗜好が、おおむね似通っていて同一性が高いからだ。例えば日本人は清潔さには非常にこだわるが、部屋の広さにはさほどうるさくないといった具合だ。そのた

⋮

558

解題技巧　1　請先閱讀**題目，暫時不要閱讀選項**。

2　將題目牢牢記在腦海中，之後讀懂文章的大意和脈絡，並找出題目的答案，切勿過度花心思解讀每字每句。

3　掌握文章的主旨，主旨會出現在第一段，結論則會出現在最後一段，此重點適用於所有讀解題型。

4　文章篇幅較長，因此請將文章**分成數個段落，並掌握各段重點**。包含第一段中出現的主題為何、主題**如何發展**、哪一部分提到**作者的想法**，以及**結論**為何。

5　會以「～と思う、～だろう、～でしょう」等用語來表達作者的想法。

6　文中出現**指示詞**時，請確實掌握其指稱的對象。就算題目沒有考指示詞，也要確認其對象為何後再往下閱讀。

7　當考題詢問指示詞指稱的對象時，答案通常會出現在**該指示詞的前後方**。若為更高難度的考法，答案則會出現在前一段的結尾處。

8　閱讀過程中，碰到不會的單字時，切勿驚慌，請繼續往下閱讀，只要繼續往下閱讀，通常就能自然而然理解單字的意思。另外，文中若出現超過 N1 等級的高難度單字，後方通常會補充說明其意思。

學習策略　1　練習讀解題型時，請規定自己在**一定的時間內**作答完畢。「觀念理解」試題請**在 10 分鐘內**解決。

2　練習時，請勿直接翻譯文章，而是要試著**理解全文**。舉例來說，如果文中出現指示詞，請務必掌握其指稱的對象，並整理記下要點。

3　請以**文字、字彙、文法、用語**等言語知識為基礎，**集中精神**發揮你的**閱讀實力**。分數的高低取決於你懂得多少的單字和用語。

4　很難在短時間之內提升實力，因此需要**持之以恆的練習**。

5　請大量練習閱讀原文文章，且要**廣泛閱讀**。

6　請透過本書的試題掌握技巧。

7　練習作答改制前後的**已公開歷屆試題**。

問題 12　請閱讀文章，並選出最適合用來回答下列問題的選項。

(1)

答案及解析 P. 593

　　もう 20 年も前の話になるが、ある国に滞在していた時、日本の青年海外協力隊の人からこんな話を聞いた。子供の栄養状況が悪いので牛乳を配給しているが、配ったそばから売りに行ってしまう父親がいる。牛乳よりカネの方がよいといった単純な話ではない。その地区の人々は、牛乳には塩が含まれているので子供の健康に有害だと信じていて、牛乳を飲ませてはいけないと考えているというのだ。一時期日本でも一部の医師により「牛乳有害説」が唱えられたことがあるが、それとは背景が異なる。それだけではない。そこの人々はなんと母乳も子の健康に良くないと信じているため、母親が母乳を飲ませず、乳児の栄養失調が深刻な水準だという。私はその話に衝撃を受けた。赤ちゃんに乳を飲ませるのは母親の本能ではないのか。わざわざ子を飢えさせるとはどういうことか。人間というのは、間違った情報に接することで動物として当たり前のこともできなくなってしまうのか。あるいは、これは迷信が猛威を振るう地域で起きた、ごくごく例外的な事例なのだろうか。滞在中、私は①そのことばかり考えていた。

　　帰国後ふと思いついて、書店に行ってみた。それまで気にかけたことがなかったが、出産や育児についての出版物の多さに驚いた。まだ結婚もしていなかった私は、当時育児について何のイメージも持っていなかった。書棚には、勉強のできる子供を育てたい、といった特定の目的のためのものもあったが、基本的な知識を伝えたり、初歩的な誤解に答えたりというものが多数陳列されていた。それらを読んでみて②分かったことがある。親が幼いわが子を危険にさらさないためには、知っておかなければならないことが数多く、それは本能で解決できることではない。むろん動物の場合でも子を死なせてしまう例は多い。しかし、このように、情報が子育ての成否を左右するのは、人間に限った話だろう。

このように人間にとって情報とは、水や食物と同じく生きていくのに不可欠なものだが、情報なら何でもよい訳ではない。その取捨選択も命にも関わるほど重大だ。冒頭の迷信の例では、共同体の噂が源だったが、それは③信じるに値しない、あるいは信じてはいけない情報だった。毒が含まれたり腐ったりした食物を避けなければいけないのと同じく、情報も正しいものを選り分けてこそ、生存に役立てることができる。現在は実に様々なメディアを通じて情報を得ることのできる時代だ。情報の質を見極める力をいかに身につけるかが、一層重要になってきているといえるだろう。

1　①そのこととは、何を指しているのか。
1　家族に配られた食糧をお金に変えてしまう親のこと。
2　世界中の幼児飢餓問題の水準の深刻さ。
3　人間とは不確かな情報に振り回されて当然のことさえ不可能になる存在なのかということ。
4　人間本能の赴くまま迷信に陥っている民族がどうしてまだ存在しているのかということ。

2　②分かったこととは具体的に何か。
1　これまで育児に関してぜんぜん気にかけていなかったこと
2　情報によって子育ての成否が統制されるのは人間のみだということ
3　子育てのため、知っておくべきことが多く、それが知識で解決できないということ
4　書店には意外と育児に関する基本的な知識を伝える書籍が多数陳列されていること

3　③信じるに値しないとあるが、どうしてなのか。
1　歪んだ情報だから
2　広く知られていない情報だから
3　一国に限った情報だから
4　取捨選択した情報だから

4　筆者が最も言いたいことは何か。
1　育児に必要なのは母親の知識である。
2　情報の質を見極める力は人間の本能ではできることではない。
3　正しくない情報を排除するためにはたくさんの本を読むべきである。
4　情報の良し悪しの真偽を鑑定する力が大事な時代になっている。

①秘密には、個人的なものもあれば、他人と関係があるもの、職業上知り得たものなど、様々な類型がある。しかし秘密が秘密である以上、他人に知られたくない、他人に知らせてしまうと支障があるという点では共通している。ところが、人は時に、②秘密を打ち明けたい衝動に駆られる。相手にそれを漏らすことが、リスクを生むことがわかっている場合ですら、そうした現象は起きる。なぜだろうか。この心の動きには、秘密が持つ、自己と他者との境界線としての役割が関係している。

秘密は、その（注1）秘匿性の程度に段階があるが、例えば信頼関係が成立している夫婦の間なら共有できる程度の秘密も、親友とでは共有できない場合がある。反対に、親友と共有している事実を、家族には秘密にしている場合もある。いずれにせよ両者の間に秘密が存在することは、相手が他者であることを意味している。ここで秘密は、相手との関係性を規定する役割を担っているといえる。

そのため、それまで伏せてきた秘密を開示することは、相手との境界線を取り払い、関係を一気に縮める効果を持つ。より親密な関係を望む相手に対し、秘密を打ち明けたい衝動が生まれるのは、そのためだ。我々は他者を前に秘密を保ちたい感情と、共有したい感情との間で揺れ動いている。そしてどちらかというと、後者の方がより本質的な欲望である。だからこそ、我々は酒の力を借りてでも、互いの境界線を取り払うことのできる機会を作ろうとするのだ。

秘密を打ち明けられた側はどうだろうか。こちらも、自分が相手から特別に近しい人間として選ばれたと理解する。ただし受け止め方は場合によって異なる。相手との距離が縮んだことを嬉しく思うこともあれば、反対に、自分が距離を保ちたいと思っている相手から秘密を打ち明けられた場合、それを負担に感じたり、場合によっては嫌悪さえ抱いたりすることもある。もちろん、自分が強く慕っている相手と秘密を共有することは、大きな喜びだ。世の中には他者を操るのに長けている人間がいるが、彼らを観察してみると、人心掌握術の一つとして秘密の効用を最大限活用していることがわかる。たいした秘密でもないことを、あたかも相手とだけ共有する秘密であるかのように信じ込ませ、多くの人間を欺いている例もある。

究極的には、秘密のない人間などは存在しない、自分のすべてを知っている人間は自分以外にはいないのである。一方で、秘密の（注2）多寡は人によって大きく異なる。最も愛する人間にすら、多くの秘密の垣を張り巡らせて接している人もいる。秘密が他者との境界線である以上、多くの秘密を抱えている人は、それだけ③孤独な人生を歩んでいるといえるかもしれない。

（注1）　秘匿性（ひとくせい）: 秘密を隠しておくこと
（注2）　多寡（たか）: 多いことと少ないこと

⑤　①秘密についての筆者の考えとして正しくないものはどれか。
1　人は秘密を打ち明ける相手を選ぶ傾向がある。
2　秘密はぜったいに漏らしてはいけない。
3　他者とのかかわり合いを測れる尺度である。
4　秘密を抱えていると人が孤独になりかねない。

⑥　②秘密を打ち明けたいとあるが、どうしてこう思うのか。
1　人は他人と共存していく存在だから
2　最後まで守れきれないから
3　相手に親密感を表したいから
4　自分も秘密を打ち明けられたいから

⑦　本文の内容と一致するものはどれか。
1　秘密を相手に打ち明けたら、普通自分を信じ込むようになるのである。
2　秘密を打ち明けられると重荷を負わせられたと思うのが一般的である。
3　人は親密感を築いていくために秘密を明かすという手を使ったりする。
4　孤独な人生をおくりたくないから秘密を持たない方がいい。

⑧　③孤独な人生を歩んでいるといえるとあるが、どうしてなのか。
1　腹を割って話せる人があまりいないから
2　秘密を打ち明けてくる人がいなくなるから
3　普通、秘密を打ち明けないと、仲間はずれになることが多いから
4　秘密が共有できる親密な人が遠ざかっていくから

　「おもてなし」という語には、日本人の客人をもてなす際の心がけに対する自負が込められている。日本のサービス業には、目につきにくいところにも配慮を行き届かせ、客人に不満を抱かせることのないよう、あらかじめ万全の準備をしておこうという思想がある。そのための手間は惜しまないのが美徳とされ、客もそれを評価のポイントとしている。この「おもてなし」は、外客を誘致する上で大きな武器になると考えられており、それは東京オリンピック招致の広報活動でアピールされたことでも確認できる。だが筆者は、この「おもてなし」信仰には若干①問題があると考えている。

　「おもてなし」の特徴は、客が必要とするものについて、あらゆる可能性を自分の頭で予想し、準備しておくことにある。これが可能なのは、日本人の嗜好が、おおむね似通っていて同一性が高いからだ。例えば日本人は清潔さには非常にこだわるが、部屋の広さにはさほどうるさくないといった具合だ。そのため客が日本人である限りは、客の琴線に触れるサービスをあらかじめ組み立てることが可能だ。しかし、多種多様な文化圏から来る外客に対しても、②こうしたサービスの形態が通用するだろうか。

　日本文化に詳しく、『新・観光立国論』の著者でもあるイギリス人のデービッド・アトキンソン氏は「おもてなし」に関して、「日本のホテルや旅館、レストランなどは、一方的に日本のやり方やサービスを押し付ける、臨機応変が利かない、堅苦しいなどと、酷評されているケースが多い」と指摘する。日本人の誇る「おもてなし」が、外客の望むポイントを外してしまっている場合が少なくないというのだ。

日本の「おもてなし」は、誰にでも通用するきめ細やかなサービスの粋が存在するという仮定の下でなりたっている。そのため、多種多様な個別の客に応じた対応が前提となっておらず、自分たちは理想的なサービスをしているつもりが実際は空振りしている例も散見される。日本人客との違いに気づいても、外客全体、あるいは特定の国の客に共通した「おもてなし」があるなどと考えて、勝手にサービスを組み立ててしまい、これがまた③裏目に出ることもある。客の中にはあくまで日本人と全く同じように扱ってもらうことを希望する人もいるからである。また客の立場からすれば、日本の高級旅館などは料金が決して安くないため、過剰なサービスが不必要な料金の加算を招いているとみなされ、さらなる不満につながることもある。

私は「おもてなし」が持つ、客人への配慮の文化を否定している訳ではない。しかし今見てきたように、この国際化時代においては、ある種の軌道修正が欠かせないと考える。真に客の立場に立った「おもてなし」を提供するために、自分の頭だけで判断せず、相手とのコミュニケーションを通じた臨機応変な対応に心がけてほしい。それはまた、徐々に多様性を高めている日本国内の客に対しても、真に価値ある「おもてなし」を提供することにつながるだろう。

9 ①問題とあるが、どのような問題なのか。
1 客人が不満を抱かないように行き届いたサービスを行っている。
2 理想的なサービスを提供するために万全を期している。
3 多様な文化圏から来る客に対する臨機応変な対応に欠けている。
4 ホテル側が一方的なサービスを押し付けてはいるが全ての来客の個性を尊重している。

10 ②こうしたサービスとあるが、具体的に何をさしているのか。
1 日本人にとっての完璧なサービス
2 外国人向けの気の利いたサービス
3 訪ねてくる客人の嗜好が反映されているサービス
4 多様な国籍の人に認められる行き届いたサービス

11 ③裏目に出るとあるが、どうしてなのか。
1 客人は十人十色だから
2 客人は不満を持つ者だから
3 客人は言い分なしのサービスを受けたがるから
4 客人は外国から来た異文化の人だから

12 今後「おもてなし」の理想的なあり方について筆者はどう考えているのか。
1 お客から文句が出ないように、日本流の良質のサービスを提供すること
2 常にお客とのコミュニケーションを交わす場とサービスを提供すること
3 外客をより多く誘致するために、隅々まで行き届いたサービスを提供すること
4 お客の多様性に合わせて時と場合におうじて適切なサービスを提供すること

問題13　訊息檢索（1篇文章出2道題）

題型說明　1　文章篇幅約為 **600 字**左右。

2　包含日常生活中常見的**廣告、手冊指南、徵才廣告、商務文件、公告**等。

3　一篇文章出兩道題目。

4　從文章中**分析並找出符合題目條件的訊息**作為答案。

〔例題〕

問題13　右のページは、アルバイトの募集の広告である。下の問いに対する答えとして最もよいものを、1・2・3・4から一つ選びなさい。

74　韓国人のキムさんは今年四年生になって週2回しか授業がない。大学院へ進学するための授業料を稼ぎたいのでバイトを探している。週4回でまかない付きで交通費がもらえるところがいいと思っている。一月に一番たくさんのお金がもらえるのはどこか。キムさんは日本語も上手だ。

1 和食　ノボリ　　　　　　　　　　2 焼肉　ベル

3 引っ越しセンターネコ　　　　　　4 コンビニ　ヒカリ

アルバイト募集情報
（ぼしゅうじょうほう）

職種（しょくしゅ）	内容（ないよう）	時間（じかん）	時給及び条件（じきゅうおよ じょう）
和食（わしょく） ノボリ	ホールスタップ	09:00-22:00 時間相談可能（じかんそうだんかのう） 週3回以上（しゅう かいいじょう）	900円 日本語可能な外国人可（にほんごかのう がいこくじんか） ＊昼、夕食付、交通費（ひる ゆうしょくつき こうつう）
居酒屋（いざかや） クロ雨（あめ）	ホールスタップ	18:00-23:00 1日5時間以上（にち じかんいじょう） 週5回以上（しゅう かいいじょう）	950円（えん） 日本語可能な外国人可（にほんごかのう がいこくじんか） ＊交通費（こうつう）

：

解題技巧

1　請先將題目中說明的條件**依序標示號碼**。

2　閱讀選項，並**圈出重點部分**，再到文章中找出對應訊息。

3　**文章中出現特殊符號 (*,※）的句子，為關鍵答題線索，請務必仔細解讀該句話的意思**。

4　雖然題目的難度偏低，但是如果錯誤解讀說明條件或是誤會其意思，解題時可能會耽擱不少時間。請務必**細心作答**。

學習策略

1　練習讀解題型時，請規定自己在**一定的時間內**作答完畢。「訊息檢索」試題請**在 10 分鐘內**解決。

2　練習時，請勿直接翻譯文章，而是要試著**理解全文**。

3　請以**文字、字彙、文法、用語**等言語知識為基礎，**集中精神**發揮你的**閱讀實力**。分數的高低取決於你懂得多少的單字和用語。

4　請透過本書的試題掌握技巧。

6　練習作答改制後的**已公開歷屆試題**。

答案及解析 P. 597

問題 13 （1）右頁是招募化妝品體驗者的公告。請選出最適合用來回答下列問題的選項。

1 モニターの応募ができる人は誰か。
　1 シミで悩んでいる 19 歳の子持ちの主婦でフランス人のマリアンヌ
　2 シミで悩んでいる 32 歳の結婚を控えている日本の女性邦子
　3 ソバカスで悩んでいる 20 歳の主婦でパートをやっている日本人のたつみ
　4 ソバカスで悩んでいる 38 歳の独身のアメリカの女性のオリビア

2 募集内容と一致するものはどれか。
　1 モニター応募者はサンプルの使用後に写真をとってアンケート回答と一緒に送る。
　2 コネリー社はモニターに応募した人全員に確認のため連絡をする。
　3 1 月 5 日に応募したらモニターサンプルがもらえるのは 1 月 10 日ごろだ。
　4 モニター応募者はアンケート回答とサンプルの使用前後の写真を郵便でコネリー社に送る。

美白「シロハダ」化粧品
無料モニター募集中

コネリーでは確かな効果を認められたシミ、ソバカスを防ぐ美白成分をしっかり取り入れたご満足いただける化粧品「シロハダ」をご提案いたします。無料ですので是非お使いいただきご感想をお聞かせください。

【資格】

・日本にお住まいで三十歳以上の既婚女性

・日本にお住まいで外国人で三十歳以上の既婚女性

・三十歳未満の既婚の方はシミ、ソバカスの写真とともにご応募ください。

＊　二十歳未満の方のご応募はお断りしておりますので、ご了承ください。

【応募方法】

・コネリー社のホームページにてモニターサンプルをお申し込みください。

・モニターサンプルをお申し込みの際、個人情報の必修事項は必ずご記入ください。

【モニターの方法】

・ご応募いただいた方には「シロハダ」のサンプルキット（5日分）を無料でお届けいたします。

・モニターサンプルが届いたら5日間毎日お使いください。

・モニターサンプルの使用前後の写真をお撮りください。

・モニターキットお申し込み後、1週間程度でEメールにてアンケートを送付させていただきます。1～2分程度でお答えいただける簡単なアンケートです。アンケート内容は今後の商品開発の参考にさせていただきます。

・アンケートの回答は必ずプリントアウトして、美白「シロハダ」サンプルの使用前後の写真と同封して書留でお送りください。Eメールでは受け付けておりませんのでご注意ください。

＊　モニターサンプルはお申し込み順にご自宅ポストへお届けいたします。到着まで1週間程度です。

＊　モニターはお一人様、1セットまでご応募可能です。同一のご住所で複数個お申し込みいただいた際は、ご確認のためご連絡させていただく場合がございます。

問題 13 （2）右頁是加入某同好團體成為會員的說明書。請選出最適合用來回
答下列問題的選項。

③ 萩原さんは会社員で大学生の息子と一緒に入会したがっている。手続きの際、ど
うすればいいか。

1 息子と一緒に事務局へ行って入会費と年会費を払う

2 息子と一緒に事務局へ行って入会費を払って、年会費は振込で払う

3 息子の学生証を持って一人で事務局へ行って入会費と年会費を払う

4 息子と一緒に二人とも身分証明書を持って事務局へ行って入会費を払って、年
会費は振込で払う

④ ゆかりさんは大学でバイオリンを専攻している。ゆかりさんが「響きの集い」の
会員になったら、次のどのサービスを受けることができるか。

1 「響きの集い」についての情報が載っている月刊誌がもらえる。

2 「響きの集い」の劇場で行われるコンサートを 25％割引で観覧できる。

3 「響きの集い」の直営の劇場内のすべての施設で割引してもらえる。

4 「響きの集い」主催の音楽会のチケット 15000 円が 3000 円安く買える。

【響きの集い】への招待

　「響きの集い」は伝統音楽、現代音楽を皆様により深く楽しんでいただくための
集まりです。会員の方には様々な特典をご用意しております。

特典:

1. 「響きの集い」で主催するすべての公演やイベントの情報をご提供する月刊誌
『響き』をお送りいたします。

2. 「響きの集い」で主催するすべての公演のチケットを会員価格でご購入できま
す。

3. 「響きの集い」の直営のコンサート会場と劇場内の売店で割引が受けられます。

ただし、劇場内の書店は会員としての特典が適応されません。

- 割引率
  一般会員: チケット　10％　／　売店　15％
  学生会員: チケット　20％　／　売店　25％

＊ 割引を受けられる際には、会員証が必要となります。学生会員の方は会員証とともに学生証もご提示願います。

入会の手続き:

- 「響きの集い」の事務局で 承ります。
- 入会の際、入会費と年会費のお支払いは事務局にて 承ります。
- 年会費の自動振込をご希望の方はご入会の際、年会費振込用の金融機関口座をご登録下さい。自動振込は翌年からとなります。
- 年会費は毎年1月の10日までとなっております。
- 年会費未納の際、一度ご連絡いたします。ご連絡が取れない場合は、ご脱会となりますので、ご了承ください。
- 一年ごとに会員証は新たに発行させていただきます。
- お手続きの際、ご本人確認が行われますので必ず学生証と身分証明書をご持参ください。

入会費、年会費:

- 入会費:一般会員　2000円　／　学生会員　1000円
- 年会費:一般会員　2500円　／　学生会員　1500円

「響きの集い」事務局　☎03－567－7890

問題 13 （3）右頁是某公司員工的定期健檢說明書。請選出最適合用來回答下列問題的選項。

⑤ 45歳の鈴木さんは受診当日までに何をどのようにすればいいか。受診日は9月2日だ。

1 8月26日に病院のホームページで予約して9月1日に夕食後から受診時まで何も摂取しない。

2 8月25日に病院の電話で予約して9月1日に夕食後からはお水だけを飲んで過ごす。

3 8月30日に病院のホームページで予約して9月1日に夕食後から受診時まで何も摂取しない。

4 8月30日に病院の電話で予約して9月1日に夕食後からはお水だけを飲んで過ごす。

⑥ 25歳の中国人のリーさんは健康診断書を中文で作成してもらう必要がある。受診の予約をする時、どうすればいいか。

1 病院の電話で予約して中文の診断書を依頼し、病院へ9400円送金する。

2 病院の電話で予約して中文の診断書を依頼し、病院へ8400円振込する。

3 病院のホームページで予約して中文の診断書を依頼し、受診当日に9400円払う。

4 病院のホームページで予約して中文の診断書を依頼し、受診当日に8400円払う。

社員の定期健康診断のご案内
【基本検査項目】
(1) 身長、体重測定　(2) 血液、血圧検査　(3) 聴力、視力測定　(4) 尿検査　(5) 胸部レントゲン

【追加検査項目】
(6) 心電図検査　(7) 貧血検査　(8) 血糖値検査　(9) 動脈硬化検査　(10) 循環器検査

(11) 胃がん検査

※　ご希望の方に限り行います。ご予約時にお問い合わせください。

※　40歳以上の社員は必修項目です。

【実施期間】

9月1日～9月10日（09:00－18:00）

【予約方法】

当社提携のミシア病院のホームページ、もしくはお電話にて受け付けいたします。ホームページでのご予約は5日前までに、お電話の場合は3日前までにお願いいたします。上記の(6)から(11)の検査をご希望の方は必ずホームページにてご予約をお願いいたします。

【費用】

- ホームページによるご予約の場合は8000円、お電話によるご予約の場合は9000円です。
- 上記の(6)から(11)の検査を受ける方は追加料金が発生します。（5000円）

※　検診費用及び診断書発行までのすべてを含む金額です。

【検査結果】

- 健康診断書は受診日の10日後からミシア病院の窓口でのお渡しとなります。
- 郵便をご希望の際は、別途料金が発生します。（500円）
- 英文や中文による健康診断書も作成いたします。（英文：400円、中文：400円）

※　作成には約3日かかります。

※　ご希望の方はご予約時にお問い合わせください。

【お支払い】

受診当日、ミシア病院の窓口にてお支払いください。クレジットカードでのお支払いも可能です。

【注意事項】

- 受診の10時間前までは食事が可能です。それ以降は、最小限のお水のみでお過ごしください。
- 上記の(6)から(11)の検査を受ける方はお水もお控えください。

【お問い合わせ】

ミシア病院　☎0120－234－567　Eメール：misiayoyaku@hpt.com

問題 13　（4）右頁是招募打工人員的說明書。請選出最適合用來回答下列問題的選項。

7　韓国人のキムさんは今年四年生になって週2回しか授業がない。大学院へ進学するための授業料を稼ぎたいのでバイトを探している。週4回でまかない付きで交通費がもらえるところがいいと思っている。一月に一番たくさんのお金がもらえるのはどこか。キムさんは日本語も上手だ。

1　和食　ノボリ

2　焼肉　ベル

3　引っ越しセンター　ネコ

4　コンビニ　ヒカリ

8　島村さんは週3回ぐらいのバイトを探している。平日には週3回会社に出勤している。島村さんができるバイトはいくつなのか？

1　2つ

2　3つ

3　4つ

4　5つ

アルバイト募集情報

職種	内容	時間	時給及び条件
和食 ノボリ	ホールスタッフ	09:00-22:00 時間相談可能 週3回以上	900円 日本語可能な外国人可 ＊昼、夕食付、交通費
居酒屋 クロ雨	ホールスタッフ	18:00-23:00 1日5時間以上 週5回以上	950円 日本語可能な外国人可 ＊交通費
焼肉 ベル	皿洗い及び、 調理師補助	11:00-23:00 1日6時間以上 週4回以上	皿洗い　920円 補助　1000円 外国人可 ＊夕食付、交通費
引っ越しセンター ネコ	荷物運搬及び、 清掃	08:00-21:00 土、日を含んで週3回以上	1100円 外国人可 ＊昼、夕食付、交通費
英会話 ヤング	受付及び、 清掃	受付　06:00-21:00 清掃　21:00-23:00 毎日（日、祝日、祭日は休み）	受付　1000円 後片付け　850円 受付外国人不可
コンビニ ヒカリ	販売及び 商品整理	22:00-翌日07:00 週3回以上	1100円 日本語可能な外国人可 ＊まかない付、交通費
製薬会社 ホリ	製品包装	09:00-18:00 毎日（土日は休み）	800円 外国人可 ＊昼食、交通費
スポーツセンター プライド	受付及び、 清掃	06:00-18:00 毎週土、日	受付　950円 清掃　900円 受付外国人不可 ＊交通費

問題 13　（5）右頁是某銀行發行的各式信用卡說明書。請選出最適合用來回答下列問題的選項。

⑨　中西さんは 39 歳の会社員でクレジットカードを作りたがっている。年会費は安い方がいい。買い物と旅行が好きで趣味はゴルフである。中西さんが申し込むと思われるカードは何か。

1　サクラ　カード

2　タケ　カード

3　ツキ　カード

4　タカ　カード

⑩　会社員のマリーさんはクレジットカードを作りたがっている。国籍はアメリカである。年収は約 400 万円で週末にはゴルフによく行く。申込時にはどのようにすればいいか。

1　外国人登録証と在職証明書を郵便で送って、申請書はクニ銀行で 1700 円とともに出す

2　外国人登録証と在職証明書、収入証明書を郵便で送って、申請書はクニ銀行で 2200 円とともに出す

3　外国人登録証と在職証明書、申請書をクニ銀行に持って行って 2200 円とともに出す

4　外国人登録証と在職証明書、収入証明書をクニ銀行に持って行って申請書、1700 円とともに出す

クニ銀行クレジットカードのご案内

カードの種類	サクラ カード	タケ カード	ツキ カード	タカ カード
年会費	800 円	1000 円	1500 円	2000 円
ご利用可能額	最高 50 万円	最高 700 万円	最高 1000 万円	最高 1300 万円
お申込み可能年齢及び条件	・ 25 歳以上 ・ 年収 200 万円以上	・ 30 歳以上 ・ 年収 350 万円以上	・ 33 歳以上 ・ 年収 400 万円以上	・ 35 歳以上 ・ 年収 550 万円以上
付加サービス	・ 日本 3 大デパート常時 5% 割引 ・ インターホテル宿泊時 5% 割引	・ 日本 4 大デパート常時 5% 割引 ・ インターホテル宿泊時 10% 割引 ・ ベターリゾート年 2 回利用可 ・ 国内の旅館 3% 割引き	・ 日本 5 大デパート常時 10% 割引 ・ インターホテル宿泊時 10% 割引 ・ ベターリゾート、ソラリゾート各々年 2 回利用可 ・ 国内のゴルフ場予約代行と費用 5% 割引	・ 日本 5 大デパート常時 15% 割引 ・ ベターリゾート、ソラリゾート各々年 4 回利用可 ・ 国内のゴルフ場予約代行と費用 10% 割り引き ・ 国内のホテル宿泊時 15% 割引

お申し込み方法:

1. インターネットやお電話、郵便でのお申込みはお断りしております。
2. 申請書はクニ銀行でご用意しておりますので、各支店にてお申込みお願いします。
3. 申請時にご本人確認をさせていただくことになっておりますので、ご本人確認書類をご持参ください。
4. ご本人確認書類は次のいずれか1点をご用意ください。(コピー不可)

　　□ 運転免許書 　□ パスポート 　□ 健康保険証 　□ 住民票
　　＊ 外国人の方は外国人登録証
5. 在職証明書及び収入証明書をどちらもご持参ください。

　　＊ さくらカードは在職証明書のみで可
　　＊ すべてのカードは学生の申込不可
6. 申請時、手数料200円がかかりますので、ご了承ください。
7. 年会費は申請時にお支払いください。

問題 8

(1)	☐1	2	(2)	☐2	2	(3)	☐3	4
(4)	☐4	3	(5)	☐5	3	(6)	☐6	4

(1) P. 520

做了而後悔，沒做而後悔，哪種失落在人生中造成的傷害比較大呢？

消極的人的第一共通點就是不採取行動。起身動作前就先認為自己做不到，心情掉至谷底，滿腦子都是灰暗思想，結果才跨不出第一步的。相反地，積極的人總之就是先行動再說。而就算付諸行動卻遭受挫敗進而意志消沉，那種「失落」在某種意義上即是「成長」，是成為繼續挑戰所需要的「養分」。

☐1 **下列何者不符合這篇文章內容？**

1 做了而後悔對自己比較好。
2 因為不採取行動才會變成消極的人。
3 比起採取行動而後悔，不採取行動而後悔的創傷更大。
4 人生當中的失意不一定是消極的。

(2) P. 521

通用於世上的普通人的是「凡人」的尺度。「菁英」的尺度則僅僅只通用一小部分而已。正因為自己是普通人，遂才能以平凡的視線看待商品。這正是普通人能創造出會引起共鳴的商品的力量。正因為自己過過於平凡、過於無聊，才能成為一個「能人」。

☐2 **這篇文章的作者其想法為何？**

1 平凡人後來成功的例子僅是一小部分。
2 擁有平凡的尺度的人能做出受到大眾

歡迎的商品。
3 為獲得大眾的共鳴，回歸平凡有所必要。
4 人氣商品容易通用於普通人。

(3) P. 522

我們都用名喚常識的眼光來看待、判斷事物。這種常識是從前某位偉人所創，以此為基礎一路堆疊學問及藝術並且傳承至今。我們都用這種眼光在看待事物。當然，我並非想說這是不對的。只不過，那豈不就被常識牽著鼻子看世界而忽視該看的東西了嗎？不，我很擔心不是忽視，而是視而不見。一旦親眼看待事物，那麼至今未曾出現的世界或許便在眼前豁然展開。

☐3 **文中提及親眼，具體而言是指什麼呢？**

1 依據常識的思考
2 古人的思考
3 現代人的思考
4 柔軟的思考

(4) P. 523

從事創造相關工作的人其思考方式有些很孩子氣。其中，到底是因為內心有個「孩子」才從事該工作的呢？還是相反地是從事該工作才有「孩子」的呢？我認為是前者。

每個人心中應該都擁有一個「孩子」才對，但那孩子在世界受到磨練，曾幾何時便消失殆盡。因此，這世上大部分的工作或許才都由「大人」的思考驅動著。可是，幸好，從從事該職業的人也會沉迷某事物的情況看來，似乎也並非如此。

☐4 **文中提及似乎也並非如此，具體而言是指什麼呢？**

1 和創造有關的人似乎都沒有「孩子」。

2 「孩子」氣思考的人似乎無法從事創造性的工作。

3 大人裡似乎都殘留著「孩子」。

4 如果是從事著大人的工作的人，似乎都很有創造力。

(5) P. 524

『義大利諾』的通知

承蒙您每次惠顧，在此致上十二萬分的謝意。

因隨著本店營業費用的變動，將進行系統、設備保養之故，本店將於下述日期臨時停業，敬請見諒。另外，本店亦將自開業日起調整午餐限制時間以及午、晚餐吃到飽、不含酒精類飲品無限暢飲的價格。謹如下述。

臨時停業日：2020 年 5 月 31 日（日）
開　業　日：2020 年 8 月 1 日（六）
午餐吃到飽限制時間：70 分 → 80 分
　　　　　　　　　　　（延長 10 分鐘）

不含酒精類飲品無限暢飲價格：
午餐 300 日圓 → 250 日圓（調降 50 日圓）
晚餐 500 日圓 → 250 日圓（調降 250 日圓）

在此由衷希望各位諒解並於今後繼續惠予不變的支持。

店主　鈴木早苗

5 **下列敘述何者符合上述內容？**

1 由於系統及設備檢查及保養，店家已經 3 個月左右沒營業。

2 從 2020 年 8 月開始午餐吃到飽的價格會變便宜。

3 到 5 月為止所有的不含酒精類飲品的無限暢飲價格都不同，但從 8 月起便會變得一樣。

4 開業後可以吃午餐及晚餐吃到飽的時間已有變動。

(6) P. 525

要是大家都具備非凡的精神力及輝煌的才華，那麼這世上就不可能有代代相傳的產業。才氣縱橫者創業是每個時代皆然。可是，使產業成立的卻是不具備該能力者的勞心勞力、不顧自我利益的犧牲奉獻。只要缺一，才氣便無法存活。

6 **關於才氣縱橫者，這篇文章是怎麼敘述的呢？**

1 是不管於哪個時代都是讓事業鴻圖大展的重要之人。

2 具備非凡的能力，該將之貢獻給社會。

3 是能夠讓事業成功的非凡能力擁有者。

4 正因為有各種人當後盾方能活用其能力。

問題 9

(1)	1	2	2	1	3	2
(2)	4	2	5	1	6	3
(3)	7	3	8	4	9	2
(4)	10	1	11	4	12	4
(5)	13	1	14	4	15	3
(6)	16	4	17	3	18	2

(1) P. 528

從前，繭居族的定義是指年齡到 39 歲、長期不外出、不和家人以外的人交流的人。而這是屬於近來的年輕人才有的問題，一般認為會隨著年紀增長、透過某種契機加以克服並漸漸地回歸社會。

但是，①這項猜測和事實相去甚遠。某個自治體不限年齡進行調查後發現，中高年繭居族竟然占整體的將近一半。中央和地方各種機關接受這份報告內容，便開始

重新審視以往的辦法及對象。②結果，新的事實如滾雪球般快速明朗化。例如，地方上的農村等區域，因失業之類的理由而從都會回來的中高年，自此成為繭居族的例子，比年輕人的例子來得壓倒性的多。繭居不只是年輕人的問題，更非人際關係稀薄的都會才有的特徵現象。原來這是盲點。

　　關於中高年繭居族，行政上能做到什麼呢？至此大部分的對策都是著眼於盡量把當事人一點一點地從家裡拉出來，助其建構人際關係同時讓他們歸屬於小規模的社區，好讓他們在不久後能以勞力之姿從事勞動。可是，若是長達 20 年以上的繭居族的話，這種目標安排就太不切實際。政府目前尚未祭出新的方針，仍坐困愁城。

1. 文中提及①這項猜測，具體而言是指什麼呢？
   1 繭居族今後有增無減
   2 繭居族是年輕時一時的現象
   3 只要是年輕人便理所當然會當繭居族
   4 不外出、不工作的人便叫做繭居族

2. 文中提及②結果，是指什麼樣的調查結果呢？
   1 不問年齡及地區對繭居族所做的實態調查結果
   2 長年不外出的繭居族其現況調查結果
   3 離開農村前往都會賺錢的繭居族其現象調查結果
   4 失去工作、以退休為由回歸農村的人們其現象調查結果

3. 下例何者並不是這篇文章的作者想說的事？
   1 關於繭居族，政府至今所實施的對策都不切實際。
   2 希望能重親審視繭居族的定義並再積極一點促使他們能回歸社會。

　　3 該認知中高年繭居族的現況並訂定相應的方針。
　　4 由於繭居族散佈於各個年齡層，所以以往的政府對策應該要改。

(2) P. 530

　　午後開始下的雪似乎沒有停的跡象，傍晚時四周已經一片皚白。照這個樣子下去，到了明天早上，位於路邊的我們家搞不好四周將被一座雪牆圍繞。不久，便形成一座孤島。別說外出了，雪可能厚到像囚禁人犯，就連見太陽公公一面都難上加難。如有人問津，搞不好會覺得，是「好一棟令人擔心的房子」。

　　我把①像隔音室般靜謐的客廳當成漂浮在宇宙中的膠囊、視為出生前應該在那兒活過的母親子宮，就這麼享受了一段不可思議的感覺。②該空間裡的時間和現實的時間可能完全不同，逕自地慢慢流淌。大雪，對尚且年幼的我來說就只是快樂的非日常而已。小孩子，總是無憂無慮啊。

　　雪國的農村碰到這個季節時能做的事很有限。祖母和母親那時在做家庭手工。父親則到某個地方去謀生賺錢。雪，阻絕了我們和鄰居的往來。對 10 歲的少年來說，這環境照理說會悶到令人窒息。但是不曉得為什麼，那對我來說竟是最③甘美、懷念的回憶。年歲漸長，我一直在想，難道沒有什麼辦法可以奪回那段時間的感覺？

4. 文中提及①像隔音室般靜謐的，到底為什麼呢？
   1 因為為了玩遊戲而在客廳裡貼了防音牆
   2 一旦受大雪侵襲便會形成幾乎孤立的狀態
   3 一旦開始下雪，家人便回不了家，家裡就很安靜

4 因為父親會於農閒期外出賺錢，所以家裡只剩和母親二人而已

5 文中提及②該空間，是指什麼呢？
1 作者的家
2 雪國
3 作者玩耍過的遊樂場
4 距離陸地很遠的孤島

6 文中提及③甘美、懷念的回憶，是什麼樣的回憶呢？
1 隆冬的農村無事可做，百無聊賴
2 大雪讓他們連鄰居家都去不成，只好做做家庭副業
3 大雪孤立他們，享受非日常的事情的回憶
4 雪花飛舞、遍地皚白的美麗風景

(3) P. 532

一提到建築物本身被指定為文化財的①料亭，一般都會覺得並非是可以輕鬆前往的店，但就是這種店才不用擔心。反而是抱著爭強不服輸的感覺去的話，搞不好還會被那種未免太沒架子的氣氛②給嚇到。打掃當然是蠻徹底，不過建築物本身的損傷和整修過後的痕跡可都是原封不動。雖說老舊，但也沒說不能碰、不能隨意拍照，當成一般用餐的場所可是功能多多。

菜色說起來也是挺大眾化。對於想盡情展露美食知識的人來說或許還嫌不夠，但奇妙地也沒多講究，菜單普通到任誰都能坦率地說好吃。可說就像是去愛展廚藝的親戚阿姨家玩，在內廳受到款待的感覺吧！

這天，雖然點的是什錦火鍋，端出來的火鍋料也很新鮮，當中活跳跳的蝦子特別引人注意。就在稱讚菜色好吃當下，偶然聽到隔壁的女服務生們閒話家常，心中由衷贊同這真是一家平常自然、不矯柔造作

的店啊！或許是我自己的個性使然，像那種金光閃閃的新設備、拘謹恭敬的地方，終究還是沒有一種吃飽了的感覺。因此，這家店融合各種要素，是無可替代的。

7 關於本文所提到的①料亭，下列敘述何者錯誤？
1 是家建築本身淵源頗深的料理店。
2 是種不用繃緊神經也能輕鬆前往的地方。
3 自從蓋好之後沒有整修過一次地保存著。
4 任誰都能輕鬆享用、味道質樸的店家。

8 本文提及②給嚇到，是為什麼呢？
1 因為建築傾斜了
2 因為覺得氣氛怪怪的
3 因為建築就和當時一樣老舊
4 因為意外地平凡

9 關於作者的敘述，下列何者正確？
1 似乎很喜歡脫俗的菜色。
2 似乎很喜歡不造作、極具本色氣氛的店家。
3 似乎很喜歡親戚阿姨所做的菜。
4 習慣吃東西津津有味。

(4) P. 534

算盤是以往從商時不可或缺的工具，江戶時代的學堂便把「讀書、寫字、打算盤」視為生活上的必備知識，一直奉為教育圭臬。但是，這已經是過去式。時至今日，計算機及電腦實屬理所當然，用指尖撥珠子的算盤早已是落伍的東西。要是去店家買東西，結帳時老闆還拿出算盤來算，現在的年輕人搞不好會覺得很不安。

戰後，珠算雖屬於小學算術，算是學校教育的一環一路苟延殘喘走到今天，但事實上，近來，聽說它鹹魚翻身的氣運正水

漲船高。契機是其教育效果的再評估。說是學了珠算，就算不用算盤也能進行多位數的心算，在計算能力這方面是壓倒性的有利。由於算盤的珠子就這樣印在腦海裡，所以記數字的能力也會增強。再者，它和英文唸題相結合所形成的新式訓練受到矚目，聽說企圖讓孩子一石二鳥地同時學會算術和英文的家長們便接連前來敲珠算教室的大門。甚至也有大人當成興趣學。聽聞如此，我也開始對答答地撥木製算盤的觸感感到躍躍欲試了。

10 文中提及<u>覺得很不安</u>，是對什麼感到不安呢？

1 帳有沒有算對？

2 會不會太趕不上時代了？

3 為什麼不快點算？

4 為什在用計算機？

11 下列敘述何者不符合這篇文章的內容？

1 從前珠算曾是重要的教育之一。

2 珠算目前正重新被認識當中。

3 在算術以外的科目裡也導入珠算。

4 珠算對於提高單字記憶力很有效果。

12 從本文看來，作者是怎麼看待「算盤」的呢？

1 落伍的東西

2 方便計算的東西

3 想方設法苟延殘喘的東西

4 想再接觸看看的東西

(5) P. 536

「①<u>驛站接力賽</u>」是過年時茶餘飯後不可或缺的應景物。其中，始於 1920 年、每年 1 月 2 號、3 號舉行的箱根驛站接力賽在電視上的平均收視率甚至突破 30%，堪稱②<u>人氣王</u>。

箱根驛站接力賽是從東京・大手町出發，在箱根折返，來回大約長 218 公里的一段路程，出賽的選手都是經過預賽，由各大學組成 10 人跑者接力完成。且儘管由於距離甚長，看似很容易拉開差距，但其中也有選手自己一個人便可超越好幾位跑者，造成排名變動相當令人眼花撩亂。而如果一旦跑進出賽的學校的半數，也就是 10 名內，那麼隔年便可獲得種子序，所以連後半段排名的爭奪都很激烈。彷彿以沿海、登山、坡道等各式各樣漂亮的跑道為背景上演一齣爭先恐後的八點檔。觀眾看到各有特色、拚死堅持的選手們而深受感動，進而投注感情也可謂是魅力之一。和電影或八點檔比起來更能感受到因看不到演員演技、不知結局如何的魅力以及一種③<u>舒服的不安感</u>。

事實上，有些英文字典會直接用「Ekiden」這個日文羅馬字表示驛站接力賽。在在凸顯出這是日本獨自發展起來的競技。本來應是個人競技的賽跑竟變成團體競技，而透過團體的綜合力來決勝負這點，正是日本人的最愛吧？

13 關於①<u>驛站接力賽</u>，下列敘述何者正確？

1 是發祥於日本的運動。

2 只有 10 所大學有選手出賽。

3 從箱根起跑的競爭最具人氣。

4 透過映像管將全程以播八點檔的方式傳送至各個家庭。

14 文中提及②<u>人氣王</u>，就其原因看來，下列何者敘述不正確？

1 因為很緊湊

2 因為很假

3 因為可欣賞風景

4 因為可看透結局

15　文中提及③舒服的不安感，是什麼意思呢？

1　很輕鬆、沒有顧慮。

2　雖然很緊湊，但很舒服。

3　雖有壓迫感，但很耐人尋味。

4　感受到深不可測的危機感，令人擔心。

(6) P. 538

　　旅遊指南看起來很是方便，卻讓旅遊的樂趣打了一半折扣。特別是以觀光景點、美食為主的國內旅遊指南之類，已經到了讓人搞不清楚是廣告原稿，還是評論的地步了。一旦賴以行腳，我們就只會從它推薦的清單中挑幾個候選，然後把點跟點連起來而已，感覺簡直就像買了做好一半以上的塑膠模型一樣。旅行，是需要發現和偶遇的。拿那種以組合交通工具和路徑等事前資訊為主的效率至上旅行來說，尤其在這些資訊特別容易得到的現在，就更顯得①無趣至極。

　　真正的②旅行，是始於把地圖拿在手上的那一刻。車站到舊街不太遠，走走好了；會有旅社嗎？以前的旅社街是在這一帶嗎？一邊想著這些事，姑且先把整體的土地印象建構好。之後，在包包裡塞幾本和當地有關的歷史小說或遊記。事先先讀也好，在當地邊玩邊讀也不錯。若是漫無目的的旅行，錯過公車或電車而等好幾個鐘頭的情況更是不稀奇。此時，就悠然地看本書。正因為在呼吸當地的空氣，一下子進來的知識也多，進而成為漫步城鎮的最大武器。最後，記得從當地的人那兒取得一些線索。那得是③旅遊指南裡沒有的私房景點等等，這麼有野心的話我說不出口。不管是否為世人所知，自己去發現這件事很重要，旅行就藏在每條路線所到之處的偶然裡。

16　本文提及①無趣至極，是為什麼呢？

1　因為和當地居民欣然相遇的機會便大大減少

2　因為刊載著當地的私房景點

3　因為能在旅遊當地有效率地使用時間

4　因為能輕易地拿到旅遊當地的資訊

17　作者說②旅行應該是什麼才對呢？

1　參考當地的歷史知識四處趴趴走

2　以資訊為基礎逛逛著名的景點

3　享受反覆修正錯誤的過程中偶然發生的事情

4　逛街同時去發現新鮮事物

18　關於③旅遊指南，作者是怎麼敘述的？

1　雖會讓旅遊的樂趣大打折扣，但不妨賴以行腳。

2　只會大大減少旅遊的樂趣。

3　由於旅遊當地的廣告等都有刊載，所以起碼有點幫助。

4　雖會抹滅旅遊的偶然性，但由於刊載著私房景點等等資訊，所以很好用。

問題 10

(1)	1　2	2　4	3　4	4　3
(2)	5　4	6　3	7　4	8　3
(3)	9　2	10　3	11　4	12　2

(1) P. 542

　　商用栽培中最早獲得承認的基改作物是 1994 年開始上市、名喚「Flavr Savr」的蕃茄。一般來說，蕃茄會因某種酵素的作用，隨著熟成而慢慢變軟。而「Flavr Savr」這種蕃茄的特徵則是當中被編入可遏止該酵素生成的基因。①結果，同樣品種在收獲時便不容易損傷，且可以在保存庫裡花時間慢慢讓它熟成。不僅品質保持期間拉長，出貨時還可調整時期以維持其

最佳風味。這不僅對於栽種者，對超市等零售業者來說都像是做夢。關於機因改造技術，多篇描繪其亮麗前景的報導登上了版面。

另一方面，伴隨其動向，對基改作物抱持懷疑眼光的消費者也愈來愈多。同時也愈來愈多人提出：「長期攝取本來沒有的元素的「非天然」植物時，是不是會對身體產生不良的影響呢？」等等諸如此類的疑問。在更加關心健康的飲食生活當中，大家不由得提出這類的不安。

②問題是，煽動這種不安的類似報導或有識之士的意見都未經充分檢驗便透過媒體或網路散播開來。最有名的代表事例非 Pusztai 事件莫屬。某位蘇格蘭的科學家發表言論說他觀察到吃下基改馬鈴薯的老鼠產生免疫力下降等症狀，此番說法引起一陣不小的騷動。可是，用於該試驗的基改馬鈴薯卻並非市售含有有益性質的馬鈴薯，而是為實驗特別栽種、被編入有害基因的馬鈴薯。因此，結論當然就不能被拿來當成基改作物本身具危險性的證據。而儘管如此，大部分的消費者卻因此開始對基改作物抱持恐懼。

要科學性地檢討某種假設性學說時，最重要的莫過於要在完整的統一條件下揭櫫其因果關係。而其最確實的方法，便是加以實驗。實驗的結果所揭櫫的因果關係若由其他科學家在不同環境予以實驗，只要條件相同，就應該會得到完全相同的結果。這稱為再測。根據這種順序確認過的現象便會成為③公認的科學發現。

之所以不容易用科學的方式抹去基改作物帶來的不安，是因為現在仍然禁止人體實驗的關係。就算假設老鼠吃了沒問題，也不能大膽地說人類吃個幾十年也不用擔心。當然，美國及其他各國當局都是經過一定的檢討期間才會允許栽種或販售基改作物。可是，只要沒有結論被提出說經過幾十年、實際上對人體沒有影響，那麼訴諸④不安的聲音在未來也不會消失。

1　文中提及①結果，是指什麼樣的結果？下列敘述何者不正確？
　1　蕃茄的耐存程度變好了。
　2　消費者購買情況增加了。
　3　熟成後其果皮仍不易軟化。
　4　受栽種或販售的業者歡迎。

2　文中提及②問題，這篇文章舉什麼樣的例子加以說明呢？
　1　媒體都沒有針對基改作物加以檢驗。
　2　攝取基改作物的消費者們透過口耳相傳散播流言蜚語。
　3　媒體報導了使用含有有益性質的基改馬鈴薯進行實驗這件事。
　4　蘇格蘭的科學家拿已編入有害基因的馬鈴薯進行實驗這件事。

3　所謂③公認的科學發現，作者說是什麼呢？
　1　利用正確的方法進行好幾次實驗，統整各自得到的結果並公諸於世的發現。
　2　在同一環境中針對已獲認定的研究結果再一次地進行研究並翻轉既有結果的發現。
　3　在相同的環境及條件下利用已驗證的方法證明已進行好幾次研究的發現。
　4　在統一的相同條件下不管重覆幾次仍出現不變的結果的發現。

4　④不安，可能是指什麼樣的東西呢？
　1　花費相當長的時間驗證說基改作物是安全的。
　2　當基改作物被驗證是安全的，其獲得栽種或販售許可的時間也相對拉長。
　3　就算基改作物被驗證是安全的，人們還是無法得知會對人產生什麼影響。

4 就算基改作物被驗證是安全的，要讓消費者抹去其安全性是相當困難的。

(2) P. 545

經調查，地球上的水分中，淡水僅佔3%，其他據說就都是鹹水，幾乎所有陸生動植物都依賴這少許的水維生。這些水受到太陽能的作用，以宏偉的規模在地球上循環著。主要的循環如下：首先，太陽發熱將水分從海洋、河川、湖泊等當中蒸發出來，化為水蒸氣蒸發至大氣中。植物也會釋放出水蒸氣。被帶往高空中水蒸氣不久便形成雲，依氣象狀況不同，若發展成雨雲，則水分不久會化成雨、雪降落至地表。降落至地表的水分會滲入地面形成地下水或流進湖泊、河川，如此這般，又會回到最初階段。而我們目前正在飲用的水，便是從遠古以前就跨越這無止境之旅一路行腳至今，回到我們這裡。

話說回來，要走完剛剛介紹的一個循環，需要花多久時間呢？據說計算起來①非常困難。因為，實際上有時②水的循環耗費時間相當驚人。例如，我們假設水流進海裡了。地球上的水大約97%是海水，而大海既深且廣，從這裡蒸發的量若就整體來看實際上僅是一點點而已。因此，海水平均得經過3200年才會蒸發完一次。冰河的情況也是不遑多讓，降至冰天雪地的雪沒有溶解進而受到壓縮，就會長期間以冰的姿態存在，而這段期間有可能從20年到100年不等。若和淺層的地下水滙聚起來，據說也還是會經過相同長度的期間才會蒸發。期間上相對較短的就屬被土壤吸收的情況，若是如此，大約1、2個月就會回到大氣中。其次較短的是河川，大約2、6個月便會循環完畢。人類平常所使用的水也幾乎都是仰賴鄰近其居住地區的水源。

近來，水資源不足的報導時有所聞，那到底是怎麼回事呢？提到資源，我們會立刻聯想起石油或金屬等等，事實上，地球上的水資源也並非平均分布，經常受到缺水威脅的國家據說還不少。另外，就算有地下水或湖泊也早已受到污染，根本不堪使用的例子更是履見不鮮。再者，令人吃驚的是，多是砂漠的石油生產國竟然可以透過燃燒石油來蒸餾海水。在在說明水比石油貴重。知道③這種事，我對水的看法幡然改變了。唾手可得的東西，平常的我們不會留意它有多珍貴。下次，早上起床喝水時，我覺得真的應該對掬在手裡、這甘醇、清澈的水表示感謝，好好地想想大自然的重要性。

⑤ 作者為什麼會覺得①非常困難呢？

1 因為地球上的水以各種姿態存在，無法全部瞭解

2 因為現在還沒有方法可以測得地球水循環的期間

3 由於地球上的水其循環期間太長，難以測定

4 因為地球上的水以什麼樣的狀態存在會導致其循環期間各異

⑥ 有關②水的循環的說明，下列何者正確？

1 最快完成一個循環的是河川。

2 海洋、河川等的水蒸發後變成水蒸氣，植物再加以吸收的現象。

3 完成一個循環有時得花上至少1000年。

4 地球上的水完成一個循環的所需期間愈來愈長。

⑦ 所謂③這種事，具體而言是指哪種事呢？

1 隨處可見的水源經過好幾百年後愈來愈少，今後亦如此

2 地球上所有的動植物都仰賴地球上的水生存

3 地球上的水分長期過後會變成飲用水

4 水看似司空見慣，但安全的飲用水都偏重在地球上

8 **下列敘述何者符合這篇文章的內容？**

1 地球上 3% 的水都透過一定的循環變成水源。

2 地球上的砂漠化現象正促使水源減少。

3 地球上的水分以各種型態存在。

4 有國家用燃燒石油所產生的能量令地球上的水循環。

(3) P. 547

「①比手劃腳」這個超夯的電視節目自昭和 28（1953）年開始播送。來賓分成白、紅兩隊，隊員不能講話，僅能靠比手劃腳讓隊友猜，屬於猜謎性質的遊戲節目。以雙眼觀看來賓的動作為樂，這種節目更是電視才做得到。講話就能立刻傳達的事物卻僅能靠比手劃腳來表達，或許那份焦急對觀眾產生了致命的吸引力。相同概念的節目到現在都還在用，所以大家應該都看過。

我們都認為，以相同語言為母語的人們其透過語言的傳達最有效率，且是最棒的方法。那是因為，當我們說出某個單字時，也是假設對方會用相同的意思理解該單字。可是，實際上，②事情卻沒那麼簡單。例如，當我寫說「有隻熊」時，身為讀者的您會從這個句子讀取到什麼樣的意思呢？我在此的意思是，有隻會引起無法言喻的、恐怖的、兇暴的猛獸即將出現。但萬一，這隻熊對於讀者而言，僅僅是指動物園裡發懶的樣子或是公仔商品的印象的話，那麼就算以動物之姿存在的熊是一樣的，還是和我企圖用句子表達的意思有極大的出入。那是因為，對於我而言的熊以及對讀者來說的熊畢竟不同的關係。對出生於北海道山間的我而言，會挑只有孩子

們看家時襲擊村落的熊，一直是世界上最可怕的動物。

當然，這種意義上的落差，其實是可以透過說明加以補充，進而有更貼近原意的餘地。可是，即便如此，既然無法預測讀者會讀取的意義，那麼便談不上解決。為說明而動員的其他單字亦③無法保證能一如預期地傳達意義。就算費盡唇舌亦不能填補背後的個人經驗。我們從這裡瞭解到，語言溝通絕大部份是依附共同經驗方能成立。換句話說，共同經驗愈多，意義交接時所產生的落差就愈少。

一般來說，字典都是用其他單字來說明單字的意義。可是舉例來說，假設不懂「苦」這個字的人去查了國語字典，他真的就能藉由羅列出來的解說掌握其意義嗎？我們試著翻開手邊的字典，「苦」的項目下寫著「喝啤酒、不加任何奶精的咖啡或吃巧克力等所感覺到的滋味」。這麼一來，對於沒喝過啤酒、咖啡，沒吃過巧克力的人來說便辭不達意了。也就是說，至少，某些單字是只能透過經驗才能瞭解其意義的。

「比手劃腳」式的遊戲乃企圖用手勢、動作來表達事物或動作並以此傳達單字的意義。其中，僅靠豐富的想像力便出乎意料簡單地表達出根本無法用手勢、動作表達的單字，那瞬間竟猜出正確答案的例子也不是沒出現過。一旦這麼想，這個節目的真正魅力或許並非是不能講話所帶來的焦急，而是傳達經驗的手勢、動作其滔滔不絕的雄辯。

9 **作者說①比手劃腳這個節目受歡迎的秘訣是什麼呢？**

1 手勢、動作和語言都能傳達意義，這點很有趣。

2 僅靠肢體語言便能清楚傳達某個單字的意義，這點很有趣。

3 以經驗為基礎就能瞭解的單字意義竟用手勢、動作表達，這點很新穎。

4 只能透過經驗瞭解的單字意義竟用手勢、動作表達，這點很令人吃驚。

10 文中提及②事情卻沒那麼簡單，是為什麼呢？

1 多少有一個單字擁有多種意義的情況

2 就算使用同一個單字，傳達方式不同，所讀取的意義也會各異

3 個人經驗不同，同一個單字也會有不同的解讀意義，這種情況亦發生過

4 有各種方法可以用別的單字來說明一個單字

11 所謂③無法保證能一如預期地傳達意義，這是為什麼呢？

1 同一個單字其意義會因地區而各異

2 表達同一個單字的手勢、動作都不同

3 瞭解同一個單字的時期不一樣

4 對於同一個單字的經驗有落差

12 從這篇文章可以瞭解作者的何種想法？

1 人們的溝通是透過完全共通的經驗方能成立。

2 相互共通經驗愈多，意義傳達時所產生的落差就愈少。

3 透過比手劃腳的意義傳達最具效率、最棒的這種想法該獲得改善。

4 所有的單字意義只能透過自我經驗予以理解。

問題 11

(1)	1	4	2	3
(2)	3	2	4	3
(3)	5	4	6	2

(1) P. 552

A

　　來場靈場巡禮以得到特別的力量。像這類型的巡禮自古以來便屬信仰行為且一路傳承至今。雖說是宗教反倒更貼近傳統，但另一方面，拿代表性例子來說，就像興盛於江戶時代的伊勢神宮團拜，流行及落伍之間的遞嬗變化之多往往不勝枚舉。

　　拜網路普及所賜，巡禮的流行已不再只是以往的事。在科學蓬勃發展、資訊爆炸的現代社會裡，大家曾有一段時期也都認為帶著迷信的信仰亦難逃消失的命運。但近年來的「聖地巡禮」、「能量景點」熱卻在在地告訴我們，造訪神社、佛堂的人在現代多是不分男女老少。倒是由網路領軍的新型媒體，以前所未有的速度擴散流行，讓大眾共有體驗，因此，應屬舊習慣的巡禮才能給我們一種得以療癒的印象。

B

　　我想在這裡舉透過網路而成功的插花教室的例子。插花，與鮮花為伍，雖給人一種相當細膩的感覺以及需要技巧的印象，但透過網路學插花真的非夢事嗎？且讓我們來看看策略！首先，用動畫解說學到該回合的重點後，就配合老師出的題目來插花。將該作品拍成照片，登錄於提交畫面上，再寫上製作過程所有的建議或想問老師的問題。最後，老師便看著該作品來講評，基本上便是這樣的循環。課程修畢後，亦可視課程申請證照。這對想學卻無法定期定時上課或附近沒教室開課而放棄的人而言，真可說是最適合的組合。

1 關於網路普及，A和B是怎麼描述的呢？

1 A說交流型的媒體普及遏止流行擴散；B則說以前辦不到的事，現在透過網路便做到了。

2 A說交流型的媒體普及遏止流行擴散；
 B則說開始可以透過網路學才藝了。

3 A說交流型的媒體普及助長流行擴散；
 B則說以前辦不到的事，現在透過網路便做到了。

4 A說交流型的媒體普及助長流行擴散；
 B則說開始可以透過網路學才藝了。

[2] 從A和B的內容瞭解到的事情，下列敘述何者正確？

1 A作者似乎認為以往的習慣，如今再度流行是不太好的。

2 B作者似乎覺得開始可以透過網路學才藝很不可思議。

3 A有提到巡禮這種行為其意義如今已經變質。

4 B有提到透過網路學才藝的缺點。

(2) P. 554

A

　　即使是現代，日本人也經常想討個好彩頭，初夢也可以說是其中一種形態。所謂初夢，是根據年初時所做的夢的內容來預測該年的吉凶，就內容來說，如果是好夢，像夢到富士山、老鷹、茄子等新奇的組合便是最大特徵。另外，如果夢到喪禮或火災也算好夢，而夢到小孩出生啦、掉牙齒之類的就不太妙等等，地區不同，解讀也各異。再者，將繪了七福神或金銀財寶的寶船的畫放在枕頭下就可以做個好夢、做了惡夢就讓獏吃掉──見到這樣的傳說廣為流傳，就可了解古早的人們是多麼認真地看待初夢所預測的一切了。

B

　　就算不知「曆注」為何物，那麼總該聽過「佛滅」吧？佛滅被視為是曆注中最不吉利的日子，決定婚禮或喬遷的良辰吉時時首先最該避開。這個曆注，原本是千數百年前由中國所發明。但是後來這套東西在正宗的中國並未普及便荒廢，現在一般人則幾乎對它一無所知。因此，當聽到日本人會遵循曆注來安排行事，中國人鐵定一臉不可置信。

　　事實上，日本也曾經一度視曆注為有害的迷信而加以禁止，但據說第二次世界大戰後，因政府的強制力漸漸喪失而終於復活，以占卜之姿重新獲得青睞。說到它的根深蒂固，甚至連現在的婚禮都推出「佛滅優惠」。不過，由於近年來智慧型手機普及造成曆法本身的必要性降低，今後會如何發展則還是未知數…。

[3] A和B都提到的事項，下列何者正確？

1 都提到吉利的事。

2 都提到不祥的事。

3 都提到日本人討好彩頭的紀元。

4 都提到討好彩頭的歷史流程。

[4] 就日本人討好彩頭這件事，A作者和B作者是怎麼看的？

1 A雖沒明說，但B採取負面立場。

2 A雖採取正面立場，但B採取負面立場。

3 A雖沒明說，但B說無法斷言今後是否會繼續流傳下去。

4 A雖採取正面立場，但B說是迷信，應該加以禁止。

(3) P. 556

A

　　引領期盼的新機器終於來了。這產品自稱只要好好使用，得心應手後，原本繁複的作業便能一下子化繁為簡。我心中充滿了期待。可是，手握說明書，碰了一會兒後，期待漸漸轉化成不滿了。該怎麼做，它才會照著我所想的去動作呢？那個重點到底寫在說明書的哪裡啊？話說回來，這種厚得要死的說明書非看不可嗎？我甚至覺得打從一開始就拿來看，反而不曉得要花上比原先的工作多上幾倍的時間呢！

　　寫說明書的人照理說應該完全理解機器的功能。而購買者是期待什麼而買也應該有幾分把握。然而，卻帶給購買者超大的壓力。

B

　　駕訓班多是強調「習慣優於學習」。不是用頭腦，而是透過身體記憶操作步驟。對於初學者而言，學開車並非一件容易的事。但是，一旦記憶終止，之前被繁複程度搞得七葷八素的窘境，竟奇蹟似地變得可以下意識地進行。

　　實際上路時，眼前的狀況每分每秒都在變化。為了即時因應突然飛奔出來的小孩子啦、遮蔽視野的大卡車啦等等，就得對預定好的操作做適度的修正。可是，如果是位老鳥駕駛，他只要想該讓車子怎麼動就好，沒必要一一地去意識操作步驟便能做好該做的事。

　　耐人尋味的是，若你問我，開車技術嫻熟的駕駛就能教菜鳥怎麼開車嗎？似乎也不是那麼一回事。為了教空有駕照卻不敢上路的太太怎麼開車，最後卻鬧到夫妻失合的例子之所以屢見不鮮，就表示自己會和去教別人根本是兩回事。

⑤ **關於 A 和 B 的內容，下列選項何者不正確？**

1　A 作者敘述主觀觀點。

2　A 作者說機器的產品說明書派不上用場。

3　B 作者敘述車子都是經驗重於理論。

4　B 作者說應該避免教熟人開車。

⑥ **A 和 B 都有提及者為何？**

1　附說明書的產品好不好用。

2　要將自己的知識傳授於人的困難度。

3　直到能得心應手使用機器為止的過程。

4　達到老鳥階級的困難度。

問題 12

(1)	1	3	2	2	3	1	4	4
(2)	5	2	6	3	7	3	8	1
(3)	9	3	10	1	11	1	12	4

(1) P. 560

　　已經是 20 年前的往事了，當時我正停留在某個國度，這件事是從日本青年海外協助隊那兒聽到的。由於兒童營養狀況甚差，雖有配給牛奶，但一邊配給，卻有父親一邊拿去賣掉。這問題並非只是給錢比給牛奶好這麼單純。該地區的人們都相信由於牛奶裡含有塩分，對孩子的健康有害，所以都堅持不讓孩子喝牛奶。雖日本的部分醫師於某時期也曾一度倡導「牛奶有害說」，但其背景和這是兩碼子事。且不僅如此，由於該地區的人們也相信母乳不利於孩子的健康，所以也不給喝母奶，最後造成幼兒的營養失調愈趨嚴重。對此，我深受打擊。給嬰兒喝母奶不是一個做母親的天性嗎？怎麼會有刻意讓孩子挨餓的事？人類，會因為接收到錯誤資訊就失去動物天性，理所當然的事都變得

不會做嗎？又或者，這僅是發生在迷信猖獗的地區的極其例外的事例而已？停留在該國度期間，我一直在想①這件事。

回國後，我忽然想起此事，於是去了趟書店。之前一直沒發覺，原來關於生產及育兒的出版物這麼多，令人大吃一驚。當時還未婚的我對於養兒育女沒有一點點概念。書架上找得到教你如何養出學霸等有特定目的的書，而教你基本知識，解答一些常見誤解的書更是琳瑯滿目。拿來看了一回兒後，我②瞭解到某一件事。父母親為了不讓孩子曝露在危險下，有很多事就必需事先掌握，這也不是光靠本能就能解決的事。當然，動物界裡讓下一代失去生命的例子也是履見不鮮。可是，如此這般，資訊能左右養兒育女的成敗，其實僅限於人類。

像這樣，對人類來說，所謂資訊，就和水或食物一樣，是存活下去不可或缺的東西，但也並非什麼資訊都是好的。該如何篩選取捨可是悠關性命的一件大事。就一開始我所提到的迷信一例，共同體的流言原本就是來源，但那是屬於③不值得一信，或不可相信的資訊。就像含毒、腐敗的食物就要敬而遠之一樣，資訊這東西也是，選擇正確的資訊才有利生存。現在真的是一個能透過各式媒體獲取資訊的時代，你有多少看清、看透資訊質量的能力則愈顯重要。

1 所謂①這件事，是指什麼呢？

1 將配給給家人的糧食變賣成現金的父母親。

2 全世界幼兒的飢餓問題嚴重性。

3 人類受不正確的資訊操弄，連理所當然的事情本身都會變得緣木求魚嗎？

4 讓人類本能隨心所欲進而深陷迷信的民族為何還存在？

2 ②瞭解到某一件事，具體而言是指什麼呢？

1 至此未曾關心過養兒育女這件事。

2 資訊操控育兒成敗，這情況只發生在人類身上。

3 為了養兒育女，得預先知道的事太多，且無法用知識解決。

4 書店裡關於育兒基本常識的書籍在架上是一本接一本。

3 文中提及③不值得一信，是為什麼呢？

1 因為是扭曲的資訊

2 因為不是廣為人知的資訊

3 因為是僅限一國的資訊

4 因為是經過篩選的資訊

4 作者最想說的是什麼呢？

1 養兒育女時最不可或缺的是母親的知識。

2 看清資訊優劣的能力並非靠人類的本能就辦得到。

3 為了排除不正確的資訊應該多讀點書。

4 現已成為鑑定資訊優劣真偽的能力相當重要的時代。

(2) P. 563

①秘密分成好幾種類型，有的純屬個人，有的則是和別人有關，還有的甚至是在職場上得知的。可是，秘密既然是秘密，其共通點就是不想讓別人知道，且一旦讓別人知道便會帶來困擾。但是，有時候，人們卻會產生一種②想把秘密說出去的衝動，甚至於甘冒風險也想洩露給對方知道的現象。這是為什麼呢？像這樣心裡層面的搖擺變化，和秘密本身擁有的自己和別人的界線上的角色息息相關。

談到秘密，其隱密程度雖分成好幾個階段，例如已建立互信關係的夫婦之間能共有的程度的秘密，若是好朋友的情況也許

就行不通。相反地，也有和好朋友共享的事實卻對家人保密到家的情況。不管如何，兩者之間存在秘密這件事也就意味著對方即是別人。在這裡，我們可以說，秘密擔任著規定和對方關係性的角色。

因此，將隱藏至今的秘密開誠佈公便具有瓦解和對方的壁壘、一口氣拉近彼此關係的效果。之所會想對於渴望有更親密關係的對方坦誠秘密，原因不言而喻。我們困在想在別人面前保密以及共享的感情裡搖擺不定。繼而，後者更像是本質性的慾望。亦正因為如此，我們才不惜藉酒也要製造能打破彼此僵界的機會。

那麼，知道人家秘密的一方又如何呢？這些人會理解成自己和對方特別親近所以才雀屏中選，只不過，怎麼接受就因情況而異了。有人會對和對方的距離拉近感到開心，但相反地，若是原本就想跟對方保持距離，但又被迫知道了一堆秘密，不僅會感到負擔，有時甚至還會覺得討厭。當然，能和自己極其仰慕的人共享秘密，那真是再開心也不過了。世上雖有人擅於操弄別人，但一旦加以觀察，會發現，他們只是把秘密的效用活至最大，視之為掌握人心的技術之一。將沒什麼大不了的秘密讓對方深信只有自己和對方知道，進而騙過一大票人的例子也是時有所聞。

追根究柢，沒有人沒有秘密，知道自己一切的人除了自己以外別無他人。另一方面，秘密的多寡乃因人而異。有人就連對自己最愛的人都築起一道秘密的高牆相待。而秘密既然是和別人的界線，那麼有一堆秘密的人，我們或許③可以說他們正過著孤獨的人生。

5 關於①秘密，作者的想法何者不正確？
1 人都有選擇想坦白秘密的對象的傾向。
2 秘密絕對不可以洩露出去。

3 是可以拿來衡量和別人的關係的標準。
4 一旦擁有秘密，人就有可能變得孤獨。

6 文中提及②想把秘密說出去，為什麼會這麼想呢？
1 因為人這種動物會跟別人共存下去。
2 因為無法堅守到最後一秒。
3 因為想向對方表達親密感。
4 因為自己也想從對方那兒知道許多秘密。

7 下列敘述何者符合這篇文章的內容？
1 將秘密說給對方聽後，一般而言對方都會對自己深信不疑。
2 一旦知道對方的秘密，一般而言都會感到負擔加重。
3 人為了營造親密感都會使用坦白秘密這一招。
4 因為不想孤獨以終，所以最好別有秘密。

8 文中提及③可以說他們正過著孤獨的人生，是為什麼呢？
1 因為沒有什麼可以打開天窗說亮話。
2 因為愈來愈沒人會想說秘密。
3 因為一般而言，一旦對秘密守口如瓶，就會漸漸被排斥。
4 因為能共享秘密的親朋好友會漸行漸遠。

(3) P.566

「款待」這個字內含著日本人招待客人之際處處留意的自傲。日本的服務業已到了無微不至的地步，為避免客人感到不滿，想方設法地做好萬全的準備。因此，費時、費工被視為美德，而客人也以此當作評價重點。這「款待」二字，極可能是招攬外國觀光客的最大武器，這點在宣傳東奧的廣告活動中所號召的重點不謀而合。但是，我認為，「款待」信仰裡或多或

少有點①問題。

「款待」的特徵是動腦筋盡其所能地去預想客人所需要的物品並先準備好。而這之所以行得通，乃因日本人的嗜好大概都差不多，同質性很高的緣故。例如，日本人儘管十分講究清潔，但對房間大小就沒那麼在意，大概就像這樣。因此，只要來客是日本人，那麼預先建構好能觸碰客人心弦的服務就不是天方夜譚。可是，面對來自各種文化圈的外國觀光客，②這款服務型態還能放諸四海皆準嗎？

通曉日本文化，亦是『新‧觀光立國論』的作者，英國的大衛阿特金森針對「款待」就指出，「日本的飯店、旅館、餐廳等都單方面地強制日式做法或服務，缺乏隨機應變，讓人覺得很拘謹，經常飽受批評」。這也等於告訴我們，日本人引以為傲的「款待」，事實上不少是偏離外國觀光客所看重的重點的。

日本的「款待」，是在假設適用於任何人的、無微不至的服務框架存在下才能成立。因此，沒有將前提設定為因應各種個別的客人做接待，反而自認做了理想的服務，事實上只是揮空棒的例子亦時有所聞。而就算發覺和日本客人有所不同，也依然誤認為全部外國觀光客或特定國家還是有共通的「款待」，於是便擅自組合款待方法，最後搞得③適得其反。因為也還是有客人到底希望能享受到和日本人完全一樣的款待。另外，從客人的立場來看，日本的高級旅館等地方費用鐵定不便宜，所以視多餘的服務都得額外付費，有時反而更加不滿。

我並非否定「款待」本身帶有的對客人的關懷文化。可是，我們一路看來，在這國際化時代，我認為某種軌道必需獲得修正。為了提供真正站在客人立場的「款待」，切勿只憑自我判斷，最好還是留心注意透過與對方溝通，以便能隨機應變採取措施。那等於對逐漸多樣化的日本國內客人也能提供真正有價值的「款待」。

9 文中提及①問題，是指什麼樣的問題呢？

1 提供無微不至的服務以避免客人抱怨。
2 千方百計只為提供理想的服務。
3 面對來自各種文化圈的客人缺乏隨機應變的因應措施。
4 飯店這邊雖單方面地強制服務，但也有尊重到所有客人的個性。

10 文中提及②這款服務，具體而言是指什麼呢？

1 對日本人來說是完美的服務
2 適用外國人的靈利的服務
3 反映出來訪的客人嗜好的服務
4 獲多種國籍的人認同的、無微不至的服務

11 文中提及③適得其反，是為什麼呢？

1 因為客人也是一種米養百種人
2 因為客人總會抱怨
3 因為客人想享受零缺點的服務
4 因為客人是來自國外的、擁有異國文化背景的人

12 關於今後「款待」的理想趨勢，作者是怎麼認為的？

1 提供優質的日式服務以避免客人抱怨
2 提供能經常和客人溝通的場所及服務
3 提供無微不至的服務以多多招徠外國觀光客
4 配合客人的多樣性，因時、因地地提供適切的服務

問題 13

(1)	1	3	2	4
(2)	3	1	4	4
(3)	5	1	6	4
(4)	7	3	8	2
(5)	9	3	10	4

(1) P. 572

1 誰可以應徵產品試用員？

1 受斑點所苦、有個 19 的孩子的法國主婦—瑪莉安

2 受斑點所苦、婚禮在即的 32 歲日本女性—邦子

3 受雀斑所苦、正在打工的 20 歲日本主婦—辰美

4 受雀斑所苦、38 歲的單身美國女性—奧莉維亞

2 下列敘述何者符合招募內容？

1 產品試用員應徵者要在使用完試用品後拍下照片和問卷一起寄回。

2 可內莉公司會聯絡所有產品試用員應徵者以便確認。

3 1 月 5 日應徵的話應該可以在 1 月 10 日左右拿到試用品。

4 產品試用員應徵者要將問卷填妥後連同試用品使用前後的照片一起郵寄給可內莉公司。

美白「白肌」化粧品
免費產品試用員招募中

可內莉即將推出「白肌」化粧品，不僅預防斑點、雀斑的效果大家都按讚，飽含的美白成分更能讓您心滿意足。不用花您一分錢，敬請試用後告訴我們您們的感想。

〔資格〕

· 定居日本、年滿三十歲的已婚本國女性

· 定居日本、年滿三十歲的已婚外籍女性

· 未滿三十歲的已婚女性請附上您的斑點、雀斑照應徵

＊ 未滿二十歲的女性本次恕不受理，敬請見諒。

〔應徵辦法〕

· 請上可內莉公司的網頁申請產品試用員試用品。

· 申請試用品之際，請務填妥個資當中的必填事項。

〔試用辦法〕

· 前來應徵的女士將會收到免費的「白肌」試用品套組（5 天分）。

· 收到試用品後請每天使用、連續使用 5 天。

· 請自行拍攝使用試用品前後的照片。

· 您申請產品試用品套組後會在 1 週左右收到我們用電子郵件寄給您的問卷。這份問卷內容相當簡單，1 ～ 2 分鐘便可填妥。問卷調查內容將供我們日後開發產品時參考。

· 問卷填妥後請務必列印出來，連同美白「白肌」試用品使用前後的照片一起用掛號信寄回。恕不受理電子郵件，敬請留意。

＊ 產品試用員每人僅限申請 1 份套組。同一地址若有申請 1 組以上情事，我們將主動聯絡以便確認。

(2) P. 574

③ 萩原先生是位上班族，他想和兒子一起入會。辦手續時該怎麼辦才好呢？

1 和兒子一起前往事務局繳納入會費和年費

2 和兒子一起前往事務局繳納入會費、轉滙年費

3 帶兒子的學生證一個人前往事務局繳納入會費和年費

4 和兒子一起且兩人都帶身分證前往事務局繳納入會費、轉滙年費

④ 由佳利小姐在大學主修小提琴。她成為「迴響會」的會員後將能享用下列哪項服務？

1 收得到刊載關於「迴響會」資訊的月刊。

2 可享七五折優惠觀賞在「迴響會」劇場舉辦的演唱會。

3 在「迴響會」的直營劇場皆可享優惠使用所有設施。

4 「迴響會」主辦的音樂會門票原本要價 15000 日圓，但可以便宜 3000 日圓購得。

[迴響會] 的邀請函

「迴響會」是讓您更深入享受傳統音樂、現代音樂的音樂集會。我們將為會員提供各式優惠。

優惠：

1. 將獲贈提供「迴響會」主辦的所有公演或活動資訊的『迴響』月刊。

2. 可以會員價購買「迴響會」主辦的所有公演門票。

3. 在「迴響會」直營的演唱會會場及劇場內販賣部皆可享受優惠。但，劇場內部書店的會員特惠並不適用。

・折扣率
　一般會員：門票 10% / 販賣部 15%
　學生會員：門票　20% / 販賣部 25%

＊ 需提示會員證方能享受優惠。學生會員則需同時提示會員證及學生證。

入會手續：

・在「迴響會」事務局受理。

・入會時，入會費及年費皆在事務局繳納。

・希望用自動轉帳方式繳納年費的人請在入會時前往年費轉帳用金融機關帳號註冊。自動轉帳將自隔年生效。

・年費繳納期限為每年 1 月 10 日。

・未繳納年費時，本局將聯絡您一次。若聯絡未果則視為退會，敬請諒解。

・會員證每年更新。

・辦理手續時，本局為確認身分，故敬請攜帶學生證及身分證。

入會費、年費：

・入會費：一般會員 2000 日圓 /
　　　　　學生會員　1000 日圓

・年費：一般會員 2500 日圓 /
　　　　學生會員 1500 日圓

「迴響會」事務局 03-567-7890

(3) P. 576

⑤ **45 歲的鈴木先生在看診當天前要怎麼辦才好呢？看診日是 9 月 2 日。**

1 8 月 26 日上醫院網站預約看診，9 月 1 日於晚餐後直到看診停止進食。

2 8 月 25 日打醫院電話預約看診，9 月 1 日於晚餐後直到看診都只喝水。

3 8 月 30 日上醫院網站預約看診，9 月 1 日於晚餐後直到看診停止進食。

4 8月30日打醫院電話預約看診，9月1日於晚餐後直到看診都只喝水。

6 25歲的中國人李先生需要院方開立一份中文健康診斷書。預約看診時要怎麼辦才好呢？

1 打醫院電話預約看診，要求開立中文診斷書並匯款9400日圓給醫院。

2 打醫院電話預約看診，要求開立中文診斷書並轉帳8400日圓給醫院。

3 上醫院網站預約看診，要求開立中文診斷書並於看診當天支付9400日圓。

4 上醫院網站預約看診，要求開立中文診斷書並於看診當天支付8400日圓。

員工定期健康診斷說明

[基本檢查項目]
(1)量身高、體重　(2)驗血、量血壓　(3)量聽力、視力　(4)尿液檢查　(5)胸部X光檢查

[追加檢查項目]
(6)心電圖檢查　(7)貧血檢查　(8)血糖值檢查　(9)動脈硬化檢查　(10)循環系統檢查　(11)胃癌檢查

＊非必須受檢項目。預約看診時可洽詢。
＊40歲以上員工必須受檢。

[健診期間]
9月1日～9月10日（9:00—18:00）

[預約辦法]
和本公司有合作關係的米西亞醫院網頁或電話皆有受理。網路預約看診限5天前、電話則限3天前方能受理。欲接受上述(6)～(11)項的檢查者務必透過網頁預約看診。

[費用]
・網頁預約看診8000日圓、電話預約看診9000日圓。
・欲接受上述(6)～(11)項的檢查者須額外支付費用。（5000日圓）
＊上述金額已含健檢費用及開立診斷書的所有費用。

[檢查結果]
・健康診斷書在受診日後10天可至米西亞醫院窗口領取。
・有意郵寄者須另外支付費用。（500日圓）
・可協助開立英文或中文健康診斷書。（英文：400日圓、中文：400日圓）
＊開立時間需3天。
＊意者請於預約看診時洽詢。

[費用支付]
請於看診當天前往米西亞醫院窗口付費。接受刷卡。

[注意事項]
・看診10小時前皆可進食。之後僅可攝取少許水分。
・欲接受上述(6)～(11)項檢查者切勿攝取過多水分。

[洽詢]
米西亞醫院 0120—234—567
Email：misiayoyaku@hpt.com

(4) P. 578

[7] 韓國人金同學今年升四年級且1週只有2次課。他想賺錢念研究所所以正在找工讀。最好是1週4次、附餐且有交通津貼的。就一個月來說，他能賺最多錢的地方是哪裡呢？金同學日文也很流利。

1 和食 登
2 烤肉 貝爾
3 搬家公司 貓
4 便利商店 光

[8] 島村先生正在找1週可去3次左右的打工。他平常1週要去公司上班3次。島村能打工的地方有幾處？

1 2處
2 3處
3 4處
4 5處

工讀招募資訊

職種	內容	時間	時薪及條件
登和食	外場	09:00-22:00 時間可面議 1週3次以上	900日圓 通日語的外籍人士亦歡迎 *供午、晚餐、有交通津貼
黑雨居酒屋	外場	18:00-23:00 1天5小時以上 1週5次以上	950日圓 通日語的外籍人士亦歡迎 *有交通津貼
貝爾烤肉	洗碗盤以及廚房幫忙	11:00-23:00 1天6小時以上 1週4次以上	洗碗盤920日圓 廚房幫忙1000日圓 歡迎外籍人士 *供晚餐、有交通津貼
貓搬家公司	貨物搬運以及打掃	08:00-21:00 含週六、日 1週3次以上	1100日圓 歡迎外籍人士 *供午、晚餐、有交通津貼
揚格英語會話	櫃台以及打掃	櫃台6:00-21:00 打掃21:00-23:00 每天（週日、假日、國定假日休）	櫃台1000日圓 整理打掃850日圓 櫃台工作恕不錄用外籍人士
光便利商店	銷售以及商品整理	22:00-隔天07:00 1週3次以上	1100日圓 歡迎通日語的外籍人士 *供餐、有交通津貼
賀利藥廠	產品包裝	09:00-18:00 每天（週六日休）	800日圓 歡迎外籍人士 *供午餐、有交通津貼
榮光運動中心	櫃台以及打掃	06:00-18:00 每週六、日	櫃台950日圓 打掃900日圓 櫃台工作恕不錄用外籍人士 *有交通津貼

⑨ 中西先生是個 39 歲的上班族，他想辦張信用卡。年費最好是便宜點的。他喜歡買東西以及旅行，興趣是打高爾夫球。中西先生會想申辦哪張卡呢？

1 櫻花卡
2 綠竹卡
3 月光卡
4 飛鷹卡

⑩ 瑪莉是個粉領族，她打算辦張卡。她來自美國。年收入約 400 萬日圓，週末經常去打小白球。辦卡時該怎麼辦才好呢？

1 郵寄外國人登錄證以及在職證明，連同 1700 日圓將申辦書繳交給庫尼銀行

2 郵寄外國人登錄證、在職證明以及收入證明，連同 2200 日圓將申辦書繳交給庫尼銀行

3 帶外國人登錄證、在職證明以及申辦書前往庫尼銀行並繳交 2200 日圓

4 帶外國人登錄證、在職證明以及收入證明前往庫尼銀行並繳交申辦書以及 2200 日圓

庫尼銀行信用卡辦卡說明

信用卡種類	櫻花卡	綠竹卡	月光卡	飛鷹卡
年費	800日圓	1000日圓	1500日圓	2000日圓
可用額度	最高50萬日圓	最高700萬日圓	最高1000萬日圓	最高1300萬日圓
申辦年齡及條件	·25歲以上 ·年收入200萬日圓以上	·30歲以上 ·年收入350萬日圓以上	·33歲以上 ·年收入400萬日圓以上	·35歲以上 ·年收入550萬日圓以上
附加服務	·日本3大百貨公司平時享95折優惠 ·入住印它飯店享95折優惠	·日本4大百貨公司平時享95折優惠 ·入住印它飯店享9折優惠 ·貝塔度假村可1年2次入村 ·入住國內旅館享97折優惠	·日本5大百貨公司平時享9折優惠 ·入住印它飯店享9折優惠 ·貝塔度假村、索拉度假村各可1年2次入村 ·代訂國內高球場及費用享95折優惠	·日本5大百貨公司平時享85折優惠 ·貝塔度假村、索拉度假村各可1年4次入村 ·代訂國內高球場及費用享9折優惠 ·入住國內飯店享85折優惠

辦卡辦法：

1. 恕不受理網路、電話、郵寄申辦。
2. 申辦書敬請前往庫尼銀行索取並可至各分行申辦。
3. 申辦時為確認為本人，敬請攜帶可供證明的資料文件。
4. 可供確認為本人的資料文件敬請攜帶下述任一件即可。（影本恕不受理）
　　□駕照　　　□護照　　　□健保卡
　　□戶籍謄本
5. 在職證明以及收入證明均敬請攜帶。
　　＊櫻花卡只需提供在職證明
　　＊所有信用卡均不受理學生申辦
6. 申辦時需繳交手續費 200 日圓，敬請諒查。
7. 年費敬請於申辦時繳納。

JLPT
N1

2

聴解

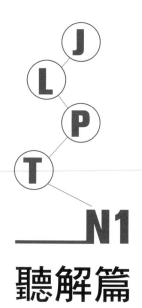

N1

聽解篇

聽解部分請務必深入學習。熟讀聽力原文，反覆聆聽錄音音檔，
直到聆聽當下，可以馬上反應出其意思為止。各題型的重點相距
甚遠，因此請務必一一熟悉各個題型的解題技巧。另外，請養成
隨手筆記的習慣，可以使用中文、日文、漢字、英文、數字或符
號等，試著創造出一套專屬於你的筆記技巧。

重點題型攻略

問題1 主題理解（題數為6題）

題型說明　1 改制前後的測驗內容無明顯變化。

2 最近很少出**圖像題**，所以出一題圖像題的可能性很高。圖像題會是**表格、圖表**或**報告書**的形式。

3 聽力內容大多為雙人的**日常對話**。

4 請聆聽對話，找出對話中所談的主題。

5 出題內容包含詢問**時間、日期、原因、下一步行動**。

6 **題目會在對話開始前，和對話結束後各唸一次，總共會唸兩次。**

〔例題〕

問題1

　問題1では、まず質問を聞いてください。 それから話を聞いて、問題用紙の1から4の中から、最もよいものを一つ選んでください。

1番
　　1 先生にメールで聞く
　　2 友達にメールで聞く
　　3 研究室の前の掲示板を見る
　　4 りょうの前の掲示板を見る

解題技巧　1 請在聽力音檔播出前，**稍微看一下選項並掌握其內容**。選項中的單字
　　　　　　會出現在對話當中。

　　　　　2 **請仔細聆聽題目**。如果漏聽題目，就算能聽懂對話內容，也無法找出
　　　　　　答案。

　　　　　3 對話結束後，會再播送一次題目。

　　　　　4 請一邊聆聽對話，一邊作答。**選項經常是按照對話內容來排列。**

　　　　　5 作答的當下請立刻畫卡，因為**之後並沒有多餘的時間讓你補畫**。

　　　　　6 如果無法選出答案，請在聽完對話後，在選項中找出重複聽到很多次
　　　　　　的單字，直接選擇此選項，如此一來便可以降低答錯的機率。

學習策略　1 聽解考試時，由於每位考生開始作答的時間以及結束作答的時間都一
　　　　　　樣，因此不太需要控制每一題的作答時間。但是，請務必練習在題目
　　　　　　唸完之前選出答案。

　　　　　2 如未具備足夠的**文字、字彙、用語等言語知識量**，解題上會有一定的
　　　　　　難度。因此請**大量累積言語知識後，再投入於聽解的練習**。

　　　　　3 作答完本書中的試題後，**請背誦聽力原文，並反覆聆聽音檔，直到你
　　　　　　能夠完全聽清楚每字每句**。學習過程中能同時有效提升字彙、用語、
　　　　　　聽力的能力。

　　　　　4 練習作答**已公開的歷屆試題**。

問題 1 先聽題目，再聽對話。然後在試題本的四個選項中，選出最合適的。

1

1 水を一か月に一回やる

2 水の量を増やす

3 肥料を一か月に一回やる

4 肥料をやらない

2

1 手紙を書く

2 管理人に頼みに行く

3 二階へ上がって話す

4 掲示板を利用する

3

1 荷物をトラックに運ぶ

2 荷物を段ボール箱に入れる

3 本と CD をめぐみさんに持って行く

4 ハウスクリーニング業者に連絡する

聽解篇

問題 1　迎戰日檢

4

1　食事量を減らして運動する
2　甘いものや油っこい物を控えて運動する
3　筋肉をつけるトレーニングをして走る
4　今日からたんぱく質をたくさん摂取してウォーキングをする

5

1	2
会議の効率化を目指せ！ • 開始時間：　午前 9 時－午後 1 時 • 実施時間：　1 時間以内 • 参考事項：　議題は五つ以下にし、参加者に事前に知らせること	会議の効率化のための方針 　会議の開始時間は午前 9 時から午後 1 時の間にして、 1 時間以内に終わらせるようにしてください。 議題は五つ以下にして事前に参加者に知らせておいてください。
3	4
会議の効率化のための方針 　会議の開始時間は午前 9 時から午前10時の間にして、 1 時間以内に終らせるようにしてください。 議題は参加者に事前に連絡して決めさせてください。	会議の効率化を目指せ！ • 開始時間：　午前 9 時－午前10時 • 実施時間：　1 時間以内 • 参考事項：　議題は五つ以下にし、 参加者に事前に知らせること

1 アメリカ支社へ出張に行く

2 アメリカから来る担当者を迎えに行く

3 岡田さんの代わりに会議で通訳をする

4 会議で使う資料を読んでおく

1 退会をする

2 来月の授業料を払う

3 入会金を払う

4 教室を休んで月謝を戻してもらう

1 消費者のニーズの分析に当たる

2 保温機能の付いた容器を輸入する

3 海外から弁当箱を輸入する

4 保温が持続できる容器を調べる

1 お金
2 屋台
3 広報
4 イベント

1 病院に申込書を出す
2 学校から補助金をもらう
3 学校に学生番号など情報を提供する
4 病院のホームページにて申請する

重點題型攻略

問題 2 要點理解（題數為 7 題）

題型說明　1 對話內容和題目類型與前一題型「主題理解」並無差異，但是在對話播出之前，只有 **20** 秒左右的時間可以閱讀選項。

2 **絕對不會出現圖像題。**

3 聽力內容大多為雙人的**日常對話**。

4 出題內容包含**詢問理由或原因**，或是**詢問對話裡的細部訊息**。

5 **題目**會在對話開始前，和對話結束後各唸一次，**總共會唸兩次。**

〔例題〕

もんだい
問題 2

　　　もんだい　　　　　　　　　しつもん　き　　　　　　　　　　　　もんだいよう　し
　　問題 2 では、まず質問を聞いてください。 そのあと、問題用紙の
せんたくし　　よ　　　　　　　　　　　　よ　じかん　　　　　　　　　　はなし　き
選択肢を読んでください。読む時間があります。それから話を聞いて、
もんだいよう　し　　　　　なか　　　　　　もっと　　　　　　　　ひと　えら
問題用紙の１から４の中から、最もよいものを一つ選んでください。

　　　ばん
　1番
　　　　　ともだち
　　　1 友達とケンカしたから
　　　　　かみがた　　き　い
　　　2 髪型が気に入らないから
　　　　　しけん
　　　3 試験があるから
　　　　　あたま　いた
　　　4 頭が痛いから

解題技巧　　1 **會給考生閱讀選項的時間**，因此不需要在**聽力內容播出前，急著確認選項內容。**

2 **請仔細聆聽題目。**如果漏聽題目，就算能聽懂對話內容，也無法找出答案。

3 **聽完題目後，請馬上在腦中回顧各選項內容，選項內容將是對話重點。**

4 對話結束後，會再播送一次題目。

5 請一邊聆聽對話，一邊作答。**選項經常是按照對話內容來排列。**

6 作答的當下請立刻畫卡，因為**之後並沒有多餘的時間讓你補畫。**

7 如果無法選出答案，請在聽完對話後，在選項中找出重複聽到很多次的單字，直接選擇此選項，如此一來便可以降低答錯的機率。

學習策略　　1 聽解考試時，由於每位考生開始作答的時間以及結束作答的時間都一樣，因此不太需要控制每一題的作答時間。但是，請務必練習在題目唸完之前選出答案。

2 如未具備足夠的**文字、字彙、用語等言語知識量，**解題上會有一定的難度。因此請**大量累積言語知識後，再投入於聽解的練習。**

3 作答完本書中的試題後，**請背誦聽力原文，並反覆聆聽音檔，直到你能夠完全聽清楚每字每句。**學習過程中能同時有效提升字彙、用語、聽力的能力。

4 練習作答**已公開的歷屆試題。**

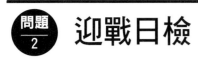

問題 2　問題 2 部分，先聽題目，再聽試題本上的四個選項，有閱讀選項的時間。然後聽對話，並在試題本的四個選項中，選出最合適的。

1

　1　特別な効能を持った温泉があるから

　2　いやされる町の雰囲気だから

　3　こぢんまりとした店が立ち並んでいるから

　4　交通の便がいいから

2

　1　テーマの分析

　2　アンケート用紙の作成

　3　回答用紙の回収

　4　アンケート結果の分析

3

　1　他の会社に移るため

　2　単身赴任で転勤するため

　3　会社を作るため

　4　果樹園をやめるため

4

1 スピーチの内容
2 発音（はつおん）
3 面白いしぐさ
4 興味津々（きょう み しんしん）のテーマの選択（せんたく）

5

1 新旧（しんきゅう）が共存（きょうぞん）している町の雰囲気（ふんいき）
2 最先端（さいせんたん）のおしゃれな町の雰囲気（ふんいき）
3 昔の時代に戻ったかのような町の雰囲気（ふんいき）
4 都心（としん）から接近（せっきん）が容易（ようい）なところと爽快（そうかい）な町の雰囲気（ふんいき）

6

1 積極的（せっきょくてき）でチームを引っ張っていける人
2 優秀（ゆうしゅう）な語学力と外国で勤務（きんむ）できる人
3 海外経験が豊富（ほうふ）で誰とでもすぐ親（した）しくなれる人
4 語学力を備（そな）えて異文化（いぶんか）をすぐ受け入れられる人

7

1 生育環境を制御するシステムの導入

2 栽培される野菜の数を増やしていくこと

3 設備の維持のための補助金の拡充

4 新しいシステムの導入をはやく踏み切ること

8

1 全商品のターゲットを若年層に絞っていく

2 高齢者向けのスポーツ用品を強化する

3 高齢者向けの商品の販売を諦める

4 若年層にターゲットを絞ってスポーツウェアの商品を開発する

9

1 新しく開発した洋菓子がおいしいから

2 長年家族でやってきたから

3 有名な和菓子屋と手を組んだから

4 あるレシートを持参した場合パンが安く買えるから

1　有名な賞を受賞したところ

2　映画化されるところ

3　鋭利な視線で現代人を描いたところ

4　緊迫な内容と手放せないほど面白いところ

重點題型攻略

問題 3 概要理解（題數為 6 題）

題型說明　1　完全有別於問題 1 和 2 的類型，**為改制後的新增題型**。

2　聽力內容多為**單人**的**演說**、**說明文**、**廣告**等，以日常生活中的內容為主。有時也會出現雙人對話。

3　題目會詢問整篇聽力文的**主題或主旨**，**要求掌握整篇文章的內容**。

4　**聽力本文播出前不會先告知題目**，因此難度較高。但是只要充分練習，將會是最容易解答的一大題。

5　題目和選項都不會印在試題本上，兩者皆以音檔播出，且只會唸一次。因此請務必做筆記。

〔例題〕

問題 3

　　問題 3 では、問題用紙に何も印刷されていません。 この問題は、全体としてどんな内容かを聞く問題です。話の前に質問はありません。まず話を聞いてください。 それから、質問と選択肢を聞いて、1 から 4 の中から、最もよいものを一つ選んでください。

- メ　モ -

解題技巧 1 試題本上不會出現任何文字。即便如此,也請不要驚慌,務必作好聆
聽本文的準備。

2 *毋*需在意聽力中出現幾個人,重點在於他們談論了什麼。請**掌握其主
旨**,並特別注意**最後的結論為何**。

3 題目會出現在聽力主文之後,請務必仔細聆聽。

4 接著請聆聽選項,**千萬不要忘記做筆記**。

5 作答的當下請立刻畫卡,因為**之後並沒有多餘的時間讓你補畫**。

學習策略 1 聽解考試時,由於每位考生開始作答的時間以及結束作答的時間都一
樣,因此不太需要控制每一題的作答時間。但是,請務必練習在題目
唸完之前選出答案。

2 如未具備足夠的**文字、字彙、用語等言語知識量**,解題上會有一定的
難度。因此請**大量累積言語知識後,再投入於聽解的練習**。

3 作答完本書中的試題後,**請背誦聽力原文**,並反覆聆聽音檔,直到你
能夠完全聽清楚每字每句。學習過程中能同時有效提升字彙、用語、
聽力的能力。

4 練習作答已公開的歷屆試題。**由於本大題為改制後的新增題型,只能
藉由已公開的歷屆試題作練習。**

問題 3　問題 3 部分，試題本沒有印任何文字。題目會詢問整篇本文的主題。本文播放前不會播放題目，一開始就聽本文，再聽題目和四個選項，然後在四個選項中選出最合適的。

① 　- メモ -

　　　　　　　　　　　　　　　　　　　　　　答 ──

② 　- メモ -

　　　　　　　　　　　　　　　　　　　　　　答 ──

③ 　- メモ -

　　　　　　　　　　　　　　　　　　　　　　答 ──

4

-メモ-

答 ──

5

-メモ-

答 ──

6

-メモ-

答 ──

聽解篇

問題 3　迎戰日檢

7

- メモ -

答 ———

8

- メモ -

答 ———

9

- メモ -

答 ———

10 - メモ -

答 ———

問題3　迎戰日檢

問題 4 即時應答（題數為 14 題）

題型說明　1 完全有別於問題 1、2、3 的類型，**為改制後的新增題型**。

2 聽力內容多由兩人進行一問一答。

3 題目的形式包含**問候語、疑問詞開頭的問句、不含疑問詞的問句、感嘆句、勸誘句、命令句、委託或請求同意的句子**等，與日常生活息息相關，並要求**從選項中找出最適當的回答**。

4 因為是應答，需要用簡短的句子表達出完整的想法，因此極有可能出現**慣用語**。

5 請特別留意本大題一題只有三個選項，有別於其他大題。

〔例題〕

問題 4
（もんだい）

　問題 4 では、問題用紙に何も印刷されていません。 まず文を聞いてください。 それから、それに対する返事を聞いて、1 から 3 の中から、最もよいものを一つ選んでください。

- メ　モ -

解題技巧　1 試題本上不會出現任何文字。即便如此，也請不要驚慌，務必作好聆聽本文的準備。

2 聽解考題中，本大題為最需要**臨場應變能力和精準判斷力**的大題，請務必大量練習試題。

3 千萬不要忘記做筆記。

4 作答的當下請立刻畫卡，因為**之後並沒有多餘的時間讓你補畫**。

5 本大題的作答時間十分緊迫，沒有時間讓你慢慢思考。如果你思索前一題，就會漏聽下一題，最後便會不自覺慌張起來，產生骨牌效應通通答錯。因此**只要碰到聽不懂的題目，就請果斷放棄**，若是一直執著在某一題上，反而會害到後面的題目，最後失敗走出考場。

學習策略　1 聽解考試時，由於每位考生開始作答的時間以及結束作答的時間都一樣，因此不太需要控制每一題的作答時間。但是，請務必練習在題目唸完之前選出答案。

2 如未具備足夠的**文字、字彙、用語等言語知識量**，解題上會有一定的難度。因此請**大量累積言語知識後，再投入於聽解的練習**。

3 作答完本書中的試題後，**請背誦聽力原文，並反覆聆聽音檔，直到你能夠完全聽清楚每字每句**。學習過程中將能有效提升語彙、表達、和聽力方面的能力。

4 練習作答**已公開的歷屆試題。由於本大題為改制後的新增題型，只能藉由已公開的歷屆試題作練習。**

問題 4 試題本上沒有印任何文字。請先聆聽問句，再聆聽回答該問句的三個回答句，並在這三個選項中選出最合適的。

（請利用空白處做筆記，或做聽寫練習。）

1
問：＿＿＿＿＿＿＿＿＿＿＿＿＿＿＿＿＿＿＿＿
答：1 ＿＿＿＿＿＿＿＿＿＿＿＿＿＿＿＿＿＿＿＿
　　2 ＿＿＿＿＿＿＿＿＿＿＿＿＿＿＿＿＿＿＿＿
　　3 ＿＿＿＿＿＿＿＿＿＿＿＿＿＿＿＿＿＿＿＿

2
問：＿＿＿＿＿＿＿＿＿＿＿＿＿＿＿＿＿＿＿＿
答：1 ＿＿＿＿＿＿＿＿＿＿＿＿＿＿＿＿＿＿＿＿
　　2 ＿＿＿＿＿＿＿＿＿＿＿＿＿＿＿＿＿＿＿＿
　　3 ＿＿＿＿＿＿＿＿＿＿＿＿＿＿＿＿＿＿＿＿

3
問：＿＿＿＿＿＿＿＿＿＿＿＿＿＿＿＿＿＿＿＿
答：1 ＿＿＿＿＿＿＿＿＿＿＿＿＿＿＿＿＿＿＿＿
　　2 ＿＿＿＿＿＿＿＿＿＿＿＿＿＿＿＿＿＿＿＿
　　3 ＿＿＿＿＿＿＿＿＿＿＿＿＿＿＿＿＿＿＿＿

4
問：＿＿＿＿＿＿＿＿＿＿＿＿＿＿＿＿＿＿＿＿
答：1 ＿＿＿＿＿＿＿＿＿＿＿＿＿＿＿＿＿＿＿＿
　　2 ＿＿＿＿＿＿＿＿＿＿＿＿＿＿＿＿＿＿＿＿
　　3 ＿＿＿＿＿＿＿＿＿＿＿＿＿＿＿＿＿＿＿＿

5

問： _____

答： 1 _____

2 _____

3 _____

6

問： _____

答： 1 _____

2 _____

3 _____

7

問： _____

答： 1 _____

2 _____

3 _____

8

問： _____

答： 1 _____

2 _____

3 _____

聽解篇

問題
4 　迎戰日檢

9 　問： _____
　　答： 1 _____
　　　　 2 _____
　　　　 3 _____

10 　問： _____
　　答： 1 _____
　　　　 2 _____
　　　　 3 _____

11 　問： _____
　　答： 1 _____
　　　　 2 _____
　　　　 3 _____

12 　問： _____
　　答： 1 _____
　　　　 2 _____
　　　　 3 _____

13

問： _____

答： 1 _____

2 _____

3 _____

14

問： _____

答： 1 _____

2 _____

3 _____

15

問： _____

答： 1 _____

2 _____

3 _____

16

問： _____

答： 1 _____

2 _____

3 _____

17　　問：_____

　　　答：　1_____

　　　　　　2_____

　　　　　　3_____

18　　問：_____

　　　答：　1_____

　　　　　　2_____

　　　　　　3_____

19　　問：_____

　　　答：　1_____

　　　　　　2_____

　　　　　　3_____

20　　問：_____

　　　答：　1_____

　　　　　　2_____

　　　　　　3_____

21　問：＿＿＿＿＿＿＿＿＿＿＿＿＿＿＿＿
　　答：1＿＿＿＿＿＿＿＿＿＿＿＿＿＿＿＿
　　　　2＿＿＿＿＿＿＿＿＿＿＿＿＿＿＿＿
　　　　3＿＿＿＿＿＿＿＿＿＿＿＿＿＿＿＿

22　問：＿＿＿＿＿＿＿＿＿＿＿＿＿＿＿＿
　　答：1＿＿＿＿＿＿＿＿＿＿＿＿＿＿＿＿
　　　　2＿＿＿＿＿＿＿＿＿＿＿＿＿＿＿＿
　　　　3＿＿＿＿＿＿＿＿＿＿＿＿＿＿＿＿

23　問：＿＿＿＿＿＿＿＿＿＿＿＿＿＿＿＿
　　答：1＿＿＿＿＿＿＿＿＿＿＿＿＿＿＿＿
　　　　2＿＿＿＿＿＿＿＿＿＿＿＿＿＿＿＿
　　　　3＿＿＿＿＿＿＿＿＿＿＿＿＿＿＿＿

24　問：＿＿＿＿＿＿＿＿＿＿＿＿＿＿＿＿
　　答：1＿＿＿＿＿＿＿＿＿＿＿＿＿＿＿＿
　　　　2＿＿＿＿＿＿＿＿＿＿＿＿＿＿＿＿
　　　　3＿＿＿＿＿＿＿＿＿＿＿＿＿＿＿＿

25　問：_____

答：1_____

　　2_____

　　3_____

26　問：_____

答：1_____

　　2_____

　　3_____

27　問：_____

答：1_____

　　2_____

　　3_____

28　問：_____

答：1_____

　　2_____

　　3_____

29 問：　_____

　　答：　1 _____

　　　　　2 _____

　　　　　3 _____

30 問：　_____

　　答：　1 _____

　　　　　2 _____

　　　　　3 _____

重點題型攻略

問題 5 綜合理解（題數為 4 題）

題型說明　1 完全有別於問題 1、2、3、4 的類型，**為改制後的新增題型**。

2 可將本題型視為問題 **3** 的再擴大。聽力內容由三人進行，以對話中提到的訊息來出題。

3 前兩題，**試題本上不會印刷任何文字**；後兩題，試題本上會印出四個**選項**。所有音檔包含聽力本文、題目和選項，都只播放一次，所以一定要做筆記。

4 試題本上沒有印刷任何文字的前兩道試題，**對話長度比問題 3 稍長**。聽力內容由三人進行，三人一同談論一個主題。選項不會印在試題本上，只能用聽的。

5 選項會印在試題本上的後兩道試題，並不是三人對話的形式，所以要注意聆聽。會先由一個人說明或廣告某個主題，之後，再由另兩個人針對該主題做對話。有時候，這**後面的兩道試題會共用一組選項**，這是比較特殊的地方。

6 上述 4、5 兩點提到的試題，在**聽力本文開始播放前，都不會播放題目**，這點要特別注意。

〔例題〕

問題5
<ruby>問題<rt>もんだい</rt></ruby>

<ruby>問題<rt>もんだい</rt></ruby>5では、<ruby>長<rt>なが</rt></ruby>めの<ruby>話<rt>はなし</rt></ruby>を<ruby>聞<rt>き</rt></ruby>きます。 この<ruby>問題<rt>もんだい</rt></ruby>には<ruby>練習<rt>れんしゅう</rt></ruby>がありません。

メモをとってもかまいません。

1<ruby>番<rt>ばん</rt></ruby>、2<ruby>番<rt>ばん</rt></ruby>

<ruby>問題用紙<rt>もんだいようし</rt></ruby>に<ruby>何<rt>なに</rt></ruby>も<ruby>印刷<rt>いんさつ</rt></ruby>されていません。 まず<ruby>話<rt>はなし</rt></ruby>を<ruby>聞<rt>き</rt></ruby>いてください。

それから、<ruby>質問<rt>しつもん</rt></ruby>と<ruby>選択肢<rt>せんたくし</rt></ruby>を<ruby>聞<rt>き</rt></ruby>いて、1から4の<ruby>中<rt>なか</rt></ruby>から、<ruby>最<rt>もっと</rt></ruby>もよいものを<ruby>一<rt>ひと</rt></ruby>つ<ruby>選<rt>えら</rt></ruby>んでください。

- メモ -

解題技巧

1 試題本上不會出現任何文字。即便如此，也請不要驚慌，務必作好聆聽的準備。

2 毋需在意聽力中出現幾個人，重點在於他們談論了什麼。請**掌握其主旨**，並特別注意**最後的結論**為何。

3 題目會出現在聽力主文之後，請務必仔細聆聽。

4 因為由多人進行對話，會出現許多訊息，所以**千萬不要忘記做筆記。也會出現詢問細部事項的題目。**

5 作答的當下請立刻畫卡，因為**之後並沒有多餘的時間讓你補畫**。

學習策略

1 聽解考試時，由於每位考生開始作答的時間以及結束作答的時間都一樣，因此不太需要控制每一題的作答時間。但是，請務必練習在題目唸完之前選出答案。

2 如未具備足夠的**文字、字彙、用語等言語知識量**，解題上會有一定的難度。因此請**大量累積言語知識**後，再投入於聽解的練習。

3 作答完本書中的試題後，**請背誦聽力原文**，並反覆聆聽音檔，直到你**能夠完全聽清楚每字每句**。學習過程中能同時有效提升字彙、用語、聽力的能力。

4 練習作答已公開的歷屆試題。由於本大題為改制後的新增題型，只能**藉由已公開的歷屆試題作練習。**

問題5 要聽長一點的對話。除了下列一組例題外沒有其他練習題。有空白處可以做筆記。

問題 ①～③，試題本上沒有印任何文字。請先聆聽對話，再聆聽題目和四個選項，並在四個選項中選出最合適的。

① 　- メモ -

答 ──

② 　- メモ -

答 ──

③ 　- メモ -

答 ──

問題 ④ ～ ⑦ 請先聆聽對話，再聆聽題目和四個選項，並在四個選項中選出最合適的。

④

1 茶道の教室
2 和食の教室
3 伝統の踊り会
4 歴史や民話の教室

⑤

質問 1

1 1番の食品
2 2番の食品
3 3番の食品
4 4番の食品

質問 2

1 1番の食品
2 2番の食品
3 3番の食品
4 4番の食品

質問 1

1 コース 1

2 コース 2

3 コース 3

4 コース 4

質問 2

1 コース 1

2 コース 2

3 コース 3

4 コース 4

質問 1

1 コミュニケーションの文化

2 国際理論

3 英文化

4 グロバール教育

質問 2

1 コミュニケーションの文化

2 国際理論

3 英文化

4 グロバール教育

問題 1

| 1 | 3 | 2 | 1 | 3 | 2 | 4 | 2 | 5 | 4 | 6 | 3 | 7 | 2 | 8 | 4 | 9 | 3 | 10 | 4 |

1 　🎧001　P. 608

花屋で店員と男の人が話しています。 男の人は鉢花（はちばな）の手入れはどうすればいいですか。

男：すみません。 この鉢花（はちばな）の手入れはどうしたらいいですか。 この前、同じものを買ったんですが、すぐしぼんでしまったんですが。

女：あ、この花は日当たりのいいところに置いとかないとすぐ弱ってしまうんですよ。 それから、水ですね。

男：窓際のところに置いといて、水は週に一回やっていましたが。

女：そうですか。 この花には3日に一回やった方がいいですが。

男：^Aじゃ、水は増やした方がいいですね。

女：^Bいいえ、今は冬ですので、週に一回でちょうどいいですね。 でも、暑い季節になると3日おきにやってください。 それから、^C肥料（ひりょう）はどうされていますか。

男：ぜんぜんやっていませんでした。

女：^Dじゃ、一か月に一回はやった方がいいですね。

男：そうですか。 ありがとうございます。

男の人は鉢花（はちばな）の手入れはどうすればいいですか。

店員和一位男士在花店裡講話。男士該怎麼照顧盆花才好呢？

男：不好意思。這種盆花該怎麼照顧才好呢？我之前有買同一種盆花，可是馬上就枯萎了耶。

女：啊，那種花一定得放在日照強的地方，不然生命力會馬上下降哦。還有，就是水了。

男：我當時是放在窗邊，一週澆一次水。

女：這樣子啊？這種花三天澆一次會比較好。

男：那麼，我多澆一點水會比較好對不對？

女：不是，現在正值冬天，一週澆一次剛剛好。不過，熱一點的季節的話，每三天就要澆一次。然後，您有在施肥嗎？

男：我當時完全沒施肥。

女：那麼，一個月起碼施肥一次會比較保險哦。

男：這樣子啊？謝謝妳。

男士該怎麼照顧盆花才好呢？

1　水を一か月に一回やる	1　一個月澆一次水
2　水の量を増やす	2　增加澆水量
3　肥料を一か月に一回やる	3　一個月施一次肥
4　肥料をやらない	4　不施肥

解析

A 前面女人說，這盆花要從一週澆水一次增加到三天澆水一次。

B 女人又說因為現在是冬天，所以照樣一週澆水一次就可以了。選項 1、2 可以刪除。

C 女人提到了選項中的「肥料」，所以要特別注意接下來對肥料有什麼建議。

D 女人建議男人一個月施肥一次，所以正確答案是選項 3。

2　🔊002　P. 608

学校で男の学生と女の学生が話しています。 男の学生がこのあと、 まず何をしますか。	男同學和女同學正在學校講話。男同學之後首先要做什麼呢？
女：あら、キムさん、どうしたの？夜遊びでもしたの？くまできてるわよ。	女：唉呀，金同學，你怎麼啦？是去夜遊還是什麼的？黑眼圈都長出來了。
男：いや、最近ぐっすり寝られないんだ。今、寮にいるけど、上の階の人がうるさくて困っているんだ。	男：沒啦，是我最近都睡得不太好。我現在住宿舍，樓上的好吵，真傷腦筋。
女：じゃ、管理人とか掲示板を使ってみたら？	女：那麼，你有沒有去找舍監或透過佈告欄？
男：掲示板？どうやって？	男：佈告欄？怎麼弄？
女：掲示板に張り紙をはっておいたりしたら？	女：就在佈告欄貼張告示之類的你覺得如何？
男：うーん、でも、^A^ 確か寮には掲示板なんかないと思うよ。 直接行って話してみようかな。	男：嗯～，不過，我記得宿舍裡沒有佈告欄吔。還是直接去講好了？
女：じゃ、やっぱり管理人に頼んでみれば？直接行くとなると厄介なことになるかもしれないから、^B^ やっぱり管理人さんにまかせた方がいいよ。	女：那麼，還是去拜託舍監好了怎麼樣？直接去講搞不好會愈弄愈糟，還是交給舍監處理比較保險哦。
男：^C^ いや、やっぱり直接言ってやる。	男：不，我還是直接去講好了。
女：^D^ じゃ、手紙は？	女：那麼，寫信呢？
男：^E^ あ、その手もあるんだ！ まずはそれをやってみて駄目だったら、上がって話そうっと！	男：對，還有這招可用！我先用這招試試看好了，行不通的話就直接上去講清楚！

男の学生がこのあと、まず何をしますか。	男同學之後首先要做什麼呢？
1 手紙を書く 　かんりにん　たの 2 管理人に頼みに行く 3 二階へ上がって話す 　けいじばん　りよう 4 掲示板を利用する	1 寫信 2 去拜託舍監 3 上二樓說 4 透過佈告欄

解析

A 前面女人建議解決噪音問題的方法是在佈告欄上貼告示，男人回答說他住的宿舍沒有佈告欄，所以選項 4 是錯誤答案可以刪除。

B 這是讓人誤選選項 2 的陷阱。

C 選項 2 是錯誤答案可以刪除，但又會讓人誤選選項 3。

D 女人建議寫信。

E 男人接受了寫信的建議，所以正確答案是選項 1。最後附帶的這句話是讓人誤選的陷阱，所以直到最後都不能掉以輕心。

3 🎧 **003** P. 608

女の人と男の人が話しています。男の人はこの後まず何をしますか。	一女一男正在講話。男人之後首先要做什麼呢？
女：林さん。ごめんなさい。休みの日まで私の引っ越しを手伝わせて。	女：小林，不好意思。連放假日也讓你幫我搬家！
男：いいんだよ。今晩、おごってよ。	男：沒什麼啦。今晚，妳可要請客哦！
女：うん、焼き肉おごるね。ありがとう。	女：嗯，我會請你吃烤肉的。謝囉！
男：俺、何したらいい？荷造り終わった？ 　　にづく 　　ᴬ⁻ この荷物、トラックに運ぼうか。	男：那我要做什麼才好？妳打包好了嗎？這個行李要不要搬去卡車上？
女：ᴮ⁻ うん、お願い。ᶜ⁻ あ、その前にこの本をあの段ボール箱に入れといてくれる？ 　　だん	女：嗯，麻煩你了。啊，在那之前你能幫我把那本書放到那個紙箱裡嗎？
男：わかった。それから、このベッドは？これはトラックへ？	男：知道了。然後，這張床呢？這要搬去卡車上嗎？
女：いや、それはめぐみさんに譲ることにしたの。取りに来るって。あ、もうすぐ来るわ。車持ってくるって。 　　ゆず	女：不用，那個我要給小惠用了。她說會來拿。啊，她快到了對吧！她也說會開車來取。
男：じゃ、この箱はどうするの？	男：那麼，這個箱子怎麼處理？
女：ᴰ⁻ あ、それもおいといて。めぐみさんから借りた本と CD。この前、借りてそのままだったので、今日返すの。	女：啊，那個就先擱著。那些是小惠借我的書和 CD。之前借了就一直沒還，剛好今天一起還。
男：あとは掃除か。 　　そうじ	男：剩下來就是打掃了吧？

女：E それはハウスクリーニング業者に連絡しといたから、気にしなくていいの。

女：我已經先聯絡家庭清潔公司了，那個你別操心。

男の人はこの後まず何をしますか。

1 荷物をトラックに運ぶ
2 荷物を段ボール箱に入れる
3 本と CD をめぐみさんに持って行く
4 ハウスクリーニング業者に連絡する

男人之後首先要做什麼呢？

1 把行李搬到卡車上
2 把行李放進紙箱裡
3 把書和 CD 拿去小惠那兒去
4 聯絡家庭清潔公司

解析

A 這句話會讓人誤選選項 1。

B 女人肯定的回答，很容易會讓人誤選選項 1。

C 女人拜託說，在這之前先將書放進箱子裡，所以選項 1 可以刪除。

D 女人說 CD 和書放著不要搬，所以選項 3 是錯誤答案可以刪除。

E 女人說已經聯絡打掃房子的清潔公司，所以選項 4 是錯誤答案可以刪除。正確答案是選項 2。

4 ▶004 P. 609

ジムでトレーナーと女の人が話しています。これから女の人はどうやって筋肉をつけていけばいいですか。

女：先生、私、やせるより筋肉をつけたいんですが。

男：あの、今の状態から少しだけ体重を減らしてから筋力をつけるのはどうですか。

女：筋肉をつけたら自然とやせるんじゃないでしょうか。

男：体重を減らすっていうのは体脂肪を減らすことで、減量をしつつ筋肉量を増やしていけばいいわけですね。

女：あ、そうですか。まず、何から始めたらいいですか。

男：A ウォーキングとかランニングから始めましょう。週に2、3回、20分以上やってください。ウォーキングの際には背筋をまっすぐに伸ばして手を大

健身教練和一個女人正在健身房講話。女人今後要怎麼鍛練肌肉才好呢？

女：教練，比起瘦身，我更想要鍛練肌肉啦。

男：那個，那妳要不要從目前的樣子稍為減點體重，之後再來鍛練肌肉如何？

女：不是只要鍛練肌肉便可以自然減重嗎？

男：所謂減重是指減掉體脂肪，邊減重邊增加肌肉量就可以了。

女：啊，原來是這樣子啊？那麼，我要從哪裡開始做才好？

男：就從健行或慢跑開始吧！一週2、3次，起碼20分鐘就可以。健行時要記得把背挺直，大幅度甩手，同時把腳抬高。

きく振りながら足を高く上げてくださ
い。
女：足と手を高く、大きく…。
男：あ、ポイントは速度です。 速度をだん
　　だん上げていってください。
女：食事とかは気を付けた方がいいです
　　か。
男：ᴮ⁻最初から無理して食事量をぐんと減
　　らしたりはしないで、ᶜ⁻ただ甘いもの
　　とかしょっぱすぎる物、油っこい物だ
　　けは避けてください。 だんだん、ᴰ⁻た
　　んぱく質の摂取量を上げていったらい
　　いですね。

これから女の人はどうやって筋肉をつけて
いけばいいですか。

1　食事量を減らして運動する
2　甘いものや油っこい物を控えて運動す
　　る
3　筋肉をつけるトレーニングをして走る
4　今日からたんぱく質をたくさん摂取し
　　てウォーキングをする

女：腳和手要抬高，大幅度…
男：啊，重點是速度。速度要慢慢加快哦。

女：飲食方面需要多注意點嗎？

男：不要一開始就一下子減少用餐量，不
　　過，甜食、過鹹、油炸食品都要盡量避
　　免。慢慢地增加蛋白質攝取量就可以
　　了。

女人今後要怎麼鍛練肌肉才好呢？

1　減少食量並運動
2　少碰甜食及油炸食品並運動
3　做訓練增加肌肉量並跑步
4　從今日開始多攝取蛋白質並健行

解析

A 建議要增加肌肉要先做減少體脂肪的運動。

B 因為建議不必減少食量，所以選項1是錯誤答案可以刪除。

C 選項2是正確答案。這是較複雜的試題，因為要綜合分散在整篇對話各處的訊息，才能選出
正確答案。

D 這裡會讓人誤選選項4。

⑤ 🎧005　P.609

会社で男の人と女の人が話しています。 女
の人はどの張り紙を貼ればいいですか。
女：橋本部長、上から会議の効率化を図る
　　ための指針ってのが届いています。
男：はい、 何て書いてるんだ？

一男一女正在公司講話。女人要貼哪張告示
才對呢？
女：橋本部長，上面下達工作方針說要讓開
　　會效率化。
男：這樣？裡面寫什麼來著？

女：ᴬ会議の開始時間はなるべく午前9時から10時の間にして1時間を超えないようにと。

男：それは何とかなるよね。それから？

女：議題のことです。ᴮ議題は五つ以下にしてそれも前日までに参加者全員に伝えておくようにと書いてあります。

男：あ、そうか。ᶜその内容を箇条書きにして各部署に貼っておいてくれないかな。

女：はい、わかりました。

女：說盡量讓會議於上午9點開始到10點之間，勿超過1個鐘頭。

男：那應該行得通對吧？還有呢？

女：還有就是議題。裡面提到議題不超過5項且要在前一天就先告知全部與會人員。

男：啊，這樣？那妳能不能幫我把方針內容條列式地寫好後貼在各部門呢？

女：好的，我知道了。

女の人はどの張り紙を貼ればいいですか。

女人要貼哪張告示才對呢？

1 会議の効率化を目指せ！ ・開始時間：午前9時〜午後1時 ・実施時間：1時間以内 ・参考事項：議題は五つ以下にし、参加者に事前に知らせること	1 開會講求效率！ ・ 開始時間：上午9點〜下午1點 ・ 實施時間：1小時以內 ・ 參考事項：議題不超過5項、與會者需事先通知
2 会議の効率化のための方針 　会議の開始時間は午前9時から午後1時の間にして、1時間以内に終わらせるようにしてください。議題は五つ以下にして事前に参加者に知らせておいてください。	2 讓開會有效率的方針 開會的開始時間定於上午9點到下午1點之間，且請於1小時內開完。議題不超過5項且事先通知與會者。
3 会議の効率化のための方針 　会議の開始時間は午前9時から午前10時の間にして、1時間以内に終わらせるようにしてください。議題は参加者に事前に連絡して決めさせてください。	3 讓開會有效率的方針 開會的開始時間定於上午9點到上午10點之間，且請於1小時內開完。議題不超過5項且事先通知與會者並請其決議。

<table>
<tr><td>

4

会議の効率化を目指せ！

・開始時間：午前９時〜午前 10 時

・実施時間：１時間以内

・参考事項：議題は五つ以下にし、参加者に
　　　　　　事前に知らせること

</td><td>

4

開會講求效率！

・ 開始時間：上午 9 點〜上午 10 點

・ 實施時間：1 小時以內

・ 參考事項：議題不超過 5 項、與會者需事
　　　　　　先通知

</td></tr>
</table>

解析

A 因為建議會議開始的時間設在上午 9 點到 10 點之間，所以選項 1、2 是錯誤答案可以刪除。

B 選項 3 是錯誤答案可以刪除。

C 男人建議告示內容要分項目條列出來，所以可以確定正確答案是選項 4。圖像試題並不是每次
都會出，但曾經出過文件或圖表的試題。

6　006　P. 610

<table>
<tr><td>

会社で男の人と女の人が話しています。男
の人は明日何をしなければなりませんか。

女：今度のアメリカ支社との共同プロジェ
　　クトの件なんですが。

男：はい。 その件で A− 来月アメリカ支社
　　への出張が決まっています。

女：そうですよね。 渡辺君が行くことにな
　　りましたね。 今その準備で忙しいとは
　　思うんですが、B− 明日、アメリカから担
　　当者が来た際に、通訳を頼みたいので
　　すが、いいですか。

男：え？ 僕がですか。 それは岡田さんの
　　担当じゃありませんか。 通訳は彼が
　　ずっとやってきたことですし。

女：それがね、岡田さんが予定されていた
　　んですが、来られなくなってしまっ
　　て。

男：僕に代役が務まりますか。

女：あなたの英会話力なら、十分だと思い
　　ますよ。 何とか頼みますよ。

男：はあ、自信はないんですが…。 わかり
　　ました。 C− しかし、明日までに終わら
　　せる仕事がありますが。

</td><td>

一男一女正在公司裡講話。男人明天必需得
做什麼呢？

女：有關這次我們跟美國分公司的聯合企劃
　　案…。

男：是的。已經決定下個月前往美國分公司
　　出差處理那件企劃案了。

女：你講得沒錯。已經決定由渡邊你去了對
　　吧？我想你現在應該還在忙那件事，不
　　過，明天，美方負責人來訪時，我想麻
　　煩你來當口譯，可以嗎？

男：啊？我來嗎？那不是岡田先生負責的
　　嗎？口譯一直以來都是交給他的。

女：是因為，岡田先生已經有安排，沒辦法
　　來了。

男：我能勝任代替他嗎？

女：以你的英語會話能力，我認為已經很夠
　　用了。萬事拜託囉！

男：這，我沒什麼自信吔…。我知道了，不
　　過，我有份工作得在明天完成。

</td></tr>
</table>

女：それは私が代わりにやっときます。 D- 渡辺君はこの資料を今日中に読んでおいてください。 明日の会議で使う資料なので、通訳に役立つと思いますよ。

男：はい、わかりました。

女：那由我來幫你做。渡邊你在今天先看這份資料。這份資料明天開會要用，我想對你口譯會有幫助哦！

男：好，我知道了。

男の人は明日何をしなければなりませんか。

男人明天必需得做什麼呢？

1 アメリカ支社へ出張に行く	1 去美國分公司出差
2 アメリカから来る担当者を迎えに行く	2 去接從美國來的負責人
3 岡田さんの代わりに会議で通訳をする	3 代替岡田先生在開會時擔任口譯
4 会議で使う資料を読んでおく	4 先閱讀開會時要用的資料

解析

A 到美國分公司出差是下個月，所以選項 1 是錯誤答案。

B 出現「明天」這個單字時要特別注意。女人拜託男人擔任明天會議的翻譯，所以選項 3 會是正確答案的機率很高。

C 利用「明天」讓人誤選。

D 女人說男人原本要在明天以前完成的事，現在都由她來做。但沒有符合這內容的選項。

E 閱讀明天會議的相關資料是今天要做的事，所以選項 4 是錯誤答案可以刪除。正確答案是選項 3。

---

7 🔊007 P. 610

英会話教室で受付の人と女の人が話しています。 女の人はこの後、何をしますか。

女：すみません、来月から1か月教室を休みたいのですが。

男：休会ということですね。 理由を聞かせていただいてもよろしいでしょうか。

女：ヨーロッパへ出張に行くことになって。

男：それでしたら、休会という形ではなく退会していただくことになっております。

櫃台先生和一個女人正在英語會話教室講話。女人之後要做什麼呢？

女：不好意思，我從下個月開始想請假一個月。

男：您是要辦理暫停嗎？方便告知原因嗎？

女：我要去歐洲出差了。

男：那樣的話就不是暫停，而是退出會員。

女：^A え？ 退会？ じゃ、辞めるっていう
　　こと？ 私、辞めるつもりはありません
　　が。 退会したら、再び入会する時、1
　　万円もする入会金を払わなきゃいけな
　　いじゃないですか。

男：はい、そうなります。 あるいは、^B 来
　　月の月謝をお支払いいただき、ご欠席
　　という形になりますが。

女：え？ 授業を聞かないのに月謝を払うん
　　ですか。 5000円もする？

男：はい、そうです。 申し訳ございませ
　　ん。

女：^C 入会金が1万円で、授業料が5000円
　　だから、ふーん、仕方ないか。 入会の
　　手続きも面倒くさいですし。

女：什麼？退出會員？就是不能再回來的意
　　思嗎？我沒有打算這麼做啊。退出會員
　　的話，那麼再加入時就得再交1萬日圓
　　的入會費不是嗎？

男：是的，您說得沒錯。又或者，您還是可
　　以付下個月的學費，然後就視為缺席。

女：什麼？我又沒來上課為什麼要付學費
　　啊？而且是5000日圓？

男：是的，您說得沒錯。真是萬分抱歉。

女：入會費1萬日圓，上課還要再交5000日
　　圓哦？呼～，實在沒辦法了。辦入會手
　　續又很麻煩。

女の人はこの後、 何をしますか。

1　退会をする
2　来月の授業料を払う
3　入会金を払う
4　教室を休んで月謝を戻してもらう

女人之後要做什麼呢？

1　退出會員
2　支付下個月的學費
3　支付入會費
4　跟教室請假並要求退還學費

解析

A 這句話闡明了女人沒有要退出會員的意思。

B 不退出會員的話，可以先繳下個月的學費再辦缺席。

C 因為退出會員的話，下次再加入時，不但要繳較高的學費，手續也較麻煩。所以可以知道女
　　人決定要先繳下個月的學費。正確答案是選項2。

8　008　P. 610

**会社で男の人と女の人が話しています。 女
の人はまず何をしなければなりませんか。**

男：来年の春の駅弁、企画どうなっている
　　の？

女：はい、各地域の名物をおかずに加える
　　ことにしました。

男：^A それはニーズの分析によって決まっ
　　たことだよな。

**一男一女正在公司裡講話。女人首先得做什
麼呢？**

男：明年春天的車站便當，企劃弄得如何？

女：是的，我們決定要把各地區的名產放進
　　配菜裡了。

男：那是經過需求分析後才決定的吧？

女：はい、そうです。それから調査によるとほかほかの弁当がほしいという声も多かったです。

男：作り立ての温かい弁当か。いいアイディアだな。でも、保温機能のついた容器（ようき）を使わなきゃならないんじゃないか。だったら、コストがあがるな。

女：はい、そうです。でも、コストが上がっても消費者（しょうひしゃ）のニーズに合った駅弁だと結構売れると思われます。

男：そうだな。じゃ、保温機能の付いた容器はどれほど保温が持続（じぞく）するんだ？

女：B- それは今調べているところですが。なるべく長い時間、保温できる容器を海外からも取り寄せています。

男：頼むね。それから、保温の容器ならではのおかずを入れたらどうだ？天ぷらとか。

女：はい、その案についても当たってみます。

男：まずは容器か。それが実現できれば後は順風満帆（じゅんぷうまんぱん）だね。

女：的是，沒有錯。然後，調查發現，很多人說想吃到熱呼呼的便當。

男：剛做好的熱呼呼便當啊？點子不錯啊！不過，那就得用具保溫功能的容器了，不是嗎？這麼一來，成本又墊高了。

女：的是，沒有錯。不過，就算成本變高了，但我們還是認為符合消費者需求的車站便當會很暢銷。

男：妳說得對。那麼，具保溫功能的容器能持續保溫多久？

女：那我們正在調查。我們也會盡量從國外訂購能長時間保溫的容器。

男：拜託妳囉。然後，加點適合保溫容器的配菜如何？像是炸蝦之類的？

女：好的，您的想法我們也會試試看。

男：首當其衝的原來是容器啊？這個一旦搞定，接下來就一帆風順了。

女の人はまず何をしなければなりませんか。

1 消費者（しょうひしゃ）のニーズの分析（ぶんせき）に当たる
2 保温（ほおん）機能の付いた容器（ようき）を輸入（ゆにゅう）する
3 海外から弁当箱を輸入（ゆにゅう）する
4 保温が持続（じぞく）できる容器を調べる

女人首先得做什麼呢？

1 擔任分析消費需求的工作
2 進口付保溫功能的容器
3 從國外進口便當盒
4 調查能持續保溫的容器

解析

A 這裡會讓人誤選選項 1。

B 因為女人提到正在調查從國外進口保溫容器的可行性，尚未決定是否要進口。所以選項 2、3 可以刪除。選項 4 是正確答案。

学校で文化祭について二人の学生が話して
います。女の人は何を担当することになり
ましたか。

男：ほりさんはまだ来てないよね。

女：うん、あとから来るって。今日、各担
　　当を決めて次の打ち合わせまでに準備
　　して来ることにしよう。

男：そうだね。じゃ、ᴬほりさんには会計
　　の方を任せよう。

女：会計って何するの？お金に関する全般
　　的なこと？

男：うん、屋台で使う器のレンタルと食材
　　の仕入れをするんだけど、業者から見
　　積もりをもらって来たらそれを集めて
　　予算を立てたりするんだ。

女：それをほりさんにやってもらって、
　　じゃ、私は？

男：そうだな。ᴮ君、ウェブデザイン勉強
　　しただろう？君には広報の係りをやっ
　　てもらおう。

女：広報？ホームページとかを作って、文
　　化祭の情報を載せたりすること？

男：そう、そう。

女：どんな情報を載せればいいの？

男：それは舞台係の小野さんに聞いて決め
　　ればいいと思うよ。

女：舞台係は小野さんだったんだ。じゃ、
　　小野さんに聞いてみるわ。じゃ、あな
　　たは何するの？

男：ᶜ僕は当日の進行とイベントを企画す
　　るんだ。

女の人は何を担当することになりました
か。

二個學生正在學校裡聊校慶。女同學最後要
負責什麼呢？

男：保理還沒來呢！

女：嗯，他說稍後會到。今天，我們就決定
　　各個負責人，在下次開會前準備好。

男：妳說得對。那麼，總務就交給保理好
　　了。

女：總務是要做什麼啊？只要跟錢有關的就
　　得經手的意思嗎？

男：嗯，像攤販要用到的器具租借以及食材
　　進貨都得經手，業者送來估價單時也得
　　收集起來以便訂定預算。

女：那就交給保理去做，那，我呢？

男：我想想哦。妳不是學過網站設計嗎？妳
　　就負責宣傳報導好了。

女：宣傳報導？像是做做網頁，把校慶的資
　　訊放上去之類的事情？

男：對！對！

女：那要放哪些資訊啊？

男：那些我想妳去問負責舞台的小野再決定
　　就可以了。

女：原來小野負責舞台啊。那，我去問小野
　　看看。那，你負責什麼？

男：我負責當天流程以及企劃活動。

女同學最後要負責什麼呢？

1 お金	1 錢
2 屋台（やたい）	2 攤販
3 広報（こうほう）	3 宣傳報導
4 イベント	4 活動

解析

A 負責管錢的人，不是對話中出現的女生，而是其他人。所以選項 1 是錯誤答案。

B 選項 3 是正確答案。

C 因為活動由男生負責，所以選項 4 是錯誤答案。

10 🎧 010 P. 611

留学センターで学生と職員が話しています。 男の学生はどうすればいいですか。

男：すみません。 留学生を対象にする健康診断（けんこうしんだん）があるって聞きましたが。

女：はい、今年の４月に受診（じゅしん）できなかった留学生を対象にする健康診断が実施（じっし）されますので、必ず受診するようにしてください。

男：はい、わかりました。 でも、私はもっと詳しい診断を受けたいんですが、人間ドックとか。

女：はい、それもできますよ。

男：^A^ 費用は補助（ほじょ）してもらえますよね。

女：はい、そうです。 うちの学校と提携（ていけい）している病院でしたら、補助があります。 別途（べっと）のお申し込みをしてください。

男：どうやってしますか。

女：^B^ 提携の病院のホームページにて直接申し込めます。

男：^C^ 申込書を書かなくてもいいですか。

一位學生正在留學中心和職員講話。男同學該怎麼辦才好？

男：不好意思。我聽說有專為留學生辦的健檢。

女：是的，這是為今年４月沒能受檢的留學生所辦的健檢，所以請務必受檢。

男：好的，我知道了。但是，我想接受更進一步的檢查，像全身健檢之類的。

女：好的，那我們也有辦哦。

男：費用部分你們有補助對吧？

女：是的，沒有錯。如果是在和本校有合作的醫院受檢的話就可享有補助。不過要另外申請。

男：請問該怎麼做？

女：可以直接上和本校有合作的醫院網頁申請。

男：可以不填申請表嗎？

女：ᴰ⁻はい、それは要りません。ホームページにて学生番号と自分の情報の入力さえすれば受診できます。それから、受診する2週間前までには登録を済ませてください。

男の学生はどうすればいいですか。

1	病院に申込書を出す
2	学校から補助金をもらう
3	学校に学生番号など情報を提供する
4	病院のホームページにて申請する

女：是的，那可以不必填。在網頁上鍵入學號以及個資便可以受檢了。然後，記得在受檢2週前就得完成登錄。

男同學該怎麼辦才好？

1	將申請書寄給醫院
2	從學校拿補助款
3	提供學號等資訊給學校
4	上醫院網頁申請

解析

A 這裡會讓人誤選選項2。對話中並沒有提到直接拿到補助款。

B 選項4是正確答案。

C 這句話提到了選項中的「申請書」，所以要特別注意聽。

D 從女人說的這句話可以確定選項1是錯的。

問題2

1	2	2	4	3	3	4	2	5	1	6	1	7	2	8	2	9	4	10	3

1 🔊011 P.614

アナウンサーがある観光地で話しています。この観光地が人気のある理由は何だと言っていますか。

女：みなさん、おはようございます。「グッドモーニング」の佐藤みえです。私は今、ハナキという町に来ていますが、すごい人ですね。ここは2年前からこの季節になると全国から観光客が集まってきます。どんな魅力があるのでしょうか。ひっそりとした山奥にあるこの町には温泉も湧いていますが、ᴬ⁻この温泉、お湯に特別な効果があるわけではありません。ᴮ⁻歴史のある町並みならではの風情があふれてい

主播正在某個觀光勝地說話。她說這個觀光勝地受歡迎的原因是什麼呢？

女：各位朋友，大家早安。我是「Good Morning」的佐藤美惠。我現在來到了名為「花木」的小鎮，真是人滿為患。這裡從2年前開始每到這個季節便會從全國各地湧入觀光客。它具有什麼樣的魅力呢？位處靜謐深山裡的小鎮也有溫泉，而這處溫泉也並非具有什麼特別的效果，而是歷史悠久的街衢洋溢獨有的風情，

て、心が癒されるともっぱらの評判です。 こちらまでは電車はご利用できません。 しかし、都心から車なら日帰りもできなくはない距離です。 みなさんもこの季節、一度訪ねてみませんか。 この季節ならではの自然の美しさが味わえますよ。

好評不斷說可以療癒身心。不過到此的交通不能搭電車，可是也沒遠到從市區無法開車一天來回。各位朋友要不要也趁此季節來此一遊呢？這個季節才看得到的自然之美正展開雙臂歡迎您。

この観光地が人気のある理由は何だと言っていますか。

她說這個觀光勝地受歡迎的原因是什麼呢？

1 特別な効能を持った温泉があるから	1 因為擁有具特別功效的溫泉
2 いやされる町の雰囲気だから	2 因為街衢氛圍足以療癒身心
3 こぢんまりとした店が立ち並んでいるから	3 因為小而美的店家櫛比鱗次
4 交通の便がいいから	4 因為交通十分方便

解析

A 因為並沒有提到溫泉有特別的效能，所以選項 1 是錯誤答案可以刪除。

B 提到了選項中出現的「癒される」，所以選項 2 是正確答案。

C 因為這個觀光景點是大眾交通無法到達的地方，所以選項 3 是錯誤答案可以刪除。

2 012 P. 614

レポートについて男の学生と女の学生が話しています。 女の学生はレポートを書く上で、 最も大変だったのは何だと言っていますか。

女：森君、レポート出した？
男：うん、昨日ね。 君は？
女：私は今出したところなの。 ああ、大変だった！
男：そう、そう。 僕も。 テーマがなかなか決まらなくてさ。 先輩から紹介してもらった専門書やいろんな文献のおかげで一つのテーマに絞ることができたんだ。 本当に木村先輩に感謝するよ。 君はアンケート調査が要るものだったような…。

男同學正在和女同學聊報告的事。女同學說她寫報告時，最辛苦的什麼呢？

女： 阿森，你報告交了沒？
男： 嗯，昨天交了，妳呢？
女： 我剛剛才交地。啊～，真是夠了！

男： 沒錯，我也這麼覺得。一直找不到題目。拜學長姐介紹的專業書籍以及各種文獻所賜好不容易才選好。真的很感謝木村學長。我記得妳的需要問卷調查…。

652

女：うん、そうなの。悪戦苦闘して ^A- アンケート用紙がやっと出来上がったものの、^B- 回答してくれる協力者がなかなかいなくて、大変だったのよ。

男：確か、留学生を対象にするアンケート調査だろう？国際交流センターとか留学生センターに行ってみたらよかったのに。

女：あ、^C- それは中国人のリーさんとイギリス人のショーンさんに頼んで何とか100人の回答をもらったけど、^D- それより結果の分析がね。

男：データを集めて分けるだけの作業じゃない？簡単じゃん！

女：それがそうじゃなかったのよ。^E- 日本語能力が足りなくてアンケート用紙の内容が十分理解できなかったのか、とんちんかんな答えも多くて、質問は理解できたものの、自分の国の言葉で答えた人も結構いてさ。それを日本語に訳すのに本当に苦労したよ。今考えても吐き気がするほどしんどかったのよ。

男：そりゃ、お疲れさま！

女の学生はレポートを書く上で、最も大変だったのは何だと言っていますか。

1 テーマの分析
2 アンケート用紙の作成
3 回答用紙の回収
4 アンケート結果の分析

女：嗯，就是說啊。儘管經過一番苦戰惡鬥後問卷好不容易設計好了，但願意回答的人很難找，真是夠嗆的。

男：我記得妳是要以留學生為對象做問卷對吧？妳如果去國際交流中心或留學生中心就好了。

女：你說的部分我有拜託中國來的李同學和從英國來的尚同學幫我做，好不容易有拿到100份的問卷回答，但最難的是結果分析。

男：不就是收集數據加以分類而已嗎？很簡單的！

女：才沒那麼簡單呢！不知道是日文能力不夠好造成無法充分理解問卷內容，莫名其妙的答案可謂層出不窮，不然就是一堆人題目有看懂，可是卻用自己的母語回答，後來還得譯成日文，真是累死我了。現在想起來還覺得辛苦到想吐。

男：那真是辛苦妳了。

女同學說她寫報告時，最辛苦的什麼呢？

1 分析題目
2 設計問卷內容
3 回收問卷
4 分析回收問卷結果

解析

A 這裡會讓人誤選選項 2。

B 這句話說沒有人幫忙做問卷，會讓人誤選選項 3。

C 這句話說拜託留學生就能收到 100 份問卷，所以選項 3 是錯誤答案。

D 因為提到選項中出現的「結果の分析」，所以要特別注意聽。

E 這句話列出了結果分析的困難點，所以正確答案是選項 4。

会社で男の人と女の人が話しています。男の人はどうして故郷に帰りますか。

女：林さん、今月で会社辞めるんだって？

男：うん、何だ、もう知っているんだ。まだ内緒にしていたんだけど。

女：秘書のみなさんから聞いたのよ。A-どうして？転職？それともリストラだったりして？

男：B-いや、そうじゃなくて、帰郷なんだ。

女：え？最近はやっているから？ふるさとへ戻って家業を継ぐことって。林さんのお家、果樹園やっているよね。果物を作るのって大変だよね。

男：違うんだ。C-果樹園をやっていたけど、この前、父がやめたらしいんだよ。

女：え？だったらどうして？

男：僕のふるさとってかなり山奥のカワキ町っていうすごく小さい町なんだけど、この前、D-カワキで起業したら市から補助金がもらえるっていうから。

女：起業？林さんが会社作るの？

男：うん、昔から僕の夢で、チャンスだと思ってね。

女：だからご家族と一緒に帰るんだね。

男：ま、自然に恵まれた所だから、子供にもいいと思ってそうしたいけど、妻が子供の学校のことはどうするのかって言いだして。

女：E-単身赴任みたいに？

男：ま、一応はね。

男の人はどうして故郷に帰りますか。

一男一女正在公司裡講話。男人為什麼要回故鄉呢？

女：林先生，聽說你做到這個月底哦？

男：嗯，原來，你們都知道了啊？我還沒公佈。

女：我是聽米娜秘書說的。為什麼呢？換工作？還是遇到裁員？

男：不，都不是，我是要回故鄉去。

女：什麼？是因為最近正流行嗎？回故鄉去繼承家業。林先生老家是在經營果園對吧？種水果真的很辛苦呢。

男：不是哦。是以前經營過果園，之前就聽說我爸不做了。

女：什麼？那你又是為什麼要回去呢？

男：我的故鄉是位處深山裡的一個名為「川木町」的小城鎮，之前說是在川木創業的話可以從市府領到一筆補助款。

女：創業？林先生你要開公司哦？

男：對，我一直以來的夢想，我想是個機會。

女：難怪你要攜家帶眷一起回去啊。

男：也是啦，畢竟自然資源豐富，孩子們也覺得不錯想從善如流，但我老婆卻又問我孩子的學校怎麼辦？

女：所以你要隻身前往哦？

男：大概就是那樣。

男人為什麼要回故鄉呢？

1	他の会社に移るため	1	為了去其他公司
2	単身赴任で転勤するため	2	為了要隻身前往新公司
3	会社を作るため	3	為了開公司
4	果樹園をやめるため	4	為了關閉果園

解析

A 本句出現了「転職」這個詞，會讓人誤選選項 1。

B 男人直接否認換工作，所以選項 1 是錯誤答案。

C 停止經營果園的人不是男人，是男人的父親，所以選項 4 是錯誤答案。

D 男人提到他想拿到補助在故鄉創業，所以選項 3 是正確答案。

E 這是讓人誤選選項 2 的陷阱。並沒有被外派，所以選項 2 是錯誤答案。

4　🔊014　P.615

留学生と日本語学校の先生が話しています。先生は以前より今回のスピーチでよくなったのは何だと言っていますか。	留學生和日本語學校的老師正在講話。老師說這次的演講比之前好的地方是什麼呢？
女：先生、今回のスピーチどうでしたか？アンリさんにテーマが分かりにくかったと言われましたが。	女：老師，這次的演講還好嗎？安利同學跟我說題目很難懂他。
男：いや、^A分かりにくいとまで言うのは大げさだよ。でも、最後のところで結論を話す時、いくつかの言葉を間違えたのがそう思わせたかもね。	男：沒有啦，說難懂也太誇張了。不過，在最後的地方敘述結論時用錯幾個單字才讓他這麼想的吧？
女：私、スピーチが終わってそれに気付きました。あれほど一生懸命に覚えたのに、悔しいです。	女：我演講結束後也有留意到。都已經這麼拼命死記了，真是不甘心。
男：でも、^B発音とかはずいぶんきれいになっているよ。声も震えなくて。全般的には成長の跡が見られたよ。^C去年のスピーチ大会では発音が少し惜しいと思ったけどね。	男：不過，發音等等的已經很漂亮囉！聲音也沒有顫抖。整體來說是有所進步的哦！我覺得去年的演講比賽時發音上有些可惜了。
女：ありがとうございます。一生懸命に練習したかいがあります。	女：謝謝老師。拼命練習總算有價值了。
男：それから、^D面白いジェスチャーをまぜて表現したのが最も良かったよ。ずいぶん楽しませてもらったよ。全国外国人スピーチ大会でも頑張ってくださいね。	男：還有，有加進一些生動的手勢這部分最棒了。台下也都聽得很開心。妳去參加全國外籍生演講比賽時也要加油哦！

女：はい、頑張ります。

先生は以前より今回のスピーチでよくなったのは何だと言っていますか。

1 スピーチの内容
2 発音
はつおん
3 面白いしぐさ
4 興味津々のテーマの選択
きょうみ しんしん　　　　　　　　せんたく

女：好的，我會加油！

老師說這次的演講比之前好的地方是什麼呢？

1 演講的內容
2 發音
3 生動的肢體動作
4 選了一個讓人興趣盎然的題目

解析

A 並沒有評論演講內容變得好或不好，所以選項 1 是錯誤答案。

B 提到「発音」，並稱讚發音好。

C 進一步說明說去年發音有點可惜，所以可以知道比去年好的地方是發音。正確答案是選項 2。

D 不是有趣的動作比去年好，所以選項 3 是錯誤答案。並沒有提到選項 4。

5 015 P. 615

友達同士がある町に旅行に行って話しています。女の人はどうしてこの町が人気があると言っていますか。

男：この町、結構、木も茂っていて空気いいな。すがすがしい空気が気持ちいいよ。
しげ

女：そうよね。何かたまったストレスが吹き飛びそう。

男：A-都心からもアクセスしやすいから、たまに来よう。
としん

女：それがメリットで観光客でにぎわうんだって。

男：それもあるけど、B-この町っておしゃれなイメージがあるからじゃないの？たくさんの雑誌で取り上げられたし、最先端の流行を発信しているという印象があるんだってよ。
さいせんたん

朋友二人來到某個鎮旅行並同時在聊天。女人說為什麼這個鎮會受歡迎？

男：這個鎮樹木枝繁葉茂、空氣又好吔。清新的空氣好舒服哦。

女：對啊。好像累積起來的壓力都會一掃而空。

男：從市區到此的交通也不會太過困難，我們下次還要再來！

女：你說的就是觀光客大家認定的優點，難怪會絡繹不絕。

男：也是啦，不過主要原因應該還是這個鎮本身的時尚感吧？許多雜誌都爭相報導，給人一種走在流行最尖端的印象。

女：そう？ たしかにおしゃれだけど、C-点在している古びた建物も相当魅力あるよね。 ほら、こう歩いていると昔のある時代に取り残されたようで。 D-最先端のおしゃれな印象とこういう雰囲気が混在しつつも、共存しているところに魅かれると思うよ。

女の人はどうしてこの町が人気があると言っていますか。

1 新旧が共存している町の雰囲気
2 最先端のおしゃれな町の雰囲気
3 昔の時代に戻ったかのような町の雰囲気
4 都心から接近が容易なところと爽快な町の雰囲気

女：這樣啊？說它時尚也沒錯啦，錯落四處的老建築也相當吸引人對不對？你看，我們一路走來，就有一種被留在從前某個時代的感覺。走在流行最尖端和這種氛圍相互融合，我覺得大家就是被這種共生共存的地方所吸引。

女人說為什麼這個鎮會收歡迎？

1 新舊共存的小鎮氛圍
2 走在流行最尖端的小鎮氛圍
3 彷彿回到從前的小鎮氛圍
4 能輕易從市區前往、爽快的小鎮氛圍

解析

A 女人提到便利的交通，但這並不是這個城市受歡迎的原因，所以選項 4 是錯誤答案。

B 最新潮華麗的城市氛圍，是男人提到的，所以選項 2 是錯誤答案。

C 這句話會讓人誤選選項 3。

D 女人說新潮華麗氛圍和古代氛圍的相互融合共存，是最吸引人的地方，所以正確答案是選項 1。

6 🎧016 P.615

人材の採用に際して面接を行ったうえで社長と部長が話しています。 社長はどんな人材がほしいと言っていますか。

男：社長、海外展開に向けて A-語学が堪能で海外経験が豊富な田中真一はどうですか。

女：いや、もちろん語学力も欠かせないけど、意思決定を迅速に行わなければならない時代になっているから、B-推進力とチームを引っ張っていけそうな吉村健太郎のほうがいいんじゃないかな。

錄用人才時老闆和經理正在談話。老闆說她想要用何種人才呢？

男：老闆，海外拓展上，田中真一他語文能力不錯，國外又經驗豐富，您覺得怎麼樣？

女：不，當然語言能力也是不可或缺，但這個時代需要能立即做出決策的人，所以我覺得具推動力以及能帶領團隊往前行的吉村健太郎比較好。

男：じゃ、ᶜ相当の語学力も備えていて誰とでもうまくやっていけそうな石川ゆうとさんはどうでしょうか。

女：ᴰかつては周りと協調しながら物事を進めていった時代ならいざしらず、今時はね。

男：那麼，具備語言能力，跟誰都處得好的石川悠斗您覺得好不好？

女：如果是以前那種政通人和地推展事務的時代還好說，但現在啊～。

社長はどんな人材がほしいと言っていますか。

老闆說她想要用何種人才呢？

1 積極的でチームを引っ張っていける人	1 能積極地帶領團隊往前行的人
2 優秀な語学力と外国で勤務できる人	2 具優秀語言能力以及能在國外工作的人
3 海外経験が豊富で誰とでもすぐ親しくなれる人	3 國外經驗豐富，可跟任何人馬上搞熟的人
4 語学力を備えて異文化をすぐ受け入れられる人	4 具語言能力且能立刻接受異國文化的人

解析

A 這句話提到外語實力和國外經驗，會讓人誤選選項 2 和選項 4。

B 女人也就是老闆說，希望找到有推動力和能領導團隊的人，所以正確答案是選項 1。

C 這句話會讓人誤選選項 3。

D 老闆對有親和力的人提出了反對的意見，所以選項 3 是錯誤答案。

7 🎧017 P.616

テレビの番組でレポーターがある農村について話しています。この農村の今後の課題は何だと言っていますか。

男：え、こちらは独特なシステムを導入することによって、以前とはうって変わった高収入をあげているキクラ村に来ています。ᴬこちらでは温度や湿度、養分などの生育環境を制御して栽培するシステムを導入しています。これは不順な気候や害虫に影響されにくく、農薬を使わずに安定した野菜の収穫が可能だというところが注目を浴びています。

記者在電視節目上暢談某個農村。他說這個農村今後的課題是什麼呢？

男：嗯，我們現在來到紀倉村，這個農村自從導入獨特的系統後便鹹魚翻身，收入翻漲好幾倍。這個農村導入栽種系統以控制溫度、濕度、養分等生長環境，且不易受不佳的氣候或蟲害影響，不灑農藥就可以收成穩定的蔬菜，因此現在備受矚目。

このシステムを導入する段階では設備や維持にかかる高額な費用をどうやって捻出するかが問題になっていましたが、B-国からの補助を受けて去年から導入に踏み切ったそうです。C-今のところは、栽培されている農作物は限られていますが、これからはシステムの拡張を図り、品種も増やしていってほしいものですね。

導入該系統時雖一時傳出設備或保養的高額費用從何而來的問題，但後來受國家補助，自去年便開始著手進行。而現在，所栽種出來的農作物雖仍有限，但今後隨著系統擴展更臻完善，品種也可望倍增。

この農村の今後の課題は何だと言っていますか。

他說這個農村今後的課題是什麼呢？

1　生育環境を制御するシステムの導入	1　導入可控制生長環境的系統
2　栽培される野菜の数を増やしていくこと	2　增加所栽種的蔬菜數量
3　設備の維持のための補助金の拡充	3　擴增維護設備的補助款
4　新しいシステムの導入をはやく踏み切ること	4　加速啟動導入新系統

解析

A 控制生育環境的系統已經引進了，所以選項 1 和選項 4 是錯誤答案。

B 因為已經領到了國家發給的補助款，所以這是已經解決的問題。選項 3 是錯誤答案。

C 本句揭示了未來的課題，那就是，現在栽培的農作物有限，未來將要增加農作物的種類，所以正確答案是選項 2。

8　018　P. 616

スポーツ用品会社で男の人と女の人が話しています。男の人はこれから商品をどのように売っていきたいと言っていますか。

一男一女正在運動用品公司講話。男人說他今後想怎麼賣商品呢？

女：山下さん、去年の売り上げと今年の売り上げを比較した資料を見た？

男：はい、シューズの売り上げが目立ちました。去年よりぐんと上がっていますね。

女：そう、そのとおり。でも、スポーツウエアの方がね。

女：山下先生，比較去年和今年的銷量的資料你看過了嗎？

男：是的，鞋子銷量很驚人。比去年一下子上漲了不少。

女：對，就是那樣。不過，運動服就…。

男：若年層の売り上げが横ばい状態ですが、シルバー層の売り上げは去年より二倍も伸びていますね。ですから、^A_若年層を諦めて高齢者にターゲットを絞ったらどうですか。

女：極端すぎるよ、その戦略は。それに全商品の売り上げの割合を見てみるとシルバー層より若年層の方が二倍以上高くない？

男：でも、少子化もひどくなっていますし、これからは日本もどんどん高齢化社会になっていくと思われますので、^B_高齢者向けの商品を強化した方がいいと思います。

女：いや、国内だけではなく世界市場も考えれば、若年層を諦めるのはね。^C_じゃ、高齢者向けのスポーツウエア商品を強化して、スポーツシューズや小物などは若年層にターゲットを絞ったら？

男：いや、それは…。

男の人はこれから商品をどのように売っていきたいと言っていますか。

1 全商品のターゲットを若年層に絞っていく
2 高齢者向けのスポーツ用品を強化する
3 高齢者向けの商品の販売を諦める
4 若年層にターゲットを絞ってスポーツウェアの商品を開発する

男：年輕族群的銷量雖未見成長，不過銀髮族的銷量卻比去年成長了多達2倍吔。因此，我們放棄年輕族群，把目標集中於老年人如何？

女：太極端了，你那個策略。況且，從全部商品的銷量比例來看，年輕族群不是還比銀髮族高上2倍嗎？

男：可是，少子化的影響正嚴重發酵，今後日本也會快速步入高齡化社會，所以我認為最好多多強化適合老年人的商品。

女：不，不僅國內，若把全世界市場也考慮進來，放棄年輕族群還是…。那麼，強化適合老年人的商品，而運動鞋或小東西等還是鎖定年輕族群如何？

男：不，那就太…。

男人說他今後想怎麼賣商品呢？

1 全部商品全鎖定年輕族群
2 強化適合老年人的商品
3 放棄販售適合老年人的運動用品
4 鎖定年輕族群開發運動服相關商品

解析

A 男人建議不用考慮年輕階層消費者，將目標鎖定高齡者，所以選項3和選項4是錯誤答案可以刪除。

B 再次建議要強化高齡者的商品。

C 這句話會讓人誤選選項4。題目問的是男人的建議，所以選項4不會是正確答案。

テレビでリポーターがベーカリーの社長とインタビューをしています。女の人は自分の店のお客が増えた理由を何だと言っていますか。

男：みなさん！こんにちは、今回は池袋にあるベーカリーコカゲ屋におじゃましています。うわー、大盛況ですね。ここまで人気に火がついたのはどうしてなのかこちらの社長さんに伺いましょう。

女：え、A-この店は私で9代目で長年家族でほそぼそやってきましたが、つい最近、B-和菓子屋のフジの本社から連絡があって一緒に商品開発に取り組まないかと声をかけられました。

男：あ、フジといえば、和菓子屋の草分けとしてよく知られた店ですね。

女：はい、そうです。でも、うちはどっちかというと洋菓子なので、無理ではないかと思いつつも、この洋菓子の開発に協力して販売しています。それが逆によかったんではないでしょうか。

男：C-あ、この洋菓子を買うためにお客さんが殺到しているわけですね。

女：まあ、それもありますが、D-実は和菓子屋のフジの商品を買ったレシートを持って来れば全てのパンを2割引きにしていることが大いに受けたと思います。

男：あ、そうなんですか。

女の人は自分の店のお客が増えた理由を何だと言っていますか。

記者正在電視上採訪麵包店老闆。女人說自己的店的客人增加的原因是什麼呢？

男：各位觀眾朋友，大家好，記者目前來到位於池袋的麵包店「木蔭屋」。哇～，真的是盛況空前吔。我們來問問老闆，為什麼人氣搶搶滾到這麼火紅的地步！

女：這個，這家店到我這代已經是第9代，長年以來以家族企業形態勉勉強強撐過來，終於到最近，富士和菓子店總公司聯繫我，問我說要不要一起努力開發商品。

男：啊，提到富士這家店，眾所周知都曉得它是和菓子店的先驅。

女：對，你說得沒錯。不過，由於我們比較起來還是屬於洋式點心，儘管覺得會不會太過於勉強，但對方還是協助我們開發洋式點心並推展銷售。這反而創造出亮點了。

男：啊，難怪客人為了買這洋式點心全都蜂擁而至。

女：你那麼說也沒錯，不過事實上只要拿在富士和式點心店買東西的發票前來消費，所有的麵包就打八折，我想這才是最大的利多，最受青睞的地方。

男：啊，原來如此。

女人說自己的店的客人增加的原因是什麼呢？

1 新しく開発した洋菓子がおいしいから	1 因為新開發的洋式點心很好吃
2 長年家族でやってきたから	2 因為長年以來家族經營
3 有名な和菓子屋と手を組んだから	3 因為和著名的和式點心店聯手
4 あるレシートを持参した場合パンが安く買えるから	4 因為拿某些發票前來消費便可以便宜買到麵包

解析

A 這句話會讓人誤選選項 2。

B 這句話會讓人誤選選項 3。

C 這句話會讓人誤選選項 1。因為是男人提到的內容，不是女人提到的內容，所以不會是正確答案。

D 這句話提到最獲好評的是，拿著發票可以獲打折優惠，所以正確答案是選項 4。

---

10 〔020〕 P. 617

アナウンサーがある作家の小説を紹介しています。 この小説のどの点が高く評価されていると言っていますか。	主播正在介紹某位作家的小說。她說這部小說的哪部分獲得極高的評價呢？
女：今日は作家の小野さんの小説をご紹介させていただきます。 彼の短編小説「太陽の影」は、A アクタ賞を受賞したのを契機に映画化されることも決定されました。 小説に登場する人物一人一人を主観的に描きながら B 緊迫感あふれる展開が一度読み始めたら止まらなくなるそうですね。 そして C 現代人のあり方を鋭い視線で描いた作品として評論家から高い評価を得ています。	女：今天要向各位觀眾朋友介紹作家—小野先生的小說。他的短篇小說《太陽之影》不僅獲得「芥文學獎」，更以此為契機也決定翻拍成電影。他主觀描述小說裡的每一個出場人物同時，據說驚心動迫的劇情鋪陳讓人一旦開始讀便不忍釋卷。除此以外，這部作品以敏銳的觀點刻劃出現代人的生存樣貌，各大評論家也都給予極高評價。

この小説のどの点が高く評価されていると言っていますか。	她說這部小說的哪部分獲得極高的評價呢？
1 有名な賞を受賞したところ	1 獲得著名獎項
2 映画化されるところ	2 即將翻拍成電影
3 鋭利な視線で現代人を描いたところ	3 以敏銳的觀點刻劃現代人
4 緊迫な内容と手放せないほど面白いところ	4 緊湊的內容以及不忍釋卷地好看

解析

A 這句話會讓人誤選選項 1 和選項 2。選項 1、2 都是事實，但並不是受到高評價的部分。

B 這句話會讓人誤選選項 4。

C 這句話說「評論家給予高評價，說它以銳利的眼光描寫現代人」，直接說出了題目的答案，所以正確答案是選項 3。

問題 3

| 1 | 3 | 2 | 1 | 3 | 4 | 4 | 4 | 5 | 1 | 6 | 3 | 7 | 2 | 8 | 1 | 9 | 3 | 10 | 1 |

1 　🎧 021　P. 620

ある家具会社の社長が話しています。	**某位家具公司的老闆正在講話。**
女：高齢化社会の到来により、特別養護老人ホームや老人保健施設など高齢者向けの施設の果たす役割がより重要になりつつあります。 利用者の多様な要求への対応と、介護者の負担を軽減する環境整備が求められてもいます。 ですから、我が社は高齢者向けの施設内空間を構成する家具類について、^ 高齢者や介護者の多様な要求に対応できるように調査分析して施設用家具を作っていきたいと思っております。	女：為迎接高齡化社會的到來，特別照護中心或老人保健中心等為老年人特別設立的設施，其扮演的角色便愈顯重要。如何因應老年人的多樣化要求，以及如何打造一個可以減輕照護者負擔的完善環境等都將一一被檢視。因此，我想敝公司將針對可創造出適合老年人設備空間的家具類進行調查分析，以因應老年人及照護者各種需求，持續製造社福設施使用家具。
女の人はこれからどのような家具を作っていきたいと言っていますか。	**女人說她今後想持續做出什麼樣的家具呢？**
1　高齢者向けの家庭用家具 2　看護師向けの施設用家具 3　高齢者向けの施設用家具 4　介護者向けの家庭用家具	1　適合老年人的家庭用家具 2　適合護理師的設施用家具 3　適合老年人的設施用家具 4　適合照護者的家庭用家具

解析

A 這句話直接提到，希望為高齡者和長期照護者製作實用的家具，所以正確答案是選項 3。護理師在文章中一次都沒出現，所以不能選選項 2。

テレビで株式専門家が話しています。

男：A-今年 2020 年も残すところ後わずかとなりました。 B-株式相場で言えば、10 月に急速な悪化に見舞われたことが強く印象に残っていると思いますが、今振り返れば、前半期にその予兆があったことに気づかされます。 平均株価も 1 万 2,000 円～ 1 万 4,000 円台を維持していました。 C-特に驚くようなこともなく、平穏な 1 年だったと思われるかもしれません。 しかし、それが「嵐の前の静けさ」であり、この期間のちょっとした「予兆」が、来年に大きく牙をむくことになりかねませんね。

股票專家正在電視上高談潤論。

男： 2020 年今年也即將步入尾聲。從股市行情來看，我想 10 月時的急速崩盤仍讓大家記憶猶新，但如今我們試著回想，就可發現前半期早已產生預兆。當時平均股價也維持落在 1 萬 2000 日圓～ 1 萬 4000 日圓左右。或許就讓人覺得會是個毫無特別驚喜、安穩的一年。但是，這正是所謂的「暴風雨前的寧靜」，這段期間的一絲「預兆」極有可能對明年發出怒吼、伺機反撲。

男の人は主に何について話していますか。

1 今年の株式市場の全般的な動向
2 来年の株式市場の予想される動向
3 今年の株価の急激な変化
4 来年の株式市場の急激な変動

男人主要在講什麼呢？

1 今年股市的整體動向
2 明年股市的預測動向
3 今年股價的急劇變化
4 明年股市的急劇變動

解析

A 說 2020 年沒剩幾天了，所以可以知道現在是年終。

B 這句話揭示了主題，要談談股票趨勢，所以可以知道接下來會說明明年股票市場的動向。正確答案是選項 1。

C 這句話說明年股市平穩，所以選項 3 不用考慮。

会社で女の人が話しています。

女：社長が会社の屋上でガーデニングをはじめて 3 年になりました。 小さな庭園ながら憩いの場として社員だけではなく来客にも大変喜ばれました。 でも、これを A-今回農園としてやってみる社員を募っています。 野菜やトマトのような果物を育ててみようかと思う方

女人正在公司講話。

女： 老闆開始在公司屋頂做園藝已逾 3 年。儘管是個小庭園卻是個休憩的好地方，不僅員工，就連來訪的客戶都大為讚賞。不過，我們正著手招募想試著經營員工農園的員工，不管是想試著種種看蔬菜或蕃茄等水果，或對此興趣盎然的人，甚至初學者我們都歡迎。

や興味のある方、初心者でも大歓迎です。

女の人は主に何について話していますか。

1	ガーデニングの作り方
2	ガーデニングの貸し出し方法
3	農園について研究する社員の募集
4	野菜や果物を作る社員の募集

女人主要在講什麼呢？

1	園藝的作法
2	農園的租借辦法
3	招募想研究農園的員工
4	招募想種蔬菜或水果的員工

解析

A 這句話提到要招募公司員工將公司頂樓花園變成農園，並具體舉例說可以栽種蔬菜、番茄等，所以正確答案是選項 4。

4 🎧 024 **P. 621**

ラジオで男の人が話しています。	**男人正在收音機裡講話。**
男：イシマ村で行われている夏祭りは歴史深い祭りとして有名ですね。^{A−}室町時代から受け継がれてきた伝統的なお祭りですが、ここ数年存続の危機に置かれているといいます。^{B−}主な原因としては村の過疎化や資金不足ですね。村の過疎化は人手不足につながり、この祭りの次の担い手となる若い人が不足しています。資金は最近観光業が軌道に乗って資金繰りのめどがたち、何とかなりそうですが、過疎化にはなかなか歯止めがかからずじまいですね。^{C−}この状態でしたら、この夏祭りは 10 年続きそうもありません。	男：在石間村舉行的夏季祭典具有悠久的歷史，名聞遐邇。雖是從室町時代便傳承至今的傳統祭典，但近幾年來聽說已曝露在存續危機下。主要的原因是村鎮的人口外移及資金不足。村鎮的人口外移便會造成人手不足，像祭典接下來會成為扛轎人的年輕人就青黃不接。資金方面，近來觀光業已步上軌道，資金周轉有望，看似熬得過去，但這個人口外移的大破洞卻愈趨嚴重，沒完沒了。這樣下去，這個夏季祭典根本撐不了 10 年。

男の人は主に何について話していますか。

1	室町時代の夏祭りについて
2	田舎の人口過疎化の深刻性
3	伝統的な祭りの歴史
4	夏祭りの存続にかかわる問題点

男人主要在講什麼呢？

1	關於室町時代的夏季祭典
2	鄉村人口外移的嚴重性
3	傳統的祭典歷史
4	悠關夏季祭典存續的問題點

A 這句話提到了主題，那就是，從室町幕府時代傳下來的祭典面臨了存續危機。

B 這句話提到了主要的原因，那就是鄉村人口銳減和資金不足。這不是本篇文章的主題。所以選項 2 是錯誤答案。

C 結論部分說祭典可能沒辦法再維持 10 年，再次表示對存續問題的擔憂，所以正確答案是選項 4。

5 🎧 025 P.621

テレビで女性のレポーターが話しています。

女：今日私はこぢんまりとした喫茶店にきています。中に入ってみます。A 落ち着いた雰囲気でコーヒーのいい香りが漂っていることからまぎれもなく喫茶店ですが、B 実はこちらは今話題となっている書店です。C 最近インターネットの普及により家にいながらにしてほしい小説、雑誌、マンガなど購入することができるようになり、町の書店は生き残るためいろいろな工夫を余儀なくされていますね。C そこでこの書店はターゲットを女性に絞り、ゆっくりお茶を飲みながら、読書もでき、好きな本も購買できるような書店にしたわけです。そしてこちらテーブルやお皿、本棚、小物に値札が貼ってありますが、すべてが販売しているものです。落ち着いた雰囲気でお茶を楽しみながら本が読めていろんなインテリアも購入できたら、私も時々来たくなりそうですね。

女記者正在電視上做報導。

女：今天記者來到一處小而美的咖啡館。我們進去看看。店內氣氛沉靜、咖啡香氣四溢，在在證明這是一家咖啡館，但事實上，這裡是最近蔚為話題的一家書店。近來，拜網路普及所賜，儘管人是家中坐，只要動動手指頭，想看的什麼小說、雜誌、漫畫等就通通買得到，而街上的書店為求生存，就被迫只能千方百計地留住客人。於是乎，這家書店便鎖定女性，為她們打造出一個能悠閒喝茶外，還能看書進而選買自己愛看的書的書店。然後，各位應該有看到這邊的茶机、盤子、書架、小東西上都有貼標價，也等於在告訴您這些也都有賣。要是能在沉靜氣氛中邊喝茶邊看書還有各種飾品隨我選購，我也會常常來的。

女の人は何について話していますか。

1 ある本屋の経営戦略
2 女性向けの喫茶店の紹介
3 インターネット普及による書店の財政危機
4 女性が好む本の売り方

女記者在講關於什麼的事情呢？

1 某家書店的經營策略
2 介紹適合女性前往的咖啡館
3 網路普及所帶來的書店財政危機
4 怎麼販售女性愛看的書

解析

A 這句話會讓人誤選選項 2。

B 可以知道主題是書店。正確答案是選項 1。

C 這句話會讓人誤選選項 3。這句話是在說明書店裝潢成咖啡店的原因。

D 這句話會讓人誤選選項 4。

6　026　P. 621

大学で先輩と後輩がある授業について話しています。	學姐和學弟正在大學裡聊某門課。
男：桜井先輩！去年「教育心理」っていう科目とりましたよね、どうでしたか。	男：櫻井學姐！您去年有修「教育心理」這門課吧？好玩嗎？
女：小田教授の授業でしょう？ A- とにかく大変だったわ。毎日レポートやらグループ発表やらで、後悔したわ。それに試験の範囲もものすごくてさ。	女：你是指小田教授的課吧？總之，累死了。不是每天報告就是分組發表，超後悔的。而且考試還幾乎沒範圍。
男：やっぱりやめたほうがいいかな。	男：果然我還是別修好了。
女：B- でもその授業を聞いておいたからこそ、4 年生になって専門的な授業についていけると思うのよ。小田教授の授業って結構専門的な用語がたくさん使われて難しかったけど、C- それが後になって役に立つとはね。3 年生の時、「教育心理」をとっていなかった山田君は今すごく苦労しているのよ。先に苦労するか後に苦労するか、だよ。	女：不過，也正因為有先聽過這門課，升上 4 年級時我才能跟得上專業課程。小田教授的課用了許多專業用語，雖然很難，但沒想到後來竟然很有幫助。3 年級時沒修「教育心理」的山田現在可就慘兮兮了。也就是說，要選「先苦」還是「後苦」啦。
先輩はこの授業についてどう言っていますか。	關於這門課，學姐是怎麼想的呢？
1　大変なので、やめたほうがいい 2　易しいがやめた方がいい 3　大変だが後で役に立つ 4　易しくもなく後で役にも立たない	1　很辛苦，最好別修 2　雖然很簡單，最好別修 3　雖然很辛苦，但很有幫助 4　不簡單也沒什麼幫助

解析

A 女生也就是學姐提到，教育心理這個科目無論如何要加油，所以選項 2 可以刪除不用考慮。

B 女生提到，修了這個科目，到 4 年級時會有幫助。

C 用了「役に立つ」，也就是「有幫助」的意思，所以可以確定選項 3 是正確答案。

教育専門家が話しています。

女：^A^少子化現象は家庭経済的にみれば教育費や生活費が遅かれ早かれダウンすることになると思いました。^B^しかし、子供にかかる教育費が思ったほど軽減していませんね。 ある調査によると家計に占める教育費の割合はここ数年右肩上がりの状態が続いています。^C^これは子供が一人だからこそ、子供の時からいろんな習い事をさせて、有名な私立の小、中、高校に受験させるための教育費が増えたからでしょう。

女の人は何について話していますか。

1	少子化による生活費の軽減
2	家計に占める教育費の増加
3	習い事に悩まされている子供
4	子供に対する親の教育熱心さ

教育專家正在發表談話。

女： 我原以為少子化現象就家庭經濟面來看，教育經費及所需生活費遲早會下修。但是，花在孩子身上的教育費用卻並未如想像中減少。根據某項調查，近幾年，教育費用所占家計的比重都持續上漲。原因可想而知，是「小孩子只有一個」，所以從小就讓他學各種才藝，叫他考著名的私立小學、國中、高中，所以教育費才居高不下的吧？

女人在說哪方面的事情呢？

1	少子化衍生的生活費下修
2	占家計的教育費用增加
3	受學才藝所苦的孩子
4	父母親對孩子教育的熱忱

解析

A 這句話會讓人誤選選項 1。

B 這句話提到教育經費沒辦法縮減，所以選項 2 是正確答案的可能性很高。

C 這句話詳述了教育經費提高的原因，所以可以確定選項 2 是正確答案。

テレビで男の人が話しています。

男：みなさんは、^A^希少金属って聞いたことがありますか。 希少金属と言う言葉は希少価値のある金属を指す言葉で、最近この希少金属に関心が寄せられています。 それは私たちが日常に使っている電子製品に多く含まれていて、^B^廃棄された携帯電話や電子製品から回収する方法が注目を浴びています。^C^電子製品からの再利用はコストがとても高いのですが、天然資源が限られた

男人正在電視上講話。

男： 各位觀眾朋友，您們聽過稀有金屬這個字嗎？所謂稀有金屬，是指具有稀有價值的金屬，近來稀有金屬的受矚目程度是愈來愈高了。稀有金屬多存在於我們日常生活所用的電子產品裡，當中從不用的手機或電子產品加以回收的方法最受到青睞。而雖然從電子產品回收再生的成本相當高，但只要我們還住在資源有限的地球上一天，我認為就該持續極積地進行這樣的策略。

地球に住んでいる限り、積極的にこうした取り組みを進めていくべきだと思います。

男の人は主に何について話していますか。

1	希少金属のリサイクル			

1 希少金属のリサイクル
2 有限な天然資源の枯渇
3 希少金属の廃棄の方法
4 限られた資源の活用

男人在談關於什麼的事情呢？

1 稀有金屬的回收
2 有限的天然資源枯竭
3 稀有金屬的廢棄方法
4 活用有限的資源

解析

A 這句話揭示了主題，那就是「稀有金屬」。

B 這句話將主題更縮小到稀有金屬的回收方法。

C 選項 1 的「リサイクル」意思和「再利用」相近，所以選項 1 是正確答案。

---

9 🎧 **029** P. 622

レポーターがスーパーで話しています。

女：最近、スーパーなどでこのように ᴬ「ファーストフィッシュ」のマークが付いた商品を見かけます。ハンバーガーなどの「ファーストフード」から連想すると、手軽にすばやく食べられる魚という意味合いの商品だと思われます。ᴮこれは水産庁が日本人の魚離れの原因について調査分析して、それに歯止めをかけるためのプロジェクトで、魚の骨や皮を取り除いてあったり、野菜と一緒にレンジで加熱するだけで調理できるような魚料理です。ᶜこのようなファーストフィッシュの普及により、「伝統的な魚食文化が破壊されるのでは」といった懸念の声もあるようですが、魚を食べる方法や調理の選択肢が広がることは、主婦の方にとってはうれしいメリットなのではないでしょうか。

女の人は何について話していますか。

記者正在一家超市說話。

女：近來，我們常在超市等地方發現有「Fast Fish」商標的商品。若從漢堡等等的「Fast Food」來聯想，這種商品可能會被認為是「可輕便食用的魚」的意思。事實上，這是水產試驗所針對日本人愈來愈不愛吃魚的原因進行調查分析後，為遏止情況惡化所祭出的企劃案。那是商品內容已去魚骨或魚皮，跟蔬菜一起放進微波爐加熱一下便可上桌的鮮魚料理。雖似乎有人擔心 Fast Fish 的普及，「會不會破壞傳統的魚食文化？」，但吃魚的方法或烹調的選項多樣化，對主婦們來說不也是令人開心的好處嗎？

女記者在講關於什麼的事情呢？

1　日本伝統食文化の破壊	1　日本傳統飲食文化遭到破壞
2　ファーストフードの利用者の増加	2　愛吃速食的人愈來愈多
3　魚の消費量の増加のための工夫	3　如何讓魚的消費量增加
4　魚の消費量が減少した理由	4　魚的消費量減少的原因

解析

A 這句話揭示了主題「ファーストフィッシュ」。

B 因為「ファーストフィッシュ」是防止魚類消費減少的計畫，所以正確答案是選項3。

C 這句話會讓人誤選選項1。

10　🎧030　P.623

ラジオで男の人が話しています。

男：未だに発声方法すらわかっていない ᴬ⁻
　　猫のゴロゴロ音。鳴らす理由も様々で
　　す。猫独特の重要なコミュニケーショ
　　ンであることは間違いないでしょう。
　　生まれたばかりの視覚・聴覚がほとん
　　ど発達していない子猫に近づくときに
　　母猫はゴロゴロとのどを鳴らします。
　　これは母子間の最初のコミュニケー
　　ションになるわけです。ᴮ⁻離乳後の猫
　　がゴロゴロ音を鳴らすのはリラックス
　　している時や、満足している時、挨拶
　　として、または何かを要求する時、体
　　調が悪い時にも鳴らすようです。そし
　　て、猫は昔から骨折が早く治るといわ
　　れており、ゴロゴロ音が回復を早めて
　　いるのではないかという面白い説もあ
　　ります。ただ聞いているだけで癒され
　　る猫のゴロゴロ音がこんなにたくさん
　　の働きがあるとは驚きですね。

男の人は主に何について話していますか。

男人正在收音機裡講話。

男：我們至今無法瞭解貓如何發出咕嚕咕嚕
　　的聲音。其發出這聲音的原因更是不勝
　　枚舉。不過，它是貓獨特且重要的溝通
　　方法，這點應該是不會錯的。母貓在靠
　　近剛剛出生，視覺、聽覺都幾乎尚未發
　　育完全的小貓時，便會發出咕嚕咕嚕的
　　聲音。這就是親子之間最初的溝通了。
　　而斷奶後的貓若發出咕嚕咕嚕的聲音，
　　不是表示牠很放鬆，不然就是感到很滿
　　足，又或者用來打招呼，向人家要求什
　　麼，甚至身體不舒服時也似乎都會這樣
　　叫。繼而，自古傳說貓骨折容易好，所
　　以也有一說表示是因為咕嚕咕嚕的聲音
　　讓骨折加速痊癒了，論點相當有趣。光
　　是聽就很療癒的咕嚕咕嚕貓叫聲竟然有
　　這麼多功效，真是令人吃驚不已。

男人主要在說關於什麼的事情？

1	猫が鳴らす音の理由と特徴		1	貓叫的原因及其聲音特徵
2	ペットの鳴き声の世界		2	寵物叫聲的世界
3	猫が鳴らす音が治療に使われていること		3	貓叫聲被用在治療上
4	親猫と子猫との神秘的なコミュニティー世界		4	母貓和小貓之間神秘的溝通世界

解析

A 這裡揭示了主題，那就是貓的叫聲。

B 這裡說明了貓發出叫聲的各種原因，所以正確答案是選項 1。

問題 4

1	2	2	1	3	2	4	2	5	2	6	1	7	1	8	3	9	1	10	2
11	2	12	3	13	3	14	2	15	1	16	3	17	1	18	2	19	1	20	3
21	3	22	1	23	1	24	2	25	1	26	1	27	2	28	1	29	3	30	2

問題 4 迎戰日檢 答案及解析

1 ⏻031 P. 626

女：そろそろお暇いたします。

男：1 そうそう、暇すぎだね。

　　2 え？まだいいじゃありませんか。

　　3 え？うそでしょう？

女：我差不多該告辭了。

男：1 妳說得對，真的很閒吧。

　　2 啊？還早嘛！

　　3 啊？不會吧？

2 ⏻032 P. 626

男：これ、ほんのおすそ分けですが。

女：1 あ、ありがとうございます。

　　2 要りませんよ。

　　3 すそだけではなくえりもですよ。

男：這個，是別人送我的一點東西（分享給您）。

女：1 啊，謝謝您。

　　2 不需要哦！

　　3 不要只是衣服下擺，領子也是哦！

單字

・ ほんのおすそ分 (わ) けです 別人送我的一點東西

・ 裾 (すそ) 衣服下擺　　・ 襟 (えり) 領子

解析

「ほんのおすそ分 (わ) けです」是分享東西給對方時所使用的謙遜用語。

671

3 🎧033 P. 626

女：こんな所であなたに会うなんて、思い
も寄りませんでしたよ。

男：1 そうですね。思いました。
　　2 本当に偶然ですね。
　　3 少し、思ってくださいよ。

女：會在這種地方遇見你，真是想都沒想到。

男：1 對吔。我想過了。
　　2 真的是好巧哦！
　　3 你也起碼想一下啦。

單字

・思（お）いも寄（よ）らない 想都沒想到　　・偶然（ぐうぜん）湊巧

4 🎧034 P. 626

男：今晩の飲み会、ご一緒にいかがでしょ
うか。

女：1 故意ではなく偶然でした。とにか
くすみませんでした。
　　2 じゃ、お言葉に甘えて、ご一緒させ
ていただきます。
　　3 一緒ではちょっと困りますが、別々
ではどうでしょうか。

男：今晚的酒聚，您要不要一起去？

女：1 我不是故意，只是碰巧。總之真是抱
歉。
　　2 那就恭敬不如從命，請讓我一同前往。
　　3 一起的話有點傷腦筋，分開你覺得如
何？

單字

・お言葉（ことば）に甘（あま）えて 恭敬不如從命

・させていただく 請您讓我～

解析

「お言葉（ことば）に甘（あま）える」是接受對方的建議時使用的用語。

5 🎧035 P. 627

女：最近の天気予報って、当てにならない
ね。

男：1 本当によく当たるよね。
　　2 そうそう、今日も外れてるよな。
　　3 僕も当てたことあるよ。

女：近來的氣象預報，真是靠不住吔。

男：1 真的好準哦！
　　2 對啊！今天也不準。
　　3 我也曾經中過哦！

單字

・当（あ）てにならない 靠不住的

・当（あ）たる中獎　　・外（はず）れる 沒打中　　・当（あ）てる 猜中

6 🔊036 P. 627

女：お勘定はご一緒でよろしいでしょう
　　か。
男：1 いいえ、別々にお願いします。
　　2 感じたのが一緒だなんて驚きだよ。
　　3 感情の起伏が激しい人だからね。

女：您要一起結帳嗎？
男：1 不，我們各付各的。
　　2 同樣有感覺，真是令人吃驚。
　　3 畢竟是個情感起伏很大的人啊！

單字

・勘定（かんじょう）結帳＝計算（けいさん）, 会計（かいけい）, 愛想（あいそ）

7 🔊037 P. 627

男：うわ、三味線が弾けますか、すごいで
　　すね！
女：1 いや、中学生の時、ちょっとかじっ
　　　ただけです。
　　2 線を引いちゃダメでしょう。消し
　　　てください。
　　3 はい、だれでも弾けるんだから、す
　　　ごくありません。

男：哇！妳會彈三味線啊！好厲害哦！
女：1 沒有啦，只是國中時學過一點。
　　2 不可以劃線哦。請擦掉。
　　3 是的，任誰都會彈，沒什麼大不了的。

單字

・弾（ひ）く 彈奏　　・引（ひ）く 拉

8 🔊038 P. 627

男：イタリア料理においては彼の右に出る
　　者はいませんよね。
女：1 いや、右ではなく左だったらいるか
　　　もしれません。
　　2 いませんか？さっきまではいたん
　　　ですが。
　　3 そうですね、この業界で卓抜です
　　　ね。

男：提到他的義大利菜，那可是無人能出其
　　右哦！
女：1 不，若不是右邊，而是左邊的話搞不
　　　好就有哦！
　　2 沒有嗎？那個人剛剛還在的說。
　　3 你說得對，他在這個業界可是一等一
　　　的。

單字

・右（みぎ）に出（で）る物（もの）がいない 無人能出其右
・卓抜（たくばつ）卓越

女：開店集客のイベント、今一つでした。

男：1　日時が日時だったからね。さすが
　　　　に日曜の午前 10 時はね。

　　2　え？開店する店が一つでした？初
　　　　耳ですよ。

　　3　よくもこんな遠いところまで来た
　　　　ね、えらいよ。

女：開店攬客的活動算是差強人意。

男：1　時間終究有關係。週日上午 10 點果然
　　　　還是…。

　　2　啊？只有一家店要開？還真是頭一遭
　　　　聽到。

　　3　還真能跑到這麼遠的地方來吔，了不
　　　　起。

單字

・今一 (いまひと) つ　差強人意、差一點點

解析

「今一 (いまひと) つ」是「再多做一點就好了」的意思。當對某事有些不足表示惋惜時，會使
用這用語。

男：この辺で一服しようか。

女：1　この辺、座るところないよ。

　　2　タバコではなくお茶にしよう。

　　3　私は二つ要ります。

男：在這一帶抽根菸吧！

女：1　這一帶沒地方坐哦！

　　2　別抽菸啦，喝茶好不好？

　　3　我要 2 個。

單字

・一服 (いっぷく) する　抽根菸

解析

「一服 (いっぷく) する」有「吸一支菸」和「喝一杯茶」兩種含意，本題是用它具有的兩種含
意做成的陷阱題。

男：あのさ、明日の日程どうにかできな
　　　い？

女：1　日程はできませんよ。だめ！

　　2　時間がだめ？それとも、場所？

　　3　え？明日どうにかできるの？

男：我說，明天的行程能不能想想辦法？

女：1　行程不能哦！不行！

　　2　時間不行哦？還是地點有問題？

　　3　啊？明天有辦法可想哦？

單字

・どうにかする　想辦法

解析

「どうにかする」是著手做些什麼來解決問題的意思。

12 🎧 042　P. 628

女：マル製薬との共同開発の話、危うく流されるところだったね。

男：1 残念なことに、後一歩のところで流れちゃったね。

　　2 大変だな。 もうどうにもならないのかな。

　　3 まあ、一時はどうなることかと思ったけどね。

女：和丸製藥的共同開發案，差一點就要胎死腹中了。

男：1 真遺憾，就差那麼一步結果流掉了吧。

　　2 真夠嗆的。真的已經回天乏術了嗎？

　　3 對啊，當時還以為有變掛了呢。

單字

・危 (あや) うく 危險地

13 🎧 043　P. 629

女：この機械を使いこなす人はやっぱり彼をおいていないのかな？

男：1 身を粉にするのは僕にもできますが。

　　2 そうです、彼はもうすでに帰ってしまいました。

　　3 あの、恥ずかしながら僕も操れますが。

女：會用這台機器的人果然還是只有他了吧？

男：1 我也能鞠躬盡瘁的啊。

　　2 沒錯，他已經回家了。

　　3 那個，不是我自誇，其實我也會。

單字

・動詞ます形＋こなす 擅用

・身 (み) を粉 (こ) にする 鞠躬盡瘁

14 🎧 044　P. 629

男：雪降って今朝の道路、滑るなんてもんじゃなくて、参ったよ。

女：1 もう行ってきたの？君にしては珍しいね。

　　2 朝からそれだと、どっと疲れが出そうね。

　　3 滑った？怪我はない？

男：下了雪，今天早上的道路不是普通的滑，真傷腦筋。

女：1 你已經去過一趟啦？就你來說還真罕見。

　　2 一早就那樣，不累才有鬼。

　　3 你滑了一跤？有沒有受傷啊？

解析

「～なんてもんじゃない」是「～というものじゃない」的口語體，表示其程度比舉出來的例子還嚴重，是一種表「強調」的用法。

15 045 P. 629

男：今日の部長、ご機嫌ななめのようだよ。
女：1 いつものことじゃん。
　　2 ただしたらいいじゃない。
　　3 また誰がそんなことを？

男：今天的經理好像心情不太好。
女：1 他不是總是那樣嗎？
　　2 糾正他不就好了？
　　3 是誰又出那種包？

單字

・ご機嫌（きげん）ななめ 心情不好　　・ただす 改正

16 046 P. 629

女：社長、さしでがましいようですが、この不況の中、イベントにお金をかけるというのは…。
男：1 そうだよね、君も賛成してくれるのか。
　　2 どうして反対するのか聞いてくれる？
　　3 それならこの件は後に回すことにしようか。

女：老闆，請原諒我似乎多嘴，這麼不景氣，您還要花錢辦活動，實在…。
男：1 說得對，妳也贊成嗎？
　　2 妳可以幫我問一下為何反對嗎？
　　3 那樣的話，這件事就先暫緩好了。

單字

・さしでがましい 出風頭的、多管閒事的

17 047 P. 630

男1：監督、僕、これで精一杯です。
男2：1 弱音を吐くな！もっと頑張れ！
　　　2 多かったら、少なめにする？
　　　3 以前は二杯も食べれたのに。

男1：教練，我已經盡全力了。
男2：1 不准說洩氣話，再加點油！
　　　2 若太多的話，那要不要弄少一點？
　　　3 我以前能吃 2 碗的說。

單字

・精一杯（せいいっぱい）盡全力

676

18 🎧 048　P. 630

女：このプロジェクト、新人の松井君に任せたんだけど、荷が重いかな。

男：1 新井君、断りますよ、きっと。

　　2 かえってチャンスととらえてるみたいですが。

　　3 重い荷物ならみんなで手伝ったらいいと思います。

女：這項企劃案我交給新人松井去辦，他壓力會不會太大啊？

男：1 新井他一定會拒絕的。

　　2 似乎他反而看成是機會吧。

　　3 我認為行李太重的話就不妨大家一起幫忙。

單字

・荷が重い 負擔重　　　・荷 (に) 行李

解析

「荷が重い」中的「荷」(に)」是「責任」的意思，不是「行李」的意思。

19 🎧 049　P. 630

女：報告書のことで部長から大目玉を食らったわ。

男：1 だから、もう一度検討した方がいいって言ったでしょう。

　　2 ケチな部長が？ どういう風の吹き回し？

　　3 え？ 僕に言ってくれればよかったのに、ひどいよ。

女：因報告一事被經理罵到臭頭。

男：1 因此，我才說再檢討一次比較好不是嗎？

　　2 那個小氣經理？這次是吹什麼風啊？

　　3 啊？妳跟我說不就好了嗎？真過份。

單字

・大目玉 (おおめだま) を食 (く) らう 被罵到臭頭

・風 (かぜ) の吹 (ふ) き回 (まわ) しで 風向

20 🎧 050　P. 630

男：木村先生、消費税増税について、ご意見をお聞かせ願えますか。

女：1 では、ご意見をお聞きしましょう。

　　2 お願いしてみてはどうでしょうか。

　　3 私の一存では。

男：木村老師，關於消費稅，我們想聽聽您的意見。

女：1 那麼，我們來聽聽您的意見吧！

　　2 拜託看看如何？

　　3 憑我一個人的意見…。

單字

・お聞かせお願えますか 可否讓我聽～？　　　・一存 (いちぞん) 憑我一個人的意見

解析

「お聞かせお願えますか」(能請您說給我們聽嗎？) 是鄭重地詢問對方意見時使用的用語。選項 3 是正確答案，「一存 (いちぞん)」具有強調接下來要講的內容只是自己的想法而已的意思。

男：この地方では大雪で足を奪（うば）われることが多いんだ。

女：1 ひどいね。足をかけたら、危ないじゃない。

　　2 奪（うば）うってのは犯罪（はんざい）ではないの？ 通報（つう）しないの？

　　3 通勤の時、そうなると、会社まで歩いて行くの？

男：這個地區常因大雪而寸步難行。

女：1 好過份哦。走到的話不是很危險嗎？

　　2 搶奪不是犯罪嗎？不報警嗎？

　　3 通勤時一旦那樣，就走路去上班嗎？

單字

・足（あし）を奪（うば）われる 寸步難行

・奪（うば）う 搶奪　　　・通報（つうほう）する 報警

女：森田君、今晩の飲み会、乗（の）り気（き）じゃないんじゃない？

男：1 いや、僕は行きたいって思ってるよ。

　　2 えっ？楽しみにしていたのか。

　　3 分かった、タクシーに乗って行くことにしよう。

女：森田你是不是對今晚的酒聚興趣缺缺啊？

男：1 沒有啊，我是想去的。

　　2 啊？原來妳很期待啊？

　　3 我知道了，就決定搭計程車去吧！

單字

・乗（の）り気（き） 感興趣；起勁

女：総務部（そうむぶ）の林君って信じるに足る人物かな。

男：1 うん、僕が太鼓判（たいこばん）を押すよ。

　　2 足りなかったら僕が貸すよ。

　　3 そうだね、林君に聞いてみればどうかな。

女：總務部的林君是個可信之人嗎？

男：1 嗯，我掛保證！

　　2 不夠的話我借妳！

　　3 妳說得對，要不要去問林君看看？

單字

・〜に足（た）る 足以〜　　・太鼓判（たいこばん）を押（お）す 掛保證

678

24 **054** P. 631

男：新人の秋田君、隅に置けない人だと思わない？

女：1 隅にどうしておいとくの？
2 うん、油断できない人だよ。
3 いや、そんな人要りませんよ。

男：新進人員秋田，妳認不認為他不容小覷？

女：1 要怎麼放在角落啊？
2 嗯，是個不容輕忽的人哦！
3 沒有啦，那種人我才不要咧！

單字

・隅 (すみ) に置 (お) けない 不容小覷　　・隅 (すみ) 角落

25 **055** P. 632

女：山下君って気が置けない人だよ。

男：1 幼なじみだからだね。
2 そうそう、僕も苦手なの。
3 気まずい人に何を置くんだ？

女：山下是個不分彼此的人哦！

男：1 因為是青梅竹馬嘛！
2 妳說得沒錯，我也很沒輒。
3 要放什麼在尷尬的人身上？

單字

・気 (き) が置 (お) けない 不分彼此的

26 **056** P. 632

女：コーヒー入れるから、飲んで行かない？あ、砂糖がない！

男：1 砂糖抜きでもいいよ。
2 佐藤さん、呼ぼうか。
3 大きいのより小さな方がいいよ。

女：我來泡咖啡，你要不要喝杯再走？啊，沒糖了！

男：1 不加糖也沒關係啊！
2 要不要把佐藤先生也叫來？
3 小的比大的來得好。

單字

・～抜 (ぬ) き 不～、沒～

27 **057** P. 632

女：新しい会社どう？転職してもう2か月経ってるよね。

男：1 うまく行ってよかった。
2 今回の会社、まいっているんだよ。
3 こんなに新品だとは想像もできなかったよ。

女：新公司還好嗎？你換工作已經過2個月了對吧？

男：1 進行得順利真是太好了。
2 這間公司真讓我吃盡苦頭。
3 我連想都沒想到是這麼新。

單字

・参 (まい) る 傷腦筋、束手無策 ＝閉口 (へいこう) する , 困 (こま) る

28 058 P.632

男：家庭ってかけがえのないほっとできる
　　ところだね。

女：1　私にとっても唯一（ゆいいつ）の憩（いこ）いの場所だ
　　　　ね。

　　2　なかったら作ったらいいと思うよ。

　　3　やりがいのないことはないよ。
　　　　きっと何か残すよ。

男：家，真是個獨一無二、能讓人鬆口氣的
　　地方對不對？

女：1 對我來說是唯一的休憩場所。

　　2 我認為沒有的話去作一個不就好了。

　　3 沒有事情是不值得做的！凡走過必留
　　　下痕跡嘛！

單字

・かけがえのない 無可取代的　　　・ほっとする 鬆口氣

・憩（いこ）い・憩（いこい）休憩　　　・やりがい 有價值

29 059 P.633

男：社員体育大会、天気、崩れるって言う
　　のに雨天決行（うてんけっこう）するっていうんだ。

女：1　日程が変るんだって？ あれほど絶
　　　　対と言ったくせにね。

　　2　やっぱり、思った通りに延期（えんき）になっ
　　　　たんだね。

　　3　明日でしょう？ 今更止（や）めるわけに
　　　　はいかないからね。

男：員工體育競賽當天天氣據說會轉壞，但
　　還是在講下雨照辦。

女：1 你說行程會改？我說絕對都說成那樣
　　　了。

　　2 果然，不出所料地延期了。

　　3 就是明天了對吧？事到如今也不能停
　　　辦了。

單字

・雨天決行（うてんけっこう）下雨照常舉行

解析

「雨天決行（うてんけっこう）」是「即使下雨，預定的活動或考試仍要照常舉行」的意思。也
就是活動時間不變的意思。

30 060 P.633

女：取引先とのいざこざは社長に報告する
　　までもないか。

男：1　はい、部長、私が報告させていただ
　　　　きます。

　　2　いや、話しといた方がいいのではな
　　　　いかと。

　　3　もう報告済（ず）みというわけですね。

女：跟客戶鬧得不愉快這件事沒必要跟老闆
　　說嗎？

男：1 是的，經理，請容我向您稟報。

　　2 不，我認為是不是先講比較好？

　　3 所以都已經報告完畢了對吧？

單字

・～までもない 不需～＝ ～ほどのことではない　　　・～済（ず）み ～結束、～完

問題 5

| 1 | 4 | 2 | 2 | 3 | 3 | 4 | 2 | 5 | (1) 4 | (2) 1 | 6 | (1) 2 | (2) 1 | 7 | (1) 2 | (2) 1 |

1 🎧 061 P. 636

小学校で教師 3 人が冬休みの宿題について 話しています。

男 1：今日は冬休みに宿題で生徒に見せる 映画を決めたいと思います。 先週、 四つの候補（こうほ）をお伝えしましたね。 ファンタジー、歴史、伝記（でんき）、ファミ リー映画、それぞれ調べていただけ たでしょうか。

男 2：はい、わたしは伝記がいいと思いま した。 様々な苦難（くなん）を乗（の）り越え、苦労（くろう） を重（かさ）ねながらも幼い頃からの夢を実 現したヘレンケラーの話で彼女の生 涯（がい）にわたる業績（ぎょうせき）や逸話（いつわ）を子供向けに 作った映画はどうでしょうか。 小 学生にぜひ見てもらいたいですね。 それに、ちょうど来週封切（ふうき）りする のでいいと思いますが。

男 1：なるほど、^ 将来を考えはじめる年 頃にいいかもしれませんね。

女：でも、伝記はちょっと押し付けがま しい面があるような気がして、ファ ミリー映画はどうでしょうか。 家 族の日常生活がモチーフになってい て、小学生の共感を集めていると、 いまメディアでも取り上げられてい て人気ですね。

男 1：そうなんですか。 うーん、じゃあ、 B- 既（すで）に見ている生徒も多いかもしれ ませんよ。

三位老師正在學校裡聊寒假作業。

男 1：我想在今天決定好要讓學生看哪一部 電影當寒假作業。上個禮拜，我已 經跟各位講了 4 種候選作品了吧？奇 幻、歷史、傳記、家庭電影，各位都 各自查詢好了嗎？

男 2：是的，我覺得傳記不錯。像跨越各種 苦難，自小千辛萬苦實現自己夢想 的海倫凱勒的故事，將她整個人生所 創下的功績或逸事翻拍成適合孩子看 的電影各位覺得如何？我真的很想讓 小學生看牠。再加上剛好下週就是首 映，我覺得很棒。

男 1：原來如此，對於開始考慮將來的年紀 的學生來說或許很不錯。

女：不過，我覺得傳記就某方面來說有點 強加於人，家庭電影如何呢？以家人 的日常生活為主題，現在媒體也經常 討論說已經引起小學生的共鳴，相當 受歡迎。

男 1：原來是這樣。嗯～，那麼，搞不好很 多學生已經看過了。

男2： あー、確かにそうですね。 では、ファンタジーはどうですか。 話の展開がはやく、スリルがあって、それにファンタジー映画って生徒の想像力を高めることができるので、いいのではないかと思いますが。

女： それは大切なことですね。 ᶜ ただ、内容にちょっと暴力的な描写があるので、その部分をどう考えるか、中には繊細(せんさい)な子もいるし、親の反応も気になりますね。 その点、伝記なら…。

男1： 安心ですね。

男2： じゃあ、歴史はどうでしょうか。ちょうど今、同じ時代のことを授業であつかっているので、時代背景を知る意味でも、見てもらいたいですね。

女： そうですか、ᴰ それはちょうどいいですね。 ちょっと内容が固いかもしれませんが、映像をとおしてなら興味を持って自然と歴史に関心を持たせることができますね。 じゃ、ᴱ 挑戦(ちょうせん)してもらいましょう。 うーん、それから、将来に向かって歩み始める年頃に苦労を重ねてやっと自分の夢(かな)を叶えたという話も捨てがたいから、冬休みの宿題は二つの映画にしましょう。

男2： 啊，的確沒錯。那麼，奇幻電影怎麼樣？故事鋪陳既快又驚險，且奇幻電影又可以提高學生的想像力，我覺得不是很好嗎？

女： 那的確很重要哩。不過，由於內容裡有點描寫暴力的部分，那部分怎麼看待？且當中有些孩子很細膩，家長的反應也很讓人擔心。就那方面來說，傳記的話…。

男1： 就不用擔心了。

男2： 那麼，歷史電影大家覺得如何？剛好現在正好在教同一時代的課，就當作瞭解時代背景，讓孩子們看看也很好。

女： 這樣啊，那就剛剛好啦。或許內容有點生硬，但要是透過電影就可以讓孩子們產生興趣並自然地關心歷史了。那麼，就讓孩子們挑戰看看好了。嗯，然後，像那種在面對未來邁步向前的年紀中，受盡千辛萬苦終於實現夢想的故事也實在讓人難以割捨，所以寒假作業就讓孩子們看2部電影好了。

生徒たちが冬休みに見なければならない映画は何ですか。

1 ファンタジー映画と歴史映画
2 伝記映画とファミリー映画
3 ファンタジー映画と伝記映画
4 歴史映画と伝記映画

學生們得在寒假看什麼電影呢？

1 奇幻電影及歷史電影
2 傳記電影及家庭電影
3 奇幻電影及傳記電影
4 歷史電影及傳記電影

要集中注意力聽對四種電影分別有什麼評價。

A 從這句話可以知道對傳記電影給予肯定的評價。

B 對家庭電影表示為難,因為如果已經看過的人很多的話,就不適合拿來當作寒假作業了。

C 對奇幻電影判斷說,在描述情節、畫面方面較不適合。

D 對歷史電影,在連接課程內容方面給予肯定的評價。

E 以上述意見為基礎可以知道,結論是以歷史電影和傳記電影來出寒假作業,所以正確答案是選項 4。

---

2 🎧 062 P. 636

会社で社長と社員二人が講演会について話しています。	**老闆正在和二位員工在公司談演講會的事情。**
男:今回の吉村先生の講演の件はうまくやっているのか。	男: 這回吉村老師的演講辦得還順利嗎?
女1:えー。それが吉村先生の都合により日時を変えなければならなくなりました。	女1: 是的。為配合吉村老師的行程安排,得改日期時間了。
女2:日時を変えて別の日程で会場を押さえるのは無理があると思います。	女2: 改日期時間,我認為以其他行程訂場地有點困難。
男:そうだね。吉村先生は経済学の第一人者で、社員からも先生のお話を伺いたいという声も多いそうだから、^A先生の日程をなんとか変えていただけないかな。	男: 妳說得沒錯。吉村老師是經濟學的第一把交椅,我們很多員工也都說想來聽講,所以能不能請吉村老師想想辦法改他自己的行程呢?
女1:^Bそれはもううかがってみましたが、学会から海外への研修に行く日程なので、変更は不可能だそうですね。	女1: 那我已經問過老師了,他說由於該行程是學會派他去國外研習的,所以說是不可能更改。
女2:じゃ、事前に先生の講演を録画して当日会場で上映するのはどうでしょうか。	女2: 那麼,事先把老師的演講錄下來,當天再在會場播放怎麼樣?
男:^Cでも、一方通行の講演になるんじゃないか。一人一人と質疑応答ができる講演にしたいけどな。	男: 可是,那就變成只是單方演講了不是嗎?我還是覺得可以當面一個一個地回答聽眾問題的演講比較好吔。
女1:^Dじゃ、吉村先生に他の先生を紹介してもらうのはどうでしょうか。同じく経済学分野で著名な先生を。	女1: 那麼,請吉村老師幫我們介紹其他老師怎麼樣?像是同樣是經濟學領域裡的佼佼者。

女2: それより、別の分野で著名な先生を捜してお願いしてみたらどうでしょうか。	女2：與其那麼做，倒不如去找其他領域的名師，拜託他們來如何？
女1: 別の分野って飛躍しすぎですよ。	女1：其他領域就太突兀了啦。
女2: 全く別の分野と言うより我が社と関係のあるサービス分野の大家とかはどうでしょうか。	女2：比其完全不同的領域，跟我們公司有關的服務業大師，大家覺得好不好？
男: ᴱそうだね、違う分野との連携も大切だと思うけど、でも、今回は経済学にして、吉村先生と相談することにしようか。	男：說得好，我覺得和不同領域的合作也很重要啦，這回還是挑經濟學，和吉村老師商量看看吧！

講演会はどうすることにしましたか。	演講決定怎麼辦呢？
1 吉村先生に日にちを変えていただく	1 請吉村老師更改日期時間
2 吉村先生に他の経済学の先生を紹介してもらう	2 請吉村老師幫忙介紹其他經濟學的老師
3 吉村先生に別の分野の先生を紹介してもらう	3 請吉村老師幫忙介紹其他領域的老師
4 事前に先生の講演を録画して当日上映する	4 事先把老師的演講錄下來再當天播放

解析

A 在問吉村老師的演講日程會不會改變，所以這句話會讓人誤選選項1。

B 因為說吉村老師的日期不會改變，所以選項1不會是正確答案，可以刪除。

C 老闆反對事前錄製演講，所以選項4不會是正確答案，可以刪除。

D 在考慮要不要請吉村老師介紹其他老師。

E 結論是要請吉村老師介紹經濟學領域的其他著名老師，所以正確答案是選項2。

3 ⚫063 P.636

デパートのカーペットの売り場で男の人と店員が話しています。	一位男士正在百貨公司和地毯賣場的店員講話。
男：あのう、リビングルームに敷くカーペットを探してるんですけど。	男：不好意思，我在找要鋪在客廳裡的地毯。
女：何かご希望がありますか。	女：您有什麼要求條件？

男：^A-家の雰囲気を全体的にナチュラルな
イメージで統一できるといいなあと
思って。それに、洗濯機で洗えるもの
がいいんですが。

女：では、こちらのサンプルはいかがで
しょうか。サンプル番号1は無地のも
ので天然素材を使っております。色
はオレンジ系なので、温かみがありま
す。家で洗っていただけますが、^B-洗
濯機ではなく必ず手洗いでお願いしま
す。

男：天然素材ですか。

女：はい、それから、こちらのサンプル番
号2は、ほかのものより生地が厚手で
保温性に優れています。それに、^C-化
学繊維を使っておりますので、お家で
洗えます。天然素材とは違って変色す
る恐れはありませんし、モダンな柄が
施されておりまして、大変人気です。

男：ええ、化学繊維って斬新ですね。ほか
に化学繊維のものは？

女：こちらのサンプル番号3は^D-柄のない
シンプルなタイプですが、生地は2番
と同様、しっかりしていて、色も淡い
イエロー系で家の雰囲気を温かく保て
ます。

男：洗濯は？

女：^E-2番と同じで家でできます。それか
らサンプル番号4は天然素材の染料を
使って染色したもので、明るい雰囲気
の家にするにはぴったりだと思います
よ。^F-洗濯はクリーニングをお勧めし
ます。

男：我是想要可以把家的整體氛圍統一成大
自然的感覺的。而且，要可以直接丟洗
衣機清洗的。

女：那麼，這邊這條樣品您要不要參考一
下？樣品1號是素面的而且是用天然素
材。由於是橘色系，所以也有一種溫暖
感。您也可以在家自己洗，但請不要丟
洗衣機，麻煩一定要手洗。

男：是天然素材嗎？

女：是的，然後，這邊這條樣品2號會比其
他的地毯其布料用得較厚，所以具有較
佳的保溫性。再加上，因為用的是化學
纖維，所以在家就可以洗。它和天然素
材不同，既沒有變色之虞，其摩登的花
樣也很受到歡迎。

男：這樣啊，化學纖維是嶄新的點子吧。有
沒有其他化學纖維的？

女：這邊這條樣品3號沒有花樣，款式算是
樸素，但布料和2號一樣都很結實，色
調屬淡黃色系，家的氛圍整體都會溫暖
起來。

男：洗的部分呢？

女：和2號一樣都可以在家自己洗。然後這
條樣品4號是使用天然素材染料染色
的，要營造出明亮的居家氛圍我認為是
最適合不過了。洗的部分則建議送洗。

男：^{G-}うーん、やっぱり無地がいいですね。 毎回手洗いやクリーニングというのも大変だし、寒がりだから、保温性が高いものがいいですね。 これにします。

男：嗯～，還是素面的比較好。每次都得手洗或送洗也很麻煩，我又怕冷，所以保溫性高的好了。我就買這條。

男の人はどれを買うと思われますか。

1　1番のサンプルのカーペット
2　2番のサンプルのカーペット
3　3番のサンプルのカーペット
4　4番のサンプルのカーペット

你認為男士會買哪一條地毯呢？

1　1 號樣品的地毯
2　2 號樣品的地毯
3　3 號樣品的地毯
4　4 號樣品的地毯

解析

A　知道男士對正在找的地毯所提出的兩個條件後，接下來要仔細聽店員對商品的說明。

B　1 號地毯要用手洗，所以刪除不考慮。

C　2 號地毯可以在家中用洗衣機洗，不過裝飾了時髦的花紋，所以刪除不考慮。

D　3 號地毯和 2 號地毯一樣都可以用洗衣機洗，而且沒有花紋。

E　再強調一遍 3 號地毯可以在家清洗。

F　4 號地毯必須乾洗，所以刪除不考慮。

G　男士作出了決定，可以知道他選了沒有花紋的 3 號地毯。正確答案是選項 3。

4　🎧064　P. 637

文化センターで女の人と係の人が話しています。

一位女士和文化中心的負責人正在講話。

女：あの、外国人を対象としている文化教室に参加したいんですが。

女：不好意思，我想參加專為外國人辦的文化教室。

男：どのような分野にご興味がありますか。

男：您對什麼樣的領域有興趣呢？

女：日本の文化や伝統に関するものなら何でもいいです。

女：像日本文化或傳統之類的都可以。

男：ご希望の曜日と時間帯はありますか。

男：您一週當中較方便的是哪幾天？還有時間呢？

女：^{A-}平日はバイトで帰りが遅いので、平日の８時以降と、週末ならいいと思いますが。

女：由於平常我有打工，較晚回家，所以平日 8 點以後以及週末我都可以。

男：では、こちらをご覧ください。 ᴮ⁻茶道^{さどう}の教室ですが、週 2 回で第 2，第 4 水曜に行われます。 あ、時間は午後 6 時からですね。 それから、ᶜ⁻和食の教室ですね。 これは月 4 回で、毎週金曜です。 あ、これも平日となっています。

女：でも、ᴰ⁻これは 8 時半から 9 時半までではありませんか。

男：あ、そうですね、申し訳ありません。 それからこちら、ᴱ⁻日本の伝統^{でんとう}の踊^{おど}りが学べる踊り会です。 こちらは毎週土曜の午後にやっています。 そして、ᶠ⁻日本中にある歴史上の名所^{めいしょ}や博物館^{はくぶつかん}を訪ねながら日本の歴史や民話^{みんわ}が学べる教室があります。 これは土曜の出発で 1 泊 2 日の日程で進行されています。

女：どれも面白そうですね。 でも、ᴳ⁻体を動かすのは苦手で、どこかに泊まるっていうのもちょっと。

男：那麼，請您看一下這邊。茶道教室是一週 2 次，是每月第 2、4 個週三上課。啊，時間是下午 6 點開始哦。然後，和食教室則是一個月上 4 次，每週五上課。啊，這也是平日。

女：可是，這不是 8 點半上到 9 點半嗎？

男：啊，是的，真是不好意思。不然，這是可以學日本傳統舞蹈的舞蹈教室。這是每週六下午上課。然後，我們也有課程是可以尋訪全日本裡的歷史名勝或博物館同時學習日本歷史或民間故事。這個課程的規劃是週六出發，進行 2 天 1 夜的行程。

女：每種課程都好好玩的樣子哦。不過，我算是四體不動那一型，要去住投宿什麼地方也有點…。

女の人はどの教室に申し込むと思われますか。

1　茶道^{さどう}の教室
2　和食^{わしょく}の教室
3　伝統^{でんとう}の踊^{おど}り会^{かい}
4　歴史や民話^{みんわ}の教室

你認為女士會報名哪種課程？

1　茶道教室
2　和食教室
3　傳統舞蹈教室
4　歷史及民間故事教室

解析

A 知道女士可以參加文化教室是星期幾和時間帶之後，接下來要仔細聽文化中心負責人的說明。

B 茶道教室平日有開，不過是下午 6 點開始上課，所以刪除不考慮。

C 和食教室每週五上課。

D 和食教室是平日上課，而且是下午 8 點開始，所以可以參加。

E 提到週末上課的有日本傳統舞蹈教室，還有日本歷史及民間教室。

F 選項 3 和選項 4 可以刪除不考慮，所以正確答案是選項 2。

テレビでレポーターが水産高校の生徒の取り組みについて話しています。

女1： ある水産高校の生徒の取り組みがその地域の活性化に一役買っていることで話題となっています。今日は、その一環として生徒が作った食品を四つご紹介します。すべてこの地域のスーパーで購入できます。

えー、こちらの1番は魚を野菜や味噌と一緒に煮詰めた魚味噌です。魚を骨まで丸ごと使っているので、カルシウムたっぷり、しっかりした味で、ご飯のおかずやお酒のおつまみとしてもばっちりでしょう。この食品は今まで捨てられていた雑魚の新たな活用の道ができたわけですね。

2番目の食品は地元特産のニンニクとねぎを使ったおでんです。今まではおでんにニンニクやネギを使ったものはなくて、この地域の水産業だけではなく農業の活性化にもつながるアイディアですね。この食品はすでに大手企業と協業を成功させています。

3番目はやはり地元特産のカニを使ったパンです。この地域から生産される小麦粉を使っているので2番の食品と同じく農業にもいい影響を与えています。かわいいカニの形をしているので、子供に大いにうけていますね。味も甘口、辛口など選んで楽しめます。

記者正在電視上報導水產高中的學生對策的事情。

女1： 某間水產高中的學生對策正發揮影響力活化該地區，此事蔚為話題。今天，我要為各位觀眾朋友介紹當中視為重要環節、學生所作的4種食品。且全都可以在這地區的超市買得到哦！話說，這個第1種是把魚和蔬菜、味噌一起熬煮而成的魚肉味噌。由於魚是連同魚骨頭整條都用，所以鈣質十分豐富，味道又道地，當成下飯的小菜或下酒菜都讚得不得了。這項食品可說是之前都被拿去丟掉的小魚嶄新活用版啊！

第2種食品是當地特產一大蒜和青蔥所作的甜不辣。我們至今所吃的甜不辣都不會加大蒜和青蔥，所以這個點子不光是這個地區的水產業，就連農業都活絡起來了。且這項食品也已成功地和龍頭大企業合作了。

第3種食品就是用當地特產的螃蟹所作的麵包了。由於還加上了在本地生產的小麥粉，所以和2號食品一樣會帶動農業復甦。麵包本身呈現螃蟹的形狀，小孩子們都超愛的。味道也有甜的和辣的2種，任君挑選哦！

４番の食品は低カロリーで、ミネラルも多く含んでいる昆布素麺ですね。ダイエット中の方に大いに受けると思っていましたが、最近健康寿命（じゅみょう）に感心が高まっているため、幅広い年齢層から人気を集めています。

女2：へえ、高校生ながらも結構本格的なものが作れたね。

男：　そうだね。ぼくたちも何か買って応援しようか。パンはどうかな。お前、パン好きだろう？

女2：いや、^A_ 私はやせなきゃいけないんで。

男：　また？お前ずっとそう言ってるだけじゃないの？

女2：とにかく私は健康も考えてこれにしよう。あなたはうわばみだからやはりそれ？

男：　うわばみ？おれが？酒好（さけず）きはお前だろう！俺はかわいい酒豪（しゅごう）だよ。

女2：どっちもどっちでしょう？

男：　ふーん、どれにしようか。^B_ ニンニクもいいけど、やはり晩酌（ばんしゃく）にはこれか。

第４種食品是屬於低卡洛里且富含礦物質的昆布素麵。原以為會大大受到減重中的人士青睞，但由於近來關心健康增壽的人也愈來愈多，所以各年齡層的客人都會買來吃。

女2：哇，儘管只是高中生卻作得出很正式的東西吔。

男：　對啊。我們也來買一下幫他們加加油吧！麵包好不好？妳不是愛吃麵包嗎？

女2：才不咧，我得瘦下來。

男：　又要哦？妳不是一直只是嘴上說說而已？

女2：總之我也要考慮到健康，選這個好了。你酒量不錯，所以會挑那個囉？

男：　酒量好？我哦？愛喝酒的是妳吧？我可是個可愛的酒豪哦！

女2：咱倆是半斤八兩啦！

男：　嗯～，要挑哪個好呢？大蒜也不錯，但晚上小酌時還是得有這個啊。

質問1　女の人はどれを買うと思いますか。	問題1　你認為女人要買哪個呢？
1　1番の食品	1　1號食品
2　2番の食品	2　2號食品
3　3番の食品	3　3號食品
4　4番の食品	4　4號食品

質問2　男の人はどれを買うと思いますか。	問題2　你認為男人要買哪個呢？
1　1番の食品	1　1號食品
2　2番の食品	2　2號食品
3　3番の食品	3　3 號食品
4　4番の食品	4　4號食品

6 🎧066 P. 638

ある男の人が観光コースを紹介しています。	某個男生正在介紹觀光行程。
男：え、今回は山を主題（しゅだい）として観光コースを四つご紹介いたしましょう。 コース 1 はロープウェーコースで、ロープウェーで山を越えて湖の周りを軽くウォーキングするコースです。こちらはお年寄りや子供にもってこいのコースだと思います。ご希望によっては日本最大を誇る湖での旅客船（りょきゃくせん）にも乗れます。 コース 2 は山の頂上（ちょうじょう）まで専ら（もっぱ）歩いて急斜面（きゅうしゃめん）を登るコースです。こちらのコースではお水とお弁当やチョコレートが提供（ていきょう）されますが、往復（おうふく）6 時間かかります。苦難（くなん）の中でその人の真の姿が見られると言ってこれは若者のカップルに大人気です。 次はコース 3 ですが、これがゆっくりと春の空気が満喫（まんきつ）できるコースです。山の中腹（ちゅうふく）まで蒸気機関車（じょうききかんしゃ）で登って山の谷（たに）の間（あいだ）にある小さな村でお昼も楽しめて、今ちょうど満開の桜の中で花見もできますね。 最後にコース 4 です。蒸気機関車に乗って頂上の湖まで行って、湖の旅客船に乗るコースです。歩いたりする汗をかくようなことは全然ないですが、ゆっくりと山の雄大（ゆうだい）さや壮大（そうだい）な湖をゆったりと楽しむことができます。	男：這個，這次在下來跟各位介紹 4 個以山為主題的觀光行程。 1 號行程是登山纜車行程，就是搭纜車翻過山頭，悠閒地繞湖一周的健行行程。我認為這是最適合老年人及兒童參加的行程了。此外，若您想搭遊船暢遊享譽日本最大的湖泊，我們也可以另行安排。2 號行程是特意步行至山頂去爬陡坡的行程。這個行程有提供水、便當或巧克力等東西，但來回需花上 6 個鐘頭。說是患難見真情，所以這個行程特別受年輕情侶歡迎。接下來是 3 號行程，這個行程可讓您好好地呼吸春天的空氣。搭蒸汽小火車到山腰邊，在山谷間的小村莊吃頓午餐，且現在剛好能在盛開的櫻花下盡情賞花。最後是 4 號行程。是搭蒸汽小火車到山頂的湖邊，然後搭遊船遊湖的行程。雖途中完全不會讓您走路到流汗，不過卻可悠哉地將山的雄偉及廣大的湖景盡收眼底、抱個滿懷。
女：どれにする？私は歩くの嫌だから…。	女：要選哪個啊？我討厭走路，所以…。

男：じゃ、このコース？　汽車と船に乗れる？

女：いやよ、お年寄りでもあるまいし。

男：だったらどれにする？

女：花見でもしようか、あ、^{A-}私、これに乗ったこと一回もない。空中に浮いて揺れるのが怖くて、乗れなかったのよ。今回、これに挑戦してみよう！

男：ちぇっ！結局船に乗るの？

女：いや、^{B-}船には乗りたくなければ乗らなくてもいいのよ。

男：あ、そうか。僕は山好きだから、これだ！

女：山が好きだからじゃなく、食べ物がほしいからでしょう。

男：あ、ばれた？

女：でも、^{C-}ただでお弁当がもらえるからと言っても、往復6時間はね！

男：那麼，就這個行程囉？火車和船妳能搭吧？

女：才不要，我又不是老人。

男：那妳要什麼啦？

女：賞花之類的好不好？啊，我從來沒搭過這個。我很怕吊在空中晃來晃去，所以之前都不敢搭。這次，本姑娘來挑戰一下！

男：什麼啊？結果妳要搭船哦？

女：沒有啦，我既不想搭也不用搭啊！

男：啊，這樣哦。我愛山，就這個了。

女：我看你不是愛山，是看上食物吧？

男：啊，被妳發現。

女：不過，就算是可以吃到免費的便當，但來回要6個鐘頭吔！

質問1　男の人はどのコースを選ぶと思いますか。	問題1　你認為男人會選哪個行程呢？
1　コース1 2　コース2 3　コース3 4　コース4	1　1 號行程 2　2 號行程 3　3 號行程 4　4 號行程
質問2　女の人はどのコースを選ぶと思いますか。	問題2　你認為女人會選哪個行程呢？
1　コース1 2　コース2 3　コース3 4　コース4	1　1 號行程 2　2 號行程 3　3 號行程 4　4 號行程

解析

A 因為女人提到想挑戰在空中搖晃的感覺，所以會選搭乘纜車的 1 號行程。

B 前一句男人說最後還是要坐船，這句話會讓人誤選 4 號行程。女人回答說 1 號行程中的坐船是可以選擇的，再次確定女人選擇 1 號行程。

C 透過女人說的這句話可以知道，男人選的行程會拿到免費便當，所以男人選的行程是有提供水、便當、巧克力的 2 號行程。

大学のオリエンテーションで教養科目を紹介しています。

女1: 今年度の一年生を対象とする教養科目をご紹介します。まず、コミュニケーションの文化です。これは現代人のコミュニケーション上の問題を色々な視点で取り上げて考えてみます。いろんな国の文化を背景にする各国のコミュニケーションの文化を調べることによって異文化に接することができます。

次は国際理論です。ここでは国際開発協力の基礎理論を学ぶと同時に幅広いグローバルな視野と柔軟な物の捉え方、多様性が理解できる力を養います。将来NGOで働いてみたいと思っている学生にもってこいの内容だと思います。

3番目は英文化です。文化だけではなく英語の言語構造に興味のある方にお勧めです。ただし、英語の基礎ができていない方には難しいかと思いますので受講の際は注意してください。

最後にグローバル人材を育成するための科目、グロバール教育です。これは急速にグローバル化する現代社会において、複雑化する世界の現状を理解し、異なる価値観・環境に対する適合力を持ち、様々な問題に果敢に取り組み解決に導くことができる人材を育成するための科目です。

男: どれも難しそうだな。

女2: あなたは英語、得意だからこれがいいかもよ。

一位女生正在大學的歡迎會介紹基礎科目。

女1: 現在為大家介紹一下今年度專為大一新生開設的基礎科目。首先是溝通文化。這門課是透過各種觀察來檢視現代人溝通上的問題並加以思考。透過調查以各個國家的文化為背景的各國溝通文化便能接觸到異國文化。接下來是國際理論。課堂上，除了學習基礎理論之外，更要培養廣大的全球視野、具彈性的事物理解方式以及可以理解多樣性的能力。我認為其內容對將來想在NGO上班的學生是最適合不過了。第3是英美文化。不僅是文化，我也十分推薦對英語的語言構造有興趣的同學來上。只是，這門課對於英語基礎能力不佳的同學我想會有點困難，所以上課時請多加留意。最後是為培育全球人才所設的科目—全球教育。這是為了培養因應在快速全球化的現代社會裡能理解複雜化的世界現狀、養成應付不同價值觀及環境的適應能力且能夠果敢面對各種問題並加以解決的人才所設的科目。

男: 看起來都好難哦！

女2: 你英文不錯，這個搞不好可以哦。

男:	いや、^{A-}僕 NGO に以前から興味が あってこの科目にしようかなと。
女2:	そう？ じゃ、^{B-}私は異文化に触れら れるって科目がいいな。
男:	^{C-}全ての科目が異文化に触れられる んだよ。 特にコミュニケーション の文化と英文科って科目はね。
女2:	^{D-}私、横文字、苦手！
男:	だったらこれだね。
女2:	うん、それにしよう。

男:	才不咧，我很早以前就對 NGO 很有興 趣，選這個好了。
女2:	這樣哦？那，我選可以接觸異國文化 的這門課好了。
男:	所有的科目都能接觸異國文化哦。特 別是溝通文化以及英美文化這些科目。
女2:	我英文可是很菜的！
男:	那樣的話就選這個啦。
女2:	嗯，就依你！

質問1　男の学生はどの科目を聞くと思い 　　　　ますか。 　　1　コミュニケーションの文化 　　2　国際理論 　　3　英文化 　　4　グローバル教育	問題1　你認為男同學會去聽哪個科目呢？ 　　1　溝通文化 　　2　國際理論 　　3　英國文化 　　4　全球教育
質問2　女の学生はどの科目を聞くと思い 　　　　ますか。 　　1　コミュニケーションの文化 　　2　国際理論 　　3　英文化 　　4　グローバル教育	問題2　你認為女同學會去聽哪個科目呢？ 　　1　溝通文化 　　2　國際理論 　　3　英美文化 　　4　全球教育

解析

A 男生說他以前就對 NGO 很感興趣，所以他會去上國際理論課。

B 女生說她對能接觸異國文化的課程比較有興趣。

C 男生說所有課程都能接觸異國文化，所以仍不知道女生該選什麼。不過男生立刻又說，尤其是文化溝通交流課和英美文化課更容易接觸異國文化。

D 女生說她英文不行，所以可以判斷她不會選英美文化課。也就是說她會上文化溝通交流課。

1

言語知識 (文字・字彙・文法
讀解

實戰模擬試題

言語知識（文字・字彙・文法）
讀解

N1

言語知識(文字・語彙・文法)-読解

(110分)

受験番号	
名前	

問題1 _____の言葉の読み方として最もよいものを、1・2・3・4から一つ選びなさい。

1 人脈の広い人ほど、仕事でキャリアアップにつながる確率が高いようだ。
　　1 じんみゃく　　2 にんまく　　　　　3 じんまく　　　　　4 にんもく

2 賢くなるためには知識を操る力を身に付けてください。
　　1 すばしこく　　2 せこく　　　　　　3 しつこく　　　　　4 かしこく

3 我が社は一年を通して顕著な功績を挙げた社員を表彰している。
　　1 けんちょ　　　2 げんじょう　　　　3 けんしょう　　　　4 げんちょう

4 彼はミュージカルやCMソングなど、多岐にわたる音楽ジャンルで才能を発揮している。
　　1 おおぎ　　　　2 たき　　　　　　　3 おおわた　　　　　4 たぎ

5 流行とは栄えたり廃れたり、ぐるぐる回るものだ。
　　1 つぶれ　　　　2 かすれ　　　　　　3 くずれ　　　　　　4 すたれ

6 挨拶に行く際、手土産の相場は3000円から5000円ぐらいで、高級な物を持参する必要はない。
　　1 あいじょう　　2 あいば　　　　　　3 そうじょう　　　　4 そうば

問題2 （　　　　）に入れるのに最もよいものを、1・2・3・4から一つ選びなさい。

7　今まで築いてきた生活（　　　　）を捨てて一文無しから再スタートするのは無謀すぎる。

1 基盤（きばん）　　2 根拠（こんきょ）　　3 基原（きげん）　　4 基地（きち）

8　（　　　　）と妥結すると思った交渉が滞っている。

1 うっとり　　2 ふんわり　　　3 すんなり　　　4 こっそり

9　裾の広いデニムを履いた人をよく（　　　　）。どうやら流行っているようだ。

1 見通す　　2 見かける　　　3 見落とす　　　4 見出す

10　経営陣に対する社員の不信感を（　　　　）しようとしたが、かえって逆なでることになった。

1 削除（さくじょ）　　2 追放（ついほう）　　3 排出（はいしゅつ）　　4 一掃（いっそう）

11　長い時間煮込んだ肉とジャガイモは味が（　　　　）、一層おいしくなった。

1 うるおって　　2 しずんで　　　3 しみて　　　　4 とけて

12　このテーブルは長女が生まれたころから20年も使ってきたので、（　　　　）がある。

1 好感（こうかん）　　2 愛着（あいちゃく）　　3 熱意（ねつい）　　4 執着（しゅうちゃく）

13　ライバル社の経営の（　　　　）を盗んで自社の業績を伸ばそうとした。

1 ノウハウ　　2 データベース　　3 ベテラン　　　4 モットー

問題3 _____の言葉に意味が最も近いものを、1・2・3・4から一つ選びなさい。

14 北村さんって無情な人だと<u>かねがね</u>思っていたが、この前の件で実はとても優しい人だと知った。

1 ぜひ 　　　　2 早く 　　　　　　　3 直接 　　　　　　4 以前から

15 彼は<u>故意に</u>私の足を踏んだにちがいない。

1 いやいや 　　2 わざと 　　　　　3 うっかり 　　　　4 さっさと

16 ご面倒をおかけしましたことを心より深く<u>お詫びいたします</u>。

1 お礼を言います 　　　　　　2 文句を言います
3 謝ります 　　　　　　　　　4 断ります

17 自分で学費を払って学校に通う人の<u>意気込み</u>はすごいらしい。

1 意欲 　　　　2 故意 　　　　　　3 信頼 　　　　　　4 自信

18 失敗することに<u>おびえる</u>ことなく、堂々と立ち向かいましょう。

1 あせる 　　　2 なやむ 　　　　　3 こわがる 　　　　4 くやむ

19 取材で戦場に行っていた息子が無事に帰ってきて<u>安堵した</u>。

1 はっとした 　2 ほっとした 　　　3 すっとした 　　　4 むっとした

問題 4　次の言葉の使い方として最もよいものを、1・2・3・4から一つ選びなさい。

20　閑静（かんせい）

1 うちは商店街からかなり外れた閑静なところにある。

2 不景気のせいか、休日の繁華街は閑静としてさびしい。

3 まともな仕事に就いて閑静した生活を送りたいものだ。

4 どんなに簡単な手術でも、閑静は必要だろう。

21　たやすい

1 たやすい老後のために若いうちに一所懸命働いてお金を貯めておこう。

2 これは小学生向けの新聞だから、たやすい内容で構成されている。

3 この古文書はわりとたやすい文章で書かれている。

4 たやすく解決できる問題だと思ったが、予想以上に時間がかかった。

22　察する（さっ）

1 どの職場にも上司の目ばかりを気にして機嫌を察している人はいる。

2 日本の人口は減少を続け、４０年後には9000万人を切ると察する。

3 母は僕が何も言わなくても僕の気持ちを察して慰め（なぐさ）てくれる唯一の存在だ。

4 オタマジャクシを経てカエルに成長する過程を察しましょう。

23 内訳
（うちわけ）

1 内訳のないしゃべりはある程度のストレス解消になると思う。

2 出張後、出張費の内訳を会社側に出したら、全額がもらえる。

3 田村さんは仕事の失敗について内訳ばかりを繰り返す人だ。

4 記者は事件の内訳を正しく伝えるために努めてしかるべきだろう。

24 食い違う
（く ちが）

1 事件を目撃した複数の人はそれぞれ食い違う証言をしていた。

2 僕が理屈に食い違った行動をとるものなら、祖父は激怒したものだ。

3 若い女性に受けると思って開発した製品だったが、その狙いは食い違った。

4 議論が脇道に食い違わないようにするのが議長の役割だ。
（わきみち）

25 過密
（か みつ）

1 学歴過密の傾向は韓国にとどまらずアジア諸国でも強まっている。

2 かつてこの海岸地域には水産物を加工する工場が過密になったいた。

3 人口減少によって賃貸住宅の供給過密は社会的に大きな問題になりうる。

4 今回の旅行はみんながへとへとになるぐらい過密なスケジュールだった。

問題 5 次の文の（　　　　）に入れるのに最もよいものを、1・2・3・4から一つ選びなさい。

26 親の心配（　　　　）子供は自分の気の赴くまま行動してしまう傾向がある。
1 をこえて　　　　2 におして　　　　　　3 をよそに　　　　　　　4 にみれば

27 父ときたら家族で食事をする時にも新聞を放さず、新聞から顔を（　　　　）。
1 上げようともしない　　　　　　　　2 上げなくてはならない
3 上げないほうがましだ　　　　　　　4 上げたらかなわない

28 今年の夏にはニュージーランドへ行こうと思っている。（　　　　）まともな休暇がとれればという話だが。
1 ついては　　　　2 もっとも　　　　　3 かつ　　　　　　　　4 しいて

29 （卒業後、母校に行って）
田中　　「渡辺先生、ご無沙汰しております。私のことを（　　　　）でしょうか？3年B組の田中としおですが。」
1 覚えた　　　　　　　　　　　　　　2 覚えておいで
3 覚えられてもらった　　　　　　　　4 覚えさせていただいたの

30 お金がたくさんある（　　　　）が、お金にこだわりたくないです。
1 ともなんともありません　　　　　　2 ことこの上あります
3 とはかぎりません　　　　　　　　　4 のにこしたことはありません

31　井上　「岡田、来週の登山大会、参加するよな。」

　　　岡田　「うん、必ず全員参加するようにと言われたから。」

　　　井上　「ああ、僕、あの日、結婚記念日だから、妻と予定があるんだよ。妻
　　　　　　もずいぶん期待しているのに。」

　　　岡田　「当日のお天気（　　　　）、延期になりかねないと思うよ。あの日、
　　　　　　豪雨でも降るように祈っとけば？」

　　　1 のごとく　　　　2 なりに　　　　　　3 次第では　　　　　　4 たりとも

32　既婚男性と付き合っていることが親に（　　　）困る。

　　　1 知っては　　　2 知られては　　　　3 知らせられると　　4 知らされれば

33　我が社の発展のためには、社長の僕一人が（　　　　）。社員みなさんのご協
　　力あってのことです。

　　　1 頑張れたらできたことでしょう　　　2 頑張ろうとしたものではない

　　　3 頑張ればなすこととは思います　　　4 頑張ればいいというものではない

34　徹底的な調査を行ってこそ事故の原因が明確（　　　）思われる。

　　　1 だと　　　　　2 にほかないと　　　3 ずくめのことだと　4 になると

35　バイトを始めて２ヶ月になるんですけど、（　　　　）思っています。店長に
　　どう言えばいいですか。

　　　1 やめさせてもらおうと　　　　　　2 やめていただこうと

　　　3 やめさせられてくれると　　　　　4 やめてもらいたいと

問題6　次の文の ＿★＿ に入る最もよいものを、1・2・3・4から一つ選びなさい。

36　「あかちゃん」の漢字を「赤ちゃん」と書くのは、「赤」には ＿＿＿＿＿＿ ＿＿＿＿＿＿ ＿★＿ ＿＿＿＿＿＿ 意味です。

1 意味があるそうで　　　　　　　　　　2 赤ちゃんとは

3 純粋という　　　　　　　　　　　　　4 つまりけがれのない子という

37　親友の岡田は僕の ＿＿＿＿＿＿ ＿＿＿＿＿＿ ＿★＿ ＿＿＿＿＿＿ である。

1 過ちを　　　　　　　　　　　　　　　2 非常にありがたい存在

3 今までの　　　　　　　　　　　　　　4 気づかせてくれる

38　歌手のしいなさんは麻薬をやった ＿＿＿＿＿＿ ＿＿＿＿＿＿ ＿★＿ ＿＿＿＿＿＿ 訴訟を起こした。

1 として　　　　　　　　　　　　　　　2 報じた

3 週刊誌に対して名誉をきずつけられた　4 疑いがあると

39　A社との合併は、これ以上我が社の経営力だけではこの不況に対応しきれないと判断 ＿＿＿＿＿＿ ＿★＿ ＿＿＿＿＿＿ ＿＿＿＿＿＿ 。

1 の　　　　　　2 して　　　　　　3 という　　　　　　4 ことだ

40　木村　　「さえこさん、大手商社に合格したんだって？ おめでとう！」

　　さえこ　「ありがとう！ あなたは？ まだ？」

　　木村　　「まだまだ。この前A社に志願したけどだめだった。僕、英語下手だからだめかも。」

　　さえこ　「いや、英語力も重要だけど、英語ができる ＿＿＿＿＿＿ ＿＿＿＿＿＿ ＿★＿ ＿＿＿＿＿＿ と思うよ。もうちょっと頑張ってね！」

1 ほど　　　　　　　　　　　　　　　　2 だけで

3 世の中は甘くない　　　　　　　　　　4 希望の職につける

問題7　次の文の読んで、文章全体の内容を考えて、41から45の中に入る最もよいものを、1・2・3・4から一つ選びなさい。

　暇をもてあまし始めていたところ、操舵室(そうだしつ)の見学ツアーを行うので希望者は
41 という案内放送があった。　願ってもない申し出だ。　42 、急いでベッドから跳ね起き、集合場所のロビーに駆けつけた。　先に集まった参加者たちはすでに移動を始めているようだった。　私も後について、3階の客室奥にある狭いドアから統制区域の階段を上って行った。　その先、少々薄暗い船員たちのスペースを抜けたところに操舵室はあった。

　中に入ると、前方がぐるっとガラス張りになっていて開放感があり、申し分のない眺めだ。　朝の日差しが照らす青い海。　その向こうの陸地には白く雪をまとった山々が合唱隊のように肩を並べているのが 43 。　海の青と山の白のコントラストは、昨日までのもやもやした気持ちをすっと洗い流してくれた。　やはり人生 44 旅は生活の潤滑油となると思った。　旅には、単なる非日常の娯楽を超えた、心を浄化する作用がある。

　窓際を埋めた参加者たちから、驚きの声が上がり、すぐにそれが歓声に変わった。　視線の先を見ると、そこにはイルカのジャンプする姿があった。　予想外のプレゼントだった。　つやつやとした体躯が優雅に弧を描いて海面を行き交う姿に、私も
45 歓声を上げていた。

41

1 申し込むように   2 群がるように
3 決めるように   4 集まるように

42

1 置かれて行かせられるとだめだから
2 置いて行くかと思われるから
3 置いて行かなければいけないから
4 置いて行かれてはいけないから

43

1 見る   2 見せる   3 見える   4 見せられる

44

1 において   2 にまかせて   3 にかぎって   4 にして

45

1 多かれ少なかれ   2 いずれか
3 知らず知らず   4 とっておきの

問題8 次の (1) から (4) の文章の読んで、後の問いに対する答えとして、最もよいものを、1・2・3・4から一つ選びなさい。

(1)

返却期限日お知らせサービス実施

・2019年1月1日から開始します。

・返却期限日の二日前にメールでお知らせします。

・メールの受信設定をされた方に限りますので、必ずご登録願います。

・登録はイシキ市立図書館のホームページにて行ってください。

・登録方法:

ホームページログイン

▼

マイページ

▼

お知らせメール受信設定

▼

項目「返却期限日のお知らせメール」の欄に「受け取る」に✓する

・利用者情報でのメールアドレスを必ずご確認ください。

・メールとともにモバイルでの受信のご希望の方は必ず携帯番号をご記入ください。

・お知らせサービスはご登録の三日後からご利用いただけます。

・詳しいご案内やお問い合わせは☎044－123－6789へお願いいたします。

館長　大森たつや

46　上の内容に一致するものはどれか。

1 登録してからでないとこのサービスを受けられない。

2 お知らせがあるまでには返却してはいけないそうだ。

3 このお知らせはメールだけで、携帯電話では見られない。

4 登録してすぐサービスが利用できる。

(2)

謹啓

平素は格別のお引き立てを賜り厚く御礼申し上げます。

このたびは、誤った商品をお送りし、まことに申し訳ございませんでした。原因を調査しましたところ、商品出荷時の管理ミスでございました。

日ごろから出荷前には二重チェックと検品を行っておりますが、今回ご注文いただいた商品は特注品でしたので、出荷前の検品ラインに乗らずに出荷してしまったようです。このようなミスが二度と起こらぬよう今後は細心の注意を払う所存でございます。

早速該当商品を再送させていただきます。お手元に届きましたら今一度ご確認のほどお願い申し上げます。お手数をおかけしましたことを重ねてお詫び申し上げます。

なお、同封の品は弊社の地元の特産品の和菓子でございます。お詫びといってはなんですが、どうかお受け取りください。

取り急ぎ書面にてお詫び申し上げます。

敬具

シナモン物産株式会社

管理部　本村　たくや

（株）フクイ商業

管理課　新井　あつし様

---

47 上の文の内容に一致するものはどれか。

1 欠陥のある商品を発送したことで送るお詫びの手紙である。

2 以前、誤って送ったのは特産品の和菓子である。

3 フクイ商業は出荷前に二回ぐらい検品をしてシナモン会社へ商品を送った。

4 フクイ商業はこの手紙とともにお詫びの品を送る。

(3)

　　男女が恋愛する時、(注1) 類似性、(注2) 相補性という二つの原理が働くことで、相手との関係を深く築いていけるようになります。　付き合いはじめの段階でカギとなるのは類似性、関係が深まるにつれて、より大切になってくるのが相補性だそうです。ただし、群を抜いて優れている美人は自己肯定感が高いため、最初から相補性を示した男性に魅力を感じ、深い付き合いをスピードアップさせることができるそうです。自己肯定感とは自分は大切で価値のある存在だと感じていることで、この考えが強い抜きんでている美女は類似性での深まり合いなんて求めておらず、自分とは違う魅力を持った男性にこそ、惹かれる傾向があるそうです。

(注1) 類似性(るいじせい): 似ていること

(注2) 相補性(そうほせい): 互いの欠けた部分を補い合うこと、ここでは正反対であること

48　本文によると恋愛においての相補性について正しいのは何か。

1 付き合い始める時、 大事な役割をする要素

2 価値のある男女の魅力を高める要素

3 自己肯定感の高い女性を寄せ付ける要素

4 相手にアピールするために類似性より先に備えておくべきもの

(4)

　　急激な変化の中で私たちは自分を見失いがちである。 これからの社会でもより激しい変化が起こり、それを読み取るのは至難のわざであろう。 そこで私たちは過去を振り返ってみる必要がある。 過去を時間の流れに沿って記録した歴史はただ過去の事実を記憶させるために存在するのではなく、長い時間、時代の変化を刻んでおいたもので、私たちの行先を明るく照らしてくれる指針になると思う。

49　　本文の 「歴史」 について筆者はどう考えているのか。

　　1 将来のために世の中の変化を把握し、 過去を記憶させておくものだ。

　　2 激変している現代と過去を比較できる重要な資料である。

　　3 社会の変化の流れに歩調を合わせてこれから進む道を示すものだ。

　　4 社会の変化の流れを振り返り、 これまでの出来事を検証するものだ。

問題9 次の(1)から(3)の文章の読んで、後の問いに対する答えとして、最もよいものを、1·2·3·4から一つ選びなさい。

(1)

　　「月月火水木金金」なんて聞いたことがあるだろうか。　土日も返上して仕事をするという意味である。　世界の平均労働時間は1,725時間で、日本のそれは1,745時間。　見ての通り世界平均を上回る数値だ。　仕事に対する意識が変わらないと、この数値に変わりはないだろう。

　　ヨーロッパ諸国地域では「どのような結果を出したか」で仕事を評価している。　一方、日本では「せっせと働く姿」を重視している。　残業に対する考え方にも差があるようだ。　仕事が終わるまで家へ帰らないと思う日本人が多いが、ヨーロッパ人は時間を優先して、＊＊時までにこの仕事を終わらせようと思っている。　時間をはっきり決めていないので、終業時間になっても仕事が残り、集中できない状態でダラダラと残業につながる。　ひどいことを言うと日本人の残業はただ、せっせと働く姿に見せかけているだけのことであろう。　日本人の平均残業時間は、月46時間ということを見ると①それが納得いくだろう。　反面、ヨーロッパのフランスでは週35時間の通常労働に残業4時間をプラスした週39時間労働での雇用契約が一般的だ。　日本人は月22－23日働くとしたら、残業を含め一日10時間働くことになる。

　　目標にしている成果のための「忙しさ」はいとわない欧米人と、「忙しさ」そのものが目的になってしまっている日本人。　また日本は有給休暇を取ることに罪悪感を感じる人の割合が世界一である。　欧米人に余裕があるように見える理由は②ここから来ているだろう。「月月火水木金金」なんていう慣用句は「働けば働くほどできる人」というイメージが日本社会に根付いているからこそできたものかも知れない。

50 ①それが納得いくだろうとあるが、どうしてなのか。
1 欧米人の総労働時間が短いと思われるのは、日本人の労働時間が世界平均より長いから
2 残業時間が欧米より長い理由は、日本人の残業とは一生懸命に働く姿を見せるための手段だから
3 一生懸命に仕事をする姿を重んじている訳は日本での雇用契約条件が欧米と違うから
4 結果より過程を重視している日本社会に生き延びるためには残業は欠かせないから

51 ②こことあるが、具体的に何をさしているのか。
1 長時間働くことを重視する風潮
2 成果で判断する風潮
3 休暇を取ってはいけないという風潮
4 残業の時間は長いほどいいという風潮

52 本文で筆者が言っている内容と一致しないものはどれか。
1 フランス人の平均残業時間は月約12時間となる。
2 日本人の中でまとまった有給休暇を取る人はめったにいない。
3 日本での労働時間や残業などに対する意識を根本から変え直す必要がある。
4 欧米人は成果のために、日本人は忙しい姿を評価してもらうために、残業している。

読解

(2)

①情報機器の発達は、私たちを退屈な時間から解放してくれました。 テレビをつければ、夜中でもない限り、あなたの興味を引く番組が一つは見つかります。 コンピューターがあるなら、インターネットを通じて手に入れられる情報は無限大です。 そしてスマートフォンに至っては、その便利さを片手に持ってどこへでも運べます。

約束の場所に早めに到着して、友達を待っている時。 本来は特に何もすることのない暇な時間です。 今はこのすきま時間を活用して、気の赴くままに情報を探索し利用することができます。 ある人は最新のニュースを読みます。 別の人はこれから行く店の評判を確認します。 またある人は、家でやっていたゲームの続きを始めます。

しかし、そうやってスマートフォンを眺めている限り、彼の目に周囲の風景は映りません。 もしスマートフォンがなかったらどうだったでしょう。 遠い国のニュースを読むのに時間つぶしをしていなければ、目の前を通り過ぎる通行人の装いに季節の変化を感じていたはずでした。 空いた時間にぶらぶら歩き回って、ふと足を止めた軒先で、知らない店の主人と知り合うはずでした。または手持ち無沙汰に考え事をして、前回友人が不機嫌だった理由に突然気がつくはずでした。 この機械の便利さは、こんな数々の②可能性を奪っているのです。 私はこれを③破壊的な便利さと呼んでいます。

53 本文で言う①情報機器の発達によって生じる問題は何か。

1 無駄な時間ができた。

2 暇な時間ができた。

3 周囲に関心を持たなくなった。

4 ありあまった時間を有用に使えるようになった。

54 ②可能性とあるが、 具体的にどんな可能性なのか、 正しいのはどれか。

1 驚くべきことを考えだす可能性

2 ゲームをし続ける可能性

3 季節の変化に気づく可能性

4 時間を楽しくつぶす可能性

55 本文の③破壊的な便利さとは何か。

1 人間が享受したらいい便利さ

2 これから図っていくべき便利さ

3 人間が取ってはいけない便利さ

4 他のことを諦めて取った便利さ

　ある人は、妊娠・出産・授乳といった身体機能の特徴を考えれば、女性は基本的に家事を担当し、主に家族の面倒を見ることが自然で理にかなっていると言う。　そして男性が外に出て仕事をし、経済的に支えるべきだというのである。　だが①別の意見では、女らしさ、男らしさという概念は、社会によって作られてきた慣習的な価値観でしかないと見る。　人はそれぞれ、男と女に関わらず、自分にとって最適な生活様式を選べば良いのであり、社会は多様性を認めるべきだというのである。　家族の伝統的な価値を主張する前者と、個人の自由を主張する後者。　その隔たりは大きい。

　そしてその②立場の違いは、人間観を超え、社会観・国家観の対立にまで及んでいる。　男らしさや女らしさを自明の理と考える人々は、伝統的な家族こそが健全な地域社会を形作り、国家の礎となると考えている。　少子化が進行したり、③引きこもりや意欲のない子供が増えたりするのも、理想的な家庭環境が維持されなくなったからだと見る。　綻びを見せていた家族制度が再生することで、国も活力を取り戻すという。　一方で、自由主義的な考え方から見ると、前近代的な性役割を押しつける形の家族制度は、国家が個人を抑圧し、国民の幸福追求権を侵害する仕組みでしかないという。　また同性愛者など性的少数者の人権を無視している点も看過できないとする。

56 ①別の意見とは、何か。

1 性的役割を認める

2 既に根付いている価値観を重視する

3 多様性を認める

4 伝統的な家族が国家を支える

57 ②立場の違いとあるが、どのような違いなのか、正しくないのはどれか？

1 男と女の役割をはっきり区別をつけるかつけないか

2 理想的な家庭は維持すべきものか、すべきものではないか

3 性役割は国民の幸福追求権を侵害するものなのかどうか

4 少子化の進行を阻止すべきか、すべきではないか

58 ③引きこもりや意欲のない子供が増えたりするとあるが、本文の「女らしさ、男らしさ」という概念を持っている者から見る原因は何か。

1 男は外で仕事、女は家事という性役割が明白な理想的な家庭の崩壊

2 男女の固有の習性を維持していて、多様化を受け入れている社会の崩壊

3 自由な思考を持っている者や自分の幸福を追求する者の層の破壊

4 家族の伝統的なありさまや個人の自由を追求する権利の剥奪

問題10　次の文章の読んで、後の問いに対する答えとして、最もよいものを、
　　　　1・2・3・4から一つ選びなさい。

　①嫉妬とは、自分にはないものを手にしている他人に対し抱く感情だ。　感情は目に見えないが、誰から見ても嫉妬に駆られているとしか思えない行動をとる人は多い。　嫉妬は、他人の目には大変見苦しいものであり、軽蔑される。　一方、嫉妬という言葉の意味には、若干曖昧さも存在している。　たとえば「あまりにも綺麗で、嫉妬しちゃうわ」と口にする場合には、冗談として機能し、あまり否定的なニュアンスは感じない。　さらに場合によっては、嫉妬と (注) 羨望が混同されていることもあるようだ。

　１７世紀のフランスの貴族、ラ・ロシュフコーによれば、嫉妬とは「自分が所有している幸福、あるいは所有していると思い込んでいる幸福を奪われそうになった時に感じる感情」だという。　一方、羨望は「他人の幸福が我慢できない時に生じる怒り」だとした。　またドイツの精神医学者であるテレンバッハは、嫉妬は自分が自分のものであると思っている何かに喪失の恐れが生じた時に感じるものだが、ねたみは常に一次的に他人のものである何かに向けて感じるものであるとした。　②この二者の定義によれば、嫉妬は羨望やねたみとは異なり、根本に喪失感が存在していることが分かる。

　弟や妹を持った幼い子供にもよく観察される現象であることからも分かるように、嫉妬は人間にとって本能的な感情だ。　飼い犬などの動物でも報告されるのを見れば、感情を持つ動物に遍く共通するものかもしれない。　いずれの場合も、自分が享受すべき愛情が、自分と同等、もしくは自分よりも下であったはずの存在に向けられることによって生じる喪失感が原因となっている。　自分よりも明らかに格上の人間が、それに見合うだけの幸福を手にしていても、それは嫉妬の対象とはならない。　その場合に感じるのは羨望であり、自分もあのようになれればよいという願望である。　また、自分よりもはっきりと格下の人間が、それなりの幸福を手にした時も、嫉妬は生じない。自分の側に気持ちの余裕があり、素直に③祝福してやりたい気分にすらなる。　問題は、自分と同等か、格下だと思っていた人間が、自分が手に入れるはずだった幸福を手に入れた時である。　この時、人は怒りに狂うことになる。　嫉妬の対象とされる人間にとっては納得できない話であるが、本人はそこに喪失を感じているからである。

　大人になると、人は嫉妬を恥ずかしいものと考え、自制に努めるようになる。　しかしそれは、あくまで表向きの話であり、実際には相手の仕事を妨害したり、陰口をたたいたり、嫌みを言ったりといった、より陰湿な形で表面化してしまうことが多い。

(注) 羨望(せんぼう): うらやましく思うこと

59 本文によると①嫉妬について正しく述べていないものはどれか。

1 自分のものが奪われそうになった時に感じる感情

2 感情を持つ動物に共通している感情

3 人間にとって本能的な感情

4 自分より偉い人に対する喪失感

60 ②この二者の定義とあるが、どんな定義なのか。

1 嫉妬は自分のものになるはずの物がなくなった時に生じ、ねたみは他人の幸福が我慢できない時に生じる怒りである。

2 嫉妬は自分のものが失われそうになる時に生じ、ねたみはいつも一次的に他人のものに対して感じるものである。

3 羨望は他人の幸福が我慢できない時に生じ、ねたみは自分の幸福が奪われた時に生じるものである。

4 嫉妬は他人の幸福がほしくなった時に生じ、羨望は自分より偉いと思う人に対して常に感じるものである。

61 ③祝福してやりたい気分にすらなるの理由はどれか。

1 嫉妬の生じない相手だから

2 相手が格上の人間だから

3 自分なりの幸福を手にしているから

4 嫉妬は恥ずかしい物で抑制しているから

62 本文の内容によると、次の例から最も強い嫉妬が生じると思われるケースはどれか。

1 片思いの男性が自分の友人が好きだと言った。

2 成績優秀でスポーツ万能の先輩が女子生徒に人気を得ている。

3 クラスでビリだった同級生がかなりいい大学に合格した。

4 九つも下の妹がお金持ちの男性と結婚して幸せに暮らしている。

問題11　次のＡとＢは仮想現実の活用について書いたものである。　ＡとＢ の両方を読んで、後の問いに対する答えとして、最もよいものを、1・ 2・3・4から一つ選びなさい。

A

　　今は自分が経験するよりも先に、ありとあらゆる体験的な情報を、様々なメディアを通じて得ることができる。　例えば、人は死を前もって経験できないが、テレビや映画、またはゲームが提供する一種の仮想現実を通じて何度となく擬似的（ぎじてき）に体験しているため、死を理解しているつもりでいる。　それだけ現実と虚構（きょこう）の区別が曖昧（あいまい）になっているわけだ。　こうした傾向については、否定的な影響ばかりが注目されているが、私の考えは違う。　人間が実際に体験できることは非常に限られている。　しかし仮想現実を利用すれば、擬似的（ぎじてき）な体験を無限に拡張することができる。　私は、むしろ人間がより人間らしく生きていくための道具として、積極的に活用できるはずだと考えている。

B

　　中毒治療プログラムは認知行動療法の一種です。　受診者はまず、動画解説により中毒に関する理論的な背景を学びます。　次に、専用のメガネを装着し、３Ｄの動画を視聴します。　最初に、いかにも飲酒したくなるような楽しい会食の映像が始まり、画面上の向かいの客から酒を勧められます。　立体視のおかげで、近づいてくる相手のグラスがとてもリアルです。　同時に「あなたは、酒の楽しさに身を任せています」というナレーションも入ります。　しばらくすると明け方の場面に変わり、主人公が嘔吐（おうと）に苦しみながら街頭をさまよって負傷し、ついには死に至る様子が映し出されます。　ここでは匂い発生装置まで動員し、吐瀉物（としゃぶつ）や倒れて流血した際の血の匂いまでが再現されます。　このように仮想現実を通じた擬似（ぎじ）体験が蓄積することで、受診者はやがて、現実世界でも酒に対し嫌悪感を覚えるようになるのです。　その嫌悪感によって、以前までの飲酒と結びついた快楽の記憶が抑制されるようになれば、酒への依存を絶つことができます。

63 仮想現実を利用することについてＡの筆者とＢの筆者はどう述べているのか。

1 Ａの筆者とＢの筆者、両方とも仮想現実を利用することに主観的である。

2 仮想現実を利用することにＡの筆者は主観的でＢの筆者は客観的である。

3 Ａの筆者とＢの筆者、両方とも仮想現実を利用することに否定的である。

4 仮想現実を利用することにＡの筆者は否定的でＢの筆者は肯定的である。

64 ＡとＢ、それぞれ触れている内容として正しいのはどれか。

1 Ａは擬似的な体験に対して否定的で具体的な声に触れている。

2 Ｂでは仮想現実を利用することを積極的に勧めている。

3 Ａでは仮想現実を通じるより、メディアを通じて得る情報の方が使い道があることに触れている。

4 Ｂは擬似的な体験の具体的な例を取り上げてその結果にまで触れている。

**問題12　次の文章の読んで、後の問いに対する答えとして、最もよいものを、
　　　　1・2・3・4から一つ選びなさい。**

　①上歯と歯茎との境が、いつも虫歯になる。　ついこの間も、痛みだしたと思ったらどんどんひどくなり、歯医者に行く羽目になった。　治療の合間、いつもと違う歯科衛生士の女性から、普段どうやって歯を磨いているか見せるよう言われた。「そんな力の入った磨き方ではダメです。　磨けば磨くほど虫歯ができやすくなってしまいますよ」。　私は強く磨くほど汚れがとれるかのごとく、力を入れ過ぎていたのだった。　それで歯と歯茎との境界部分が摩耗してポケットのような隙間が大きくなり、一層虫歯ができやすくなっていたのだ。　磨く方向にも問題があった。　食べかすがたまるのを防ぐには、歯と歯茎の境を磨くことを意識し、水平方向にブラシを小刻みに動かさないといけないという。　この年になるまで、まともな歯の磨き方を知らなかったとは、恥ずかしかった。

　それ以来、歯を磨くのが楽しくなった。　確実に虫歯が予防できそうな自信が湧いてきたからだ。　でもそのうち、疑問が湧いてきた。　あの歯科衛生士の助言のおかげで、私は今後歯医者から足が遠ざかるかもしれない。　虫歯予防のブラッシング指導は、歯科医院の経営にはマイナスになるのではないか。

　もともと日本では②歯の管理に関する意識が低く、治療ではない定期的な検査やクリーニングを受ける患者は、ごく少数だ。　そのため欧米諸国に比べると、特に高齢層で入れ歯の使用率が高い。　こうした状況だから、日本の歯科医院は歯の治療を中心に運営している。　一方で、定期検査や予防を主とする歯科医院も全体の約1割あり、その数は増えているという。　どういうことだろうか。　日本の場合、虫歯の治療を必要としている人は、常に全人口の1割程度の水準らしい。また治療を終えた人が、再度虫歯治療に訪れるまでの平均期間は3～5年もかかる。　つまり、今虫歯になっている人より、虫歯治療の必要のない人を対象にした診療の方が、潜在的な市場は大きいのだ。　指導によって虫歯予防の意識が高まり、定期検診を受けるようになれば固定客がつくことになる。　歯の健康という受診者の利益を最優先しつつ、経営を安定させることも可能なのだ。

　私たちはとかく目先の利益に目を奪われがちだ。　ひょっとすると、患者の歯の管理に問題があることを知りつつ、指摘しないでいる歯科医院もあるかもしれない。　しかし今の競争の激しい歯科業界にあって、それは決して賢いやり方ではないし、患者を見下していると非難されても仕方がないだろう。　相手に何が一番良いかを考えな

がら、同時に利益確保の可能性を模索するのが③ビジネスの王道だ。今回の歯医者の例は、その考え方の正当性を示すものだといえよう。私も早速、次の歯科検診を予約し、予防の成果を確認しようと考えている。

---

65 ①上歯と歯茎（はぐき）との境が、いつも虫歯になるとあるが、その理由として正しくないのはどれか。

1 力を入れすぎて磨いたから

2 歯磨きを控えていたから

3 歯茎との境界部分が摩耗（まもう）して隙間ができたから

4 水平方向に歯を磨かなかったから

66 ②歯の管理に関する意識が低くとあるが、その結果は次のどれか。

1 虫歯の治療を必要としている人は人口の1パーセントに達している。

2 歯衛生の管理する歯科がうなぎのぼりに増えている。

3 年取った人の入れ歯の利用率が欧米より高くなっている。

4 日本での歯科は人口の1割になっている。

67 ③ビジネスの王道について筆者はどう述べているのか。

1 激しい競争で勝ち抜くための賢い手を探して利益を追求していくこと

2 消費者のニーズに基づいて利益を追求する行動を正当化すること

3 徹底的に消費者の管理を行う同時に、消費者の利益を追求すること

4 目の前の利益にとらわれず、今後利益確保の可能性をアップする方法を探すこと

68 本文によると筆者の考えとして正しいものはどれか。

1 日本の歯科医院は固定客を確保する最中である。

2 日本の歯科医院は歯の治療を中心に運営しなければならない。

3 定期検査や虫歯の予防を主とする歯科医院を増やしてほしい。

4 虫歯予防のブラッシング指導は、歯科医院の経営にはマイナスになる。

問題13 次は、ミツイ市で運営している貸農園の案内文である。 下の問いに
対する答えとして、最もよいものを、1・2・3・4から一つ選びなさ
い。

69 松田さんは農園をなるべく安く借りていろんな野菜を栽培したい。 子供と一緒
にやるので、 施設完備の所がいいと思う。 そして、 農機具がないので借りた
い。 どの農園を借りればいいか。
1 紫ファーム
2 ヤマモリファーム
3 タニマファーム
4 松井ファーム

70 大田さんは農園が初めてでどうやるのかがわからないので、 教えてもらいなが
らやってみたい。 何でもいいから栽培してみたい。 そして農機具は友人から
借りられる。 どの農園をどうやって申請すればいいか。
1 アイアイファームを2018年11月25日に往復はがきを作成して市役所へ
出す
2 ヤマモリファームを2019年11月22日に往復はがきを作成して市役所へ
出す
3 イトファームを2018年12月30日に市役所に行って申請書を作成して出
す
4 タニマファームを2018年12月5日に市役所に行って申請書を作成して
21000円と出す

ミツイ市の市民ふれあい農園

貸農園では土にふれ、自然に親しみ、農作物を育てる喜びを手軽に楽しめます。ご家族、お友達と一緒に貸農園をはじめてみませんか？

農園名	面積	利用料・年	施設
紫　ファーム	30m²	10,000 円	休憩所、トイレ、シャワー室、駐車場、ロッカー室
アイアイ　ファーム	30m²	32,400 円	休憩所、トイレ、更衣室、駐車場、ロッカー室、農機具置き場 (必要に応じて栽培指導が受けられる , 栽培する品種によって制約あり)
グリーン　ファーム	30m²	5,500 円	休憩所、トイレ、農機具置き場
ヤマモリ　ファーム	30m²	19,440 円	休憩所、トイレ、シャワー室、駐車場、貸し出し用農機具 (必要に応じて栽培指導が受けられる)
イト　ファーム	30m² 90m²	21,000 円 35,000 円	休憩所、トイレ、駐車場、貸し出し用農機具、農機具置き場 (必要に応じて栽培指導が受けられる、栽培する品種によって制約あり)
モリモリ　ファーム	30m²	16,500 円	休憩所、トイレ、シャワー室、更衣室、駐車場 (栽培する品種によって制約あり)
タニマ　ファーム	30m²	21,000 円	休憩所、トイレ、シャワー室、農機具置き場、駐車場、貸し出し用農機具 (必要に応じて栽培指導が受けられる)
ナカイ　ファーム	42m²	4,000 円	休憩所、トイレ、駐車場
松井　ファーム	40m²	7,000 円	休憩所、トイレ、更衣室、シャワー室、駐車場、貸し出し用農機具 (栽培する品種によって制約あり)
小田　ファーム	25m²	5,000 円	近所の旅館のトイレ利用可

【対象】　ミツイ市民またはミツイ市にお勤めの方

【利用期間】　2019年1月―2019年12月

【応募方法】

1. 葉書にご希望の農園とご利用者のご住所、お名前、お電話番号をご記入後、ミツイ市役所市民課農園係までお送りください。

　　＊往復はがきをご利用ください。

2. 希望者が多い場合は抽選となります。

3. 締切: 2018年11月30日

4. ご利用料のお支払いは2018年12月30日までです。

【お問い合わせ】　ミツイ市役所市民課農園係　☎　03－123－5678

N1

聴解

(65分)

受験番号	

名前	

問題1 〔068〕〜〔073〕

　問題1では、まず質問を聞いてください。　それから話を聞いて、問題用紙の1から4の中から、最もよいものを一つ選んでください。

1番
1 里川選手
2 木村選手
3 中田選手
4 北川選手

2番
1 セール中というリンクを目立たせる
2 体験談のリンクを目立たせる
3 製品紹介のリンクを目立たせる
4 ホームページへのアクセスをしやすくする

3番
1 情報をまとめる
2 コラムのテーマを決める
3 企画書を書く
4 打ち合わせに参加する

4番

A 衣類を箱に入れる	B 食器類をシートで包む
C 食器類を箱に入れる	D 衣類の箱を運ぶ
E 家具を包装しておく	F パソコンのバックアップをとる

1 AとF

2 BとC

3 AとBとD

4 AとBとF

5番

1	2
おいしい"楽しみ"がある オーバータッチ 株)オトキ	**おいしい"楽しみ"がある** オーバータッチ 株)オトキ
3	4
おいしい"楽しみ"がある オーバータッチ 株)オトキ	おいしい"楽しみ"がある オーバータッチ 株)オトキ

6番

1 婦人服を前面に押し出す

2 明るい色の紳士服を目立つように展示する

3 婦人服と紳士服を頻繁に位置を替える

4 紳士服をマフラーなどと組み合わせて展示する

問題 2 　🎧074 ～ 🎧080

　問題 2 では、まず質問を聞いてください。 そのあと、問題用紙の選択肢を読んでください。 読む時間があります。 それから話を聞いて、問題用紙の 1 から 4 の中から、最もよいものを一つ選んでください。

1 番

1 小説 「家路」 が映画化されるのを記念するため

2 小説 「天に届くように」 が映画化されるのを記念するため

3 小説 「家路」 がたくさん売れたことを記念するため

4 小説 「天に届くように」 がたくさん売れたことを記念するため

2 番

1 個性的な曲

2 舞台の演出力

3 歌詞の言葉づかいの巧みさ

4 パワフルな表現力

3 番

1 値段も安くて、 伸縮性や防水性、 撥水性が高いところ

2 汗を即座に蒸発させる繊維を使ったところ

3 アウトドアウェアとアンダーウェアを一つの商品にしたところ

4 卓抜な速乾性と保温性を備えているところ

4番

1 庶民が使っていた点
2 貴族が使っていた点
3 保存状態がいい点
4 豪華な絵が施されている点

5番

1 大した経験ではないが、何か必ず学べるところ
2 語学の学習が完璧にできて異文化に接することができるところ
3 自信がついて、国際的なネットワークが作れるところ
4 留学の経験は自分の人生によりいいエネルギーとなるところ

6番

1 赤字が続いて
2 人手不足で
3 支援が打ち切られて
4 トラブルがしょっちゅう起きて

7 番

1 運動前後にだけ摂る
2 運動の前と運動中に摂る
3 運動中にお腹が減ったら摂る
4 運動前後と途中に摂る

問題3 🎧081 〜 🎧086

　問題3では、問題用紙に何も印刷されていません。　この問題は、全体としてどんな内容かを聞く問題です。　話の前に質問はありません。　まず話を聞いてください。　それから、質問と選択肢を聞いて、1から4の中から、最もよいものを一つ選んでください。

- メ　モ -

問題4 🎧087 ～ 🎧100

　問題4では、問題用紙に何も印刷されていません。まず文を聞いてください。それから、それに対する返事を聞いて、1から3の中から、最もよいものを一つ選んでください。

- メ　モ -

問題5 🎧101 ～ 🎧103

問題5では、長めの話を聞きます。 この問題には練習がありません。

メモをとってもかまいません。

1番、2番

問題用紙に何も印刷されていません。 まず話を聞いてください。 それから、質問と選択肢を聞いて、1から4の中から、最もよいものを一つ選んでください。

- メ　　モ -

3番
<ruby>番<rt>ばん</rt></ruby>

まず<ruby>話<rt>はなし</rt></ruby>を<ruby>聞<rt>き</rt></ruby>いてください。 それから、<ruby>二<rt>ふた</rt></ruby>つの<ruby>質問<rt>しつもん</rt></ruby>を<ruby>聞<rt>き</rt></ruby>いて、それぞれ<ruby>問題用紙<rt>もんだいようし</rt></ruby>の1から4の<ruby>中<rt>なか</rt></ruby>から、<ruby>最<rt>もっと</rt></ruby>もよいものを<ruby>一<rt>ひと</rt></ruby>つ<ruby>選<rt>えら</rt></ruby>んでください。

質問1
<ruby>質問<rt>しつもん</rt></ruby>1

　　1 猫型ロボット

　　2 友達になってくれる人形

　　3 お金を作るロボット

　　4 母の代わり役のロボット

質問2
<ruby>質問<rt>しつもん</rt></ruby>2

　　1 猫型ロボット

　　2 友達になってくれる人形

　　3 お金を作るロボット

　　4 母の代わり役のロボット

N1

實戰模擬試題
答案及解析

文字・語彙

問題1　1 1　2 4　3 1　4 2　5 4　6 4

問題2　7 1　8 3　9 2　10 4　11 3　12 2　13 1

問題3　14 4　15 2　16 3　17 1　18 3　19 2

問題4　20 1　21 4　22 3　23 2　24 1　25 4

文法

問題5　26 3　27 1　28 2　29 2　30 4　31 3　32 2　33 4　34 4　35 1

問題6　36 2　37 4　38 3　39 1　40 1

問題7　41 4　42 4　43 3　44 1　45 3

讀解

問題8　46 1　47 1　48 3　49 3

問題9　50 2　51 2　52 1　53 3　54 3　55 4　56 3　57 4　58 1

問題10　59 4　60 2　61 1　62 1

問題11　63 2　64 4

問題12　65 2　66 3　67 4　68 3

問題13　69 2　70 1

聽解

問題1　1 4　2 2　3 4　4 1　5 1　6 4

問題2　1 2　2 3　3 3　4 3　5 4　6 2　7 4

問題3　1 2　2 4　3 3　4 2　5 4　6 4

問題4　1 3　2 3　3 2　4 1　5 3　6 3　7 2　8 3　9 1　10 3
　　　　11 1　12 3　13 2　14 1

問題5　1 3　2 4　3 (1) 2　(2) 4

相互 (そうご) 相互
寝相 (ねぞう) 睡相

問題 1　請從 1・2・3・4 選項中選出底線單字的最佳讀法。

1
似乎人脈愈廣，工作上升官發財的機率就愈高。
静脈 (じょうみゃく) 靜脈

2 為了變聰明，請學會操縱知識的能力。
すばしこい 行動敏捷的，腦筋靈活的
せこい 小氣的，小鼻小眼的
しつこい 糾纏不休的

3
敝社對一整年都有顯著功績的員工予以表彰。
著 (あらわ)す 著述
著 (いちじる)しい 顯著的

4
他在音樂劇及廣告歌曲等多種音樂領域都發揮其才華。

5
所謂流行，都是一窩蜂過後就馬上退燒，一直在循環。
潰 (つぶ)れる 壓壞；浪費掉
掠 (かす)れる 字模糊不清；聲音嘶啞
崩 (くず)れる 崩潰，倒塌

6
前往致意時，伴手禮的行情都落在 3000 日圓到 5000 日圓左右之間，不用帶太過於高級的禮品。
相容 (あいい)れない 勢不兩立
相変 (あいか)わらず 依然
相性 (あいしょう) 八字相合；性情相投
相次 (あいつ)ぐ 一個接一個；接替
相乗 (あいの)り 共乘
外相 (がいしょう) 外交部長
首相 (しゅしょう) 首相
相応 (そうおう) 相稱

問題 2　請從 1・2・3・4 選項中選出放進括號裡的最佳漢字。

7
揚棄建構至今的生活，再從身無分文中重新出發委實太過於有勇無謀。

8
原以為會順利達成協議的交涉竟停滯不前。
うっとり 出神
ふんわり 輕飄飄地
こっそり 悄悄地
Tip　其他發音相似的副詞
何 (なん)なりと 無論什麼
ひんやり 感覺微寒
むりやり 強迫

9
經常看到很多人穿寬褲擺的牛仔褲，似乎是正在流行。
Tip　含「見」的複合動詞
見通 (みとお)す 從頭看到腳；一眼望盡
見落 (みお)とす 漏看
見出 (みいだ)す 找到，發現
見合 (みあ)わせる 互看；對照；暫停
見過 (みす)ごす 漏看；饒恕
見違 (みちが)える 錯看

10
儘管企圖一掃員工對經營團隊的不信任感，但反而適得其反，愈演愈烈。

11
燉煮一段時間的肉及馬鈴薯都很入味，變得更好吃了。
潤 (うるお)う 濕潤；補貼
沈 (しず)む 下沉；落魄；沉悶
溶 (と)ける 溶化

12

這張桌子是自長女出生後便用了 20 年，有很深的感情。

13

偷取競爭公司的經營手法企圖擴展自己公司的業績。

データベース 資料庫

ベテラン 菁英；老鳥

モット 格言，座右銘

問題 3　請從 1・2・3・4 選項中選出最接近底線單字意義的字。

14

以前原以為北村先生是個無情的人，但這件事情卻讓我覺得他是個相當溫柔的人。

15

他一定是故意踩我的腳的。

いやいや 不願意，不喜歡

うっかり 不小心　　さっさと 迅速地

16

對您造成麻煩困擾，我由衷向您致歉。

17

從自己的錢包掏錢上學的人其幹勁聽說很驚人。

故意 (こい) 故意　信頼 (しんらい) 信頼

自身 (じしん) 自身

18

對失敗不需感到害怕，好好站起來面對它！

焦 (あせ) る 慌張　悩 (なや) む 煩惱

悔 (くや) む 悔恨

19　去戰場採訪的兒子平安回家真是安心不少。

問題 4　請從 1・2・3・4 選項中選出提示單字的最正確用法。

20

閑静 (かんせい) 清靜的

1　我家位於距商店街頗遠的一個靜謐的地方。

2　閑散 (かんさん) としていて

3　安定 (あんてい) した

4　安静 (あんせい)

21

たやすい 輕易的

1　楽 (らく) な

2　易 (やさ) しい

3　簡単 (かんたん) な

4　原以為是個可以輕鬆解決的問題，卻比預期多花了很多時間。

Tip　「簡單的」意思的字彙

容易 (たやす) い 輕而易舉的

簡単 (かんたん) だ 簡單的

易 (やさ) しい 簡單的

22

察 (さっ) する 推測；判斷

1　うかがって

2　推移 (すいい) されている

3　母親是唯一就算我什麼也沒說也能體察我的心情並安慰我的人。

4　観察 (かんさつ) する

23

内訳 (うちわけ) 明細；分類

1　内容 (ないよう)

2　出差後，只要把出差費用的明細拿給公司看便能全額給付。

3　言 (い) い訳 (わけ)

4　真実 (しんじつ)

24

食 (く) い違 (ちが) う 不一致；有分歧

1　目擊該事件的多個人各自講出不一致的證詞。

2　外 (はず) れた

3 外（はず）れた
4 逸（そ）れない

25

過密（かみつ）　過於密集
1 偏重（へんちょう）
2 密集（みっしゅう）していた
3 過剰（かじょう）
4 這次的旅行安排過於密集，搞得大家精疲力竭。

文法篇｜實戰模擬試題　答案及解析

問題 5　請從 1・2・3・4 選項中選出放進下列句子括號裡的最佳漢字。

26

不管父母親有多擔心，小孩子都有隨心所欲行動的傾向。
・～をよそに 無視～
・～をおして 勉強冒著～
・～をものともせずに 不把～當一回事
・～をなおざりにして 忽視～
・～をおいて 擱著～不管

27

談到我爸，家人一起吃飯時也是隨手一份報紙，眼睛死盯著不放，連頭都不抬一下。
・動詞意志形＋ようともしない 連～也不想

28

我打算今年夏天前往紐西蘭。不過，前提是能夠請到長假。
・ついては 關於～
・かつ 而且　・しいて 勉強地

29 （畢業後，返回母校）
田中　「渡邊老師，久未跟您問候。您還記得我嗎？我是 3 年 B 班的田中俊雄。」

30

雖然沒有比很有錢更好的事了，但我不想執著於金錢。
・～にこしたことはない 沒有比～更好的了

31

井上　「岡田，下個禮拜的登山大賽，你會參加吧？」
岡田　「嗯，因為他們講說一定要全員參加。」
井上　「啊～，那天是我的結婚紀念日，所以跟老婆早有安排了。我老婆她也期待很久。」
岡田　「我想，視當天天候狀況也有可能延期。要不要來祈禱當天下場豪雨之類的？」
・名詞＋次第で 端看～＝～のいかんによって

32

一旦讓父母親知道我跟已婚男性在交往鐵定很困擾。
・～ては 既然～

33

公司要發展，不光是靠身為老闆的我一個人的努力。是拜各位員工幫忙所賜。
・名詞＋あっての＋名詞 正因為有～才～

34

我想正因為有徹底調查，事故的原因才能水落石出。
・～と思われる 認為；有可能～

35

開始打工快要 2 個月了，我在想要辭職了。該怎麼跟店長說才好呢？
・動詞使役形＋てもらう 請讓我～

問題6　從1・2・3・4中選出一個最適合填入下列句子中的 ＿＿★＿＿ 的選項。

36
「あかちゃん」的漢字之所以寫成「赤ちゃん」，是因為「赤」裡似乎帶有純粹的意思，而所謂赤ちゃん，也就是潔白無暇的孩子之意。（**3124**）

37
好朋友岡田都會提醒我之前犯的錯，是非常可貴的一個人。（**3142**）

38
椎名這名歌手針對被週刊報導說有染毒的嫌疑因而名譽受損，並以此對其提起訴訟。（**4231**）

39
據說和Ａ公司合併，是因為判斷出光公司的經營能力是無法完全因應不景氣的關係。（**2143**）

40
木村　「佐惠子小姐，聽說妳考上知名龍頭企業啦？恭喜妳！」

佐惠子「謝謝你！你呢？還沒…？」

木村　「我還早咧。之前想考Ａ公司結果沒考上。搞不好是因為我英文不好才落榜。」

佐惠子「沒有啦，英文能力固然重要，但我認為這個世界還沒到光會英文就能找到好工作的地步哦！再加點油！」（**2413**）

問題7　閱讀完下列文章，思考全篇內容後從1・2・3・4中選出一個最適合填入41～45的選項。

才覺得很閒，就聽到廣播說要辦個操舵室參觀團，要大家集合起來——這真是求之不得的提議。也不能被留下來，所以我急急忙忙地從床上跳起來，快跑到大廳集合處。先集合完畢的團員們似乎已經開始移動了，我也跟在後頭，從3樓會客室裡面的窄門爬上控制區域的樓梯。盡頭處，穿過些許灰暗的船員們空間後就是操舵室。

進到裡面來後發現，前方是圓圓的一整面玻璃，開放感十足，景致更是沒話說。朝陽照耀著湛藍的海，其對面的陸地的暟白山巒就像合唱團似地肩並著肩。海的湛藍和山的暟白的對比，幫我把時至昨日悶悶的心情一掃而空。果然，我還是覺得人生中，旅行是生活的潤滑劑。旅行中，有種超越單純非日常的娛樂、淨化心靈的作用。

擠滿窗邊的團員們原本驚聲四起，卻又馬上轉為鼓舞歡聲。隨著他們的視線望去，海豚跳躍海面的身影正映入眼簾，真是一份意想不到的禮物。牠們光滑的身軀勾勒出優雅的弧線在海面上交錯前進，不知不覺間，我也對牠們歡呼了起來。

問題8　閱讀下列（1）～（4）的文章並回答
　　　　問題。從 1・2・3・4 中選出一個
　　　　最適合的答案。

（1）

還書期限通知服務實施細則

・2019 年 1 月 1 日起開始實施。
・還書到期日二天前用電郵通知。
・僅限電郵收信設定完全的書友，故敬請
　登錄。
・請上石木市立圖書館網頁進行登錄.
・登錄方法

網頁登入

我的網頁

通知電郵收信設定

請在「還書到期日的通知電郵」欄位
勾選「收取」

・請務必確認書友資訊當中的信箱地址。
・希望電郵和手機都能收到通知的書友請
　務必填妥手機號碼。
・通知服務從登錄 3 天後自動開啟。
・詳細說明或洽詢請洽 044-123-6789
　　　　　　　　　　　　　館長　大森達也

46 下列選項中何者符合上述內容？
1　登錄完畢後才會收到該服務。
2　說是通知沒來就不能去還書。
3　這項通知只限電郵，不支援手機。
4　登錄後馬上可享服務。

（2）

（股）福井商業
管理課　新井 敦先生

　　　　　　Cinnamon 物產股份有限公司
　　　　　　　　　　管理部 本村拓哉

敬啟者

　平日承蒙特別的惠顧，深表謝意。
　對於這次寄錯商品一事，敝公司誠摯地
致上歉意。經調查後發現，是商品出貨時
管理上出現問題了。
　平常出貨前敝公司都會實施雙重檢查，
而這次貴公司所訂講的商品原屬特別訂購
品，所以似乎並沒有通過出貨前的檢查線
便直接出貨了。今後，敝公司定會無微不
至地細心檢查，以免重蹈像這次的覆轍。
　我們已立即為貴公司重新寄上該商品。
若已寄達，煩請再行確認。對貴公司造成
麻煩困擾，敝公司再次致上十二萬分的歉
意。
　另，隨貨附上的是敝公司本地的特產品
和式點心。以此致歉不成敬意，還望貴公
司笑納。
　再次謹以書面向貴公司致歉。

敬上

47 下列選項中何者符合上面文章的內容？
1　是一封針對寄有缺陷的商品給人家的道歉
　　信函。
2　之前，寄錯的是特產品一和式點心。
3　福井商業在出貨前檢查商品 2 次左右並將
　　該商品寄給了 Cinnamon 公司。
4　福井商業會連同這封信一起寄出道歉用的
　　禮物。

（3）

男女陷入熱戀時，因為有所謂的相似性、互補性二種原理互動作用，方能深化建構和對方的關係。在剛開始交往的階段，最為關鍵的莫過於相似性，而隨著關係深化，漸漸顯得舉足輕重的就屬互補性了。不過，由於超凡脫俗的優秀美女其自我肯定感極高，所以一開始就會受到訴諸互補性男性吸引，所以據說更可以加快速度陷入熱戀。所謂自我肯定感是指覺得自己很重要且具價值，這種想法強且優越的美女並不會要求在相似性方面有所契合，聽說反而對和自己魅力迥異的男性會非常感興趣。

48 根據本文所示，下列關於戀愛時的互補性的敘述何者正確？
1 是開始交往時擔任重要角色的要素
2 是具價值的男女其提高魅力的要素
3 是吸引自我肯定感高的女性的要素
4 是向對方推銷自己時比相似性更該具備的東西

（4）

我們很容易在劇變中迷失自己。而今後的社會只會產生更激烈的變化，要加以掌握應該相當困難。於是，我們必需試著回首前塵。沿著過去時間洪流記錄下來的歷史不僅僅是記憶過去事實的工具，而是長期標記時代變化的刻度，亦是照亮我們未來的方針。

49 關於本文中提及的「歷史」，作者的想法為何？
1 是為了將來掌握世界變化、記憶過去的工具。
2 是能夠比較劇變的現代和過去的重要資料。

3 是為了配合社會變化過程步調顯示今後該走的道路的工具。
4 是回首社會變化過程、檢視至今事件的工具。

問題 9　閱讀下列（1）～（3）的文章並回答問題。從 1・2・3・4 中選出一個最適合的答案。

（1）

想必大家都聽過「一一二三四五五」這個詞吧？這是指連週六日都不休假繼續工作的意思。全世界的平均工作時間是 1725個鐘頭，而日本則是 1745個鐘頭。一看就知道數值是超過世界均值的。如果對工作的意識不變，那麼這個數值也不會有變化。

歐洲各國地區都用「得出什麼樣的結果」來評價工作。另一方面，日本則比較重視「勤奮工作的身影」。且似乎對於加班這檔事的想法也有差別。雖很多日本人覺得工作沒做完就不回家，但歐洲人則以時間為優先，處心積慮地想在＊＊點前把工作弄完。

由於不明確訂定時間，所以就算到了下班時間工作也還沒弄完，在無法專注的狀態下拖拖拉拉地導至得加班。說得過份一點，日本人加班，充其量只是想讓人家看到他勤奮工作的身影而已。日本人的平均加班時數是一個月 46 個鐘頭，就此看來，①原因不言而喻。相反地，歐洲當中的法國則是一週一般上班 35 個鐘頭，加上加班 4 個鐘頭，總計一週上班 39 個鐘頭，此乃一般雇用契約規定。拿日本人一個月工作 22—23 天計算，含加班的話則一天等於工作 10 個鐘頭。

不討厭為視為目標的成果而「忙」的歐洲人 vs 為忙而「忙」的日本人。另外值得一提的是，對於休有薪假有罪惡感的日本人其比例乃世界第一。而歐米人士之所以總讓人看起來是悠哉遊哉的原因便自②此而來。「一一二三四五五」這句慣用句的生成或許是「勞者多能」這種印象早已在日本根深蒂固所致。

50 文中提及①原因不言而喻，是為什麼呢？
1 之所以一般認為歐美人士的工作時間短是因為日本人的工作時間高於世界均值
2 加班時間比歐美來得長是因為日本人的加班是想讓人看到他拚命工作的身影的手段
3 之所以重視拚命工作的身影其原因是日本的雇用契約條件有別於歐美
4 為了在重視過程多於結果的日本社會存活下來，加班乃不可或缺

51 文中提及②此，具體而這是指什麼呢？
1 重視長時間工作的風潮
2 依成果判斷一切的風潮
3 不可以請假的風潮
4 加班時間愈長愈好的風潮

52 下列何項敘述不符合作者所說的內容？
1 法國人的平均加班時間是一個月大約 12 個鐘頭。
2 日本人當中幾乎沒有人會好好地請有薪假。
3 有必要從根本重改日本的工作時間或對於加班等的意識。
4 歐美人士是為了成果，而日本人則是為讓人評價忙碌的身影而加班。

(2)

①資訊機器的發達把我們從無聊的時間當中解放開來。只要打開電視，除了半夜之外，起碼都可以找到一個會讓你感興趣的節目。而要是有電腦的話，透過網路連線，能獲取的資訊就更是無邊無際。繼而到了智慧型手機，單手操作超方便，拿著還能到處跑。

提早到達約好的地點，正在等朋友的時候。本來這是一段沒什麼事要做的時光。現在的話，則可以活用這段空檔，隨心所欲地蒐尋資訊並加以利用。有人會閱讀一下最新的新聞，有人則確認一下待會兒要去的店家評價好不好，還有人甚至開始繼續打剛剛在家還沒打玩的電動。

可是，只要像這樣地持續盯著智慧型手機看，周圍的風景將無法映入眼簾。萬一，我們沒智慧型手機可用的話會怎麼樣啊？只要不看遠方國家的新聞來殺時間，那麼照理說我們就可以透過眼前熙來攘往的路人裝扮感受到季節變化。也照理說就會有空到處晃晃，不經意地佇足在某家店前，和不認識的老闆搞熟一點。又或者閒得發慌地若有所思，突然間就發現上一次朋友為什麼不高興了。這個機器雖然方便，卻也剝奪了如此這般的各種②可能性。我稱之為③破壞性的方便。

53 本文提及的①資訊機器的發達，其帶來的問題是什麼呢？
1 多出浪費的時間。
2 多出空閒的時間。
3 變得對周遭漠不關心。
4 變得能善用多餘的時間。

54 本文提及②可能性，具體而言是指什麼樣的可能性呢？下列敘述何者正確？
1 想出驚人事情的可能性
2 繼續打電動的可能性

3 發現季節變化的可能性
4 快樂殺時間的可能性

55 本文提及的③破壞性的方便是指什麼呢？
1 人類不妨加以享受的方便
2 今後該謀求的方便
3 人類不可獲取的方便
4 放棄其他事情換得的方便

（3）

有人說，若考慮懷孕、生產、哺乳等身體機能特徵的話，那麼女性基本上就擔任家事，主要就是照顧家人，這是極為自然且合理的。繼而，男性則應該跑外面，當經濟支柱。不過，有人卻有①不同的意見，認為所謂女人味、男人氣概等概念只不過是社會創造出來的一種慣性價值觀而已。非關男女，人只要去選擇最適合自己的生活樣式就好，社會應該認同多樣性。前者主張家人的傳統價值，後者則訴求個人的自由。其隔閡不可謂不大。

然後，其②立場的差異乃超越人類觀，甚至已擴及社會觀、國家觀的對立了。覺得所謂男人氣概、女人味是自明之理的人們，也同時認為傳統的家人才能劃出健全的地區社會的輪廓，進而成為國家的基礎。更認為之所以少子化日趨嚴重，③繭居族、缺乏動力孩子愈來愈多也全是理想的家庭環境愈來愈不容易維持所造成。說是藉由已經產生裂痕的家族制度重生，國家亦能活力再現。另一方面，若從自由主義的想法切入來看，說是強行灌輸封建的性角色的家族制度，也只是國家壓抑個人，侵害國民幸福追求權的策略。另外，也認為無視同性戀等性少數人權的問題點也是不容忽視的。

56 本文提及①不同的意見，是指什麼呢？
1 認同性角色
2 重視已根深蒂固的價值觀

3 認同多樣性
4 傳統家族會支撐國家

57 本文提及②立場的差異，是指什麼樣的差異呢？下列敘述何者不正確？
1 是否要清楚區隔男女角色
2 是否該維持理想的家庭
3 性角色是否會侵害國民的幸福追求權
4 是否該遏止少子化日趨嚴重

58 本文提及③繭居族、缺乏動力孩子愈來愈多，若從認同這篇文章的「女人味、男子氣概」等概念的人來看，其原因為何？
1 男主外、女主內等性角色清楚的理想家庭崩壞
2 維持男女固有的習性、接受多樣化的社會崩壞
3 擁有自由想法的人或追求自我幸福的人其層級遭破壞
4 追求家族傳統樣貌或個人自由的權利遭剝奪

問題 10 問題 10 閱讀下列文章並回答問題。從 1・2・3・4 中選出一個最適合的答案。

所謂①嫉妒，是指別人手上握有自己所沒有的東西時產生的一種情感。這情感雖肉眼看不到，但大多數人在別人眼中看來其言行舉止在在受到嫉妒驅使。嫉妒，在別人眼中實屬醜陋，也都會被看不起。另一方面，嫉妒這個字裡也多少含有些曖昧，例如，當有人說「也未免太美了，真令人嫉妒」時，它同時也發揮了開玩笑的功能，不太感受得到否定的語氣。甚而在某些場合，嫉妒和羨慕有時似乎也會被混淆。

17 世紀的法國貴族—法蘭索瓦・德・拉羅希福可公爵曾說，所謂嫉妒，是指「自己擁有的幸福，或認定已擁有的幸福

看似被剝奪時所感受到的情感」。另一方面，他認為羨慕則屬於「無法忍耐別人的幸福時所產生的憤怒」。另外，德國的精神醫學家－特倫巴哈則定義，嫉妒是自己對屬於自己的某種東西產生喪失的恐懼時的反應，吃醋則是經常且一次性地對別人的某種東西有所感受。根據②這二位的定義我們瞭解到，嫉妒，和羨慕、吃醋不同，是根本存在一種喪失感。

如同我們觀察下有弟妹的小孩子時經常看到的現象得知：嫉妒對人類而言，是種本能性的情感。家犬等動物也常有報告指出，嫉妒，或許是擁有情感的動物普遍共通的東西。而不管是什麼情況，嫉妒的生成原因就是自己該享受到的愛情，被和自己同等或應該不如自己的對象給扭轉時所衍生的一種喪失感。就算層次明顯比自己來得高的人獲得相應的幸福，那也不會變成嫉妒的對象。那時所感到的是羨慕，冀望自己也能跟他一樣就好了。另外，層次明顯比自己來得低的人獲得相應的幸福，也不會產生嫉妒。自己心情上有餘裕，③甚至還可能單純地想給予祝福。問題就是，認為和自己同層次或比自己層次低的人，竟然把原本可以握在自己手裡的幸福給搶走的時候，此時，人都會發狂、暴怒。因為，對被嫉妒的對象而言雖然莫名其妙，但本人卻自此萌生了喪失感。

長大成人後，人都覺得嫉妒是可恥的，而企圖引以為戒、加強自制。可是，那只不過是表面話，實際上不然就是妨害對方工作，在暗地裡講壞話，找找碴…諸如此類，大多是用更陰暗的形態顯化。

59 根據本文，有關①嫉妒，下列敘述何者不正確？
1 是自己的東西快被奪走時感受到的情感
2 是擁有感情的動物共通的情感
3 對人類而言是本能性的情感
4 對比自己了不起的人所感到的喪失感

60 本文提及②這二位的定義，是什麼樣的定義呢？
1 嫉妒是應該屬於自己的東西不見時產生，吃醋則是看不得別人幸福時產生的憤怒。
2 嫉妒是自己的東西快失去時產生，吃醋則經常是一次性地對別人的東西的感受。
3 羨慕是看不得別人幸福時產生，吃醋則是自己的幸福被奪走時產生
4 嫉妒是想要別人的幸福時產生，羨慕則是對認為比自己了不起的人經常性的感受

61 下列何者是③甚至還可能單純地想給予祝福的原因？
1 因為是不會想嫉妒的對象
2 因為對象是層次比自己高的人
3 因為手握該是自己的幸福
4 因為嫉妒是可恥的而一直加以抑制

62 根據這篇文章，下述哪一個例子最容易產生最強烈的嫉妒呢？
1 單戀的男生說他喜歡自己的朋友。
2 成績優秀且擅長運動的學長很受女同學歡迎。
3 班上成績墊後的同學考上蠻不錯的大學。
4 小我 9 歲的妹妹和有錢男友結婚，過得很幸福。

問題11　下面是Ａ和Ｂ針對假想現實的活用所寫著文章。閱讀Ａ和Ｂ雙方的文章並回答問題。從１・２・３・４中選出一個最適合的答案。

Ａ

現在，在自我體驗之前，我們就能透過各種媒體得到所有體驗性的資訊。例如，人無法事先體驗死亡，但我們都透過電視、電影或遊戲所提供的一種假想，現實擬似性地體驗好幾次，所以以為已經瞭解死亡。難怪現實和虛構的區隔變得如此曖昧不清。關於這種傾向，雖大家都把焦點放在負面影響上，但我個人不這麼想。人類能實際體驗的事極其有限，可是，若利用假想現實，便能無限擴張擬似性的體驗。我倒是認為，人要活得更像人，就應視其為工具，積極地加以活用才對。

Ｂ

中毒療程是認知行動療法的一種。門診病患首先要透過動畫解說，學習關於中毒的理論背景。接著，他們要戴上專用的眼鏡來觀看 3D 動畫。一開始，螢幕會播放快樂無比的餐會影像，讓他們開始想喝酒，而畫面裡對面的客人還會舉杯勸酒。拜立體視覺所賜，對方愈來愈靠近的酒杯看起來亦十分真實。此時，畫面便開始加入旁白，說「你真是無酒不歡」。不久，畫面切換至黎明，原本的酒客痛苦嘔吐、流浪街頭、受傷最後至死的慘狀一幕幕上演。這時，味道產生裝置開始總動員，釋放出嘔吐物味道或倒下流血時的血腥味。透過累積這樣的假想現實帶給我們的擬似體驗，門診病患不久後，就算在現實世界裡也會開始對酒產生厭惡感，若能透過該厭惡感讓之前和飲酒聯結的快樂記憶受到抑制，便能斷絕對酒的依賴。

63 關於利用假想現實，Ａ作者和Ｂ作者是如何描述的呢？

1　Ａ作者和Ｂ作者都主觀認定利用假想現實這件事

2　對於利用假想現實這件事，Ａ作者較主觀，Ｂ作者較客觀

3　Ａ作者和Ｂ作者都否定利用假想現實這件事

4　對於利用假想現實這件事，Ａ作者加以否定，Ｂ作者持肯定態度

64 Ａ和Ｂ各自談到的內容上，下列敘述何者正確？

1　Ａ否定擬似性的體驗且有談到具體的聲浪。

2　Ｂ積極地推薦利用假想現實這件事。

3　Ａ談到與其透過假想現實，倒不如透過媒體得到的資訊還比較有用處。

4　Ｂ有舉出擬似性的體驗的具體例子並觸及其結果。

問題12　閱讀下列文章並回答問題。從１・２・３・４中選出一個最適合的答案。

　①上排牙齒和牙齦的接縫處總是長蛀牙。前一陣子終於開始痛了，而且愈演愈烈，最後只能跑一趟牙科。治療之間，總是被不同的女性口腔衛生師問說你平常都是怎麼刷牙的啊？請我刷給她們看。看了之後便說「刷牙不可以這麼用力。你愈刷就愈容易長蛀牙哦！」原來，我都以為刷牙愈用力，污垢就愈容易去除，所以都用力過猛。因此，牙齒和牙齦的接縫處都被刷壞而產生口袋般的縫隙，且愈刷縫隙愈大，無怪乎更容易長蛀牙了。且刷的方向原來也出問題。說是為了預防食物殘渣堆積，得刻意去刷牙齒和牙齦的接縫處，且呈水平方向、細細地刷動

牙刷。都一把年紀了才知道該怎麼刷牙，真是可恥。

自此以來，刷牙就變成一大樂事，這的確是因為內心湧現了能預防蛀牙的自信。可是，其中也仍有疑問。拜那位口腔衛生師建言所賜，我今後或許都能離牙醫遠遠的。教大眾如何刷牙以預防蛀牙，對牙科的經營豈不是不利啊？

日本原來②對於牙齒管理意識就很低，非治療的定期檢查或前往洗牙的患者真是少之又少。因此，和歐美各國相比，高齡層的假牙使用率就特別高。而基於狀況如此，日本的牙科的營運重點都放在牙齒的治療上。另一方面，以定期檢查或預防為主的牙科約占整體的一成，據說其數量還在增加當中。

這是怎麼一回事呢？就日本來說，聽說需要治療牙齒的人通常占全人口的一成左右。另外，結束療程的人又再回來治療蛀牙的平均期間則是 3～5 年。亦即，比起現在有蛀牙的人，提供療程給沒必要治療蛀牙的人其潛在市場還更大。大眾經指導後其預防蛀牙的意識便提高，而只要能定期接受檢查，客層就會進一步固定。以牙齒健康也就是門診病患的利益為最高指導原則同時，讓經營更趨安定也並非不可能。

我們都很容易被眼前的利益給沖昏頭。搞不好還有牙科明明知道病患牙齒管理出問題卻悶不吭聲。可是，在競爭激烈的牙科業界裡，這絕對不是明智之舉，就算被批評說忽視病患也是無可奈何。邊摸索邊想什麼才對對方最好，同時確保利益，這才是③商務王道。這次牙科的例子可謂揭示了這個想法的正當性吧？我想我也得趕快去牙科預約下次看診，確認一下預防的成果才是。

65 文中提及①上排牙齒和牙齦的接縫處總是長蛀牙，下列對於該理由的敘述何者不正確？
1 因為用力過猛地刷牙齒
2 因為一直很少刷牙
3 因為牙齒和牙齦的接縫處都被刷壞而產生縫隙
4 因為沒呈平行方向地刷牙

66 文中提及②對於牙齒管理意識就很低，其結果是下例的哪一項呢？
1 需要治療蛀牙的人已達人口的 1%。
2 管理牙齒衛生的牙科數量直線上升。
3 上年紀的人的假牙使用率已經比歐美來得高。
4 日本的牙科已是人口的一成。

67 關於③商務王道，作者是怎麼敘述的呢？
1 尋找能在激烈競爭中獲勝到底的聰明方法以追求利益
2 把基於消費者的需求來追求利益的行動加以正當化
3 徹底執行消費者管理的同時追求消費者的利益
4 不拘泥於眼前的利益，去尋找今後提高確保利益可能性的方法

68 根據這篇文章，就作者的想法，下列哪一項敘述正確？
1 日本的牙科正處於確保固定客層的高峰。
2 日本的牙科得把營運重點放在牙齒治療上。
3 希望把重點放在定期檢查或預防蛀牙的牙科愈來愈多。
4 教大眾刷牙以預防蛀牙，對牙科的經營是大大扣分的。

問題 13 次頁是三井市所經營的社區農圃的導覽說明。從 1・2・3・4 中選出一個選項當作下列提問的最佳答案。

69　松田先生想盡可能租到便宜的農圃以種植各種蔬菜。由於要和孩子一起做，所以設備要盡量完善。然後，他也沒有農具，所以也要順便租借。他租哪一處農圃才好呢？

1　紫農圃
2　山森農圃
3　谷間農圃
4　松井農圃

70　大田先生第一次接觸農圃所以不知如何是好，所以想在別人指導下做看看。不管種什麼都好，總之想種種看。然後，朋友可以借他農具。他要如何申請哪處農圃才好呢？

1　於 2018 年 11 月 25 日寫好附回郵明信片寄給市公所申請愛愛農圃
2　於 2019 年 11 月 22 日寫好附回郵明信片寄給市公所申請山森農圃
3　於 2018 年 12 月 30 日前往市公所填妥申請書寄出申請伊都農圃
4　於 2018 年 12 月 5 日前往市公所填妥申請書連同 21000 日圓寄出申請谷間農圃

三井市的市民交流農圃

在社區農圃裡可以碰碰泥土、親近大自然並且輕鬆享受種植農作物的喜悅。您攜家帶眷也好、和親朋好友也罷，一起挽袖下田快樂一下吧！

農圃名稱	面積	使用費・年	設備
紫農圃	30 m²	10000 日圓	休息室、廁所、淋浴間、停車場、置物櫃室
愛愛農圃	30 m²	32400 日圓	休息室、廁所、更衣室、停車場、置物櫃室、農具置放處（視需要提供栽種指導，依栽種品種設限）
綠農圃	30 m²	5500 日圓	休息室、廁所、農具置放處
山森農圃	30 m²	19440 日圓	休息室、廁所、淋浴間、停車場、出租農具（視需要提供栽種指導）
伊都農圃	30 m² 90 m²	21000 日圓 35000 日圓	休息室、廁所、停車場、出租農具、農具置放處（視需要提供栽種指導，依栽種品種設限）
森森農圃	30 m²	16500 日圓	休息室、廁所、淋浴間、更衣室、停車場（依栽種品種設限）
谷間農圃	30 m²	21000 日圓	休息室、廁所、淋浴間、農具置放處、停車場、出租農具（視需要提供栽種指導）
中井農圃	42 m²	4000 日圓	休息室、廁所、停車場
松井農圃	40 m²	7000 日圓	休息室、廁所、更衣室、淋浴間、停車場、出租農具（依栽種品種設限）
小田農圃	25 m²	5000 日圓	可使用附近旅館的廁所

【對象】三井市市民或在三井市上班的民眾

【使用期間】2019 年 1 月—2019 年 12 月

【申請辦法】

1. 在明信片上填妥想要哪一座農圃及申請者住址、姓名、電話號碼後寄至三井市公所市民課農圃組。
　＊請用附回郵明信片。
2. 意者眾時由抽籤決定。
3. 截止：2018 年 11 月 30 日
4. 使用費請於 2018 年 12 月 30 日前繳交完畢。

【洽詢電話】三井市公所市民課農圃組
　　　　　　03—123—5678

問題1

1 🎧068 P. 636

スピードスケート部のコーチと監督がリレーの順番について話しています。 3番目に走る選手は誰ですか。	競速溜冰社的教練和領隊正在聊接力賽的排序問題。要滑第3棒的選手是誰呢？

女：長谷川コーチ、再来月にある都内の試合で順番に滑るリレーの選手五人はもう決まりましたか。

男：はい。 この5人に決めました。

女：順番はどうしましょうか。 考えてみました？

男：うーん。 ᴬ⁻一番最初の人はスピードより瞬発力ですから、スターティングのよい里川選手はどうかと思いますが。

女：一番目は里川選手で、ᴮ⁻スピードのある木村選手をアンカーにしましょう。

男：はい、私もそう思いました。 ᶜ⁻二番目に走る選手は落合選手、次は中田、北川でどうでしょうか。

女：ᴰ⁻北川選手の方がコーナーが得意だから中田選手と入れ替えたらどうかな。

男：ᴱ⁻そうですね。 最近調子もいいですし。 わかりました。

女：長谷川教練，下下個月的都內比賽，依序要滑的5人接力賽人選您決定好了嗎？

男：是的。我決定好是這5個人。

女：順序怎麼安排呢？您想好了嗎？

男：嗯～。滑第1棒的人其瞬間暴發力一定要優於速度，所以我覺得起步不錯的里川選手可以考慮。

女：第1棒是里川選手，那最後1棒就交給速度極佳的木村選手吧！

男：是的，我也是這麼想。第2棒是落合選手，接下來是中田、北川，妳覺得好不好？

女：北川選手較擅長彎道，所以要不要和中田選手交換一下？

男：妳說得對。他近來狀況也不錯。那我知道了。

3番目に走る選手は誰ですか。

1　里川選手
2　木村選手
2　中田選手
4　北川選手

要滑第3棒的選手是誰呢？

1　里川選手
2　木村選手
3　中田選手
4　北川選手

解析

A 里川選手是滑第一棒的選手，所以選項1可以刪除。

B 木村選手是滑最後一棒的選手，所以選項2可以刪除。

C 滑第二棒的選手是落合選手，接著依序是中田選手和北川選手。所以可以知道滑第三棒的選手是中田選手。

D 這句話提到要將中田選手和北川選手互換，所以滑第三棒的選手換成了北川。

E 可以確定正確答案是選項4。

2　🔊069　P. 636

会社で社長と社員が話しています。女の人はホームページをどう変えますか。

男：新製品のケータイのホームページなんだけど、アクセス数はどうなっているんだ？

女：それが、依然として変わりはありません。

男：原因は何だと思う？

女：そうですね。ページのデザインではないかと思っていますが。それで、A-トップページのリンクが貼ってあるところを目立つようにしようかと思っています。

男：そう？僕が見るにはトップページから製品紹介や、使用後の体験談が載っているページへ進む人が少なくて、そちらの方を何とかしてほしいと思うんだけどな。B-特に体験談に誘導するように何か仕掛けがあったらいいと思うんだ。

女：C-はい、わかりました。D-それからセール中っていうのも前面に押し出しましょうか。

男：うーん、E-それではあまりにも派手になりすぎではないかな。

女：はい、わかりました。

老闆和員工正在公司講話。女生要怎麼改網頁呢？

男：新手機的網頁，瀏覽數量還好吧？

女：那個，還是沒什麼改變咃。

男：妳認為原因是什麼？

女：我想想。我覺得是網頁設計出了問題。因此，我在想要不要把首頁貼著連結的地方弄得更醒目點。

男：這樣啊？就我來看，從首頁進入產品介紹或使用過後體驗分享區頁面的人很少，這部分要想點辦法。特別是如果有什麼裝置可以誘導前往體驗分享區的話會很不錯。

女：好的，我知道了。然後，把那句發燒熱賣中也推到前面去好了。

男：嗯～，那樣會不會又太過於招搖了？

女：好的，我知道了。

女の人はホームページをどう変えますか。

1　セール中というリンクを目立たせる
2　体験談のリンクを目立たせる
3　製品紹介のリンクを目立たせる
4　ホームページへのアクセスをしやすくする

女人要怎麼改網頁呢？

1　把發燒熱賣中的連結弄得更醒目點
2　把體驗分享區的連結弄得更醒目點
3　把產品介紹的連結弄得更醒目點
4　把登入網頁的步驟弄得更簡單點

解析

A 從這句話沒辦法判斷要強調哪個連接。

B 可以推測正確答案是選項 2。

C 可以確定正確答案是選項 2。

D 這句話會讓人誤選選項 1。

E 老闆對強調打折中的連接作出了負面的反應，所以選項 1 是錯誤答案。

3　🎧 070　P. 636

しんぶんしゃ へんしゅうちょう 新聞社の編集長と留学生が電話で話してい ます。 留学生はこれから何をすると思われ ますか。	報社總編和留學生正在講電話。你認為留學 生接下來會做什麼呢？
男：もしもし、キムさん？ 僕、クロヒ新聞 　　社の森田ですが、この前頼んだコラム 　　なんですけど。	男：喂～，金同學？我是黑日報社的森田， 　　想跟妳談一下之前拜託妳的專欄。
女：はい、外国人から見た日本文化でした 　　よね、確か。	女：好的，是從外國人的角度所看到的日本 　　文化這個對吧？我記得。
男：あ、それが、^{A–}検討会議で決まったん 　　です。 国の文化について書いてもらい 　　たいんですが。	男：啊，那個，我們開檢討會決定好了。我 　　們想請妳寫有關自己國家的文化咄。
女：はい、いいですね。 でも、文化って 　　はばひろ 　　言ったら幅広いんですが。	女：好啊，那也可以啊。不過，提到文化， 　　它範圍很廣咄。
男：はい、それで、2、30代の女性層の目線 　　びょう いんしょく 　　でみたファッション、美容、飲食につい 　　と あ 　　て取り上げてください。 写真も1枚ぐ 　　の 　　らい載せたいんですが、よろしいです 　　か。	男：是沒錯，所以，請妳以2、30歲的女性 　　眼光撰寫時尚、美容、飲食這些部分。 　　我們也想擺上1、2張照片，可以嗎？
女：^{B–}はい、私、来週国へ帰るので、何枚か 　　撮ってきます。	女：好的，我下禮拜要回國，我會先拍個幾 　　張。
男：はい、お願いします。 ^{C–}特に最近の 　　はやり 　　流行を中心にしてその情報を簡単にま 　　とめていただけませんか。	男：好的，麻煩妳了。當中，特別是最近的 　　流行資訊能否請妳簡單地匯整一下？
女：はい、わかりました。	女：好的，我知道了。
男：それを踏まえて企画の段階から一緒に 　　ね あ 　　練り上げていきたいので、^{D–}今回の打 　　う 　　ち合わせに来ていただけませんか。	男：我們想藉此跨出企劃階段的第一步，所 　　以可以請妳來參加這次的會議嗎？
女：打ち合わせはいつですか。 私、来週一 　　じ きこく 　　時帰国しますので。	女：什麼時候開會呢？我下禮拜會暫時回 　　國，所以…。

男：E- 来週の月曜ですが、一時帰国はいつ
でしょうか。

女：F- あ、大丈夫ですね、私、木曜の飛行機
ですので。

留学生はこれから何をすると思われますか。

1 情報をまとめる
2 コラムのテーマを決める
3 企画書を書く
4 打ち合わせに参加する

男：是下禮拜一，妳回國期間是？

女：啊，那沒問題，我是禮拜四的飛機。

你認為留學生接下來會做什麼呢？

1 滙整資訊
2 決定專欄的主題
3 寫企劃案
4 參加開會

解析

A 專欄的名稱報社已經訂好了，所以選項 2 可以刪除。

B 可以知道女生也就是留學生在不久的將來要做的活動是收集訊息。

C 這句話再次強調收集訊息，會讓人誤選選項 1。

D 邀請對方在資料收集訊息前先開一個企劃會議。

E 開會的日子是下週一，指出時間的句子千萬別漏聽。

F 可以判定留學生在星期四回國收集訊息前，會先參加星期一的企劃會議，所以正確答案是選項 4。

4　🎧071　P.636

電話で引っ越し業者と女の人が話しています。女の人は引っ越す前に何をしておけばいいですか。

女：もしもし、来月の5日、引っ越しの予約をした者ですが、荷物はどうまとめればいいか聞きたくて。

男：はい、すべてお任せくだされればいいです。ただ、A- 衣類は引っ越しの2週間ほど前に箱をお送りいたしますので、そこに移しておいてください。

女：食器類はどうしますか。

男：B- お皿などは衣類の箱と一緒にシートをお送りしますので、包んでおいていただきましたら、当日箱に入れて運ばせていただきます。

搬家公司業者和女生正在講電話。女生在搬家前要怎麼做才好呢？

女：喂～，我有跟貴公司約好下個月5號搬家，我想請問怎麼打包才好？

男：是的，一切都交給我們來處理就好。不過，我們會在您搬家2週前先寄箱子給您，請您先把衣物放進去。

女：餐具怎麼辦呢？

男：盤子之類的，我們會把襯墊連同衣物箱子一起寄給您，如果您包好了，當天放進箱子裡交給我們搬就行了。

女：家具とパソコンは？

男：^{C-} 家具の方は丸ごと包装して運ばせていただきますね。 それから、^{D-} パソコンはもしものためにバックアップをとっておいていただきたいんですが。

女：はい、わかりました。

男：あ、お客さま、^{E-} 予約なさったパッケージは食器類も私どもの方で包むことになっていますね。 申し訳ございません。

女：あ、そうですか。

女：家具和電腦呢？

男：家具我們會整個包起來搬。然後，為預防萬一，電腦要麻煩您先行備份。

女：好的，我知道了。

男：啊，這位客人，您選訂的是全套運送服務，所以餐具之類按公司規定也是由我們來包。非常抱歉。

女：啊，這樣啊？

女の人は引っ越す前に何をしておけばいいですか。

女生在搬家前要怎麼做才好呢？

A 衣類を箱に入れる
B 食器類をシートで包む
C 食器類を箱に入れる
D 衣類の箱を運ぶ
E 家具を包装しておく
F パソコンのバックアップをとる

A 把衣物裝箱
B 用襯墊包餐具
C 把餐具裝箱
D 搬衣物箱子
E 先包裝家具
F 備份電腦

1 AとF
2 BとC
3 AとBとD
4 AとBとF

1 A 和 F
2 B 和 C
3 A 和 B 和 D
4 A 和 B 和 F

解析

A 搬家公司人員提到把衣服放進箱子裡，所以 A 項要勾起來。

B 提到餐具用襯墊包好，所以 B 項也要勾起來。

C 提到家具由搬家公司打包搬走，所以 E 項刪除。

D 建議先備份電腦資料，所以 F 項也要勾起來。

E 搬家公司人員更正訊息說，餐具也由搬家公司打包，所以打勾的 B 項要刪除。結果正確答案是包含 A 項和 F 項的選項 1。

会社で新開発したゲームを広報するパンフレットを見ながら、部長と社員が話しています。今、見ているパンフレットはどれですか。

男：部長、パンフレットの表紙、この前いただいたコメントをもとにもっとシンプルに修正しましたが、もう一度見ていただけませんか。

女：はい、ᴬこのキャッチフレーズの文字の太さが変わっていないのでは？目立つように太めにした方がいいって言ったのよ、この前。

男：あ、そうおっしゃいましたね。すぐ直します。ᴮ位置はどうですか。この前おっしゃったとおりに真ん中から左に詰めましたが。

女：うーん、ᶜやっぱり真ん中の方がいいか。お願いね。それから、下のところに製品の写真とか絵とかを入れてもいいと思わない？

男：そうなると会社名とゲーム名が入るところがなくなると思いますが。

女：あ、そう？でも、入れてみたらどう？いや、それは保留しとこうか。

男：はい、わかりました。会社名とゲーム名はこのままでいいでしょうか。大きさとか。

女：ᴰゲーム名を浮き彫りにしてみてもいいと思うよ。そういう感じで、頼むね！

今、見ているパンフレットはどれですか。

經理和員工在公司邊看宣傳新開發電動的簡介邊說話。他們現在正在看哪份簡介呢？

男：經理，簡介的封面，我按照您之前的建議把它改得簡單點了，能麻煩您再過目一下嗎？

女：好，這句文宣的文字粗細是不是沒變？我有說要弄成粗體好看起來醒目點的。

男：啊，您的確有說過。我馬上改。位置還可以嗎？我按照您之前說的把它從正中間往左邊擠了。

女：嗯，還是正中間比較好嗎？麻煩一下。然後，你覺得在下面擺上產品的照片或圖片會不會比較好？

男：如果那樣的話，我覺得公司名稱和電動名稱就沒地方擺了。

女：啊，這樣啊？不過，要不要擺擺看？不要，那還是先保留好了。

男：好的，我知道了。那公司名稱和電動名稱這樣就可以嗎？大小要不要改？

女：我覺得電動名稱加點浮雕效果也不錯哦！就是那種感覺，麻煩你囉。

他們現在正在看哪份簡介呢？

1	2	1	2
おいしい "楽しみ" がある オーバータッチ 株）オトキ	おいしい "楽しみ" がある オーバータッチ 株）オトキ	有份美味的「樂趣」 Over Touch 股）OTOKI	**有份美味的「樂趣」** Over Touch 股）OTOKI

3	4	3	4
おいしい "楽しみ" がある オーバータッチ 株）オトキ	おいしい "楽しみ" がある オーバータッチ 株）オトキ	**有份美味的「樂趣」** Over Touch 股）OTOKI	有份美味的「樂趣」 Over Touch 股）OTOKI

解析

A 選項中最上端的標語字是沒有加粗的，所以選項 1 和選項 4 可以考慮。

B 標語位置偏左的是選項 1，正確答案縮小範圍剩選項 1。

C 可以確定標語位置現在不在中間。

D 並沒有附加遊戲名，所以再次確定選項 1 是正確答案。

6 073 P. 636

デパートのスーツ売り場で店長と職員が話しています。 女の人はこの後、服をどう展示（てんじ）しますか。	店長正在百貨公司和店員講話。女生之後要怎麼展示衣服呢？
男：石橋さん、今月の紳士服（しんしふく）の売り上げは伸びた？先月はひどかったね。	男：石橋小姐，這個月的男裝銷售量有成長嗎？上個月真是慘澹啊。
女：はい、少しは伸びていますが、女性のに比べるとまだ低迷っていうところです。	女：是的，是有稍為成長一些，但和女裝比起來還是處於低迷狀態。
男：じゃ、服の展示（てんじ）方法を変えてみようかな。 婦人服（ふじんふく）は高くても色とデザインさえ良ければよく売れるので、^A- 紳士服を前に押し出（おだ）すことにしようか。	男：那，是不是有必要改變一下衣服的展示方式？女裝就算貴，只要顏色和設計好就賣得好，所以把男裝推到前面去怎麼樣？
女：じゃ、^B- 女性の服を後ろにして男性のスーツを前の方へと。	女：那麼，把女裝往後挪，男士西服往前移好了。
男：うん、それからスーツというのは頻繁（ひんぱん）に新調（しんちょう）するというものではないから、どうやって買わせるかが肝心（かんじん）だね。	男：嗯，然後，由於西裝並非經常會訂做，所以最重要的是如何讓消費者願意掏錢出來。

女：はい、あの、小物を使ってみたらどうですか。マフラーとかハンカチを胸ポケットに入れることで印象をがらりと変えることができるというのをアピールしたらどうかなって思いますが。

男：╰ 小物とスーツの組み合わせか。そうしたら買っていただけるかもな。そんな方向で作業お願いね。

女の人はこの後、服をどう展示しますか。

1 婦人服を前面に押し出す
2 明るい色の紳士服を目立つように展示する
3 婦人服と紳士服を頻繁に位置を替える
4 紳士服をマフラーなどと組み合わせて展示する

女：是的，嗯，要不要試試看用點小飾品？我在想是否要宣傳一下，讓消費者知道把絲巾啦、手帕塞進胸前口袋，感覺就能煥然一新。

男：小飾品和西服的搭配哦？搞不好能衝點買氣啊。那就照妳說的方向去做囉！

女生之後要怎麼展示衣服呢？

1 把女裝往前推
2 把色調明亮的男裝展示得醒目點
3 頻繁更換女裝和男裝的位置
4 把男裝和絲巾等搭配起來展示

解析

A 男人也就是店長提到將男裝放到前面，所以選項 1 可以刪除。
B 這句話會讓人誤選選項 2。
C 店長最後決定男裝搭配配件展示，所以正確答案是選項 4。

問題2

1 🎧074 P.636

本屋で男の人と女の人が張り紙を見ながら話しています。男の人はただで本がもらえる理由が何だと言っていますか。

男：花子、これ見て！小説家の坂本太郎の本がただでもらえるんだって。

女：え？うそ？これが本当だとしたら急いでもらいに行かなくちゃね。

男：あ、明日だ。

女：え？明日また来なきゃならないわけ？

一男一女正在書店邊看廣告邊聊天。男生說他為什麼可以免費拿到書呢？

男：花子，妳看！說是能免費獲贈小說家坂本太郎的書耶。

女：什麼？不會吧？真的的話得趕快去拿。

男：啊，是明天。

女：蛤？難不成明天還得來一趟？

男：^A^ 坂本太郎の小説「家路」、読んだ？先月、出版したばかりなんだけど、もう30万部以上売れたらしいよ。それを記念してサイン会を催すらしいね。

女：あ、じゃ、たくさん売れたからそれを記念してサイン会を兼ねて、その小説「家路」をただで配るわけなんだ。

男：いや、違うらしいよ。^B^ 坂本太郎の小説がハリウッドで映画化されるのを記念してだよ。それも出版したばかりの「家路」ではなく、去年出版した小説「天に届くように」が映画化されるんだ。

女：え？どうして知ってるの？坂本太郎のファン？

男：このポスターに書いてるよ。ここ！

男の人はただで本がもらえる理由が何だと言っていますか。

1　小説「家路」が映画化されるのを記念するため
2　小説「天に届くように」が映画化されるのを記念するため
3　小説「家路」がたくさん売れたことを記念するため
4　小説「天に届くように」がたくさん売れたことを記念するため

男：坂本太郎的小說「歸途」妳看過了嗎？是上個月才剛出版啦，不過聽說已經賣出超過 30 萬本了呢！聽說還要辦簽書會加以紀念咓！

女：啊，原來是銷量好，為了紀念兼辦簽書會，所以才免費發送「歸途」這本小說的啊？

男：不，聽說不是這樣哦！是為了紀念坂本太郎的小說要在好萊塢翻拍成電影哦。而且也不是剛出版的「歸途」這本小說，而是去年出版的小說「望天知道」要翻拍成電影。

女：蛤？你為什麼這麼清楚啊？你是他的書迷哦？

男：這張海報有寫啦！這裡！

男生說他為什麼可以免費拿到書呢？

1　為了紀念「歸途」這本小說要被翻拍成電影
2　為了紀念「望天知道」這本小說要被翻拍成電影
3　為了紀念「歸途」這本小說賣得火紅
4　為了紀念「望天知道」這本小說賣得火紅

解析

A　這句話會讓人誤選選項 3。

B　正確答案是選項 2。只聽對話前半部揭示的訊息，無法選出正確答案，這點要注意。

男の人と女の人がある歌手について話しています。 女の人はこの歌手の人気が長く続く理由は何だと言っていますか。

女：ね、中西みほのコンサートに行かない？ チケット 2 枚もらったの、知り合いから。

男：中西みほ？ あの歌手、中学生の頃から絶大な支持を得てるよね。

女：そう、そう。

男：僕、去年、彼女のコンサートに行ってきたけど、A- 舞台の演出は個性的ですごかったよ。 女性ながらパワーもあって格好いい！

女：そうよね、B- 曲もさることながら、C- 歌詞に散りばめられた言葉の使い方が巧みで他に類を見ないよね。 だから、彼女の人気が 10 年以上も続くんだよね。

男：いや、D- 彼女のパワフルな表現力のためだと思うよ。 本当にすばらしい！

一男一女正在聊某位歌手。女生說這位歌手人氣不墜的原因是什麼呢？

女：喂，要不要去看中西美穗的演唱會？我拿到 2 張票，朋友給的。

男：中西美穗？那位歌手從國中時期開始就擁有廣大歌迷對吧？

女：對啊，對啊。

男：我去年有去看她的演唱會，舞台表演很有風格，超棒的哦！儘管是個女生，卻力道十足，好酷哦！

女：一點也沒錯，曲子不用說，歌詞字裡行間處處巧妙，其他人根本沒得比。所以，她的人氣才能維持超過 10 年啊！

男：不是，我覺得是她充滿能量的表現力的緣故。真的棒呆了！

女の人はこの歌手の人気が長く続く理由は何だと言っていますか。

1 個性的な曲
2 舞台の演出力
3 歌詞の言葉づかいの巧みさ
4 パワフルな表現力

女生說這位歌手人氣不墜的原因是什麼呢？

1 具個性的曲風
2 舞台的表演力
3 歌詞用字遣詞的巧妙
4 充滿能量的表現力

解析

A 這句話會讓人誤選選項 2。題目問的是女生的看法，所以選項 2 是錯誤答案。

B 這句話會讓人誤選選項 1。女生並沒有評價說歌曲有個性，所以選項 1 是錯誤答案。

C 選項 3 是正確答案。

D 這句話會讓人誤選選項 4。

アウトドア用品の会社で社長と部長が他の会社のアウトドアウェアについて話しています。 女の人はこのアウトドアウェアがよく売れている理由は何だと言っていますか。

女：社長、これ我が社の従来のアウトドアウェアと「ホワイトヤク社」の新製品のアウトドアウェアをいろいろと比較した資料です。

男：「ホワイトヤク社」のは最近結構売れているらしいね。 我が社のを上回っているんだって？

女：ᴬ─我が社のは伸縮性や防水性、撥水性が高いわりに値段も安いことで市場の５割以上のシェアを占めていましたが、ᴮ─「ホワイトヤク社」はこのような機能に加えて汗を即座に蒸発させる繊維を開発し、これをアウトドアウェアに使ったことで高い評価を得ました。

男：それが我が社の売り上げを追い越したわけ？

女：いいえ、ᶜ─「ホワイトヤク社」はこれとアンダーウェアを組み合わせて販売したのが受けたらしいです。

男：アンダーウェア？

女：はい、ᴰ─ただの安物のアンダーウェアではなく抜群の速乾性と保温性を持った物だそうです。

女の人はこのアウトドアウェアがよく売れている理由は何だと言っていますか。

老闆和經理正在戶外用品公司聊其他公司的戶外服飾。女人說這種服飾會暢銷的原因是什麼呢？

女：老闆，這是我們一直以來的戶外服飾和「whiteyak 公司」的新戶外服飾的綜合比較資料。

男：聽說「whiteyak 公司」的產品近來賣得很不錯對吧？說是已經超越我們的了？

女：我們的產品伸縮性、防水性、不透水性高卻物美價廉，所以市占率都一直超過５成，不過「whiteyak 公司」的產品除了這些機能外還開發出能即刻排汗的纖維，用在產品上後便獲得極高評價。

男：那就是對方超越我們的銷量的原因？

女：不，聽說是「whiteyak 公司」還搭配內衣販售才深獲好評。

男：內衣？

女：是的，而且聽說還不是一般的便宜內衣，而是有極佳快乾性及保暖性的內衣。

女人說這種服飾會暢銷的原因是什麼呢？

1 値段も安くて、伸縮性や防水性、撥水性が高いところ 2 汗を即座に蒸発させる繊維を使ったところ 3 アウトドアウェアとアンダーウェアを一つの商品にしたところ 4 卓抜な速乾性と保温性を備えているところ	1 價格便宜，伸縮性、防水性、不透水性高 2 使用能即刻排汗的纖維 3 戶外服飾搭配內衣成一種商品 4 具備卓越的快乾性和保暖性

解析

A 這句話女人不是在說別家產品的特色，而是在說自家產品的特色，所以選項 1 是錯誤答案。

B 這句話會讓人誤選選項 2。下一句對話提到，這個特徵不是超越本公司產品銷量的原因。

C 這句話提到，戶外服飾和內衣搭配銷售是聚集人氣的原因，所以正確答案是選項 3。

D 這句話會讓人誤選選項 4。速乾性和保溫性不是戶外服飾的特徵。

4　🎧 077　P. 636

大学で先生が学生たちに陶器の写真を見せています。先生はこの陶器の価値はどのような所にあると言っていますか。	老師正在大學裡給學生們看陶器的照片。老師說這種陶器的價值在什麼地方呢？
女：この写真の中の陶器は約 900 年ほど前の物とみられています。^(A-)破損はほとんどなく、もとの形をそのまま維持しています。豪華な絵は施されておらず、^(B-)庶民の持ち物だったのではないかと推定されています。同時代の物としては、破損や腐食はあるものの、^(C-)貴族が使っていたと推定される豪華そうな陶器はいくつかの屋敷跡から出てきていますが、^(D-)この写真のものはほぼ完全な姿をとどめていると言う点で特に貴重です。	女：這張照片裡的陶器被認為是大約 900 年前的物品。幾乎沒有損毀，原本的形態還保存得相當完好。上面沒有豪華的圖案，所以猜測原本屬於庶民所有。就同年代的物品來說，儘管有些破損或腐蝕，但被猜測是貴族用過、看似豪華的陶器雖然也從幾處房屋遺址出土了，但都不如照片裡的物品般幾乎保存完整，就這點來說，更凸顯其貴重之處。
先生はこの陶器の価値はどのような所にあると言っていますか。	老師說這種陶器的價值在什麼地方呢？

1 庶民が使っていた点	1 庶民使用過這一點
2 貴族が使っていた点	2 貴族使用過這一點
3 保存状態がいい点	3 保存狀態良好這一點
4 豪華な絵が施されている点	4 有豪華圖案這一點

解析

A 可以推測選項 3 會是正確答案。

B 這句話會讓人誤選選項 1。

C 這句話會讓人誤選選項 2。

D 提到保存了完整的型態，所以價值最高。正確答案是選項 3。

5　 🎧078　P. 636

留学説明会で語学校の先生が話しています。留学の一番のメリットは何だと言っていますか。	語言補習班的老師正在留學說明會上講話。他說留學最大的好處是什麼呢？
男：留学もせずに成功するケースも多々ありますよね。留学に行かなくても語学勉強は十分できるし、ᴬ⁻留学に行ったって大した経験もできず、何も学ばずに帰国するケースもあります。しかし、留学の機会に恵まれて経済的に可能であれば、ぜひ挑戦してみてください。ᴮ⁻生きた言葉が学べて、一度にたくさんの国の人と出会え、ᶜ⁻国際的なネットワークを作ることができます。そして、ᴰ⁻異国での生活にはどうしてもハプニングはつきもので、それを乗り越えることで自信につながります。また、いろんな文化を持ったいろんな人と向き合うことで、自分を見直すことができると思います。でも、ᴰ⁻何といっても一番の利点はこういうすべての経験は自分がこれから生きていく上での「糧」となることだと思います。ぜひ、チャレンジしてみてください。	男：沒留過學卻也光耀門楣的例子也是不勝枚舉對吧？不去留學也能學好語言，而就算去喝了洋墨水也沒能有什麼大不了的經驗，什麼都沒學到就回國的情況也很常見。可是，能有留學機會且經濟上又許可的話，請一定要出去挑戰看看！到時既能學到活的語言，也能一次遇到很多外國朋友，國際性的網絡便儼然成形。繼而，在國外生活也一定會碰上一些事，倒也能夠培養自己跨越難題的自信。另外，和擁有各種文化背景的人相識，我想也能藉此重新看待自己。不過，不管怎麼樣，我想最大的好處莫過於，所有一切的經驗都將成為今後生活上的「糧食」。請大家務必試著挑戰看看！
留学の一番のメリットは何だと言っていますか。	他說留學最大的好處是什麼呢？

1 大した経験ではないが、何か必ず学べるところ	1 雖不是什麼大不了的經驗，但還是能學點什麼
2 語学の学習が完璧にできて異文化に接することができるところ	2 能完美地學好語言又能接觸異國文化
3 自信がついて、国際的なネットワークが作れるところ	3 能讓自己有自信，國際性的網絡儼然成形
4 留学の経験は自分の人生によりいいエネルギーとなるところ	4 留學的經驗都將成為自己人生的最佳能量

解析

A 這句話會讓人誤選選項 1。

B 這句話會讓人誤選選項 2。

C 這句話會讓人誤選選項 3。

D 這句話會讓人誤選選項 3。

E 這句話中的「一番の利点」指出了留學最大的優點。正確答案是選項 4。因為四個選項的內容在對話中全都有提到，所以要注意聽題目才能選出正確答案。

6 　079　P.636

留学生と日本人が留学生が運営していたカフェについて話しています。 男の人はどうしてカフェが閉店したと言っていますか。	留學生和日本人正在聊留學生經營過的咖啡館。男生說咖啡館為什麼關門大吉了呢？
男：あ、小田さん！ どこへ行くの？	**男：**啊，小田小姐，要去哪兒啊？
女：あ、リーさん。 カフェ「アース」に行くの。 リーさんは授業？	**女：**啊，李先生。我要去「雅斯」咖啡館啦。李先生要去上課嗎？
男：小野さん、「アース」やってないよ。 先週までで閉店したよ。	**男：**小野先生他的「雅斯」沒在營業了哦！上週就關門大吉了。
女：え？ どうして？ 息抜きできる唯一の空間だったのに。	**女：**真的？為什麼？那原本是我唯一可以好好喘口氣的空間說。
男：留学生だけで接客から経営まですべてを運営してきたこと知っているでしょう？ ^A^卒業して国へ帰ってしまったり就職して抜けていく人がいるのに、その後を継いでやる留学生が出てこなくてさ。 もう無理だと思って。	**男：**妳知道他是留學生一個人單打獨鬥，從待客到經營全部自己來吧？明明有人畢業就回國去，不然就是走人去工作，但就是沒有留學生要接著做。想說太勉強了。
女：^B^私は赤字じゃないかと思っちゃった。	**女：**我以為是入不敷出了。

男：いや、利益があるとは言えないまでも、学校からも市からも補助をもらっていたので何とかやっていけたんだけどね。まあ、C-支援を打ち切られそうになった時もあったけど。

女：あ、そう？最初はたどたどしい日本語とか不慣れなことで、客のオーダーを聞き間違ったりして迷惑をかけたこともあったけど、値段も良心的でいろんな国の人と話せてずいぶん楽しいからこまめに出入りしたけど。それに、D-利用者はだいたい学生で大したトラブルなんかは起きてなかったのにね。さびしいわ。

男：不是啦，雖談不上賺大錢，但學校和市府方面都有補助，所以都還能撐。不過，之前也發生過差點就拿不到補助的情況啦。

女：這樣哦？剛開始的確日文結結巴巴不習慣而聽錯客人點餐而讓客人感到困擾，但價格都是佛心價且又能跟各國人士聊天，很是開心，所以我才一天到晚跑去的。而且，客人大概都是大學生，也沒惹過什麼大不了的麻煩。想想真是難過。

男の人はどうしてカフェが閉店したと言っていますか。

男生說咖啡館為什麼關門大吉了呢？

1 赤字が続いて	1 因為赤字連連
2 人手不足で	2 因為人手不足
3 支援が打ち切られて	3 因為補助被取消
4 トラブルがしょっちゅう起きて	4 因為經常惹麻煩

解析

A 咖啡店關店的原因是人手不足，在對話的前半部提到，所以可以推測正確答案是選項 2。

B 這句話會讓人誤選選項 1。

C 這句話會讓人誤選選項 3。輔助不曾斷過。

D 這句話會讓人誤選選項 4。其他選項全都是錯誤答案，所以可以確定選項 2 是正確答案。

7 080 P. 636

スポーツセンターでトレーナーと女の人が話しています。男の人はどのように栄養を摂る方がいいと言っていますか。

女：先生、こんなに一生懸命運動しているのに、筋肉どころか肉もつきません。

健身教練和一位女生正在運動中心聊天。男生說該怎麼攝取營養才好呢？

女：教練，我明明都這麼拼命在運動了，別說肌肉了，連肉都不長一塊。

男：ええ。　あなたのようにやせすぎている
　　人は運動前後には必ず栄養分を摂った
　　ほうがいいんです。　特に長時間続くス
　　ポーツの時はですね。

女：テニスとか、バスケットボールみたい
　　な？

男：はい、A やせるためにとか言いながら
　　運動の前にはもちろん、終わった後、
　　何も食べない方もいるんですが、それ
　　には賛成しかねます。　スポーツ前後に
　　摂る栄養はいいパフォーマンスにもつ
　　ながりますし。

女：疲労回復にも効果あるんでしょうか。
　　私、運動後、疲れ果ててしまうんで
　　す。

男：そうですね。B 運動中の栄養補給も大
　　事です。　長い時間運動する際には3，40
　　分の間隔でたんぱく質、糖分、ビタミン
　　などが含まれたものを摂るように心が
　　けてください。

女：はい、果物とかもいいですか。

男：バナナとかはいいですね。

男の人はどのように栄養を摂る方がいいと言っていますか。

1　運動前後にだけ摂る
2　運動の前と運動中に摂る
3　運動中にお腹が減ったら摂る
4　運動前後と途中に摂る

男：是的。像妳這樣過瘦的人在運動前後一
　　定要攝取營養才行。特別是長時間持續
　　運動時。

女：像網球啦、籃球之類的嗎？

男：對，像說為了瘦身，在運動前當然不
　　吃，而運動後，雖有人也還是什麼都不
　　吃，但我無法認同。運動前後所攝取的
　　營養是會影響表現的。

女：也對恢復疲勞有效果嗎？我在運動後都
　　累得快死掉。

男：妳說得對。運動中的營養補給也很重
　　要。長時間運動時，記得每隔3、40分
　　鐘就要補充點包含蛋白質、糖分及維他
　　命等的東西。

女：好的，水果或許是個不錯的選項？

男：像香蕉之類的就很好。

男生說該怎麼攝取營養才好呢？

1　只在運動前後攝取
2　在運動前及運動中攝取
3　運動中肚子餓時攝取
4　運動前後及中途攝取

解析

A 教練主張運動前後都要攝取營養成分。

B 提到運動中的營養補給也很重要，所以選項 4 是正確答案。

1 081 P. 636

ラジオで女の人が話しています。	一位女士正在收音機裡說話。
女：世界の人口は増加し続ける一方で、_A日本では少子化現象が人口減少につながり、これは深刻な問題になりかねませんね。 人口減少に伴う問題は多岐にわたってありますが、まず経済・産業活動の縮小です。 また、地方公共団体の税収入も減少し、人口減少はすなわち労働人口の減少にもなり、日常生活を送るために必要な各種サービスも自然と縮小し、日々の生活が不便になるおそれがあります。	女：世界的人口持續地增加同時，日本卻因少子化現象造成人口減少，這有可能發展成一個嚴重的問題。人口減少所帶來的問題雖意見分歧，但首當其衝的便是經濟、產業活動的緊縮。另外，地方公共團體的稅收也跟著減少，而人口減少也表示勞動人口減少，日常生活上各種必要的服務也自然緊縮，有對日常生活產生不便之虞。
女の人は主に何について話していますか。	**女士主要在說什麼呢？**
1 世界の人口の増加が招く問題 2 日本の少子化に伴う問題 3 税収入の減少により生じる問題 4 サービス産業に携わる人口の減少による問題	1 世界人口增加招致的問題 2 伴隨日本少子化所產生的問題 3 稅收減少所產生的問題 4 從事服務業的人口減少所產生的問題

解析

A 談話一開始就揭示了主題，那就是日本的少子化現象，所以正確答案是選項 2。

2 082 P. 636

テレビで野球選手がインタビューをしています。	棒球選手正在電視上受訪。
女：松田選手！ 優勝おめでとうございます。 松田選手のサヨナラホームランあってのチーム優勝ですね。 今どんなお気持ちですか。 男：いや、夢みたいですね。 女：松田選手、去年試合中の負傷で選手として活躍する姿が見せられないのではと思っていたようですが、素晴らしい復帰戦でしたね。	女：松田選手！恭喜你獲得冠軍。這全拜松田選手的再見全壘打所賜啊。您現在的心情如何？ 男：過獎了，這就像做夢一樣。 女：松田選手，您原本在去年的比賽中受傷，似乎在考慮是否能再以選手之姿上場比賽，但您真的打了一場漂亮的復原之仗呢。

男：そうですね。^{A-}負傷して大手術を受けてから、必死にリハビリに専念したおかげで、^{B-}今シーズン終盤から試合に出場することができ、今日のように悲願の優勝を果たすことができました。でも、^{C-}僕、個人としては満足に足る試合ではありませんでした。チームは優勝したものの、試合ごとに自分のプレーに納得いかなかった以上、今後継続していくわけにはいきません。^{D-}これをもって現役生活に終止符を打つことにしました。監督、チームメート、そしてファンの皆さんには感謝の気持ちでいっぱいです。

男：妳說得沒錯。自從受傷動了大手術後，拜拚命地專心復健所賜，這個賽季最終階段總算能夠上場應戰，終於能像今天這樣地把心心念念的冠軍盃捧回家。不過，就我個人來說，這不是一場讓人心滿意足的比賽。儘管我們這隊獲勝了，但既然無法滿意每場比賽自己的表現，那今後就不能再披戰袍。我已經決定要在這裡劃上現役生活的休止符。在此向教練、隊員們還有各位球迷致上最深的感謝。

男の人はこれからどうすることにしましたか。

男人決定接下來要怎麼辦呢？

1 残りの試合に出場する	1 打完剩下的比賽
2 手術の後、治療をうける	2 手術後接受治療
3 満足できるまで試合する	3 比賽到心滿意足
4 引退する	4 退休

解析

A 提到已經做了手術，復原治療也結束了，所以選項 2 是錯誤答案。

B 這句話會讓人誤選選項 1。

C 提到並不滿意，但是並沒說要繼續比賽直到滿意為止，所以選項 2 是錯誤答案。

D 提到「終止符を打つ（劃下休止符）」這慣用語，表示要以此作為休止符，所以可以知道正確答案是選項 4。

3 🎧083 P.636

男の人と女の人が話しています。

一男一女正在聊天。

女：ね、あれ見た？

男：「ドラゴンの目」って映画？見た、見た。意外だったね、^{A-}彼女、以前とは打って変わってタフなイメージの役を演じたね。

女：喂，那個你看過了嗎？

男：妳是說「龍之眼」那部電影？看了，看了。好意外哦，她竟然演一個硬角色，跟以前大不相同吔。

女：意外と似合わない？ B-デビューした頃はしとやかでかよわい役ばかりだったのに。

男：そうだね、C-傷つきやすいイメージのお嬢様って感じだったんじゃない？でも、今回は堂々としてたくましくて、衣装のせいだったかな、体も大きく見えて、まるで別人だったね。この映画を皮切りにいろんな監督と仕事をするっていう噂もあるんだよ。

女：そうそう、これからプロの女優としての活躍、楽しみだわ。

二人は何について話していますか。

1 映画のストーリー
2 主人公の衣装
3 女優のイメージ
4 女優の性格

女：你不覺得還真的蠻適合她的？剛出道時她都演一些嫻淑又孱弱的角色的說。

男：對啊，都給人家一種容易受傷的大小姐印象對吧？不過，這次卻正氣凜然，一副很強的樣子，是戲服的關係嗎？她看起來也比較壯，簡直判若兩人。也有傳言說她從這部電影開始就要跟很多導演合作了。

女：對啊，對啊，真期待她今後以專業的女演員之姿的精采表現。

這兩個人在聊什麼呢？

1 電影的情節
2 主角的戲服
3 女演員的印象
4 女演員的個性

解析

A 提到某女演員轉變成了強硬的形象。

B 提到該女演員以前的形象。

C 因為整段對話都在談論該女演員的形象，所以正確答案是選項 3。

4 🎧084 P.636

テレビで経済専門家が話しています。

男：政府の消費税増税で日本中が騒いでいますね。福祉を充実させるための消費税の引き上げはやむを得ないですが、低所得者にとっては相当な負担になるに決まっていますよ。収入に関わらず生活必需品には一定のお金がかかりますからね。贅沢品だけではなく、A-すべての物に一律に消費税を引き上げるとなると、所得に占める消費の割合が高い低所得者にますます負担が大きくなるわけです。ですから、低所得層

經濟專家正在電視上講話。

男：政府的消費稅加稅政策讓全日本吵得沸沸揚揚。為了讓福祉做得更加完善而增加消費稅雖也無可奈何，但對於低所得的民眾而言一定會造成相當大的負擔。畢竟無關收入，生活必需品該花的還是一毛錢省不了。而不僅是奢侈品，一旦所有的物品都一律提高消費稅，占所得的消費比例較高的低收入戶其負擔勢必會愈來愈重。因此，如果有考慮到低收入階層，起碼生活必需品這部分是不是可以想想辦法呢？

を考えるなら、生活必需品だけは何とかできないかと思えてなりませんね。

男の人は消費税増税についてどう思っていますか。

1 税率を上げるべきではない。
2 税率は物によって差を付けて上げてほしい。
3 税率は所得によって差を付けて上げてほしい。
4 税率は品目に関わらず上げるべきだ。

關於消費稅加稅，這位男士是怎麼想的呢？

1 不該提高稅率。
2 希望稅率可因物而異。
3 希望稅率可因所得而異。
4 應該無關項目一律提高稅率。

解析

A 說話者提到，所有物品消費稅一律提高會有問題，所以可以知道他主張不同的物品要有不同的增稅稅率。正確答案是選項 2。

---

5 🎧085 P.636

留守番電話のメッセージです。

女：もしもし、コクラ酒店の新井です。いつもお世話になっております。先日ご注文いただいたフランスワインの件なんですが、ᴬ ご依頼くださった 50 本の赤ワインが入手できませんでしたが、40 本は何とか確保いたしました。この 40 本でよろしいかどうかお伺いしたくてお電話差し上げました。ᴮ ワインの価格はご希望の範囲に抑えられそうです。それから、ᶜ お届けの日も先日おっしゃっていた 20 日で変更はありません。こちらから改めてお電話いたします。それでは失礼いたします。

何についてのメッセージですか。

這是一通電話答錄機的留言。

女：喂～喂～，我是小倉酒店的新井。總是承蒙您的照顧了。關於您先前訂購的法國酒，您委託我們購買的 50 瓶紅酒未能買到，不過我們想方設法地幫您湊到 40 瓶了。今日致電給您就是想請教不曉得 40 瓶您是否能接受？酒的價格也似乎能壓低到您想要的範圍。然後，幫您寄送的日期也如同您先前吩咐的 20 號，這點沒有問題。我們還會再致電給您。先跟您報告到這邊。

這是關於什麼的留言呢？

1 商品の取り寄せのメッセージ	1 商品訂購的留言
2 商品の値段の交渉	2 商品價格的斡旋
3 配達日の変更のお知らせ	3 變更寄送日期的通知
4 商品の数の確認	4 商品數量的確認

解析

A 電話留言是告知準備的商品數量比訂購的商品數量少，問對方是否能接受。正確答案是選項 4。

B 這句話會讓人誤選選項 2。價格已經協商結束。

C 這句話會讓人誤選選項 3。運送日期沒有變更。

6　🎧086　P. 636

入学式で総長が話しています。

男：新入生のみなさん、入学おめでとうございます！ 皆さんを迎え、これから仲間として共に活動できることを大変嬉しく思っています。 皆さんが、グローバル大学の資源を存分に活用し、充実した学生生活を送り、自らをいっそう鍛え、大きく成長することを願っています。 最近、スマートフォンやパソコンを使って一通りの情報や知識を瞬時に得ることができるようになっています。 これは、うわべの知識を鵜呑みにしていることにすぎません。 A_真の知識は自ら経験し思考することによって生みだされるものだと思います。 それから、自分にできそうにない、そして専門外のことにも全力で取り組み、B_その経験を重ねていくにつれて真の知識に近づいていくと思っています。

総長が伝えたいことは何ですか。

校長正在開學典禮上說話。

男：各位新生，恭喜你們入學！對於能夠迎接各位，今後以夥伴之姿一起努力，我個人感到非常高興。我祝福各位能充分活用環球大學的資源，去過充實的學生生活，更加自我鍛練，好好地成長。近來，我們都能用智慧型手機或電腦瞬間獲取大致的資訊或知識了，而這只不過是囫圇吞棗地吸收點表面知識罷了。我認為，真正的知識，該是自我經驗並思考後產生的才對。然後，對於自己完全是門外漢且又不專業的事物要全力以赴，隨著累積該經驗才會更加接近真正的知識。

校長想表達些什麼呢？

1 専門分野を広（ひろ）めてほしい	1 希望大家擴大專業領域
2 様々な経験は瞬時に得られるものではない	2 各種經驗不是瞬間可得
3 知識を積（つ）んでいくにつれて経験が豊富（ほうふ）になる	3 經驗隨著累積知識而豐富
4 様々な経験を積んでいったら真の知識が得られる	4 累積各種經驗便能獲得真正的知識

解析

A 叮嚀說為了要累積真正的知識，要先累積經驗。所以可以推測正確答案是選項 4。

B 再次強調要累積經驗。

問題4

1 　🎧 087 　P. 636

女：岡田君が手伝ってくれたおかげで、思いのほか業務がはかどったよ。 男：1 時間を浪費（ろうひ）しちゃったね。 　　 2 うまくいかないほどってあるよ。 　　 3 そりゃなによりだね。	女：還好有岡田幫我，業務出乎意料地順利哦！ 男：1 真是浪費時間吔。 　　 2 也會愈來愈不順利哦！ 　　 3 那真是太好了。

單字

・はかどる 進行順利　　 ・何（なに）より 比～都好；最～

2 　🎧 088 　P. 636

男：君が出したデザインってありきたりなんだよな。 女：1 月並（つきな）みのデザインよりはいいですね。 　　 2 ユニークすぎるんでしょうか。 　　 3 そこを検討して再提出（さいていしゅつ）します。	男：妳交給我的設計真是乏善可陳啊。 女：1 比庸俗的設計要好多了對吧？ 　　 2 是否太過獨特了？ 　　 3 我會檢討過後再交一次。

單字

・ありきたり 普通的＝月並（つみな）み

・ユニークだ 獨特的

3 089 P. 636

女：エミさんの料理ってプロのシェフ顔負
けのおいしさだったよ。

男：1 負けた？ 残念だね、でも次があるか
ら。

2 そう？ 僕も一度食べさせてもらい
たいな。

3 その腕前はプロならではですね。

女：惠美小姐作的菜好吃到連專業主廚都相
形見絀哦！

男：1 輸了？真遺憾啊，不過，還有下次啦。

2 這樣啊？我也好想吃一次看看哦！

3 她的手藝是專業才做得出來吧？

單字

・顔負（かおま）け 相形見絀　　・〜ならでは 只有〜才有；除了

4 090 P. 636

男：すみません、このはさみ拝借したいん
ですが。

女：1 どうぞ、お使いください。

2 貸してくださるんでしょうか。

3 あ、失礼極まります。

男：不好意思，這把剪刀可以借我一下嗎？

女：1 請用。

2 你要借我哦？

3 啊，真是失禮至極。

單字

・拝借（はいしゃく）する「借りる謙譲語」

5 091 P. 636

女：ゆうとさんと映画見に行くことにした
けど、待ちきれないよ。

男：1 期待しすぎていたかな。

2 あきらめる？ もったいないよ。

3 今週末でしょう？ もうすぐじゃん。

女：我要跟悠斗先生去看電影了，真是等不
及了！

男：1 妳是否期待過頭了？

2 妳要放棄哦？真浪費。

3 是這週末吧？快到啦！

單字

・動詞ます形＋きれない 〜不完

6 092 P. 636

男：部長に仕事ぶりが雑だって叱られた
よ。 叱られる覚えはないんだけどな。

女：1 もう忘れちゃった？ 最近物忘れ激
しくなっているんじゃない？

2 早く覚えときなよ、また叱られたら
どうするの？

男：經理罵我說工作都亂做。我不記得做了
什麼事要被罵啊。

女：1 你已經忘了哦？你近來健忘的情況愈
來愈嚴重了。

2 快點記起來啦！又被罵怎麼辦？

3 え？思い当たることないの？よく
　考えてみなよ。

3 啊？你想不到哦？你仔細想想啦！

---

7 🎧 093 P. 636

男：彼の仕事ぶりは申し分なしだね。
女：1 ご指摘ありがとうございます。是
　　　正します。
　　2 部長がいなかったらそうでもありま
　　　せん。
　　3 すみません、今後気を付けます。

男：他的工作能力真是沒話說對吧？
女：1 謝謝你的指教。我會改正。
　　2 沒有經理他也辦不到。
　　3 不好意思，我今後會小心。

單字

・申（もう）し分（ぶん）ない 沒話說　　・是正（ぜせい）する 改正

---

8 🎧 094 P. 636

女：村井君、トラブルがあったらあったで、
　　すぐ報告してくれないと困るじゃな
　　い。
男：1 今後問題が生じた場合はそうしてい
　　　ただきます。
　　2 報告した方がよろしいんじゃないか
　　　と思いますが。
　　3 申し訳ありません。うっかりして
　　　お伝えするのが遅れました。

女：村井，有問題就要講，你不馬上報告反
　　而讓我傷腦筋。
男：1 今後有問題就請您那麼做。
　　2 我在想是否報告比較好。
　　3 真是萬分抱歉。不小心錯過了向您報
　　　告的時機。

解析

選項1不是用させていただきます（承蒙您讓我～），而是用していただきます（承蒙您這樣
做），所以是錯誤答案。

---

9 🎧 095 P. 636

女：今日のプレゼン、さんざんだった。
男：1 何か失敗でもした？
　　2 あれほど準備しただけのことはあっ
　　　てね。
　　3 君はついているやつだよ、うらやま
　　　しいな。

女：今天的簡報真是慘不忍睹。
男：1 是不是搞砸了什麼？
　　2 真不愧是準備成那個樣子。
　　3 妳真是個幸運的傢伙，真羨慕啊。

單字

・さんざん 慘不忍睹

男：なんで、そんなそわそわしてんの？
女：1 さっきから調子悪くてね。
　　2 じゃ、じゃ、落ち着いてよ。
　　3 すごく大事な電話待ってるんだ。

男：妳幹嘛那麼不安啊？
女：1 剛剛開始就不舒服。
　　2 那麼，那麼，先冷靜一下啦。
　　3 我在等一通很重要的電話。

單字

・そわそわ 慌慌不安

女：めぐみちゃんって、またダイエットはじ
　　めたらしいよ。
男：1 どうせ、三日坊主だから、長く続か
　　　ないよ。
　　2 そんなはずなのに、まだなの？
　　3 それはお大事にと伝えてくれ。

女：小惠，聽說她又開始減肥了。
男：1 反正她又是三分鐘熱度，撐不久的。
　　2 應該要那樣的，還沒嗎？
　　3 幫我跟她說要保重。

單字

・三日坊主 (みっかぼうず) 三天打漁，二天曬網

男：今度のプロジェクト、君がうってつけ
　　だと思うんだけど。
女：1 こんなわたくしでもよろしかった
　　　ら、差し支えでございます。
　　2 え？ そんなことを図々しくよくも
　　　言えますね。
　　3 ご期待に添えるように頑張ります。

男：這次的企劃案，我認為非妳莫屬。
女：1 承蒙您不嫌棄，我有點不方便。
　　2 蛤？你臉皮還真厚，這種話也講得出
　　　來。
　　3 我會好好加油，不讓您失望。

單字

・うってつけ 適合　　・差 (さ) し支 (つか) え 不方便，障礙　　・添 (そ) う 符合

女：ここ 10 年、日本での留学生の数は横ば
　　い状態だって。
男：1 横になったら楽だからでしょう。
　　2 以前はうなぎのぼりで増えていたの
　　　に。

女：這 10 年來，聽說在日留學生的數量一直
　　很穩定。
男：1 躺下來會較輕鬆吧？
　　2 明明以前都直線上升的說。

3 そんなに下がっているんだ、震災（しんさい）の
　 せいかな。

3 原來降那麼低囉？是地震害的嗎？

單字

・横（よこ）ばい 爬；穩定　　　・横（よこ）になる 躺下來

14　🎧100　P. 636

女：としお君、もう身を固（かた）めてもいい年な
　　のに。
男：1 君が口を出すことじゃないだろう、
　　　ほっといてやれよ。
　　2 かたかろうとかたくなかろうと自分
　　　勝手だよ、強制（きょうせい）しないでよ。
　　3 本当にいいことずくめの一年だった
　　　よね。

女：俊雄，也到了差不多該成家的年紀了。
男：1 妳別多嘴可以嗎？少管他了。
　　2 要硬不硬是我自己的事，別逼我。
　　3 真的是好事連連的一年啊。

單字

・身（み）を固（かた）める 成家，結婚　　・口（くち）を出（だ）す 多嘴，插嘴

問題5

1　🎧101　P. 636

時計の売り場で男の人と女の人が話してい
ます。
女：腕時計（うでどけい）を買いたいんですが。
男：どのようなものをお探しでしょうか。
女：派手ではなく実用性（じつようせい）のあるものです。
男：こちらの1番のモデルはいかがでしょ
　　うか。 防水機能（ぼうすい）があってスポーツの
　　時にも使えて頑丈（がんじょう）です。 そして、水深
　　100メートルまで大丈夫です。 最近レ
　　ジャースポーツのブームと抜群（ばつぐん）の実用
　　性があいまって当店においてのベスト
　　セラーとなっています。
女：あ、いいですね。 実は夫にプレゼント
　　しようと思っているので。

一男一女正在鐘錶賣場說話。

女： 我想買支手錶。
男： 您在找什麼樣的款式？
女： 不用太花俏，有實用性的。
男： 這邊的1號款您覺得怎麼樣？具防水功
　　 能，運動時也能用，相當耐用。然後，
　　 它到水深100米都沒問題。它結合近來
　　 休閒運動風潮和超群的實用性，是本店
　　 的暢銷品。

女： 啊，不錯吔。事實上我是想送我老公啦。

男：そうですか。 ご主人へのプレゼントならこちらはいかがですか。 ２番のモデルですが、二つの時刻を示せるのが特徴で、海外へ出られた際、現地と日本の時間を同時に確認できて、便利ですよ。 ᴬ─ ご主人が出張などで海外へよく出られるならこちらのほうがうってつけだと思います。

女：あ、ᴮ─ こういうのは持っていますが、でももう古くてこれもいいかな。

男：そしてこちらの３番のモデルです。 ᶜ─ クラシックなデザインで最近一番売れています。 これは一日一回ねじをまかなければ止まってしまって少し手間がかかるんですが、毎日ねじをまくだけに愛着も湧いてくるそうです。 そして、なかなか故障することもなく一生付き合えるものです。

女：ᴰ─ デザインからしてありふれたものではないですね。

男：そうです。 そして、こちらをカップル用として購入するお客さんも多いです。

女：そうですか、他の商品は？

男：こちら４番のモデルです。 ベルトに宝石がちりばめられていて少し派手ですが、ベルトを替えるだけで、雰囲気ががらっと変わります。

女：え？ ᴱ─ ベルトが替えられますか。

男：そうです。 ですから、ビジネス用とプライベート用としても使っていただけます。

女：これ、女性用はないですか。

男：ええ。 この商品は男性用に限って販売しておりますが。

男：這樣子啊？如果是給您先生的禮物，那這款您覺得如何？這是 2 號款，特徵是可以顯示兩地的時間，出國時可同時確認當地和日本的時間，很方便哦！要是您先生經常出國出差之類的，那麼我認為這款最為適合。

女：啊，這種款式的他已經有了，不過也用久了，所以這款或許也不錯。

男：接著是這支 3 號款。它古典的設計近來最為熱銷。雖然一天得轉一次發條，不然就停了，有點麻煩，不過每天幫它上上發條，聽說愈轉就愈喜歡。然後，它幾乎不會故障，可以用一輩子呢。

女：從設計來看還真的是不常見吧。

男：是的。也有許多客人買來當情侶錶哦。

女：這樣啊？有沒有其他款呢？

男：這支是 4 號款。它錶帶鑲滿寶石，有點花俏，不過只要換一下錶帶，氛圍整個就不同了。

女：真的哦？還可以換錶帶哦？

男：是的。因此，不管是商務用還是私底下用都很適合。

女：這支，沒有女用款嗎？

男：是的。這款我們只販售男用款。

女：じゃ、F デザインも珍しいことだし、これにします。あ、これ、女性用もありますよね。

男：はい、カップル用として大人気です。

女：那麼，它設計又很罕見，我買這款好了。啊，這款有女用款對吧？

男：是的，大家都愛買來當情侶錶。

女の人はどの時計を買うと思われますか。

你認為女士要買哪支錶呢？

1　1番のモデルの腕時計	1　1號款的手錶
2　2番のモデルの腕時計	2　2號款的手錶
3　3番のモデルの腕時計	3　3號款的手錶
4　4番のモデルの腕時計	4　4號款的手錶

解析

A 女士正在找要送給先生當禮物的腕錶。

B 對 2 號商品產生疑問。

C 強調 3 號商品因古典的設計而最受歡迎。

D 女士對 3 號商品的設計感興趣。

E 女士對 4 號商品的特徵發出疑問，1 號商品到 4 號商品的特徵都說明完了。

F 女士正在考慮有獨特設計的，男生說它還是男女對錶，所以符合這些條件的是 3 號商品。

2　🎧102　P. 636

車の展示場で夫婦と職員が話しています。

女1：うちも車買い換えよう。もう 15 年も使っているし。

男：そうしようか、この車、どう？お前、走行はともかく駐車、苦手だろう？このような小型の方が駐車しやすいからね。

女2：お客さま、こちらの車についてご説明させていただいてもよろしいでしょうか。

男：あ、お願いします。

女2：A こちらの車のモデル名は「スピヤー」で、ドアが四つと二つのモデルがあります。ツードアのほうが値段が少し安くなっているだけで、機能や室内の広さは全く同じです。

一對夫妻和職員正在汽車展銷處講話。

女1：我們家也來換車吧！也開了 15 年了。

男：就這麼辦！這輛妳覺得如何？妳不是開車還好，卻很怕停車嗎？像這種小型車停車很好停吧。

女2：兩位客人，可以容我為您說明一下這種車款嗎？

男：啊，麻煩妳了。

女2：這輛車的車款名稱是「斯比亞」，車門有 4 門款和 2 門款。2 門款只是價格稍為低一些，功能和車內空間都完全一樣。

男：	うちは 5 人家族なので、フォードアのほうがいいか。色は？	男：	我們家有 5 個人，4 門款應該較合適。顏色呢？
女2：	あ、5 人家族でしたら、^{B-}もう少し大型の車はいかがでしょうか。こちらのモデルは「スターワー」と言って、ファイブドアになっていて荷物の収納にも便利です。それに、後ろの席も広いんです。	女2：	啊，如果您府上有 5 個人，那麼稍為大型點的車款您要不要考慮看看？這款叫作「史塔瓦」，是 5 門款，行李收納很方便。再加上，後座相當寬敞。
男：	でも、うちの子は車持っているので、こんな大型はちょっと。	男：	不過，我家的孩子都有車，這麼大的就有點…。
女1：	あの、このモデルの中古も扱っていますか。	女1：	請問，這款你們也有賣二手的嗎？
女2：	はい、すべてのモデルの中古も販売しています。	女2：	有的，所有車款也都兼賣二手車。
男：	中古？新車の方が保証も性能も安心だろう？	男：	二手？新車比較有保障，性能也比較安心吧？
女2：	いいえ、お客さま、うちで販売している中古車は整備をしっかり行っていますので、その点はご安心ください。	女2：	也不是，我跟您報告，我們販售的二手車都整理得十分完善，那方面您大可放心。
女1：	^{C-}ほら、大丈夫だって、中古にしよう。家のローンもまだ残ってるし、支出があまり増えると、家、厳しくなるよ。	女1：	你看，她說沒問題，就買二手的好了。我們家房貸也還沒繳完，支出再增加的話會過得很辛苦。
男：	じゃ、ツードアのにしようか。	男：	那，買 2 門款的好了。
女1：	^{D-}え？小さすぎるわよ、どうせ中古ならどのモデルも値段、同じでしょう。	女1：	蛤？太小了啦，反正二手的不管哪款都一樣價格對吧？
男：	でも、大型だと、駐車、大変だよ。大丈夫なのか。	男：	不過，大型車可不好停車哦！妳沒問題嗎？
女1：	いいのよ、練習すれば。	女1：	沒問題啦，練習就好了。
男：	それにガソリン代もずいぶんかかるんだよ。車大きくなると。	男：	而且油錢也很可觀哦！大車很耗油的。
女2：	いや、お客さま、このモデルはエコ自動車なので、「スピヤー」より安く抑えられると思います。	女2：	不會的，我跟您報告，這一款屬環保汽車，所以可以比「斯比亞」省一些。
女1：	ほーら！これにしよう！	女1：	你～看！就這輛吧！

夫婦はどの車を買うと思われますか。	你覺得這一對夫妻會買哪輛車呢？
1　ツードアの新車 2　フォードアの新車 3　ツードアの中古車 4　ファイブドアの中古車	1　2 門款的新車 2　4 門款的新車 3　2 門款的二手車 4　5 門款的二手車

解析

A 可以知道這句話是員工正在介紹車種，有兩門的和四門的兩種。

B 員工說五門的也有。

C 太太建議去看中古車。

D 可以知道太太想要中古車而且是大的五門車，所以正確答案是選項 4。

3 🎧 103 P. 636

テレビで男の人が小学生が描いた絵について説明しています。	一位男士正在電視上說明小學生畫的畫。
男：今日は小学生に「母の日に贈りたいロボット」をテーマとして絵を描いてもらったものを紹介しようと思います。なかなか奇抜で面白い物がたくさんありますね。 まず一番目はこちらの猫型ロボット。すでに掃除をしてくれるロボットは市販されていますが、こちら猫型は猫のようにこっそりと歩き回りながら手の届かない家具の下のほこりや上のほこりもきれいに掃除してくれるものです。使わない時にはインテリア小物としておいても部屋の雰囲気をかわいらしく替えることができるそうです。 二番目は、お母さんの友達になってくれる人形です。自ら動きはしまんせんが、何かを質問したり独り言で何かを言うとそれにふさわしい答えをだしてくれたり、相づちをうってくれたり、それにこっちが笑ったら一緒にわらってくれる人形です。たぶん、自分のいないうちにお母さんが寂しがっている	男：我今天要跟各位觀眾介紹以「母親節想送的機器人」為題請小學生畫的畫。當中有許多奇特且有趣的作品吧。 首先第一張作品是這個貓型機器人。雖然會幫我們打掃的機器人已有市售，但這個貓型機器人會真的像貓一樣悄悄地走來走去，幫我們把手搆不到的家具下方、上方的灰塵都打掃得一塵不染。而不用的時候聽說還可以當成室內裝飾小物擺著，把房間氛圍裝點得更可愛。 第二張作品是能當媽媽的朋友的娃娃。這個娃娃雖然不會自己動，但當你問它問題或自言自語說點什麼的時候，它會妥善地回答、應聲一下，而當你對它笑一個的時候，它也會一起笑。這大概是自己不在時怕媽媽寂寞的小學生所做的作品吧？ 另外，這個，是會幫我們製錢的機器人。說得現實點，會有犯罰之虞啊，不過，還真像是小學生的創意呢。我有問畫這張畫的小學生，他竟然回答覺得老是被媽媽嘮叨說「錢不夠用」的爸爸很可憐，所以想做給媽媽。這看起來不像

779

と思っている小学生の作品でしょうね。

また、こちら、お金を作ってくれるロボットです。現実的に言うと犯罪になりかねませんが、小学生ならではのアイディアです。この絵を描いた小学生に聞いたら、いつも「お金がない、たりない」という愚痴を言われるお父さんがかわいそうでお母さんに作ってあげたいと言っていました。これはお母さんへのプレゼントではなくお父さんへのプレゼントにもなりそうですね。

それから最後、お母さんの代わりになってくれるロボットです。この絵を描いた小学生はいつもお母さんは働いてばかりでお母さんにも自由に遊ばせてあげたいと思ったらしいです。感心してしまいますね。お母さんが外で自由気ままに時間をすごしているうちに家の掃除や食事の支度、洗濯、お父さんのお迎えなどをしてくれるロボットを贈りたいと言っていました。

男：お前なら、何を贈りたい？
女：A-そりゃもちろんお金のロボットよ。
男：それは犯罪になるよ、現実的に考えると。僕はこの人形かな。
女：掃除してくれるもの？
男：いや、B-付き合ってくれる人形。
女：まあ、そうだね。私もうれしい時とか悲しい時にその気持ちを分かち合える人がほしいなと思ったことあるのね。C-私はこれかな、家事、面倒くさいから。
男：え？D-あなたのような人がもう一人いると想像すると怖くない？
女：単なるロボットでしょう？

是給媽媽的禮物，倒像是給爸爸的對吧。

然後就是最後一張，是代替媽媽的機器人。畫這張畫的小學生的媽媽老是忙工作，所以說是也想讓媽媽也能自由自在地去玩。真讓人感動啊。媽媽在外面自由自在悠哉遊哉時，機器人就待在家打掃、準備三餐、洗衣服、去接爸爸等等，他說想送給媽媽這款機器人。

男：妳的話想送什麼啊？
女：那當然是會製錢的機器人啊。
男：那可是犯罪哦！想得務實點的話。我倒是想要這款機器人啊。
女：會打掃的這款？
男：不是，是會陪我的娃娃。
女：我想也是。我也曾經想過想要一個能夠分享喜悅、悲傷時的心情的人。所以我應該會挑這款，家事，好麻煩的。

男：啊？像妳一樣的人竟然還有２個？妳不覺得光想就很恐怖？
女：只不過是單純的機器人吧？

質問1　男の人はどんなものを贈りたいと言っていますか。	問題1　男生說他想送什麼呢？
1　猫型ロボット 2　友達になってくれる人形 3　お金を作るロボット 4　母の代わり役のロボット	1　貓型機器人 2　能當朋友的娃娃 3　製錢的機器人 4　代替媽媽的角色機器人
質問2　女の人はどんなものを贈りたいと言っていますか。	問題2　女生說她想送什麼呢？
1　猫型ロボット 2　友達になってくれる人形 3　お金を作るロボット 4　母の代わり役のロボット	1　貓型機器人 2　能當朋友的娃娃 3　製錢的機器人 4　代替媽媽的角色機器人

解析

A 女士說送會製錢的機器人給媽媽當禮物，這句話會讓人誤選。

B 男士說送能當朋友的娃娃機器人，所以第一題的正確答案是選項 2。

C 女士一開始說要送會製錢的機器人，但在這裡選了做家事的機器人，所以第二題的正確答案是選項 4。

D 男士這句話再次提到，幫媽媽做家事的機器人，外型跟媽媽一樣，所以可以確定第二題的正確答案是選項 4。

JLPT N1 言語知識 (文字・語彙・文法)・読解解答用紙

受験番号
Examinee Registration Number

名前
Name

問題 1

1	①	②	③	④
2	①	②	③	④
3	①	②	③	④
4	①	②	③	④
5	①	②	③	④
6	①	②	③	④

問題 2

7	①	②	③	④
8	①	②	③	④
9	①	②	③	④
10	①	②	③	④
11	①	②	③	④
12	①	②	③	④
13	①	②	③	④

問題 3

14	①	②	③	④
15	①	②	③	④
16	①	②	③	④
17	①	②	③	④
18	①	②	③	④
19	①	②	③	④

問題 4

20	①	②	③	④
21	①	②	③	④
22	①	②	③	④
23	①	②	③	④
24	①	②	③	④
25	①	②	③	④

問題 5

26	①	②	③	④
27	①	②	③	④
28	①	②	③	④
29	①	②	③	④
30	①	②	③	④
31	①	②	③	④
32	①	②	③	④
33	①	②	③	④
34	①	②	③	④
35	①	②	③	④

問題 6

36	①	②	③	④
37	①	②	③	④
38	①	②	③	④
39	①	②	③	④
40	①	②	③	④

問題 7

41	①	②	③	④
42	①	②	③	④
43	①	②	③	④
44	①	②	③	④
45	①	②	③	④

問題 8

46	①	②	③	④
47	①	②	③	④
48	①	②	③	④
49	①	②	③	④

問題 9

50	①	②	③	④
51	①	②	③	④
52	①	②	③	④
53	①	②	③	④
54	①	②	③	④
55	①	②	③	④
56	①	②	③	④
57	①	②	③	④
58	①	②	③	④

問題 10

59	①	②	③	④
60	①	②	③	④
61	①	②	③	④
62	①	②	③	④

問題 11

63	①	②	③	④
64	①	②	③	④

問題 12

65	①	②	③	④
66	①	②	③	④
67	①	②	③	④
68	①	②	③	④

問題 13

69	①	②	③	④
70	①	②	③	④

JLPT N1 聴解 解答用紙

受験番号
Examinee Registration Number

名　前
Name

問　題　1

1	①	②	③	④
2	①	②	③	④
3	①	②	③	④
4	①	②	③	④
5	①	②	③	④
6	①	②	③	④

問　題　2

1	①	②	③	④
2	①	②	③	④
3	①	②	③	④
4	①	②	③	④
5	①	②	③	④
6	①	②	③	④
7	①	②	③	④

問　題　3

1	①	②	③	④
2	①	②	③	④
3	①	②	③	④
4	①	②	③	④
5	①	②	③	④
6	①	②	③	④

問　題　4

1	①	②	③
2	①	②	③
3	①	②	③
4	①	②	③
5	①	②	③
6	①	②	③
7	①	②	③
8	①	②	③
9	①	②	③
10	①	②	③
11	①	②	③
12	①	②	③
13	①	②	③
14	①	②	③

問　題　5

1		①	②	③	④
2		①	②	③	④
3	(1)	①	②	③	④
	(2)	①	②	③	④

國家圖書館出版品預行編目資料

日檢N1全方位攻略解析雙書裝：文字語彙本、文法讀解聽解
本（寂天雲隨身雲APP版）/ 金男注著；洪玉樹, 黃曼殊,彭尊
聖譯. -- 初版. -- 臺北市：寂天文化, 2022. 05 印刷

面；　公分 . --

ISBN 978-626-300-130-5（16K 平裝）

1.CST: 日語 2.CST: 讀本 3.CST: 能力測驗

803.189　　　　　　　　　　　　　　　111006112

日檢 N1 全方位攻略解析
——雙書裝：文字語彙本、文法讀解聽解本

作　　者	金男注
譯　　者	洪玉樹／黃曼殊／彭尊聖
編　　輯	黃月良
審　　訂	田中結香
校　　對	洪玉樹

美術設計	林書玉
內文排版	謝青秀
製程管理	洪巧玲
出 版 者	寂天文化事業股份有限公司
發 行 人	黃朝萍
電　　話	886-(0)2-2365-9739
傳　　真	886-(0)2-2365-9835
網　　址	www.icosmos.com.tw
讀者服務	onlinesevice@icosmos.com.tw

일단기 JLPT N1
Copyright © 2017 by Kim, Nam-joo
All rights reserved.
Traditional Chinese copyright © 2022 by Cosmos Culture Ltd.
This Traditional Chinese edition was published by arrangement with ST
Unitas through Agency Liang

出版日期　2022 年 5 月　初版二刷　（寂天雲隨身聽 APP 版）
郵撥帳號　1998620-0　寂天文化事業股份有限公司
▪ 劃撥金額 600（含）元以上者，郵資免費。
▪ 訂購金額 600 元以下者，請外加 65 元。

【若有破損，請寄回更換，謝謝。】